향가여요 종횡론

박노준

보고사

책머리에

이 책 『향가여요 종횡론』에 실린 17편의 논문은 2005년 초에서 2013년 5월 사이에 탈고한 글들이다.

2003년 8월 말에 정년퇴임한 나는 그 이후 1년 반쯤 쉬었다가 전공분야의 논문을 시간이 나는 대로 짬짬이 쓰기 시작하였다. 그렇게 8년 남짓 동안 써서 모아 둔 원고가 오늘에 이르러 한 권의 저서로 묶을만한 분량이 되었다.

연구자로서 갖추어야 할 총기와 기억력, 문제의식과 판단력, 논리적 사고와 분석력 등이 감쇠된 상태에서 작성된 변변치 못한 논문이므로 선뜻 출판에 부칠 용기가 나지 않았지만 그러나 연구 능력의 기반 전체가 무너진 상태에서 쓴 글은 아닌지라 비록 뛰어나지는 않으나 수수한 논문은 되지 않을까 하는 생각이 들어서 눈 딱 감고 세상에 내놓기로 하였다.

내남없이 학술저서를 상재할 때면, 여러 해 동안 그때 그때 논문집에 발표한 연구물을 취합하여 체계를 세우고 다듬은 뒤 공간하는 것이 출판의 관행이다. 대학에 재직하고 있는 이상, 매년 실적 보고용 논문을 제출해야 하고 또는 발표시기를 놓치면 곤란한 경우도 있는지라 이런 방식의 저작이 불가피하다는 점은 누구나 다 알고 있는 사실이다.

지금까지 내가 펴낸 향가와 속요(여요 또는 고려가요 등의 명칭과 혼용하겠음)에 관한 학술도서는 『신라가요의 연구』(열화당, 1982), 『고려가요의 연구』(새문사, 1990), 『향가여요의 정서와 변용』(태학사, 2001) 등 3권이다.

교양도서로 지은 『향가』(열화당, 1991), 『옛사람 옛노래, 향가와 속요』(태학사, 2003)까지 포함하면 모두 5권이다.

전자 3권의 연구서 또한 예의 출판 관행에 따라서 펴냈음은 물론이다. 그러다 보니 평소 소망한 바는 학술지에 발표되지 않은 상태의 원고를 모아서 일시에 전작(全作)으로 간행할 기회가 나에게 찾아왔으면 좋겠다는 것이었다. 이번의 이 책이 마침내 나의 그러한 소원을 풀어준 저작물이라는 점을 밝혀둔다.

다른 바람이 또 하나 있었다. 위 기간(旣刊)의 저서들에도 향가 및 고려가요의 생성과정, 갈래의 특성, 작자 및 수용자와 관련된 문제 등 총론적인 차원에서 조망한 연구가 없는 것은 아니나 그러나 저서의 주류는 텍스트를 한 편 한 편 독립시켜서 분석하고 논의하는 개별 작품론에 치중한 것으로 되어있다.

그런 방향의 연구를 오래하다 보니 시야와 관점을 달리해서 향가·여요의 총론적인 문제에 좀 더 가까이 접근하여 여러 각도에서 조명하고 싶은 충동에 자주 이끌리곤 하였다. 말하자면 하나의 논제를 택하여 개별 작품이 아닌 다수의 작품을, 더 나아가 장르 전체를 거기에 올려놓고 분석하여 결론을 이끌어낸다든가, 작품과 작품, 향가장르와 속요장르, 고전과 현대시를 엮어 읽으면서 옛 노래의 특질과 정체성을 상호 비교한다든가, 특히 무엇보다도 여태까지 나의 앞선 저서나 다른 동학들의 논저들에서 다루지 않은 향가여요의 이삭(낙수)에 해당되는 이면의 몇 문제들을 모아 살폈으면 하는 생각을 늘 품고 있었다. 이번에 앞의 첫 번째 소망과 함께 이 원망 또한 이 책에서 실현시키고자 용심(用心)하였음을 적어 둔다.

오늘 상재하는 이 연구서는 일반적인 글쓰기의 방법과는 몇 가지 면에서 다른 발상에 의하여 이루어졌음도 또한 밝힌다.

나를 포함한 대다수의 연구자들이 한 편의 논문을 생산해내기 위해서는 1·2차 자료를 두루 섭렵하면서 애써 마땅한 테마를 찾아내고, 뒤이어 논의의 방향과 목차 및 참고 문헌을 정한 끝에 완성시키는 것이 당연한 연구 방식이라 하겠다. 그러나 이번에 내놓는 이 책은 오랜 세월 동안 길들여진 그와 같은 작성법에서 벗어나 일삼아 논제를 찾아 나서지 않고 무심하게 있다가 문득 마땅한 테마가 떠오르면 그때 비로소 글쓰기에 착수한 것임을 밝혀둔다. 이러한 작업이 가능했던 것은 나의 몇 권 전저(前著)가 밑바탕 노릇을 하였기 때문이다. 내가 지은 과거의 책들이니 그 책들에서 무엇을 논의하였는지 그 대강은 머릿속에 늘 저장되어 있었다. 그리하여 일삼아 읽지 않아도 때때로 큰 줄거리들이 자연스럽게 떠오르면서 저서를 간행할 당시에는 미처 생각하지 못한 문제들이 파생되는가 하면, 전혀 새로운 논제들도 부상(浮上)되는 것을 느낄 수 있었다. 이런 것들을 잡아서 성찰하되 고증과 천착은 특별한 경우에만 적용하였고, 대부분은 주제가 저절로 떠오른 점에 맞춰서 무겁지 않게 통해(通解)하는 길을 택하였다.

이와 관련하여 그동안 품고 있었던 속내를 털어 놓고자 한다. 나는 가끔 향가와 속요가 사람으로 변신하여 현대의 학자들을 향해 쏟아내는 비명소리를 듣곤 한다. "멀쩡한 우리를 어쩌자고 난도질을 하여 이상한 모습으로 바꿔 놓는 것인가? 학문 연구라는 명분아래 이렇듯 본뜻을 파괴해도 되는 것인가? 향가여요를 위한 학문인가, 학문을 위한 향가여요인가? 우리를 지은 옛 사람들은 소박하고 순수한 생각으로 노래한 것인데 그런 사정은 무시하고 가당치도 않은 자료와 사상 및 이론이라는 걸 대입시켜서 꼴사납게 망쳐놔도 되는 것인가? 옛 시대를 정확히 모르는 후대인의 고충은 이해하나 그래도 그렇지 어렵게 푼다고 우리의 제 모습을 간파할 수 있다고 보는가?" 이런 불만의 소리를 무시로 들어왔다. 나 또한 예의 비명 소리를 있게 한 당사자의 한사람임을 자성하면서 이 점에 유의하여 엉뚱한 길로 빠지지 않는다는 큰 전제하에 쉽고 담담하게 풀고자 하였다. 아주 단순하게, 논문이지만 표현만은 설명문처럼 수월하게 쓰고자 하였다. 무모하게 깊이 들어가거나 판을 무작정 크게 벌이지 않고 평상심을 유지하면서 두 장르의 본 모습을 찾고자 하였다.

논문을 쓰자면 으레 각종 문헌 및 동학들의 여러 논저를 참고하기 마련이다. 특히 최근에 발표된 연구에 각별한 관심을 두는 것이 상례다. 하지만 이번에 작성된 나의 글은 그와 같은 글쓰기 방식에서 벗어나 비록 진맥을 어설프게 한 부분이 있을지라도 독자적인 견해를 드러내기 위하여 기간의 졸저 등에서 인용한 타인의 학설과 근년에 발표된 소수 학자들의 연구물 이외 거의 아무 것도 참조하지 않았음을 또한 밝힌다. 평론 쪽으로 빠지지 않는 한에서 자료 섭렵과 참고 논저의 압박에서 탈피하여 나의 자유스런 생각과 판단에 주로 의존하였다. 남의 학설에 무작정 많이 의존하는 것도 반드시 미덕은 아닐 터, 그렇게 매달리는 바람에 집필자의 중심이 흔들리는 예를 적지 않게 접했던 지라 이번 한 번쯤 상례에 거역하는 방법으로 논문을 쓰고자 하였다. 이렇게 쓴 이 책의 내용이 내가 접하지 못한 다른 연구자의 견해와 우연찮게 일치하는 일이 일어날 수 있다. 그런 예가 여럿 있었으면 좋겠다.

이와 관련하여 각주 달기를 어떻게 했는지도 말해야 되겠다. 이 책에는 나의 앞선 책들에서 가려낸 견해와 다른 연구자들의 학설이 빈번하게 인용되고 있음을 명기하거니와 특별한 경우를 제외하고 이들은 거의 각주 없이 재활용 되었다. 어느 책 몇 쪽이라고 각주를 주렁주렁 달지 않은 까닭은 '각주 스트레스'에서 처음이자 마지막으로 해방되고 싶었기 때문이다. 다만 기간의 전저에서 이번에도 도움을 받은 것과 새로 읽은 타인의 논저가 어느 글인지는 분명히 해둬야 마땅한 일이므로 이를 책 말미의 참고문헌에 담아 놓기로 하였다.

두루 알고 있는 바와 같이 향가 및 고려시가의 작품은 소수에 불과하다. 이렇듯 적은 수의 작품들을 이 논제, 저 논제에 끌어다가 거듭해서 쓰다 보니 중복 활용한 예가 허다하였고 따라서 어느 한 논문에서 한 얘기와 똑같거나 유사한 얘기를 다른 논문 등에서 반복한 경우 또한 적지 않았다. 17편은 작기 독립된 논문이므로 어쩔 도리가 없었다. 마치 하나의 목재가 책걸상으로도, 책장으로도, 가구로도, 문짝으로도 사용된 형국인 셈이다. 이것이 이 책이 짊어져야 할 숙명이라 하겠다. 이점, 독자의 이해를 구하면서 편의에 따라 책 이름 그대로 종횡(縱橫)으로 읽어주기를 바란다. 또한 기간의 나의 저서에서 이미 제시한 견해와 주장을 부분적으로 뭉텅 끊어 내거나 또는 발췌하여 재사용한 일도 자주 있었음을 밝혀 둔다.

출판사에 원고를 넘기기에 앞서, 이도흠, 정민 교수에게 한번 읽어달라고 부탁하였다. 검증의 절차를 거치기 위해서다. 『향가여요 종횡론』이라는 책 이름도, 목차의 수정·재배치도, 내용이 중복되는 여러 논문들을 비롯하여 책의 내용 모두를 손보지 않고 그대로 놔두는 결정도, 그리고 출판사를 선정하는 일 등도 그들의 조언에 따랐음을 밝힌다. 책이 나오기 이전, 최초의 독자가 되는 것은 요컨대 부담스러운 일, 그 성가신 일을 정성을 다하여 감당해준 두 사람에게 고마움을 전한다.

보고사는 우리의 고전문학, 특히 고시가 계통의 책을 꾸준히, 그리고 많이 펴내는 출판사로 알려져 있다. 이번에 이런 출판사와 인연을 맺게 된 것을 기쁘게 생각하면서 선뜻 출판을 맡아준 김흥국 사장님께 감사의 뜻을 표한다. 다된 원고이지만 그것이 책으로 출간되기까지 편집자의 섬세한 손길이 얼마나 필요한지를 이유나 양의 수고를 통해 새삼 알 수 있었다. 그녀에게도 고맙다는 얘기를 빼놓을 수 없다.

내가 향가와 속요를 전공으로 택한 계기는 학부 및 대학원 재학 당시 지도교수였던 고 조지훈 선생(1920~1968)의 논문 두 편 -「신라국호연구논고(新羅國號研究論攷)」(『고려대학교 50주년 기념 논문집』, 고려대학교, 1955)와 「신라가요연구논고(新羅歌謠研究論攷)」(『민족문화연구』 1집, 고려대학교 민족문화연구소, 1964)를 읽고 난 뒤였다. 위의 논문은 『한국문화사서설(韓國文化史序說)』(1964)과 함께 선생의 호한한 학식과 논제를 다루는 분석력·논증력을 한 눈에 알아볼 수 있는 연구라 하겠다. 나는 신라와 관련된 이 두 편의 논문에 금세 빨려들어 갔고, 그리하여 향가를 비롯한 고시가를 전공하기에 이르렀다.

흘러간 반세기 전 그 옛날, 선생의 가르침을 받을 때의 이일 저일을 회상하면서 그때에 입은 학은(學恩)에 조금이나마 보답하려는 마음을 담아 스승님 영전에 이 부족한 책을 바친다.

2014년 3월
敦岩洞 佳山書屋에서
朴魯埻

차례

• 4행체 향가의 여러 특질 / 86

• 8행체 향가의 정체성 논의 / 114

• 향가의 주지(主旨) 드러내기와 화법 / 139

【제2부】 속요·경기체가

• 간쟁(諫爭)을 통해 본 예종의 삶과
「유구곡」의 진정성·실효성을 생각함 / 338

• 익재·급암 『소악부』의 지향세계 / 356

• 경기체가와 시적 화자의 '집단' 지향 / 387

【제3부】 향가여요와 현대시 엮어 읽기

제1부

향가

- 신라 초기 시가를 통해 본 시대별 이상적 인간형
  -史的인 연결을 겸하여-
- 향가와 인연이 있는 군주들이 남긴 자취
- 4행체 향가의 여러 특질
- 8행체 향가의 정체성 논의
- 향가의 주지(主旨) 드러내기와 화법
- 향가의 찬(讚)과 삽입가요설 재론
- 향가 도입부의 발화 양상
- 향가·속요와 자연의 쓰임새

신라 초기 시가를 통해 본 시대별 이상적 인간형

-史的인 연결을 겸하여-

제3대 군주인 유리왕대(儒理王代)에 「도솔가(兜率歌)」에서 비롯된 신라의 시가는 제10대 내해니사금(奈解尼師今, ?~230) 때에 「물계자가(勿稽子歌)」를 거쳐 제26대 진평왕대(眞平王代, ?~632)에 이르러 「실혜가(實兮歌)」, 「해론가(奚論歌)」, 「천관 원사(天官 怨詞)」, 「서동요(薯童謠)」, 「혜성가(彗星歌)」 등의 노래를 양산해낸다. 한 임금 때에 이렇듯 많은 작품이 나타난 예는 제35대 경덕왕대(景德王代) 향가 5편(월명사의 「도솔가」, 「제망매가」 충담사의 「찬기파랑가」, 「안민가」, 희명의 「도천수대비가」)을 생산해 낸 경우를 제외하고는 그 예를 찾아볼 수 없다. 그러므로 신라의 시가는 진평왕 때에 뿌리를 깊이 내리면서 그 이전 시대까지의 간헐적인 창작 양태에서 벗어나 새로운 시가의 시대를 열었다고 말할 수 있다. 특히 이 시대에 향찰로 표기된 초기 향가가 2편이나 전해오는 것은 진평왕대가 앞 시대와 다른 문화적 환경에서 새롭게 출발하였음을 암시해준다.

물론 이러한 해석은 현전하는 문헌 기록과 텍스트의 분포상태에만 기초를 둔 것이라서 당시의 시가문학의 전반적인 현상을 여실하게 반영한 것이라고 단언하는 것은 적절치 않다. 가령 내해왕대로부터 진평왕대까지는 4백년이라는 긴 시간이 놓여 있는데 문헌상으로는 그 긴 기간 중에 군악(郡樂)을 제외하면 제19대 눌지왕(訥祗王, ?~458)의 「우식악(憂息樂)」 등 겨우 수삼 편의 노래만이 존재했던 것으로 기록되어 있으니 현전 기록에 신뢰가 가지 않는 것이 사실이다. 누락된 작품이 적지 않았으리라는 생각을 갖지 않을 수 없다.

그렇다손 치더라도 새로운 자료가 발굴되지 않는 이상 현전의 기록에 의존하여, 이를 토대로 논의를 전개할 수밖에 없는 노릇이고 그리하여 앞뒤 시대의 경계를 이루는 진평왕대까지를 신라시가의 상대(上代)시기로 간주하는 것이 불가피하다고 사료된다.

본고는 이 기간 동안 생산된 중요 작품을 읽으면서 컨텍스트에 투영된 인간상이 각 시대와 어떻게 연결되어 있는지, 바꿔 말하면 시대가 요구한 인물의 전형적인 모형은 어떤 것인지를 찾는데 목적을 둔다. 아쉽게도 이 시기의 노래들은 향가 2편을 제외하고는 작품이 망실된 채 관련 기록만 전해온다. 저간의 사정이 이런지라 이들 작품에 대한 장르적 규명도 불가능하며 단지 서정시가가 주류를 이루고 있다는 점만 추측할 수 있을 뿐이다. 텍스트가 아닌 컨텍스트 위주로 논리를 전개해 나가는 것이 합당한 방법론이 아님을 모르지 않는다. 컨텍스트의 내용이 텍스트에 그대로 반영되었는지도 모르면서 마치 그렇게 실현되었으리라는 전제하에 작품을 거론하는 것 자체가 부당하다고 말할 수 있다. 하지만 가사부전의 텍스트를 놓고 마냥 모른 채 하는 것도 무책임한 노릇임을 감안하면 그것이 차선의 방법임도 부인할 수 없다. 어느 면에서는 설명문식의 기록인 컨텍스트 위주의 분석이 설사 작품이 전해오고 있는 상태일지라도 거기에 매달리는 것보다 낫다고 할 수도 있다.

서정시가라면 시적 화자의 개인적인 정서와 사유가 시 전체를 지배했을 터이고 시대 상황이나 시대정신과는 무관하였을 것이라고 짐작하기가 쉽다. 하지만 산문기록을 통해서 볼 때 이 시기의 노래들 대부분은 시적 화자의 감성세계를 노래하면서도 현실세계의 상황이나 시대가 추구하는 가치와 교훈성과도 연결되어 있는 특질을 지니고 있다. 본고는 이 점에 초점을 맞추고자 한다.

옛 문헌은 범상한 것의 등재를 거부하고, 그 이상의 특수한 것을 가려내어 기록으로 남기려는 성향을 감추지 않는다. 그렇게 하여 어떤 메시지를 남기려고 한다. 본고가 대상으로 삼은 시가들이 여기에 해당된다.

논의의 방식은 개별 작품의 컨텍스트를 각기 따로 살펴본 뒤 이를 종합하여 결론을 내리는 방식을 택하기로 한다. 대상 작품은 본고의 취지에서 벗어난 「혜성가」를 제외한 6편이 해당된다. 개별적인 성찰은 여러 각도에서 깊이 분석하고 천착하는 접근법에서 벗어나 앞에서 밝힌 본고의 목표에만 각도를 맞춰서 무겁지 않게, 복잡하지 않고 아주 단순하게 풀어나가기로 한다. 당대의 시대상을 알기 위한 문헌고증도 생략키로 한다. 누구나 평소에 알고 있는 역사적인 지식만으로도 논제를 풀어나가는데 지장이 없다고 판단한다.

1. 「도솔가」와 군주의 도

신라의 시가는 「도솔가(兜率歌)」에서부터 시작되었다. 「도솔가」는 제3대 군주인 유리왕 5년(AD.28년)에 나라에서 제정한 노래다. 후대 악장의 효시에 해당되는 이 노래는 옛 문헌에 그 작품명과 제작배경만 기록되어 있고 가사는 전해오지 않는다. 문헌기록을 옮기면 다음과 같다

> 1. 儒理王 5년(AD.28년) 겨울 11월이었다. 왕이 나라 안을 巡行하다가 한 노파가 굶주림과 추위에 못 이겨 거의 얼어 죽을 지경에 이른 것을 보았다. 이에 자신의 무능을 탄식하며 죄의식에 빠진 왕은 우선 옷을 벗어 그 할미를 덮어주고 음식을 마련하여 먹도록 하였다. 그런 후 곧 관리에게 명하여 각처에 흩어져 있는 홀아비, 과부, 고아, 자식 없이 홀로 지내는 이와 또 늙어 병든 백성으로서 자활능력이 없는 사람들을 찾아

위문하여 식량을 주어서 부양케 하였다. 이에 이웃나라 백성이 이 소문을 듣고 무리를 지어 몰려왔다. 이 해에 民俗이 즐겁고 평강함에 비로소(처음으로) 도솔가를 제정하니 이것이 歌樂의 시초였다.

2. 朴砮禮尼叱今(박노례 이질금, 儒禮王이라고도 함) 때…… 비로소(처음으로) 도솔가를 지으니 차사 사뇌격(嗟辭詞腦格)이 있었다.

앞의 것은 『삼국사기』 신라본기 제일 유리이사금조(新羅本紀 第一 儒理尼師今條), 뒤의 것은 『삼국유사』 紀異 第一 砮禮王條(곧 儒理王條)의 기록이다. 신라시대의 여러 시가작품 중에서 특정의 어느 한 노래가 두 문헌에 중복해서 거론된 예는 뒤에서 다룰 「물계자」와 함께 이 「도솔가」가 있을 뿐이다. 이런 점에서 「도솔가」의 존재와 텍스트성은 더욱 확실하고 뚜렷하다고 하겠다.

위에서 인용한 두 기록 중, 전자는 「도솔가」가 지어지기까지의 직접적인 경위를 적어 놓은 것이다. 그 제작배경이 비교적 소상하게 적혀있다. 후자는 전자에 비해 극히 단편적이지만 「도솔가」의 문학적 양식에 관하여 언급하고 있다는 점에서 관심의 대상이 된다. "비로소 「도솔가」를 지으니" 운운한 대목이 양쪽에 모두 들어 있는 것으로 보아 이 노래의 시가사적 위상이 또한 분명하다는 점을 새삼 확인할 수 있다.

「도솔가」의 창제 기반은 국가 및 사회 현실과 관련이 있었다. 문자로 기록된 신라 최초의 노래가 주민들의 삶의 실상 및 국가가 성장하는 과정에서 겪은 사회현상과 연관되어 태동되었다는 사실에 우리는 유의한다. 순행하던 왕이 목도한 사회상은 굶주림과 추위로 인한 참상이다. 하지만 그가 "왕위에 있으면서 능히 백성을 기르지 못하고……" 운운하며 자책하였다고 해서 신라의 '모든 백성'이 궁핍한 상태에 빠져 있었다고 확대 해석해서는 곤란하다. 왕이 마주친 사람은 늙은 노파이고 그 사건이 계기가 되어 구휼의 대상으로 삼은 이들이 홀아비, 과부, 고아…… 등에 한정되어 있었음을 유념한다면 참상의 범위를 자립자활의 능력이 없는 일부 빈민계층으로 제한하는 것이 옳다. 이렇듯 일부 계층의 문제에 큰 충격을 받고 급히 국가 차원의 대규모 규휼 사업을 폈던 시대가 곧 「도솔가」의 시대였다는 점이 매우 중요하다고 본다. 그 중심에 유리왕이 있었다.

생존의 어려움을 겪고 있는 백성들을 군주가 앞장서서 지극정성으로 살핀 일은 일견 특기할 사안이 아닐 수도 있다. 당연히 해야 할 일을 했다고 결론을 내려도 무방하다. 그러나 이러한 생각은 당위론에 지나지 않는다. 이 말은 곧 신라 천년 역사상의 모든 임금들이 헐벗고 굶주리는 백성을 구제하며 마침내 이웃 나라의 주민들까지 끌어들이고 악장 성격의 노래를 짓도록 하지는 않았다는 뜻과 통한다. 따라서 이는 유리왕의 치적으로 꼽아야 하고, 그런 이유 때문에 그 사실이 문헌 기록에 남게 되었다는 얘기다. 우리는 이 「도솔가」를 통해서 건국 초 신라사회의 동향과 더불어 '군주의 도'를 몸소 제시하고 실천한 유리왕을 만나게 된다.

요컨대 「도솔가」 출현의 기저는 사회상에 있었다. 만약 유리왕이 순행할 그때에 불쌍한 노파를 만나지 않았다면, 좀 더 생각의 폭을 넓혀서 그 당시 신라의 생활상이 고르게 안정된 상태에 있었고, 세상이 태평스러웠다면 「도솔가」는 결코 나타나지 않았을 것이다. 이 점을 확실히 굳혀 놓고 다시 「도솔가」의 생성 현장으로 돌아가서 살펴 볼 때 우리가 새삼 깨닫게 되는 사실은 그 노래의 일차적인 태반은 비참한 사회현실에서 찾을 수 있으나 직접적인 창작의 동력은 현실 상황의 호전에서 조성된 성취와 안정, 곧 '민속환강(民俗歡康)' 바로 그것이었다는 점이다.

상설하자면 일부 어려운 백성들을 구휼한 결과 이 소문이 이웃나라에까지 퍼져서 국경을 넘어오는 사람이 많아졌다. 그런 사정도 크게 작용하여 그 해에 민속이 환강해졌고 그런 연고로 「도솔가」가 제정되었다.

경위가 이런지라 「도솔가」가 지어지게 된 것은 사회상의 부분적인 결핍 상태와 이를 해소시켜서 획득한 전반적인 민심의 안정이 선후관계로 연결되면서 성사된 것이라고 결론을 내릴 수 있다. 그것을 가능케 한 인물이 바로 유리왕이었다.

신라 시가의 첫 작품이 이렇듯 사회 일각에 존재해 있던 궁핍의 어두운 국면과 이를 개선한 결과로 생산되었다는 점에 우리는 의미를 부여한다. 왜냐하면 그것은 당대는 물론 미래까지도 밝게 전망할 수 있는 하나의 시대적 표징이 될 수 있기 때문이다.

현실 상황의 일부 결핍현상이 치유되어 마침내 온 백성을 결속시켜서 민속이 환강하는 선에까지 발전되었다는 문헌상의 증언을 그대로 믿어야 하지만 한편 기록의 해석을 전혀 다른 각도에서 시도한 학설도 참고할 필요가 있다. 김문태(金文泰)는 『삼국사기』의 기록을 뒤집어서 해석하여 '(도솔가 제정→민속 환강)→이웃나라 백성이 몰려옴' 식으로 읽은 바 있다.[1] 기록의 틀 자체를 바꿔서 그렇게 역순으로 읽으면 유리왕의 치적은 우연성을 넘어 의도적으로 짜여진 통치차원에서 비롯된 것으로 이해되어야 한다.

정리하면 「도솔가」는 당대의 사회상이 만들어낸 사회시이며 그 이후 시대의 사회상도 담아내는 가능성의 힘을 그 안에 내장한 악장이다. 그런 성격 때문에 「도솔가」는 유리왕 당대뿐만 아니라 후대에까지 이어져서 향가의 하위 장르로 계속 생명을 유지하여 '월명사 도솔가(月明師 兜

1) 金文泰, 『三國遺事의 詩歌와 敍事文脈 硏究』, 태학사, 1995, pp.135~139. 그는 「유리왕대 도솔가」를 禳災, 招福을 기원하기 위해서 마련된 祭에서 부른 祭禮樂이라고 규정하였다. 즉 유리왕대는 정치적 종교적으로나 과도기에 해당되는데 「도솔가」는 그런 시대에 필시 대두되기 쉬운 불만이나 불안을 '미연에' 제거하기 위해서, 또 한편으론 풍년을 기원하기 위해서 국가에서 제정한 주술적 악장이라고 주장한다. 그의 견해에 따르면 「유리왕대 도솔가」는 왕이 불우한 이웃들을 '存問'한 사건과 반드시 불가불리의 관계에 있는 것이 아니고 그 사건이 있기 전에 존재했다는 결론에 도달하게 된다.

率歌)'로 이어졌다고 본다.[2] 소수 백성의 문제가 온 나라뿐만 아니라 인국에 까지 확장되어서 이윽고 결속과 평강의 결실을 맺었다는 것은 「도솔가」 컨텍스트의 미덕이다. 다만 텍스트가 전해오지 않아서 노래 내용을 알 수 없는 것이 유감이다.

유리왕대는 초기 신라의 기초를 다지던 시대였다. 위에서 인용한 「도솔가」 관련 기록 중 『삼국유사』의 것에서 생략된 부분을 읽어보면 이 왕 때에 6부의 이름을 다시 정하고 6성(姓)을 하사하였다고 적혀 있다. (17관등을 마련하였다는 기록은 『삼국사기』에 전해온다) 얼음 창고, 수레를 만들었다는 기록도 접할 수 있다. 이와 같은 사실을 통해서 우리는 그 시대의 당면 과제와 시대정신을 읽을 수 있다. 즉 각종 제도의 정비와 일상생활에 긴요한 여러 기구를 제작하여 민생을 안정케 하고 백성들을 결속시키는데 주력하였다는 사실이다.

『삼국유사』의 노례왕조(弩禮王條)는 또 이서국(伊西國)을 쳐서 멸했다는 정보도 함께 기록하고 있다. 이 기록은 무엇을 말하는 것인가. 이웃의 크고 작은 부족국가들과의 전쟁을 통하여 영토를 넓혀나가는 일이 초기 신라가 풀어야할 시대적인 과제였다는 점을 말해준다. 그런 식으로 무력을 사용하여 인국(隣國)을 멸하는 방법 외에 싸우지 않고 자국 내의 민생안정과 민속의 환강을 통하여 이웃나라의 백성들을 감동시켜서 복속케하는 방법도 병행했다는 사실을 「도솔가」의 관련기록은 명시하고 있다.

---

2) 趙芝薰은 그의 「신라가요연구논고」(『민족문화연구』, 1집, 고려대학교 민족문화연구소, 1964)에서 향찰로 표기된 '兜率歌'를 '다슬놀애'로 풀이하였고, 그것은 곧 '治理歌'로 漢字化된다고 하였다. 유리왕대에 비롯된 「도솔가」, 곧 「치리가」는 이후 사뇌가, 불찬가와 더불어 향가의 하위 갈래로 자리를 잡게 되는데 35대 경덕왕대에 月明師가 지은 「도솔가」와 忠談師가 지은 「안민가」 등이 이 계열의 노래라고 하겠다. 이 책의 여러 곳에는 「치리가」라는 명칭이 나오는데 이는 조지훈이 처음 제기한 학설에 따른 것이다.

유리왕대의 「도솔가」는 바로 이러한 기능과 시대적인 지향을 담아낸 시가로 보아야 할 것이다. 거기서 우리는 왕조 초기에 형성된 '군왕의 도'와 그 주인공을 만난다.

특정시대가 지향한 시대정신과 그것을 대표하는 인물을 투사한 노래는 「도솔가」 이후에도 신라 초기 시가작품에 여럿 나타나는데 현재 전해오는 기록에 따르면 「물계자가(勿稽子歌)」가 바로 그 뒤를 잇고 있다.

2. 「물계자가」와 지사의 처신

「도솔가」가 등장한지 2세기쯤 경과한 뒤, 마침내 「물계자가(勿稽子歌)」가 그 모습을 드러낸다. 「물계자가」는 「도솔가」에 버금가는 시가사적 의의와 위상을 지니고 있는 노래로 평가된다. 무엇보다도 시적 화자의 개인적인 감성을 드러낸 최초의 서정시라는 점에서 그렇다. 이런 측면이 「도솔가」와 상이한 작품적 성향으로 지적된다. 따라서 초창기 신라의 노래는 「도솔가」와 「물계자가」, 이 두 작품이 각기 큰 줄기를 이루면서 마주 보고 있는 형국이라 할 수 있다.

「물계자가」와 관련된 기록은 『삼국사기』열전八 「물계자」조와 『삼국유사』券五 피은 第八에 실려 있다. 본고에서는 후자를 취하기로 한다. 기록문을 세 단락으로 끊어서 아래에 옮기기로 하겠다.

> 1. 제10대 奈解王 17년(212) 壬辰에 保羅國, 古自國, 史勿國 등 8개국이 연합하여 변경을 침입했다. 왕이 태자 나음(혹은 利音?)과 장군 一伐 등에게 명하여 군사를 거느리고 나가 싸우게 하였다. 이에 여덟 나라가 모두 항복했다. 그 싸움에서 勿稽子의 공이 제일 컸으나 태자가 그를 미워하여 상을 내리지 않았다. 누군가 물계자에게 태자의 불공정한 처사를 지적하면서 왕에게 아뢰기를 종용하였다. 그러자 물계자는 공을 내세워 상 받기를 다투며 자기를 찬양하고 남을 엄폐하는 짓은 '志

士'가 할 일이 아니라고 말하면서 다만 힘써 때를 기다릴 따름이외다라고 말하였다.

2. 10년 (내해왕 20년의 착오임-필자) 乙未에 骨浦國 등 세 나라가 각기 군사를 거느리고 와서 竭火를 공격하였다. 이에 왕이 친히 군사를 거느리고 방어하여 저들을 모두 패퇴시켰다. 이 싸움에서 물계자는 수십 명의 목을 베었다. 그런데도 사람들은 물계자의 공은 말하지 않았다. 그가 아내에게 말하기를 "내가 듣건대 군주를 충성으로 섬기는 도리는 위태한 것을 보면 목숨을 버리고, 어려움 앞에서는 몸을 잊고 절의에 의지하여 死生을 돌보지 않는다는 것이었소. 대저 보라와 갈화의 전쟁인즉 실로 나라의 어려움이요 군왕의 위태로움이었는데 나는 몸을 잊고 목숨을 바치는 용맹을 떨치지 못하였으니 이것이야말로 심히 불충한 처신이었소. 이미 불충으로 군왕을 섬겼고 그 累가 또한 선친에게까지 미쳤으니 이 어찌 孝라 할 수 있겠소. 이렇듯 충효를 함께 잃었으니 무슨 낯으로 다시 조정에 설 수 있겠소"라고 하였다.

3. 이에 머리를 풀고 거문고를 둘러메고 사체산으로 들어갔다. 거기서 대나무의 性病(癖)을 슬퍼하며 이에 의탁하여 노래를 짓고 시냇물의 오열하는 소리를 본떠 거문고의 곡조를 만들면서 은거하여 다시는 세상에 나오지 않았다.

가사는 전해오지 않지만 관련기록은 소상하여서 그때의 사정을 짐작하는데 부족함이 없다. 『삼국유사』 유리왕대 「도솔가」기록 말미에 나오는 이서국 정벌과 같은 이웃 소국가와의 전쟁이 「물계자가」의 시대에 이르러서는 더욱 확장되고 치열한 상태로 발전되었음을 알 수 있다. 그런 상황을 문헌기록은 구체적인 서술을 통하여 표면화하고 있다. 「도솔가」시대로부터 2백년의 세월이 흘렀으나 초기 신라는 영토 확장에 여념이 없었음을 알 수 있다. 여러 부족국가를 상대로 한 싸움도 그러하거니와 태자는 물론 군왕이 직접 전장에 나선 것을 보면 그때 신라가 인국정

벌에 얼마나 총력을 기울였는지를 실감할 수 있다. 물론 부족국가 수준에 머물러 있던 시대였으므로 고대국가 형성 이후의 군주나 태자의 위상보다는 훨씬 못한 상태였음을 간과할 수 없다. 하지만 군왕의 출전은 사활을 건 격렬한 전쟁을 떠올리기에 충분하다. 어쨌거나 유리왕대의 이웃국가를 상대로 한 패권쟁탈의 연장선상에 신라 서정시가의 남상으로 통하는 이 「물계자가」의 기록도 놓여있음을 재확인해 두기로 한다.

위 기록문 셋째 단락에 의한다면 「물계자가」는 자아 성찰과 비판 및 반성의 노래였으리라 추정할 수 있다. 물론 세속의 명리에서 초연코자 하려는 의지도 담겨 있었을 것이다. 대나무에 의탁하고 또한 오열하는 시냇물 소리를 본떠서 가락을 만들었다고 하니 감성을 풍부하게 담아낸 서정시였으리라는 점이 재차 확인된다.

그런데, 앞의 1,2문맥을 살펴보면 물계자의 그러한 행위가 도무지 이해가 되지 않는다. 불충불효를 전사하지 않은 것으로 연결시키고 있는데 목숨을 바쳐 죽지 않고 살아서 돌아왔다는 것이 어찌 허물이 될 수 있는가. 또한 전사가 어찌 자기 마음대로 될 수 있는 것인가. 전쟁에서 패했음에도 죽지 않고 살아서 돌아왔다면 불명예스러운 일이요 또한 문제가 될 수 있다. 싸움터에서 목숨을 초개처럼 버리는 것을 당연시하고 그것을 충성으로 간주하던 시대였음을 상기하면 그렇다. 하지만 물계자의 경우는 사정이 전혀 다르다. 전쟁을 승리로 이끌었는데 왜 죽어서 돌아와야 하는가. 죽을 이유가 무엇인가, 살아서 개선한 것이 당연한 일이었다. 그것은 부끄러운 일이 아니었다. 그 자신이 잘못한 일도, 자책할 일도 하지 않았는데 기록에 나온 것처럼 그가 크게 뉘우치면서 세상과 절연한 것은 어찌 보면 당치 않은 자학, 자조, 자기폄하의 행위라고 규정할 수 있다. 시적 화자의 이해하기 어려운 이러한 행위를 문제점으로 정해 놓고 풀어나가다 보면 「물계자가」의 당대적 의미가 판명되리라고 믿는다.

「도솔가」가 사회 현실상에 뿌리를 내린 것이라면 「물계자가」는 싸움의 시대를 배경으로 하여 엇갈린 인간관계를 연결시켜서 생산된 노래다. 그 시대는 주변 소국가들과의 전쟁이 빈번하던 때였다. 통치계층과 신하, 신하와 신하 이렇게 사람과 사람끼리의 관계도 군공을 놓고 갈등을 빚던 그런 시대였다. 「도솔가」시대의 세상은 크게 보아 배려와 구원, 해소와 결속의 시대요 사회였다. 그로부터 2백년의 세월이 흘러간 뒤 나타난 「물계자가」의 시대는 국가끼리 더 치열하게, 그리고 사람끼리는 서로 더 많이 차지하고자 대립하며 싸우던 다툼의 시대로 변해 있었다. 지위와 권력을 독점하기 위해서는 싸움터에서 생사를 함께 한 군사의 공훈을 질투하거나 외면하는 행위가 윗사람 아랫사람들 사이를 가리지 않고 쉽게 발생하는 그런 세상으로 바뀌어 있었다. 역사적인 사실과는 별도로 문학작품의 컨텍스트를 놓고 볼 때 당시의 시대는 그랬었다.

「물계자가」는 그런 배척과 질시 및 비정한 시대상을 어떻게 극복하고 헤쳐 나가는 것이 올곧은 지사의 삶이요 깨끗한 처신인지를 드러낸 작품이다. 좀 더 정곡을 뚫자면 그 시대가 추구해야할 소망스런 신라인상을 컨텍스트를 통해서 밝히고, 텍스트를 통해서는 충효와 절의, 명리를 초월한 삶의 편안함을 작자의 입을 통해 거듭 강조한 작품으로 헤아려진다. 그러한 인간형이 그 시대의 본보기가 되어야 한다는 점이 암묵적으로 반영된 노래라는 뜻이다.

자신에게 공훈이 있되 드러내지 않으려는 미덕, 타인이 앗아간 상을 불평하지 않고 양보하는 겸사의 미덕, 그렇게 처신하는 것이 충효의 근본이라고 치부한 가치관, 이러한 교술성을 강조하면서 그에 걸맞은 인간상을 부각시키고자 한 것이 「물계자가」의 주제요 의도라고 해석하고 싶다.

그때에 형성된 용기 있고 개결한 인간상이 물계자 이후 후대 통일 전쟁시기를 거치면서 용맹을 떨친 화랑단의 정신에 어떻게 반영되었는지는 촌탁하기 과히 어렵지 않다. 다만 지금 전해오는 화랑과 관련된 노래가 두 편밖에 없는데, 원래는 더 많은 작품이 있었으나 대다수가 망실되었다고 믿거니와 그처럼 일실된 노래 중에는 「물계자가」류의 작품도 존재했으리라고 추정해볼 수 있다. 그 까닭은 싸움이 더욱 확대되고 가열되는 시대가 찾아옴에 따라 명예욕 또한 뒤따르면서 화랑끼리, 낭도끼리, 또는 화랑과 낭도사이에 서로 경쟁이 치열하였을 것임은 추측하기에 결코 어렵지 않다. 인간이 사는 세상이 다 그렇지 않은가. 요즘의 말로 지칭하자면 젊은 신사들의 공동체라 할 수 있는 화랑단이지만 그 집단도 역시 사람들이 모여서 만들어진 단체인 이상, 세속적인 충돌이 자주 있었다고 보아야 정당한 해석이다. 그런 시대에 명리를 초월한 물계자와 같은 인간상을 부각시키는 일이야 말로 통일전쟁시기에 시가문학이 감당해야할 과제였으리라고 판단하기 때문이다.

위에서도 언급한 바와 같이 물계자의 일련의 태도와 언행은 요컨대 상식을 초월한 것이다. 심하게 말한다면 가식에 가득 찬 인물의 표본으로 간주할 수도 있다. 하지만 절대적인 가치면이나 교훈적인 면에서 고려한다면 그는 결코 비정상적인 인물이 아니고 우러러보아야할 인간임에는 틀림이 없다. 이런 국면을 부각시키려는 것이 「물계자가」의 컨텍스트가 의도한 바라 하겠다.

유리왕대 「도솔가」에서 국가를 경영하는 군주의 치리적(治理的) 틀이 마련되었다면 「물계자가」에 이르러 지사적인 고결한 충효의 인생관을 중히 여기는 신라 초기의 이상적인 신하, 전사의 모형이 부조되었다고 이해하고자 한다.

3. 「실혜가」와 신료상

내해왕대로부터 4백년 가량의 세월이 지나자, 제26대 군주인 眞平王 시대가 찾아왔다. 신라가 부족국가 연맹에서 고대국가 체제로 전환된지 한동안의 세월이 경과된 뒤다. 그때에 「실혜가(實兮歌)」라는 노래가 나왔다. 「실혜가」는 실혜가 지은 장가다. 지은이의 이름을 따서 시가의 제명으로 삼은 것이 이색적인데 이런 작품명은 앞에서 거론한 「물계자가」의 예에서 이미 보았고 또 다음 章에서 살필 「해론가(奚論歌)」의 경우에서도 다시 접할 수 있다. 그러나 이는 모두 현대 학자들에 의해서 편의상 지어진 이름이다. 제작 당시에는 가명이 없었다. 문헌에 그냥 장가(長歌)라고만 표기되었을 뿐이다. 그 장가가 어느 정도의 길이인지는 전혀 알 수 없다. 후에 나오는 10행형 향가보다는 길었지 않았는가 싶다. 「도솔가」는 처음서부터 가명이 붙어 있었는데 아마도 국가 제정의 노래였기 때문에 그렇게 되었을 것이다. 나라의 노래와 민간의 노래는 권위와 무게에서 큰 차이가 있었을 터이고 그런 점이 가명의 측면에서도 나타났다고 본다.

「실혜가」는 『삼국사기』 열전 팔 「실혜」조에 그 창작 사연이 적혀 있다. 「물계자가」와 마찬가지로 이 또한 가사부전인 점이 아쉬우나 창작 배경과 동기만은 비교적 상세하게 기록되어 있어서 어떤 내용의 노래였는지 그 윤곽을 파악하는데 도움이 된다. 「실혜」조의 기록을 읽기로 한다.

> 1. 진평왕 때 사람 실혜는 大舍의 官等에 있던 純德의 아들이다. 그는 성품이 강직하고 의롭지 않은 일에는 추호도 굽히지 않았다. 궁중에 소속된 近侍職인 上舍人으로 복무를 하고 있었는데 자신보다 직급이 낮은 下舍人으로 珍堤라는 자가 있었다. 진제는 언변이 좋고 아첨을 잘하여 왕의 총애를 받았다. 진제의 이런 처신이 시비를 엄격히 가리고 바른 것을 지키면서 구차스러움을 멀리하는 실혜와 차별되는 점이었다. 실혜의 올곧음을 질투하며 원한을 품은 진제는 왕에게 여러 번 참소하기를 마다하지 않았다. 그가 사실과 어긋나게 참언하여 이르기를 실혜는 지혜가 없음에도 담력만 커서 비록 대왕의 말이라도 자신의 뜻에 맞지 않으면 분을 참지 않으니 만약 이를 징계하지 않으면 장차 나라가 문란할 터이라고 하였다. 그러므로 일단 그를 내친 후, 굴복할 때를 기다려서 다시 등

용함이 마땅하다고 참소하였다. 왕은 진제의 말이 옳다고 여겨서 즉각 벼슬을 삭탈하고 시골로 내쫓았다.

2. 이때 어떤 이가 실혜에게 말하였다. 그대의 가문은 조부 때부터 나라에 충성하였으며 그대 또한 재주가 세상에 널리 알려져 있음에도 이제 간신배의 참소로 竹嶺 밖 외진 곳으로 내친 몸이 되었으니 원통하지 않은가. 그럼에도 어찌 식언하여 발명하지 않는가라고 하였다. 이에 실혜는 억울함을 당했던 屈原과 李斯의 故事를 들면서(이 부분 原文을 필자가 압축함) 아첨하는 신하가 임금을 속이고 충신이 배척받았던 사건이 옛날에도 있었거늘 새삼스레 어찌 슬퍼하리오라고 하면서 끝내 아무 말도 하지 않고 왕명을 받들어 시골로 내려갔다. 그곳에서 長歌를 지어 자신의 심사를 드러내었다.

짧게나마 조상에 관한 얘기와 작자인 실혜의 인물평이 곁들여 있다는 점에서 정사인『삼국사기』열전의 기술방식을 따르고 있다. 이 말은「물계자가」에 관한『삼국유사』기록문과 다소의 차이점이 있다는 뜻이다.

「실혜가」의 창작과정과 경위를 읽으면서 쉽게 간파할 수 있는 점은 이 노래가 4백 년 전의 작품인「물계자가」의 큰 흐름과 그 결말에 맞닿아 있다는 사실이다.「물계자가」의 골자를 다시 정리하면〈①이웃나라와의 싸움에서 전공을 세움－②태자 및 주변인물의 질투와 외면으로 상을 받지 못함－③그럼에도 불평하거나 서운해 하지 않고 스스로 피은하여 노래를 짓고 은사의 삶을 누림〉이렇게 간추릴 수 있다. 그렇다면「실혜가」는 어떠한가. ①에 해당되는 내용이 빠져있고(그 대신 실혜의 정직성이 기술되어있다) ③의 일부, 곧 작자의 자퇴가 아닌 왕명에 의한 귀양이라는 점이 다를 뿐 그 대체적인 사정은「물계자가」의 경우와 유사하다는 사실을 알 수 있다. 바꿔 말하자면「실혜가」는 전공과는 다른 이유로 관료사회의 경쟁에서 패한 작자가 명예를 되찾기 위한 노력도 포기한 채 그 아픔을 극복하고 죽령 밖의 궁벽한 곳으로 쫓겨 가서 탈속의 삶을 살았다는 것이다. 이렇게 놓고 볼 때 「실혜가」와 그보다 훨씬 이른 시기의 노래인 「물계자가」는 마치 '일란성 쌍생아'와 같은 작품임을 어렵지 않게 알 수 있다.

이제 한 발짝쯤 안쪽으로 들어가 보기로 하자. 시기와 질투, 상훈이나 벼슬자리를 놓고 혼자 독점하려는 욕심 – 이런 것이 인간성의 부정적인 측면이라는 사실은 더 말할 나위가 없다. 정도의 차이만 있을 뿐 어느 시대나 그것은 존재한다. 「물계자가」가 창작된 10대 내해왕 때면 아직도 신라는 여명기에 속해 있던 시대였다. 그렇듯 국가체제가 착근되지 않은 시대임에도 전공을 놓고 탐욕을 드러낸 나머지 경쟁자를 배척하는 일이 상류계층에서 이미 발생하였다는 점에 새삼 관심을 기울이지 않을 수 없다. 더욱 눈길을 끄는 것은 그러한 인간의 탐욕스런 심리가 뒷시대로 내려갈수록 변형된 모습으로 악화되고 있다는 것이다. 「실혜가」가 그 한 예이다.

「실혜가」의 기록에서 읽게 되는 질투와 시기는 어떤 특정 사건을 놓고 비롯된 것이 아니다. 실혜보다 관등이 낮은 진제라는 인물이 평소부터 열등감과 피해의식에 사로잡혀서 실혜의 처신에 불만과 원한을 품고 증오한 끝에 왕에게 아첨하여 그를 곤경에 몰아넣은 것이 사단이 되었다. 「물계자가」에서는 군공이라는 구체적인 큰 요인이 촉매가 되어서 질투심을 발동케한 반면 「실혜가」는 그와 같은 직접적인 사건의 개입도 없이 그저 평소부터 상대방의 착실한 일 처리를 시기한 나머지 자신의 부족함을 만회하기 위해서 모함하여 끝내 내치도록 하였던 것이다. 「물계자가」와 유사하면서도 또한 본질적으로 다르다는 사실을 알 수 있다. 무조건적인 시기와 질투, 그만큼 인간성은 한층 더 파괴되었다고 해석해야 옳을 것이다.

「실혜가」조의 기록은 그러한 사회적 병리현상을 주인공이 어떻게 대응하면서 극복했는지를 드러내자는데 목적을 두고 있다. 억울하게 참소를 입고 삭탈관직의 몸이 되었을 때 그의 가문과 그가 재목감임을 아는 어떤 사람이 왜 바른대로 변명하여 명예를 회복하지 않느냐고 재촉할 때 실혜가 응대하여 토해낸 말은 매우 의미심장한 것이다. 그것은 모든 책임을 자신의 부족함으로 돌린 「물계자가」의 일견 위선에 가까운 겸손과 격을 달리한다.

실혜는 자신의 부덕함이나 과오 여부에 내해서는 일체 언급하지 않는다. 이것부터가 심상치 않은 것이다. 물계자 같으면 "이미 충효를 잃었으니 무슨 낯으로 다시 조정에 설 수 있겠소"라고 대꾸하였을 터이다. 실혜는 그런 식의 겸손함을 보여 주지 않았다. 굴원(屈原)과 이사(李斯)의 고사를 들면서 옛날에도 아첨하는 신하가 득세하고 충신이 내쫓기는 일이 있었는데 오늘에 와서 그런 일이 재현된다한들 어찌 새삼 슬퍼하겠느냐고 답한다. 세태를 꼬집는 뼈 있는 말이다. 겉으로는 시대와 세상을 탓하거나 원망하지 않는듯한 말투이나 속으로는 비수를 품고 내뱉는 항변이라면 지나친 해석일까.

어쨌거나 그도 모함과 참소를 당하고서도 아랑곳하지 않고 이를 이겨낸다. 당시의 사람들은 이와 같은 인물을 고사(高士)로 규정하고 이를 현양코자 하였다. 『삼국사기』 열전에 그의 행적이 등재되어서 길이 전해오는 것이 이 점을 입증해 준다. 세상이 날로 비루한 자의 세치 혀끝으로 어지럽게 운행될지라도 이를 무화시키는 개결한 인물은 반드시 있기 마련이고 그런 인물이야말로 신라사회가 필요로 하는 그 시대가 요구하는 이상적인 인간상이며 세인의 존경과 찬모의 대상이 되어야 한다는 교훈을 「실혜가」의 관련기록은 강조하고 있다. 이런 국면이 내장되지 않았다면 「실혜가」조의 전승은 불가능하였다고 본다.

시골로 쫓겨 간 실혜는 장가를 지어 '자신의 탓'을 노래하였다고 한다. 가사가 전해오지 않아서 그 자세한 내용은 알 길이 없으나 억측컨대 그 사설이 온순하지는 않았으리라고 여겨진다. 「물계자가」처럼 자신의 불찰(?)을 반성하는 식의 진술은 없었을 터이고 굴원과 이사의 고사를 거론한 것을 보면 가사에서만은 옳고 그름을 따지면서 관료사회의 혼탁상을 탄식했으리라 사료된다. 그럼에도 가사의 마무리는 그 모든 것을 다 잊고 초야의 삶에 적응하는 자신의 모습을 묘사해 놓았지 않았는가 싶다. 기록문의 문맥을 보아서 그렇게 헤아려 볼 수 있다. 자신이 지은 노래에 그런 식으로 불편한 심기를 담아냈다고 할지라도, 주변의 권유가 있었음에도 일체 항변하지 않고 깨끗이 물러난 그의 처신은 그 시대의 공직자가 지녀야할 귀감으로 통했다고 본다.

겨우 몇 편밖에 전해오지 않는 초기 시가에서 시기와 질투의 제물이 되어 희생이 되었으나 거기에 맞서지 않고 조용히 물러난 속되지 않은 꿋꿋한 사람의 노래가 두 편이나 있다는 점이 놀랍다. 선의의 경쟁을 통해서 성취의 포만감에 젖어야 함에도 부당한 방법으로 상대방을 무너뜨리는 살벌한 인간관계가 이른 시기에 다른 어떤 것, 이를테면 그와 반대항에 놓이는 융화나 상생 혹은 공존의 삶보다 더욱 사람들의 관심거리가 되고 마침내 문자로 기록되었다는 사실에서 문학의 칙칙한 그림자를 보게 된다. 컨텍스트의 교훈성을 온전히 인정하면서도 그런 느낌을 지울 수 없다.

「물계자가」를 포함하여 이 노래 「실혜가」를 성찰하면서 부차적으로 관심을 끈 인물은 내해왕과 진평왕이다. 사적에 적혀 있는 그들의 치적과 무관하게 이 기록문만을 놓고 보면 두 임금은 군주로서의 냉철한 판단력과 엄정한 용인술을 갖추지 못한 인물로 보아 마땅하다. 이 대목 또한 시대의 교훈으로 남아서 훗날 설총(薛聰)의 「화왕계(花王戒)」로 연결되었다는 것이 필자의 지론이다.

두루 알고 있는 바와 같이, 「화왕계」는 통삼 직후인 31대 신문왕(神文王)때 설총이 왕에게 개진한 왕자지계(王者之戒)에 해당되는 문장이다. 『삼국사기』 열전 설총전에 실려 있는 「화왕계」는 다른 이름으로는 「풍왕서(諷王書)」, 「풍신문왕서(諷神文王書)」라고도 부르며 우리나라 가전체(假傳体) 우화소설 또는 의인소설의 효시가 되는 작품으로 통한다. 설총은 이 작품을 통하여 군주가 인재를 등용함에 있어서 간신배의 참언과 감언이설에 좌우되어서는 안 된다고 말한다. 이것이 「화왕계」의 주제다. 그 창작배경과 동기는 신문왕의 불공정한 인사행정에 있었음은 재언을 필요로 하지 않는다.

그러나 「화왕계」를 신문왕 당대에 국한시켜서 독해하는 방법론은 요컨대 단견에 지나지 않는다. 예의 「물계자가」나 「실혜가」와 연관시켜서 읽을 필요가 있다는 뜻이다. 그럴 경우 「화왕계」의 시대인 신문왕 이전까지 실로 장구한 세월동안 쌓여온 역대 임금의 공정치 못한 인재 등용 및 기피현상의 적폐가 설총에 의해서 마침내 문학으로 형상화되었다는 점을 이해할 수 있게 된다. 「화왕계」는 내면적으로는 이를테면 신문왕 당대 이외 「물계자가」와 「실혜가」에서 문제가 된 점을 왕이 깨달아야 된다는 메시지를 전달하려는 교훈적인 작품이라는 뜻이다.

상훈과 관직을 놓고 억울한 일을 당하고서도 이를 수용한 유능한 관료인 실혜가 현실세계에서는 패자가 되었으나 정신적으로는 대우를 받으면서 당대의 모범되는 인물로 정형화되었다면 설총의 우언을 듣고 크게 뉘우치는 임금 또한 뒤늦게나마 중대 신라가 정착시켜야 할 군주의 모형이었다는 점을 옛 기록은 진술하고 있다고 풀이된다.

4. 「해론가」와 전사의 삶

진평왕대의 시대적 상황으로서 가장 두드러진 것을 꼽는다면 그의 조부인 24대 진흥왕대에 성립된 화랑단의 기반이 더욱 확고하게 다져졌다는 것, 그리고 인근 소국가와의 싸움이 잦았던 내해왕대 전후와는 달리 삼국통일의 대업을 성취하기 위해서 백제와 고구려 등 큰 나라들을 상대로 하여 빈번하게 전쟁을 치르기 시작한 시대였다는 것이다.

그런 시대였으므로 당연히 전투와 관련된 노래가 꾸준히 생산되어서 널리 가창되었을 것이라고 추정해 볼 수 있다. 그 중심에 「해론가」가 놓인다.

「해론가」에 관한 기록도 『삼국사기』 열전 해론조에 전해온다. 전문을 세 토막으로 나누어서 옮기면 아래와 같다.

> 1. 해론은 牟梁里 사람으로서 그의 부친 찬德은 용맹하면서도 志節이 있는 당대의 高士였다. 이에 眞平王이 찬덕을 뽑아 가잠성(椵岑城) 현령으로 삼았다. 이듬해 建福 28년(서기 611) 10월에 백제의 대군이 가잠성을 공략하기를 1백 여일, 찬덕은 왕명을 받고 3개 주에서 출동한 구원병과 함께 백제군에 대항하여 싸웠으나 이기지 못하고 돌아왔다. 憤恨을 참지 못한 그는 군사들을 격려하고 다시 나가 싸우면서 성을 수비하였다. 그러나 양곡이 바닥이 나고 물이 말라서 이를 참아내기 어려울 지경에 이르렀다. 군사들은 시체를 뜯어먹고 오줌을 받아 마시면서 힘써 싸우기를 게을리하지 않았지만 그 다음해(612) 정월 그의 군대는 패전의 쓴맛을 거듭 맛보아야만 하였다. 이에 찬덕은 임금의 명을 받들어 수행하지 못함을 탄식하면서 죽어서라도 귀신이 되어 백제인을 모조리 잡아먹고 기어이 성을 회복하리라고 서원하였다. 이윽고 팔을 걷어 올리고 눈을 부릅뜨면서 달려가 나무를 받고 죽었다. 그가 장렬히 죽자 성은 함락되고 신라의 군사들은 모두 항복하였다.
>
> 2. 해론은 그의 부친이 남긴 공에 힘입어 나이 20여 세에 大奈麻에 임명되고 건복 35년(618)에는 왕명에 따라 金山의 당주(幢主)가 되었다. 漢山州의 都督인 邊品과 함께 합동 작전을 편 해론은 부친의 통한이 서린 가잠성을 습격하여 마침내 이를 탈환하였다. 이 소식을 들은 백제군은 군사를 일으켜 쳐들어왔고, 이에 해론 등은 반격하여 저들과 싸우게 되었다. 그 때에 해론은 여러 장수들에게 그곳이 지난날 자신의 부친이 목숨을 끊은 전장터였음을 상기시키면서 그 또한 죽을 날을 맞이하게

되었노라고 말한 뒤 홀로 적진으로 달려가 닥치는대로 여러 명의 적군을 죽이면서 싸우다가 마침내 전사하였다.

3. 이 소식을 들은 왕은 눈물을 흘리면서 그 가문에 후한 상급을 내렸다. 당시 애도해마지 않은 사람이 없었다. 또한 長歌를 지어 조위를 표하였다.

위 「해론가」의 관련기록문을 읽으면서 우리는 「실혜가」를 살필 때 그랬듯이 당연히 「물계자가」를 떠올리면서 또다시 견주어보고 싶은 충동을 느끼게 된다. 두 노래 공히 적국과의 싸움을 배경으로 하고 있기 때문이다. 하지만 따지고 보면 두 노래는 많은 부분에 걸쳐서 서로 다르다. 「물계자가」가 논공행상에서 밀려난 작자가 조용히 낙향하여 자신의 심사를 겸허하게 술회한 서정시인 반면 지금 다루고자 하는 「해론가」는 많은 사람들이 전사한 주인공을 애도하면서 지어 부른 추모가에 해당된다. 서사기록도 「물계자가」는 주인공인 물계자 그 한 사람에 관한 기록이며 사건에 얽힌 내용도 비교적 단조롭다. 그와는 달리 「해론가」는 무엇보다 해론과 그의 부친, 두 세대에 걸친 무용담으로 되어 있다. 기술방식도 正史의 열전답게 구체적으로 또박또박 적고 있는 점이 「물계자가」와 다르다. 주인공에 대한 왕의 예우도 전혀 같지 않다.

이처럼 상이한 국면이 적지 않아서 일견 두 노래를 수평선상에 올려놓는 일 자체가 무리라고 판단하기가 쉽다. 그러나 이러한 판단은 미시적인 관찰의 결과에 지나지 않는다. 좀 더 거시적인 안목으로 조망하면 이 두 노래의 기반은 같은 것이고, 또한 양자가 의도하는 바가 그 시대의 소망스런 인간상을 창조해내자는데 있다는 점에서 서로 통한다. 「해론가」는 「물계자가」의 변형, 확대된 시가라는 전제를 세워놓고 이하 별견(瞥見)키로 한다.

「해론가」의 전반부 서사는 해론의 부친인 찬덕의 용맹스러움과 장렬한 죽음으로 짜여져 있다. 백제군을 상대로 한 그때의 전쟁이 얼마나 치열하고 어려운 싸움이었는지는 기록문에 잘 나타나 있다.

그 이듬해 정월에 까지 계속된 전쟁에서 찬덕은 결국 패하고 만다. 분을 참지 못하고 하늘을 우러러 크게 부르짖으며 자진할 때 그가 토한 말에서 우리는 후대 죽음을 초개와 같이 여기면서 나라를 위해 목숨을 바친 여러 화랑의 모습과 통하고 있음을 깨달을 수 있다. 찬덕의 죽음은 실로 위대하고 장엄한 것이었다.

서사 기록의 전반부만을 놓고서도 우리는 「해론가」의 컨텍스트가 전하고자 하는 메시지를 쉽게 간파할 수 있다. 나라를 지키고 지경을 넓히기 위해서는 죽음조차 아랑곳하지 않는 인물이 그 시대가 요구한 인간상이라는 것을 「해론가」의 관련기록이 전하고자한 主旨라는 뜻이다.

이 기록이 더욱 값진 까닭은 찬덕이 걸은 길, 그가 지키고자 한 정신이 아들 해론에게 전승되어서 크게 광채를 발하고 있다는 점이다. 부자 양대에 걸친 전사, 이 또한 해론조가 드러내고자한 한 차원 승화된 줄거리가 아닐 수 없다. 통일전쟁의 승리를 위해서는 아버지대를 이어서 그 아들도 과감하게 동참하는 가문일족의 희생이 긴요하다는 점을 해론조의 기록은 강조하고 있다고 해석할 수 있다. 또한 다시 언명커니와 싸움터에 나가서는 반드시 죽음으로 삶을 마감해야한다는 그 필사의 정신, 이 두 가지가 바로 해론조의 핵심 주제이며, 그런 인간상이 그 시대를 선두에서 이끌던 모형이었음을 기록문은 암묵적으로 말하고 있다.

해론이 전사한 뒤, 진평왕과 뭇 백성들이 보여준 애도의 표시는 지극히 당연한 것이라서 부연 설명을 필요로 하지 않는다. 다만 "그를 위하여 장가(長歌)를 지어 위문하였다"라는 대목만은 관심을 두지 않을 수 없다. 학계에서는 이 노래를 두고 「해론가」라고 명명한지 오래 되었다. 그러나 전후 문맥을 놓고 좀 더 숙고해 보면 「弔(悼)奚論父子歌(조해론부자가)」라고 부르는 것이 더 타당하지 않을까싶다. 특정인을 애도한 노래이므로 '조(弔)' 또는 '도(悼)'를 관하는 것이 옳을 터이고, 가사가 전해오지 않아서 그 내용을 알 수 없으나 앞뒤 사정을 고려할 때 비단 해론의 죽음뿐만 아니라 그의 부친의 죽음도 함께 조상하며 기렸으리라 짐작되므로 '해론부자'를 묶는 것이 논리적이라고 판단하기 때문이다. '장가'라고 했으니 이는 해론 한 사람만이 아니라 찬덕의 사연도 함께 진술하였음을 암시하는 것이 아닐까. 단독 진술로 되어 있는 「실혜가」도 '장가'이므로 단정적으로 언급하기는 어려우나 같은 '장가'이되 「해론가」는 두 사람을 추모한 노래였으리라는 생각을 쉽게 떨쳐버릴 수 없다. 설사 제명을 바꾸지 않는다고 할지라도 이 노래를 떠올릴 때는 해론과 더불어 그의 부친의 공훈까지 생각하는 것이 기록문에 충실한 해석이라고 본다. 마치 고려 예종이 왕건을 위해 대신 전사한 금락(金樂), 신숭겸(申崇謙) 두 장수를 애도하며 지은 「도이장가(悼二將歌)」와 성향을 같이하는 노래였을 터이다.

가사가 전해오지 않지만 그 사설이 찬양과 추모의 언어로 엮어져 있으리라는 점, 촌탁하기에 과히 어렵지 않다. 가사의 내용 못지않게 중요한 것은 앞에서 본 「도솔가」나 「물계자가」, 「실혜가」와는 달리 노래를 지은 주체가 국가나 개인이 아닌 '그 때의 사람(時人)'이며 이런 문맥으로 보아 이 노래는 지어짐과 동시에 백성들에게 즉시 전파되어 가창되었으리라는 점이다. 「도솔가」는 말할 것도 없고 개인 창작인 「물계자가」·「실혜가」도 일반인에게 널리 전승되었으리라는 점은 그에 관한 기록이 문헌에 올라 있는 그 사실 자체로 보아 확실시된다. 하지만 전파의 속도와 성격은 「해론가」와 전혀 다르다. 「해론가」는 당시 사람이 지었으므로 그 즉시 전파되었음이 분명하다. 이 대목에서 우리는 「해론가」와 그 관련문맥에 부각되어 있는 당대의 영웅상이 노래를 통해서 길이 찬양됨과 동시에 뭇 백성들에게 본받아야할 인간상으로 깊이 각인되었다는 사실을 알 수 있다. 그런 식으로 조형된 인물상이 당대는 물론 후대에 까지 계승되기를 바라는 기대심리가 작자층과 수용자층 모두에게 작용되었으리라는 점도 추정하기에 어려움이 없다. 특히 그 이후 화랑단의 임전무퇴와 살신보국의 실현이 가능했던 것도 「해론가」나 더 멀리는 「물계자가」와 같은 노래가 생산되어 꾸준히 전승되었기 때문이라고 사료된다. 비근한 예로 김유신과 그 아들 원술랑이 보여준 일련의 사건을 들 수 있다. 김유신 부자에게 '죽음'은 없었으나 전쟁에 임하여서 어떻게 행동할지에 대해서는 확연하게 드러나 있다. 그 정신이 바로 「해론가」와 통한다.

5. 「천관 원사」에서 잉태된 통삼(統三)의 영웅상

이제까지 살펴본 여러 작품의 주인공들은 시종 칭송을 받기에 충분한 행동을 하는 것으로 일관한다. 어떤 종류의 '흠결'도 그들에게서 찾아볼 수 없다. 유리왕은 인자하고 어진 임금으로 남아있다. 물계자는 명리를 초월한 개결한 지사로 각인되어 있다. 실혜 또한 그와 유사한 관리로 부각되어 있다. 해론과 그의 아버지가 보여준 장렬한 죽음은 진충보국의 표상으로서 만세에 귀감이 될 만한 것이었다.

이런 유형의 인물과는 달리 이제 읽고자 하는 「천관 원사(天官 怨詞)」의 주인공은 우선 잘못을 저지르는 일로 첫머리를 장식한다. 하지만 곧 반성하여 허물에서 벗어난다. 처음서부터 끝날 때까지 흠결이 없는 완벽한 인간의 이야기도 감동적이지만 한 번의 실수를 겪으면서 이를 극복하는 그 과정도 특별한 의미가 있다는 점을 이 기록은 깨우쳐 주고 있다. 그것은 비록 작품세계는 다르지만 「원왕생가」에서 엄장이 광덕의 처를 탐하려다가 크게 뉘우친 예와 유사한 면이 있다.

「천관 원사」는 이인로의 『파한집(破閑集)』 및 『신증동국여지승람(新增東國輿地勝覽)』과 『동경잡기(東京雜記)』 등에 그 관련기록이 전해온다.

개인문집에 수록되어 있다는 점에서 앞의 노래들의 경우와 다르다. 그 내용도 표면상 남녀 간의 애정시가 주축을 형성하고 있고 서사구조도 극히 단조롭다는 점이 앞선 작품들의 예와 또한 구별된다. 김유신(金庾信, 595·진평왕 17~673·문무왕13)이 통삼(統三)의 위공을 이루기 이전인 젊은 시절에 겪었던 일을 기록해 놓은 것이 확실하니 이 또한 진평왕 때의 노래로 간주하는 것이 통설이다. 『파한집』의 개요는 다음과 같다.

1. 김유신의 어머니는 평소 아들이 사람과 사귐에 있어서 망녕되게 행동하지 않도록 엄히 가르쳤다. 그럼에도 어느 날 아들이 기생집에서 잔 사실을 알게 되었다. 이에 그녀는 아들을 앉혀놓고 "나는 네가 자라서 공명을 세우고 임금과 어버이를 위하여 영예로운 자식이 되기를 밤낮으로 축원하였거늘 이제 어찌 백정의 자식들과 한 패거리가 되어서 기생방과 술집을 찾아 유락에 빠져 있느냐"라고 질책하면서 슬피 울기를 그치지 않았다. 아들은 곧 어머니 앞에서 이후로는 결코 그 집 문앞도 지나는 일이 없을 것입니다라고 굳게 다짐하였다.

2. 김유신이 그 후 어느 날 술에 취하여 귀가하는데 말(馬)이 얼마 전까지 다니던 기생집으로 잘못 들어갔다. 그녀는 기뻐하면서 또한 (한동안 발길을 끊었던 김유신을) 원망하며 눈물을 흘리며 나와 김유신을 맞아들이려 하였다. 그제서야 정신이 바짝 든 김유신은 탔던 말의 목을 베고 안장을 내팽개치면서 돌아섰다.

이에 그녀는 怨詞 한 곡을 지어 세상에 전하였다. 경주에 天官寺가 있는데 곧 그녀의 집이며 天官은 그녀의 號다.

짤막한 에피소드지만 흥미를 끌기에 충분한 얘기다. 비련으로 끝난 두 남녀의 사랑이 애처롭기 그지없다. 말의 목을 베고 안장을 팽개치는 장면에 이르러서는 저렇듯 단호할 수 있을까 싶어서 놀라움을 금치 못한다. 연극의 한 장면을 보는 착각에 빠지고 만다. 이러한 언급은 이 부분이 그만큼 현실성을 결여하고 있다는 뜻이다. 취한 상태에서 자신도 모르게 기생집 문 앞에 당도한 것을 깨달은 그가 정신을 차리고 그녀와 매정하게 절연한 일을 놓고 좀 더 극적인 효과를 얻기 위하여 그와 같은 과장된 대목을 삽입시킨 것은 아닌지 모를 일이다. 이런 식으로 의문을 품어 보지만 그의 외곬 성격을 감안하면 이 경우도 어렵지 않게 가능하였으리라는 생각도 든다. 어쨌거나 정든 기생과 즉시 인연을 끊은 점을 강조한 이 대목은 기술상의 현실성 여부와는 무관하게 「천관원사」 기록의 극적인 부위인 것만은 분명하다. 이와 같은 반전을 통해 한 인물의 인생행로가 달라졌으리라고 보기 때문이다.

천관녀의 「원사」는 사랑의 비가(悲歌)다. 가사가 전해오지 않으니 그 자세한 사연은 알 수 없다. 한 여인의 사무친 원한과 미련이 절절하게 진술되어 있는 노래였으리라고 추정해볼 뿐이다. 이렇게 간단히 처리한다고 해서 가볍게 다루어서는 곤란하다. 「원사」야말로 우리 시가문학사상, 이른 시기에 등장한 연가이며 거기서부터 후대에 수다한 사랑의 노래가 흘러나왔기 때문이다.

「원사」의 문학적인 윤곽의 파악은 이 정도면 충분하다. 이 말은 기록문 전체를 읽으면서 사랑을 잃어버린 한 기생의 구슬픈 노랫가락에 지나치게 귀를 기울인다면 이 글의 핵심적인 주제를 놓치는 실책을 범한다는 뜻과 다름이 없다. 되짚어 보자면 「천관 원사」의 마무리가 두 남녀의 비련으로 끝을 맺고 있어서 이 부분에 눈길이 가는 것은 사실이나 그렇게 되기까지의 과정, 곧 김유신 모친의 엄한 가르침과 관련된 교훈적인 서사기록이 상당한 의미를 지니고 독자에게 어필하고 있음도 부인할 수 없다. 이 자료를 단순히 서정시적인 관점에서 다룰 수 없는 이유가 여기 있다. 본고는 이 부분을 중시하고자 한다. 다시 말하자면 기록문은 천관녀가 「원사」를 지었다는 것으로 결론을 내리고 있지만 주지는 그렇게 되기까지 김유신과 그의 모친이 보여준 일련의 행위에 놓여 있다는 점을 분명히 하고 있다. 이렇게 읽는 것이 이 서사구조를 바르게 독해하는 방법이다. 김유신과 그의 모친인 만명부인 중 어느 쪽에 무게를 더 두어야 할까. 미세한 차이를 굳이 따질 필요가 없이 모자의 행위를 하나로 묶어서 이해하는 방법이 적절하다고 생각한다.

방탕한 생활을 하는 아들을 향해 김유신 모친이 훈계한 말의 핵심어는 〈공명 → 임금과 어버이를 위한 영예로운 자식〉이다. 이러한 훈계는 어느 시대, 어느 경우, 어느 청소년에게나 모두 해당되는 보편적, 일반적인 가르침에 불과하다. 김유신의 모친만이 말할 수 있는 것이 아니다. 이렇듯 일견 대수롭지 않은 이 말이 긴장감을 내포하고 있는 까닭은 여러 사정을 보아 그래서는 안 될 아들이 허랑방탕한 생활을 하는 것을 보고 낙담한 모친이 꾸짖으며 토해낸 말이기 때문이다. 실망스런 '사건'이 있고난 뒤에 이를 질타하고 경계하기 위해서 발설한 꾸중이기 때문이다.

김유신의 모친은 방탕하고 부박한 풍조에 자신의 아들이 휘말려들어가지 않기를 원했던 것이다. 아들이 여색에 빠지는 것은 어느 부모나 경계하는 일이지만 특히 김유신의 가문은 그의 증조부(구해왕)때 금관가야에서 신라에 투항한 귀화인 집안이므로 그런 이유 때문에 조신에 더욱 신경을 써야만 앞날을 내다볼 수 있는 처지에 놓여 있었다. 가야왕족인 연고로 진골에 편입되긴 하였으나 토착의 대귀족세력과는 여러 면에서 차별 대우를 감수할 수밖에 없었다. 이런 점을 전제로 하고 「천관원사」의 기록문을 읽으면 사건의 심각성이 어렵지 않게 드러난다. 그때 김유신은 화랑의 신분이었음이 분명하다. 15세 때 화랑이 된 점을 고려한다면 기생과의 교제는 그 이후로 봄이 합당하다. 신라국내에서의 김유신의 성공을 기원하는 모친의 입장에서는 아들과 기생의 애정행각에 크게 충격을 받았음을 헤아리기에 어렵지 않다.

김유신 모친의 이름은 만명, 지증왕은 증조부, 조부는 진흥왕의 부친인 입종갈문왕(立宗葛文王), 부친은 숙흘종(肅訖宗)이다. 쉽게 말하자면 왕족의 혈통을 이어받은 고귀한 신분이었다. 이렇듯 대귀족인지라 그녀의 부친은 김유신의 아버지인 서현과의 혼인을 극구 반대하였다. 딸을 감금하면서까지 말렸다. 하지만 이를 극복하고 어렵게 혼인을 하여 아들을 생산한 만명부인의 자식에 대한 기대가 어느 정도였는지는 재언할 필요가 없다. 보통의 어머니와도 달랐을 것이다. 친정인 왕가의 어느 자손 못지않은 훌륭한 자식이 되기를 열망하였을 것이다. 그렇게 되도록 훈육을 하였을 것이다.

그러던 차, 아들의 빗나간 행실을 보게 되었으니 그 낙심인들 오죽했으랴. 친정인 왕실과 연관시켜서도 실망이 컸거니와 당시의 시대 상황을 감안할 때도 아들의 방탕은 입신양명의 기회를 스스로 포기하는 것과 다름이 없는 것이라서 더욱 절망적인 심정이었으리라고 짐작된다.

당시는 삼국이 치열하게 싸우던 시기였다. 그러한 전쟁시대에 남아로서 태어나 수행해야할 사명과 출세의 길은 전쟁에 참전하여 적군과 싸워 승리하여 '전공'을 세우는 일이고 그 결과로 '충효'를 실현하는 것이었으리라. 그것은 김유신 모친의 언명에도 드러나 있다. 그것이 당시 신라가 바라던 인간형이었을 것이다. 그러므로 그의 모친의 훈계는 폐일언컨대 여색에 빠져 있는 아들로 하여금 크게 뉘우치게 하여 방탕한 생활에서 벗어나 시대가 요구하는 인물로 다시 태어나기를 바라는 간절한 모정의 표현이라고 보면 틀림이 없을 것이다.

모친의 질책을 듣고 김유신이 취한 일련의 행동은 다시 말하거니와 실로 놀랍기까지 하다. 기록 그대로를 수용하든, 혹은 앞에서 지적한바 과장된 것일 수도 있는 부분을 도려내서 접근하든 여하간에 그가 머뭇거리지 않고 기생과 인연을 끊은 것만은 사실이므로 감탄해도 무방하리라. 천관녀가 굳이 「원사」를 짓기까지 한 것을 상기하면 두 남녀의 사랑은 쉽게 헤어지기 어려우리만큼 매우 깊었음을 짐작할 수 있다. 그런 깊은 사랑을 한순간에 끊어버렸으니 경탄해마지 않은 일이라는 얘기다.

김유신에 관한 실록과 일화는 삼국의 어느 인물과 비교가 안 될 정도로 풍부하게 전해온다. 『삼국사기』 열전 맨 첫머리에 그의 이름이 올라 있음만 보아도 그의 위상이 어떤지를 알 수 있고, 그 분량이 상·중·하로 나뉘어서 기록될 정도로 다량인 것 또한 그의 파란만장한 생평이 과연 어느 수준이었는지를 말해주고 있다.

이렇듯 풍부한 양과 다양한 사건기록으로 구성되어 있는 열전의 기사들에 비한다면 『파한집』에 수록된 천관녀와 관련된 김유신의 염정행각은 그의 전 생애를 통해볼 때 실로 소품격의 삽화에 지나지 않는 것이다.

기록의 가치면에서 볼 때 이처럼 대단치 않은 것 같은 이 에피소드는 그러나 결코 소홀히 다룰 수 없는 함의를 내포하고 있음을 우리는 간과할 수 없다. 그것은 통일신라 이전에 저명한 인물의 사랑의 결말이 흥미와 긴장도를 높이고 있기 때문만이 아니고 삼국이 패권을 놓고 다투던 전국시대에 청사에 이름을 남긴 한 영웅이 겪은 한때의 경험이 그의 성장에 지대한 동력으로 작용하였으리라는 점을 중시하기 때문이다

「천관 원사」의 기록을 이와 같은 관점에서 성찰한 결과는 '김유신과 천관녀의 염정' 부분은 동기를 마련해 주는 것으로 기능을 다한 끝에 소멸되고 그 대신 '김유신 모친의 엄중한 질타와 교육 및 그 아들의 뉘우침과 결연한 행위와 각오'가 전문을 압도하기에 이른다.

맞다. 「천관 원사」의 기록은 화랑이 이제 바야흐로 큰 활약을 펼치려는 무렵, '공명'과 '충효'를 달성하려는 젊은이가 평소 몸가짐은 어떻게 해야 하며, 일상생활의 윤리관은 어떤 방식으로 지켜야 하는지를 후일 위대한 영웅으로 신라사에 이름을 남긴 김유신의 일화를 통해 전달하려는 의도에서 편집된 것으로 평가한다. 여기서도 시대정신이 요구하는 인물의 전형을 접할 수 있다.

첨언 하나. 훗날 김유신이 삼국을 통일한 후 옛 애인을 위하여 그녀의

집에 절을 세우고 그녀의 이름을 따서 천관사라 하였다.

6. 「서동요」와 신료의 집단화

이 장을 시작하면서 전제로 내세우고자 하는 것은 이 노래가 진평왕대의 것이 아니라는 주장이나, 관련기록 전체를 민담 혹은 의장된 역사전설로 간주하는 견해, 그리고 서동과 선화공주 또한 역사적으로 실존했던 특정 인물이 아니라는 학설 등에 대해서 비록 그런 제설이 타당한 것일지라도 관심을 두지 않기로 한다. 문헌기록 그대로를 따르겠다는 뜻이다. 서동과 선화공주의 혼사이야기가 다른 임금이 아닌 진평왕 때의 일로 문헌에 정착된 그 결과만 중시코자 하겠다는 말이다.

「서동요」가 실려있는 『삼국유사』 무왕조의 앞부분은 ①서동의 신이한 출생과 가난한 어린 시절 – ②경주에 잠입한 서동이 궤계(詭計)로 아이들을 모아 노래를 부르게 하여 선화공주를 취(娶)하고자 함 – ③아이들이 부른 해괴망측한 동요가 궁중에까지 알려지자 모든 신하들이 탄핵하여 공주를 먼 곳으로 유배시키도록 함 – ④쫓겨난 공주가 귀양길에 서동을 만나 마침내 정을 통한 후 함께 백제로 가는 것으로 되어 있다. 그 이하의 사건들은 본고의 논제에 해당되지 않으므로 요약하지 않는다. 또 위 ①~④중에서도 ③의 기록에만 극히 한정하여 그 당시 조정이 택한 징벌의 의미를 생각해보기로 하겠다.

사실 이 부분은 기존의 「서동요」 연구에서 크게 다루지 않았던 대목이다. 그저 그런 것 인 양 받아들이거나 또는 「서동요」의 가사를 음미하면서 외래자와 선화공주의 기이한 만남에 흥미를 느끼며 잠시 과정상의 삽화로 이해하는 정도였다. 조정 신하의 심각한 대응에는 별로 눈길을 돌리지 않았던 것이다. ③의 부분을 기록문 그대로 옮기면 다음과 같다.

동요가 장안에 퍼져 궁중까지 알려지니 백관들이 간하여 공주를 먼 곳으로 귀양보내게 되었다.

지극히 짧은 설화류의 이 대목을 놓고 우리는 무엇을 읽어내야 하는가. 신하들에 의한 당연한 조치였다는 식으로 간단히 처리해버린다면, 또는 서동과 선화공주의 결합을 견인키 위한 장치라고 쉽게 해석한다면 그것은 기계적·피상적인 풀이에 지나지 않는다. 종전까지의 그러한 일과성의 형식적인 독법에서 필자는 벗어나 이 부분을 확장시키고 부각시켜서 시대적인 의미를 이끌어 내고자 한다.

조금만 깊이 들어가 보면 알 수 있다. 신라 조정의 입장에서 볼 때 항간에서 떠돌던 요상한 노래가 궁궐에까지 들어와서 왕과 뭇 신하들이 알게 된 그 순간에 저들의 놀라움과 격노가 과연 어떠했는지는 헤아리기 어렵지 않다. 위 기록에는 진평왕의 반응이 빠져 있으나 당연히 왕과 왕후의 경악, 그리고 심한 고뇌가 뒤따랐을 것이다. 문면에는 나타나 있지 않으나 왕을 비롯하며 백관들이 확인 절차를 밟았을 것이고 그 결과 선화공주도 모르는 허무맹랑한 뜬소문임이 판명되었을 것이다. 그러나 사실 여부를 떠나 해괴한 소문은 벌써 온 장안에 퍼져서 수습할 방도가 없었을 터이다. 백성들은 아이들의 동요를 듣고 사실인양 믿고 말았을 것이다. 이것이 문제였으리라.

조정 신하는 왕실의 실추된 권위를 다시 바로잡고 민심을 잠재우기 위한 고민을 거듭하였을 것이다. 사태 수습을 놓고 먼저 백관들이 앞장선 것은 당연한 절차다. 그 결과 왕에게 무겁기 그지없는 진언을 하기에 이르렀다고 본다. 비록 공주가 억울한 희생양이 된다 할지라도 들끓는 민심을 잠재우기 위해서는 극단의 처방이 필요하다고 결론을 내린 것이다. 이 부분에서 우리는 '백관'으로 지칭된 신료사회의 집단성 및 그 힘의 위력과 대면하게 된다. 『삼국사기』 신라본기 역대 군왕의 치적을 담아낸 기록을 읽어보면 집단화된 신하들의 움직임을 찾아낼 수 있을 터이나 노래의 외피를 하고 드러난 예는 「서동요」의 컨텍스트가 거의 유일하다는 점에 우리는 유의한다. 이런 이색적인 대목을 그냥 간과할 수 없다. 한두 사람이 아닌 조정의 모든 신하들이 일치된 의견을 제시하는 장면에서 격상된 국가의 규모와 기능도 눈치 챌 수 있게 된다. '백관'의 극간은 위에서 잠시 언급한 신문왕대 설총 한사람의 「화왕계」식 충간과는 근본적으로 다르다.

어찌 처리할지 몰라 고민하고 머뭇거리던 차에 왕은 군신들의 극간을 듣게 되었고 그리하여 마침내 '귀양'이라는 처방을 내놓게 되었을 것이다. 그렇게 하는 것이 왕실의 권위와 공주의 생명을 건지는 가장 현명한 처리라고 판단하였을 것이다. 신하들의 간언에 따른 왕의 불가피한 결단 – 이것을 놓고 당시 신라의 왕권과 신권의 상대적 우열 여부를 논하는 것은 부적절하다. 예의 사건 자체가 어느 한쪽의 힘의 우열을 가늠할 수 있는 국가의 공식 정사에 관한 것과 무관한 일종의 추문과 연계된 것이기 때문이다. 그러나 신하들의 집단적 움직임 이후에 왕의 결단이 있었던 것을 보면 이 경우에는 아무래도 신료들의 입김이 컸던 것으로 해석된다.

이제 결론을 내리기로 하자. 백관과 왕의 결단을 통해서 우리는 통일전쟁을 수행하던 신라 고위층의 사심 없는 국가 경영의 의지와 확고한 정신적 지향점을 접하게 된다. 사건 처리의 결말은 엄중하게 마무리되었으나 따지고 보면 그러한 종결은 결코 '불가피'한 것만은 아니었다. 그렇듯 엉뚱하게 희생양을 만들어낼 일이 아니라는 뜻이다. 이야기 속에서나 있을 수 있는 일이지 현실세계에서는 있을 수 없는 일이라는 말이다.

왜 불가피한 것이 아닌가. 일련의 사건 자체가 허위이고, 그것은 서동이 잠적하여 추궁이 불가능할지라도 궁궐 밖 출입이 자유롭지 못한 특수신분인 선화공주의 평소 생활과 진술로서도 충분히 입증될 수 있기 때문이다. 조작된 사건인데 무슨 처벌이 필요한가. 귀양이라는 처분이 반드시 불가피한 것이 아닌 또 다른 이유는 설사 선화공주와 관련된 소문이 확장일로에 있으며 그래서 백성들의 눈총이 따가울지라도 한 나라의 공주를 그토록 내쫓는 극단의 응징은 상상을 초월한 불가해의 가혹한 처사이기 때문이다. 신하나 군왕이 한발짝 물러나 당사자를 궐내에 일정한 처소에 연금시켜 엄한 징벌을 받도록 하는 등 여러 방법이 열려 있기 때문이다. 추방만이 유일한 처벌이 아니었다는 뜻이다.

그렇지만 서사기록은 사건의 결말을 '귀양'으로서 마무리 짓고 있다. 설득력이 약한 무리한 매듭이 아닐 수 없다. 이처럼 무리한 처리를 통해서 우리가 읽어야 할 것은 당시 신라 고위층에게 요구된 엄격한 도덕성과 왕실의 명예를 수호하기 위한 강한 의지다. 그것은 상류계층이 솔선하여 백성들에게 보여줄 치리의 근본이요 기본 방향이다. 특별히 논의될 것이 없는 듯한 이 부분을 굳이 풀어서 읽은 까닭은 그 안에 내재해 있는 바로 이 정치적 염결성을 길어 올리기 위해서였다.

나라를 바르게 다스리고 풍속을 바로잡기 위해서는 왕을 비롯하여 백관들이 비록 공주와 관련된 사실무근의 일일지라도 그것이 나라에 끼치는 파장을 고려하여 사사로운 감정이나 관용에 얽매어서는 안 되고 어떠한 희생이 따를지라도 국가의 기강과 왕실의 명예 및 권위를 지키는데 엄격하게 대처해야 한다는 점을 그 시대의 정신으로 표방코자한 것이 이 대목의 요체라 하겠다. 그 선편을 '백관'이 잡았던 것이다.

무왕조의 기록이 마치 진평왕대에 있었던 일로 꾸며져서 정착되고, 특히 서동이 백제출신의 총각으로 등장하는 사유도 그 시대가 백제와 극렬하게 대립된 시기였음이 전제가 되었을 터이다. 적국과 관련된 전제하에서는 비록 헛소문일지라도 선화공주의 추문은 더욱 용납될 수 없다는 점을 강조키 위한 것이었으리라. 결국 허물없는 선화공주만 시대의 제물이 되었다고 보아야 한다.

이쯤에서 우리는 『삼국사기』 51대 진성여왕 2년 조의 기사 일부를 옮겨 놓고 진평왕대와 견주어 보기로 하겠다.

> 왕은 평소에 角干 魏弘과 더불어 통하였는데 이때에 이르러 떳떳이 그를 궁내에 불러 일을 보게 하고…… 각간 위홍이 죽자 追謚하기를 惠成大王으로 삼았다. 이 뒤에 왕은 남몰래 아름다운 少年丈夫 2·3명을 궁중으로 이끌어들여 음란한 짓을 하고……

두루 알려진 사실이지만 요컨대 진성여왕은 공주시절 부터 음탕하기 짝이 없는 요부였다. 그럼에도 누구 하나 간언을 올렸다는 기록이 없다. 서동과 선화공주의 사건과는 달리 그의 淫行은 주변 인물들이 사실로서 다 인지하고 있는 것임에도 만류하는 이가 없었다. 충간을 마다하지 않는 신하가 거의 없었고 그러한 신하가 모아져서 형성되는 '백관' 곧 신료의 집단성이 작동되지 않았다.

무너져가는 신라왕실의 추한 모습, 그것에 비한다면 진평왕대의 일은 양호하기 이를 데 없다. 나라의 기본과 기강이 살아 있었다면 도저히 용납될 수 없는 일이 진성여왕 시대에는 궐내에서 버젓이 자행되었다는 사실을 염두에 두고 그런 시대와는 다른 건강했던 진평왕대를 다시 떠올릴 때 우리는 통일전쟁시에 나라의 기강을 다잡으려고 고심한 그 시대의 치자계층인 백관들의 노력과 이를 수용한 군왕의 건강한 정신적인 지향을 읽게 된다. 부분을 확대하여 곱씹으며 투시해보면 이렇듯 망외의 소득을 얻을 수 있다. 관점을 잡기에 따라서는, 또는 기존의 고정 관념에서 탈피하여 필요한 대목을 발췌해서 따지고 들어가 보면 위에서 도출해 낸 바와 같은 결론을 얻을 수 있다.

문학은 자신이 말하고자 하는 메시지를 겉으로 표출시켜서 명시적으로 전하지만 속으로 내장시켜서 독자로 하여금 나름대로 눈치를 채게 하는 매력을 함께 지니고 있다. 이런 것을 두고 수용자의 보장된 자유스런 해석이라고 하는 것이리라.

ೋ

문학작품은 개인의 소산물이므로 거기에 창작자의 개인적인 정서와 사유, 그리고 세계관이 투영되어 있음은 두 말할 나위도 없다. 이 말은 개성과 의식 또는 표현 방식이 서로 다른 여러 작자의 작품들을 하나로 묶어서 그로부터 어떤 공통된(또는 유사한) 단일의 특질을 추출해 내는 일은 원천적으로 불가능에 가깝다는 말과 다름이 없는 것이다.

그러나 문학의 실현 양상은 노상 원칙론에만 머물러 있지 않는다. 지은이와 작품의 표면적인 모습이 서로 다름에도 같은 시대의 시대정신이 작자에게 작용하거나 몇 백 년에 걸쳐 유지되고 묵수된 사상이 침투되면 다수의 작자와 작품들이 비슷한 색깔, 또는 공통된 주제를 지향한 예가 드물지 않다는 사실도 새삼 떠올릴 필요가 있다.

그 좋은 예로 우리는 조선시대에 성리학의 이념을 충실히 반영한 '성정지정(性情之正)' 계열의 시조, 강호자연의 삶과 흥취를 담아낸 가사와 시조들을 꼽을 수 있다. 이들 작품은 작자가 다르고 어떤 경우는 시대가 상이함에도 성리학적 세계관과 강호지락을 읊었다는 점에서 동질성을 공유하고 있다. 어디 옛 시대의 시가뿐이랴. 가령 개화가사·1920년대 '님'을 노래한 일련의 시편들, 그리고 최근 1980년대 족출된 사회참여시 등에서 우리는 어렵지 않게 다수의 시인들이 시대와 관련된 동일한 주제와 지향세계를 드러내는데 참여하고 있음을 읽을 수 있다.

이러한 시가의 동향이나 양상이 우리 시가문학사의 가장 이른 시기인 신라 상대 6백 년 동안 생산된 노래들에서 이미 실현되고 있었음을 본고를 통해서 파악할 수 있었다. 소수의 작품들이지만 그 세계와 거기에 등장하는 인물의 유형을 우연치 않게도 하나의 끈으로 꿸 수 있는 것임을 알 수 있었다. 그것은 곧 공변된 세계요 공의를 중히 여기고 명리나 목숨을 가볍게 여기는 인물형으로 요약된다. 초기 부족국가에서 연맹체제로, 다시 고대 국가 형태로 발전하는 과정에서 신라는 밖으로는 정복전쟁을, 안으로는 높은 수준의 가치관과 윤리의식, 그리고 국가관을 형성하고 실천하는데 힘을 기울였다. 그것은 곧 시대가 요구하는 정신이었다. 그러한 시대정신을 가장 치열하게 실천한 인물들이 때마다 등장하여 시가의 주인공으로 탄생하였다. 유리왕대의 「도솔가」와 내해왕대의 「물계자가」, 그리고 「물계자가」와 진평왕대 「실혜가 – 해론가 …… 등」의 어간에는 짧지 않은 시간의 간격이 있고 작품상으로는 공백기라는 사실을 우리는 잘 알고 있다. 과연 실제로 노래가 없었을까. 그렇지는 않았다고 단언한다. 이미 「도솔가」나 「물계자가」라는 노래가 생산된 이상 1·2백 년도 아니고 수백 년이라는 긴 세월 동안 시가의 창작이 계속되지 않았다는 것은 도저히 상상할 수 없다. 현전하는 작품이 없을 뿐이다.

『삼대목(三代目)』은 논외에 두더라도 기타 망실된 미지의 수다한 노래들의 지향세계를 우리는 알지 못한다. 알지 못하는데 그들 노래가 본고에서 다룬 일군의 작품들과 성향을 같이 한 노래들이라고 논단하는 것은 무모한 처리다. 이 경우, 없어진 작품들까지 고려 대상으로 삼을 필요는 없다. 『삼국사기』나 『삼국유사』와 기타 문집에 오르지 못한 것은 기록에 남을만한 가치가 없기 때문이었을 터이고 예의 옛 문헌에 등재된 이유는 위에서 언급한 바와 같이 기록해둘만한 값어치가 있었기 때문이리라. 서론에서도 밝힌 그 '기록성'이 이를테면 신라 초기 시가의 대표성을 지니고 있었다고 판단하면 망실되었으리라고 짐작되는 작품들에 연연할 필요는 없다.

「도솔가」와 「물계자가」의 존재도 중요하지만 무려 5편이나 밀집되어 있는 진평왕대는 눈길을 끌기에 족하다. 이 시대의 작품들에서 공변된 것, 공의로운 것, 가치가 있고 윤리적인 것, 개인적인 지향과 집단적인 지혜가 서로 연결되면서 표출되었다. 이렇듯 시대정신과 그에 해당되는 인물을 집중적으로 드러낸 예도 드물다. 그것은 진평왕대 이후 향가문학의 진행과정을 보아서도 알 수 있다.

진평왕대의 작품들이 이처럼 큰 의의가 있는 것은 사실이나 그것은 「도솔가」와 「물계자가」에서 마련된 정신과 맞닿아 있음도 간과할 수 없다. 「도솔가」에서 형성된 어진 임금으로서의 치리의 도는 비록 성격은 다르나 「서동요」 관련기록에서 읽었던 엄격한 군주로서의 결단으로 변형되어서 군주의 도를 넓혔다. 논의하는 과정에 누차 반복 설명한 바와 같이 「물계자가」의 인물형상은 「실혜가」나 「해론가」에 재현되다시피 하였다. 「천관 원사」의 기록에서 마주친 김유신의 결심은 그 후 그로 하여금 위대한 화랑으로 탄생케 한 계기가 되었거니와 그 결심 또한 특히 「해론가」의 교훈과 연결시킬 수 있을 것이다.

바로 위에서 필자는 본고에서 다룬 진평 왕대까지의 작품과 그 이후의 향가문학이 보여준 작품세계가 서로 같지 않았다고 언급하였다. 잠시 그 비근한 예를 둘만 들기로 한다. 먼저 제34대 효성왕(孝成王) 즉위 초에 신충이 지은 「원가(怨歌)」다. 이 노래는 임금이 왕위에 오르기 몇 달 전 신충과 바둑을 두면서 굳게 언약한 바를(곧 즉위하면 벼슬을 내리겠다는 것) 지키지 않자 배신감을 이기지 못한 작자가 서운한 감정을 향가로 읊은 작품이다. 노래를 잣나무에 붙였더니 그 나무가 홀연히 말라버리는 상스럽지 못한 상태까지 발생하였다. 이 노래 옆에다 「물계자가」와 「실혜가」를 놓고 견주어볼 때 우리는 주어진 현실에 대처하는 인물의 격이 엄청나게 차이가 나는 것을 쉽게 깨달을 수 있다. 그 다음 대 임금인 제35대 경덕왕(景德王)때 충담사(忠談師)가 지은 「안민가(安民歌)」는 또 어떠한가. 그것은 폐일언컨대 군·신·민이 각기 직분에 충실하지 않고 질서를 지키지 못 하였기 때문에 생산된 노래다. 이번에도 그 옆에다 본고에서 논의한 모든 작품을 배열시켜 놓고 대조해 보면 쉽게 결론이 나온다. 「물계자가」에서 시기심이 강한 태자와 전쟁에 참전한 일부 사람들, 「실혜가」에서 아첨배인 한 관료와 잠시 판단력을 상실한 임금을 제외하고 여타의 인물들은 과연 어떤 평가를 받을 수 있을까. 모두 군·신·민의 위치와 직분에서 일탈하지 않았다고 결론을 내려도 좋으리라. 건강한 인물들로 보아야 할 것이다.

그렇듯 건강한 인물들이 시대를 이끌다가 통일이 되고 중대 전제주의 체제가 강화되자 공명심·요직에 대한 집착·직분 수행의 소홀 등이 만연되었던 것이고 그렇기 때문에 적어도 문학의 관점에서 조명할 때 진평 왕대까지와 그 이후의 시가문학은 구별이 된다고 본 것이다.

향가와 인연이 있는 군주들이 남긴 자취

두루 알고 있는 바와 같이 신라 3대 유리왕 때 「도솔가」에서 발원된 향가는 신라 전시대는 물론 고려 중기까지 이어졌다. 문헌의 일실로 인하여 전해오는 작품은 소수에 불과하나 그 역사는 천 수백 년에 걸쳐 있으니 자못 장구하다 하지 않을 수 없다. 향가를 제외한 역대 詩歌 갈래, 구체적으로 들자면 속요·경기체가·악장·시조·가사들 중에서 향가와 수명을 다툴 장르는 없다.

그렇듯 오랜 세월을 경과하는 동안 향가는 견우노옹이나 희명과 같은 필부필부에서 신충으로 대표되는 지체 높은 고위관료, 그리고 영재·광덕·월명사·충담사 등과 같은 스님과 낭승(郎僧)에 이르기까지 다양한 계층이 참여하여 羅·麗 두 왕조를 풍미하였다. 그 가운데에는 임금도 있었다.

신라의 35대 景德王과 38대 元聖王, 고려의 8대 顯宗과 16대 睿宗이 바로 향가와 인연이 있는 군왕들이다. 이들은 저명한 향가 작가가 등장하는데 결정적인 기회를 만들었거나 직접 작품을 지어서 소회를 피력한 주인공들이다. 전자에는 경덕왕이 후자에는 원성왕·현종·예종 등이 있다. 신라·고려 당시의 향가의 勢로 보아 더 많은 군주가 향가와 인연을 맺었을 것으로 추정되나 남아 있는 자료에는 이 네 명만이 올라 있다.(향가집 『三代目』을 편찬토록 한 51대 眞聖女王을 포함하면 5명이나 기록이 워낙 단편적이라서 논의하지 않기로 한다)

본고는 兩朝에 걸쳐서 나라를 다스리던 네 군주가 향가와 어떤 관계를 맺었으며, 무엇을 진술코자 하였는지, 또는 鄕歌史에 어떤 자취를 남기며 기여를 하였는지를 성찰하는데 목적이 있다. 지금까지 널리 알려진 여러 작자의 익숙한 작품들에만 초점을 맞춰 논의해온 방법론에서 벗어나 군왕의 입장에서 조명한 향가는 어떤 것인지를 알아보겠다는 뜻이다.

필자가 처음(?) 시도하는 이 작업은 여간 힘들고 어려운 일이 아니다. 무리한 추정이나 빗나간 풀이가 거듭되는 일도 있을 것이다. 그럴 수밖에 없는 까닭은 네 임금 중에서 작품이 남아 있는 인물은 예종뿐이고 나머지 세 임금 가운데 두 사람(원성왕・현종)은 텍스트가 전해오지 않고, 경덕왕은 창작한 일 자체가 없어서 무얼 어떻게 다루고 토구(討究)해야 할지 막막하기 그지없기 때문이다.

이처럼 풀어내기가 지난한 작업이지만 작품이 남아 있는 경우는 그것대로, 비록 창작의 경험이 없거나 있다할지라도 텍스트가 전해오지 않는 경우는 또 그것대로 관련기록을 꼼꼼히 읽어가며 작은 단서라도 잡아서 논증한 끝에 '향가와 군주'의 관계를 밝히기로 하겠다.

1. 경덕왕의 경우

1) 경덕왕이 견인한 향가의 창작

경덕왕(景德王)은 향가를 지은 적이 없다. 그럼에도 그는 향가와 인연이 매우 깊은 군주였다. 그가 아니었다면 향가의 고수였던 월명사와 충담사는 우리 시가문학사에 자취를 남기지 못하고 잠적하였을 것이다. 그들이 어전에서 지은 「도솔가」나 「안민가」는 물론이려니와 그 이전의 작품인 「제망매가」나 「찬기파랑가」도 향가사 이면에 묻혔을 것이다.

향가를 지은 바 없으나 향가의 두 거벽(巨擘)을 역사에 오르게 한 임금, 경덕왕을 이렇게 지칭하여도 지나침이 없으리만큼 그는 향가사에서 제외될 수 없는 인물이다. 어찌보면 경덕왕은 그 당시의 시대적인 상황 논리에서 평가할 때 향가를 창작한 두 명인과 等價의 위치에 놓일 수 있는 주인공으로 보아도 무방하지 않을까 싶다. 구체적으로 말해서 그가 아니었다면 『삼국유사』에 「월명사 도솔가」 조와 「경덕왕·충담사·표훈대덕」 조는 존재하지 않았을 것이다. 그렇다면 전자에 적혀 있는 예컨대 "羅人尙鄕者尙矣(신라 사람들은 향가를 숭상한지 오래되었다 – 혹은 '숭상하는 이가 많았다')"라는 아주 귀중한 사실도 알 수 없었을 것이다. 이 짧은 구절이 향가사를 이해하는데 얼마나 값진 역할을 하고 있는지는 두루 알려진 바와 같다.

혹자는 「월명사 도솔가」 조가 설정되어 있지 않았어도 이 대목이 워낙 중요한지라 향가를 수습해 놓은 다른 條目에 편입되었을 것이라고 예상할지 모른다. 그러나 이는 매우 편하게 생각한 끝에 나온 가정에 불과하다. "나인상향가자상이"라는 이 문맥은 「월명사 도솔가」 조 이외 다른 편목에 들어가기 어려운 대목이라는 것이 필자의 지론이다. 이 조목은 다른 조항에서는 읽을 수 없는 정보들, 곧 향가가 대개 詩·頌과 같은 것이고 가끔 천지·귀신을 감동한 예가 한두 번이 아니라는 등 향가의 성격 및 그 神異한 효능을 밝힌 내용을 담아내고 있다. 이런 내용은 아무데나 들어갈 성질의 것이 아니다. 심지어 월명사와 善鄕歌者로서 쌍벽을 이루면서 「찬기파랑가」·「안민가」 등을 남긴 충담사 조항에도 삽입되기 쉽지 않은 구절이다. 단언컨대 달밤에 피리를 불면서 풍류객의 정감과 예능인적인 모습을 한껏 보여주는 한편 「도솔가」와 「제망매가」를 통해 하늘과 귀신을 감동시킨 월명사와 관련된 항목에 기록되는 것이 가장 적절한 것이리라.

그러므로 연극으로 치자면 그 조목의 주연배우는 단연 월명사임이 분명하지만 무대를 설치하고 판을 벌인 역할을 담당한 책임 연출자는 경덕왕임을 부인할 수 없다. 「월명사」 조를 통해 향가의 내력, 성격·효능 등의 정보를 제공한 공로를 왕에게 돌리는 까닭이 여기에 있다.

눈길을 돌려서 후자 「경덕왕 충담사 표훈대덕」조를 살피기로 하자. 왕은 歸正門에 거둥하여 충담사를 만났다. 그 장소에서 그는 충담사의 「찬기파랑가」를 거론하며 '其意甚高(그 뜻이 매우 높다)'한 노래라고 극찬한다. 왕은 충담사를 대면하기 전에 이미 그가 지은 향가의 작품적인 우수성을 알고 있었다. 이 단편적인 기록을 통하여 여항에 떠돌던 향가가 궁궐에까지 유입되었다는 사실을 우리는 알 수 있게 되었다. 실인즉 이 기록이 아닐지라도 향가의 금궐(禁闕) 유입의 사례는 그 이전 곧 26대 眞平王 때 「서동요」가 흘러 들어간 바를 통해서 진작 알고 있었다. 또 信忠이 34대 孝成王의 위약을 유감스럽게 생각하여 「원가(怨歌)」를 궁중의 잣나무에 붙여서 누렇게 말라 버리게 한 일도 알고 있다. 이것 또한 향가의 궁궐 이입의 한 예로 간주하여도 무방하다. 그러나 이 두 사례들은 경덕왕 대 「찬기파랑가」의 대궐 정착과 본질적으로 다르다. 둘은 모두 행위 주동자의 계획된 목적의식에서, 즉 「서동요」는 목적한 바를 달성하기 위하여, 「원가」는 임금의 부당한 처사를 노출시키기 위하여 의도성을 가지고 궁궐에 전달코자 하였다는 뜻이다.

「찬기파랑가」는 그와 같지 않다. 문헌 기록만으로는 정확한 사정과 경위 및 경로 등을 알 수 없으나 최소한 누군가에 의해서 계획된 의도하에 임금에게 獻上된 노래가 아니었음은 확실시된다. 여항에서 회자된 나머지 이윽고 대궐의 높은 담을 자연스럽게 뛰어넘었다고 결론을 내리고자 한다. 그렇다면 향가는 아래로는 希明이나 견우노옹(牽牛老翁)과 같은 필부필부로부터 위로는 지존에 이르기까지 향유하던 詩歌였음이 이 조목을 통해 명백해진다. 향가가 구중궁궐에까지 흘러들어가서 임금도 익히 알고 있었다는 움직일 수 없는 사실은 「경덕왕·충담사·표훈대덕」조항 때문에 가능하였고 그러한 정보를 기록에 남게 한 그 배후에는 왕이 있었음을 온전히 인정하여야 할 것이다.

경덕왕의 향가 감식력(안)은 또 어떠했던가. 「찬기파랑가」를 '其意甚高'라고 격찬한 그의 촌평은 매우 的確하였다. 오늘날의 관점과 잣대로 평가하여도 이 노래는 수작이라 하지 않을 수 없다. 현전하는 신라의 향가 전체를 놓고 엄정하게 견주어 보아도 이 노래를 따라올 작품이 거의 없음을 우리는 안다. 월명사의 「제망매가」가 이와 키재기를 할 만하다고 할까. 하지만 그것도 「찬기파랑가」에는 다소 미치지 못한 노래라는 것이 필자의 평가다.

여하간 경덕왕의 작품 감식력은 출중하다고 언명할 수 있거니와, 이러한 능력이 「찬기파랑가」를 접하면서 비로소 갖추어진 것으로는 보기 어렵다. 그 전에 다른 향가를 여러 편 만난 결과 노래의 우열을 가릴 수 있는 對比의 능력이 왕에게 준비되었기 때문에 가능하였다고 본다. 이런 점을 전제로 한다면 「경덕왕·충담사·표훈대덕」조는 경덕왕의 작품 감식안 이외 그가 평소 향가를 가까이 하였다는 추론도 도출해낼 수 있다.

「월명사 도솔가」·「경덕왕 충담사 표훈대덕」조는 향가사의 금과옥조와 같은 편목이다. 그 안의 내용은 바뀔 수 없는 것이로되 관점·시각·방법론을 작가 중심으로부터 '경덕왕 중심'으로 옮겨서 성찰하는 접근법 또한 시도하여야 한다고 필자는 생각한다. 쉽게 말하자면 '입장을 바꿔서' 읽는 독법 또한 의미 있는 것이라는 뜻이다. 그런 방식으로 해독한 결과 우리는 위와 같은 소출을 얻을 수 있었다.

2) 경덕왕에 의해 국가의 공식행사에서 사용된 향가

좀 더 구체적으로 살피기로 한다. 논의의 중심에 「도솔가」와 「안민가」를 놓기로 하자. 결론부터 말하자면 경덕왕 그는 나라의 당면한 위난을 국가 차원의 공식적인 행사에서 향가로 풀고자 한 군주로 문헌에 남아 있다. 처음서부터 계획적으로 그러고자 한 것은 아닐지라도 결과적으로 그렇게 된 것만은 부인할 수 없다. 이 점이 매우 중요하다.

「도솔가」가 산출될 때의 현장으로 가보기로 하자. 왕 19년 경자 4월 초하룻날에 해가 둘이 떠서 10여 일간 없어지지 않자 이에 왕은 靑陽樓에 행행(行幸)한다. 때마침 月明師가 지나가므로 왕은 그를 불러 단(壇)을 열고 계청(啓請)을 지으라 명하니 월명이 "臣僧은 다만 國仙의 무리에 속하여 오직 향가만 알고 범성(梵聲)은 익숙하지 못합니다"라고 아뢴다. 신라 화랑단에 승려가 파견되어서 이른바 '郎僧' 제도가 있었다는 사실도 「월명사 도솔가」조가 존재하였기 때문에 알게 된 것이다. 正史에도 없는 사실이다. 왕은 "이미 연승을 청하였으니 비록 향가를 지어도 좋다"라고 언명한다. 이리하여 월명의 「도솔가」는 지어졌다.

이로 보면 상술한 바와 같이 왕이 당초부터 향가로 나라의 어려움을 해결코자 했던 것은 아니다. 이 순간을 우리는 눈을 크게 뜨고 주시하여야 한다. 그때 왕이 취할 수 있는 가장 합당하고 용이한 방법은 월명을 물리치고 범패에 능한 승려를 초치하여 예정했던 바대로 행사를 거행하는 것이었다. 천하를 다스리는 군주이거늘 그깟 사람 하나 바꿔치기 하는 것쯤 뭐가 어려워서 못 하겠는가. 함에도 경덕왕은 월명의 향가를 택하였고 그리하여 하늘의 변괴를 퇴치하는데 성공하였다. 향가에 대한 왕의 호의적인 정서가 여기서 드러난다.

절에서 齋를 올릴 때 석가여래의 공덕을 찬미하는 노래인 범패, 그것을 대신한 향가 – 이렇게 써 놓고 보니 세속의 노래인 향가와 엄숙한 범패가 수평선상에 대등하게 놓이게 되었음을 부인할 수 없다. 그것도 국가적인 공식 행사의 자리에서 이루어졌다. 왕의 순간적인 선택으로 해서 숨어 있던 善鄕歌者가 발굴되었고, 뿐만 아니라 '범패를 대신할 수 있는 향가'라는 인식을 그가 심어 놓았다고 언명하여도 무방하리라 믿는다.

좀 더 천착해 보면 월명사가 "…다만 향가만 알고" 운운할 때 왕이 머뭇거리지 않고 그 즉시 수용한 배경에는 다시 말하거니와 그가 향가에 문외한이 아님을 입증해준다.[1)]

충담사의 「안민가」도 당연히 이러한 맥락위에 올려놓고 읽어야 함은 다시 말할 여지가 없다. 왕 말년인 24년에 五岳三山의 신들이 이따금 대궐 뜰에 모습을 나타낸 사건은 세상이 어지러울 때 발생하는 상서롭지 못한 현상이다.

이에 왕은 삼월삼짇날 귀정문에 거둥하여 「찬기파랑가」를 지은 바로 그 사람, 충담사를 그곳에서 만난다. 그리고는 왕은 "짐을 위하여 리(이) 안민가(理安民歌)를 지으라고 하자 충담사는 어명을 받들어 노래를 지어 올린다.[2)] 기록문이 명백하게 증언하고 있듯 「안민가」는 충담사의 자의

---

1) 만약 창작 연대가 미상인 충담사의 「찬기파랑가」가 그 이전에 나왔고 그리하여 이 뛰어난 노래를 왕이 숙지하고 있었다면 월명의 말을 듣는 순간 이를 분명코 떠올렸을 것이리라.

또 다음과 같은 연상도 논의에서 배제할 수 없다. 그 이전 26대 眞平王 때 融天師는 「彗星歌」를 지어 心大星을 범한 星怪를 물리쳤다. 이에 진평왕이 기뻐하여 楓岳行을 중단했던 화랑단의 유람을 허락하였다. 이런 역사적인 前例가 후대에까지 전승되지 않았을 리가 없을 것이다.

경덕왕이 월명사의 향가를 선택하는 순간 이러한 과거지사도 되살아나서 일정하게 작용하였으리라고 해석하고 싶다. 현전하는 작품이나 문헌 기록만을 놓고도 그렇거니와 일실된 향가의 편편들을 상기하면 더욱 그러한 생각이 굳어진다.

2) 그 때에 왕의 뇌리에는 월명사에게서 「도솔가」를 얻을 때보다 더욱 향가가 확고하게 자리를 잡고 있었다고 믿는다. 왜일까? 5년 전, 효험을 보았던 월명의 향가가 왕의 생각을 굳히는데 결정적으로 작용하였으리라고 헤아려지기 때문이다. 신하들이 제일 먼저 데려온 威儀鮮潔의 大德을 退之한 것은 옷차림 등의 외모로 보아도 그가 단순한 스님일 뿐 郎僧(충담사도 월명사와 마찬가지로 낭도승이라고 규정하는 것이 학계의 통설임)이나 향가와는 무관한 인물임을 왕이 간파하였기 때문이다. 이런 과정을 거쳐서 왕이 직접 초치한 충담사는 겉으로 보아서도 월명사를 연상케 하였다고 보며, 그렇기 때문에 일문일답을 거쳐 마침내 「찬기파랑가」의 작자임을 확인하고 「안민가」를 짓게 하였다고 해석하는 것이 문헌 기록문에 충실한 풀이라고 믿는다.

에 의해서 지어진 것이 아니다. 작자는 충담사였지만 그를 견인한 주체는 경덕왕이다. 「안민가」를 경덕왕의 사유와 의지가 적극적으로 개입되어서 그가 간접 창작한 작품으로까지 확대시켜 해석하는 근거가 바로 여기에 있다.

「도솔가」와 「안민가」를 하나로 묶어서 정리하면 위와 같다. 경덕왕에 의해서 향가의 치리적 기능과 정치적인 활용은 극대화되었다. 그것은 이를테면 궁궐안의 어느 전각에서가 아닌 바깥 공간에서, 또한 많은 신료들 앞에서 공개적으로 실현되었다. 이것을 놓고 필자는 향가가 군왕 주도하에 거행된 국가적인 행사에 활용된 것으로 보았다. 향가의 위상이 이와 같았거니와 특히 군왕의 결단에 따라 「도솔가」가 범패를 대신하여 가창되고, 「안민가」에서는 군·신·민이 지켜야 할 직분의 환기와 태평한 시대의 도래를 지향하는 악장적인 사설이 담겨졌다는 점에서 향가의 효용과 그 가치는 한 차원 높게 공인되는 계기를 마련하였다고 말할 수 있다.

「도솔가」는 하늘의 변괴를, 「안민가」는 지상의 어지러움을 다스리는 데 소용되었으니 天·地의 운행과 관련이 있는 셈이다.

2. 원성왕의 경우

1) 『삼국유사』 '원성대왕'조 전·후반 나눠 놓기

『삼국유사』 원성대왕조에는 다음과 같은 매우 소중한 기록이 등재되어 있다.

> 대왕이 궁달의 변을 익히 잘 알아 「身空詞腦歌」를 지었다. 노래는 유실되어 알 수 없다.(大王誠知窮達之變 故有身空詞腦歌 歌亡未詳)

이 짤막한 기록이 우리에게 시사하는 바는 대단히 크다. 신라 역대 임금들도 일부 향가를 지었으리라는 단서를 제공하고 있다는 점, 곧 향가와 인연이 깊지만 손수 지은 작품이 없는 예의 경덕왕과는 달리 직접 노래를 창작한 군주가 있었다는 정보를 제시하고 있음이 그 하나이고, 같은 맥락에서 생각의 폭을 좀 더 넓히자면 현전하는 문헌 기록만을 놓고 볼 때 신라의 향가사에서 그가 유일한 '향가 작가인 임금'이라는 점이 그 다른 하나다. 가사가 망실되어 전해오지 않는 점이 극히 유감스러우나 여하간 歌名과 함께 나라를 다스리던 통치자가 향가를 지었다는 사실을 전해주고 있는 점만으로도 위의 단편적인 기록은 여간 값진 것이 아니다.

겨우 열다섯 자에 지나지 않는 예의 편린을 통해서 우리가 알아낼 수 있는 내용은 극히 제한적이다. 참말을 말하자면 원성왕에게 그런 사실이 있었다는 단순한 사실만을 확인하는 것 이상으로 더 많은 것을 찾아내는 것이 불가능하다고 언급하는 것이 차라리 정직한 진술이라고 할 것이다.

객관적인 사정은 이와 같지만 문장의 행간을 섬세하게 읽기에 따라서는 加外로 얻는 바가 전혀 없다고 단정을 내리는 것도 성급한 판단이 아닐까 싶다. 천착하다 보면 뭔가 소득이 있으리라고 기대하면서 꼼꼼히 살펴보기로 하겠다.

「원성대왕」조의 앞부분은 그가 뜻밖에 왕위에 오르게 된 꿈같은 경위를 기술해 놓은 것이다. 요약하면 아래와 같다.

원래 선왕인 37대 선덕왕의 뒤를 이어 즉위할 주인공은 왕의 족자(族子)인 김주원(金周元)이었다. 선덕왕은 후사가 없었다. 그런데 왕의 아우인 경신(敬信, 원성왕의 이름)이 괴이한 꿈을 꾸고 난 뒤 깨어나 점을 쳐보니 흉사를 당할 징조라는 것이었다. 이에 출입도 하지 않고 근신하고 있는데 아찬(17관등 가운데 여섯째 등급) 여삼(餘三)이라는 자가 끈질기게 만나기를 청하자 경신이 허락하여 대면하였다. 그에게 꿈 얘기를 하자 여삼은 일어나 절을 하며 이것은 吉夢이니 후일 큰 자리에 오르게 될 것이라고 하였다. 여삼의 해몽은 적중하였다.

얼마 후 선덕왕이 훙거하니 국인이 주원을 받들어 왕을 삼으려 하였다. 그때 주원의 집은 북천의 북쪽에 있었는데 갑자기 물이 불어서 건너지 못하게 되자 경신이 먼저 궁궐에 들어가 즉위하였다. 당초 주원을 옹위하려던 무리들도 모두 따라 합세하여 등극한 원성왕에게 충성을 맹세하며 하례하였고 아깝게 기회를 놓친 주원은 명주(溟洲)로 물러나 그 곳에서 살았다. 그가 강릉 김씨의 시조다.

정사인 『삼국사기』에도 이와 줄거리가 동일한 내용이 적혀 있다. 다만 『삼국유사』와 다른 점은 설화식의 기술에서 벗어나 있다는 점이다. 여하간에 이런 식으로 왕위가 결정되었다는 점이 여간 흥미로운 것이 아니다. 원성왕이야말로 행운아임엔 틀림이 없다. 왕은 하늘이 내린다는 점을 이 기록은 문득 떠올리게 한다. 여기까지가 '원성대왕'조의 전반부에 해당된다.

원성왕의 「신공사뇌가」를 온전히 파악하기 위해서는 왕이 된 이후의 기록인 뒷부분의 여러 설화들도 읽어야 한다. 그 요지를 간추리면 아래와 같다.

> ① 왕은 부친인 大角干(재상급인 각간의 으뜸으로 최고위 재상) 孝讓이 조상에게서 전해 가지고 있던 萬波息笛을 다시 물려 받았다. 그 때문에 天恩을 후히 입어 그 덕이 멀리 빛났다.
> ② 貞元 二年 10월 11일에 일본왕 文慶이 병사를 일으켜 신라를 치려다가 만파식적이 있다는 말을 듣고 퇴병한다. 그리고는 두 번에 걸쳐 사신을 시켜 다량의 금을 바치면서 그 신령한 물건을 한 번만 보고 돌려보내겠다고 청한다. 이에 원성왕은 "짐이 듣기로는 先代인 眞平大王 때에 그것이 있었다 하나 지금은 있는 곳을 알지 못한

다"고 거짓말로 타일러서 돌려보낸 후 笛을 內黃殿에 간직하였다. 만파식적은 원래 31대 신문왕 때 만들어진 것이니 왕이 거짓말을 한 것이다.

③ 왕 11년에는 또 이런 일이 있었다. 당나라 사신이 와서 한 달을 머물다가 데리고 온 河西國의 두 사람을 시켜 호국용인 東池·靑池, 그리고 분황사 우물의 용을 呪術을 발휘하여 작은 고기로 만들어서 이를 통에 넣어 돌아가는 일이 발생했다. 신리의 혼과 정신이 도둑맞은 셈이다. 이 사실을 東·靑池 용의 두 아내에게서 들은 왕은 급히 河陽館까지 쫓아가서 친히 향연을 베풀고 이어서 그들을 크게 꾸짖은 뒤 만약 사실대로 고백하지 않으면 극형에 처하겠노라고 엄중히 경고하였다. 마침내 그들은 고기 세 마리를 내어 바쳤다. 이에 당나라 사람들은 왕의 현명함에 탄복하였다.

④ 「원성대왕」조는 다음과 같은 서사기록으로 끝난다. 왕이 황룡사의 승려 智海를 불러들여 50일 동안 화엄경을 강하게 하였다. 그때 沙彌僧인 妙正이 발우를 金光井에서 항상 씻는데 자라 한 마리가 노는 고로 남은 밥을 먹게 하였다. 며칠 뒤 자라가 고마움의 표시로 사미에게 조그마한 구슬을 주었다. 이를 받은 사미는 그 구슬을 허리띠 끝에 달았더니(이 내막을 안) 왕이 그를 지극히 사랑하여 내전에 데려다 떠나지 못하게 하였다. 그때 잡간(匝干, 17관등 중의 셋째 등급. 진골만이 오를 수 있음) 한 사람이 당나라에 사신으로 가게 되었는데 사미승을 평소 사랑하여 동행하기를 청하자 왕이 이를 허락하였다. 당나라 황제 또한 사미를 보고 극히 사랑하였다. 이에 어느 관상쟁이가 이르기를 "사미를 보건대 吉한 상이 하나도 없습니다. 그에게 반드시 이상한 물건이 있는 듯 합니다"라고 고하자 황제가 명하여 몸수색을 하도록 하니 사미의 띠 끝에서 작은 구슬이 나왔다. 황제가 이르기를 "짐이 여의주 네 개가 있었는데 前年에 하나를 잃었다. 이 구슬이 바로 그것이다"라고 하니 사미가 전후 사정을 실토하지 않을 수 없었다. 황제가 구슬을 두고 사미만 내보냈다. 그 뒤로는 아무도 사미를 믿거나 사랑하지 않았다.

이것이 「원성대왕」조 말미에 놓여 있는 설화다.

2) '궁달(窮達)의 변(變)'의 의미 해석과 「신공사뇌가」의 문학세계 추정

원성왕이 「신공사뇌가(身空詞腦歌)」를 지었다는 기록은 이상에 옮겨 놓은 전·후반의 사설이 갈리는 경계선에 놓여 있다. 필자가 관견하는 바로는 아주 묘한 위치에 자리를 잡고 있다고 보거니와 요컨대 「신공사뇌가」는 그 앞·뒤 기록을 함께 연결시켜서 해석하여야 설득력이 있는 결론을 이끌어 낼 수 있다고 본다. 이 말은 「신공사뇌가」에 관한 열다섯 자의 짧은 기사가 허투루 놓여 있는 것이 아니라는 뜻이며, 또한 전·후반의 기록과 무관하게 외톨박이로 자리를 잡고 있는 것이 아니라는 뜻이기도 하다.

이제 원성왕이 지은 향가가 어떤 노래였는지 그 윤곽을 잡아보기로 하겠다. 재차 확인하거니와 「신공사뇌가」는 "왕이 궁달의 변을 익히 잘 알아" 지었다고 하였다. 그러면 '窮達의 變'이란 무엇인가. '통달과 불통', '뚫림과 막힘', '성사와 실패', '행과 불행', '순탄과 역경', '明과 暗', '선순환과 악순환' 등을 일러 「궁달」이라 할 것이다. 世事나 人事가 잘 되고, 못 되고를 두고 일컫는 말일 것이다. 그런 뜻의 어휘에 '變'이 붙어 있으니 상반되는 두 가지가 때에 따라 변화를 일으키는 것을 대왕이 지혜롭게 알아차렸다는 것이 바로 '誠知窮達之變' 이라는 구절의 본 뜻이라고 필자는 해석한다.

그런 능력을 왕은 언제 지니게 되었는가. 문헌 기록에 국한하여 충실히 따르자면 전반부에 담겨 있는 '꿈'의 결말을 체험하고 난 뒤부터였음이 분명하다. 첫 번째 점을 쳐서 해몽한 결과는 '불통 – 막힘 – 실패 – 불행 – 역경 – 暗' 이었다. 그러나 다시 여삼이 풀이한 내용은 '통달 –

뚫림 – 순탄 – 성사 – 행 – 明'의 긍정적인 전망이었다. 이 일을 통해 후일의 임금인 경신은 하나의 현상이 두 가지의 서로 다른 방향으로 전개될 수 있는 경우의 수를 동시에 체험한 셈이 된다. 그런 과정을 거친 끝에 귀착점은 전혀 예상도, 기대도 하지 않은 왕위 등극이라는 행운으로 마감되었다. 극적인 변화와 반전은 이윽고 한 인간의 운명을 한 순간에 바꿔 놓았다.

이를테면 꿈같은 일이 현실화된 사건을 기술해 놓은 것이 전반부의 주제이거니와 吉·凶의 숨이 가쁜 과정을 거치는 동안 세사와 인사를 해석하는 능력을 비롯하여 왕의 인생관이나 세계관은 더욱 단련되고 성숙되었을 것이리라. 세상의 일은 결코 단순한 것이 아니고 그 결과도 속단하기 힘든 오묘한 무엇이 있다는 사실을 그는 깨달았을 것이다. 왕의 이러한 변화된 모습을 『삼국유사』는 '성지궁달지변'이라고 명기하였고, 그런 바탕에서 「신공사뇌가」는 창작되었다고 진술하고 있다. 지어진 배경은 이와 같거니와 그렇다면 작자는 그의 노래에서 무엇을 말하였을까. 이 궁금증에 관해서는 후반부의 기록까지 마저 해석한 뒤에 풀기로 한다.

후반부는 한 마디로 말해서 세상의 변하는 이치에 두루 통달한 후에 (또는 통달하는 과정에) 임금이 마주쳤던 현실에 어떻게 대처하였는지를 몇 가지 사례를 들어서 보여 준 것이라고 필자는 규정한다. 사례를 들기에 앞서 『삼국유사』는 왕이 先代로부터 전해오는 만파식적을 이어 받아서 가지게 되었다는 사실을 적고 있다. 만파식적이 어떤 것인가. 적병으로부터 신라를 지키는 신비스런 악기로서 31대 신문왕 때부터 이후 나라의 보물로 귀히 여겨온 것이 아닌가. 그것을 원성왕이 간수하게 되었다는 얘기는 어떠한 외침도 물리칠 수 있는 힘과 능력을 그가 확보하였다는 뜻이 되며, 무엇보다도 왕권의 정통성을 부여 받았다는 뜻이 된다. 신라의 김씨왕실은 17대 내물왕계 → 29대 태종무열왕계로 정권이 바뀌면서 이어져 오다가 36대 혜공왕이 정변에 의해서 살해되어 마감되 뒤 37대 선덕왕이 왕위에 올라 다시 내물왕계가 집권하는 과정을 밟았다. 그러나 선덕왕은 눈에 띌만한 치적을 남기지 못하고, 재위 6년만에 서거하였다. 그 뒤를 이은 임금이 바로 원성왕이다. 앞에서 이미 읽은 바와 같이 그는 뜻밖에 왕위에 오른 인물이었다. 그러므로 비록 국인이 기꺼이 추대하였다고는 하나 정통성 문제에 있어서 그는 불리한 위치에 있었다고 보아 무방하다. 이러한 허점을 원천적으로 불식시키고 시비의 여지를 제거하기 위해서 만파식적의 전승기록이 후반부의 서두에 올려졌다고 해석한다. 이것은 '궁달지변'을 합리화하고 보강하기 위한 '전제적 기술'로 보아야 할 것이다.

그 뒤를 이어받은 것이 일본왕 문경의 요청을 물리친 사례다. 이때 왕은 지략을 발휘하여 상대방 사신을 속이는 방식으로 돌아가게 하였다. 자칫 군사적인 충돌로 진전될 수도 있는 사안을 꾀를 써서 탈 없이 해결하였다.

두 번째 사례는 당나라 사신의 술책을 막아낸 일이다. 두 여인에게서 전후 사정을 들은 왕은 사신들이 묵고 있는 처소까지 친히 달려가 강·온의 두 방책을 써가면서 압박을 가한 끝에 마침내 세 마리 호국룡을 되돌려 받았다. 이 경우는 타국의 사신들에게서 먼저 속임을 당한 것을 왕이 적극적으로 나서서 나라의 운명을 구해낸 사례에 해당된다.

세 번째는 위의 두 경우와는 달리 타국의 귀중한 보물을 얻어서 기뻐하다가 되돌려 주게 된 사건이다. 이 일은 왕이 개입되어서 일어난 일도 아니고, 또한 사미승의 잘못도 아니다. 하지만 결과적으로는 당나라 황제의 추궁을 받아 한동안 신라에서 가지고 있던 여의주를 내놓게 되었으니 뜻밖에 얻은 행운이 불행으로 바뀐 사례라 하겠다. 이 대목의 마무리는 "그 뒤로는 아무도 사미를 믿거나 사랑하지 않았다"는 것으로 끝을 맺고 있다. 이 문맥 속에는 일정 기간 동안 구슬을 갖고 있는 "사미를 지극히 사랑하여 내전에 데려다 떠나지 못하게 한" 왕도 그를 더 이상 가까이 하지 않았다는 사실이 내포되어 있음은 물론이다. 이는 남의 것을 탐하지 않았다는 뜻이다.

이상 몇 가지 설화의 공통된 화소는 어렵게 꼬인 일이 왕의 지략과 때를 놓치지 않고 적극적으로 대응한 결과로 정상 상태를 유지할 수 있었거나, 그 반대로 우연찮게 얻은 행운이 불행으로 뒤바뀌는 明과 暗의 교차라 하겠다. 이를 두고 우리는 '궁달의 변'이라고 일컫는데 주저할 필요가 없으리라.

다시 「원성왕대」조의 主旨를 정리하면 다음과 같다. 즉 전반부는 '꿈'의 해몽과 그 이후의 등극을 통해서 세상사와 인간의 운명이 한순간에 반전되는 '궁달의 변'을 왕이 체득하여 깨달았다는 사실을, 후반부는 그와 같은 세상의 변하는 이치를 왕이 직접 현실문제와 마주쳐서 현명하게 풀어나갔다는 점으로 요약할 수 있다.

이에 근거하여 「신공사뇌가」가 어떤 내용을 담아낸 노래인지 그 대강을 헤아려보고자 한다. 무리한 추정이 될 수 있음을 모르지 않으나 그냥 간과하기에는 서사기록들과 「신공사뇌가」와의 연관성을 무시할 수 없다고 판단되므로 논리를 전개키로 한다. 전반부의 기록은 워낙 신이한 것이라서 그냥 건너뛰기가 어렵다. 누구보다도 원성왕 자신부터 그 경이로움에 감탄하였을 것이고 그리하여 노래를 짓기에 이르렀을 것이다. '궁달의 변'은 어디서 비롯된 것인가. 그것은 인력으로 이루어진 것이 아니고 하늘의 뜻, 천지신명의 뜻, 『삼국유사』의 기록에 따르면 북천의 신의 뜻에 의해서 결정된 것이다.

그렇다면 「신공사뇌가」의 작자는 먼저 世事와 인간의 운명을 좌우하는 天命을 경외하고 찬양하는 헌사를 먼저 바치는 절차를 밟았을 것이다. 이렇게 하여 왕위계승의 필연성과 정통성을 다지는 효과를 얻고자 하였을 것이다. 이어서 장차 나라를 다스림에 있어서 '궁달의 변화를 알아낼 수 있는 능력'을 자신에게 계속 내려주기를 하늘을 우러러 기원하였을 것이다. 끝으로 臣民을 향하여 왕을 믿고 충성을 독려하는 말을 달았을 것이다. 이것이 필자가 그려본 「신공사뇌가」의 문학적 세계다.[3)]

이 장을 마감하면서 자연스럽게 경덕왕을 떠올리지 않을 수 없다. 그는 월명사와 충담사의 향가로서 시국을 수습코자 하였다. 원성왕은 그와는 달리 자신이 직접 향가를 지어 정치를 하고 치국을 하였다. 이런 점을 보면 원성왕이 향가에 좀 더 적극적이었다고 판단하여도 무방할 것이다. 이와 관련하여 조동일도 "원성왕 자신이 제왕인 채로 월명사·충담사의 구실을 차지하고자 했음을 암시한다 하겠다"[4)]라고 말하고 있다.

3. 현종의 경우

1) 고려 향가의 사적(史的) 의의

신라가 종막을 고하고 고려 왕조가 개창되자 향가의 勢가 앞 시대와 달리 현저하게 꺾였다고 보는 것이 일반적인 견해요 통설이다. 상식으로 통하는 정설은 그와 같지만 왕조가 교체되었다고 해서 일시에 창작 행위와 그 명맥마저 단절되었다고 규정하는 것은 큰 잘못이다. 규모면에서는 제한적이었지만 질적인 면, 역사적인 가치와 의미면에서는 결코

---

3) 원성왕은 자신의 등극과 관련된 일과 그로 인하여 느낀바 속내를 한시가 아닌 향가로 읊었다. 그렇게 함으로써 만백성에게까지 전파되기를 바랐던 것으로 이해하면 큰 잘못은 없을 것이다. 한시보다 향가가 더 대중성이 있다는 점은 촌탁하기에 어렵지 않다. 원성왕 당시의 향가의 세가 경덕왕대의 전성기를 그대로 유지하고 있었다고 볼 수 있는 사례로는 60여 도적떼(실은 태종무열왕계에서 내물왕계로, 또는 동일한 내물왕계이나 선덕왕에서 김주원이 아닌 원성왕으로 왕권이 교체될 때 실세한 정치세력들이거나 화랑의 殘匪로 필자는 규정함)를 만나서 永才가 지은 「遇賊歌」와 관련된 기록을 읽으면 짐작되는 바가 적지 않다. 왕은 그러한 사회적인 분위기를 타지 않았는가 싶다.

4) 조동일, 『한국문학통사』1, 지식산업사, 1994, p.172

무시할 수 없는 향가의 창작이 고려에서도 이어졌음을 재삼 곱씹을 필요가 있다. 균여의 「보현십원가」, 8대 군주인 현종과 군신들이 창화한 「향풍체가」, 그리고 16대 임금이었던 예종의 「도이장가」 등은 신라의 향가와는 또 다른 측면에서 그 가치가 새롭게 조명되어야 할 노래들이라는 것이 필자의 지론이다. '적요한 가운데 굵고 뚜렷한 계승', 왕조의 퇴장에 따라 문학도 운명을 같이 하지 않는다는 사실을 국문학 초창기인 이른 시기에 입증해 주고 있다는 점에서 고려 향가의 존재는 결코 가벼운 것이 아니다.

고려 향가의 이와 같은 전개는 그 자체로서도 독자적인 큰 의의가 있을 뿐만 아니라 마침내 신라시대와 연결되어서 향가 문학의 全史를 연장시키며 더욱 풍요롭게 만드는데 크게 기여하였다고 보아야 한다.[5)]

---

5) 李姸淑은 「羅末麗初 향가문학」(『신라향가문학연구』, 박이정, 1999, pp.99~117)에서 「보현십원가」를 작자인 균여의 화엄밀교사상이 투영된 노래로 규정하였다. 그리고 이러한 작품적 성향은 민심수습과 왕권강화 정책을 통해 백성의 마음에 가까이하고자 한 4대 광종의 治國철학과 맥을 같이 함에 따라 더욱 빛을 발휘하면서 널리 확산되고 대중화되어 歌唱하기에 이르렀다고 하였다. 그러나 광종이후 얼마 가지 않아서 밀교가 口密중심에서 意·身密쪽으로 방향을 틀자 구밀과 관련이 깊은 향가는 자연히 쇠퇴하게 되었다고 하였다. 거기에다 밀교의례가 국가적 차원에서 성행하였으므로 구태여 노래인 향가가 필요치 않게 되고 그래서 장구한 역사를 지닌 향가 장르는 「보현십원가」를 기점으로 쇠퇴·소멸되었다고 주장하고 있다.
 풍부한 자료를 활용하여 치밀하게 논의한 그의 勞作에는 경청할만한 내용이 많이 들어 있음을 인정한다. 그러나 향가의 마지막 운명을 전적으로 불교의 한 지류인 화엄밀교의 동향과 연결시킨 점이 이해가 되지 않는다. 또 본고에서 성찰하고 있는 현종·예종의 작품을 논외에 두고 「보현십원가」이후 향가의 쇠퇴·소멸을 운위하고 있는 점이 역시 납득이 되지 않는다. 그는 고려의 광종은 물론 그 이전의 왕조인 신라의 경덕왕을 향가와 결부시켜서 무게 있게 다루었는데 그런 관점이라면 같은 군왕인 점에서 현종·예종 또한 무게 있게 다루었어야 마땅하다고 생각한다. 두 임금이 밀교와 무관하기 때문에, 현종 및 群臣들의 합작품은 텍스트가 전해오지 않기 때문에 고려하지 않았다면 온당한 처리가 아니다. 향가의 운명을 밀교만으로 결론을 내릴 수는 없지 않은가. 『三代目』이 일실되었으나 그 존재는 향가사에 뚜렷하게 기재되어 있듯이 가사 부전의 향풍체가 또한 기록만으로도 존재의 의미가 있는 것이 아닌가.

그런 성격의 고려 향가 3편 가운데 본고의 주제에 해당되지 않는 균여의 것은 논외에 두고 현종과 예종의 향가에 대해서 성찰키로 하겠다.

2) 향가를 택한 현종의 뜻, 비음기(碑陰記) 에 기록으로 남긴 의미

현종은 등극한 뒤, 20년 동안 나라를 잘 다스려서 초기 고려 왕조의 기틀을 다지는데 큰 업적을 남겼다. 그에 의해서 개국 후 처음으로 황금시대를 누리기 시작한 고려는 뒤에서 거론할 예종대까지 순탄하게 이어졌다.

남다른 치적을 남긴 현종은 태조왕건의 여덟째 아들인 욱(안종이라 追謚하였음)과 5대 경종의 비였던 헌정왕후 황보씨 사이에서 태어났다.[6] 그는 인격적으로도 훌륭하여서 치기수신에 게을리하지 않았고, 효심 또한 지극한 군주였다. 그 마음을 알 수 있는 증거물이 바로 본고의 대상인 현화사와 그곳에서 어버이를 기리며 지은 향가다.

현화사(경기도 개풍군 영남면 현화리)가 언제 창건되었는지는 확실치 않으나 대체로 왕 9년에 시작되어 12년에 준공되었다고 추정하는 것이 학계의 통설이다. 이 절은 현종이 부모의 명복을 빌기 위해서 4년 동안 온갖 정성과 공을 기울여서 세운 절이다. 이후 현화사는 임금의 특별한 관심과 배려에 힘입어 구조와 규모, 치장 등 모든 면에 걸쳐서 거찰·대가람(巨刹·大伽藍)으로 자리를 잡게 된다.

『고려사』동왕조 12년 8월 己未에 "왕은 현화사에 행차하여 친히 비액(碑額)을 썼다"라고 기록되어 있다. 일컬어 「영취산대자은현화사지비명(靈鷲山大慈恩玄化寺之碑銘)」이라고 쓴 전액(篆額)이 그것인데 비문은 한

그러므로 고려의 향가는 「보현십원가」이후에도 현종·예종의 것이 있었음에 따라 최소한 쇠퇴·소멸과는 거리가 멀다고 이해하여야 할 것이다.

6) 景宗의 妃에는 獻貞王后와 함께 그 언니인 千秋太后가 있었다. 현종이 왕이 되기 전까지 그를 시기하고 박해를 가했던 천추태후와 경종의 사이에서는 7대 穆宗이 태어났다. 그때의 고려 왕실은 여간 복잡하지가 않았다.

림학사 주저(宋에서 귀화한 사람)가 짓고 참지정사 채충순이 비음을 지어서 병서하였다고 또한 기록되어 있다.

이 비음기에 향가사에서 놓칠 수 없는 중요한 대목이 나오고 있음은 두루 알고 있는 사실이다. 곧 사찰이 완공되어 낙성식을 거행할 때 임금인 현종이 먼저 '향풍체가'를 짓고 그 뒤를 이어서 수행한 신하들이 또한 경축하고 찬양하는 '시뇌가(詩腦歌)'를 바치게 하니 모두 11명이 지었다는 사실이 바로 그것이다. '향풍체가 – 시뇌가', 이것이 향가임은 긴 설명이 필요치 않다.

서책이 아닌 돌에 음각한 것이므로 전후 사실과 경위만 간략하게 새기는 것으로 끝냈을 터, 10여 명의 작품을 어찌 음각할 수 있겠는가.

작품도 전해오지 않고, 따라서 그 확실한 내용도 전혀 알 수 없는데 君臣이 향가를 지었다는 사실만 가지고 야단스럽게 떠드는 것이 아니냐는 식의 이견이 제기될 수 있음을 우리는 모르지 않는다. 하지만 이는 좁은 생각에서 나온 소견에 불과하다. 자료의 전승이 엉성한 고전문학의 경우, 설혹 텍스트가 존재하지 않고 그 관련기록만 전해온다 할지라도 그것만으로도 문학사의 맥락 연결이나 보완에 긴요한 단서가 된다면 이를 소중하게 다루어야 마땅하다는 주장에 우리는 서고자 한다. 지극히 짤막한 기록문이지만 곱씹으면서 읽으면 엉성하게 취급했던 관계로 간과해버린 몇 값진 내용에 접할 수 있으리라고 믿는다.

핵심이 되는 견해에 접근하기 위해서 순차적으로 외곽의 문제부터 상고키로 하자. 현종과 뭇 신하들이 돌려가며 향가를 지었다는 점을 비석에 새겼다는 그 사실을 필자는 대단히 중시한다. 비석이 아무리 큰 규모라 할지라도 그것이 서책이 아닌 이상 거기에 음각되는 비문의 내용은 제한적일 수밖에 없다. 사찰을 세우기까지의 경위와 과정, 규모, 연중행사 및 국가에서 베푼 여러 가지 사실이 기록되어 있고, 또한 현종이 매년 4월 8일부터 3일간은 국가의 번영과 사직의 안녕을 위해서,

7월 15일부터 3일간은 양친의 명복을 위해 각기 미륵보살회와 미타불회를 열었다는 사실이 추각되어 있는 등 이런 사연들을 압축된 문장으로 담아내는 것으로 되어 있다. 거기에서 향가를 지었다는 대목은 제외되어도 큰 문젯거리는 아니다. 한시로서 군신이 창화하였고 그리하여 이를 오래도록 기억하고, 또한 표적으로 남기기 위해 새겨 넣었다면 당연한 것으로 수용할 수 있다. 하지만 향가가 한시보다 낮은 시가로 통하던 당시에 이를 돌에 음각해서 후세에 영원히 전하려고 한 그 발상과 의도는 아무리 대수롭지 않게 보아 넘기려 해도 그렇게 되지 않는다.[7)]

이 부분의 결론은 당시의 최고 통치자와 고위 신료들 모두가 향가를 한시 못지않게 중시하였다는 점에 귀결된다. 이는 마치 고려 개국 초에 균여의 「보현십원가」를 한시로 번역한 최행귀가 향가를 중국의 사부(詞賦)에 비하여 조금도 손색이 없으며 어떤 의미에서는 저쪽의 것을 능가하는 수작이라고 언급한 바와 연결된다. 우리의 고유한 민족문학의 실체와 가치를 그때의 최상류 계층이 드러내놓고 인정하였던 것만은 부인할 수 없다. 그때에 지은 10여 명의 작품들이 비석에는 각인할 수 없음에 따라 혹시 서책으로 담아 놓았지 않았을까 추정해 볼 수 있다. 그 가능성을 헤아려보지만 전해오지 않아서 더 이상 언급할 수 없음이 아쉽다.

---

7) 한 가지 비근한 예를 들기로 한다. 13세기 말 충렬왕 때 一然이 열반한 후 경북 군위군 소재 麟角寺에 그를 기리는 비가 세워졌다. 거기에 그가 지은 여타의 문적은 밝혀 놓고 있으나 『삼국유사』는 누락되어 있다. 正史가 아니고 설화식의 野史類였기 때문이리라. 그러나 『삼국유사』가 어떤 책인가. 오늘날의 관점에서 이 저작물의 역사적 가치를 새삼 입에 올린다는 것은 실로 구차스럽기 짝이 없는 일이다. 하지만 그 당시에는 널리 알려지지 않은 저작물이다. 그렇다손 치더라도 적어도 일연의 측근들은 그 가치를 인지하고 있었을 터, 그럼에도 이를 빼버렸다. 그만큼 중시하지 않았다는 것이다. 이런 사실과 현화사 비음기에 현종 및 11명의 신하들이 향가를 지었음을 새겨 넣어서 후세에까지 알리고자 한 사실을 서로 대비시켜 보면 후자의 처리가 얼마나 돋보이는지 충분히 알 수 있다.

3) 현종 및 군신(群臣)이 지은 향가에 숨어 있는 몇 특성

비음기에 음각된 사실에 대한 조명은 이쯤에서 마무리 짓고 다음 단계로 넘어가기로 하자. 다시금 비음기의 내용을 읽거니와, 분명코 임금과 신하들이 돌려가면서 향풍체가 – 시뇌가를 지었다고 하였다. 이것이 곧 唱和이거니와 쉽게 말하자면 '집단(혹은 공동) 창작' 임은 두 말할 나위가 없다.

향가의 집단 창작, 이것이야말로 향가사에 전무후무한 일이요 사건이라 아니할 수 없다. 처음 있는 일이요, 그 후에도 없는 유일한 창작행위다. 한 사람이 시를 짓고, 이를 이어받아서 다른 사람이 응대하는 창작행위는 한시에서는 흔히 볼 수 있는 장면이다. 후설할 예종이 수시로 한시로서 신하들과 창화한 것이 그 좋은 예다. 고려 고종 때에 한림의 제유들이 경기체가 형식으로 「한림별곡」을 지었다든가 시조 분야에서 가끔 수창한 사실을 기억하거니와 향가가 두 사람도 아닌 열 명이 넘는 사람들이 동원되어서 공동으로 지어졌다는 사실은 현종 때의 이것 이외 달리 찾아볼 수 없다. 언필칭 특기할 일이요, 향가사에 반드시 기술해 놓아야 할 일대 사건이라 하겠다.

논리를 좀 더 진전시키기로 하자. 그때 그 절집에 모여서 향풍체가를 지은 모든 창작자들, 곧 임금과 신하들은 그 이전부터 이미 향가에 능숙했다고 판단하는데 이론이 있을 수 없을 것이다. 그렇지 않았다면 창작 자체가 불가능하였을 것이기 때문이다. 이러한 해석이 용인되는 이상, 그들은 평소에도 향가를 지은 경험이 있었다고 추정하는 것이 온당하다. 그러한 창작 체험이 있었으므로 그때 그 자리에서 머뭇거림이 없이 노래를 지었다고 풀이하는 것이 또한 타당한 추정이리라. 그렇다면 다시 한 걸음 더 내딛거니와 전해오지는 않으나 군신 모두에게 현화사에서 지은 작품 이외 평소에 창작한 개인적인 텍스트가 또한 있었으리라 헤아려 볼 수 있다.

여기까지의 성찰을 토대로 하여 고려 왕조 전반기의 향가의 추세를 점검한다면 우리가 이제까지 추상적으로 알고 있는 바와는 달리 신라 당년의 전성기 때의 수준에까지는 미치지 못하였겠지만 그러나 향가의 전통을 계승하여 보존하면서 엔간할 정도의 창작과 향유는 활성화되었다고 사료된다. 외려 군신의 공동창작의 관점에서 평가한다면 신라의 향가를 능가하였다고 말할 수도 있다.

고려의 향가가 이처럼 무시할 수 없는 기세를 과시하게 된 그 기저에는 균여의 「보현십원가」가 크게 작용하였다고 필자는 판단한다. 이 글이 균여의 작품을 논하는 자리가 아니므로 구구한 설명은 피하거니와 다만 한 가지 간과할 수 없는 것은 현종대 보다 5·60년 전인 제4대 광종 때에 지어진 「보현십원가」가 그 이후 세상에 널리 전파되어서 담이나 벽에 적혀 있었고, 노래를 외우면 병이 나았던 일도 있었다(赫連挺의 균여전)는 기록이다. 그만큼 균여의 노래는 민중들의 사랑을 받으면서 대중화되었다. '담이나 벽에 적혀 있었다'는 기록도 한국의 시가전사(詩歌全史)에서 찾아보기 드문 대목이다.[8)]

어쨌거나 고려사회의 이러한 기반이 조성되어 있었기 때문에 현종이나 신하들도 향가에 접근하였을 것이고 그리하여 현화사의 향풍체가 – 시뇌가가 탄생하기에 이르렀다고 생각한다. 뿐만 아니라 기록이나 현전하는 작품은 없지만 민중들 사이에서는 「보현십원가」를 즐겨 외우는 한편으론, 일부 능력을 갖추고 있는 사람 중에서 직접 자신의 생각과 심경을 담아낸 작품을 창작하는 일도 가능했으리라 믿는다. 현화사의 향풍체가를 「보현십원가」의 연작 형태의 모방으로 해석해도 무방하지 않을까 싶다.

8) 「보현십원가」의 뛰어난 여러 국면은 이연숙이 위 논문에서 상세하게 기술해 놓았다.

4. 예종의 경우

1) 예종과 한시 / 향가의 기능에 대한 분별력

현종(顯宗)시대로부터 1백 년 남짓 지난 예종(睿宗)대에 이르러 또다시 왕이 창작한 향가가 나온다. 「도이장가」가 바로 그것이다. 『고려사』동왕 15년 10월 辛巳에 석 달째 西京에 머물고 있던 왕은 팔관회에서 잡희를 구경한다. 그 속에 국초공신 김락과 신숭겸의 우상이 있으므로 왕은 감탄하여 어제사운(御製四韻)과 단가이장(端歌二章)의 시를 지었다고 기록하고 있다. 『평산신씨고려태사장절공유사(平山申氏高麗太師壯節公遺事)』와 『신숭겸행장(申崇謙行狀)』에 상세한 기록과 함께 작품이 전해오고 있어서 그 전말을 알 수 있다.

사운(四韻)이라는 추모 한시와 역시 추모의 향가인 단가이장을 옮기면 아래와 같다.

[Ⅰ]

見二功臣像	두 공신의 가상을 보니
汎濫有所思	사모하여 눈물이 솟도다
公山蹤寂寞	팔공산의 자취는 적막하지만
平壤事留遺	기리는 행사 평양에 남아 전하네
忠義明千古	충의는 천고에 밝아 있고
死生惟一時	생사야 오직 한 때인 것
爲君蹄白刃	임금 위해 바친 목숨
從此保王基	나라 기틀 이로써 보존했네

[Ⅱ]

님을 온전하게 하온
마음은 하늘 끝(에) 미치니
넋이 가시되(가시도록)
衷心 삼으시어(충심을 다하시어) (遂行)하신 소임이여

또 하고자(본받고자) 바라며
아름답게 수놓은(장식한) 저기에
두 공신이여
오랫동안(내내) 곧은 자취는 나타내실진저

「도이장가」는 그것이 존재해 있는 그 자체만으로도 크나큰 의미를 지니고 있는 노래다. 작품의 수월성 여부나 창작과 관련된 사연 등을 떠나서 그렇다. 본고의 과제인 향가와 직·간접적으로 인연이 있는 군주 중에서 예종의 「도이장가」만이 유일하게 텍스트가 남아 있다는 점에서 그렇고 신라와 고려 양조에 걸쳐 장구한 세월동안 이어져 온 향가의 역사가 현전하는 문헌상의 기록을 기준으로 해서 정리할 때 이것이 마지막을 장식하고 있는 작품이라는 점에서 또한 그렇다. 하지만 이 노래를 끝으로 그 이후로는 향가의 창작과 향유가 완전히 끊겨졌다고는 생각하지 않는다. 다른 사람도 아닌 임금의 창작 향가가 엄연히 있었다면 그 당시는 물론 그 뒤로도 한동안, 비록 한시나 속요에 눌려서 전성기와는 견줄 수 없으되 일정한 규모의 세를 형성하며 가창되었으리라 추정하는 것이 상식적인 풀이가 될 것이다.

두루 알고 있는 사실이지만 재삼 강조하기 위해서 위와 같은 절차를 밟거니와 이제 이 노래가 확보하고 있는 몇 국면에 대해서 논의키로 하겠다.

향가인 「도이장가」는 그 단독으로 지어진 것이 아니고 사운 한시와 짝을 이루면서 창작된 작품이라는 점에 우선 관심을 두기로 한다. 이런 성격의 향가도 이것이 유일한 것이라는 사실을 또한 기억해 두기로 하자.

팔관회 자리에서 예종이 두 개국공신의 충의를 듣고, 가상을 보면서 감개한 바 있어 한시 한 수를 지은 것, 그 영탄은 예사로운 것이 아니다. 그냥 관람하는 것만으로도 끝날 수 있는 일이나(이 방면에 문외한인 필자로

서는 실제로 두 代死 공신을 추모한 역대 임금의 한시가 또 있는지 알지 못한다)
굳이 옛 일을 떠올리며 시를 지었다는 것은 두 공신에 대한 예종의 애틋한 마음이 지극하였기 때문이리라. 이와 같이 평가하면서도 필자는 예종의 사운 한 수를 다른 관점에서 다루고 싶다. 그의 문예 취미, 사장(詞章)의 탐닉, 시인 체질은 호가 나 있었다. 평생 시마(詩魔)에 쫓기면서 살았다고 말할 정도였다. 이에 관해서는 그의 「유구곡」을 성찰한 논문(이 책에 수록하였음)에서 논의하였으므로 반복해서 설명하지 않거니와, 여하간 그의 일상생활 자체가 시 짓기와 연결되어 있었다는 사실만은 재삼 기억하기로 한다. 천생 체질이 시인이었던지라 다른 소재도 아닌 팔관회 행사에서 고려의 개국을 위해 목숨을 바친 두 공신의 가상을 보고 감회가 없었다면 그것이 이상한 현상으로 보아야 한다. 그의 평생 행적으로 보아 당연히 시인의 감성과 정서가 활발히 움직였을 것이고 그리하여 시 한 수를 읊었으리라고 사료된다. 이런 각도에서 해석한다면 예종의 사운 한시는 으레 지어질 것으로 예상된 예사로운 작품이라고 할 수 있다. 자신의 습벽에 따라 평소 늘 해오던 그대로 한 수 읊었을 것이라는 뜻이다.

그러나 단가 이장이라고 명명된 「도이장가」는 예사롭지 않은 관점에서 보아야 한다. 한시 한 수만으로도 그는 자신의 감회와 추모의 정을 충분히 표시하였다고 할 수 있다. 그럼에도 그는 별도로 향가형식을 통해 고인들을 기리는 노래를 지었다. 이 사실이야말로 범상하게 다룰 수 없는 아주 특별한 창작행위다.

묻거니와 예종은 한시와 별도로 왜 다시 향가를 지었을까. 해답은 간단하다. 한시와 향가의 기능과 정감이 다르다는 것을 그는 알고 있었다. 글자와 그 뜻을 풀어야 이해할 수 있는 한시의 어려움과 한계를 향가로써 해결코자 하였다. 한시는 음영(吟詠)의 작품으로, 향가는 가창의 시가로 전승되기를 그는 기대하였다고 헤아려진다. 향가의 전파력, 이점에 대해서 예종은 확신을 가지고 있었다고 믿는다.

현종의 향풍체가를 논의할 때 잠시 언급한 균여의 「보현십원가」를 다시 떠올린다. 그의 노래가 여항인들이 즐겨 애창하였다는 사실을 예종이 모를 리가 없었을 것이고 아마도 예종 시대에도 계속되고 있었으리라고 추정한다. 뿐만 아니라 신라시대의 향가도 대중 속에 뿌리를 내렸던 점도 알고 있었을 터, 그리하여 그가 한시 이외 특별히 향가를 지은 것은 그의 노래가 공신의 가문을 뛰어넘어 여항의 세계에까지 전파되어 길이 가창되기를 바랐기 때문이었을 것이라고 해석하고자 한다. 한시는 유식층을 상대로 지었다면, 향가는 여향인도 염두에 두고 창작되었다는 뜻이다. 향가의 이해도 실인즉 쉬운 것이 아니다. 무엇보다도 향찰을 독해하여야만 이해가 가능하거니와 그런 능력을 갖추고 있는 사람의 수가 제한되어 있었을 것임은 촌탁하기에 어렵지 않다. 하지만 어느 누군가에 의해서 일단 풀이가 된 후로는 한시와 달리 시가적인 가창의 특성 때문에 한 입, 두 입 거치다 보면 향찰에 무지한 사람도 따라 부를 수 있다는 사실은 신라시대의 향가의 대중화(나인상향자상의라는 기록 이외, 민요계열의 4구체 향가, 그리고 부녀자인 희명의 「도천수대비가」를 상기하면 이해가 가능하다)를 통해서 알 수 있다. 요컨대 예종이 같은 소재와 주제로 한시와 향가를 동시에 지은 것은 각기 다른 기능을 가지고 있었음을 익히 알고 있었기 때문이다.

2) 「도이장가」의 형식·주제·명칭 등의 새로운 점

작품의 구성을 보기로 하자. 작자의 노련미가 여기서 드러난다. 단가 2장이라고 했지만 알고 보면 기존의 8행(구)체로 된 한 편의 노래로 간주해도 무방한 작품이다. 그런 것을 예종은 1개 장 4행으로 끊어서 두 토막의 노래로 구성해 놓았다. 이렇게 하여 8행체가 돌연 4행체의 복수 형태로 바뀌게 되었다. 능소능대의 솜씨를 보는 느낌이다. 만약 1개 장의 4행을 2행으로 줄인다면 전편 2개 장 4행이 되는데 그런 식으로 읽어도 넉 줄로 된 한 편의 작품을 두 토막으로 나누었다는 점에는 변화가 없다. 향가에서 이런 형태가 선보인 것은 「도이장가」가 처음이자 마지막이다. 넉 줄이든 여덟 줄이든 혹은 향가의 완성형태라고 하는 열 줄 작품이든 모든 향가는 전장일편(全章一篇)으로 되어 있다. 이장일편(二章一篇)은 이 노래가 유일하다는 사실을 재차 강조해 둔다.

얘기는 여기서 끝나지 않는다. 작자인 예종은 한 편의 시를 두 단락으로 끊으면서 두 개의 주제를 수용 흡수하는 방식을 택하였다.

한시의 경우, 전반부는 공신의 충의를 되새기면서 추모하고 그들의 자취가 팔관회의 행사를 통해 길이 전해오는 사실을 노래하는데 주력하였다면 후반부는 후대인들로 하여금 옛 충신들이 남긴 위국충절의 정신을 본받기를 에둘러 권장하는 사설로 채우고 있다. 고인을 기리며 추모하는 서정과 계승 및 권면의 언사, 이렇게 두 개의 주제를 함께 설정해 놓았다.

향가로 다시 읊은 「도이장가」에서도 지은이는 그와 동일한 구성을 재현하고 있다. 앞의 장은 역시 찬양과 추모의 내용으로 되어있고 뒷장은 후손(후대)들에게 전하는 메시지가 숨어있는 상태에서 슬며시 내비치도록 진술하고 있다. "오랜 세월이 흘러갔으나 공신들의 곧은 자취는 지금 이 시간에도 나타나 있으니 후대인들은 이를 바라보며 나라를 위해서 어떻게 처신할지를 알도록(깨닫도록) 하라" 이런 뜻이 후반부의 내용이라 할 것이다. 두 개의 주제가 한 편의 시에서 병존해 있다고 해석하여야 할 것이다.

두 토막으로 끊지 않고 하나로 묶어서 읊어도 지장이 없음에도 굳이 단락을 구분한 예종의 의도가 두 개의 주제를 별도로 끊어서 강조코자 한 데 있었음을 알겠거니와 이 자체만으로도 그는 향가의 고정된 틀을 변형시키려는 실험을 시도하였다는 점에서 일정한 기여를 한 작가로 기억할 만하지 않을까 싶다.

이와 같은 성찰은 여기서 끝나지 않는다. 두 토막으로 된 향가, 이것은 요컨대 고려 그 당시의 속요나 조선시대의 시조 등의 장르에서 쉽게 접할 수 있는 연장체처럼 향가에서도 그와 같은 형식이 충분히 가능하다는 점을 시사하고 있다. 아니 「도이장가」에서 이미 실현되었다고 보아 큰 하자가 없으리라. 「도이장가」이후의 향가가 전해오지 않으므로 장담하기는 어려우나 아마도 그와 같은 연장체 향가가 존재하지 않았을까 막연히 추측해 본다.

알고 보면 예종의 토막내기식의 창작은 그에 의해서 처음 시도된 것도 아니고, 그의 독창적인 발상에서 비롯된 것이 아니라고 할 수 있다. 다시 균여와 현종의 향가를 상기코자 한다. 전자의 「보현십원가」는 무엇인가. 11수, 곧 11토막으로 짜여진 연장체 향가가 아닌가. 현종과 그의 신하들이 수창한 향풍체가 또한 비록 단일 작가가 아닌 다수의 작가들이 합작한 것이기는 하지만 여하튼 연장체 향가가 아닌가. 저간의 사정이 이와 같다면 예종은 이를 이어 받아서 「도이장가」를 지었다고 본다. 확언하기에 조심스러우나 균여와 현종 및 뭇 신하들이 창화한 작품을 그는 알고 있었다는 것이 필자의 견해다. 이로 보면 고려의 향가는 신라 향가의 고정된 틀에서 벗어났음을 알 수 있거니와 예종이 그 일원이었음을 환기코자 한다.

「도이장가」를 '단가'라고 지칭한 점에 대해서도 잠시 생각해볼 필요가 있다. 향가를 일컫는 명칭은 신라시대 이후 여럿 있었다. 사뇌가, 시뇌가 등으로 불려졌고, 고려에 들어와서는 현종의 현화사 비음기에 나타나 있는 것처럼 향풍체가라는 이름으로도 명명되었다. 그렇게 통칭되던 것이 「도이장가」에 와서 전에는 사용된 바 없던 단가라는 낯선 이름으로 대치되었다. 단가라는 명칭에는 특정 장르를 가리키는 요소가 전혀 없고 그저 짧은 노래라는 뜻의 평범한 의미만이 내포되어 있을 뿐이다. 향찰로 표기된 향가임이 분명한 노래를 천여 년 세월동안 써오던 향가 등의 고유 명칭을 마다하고 왜 보통명사에 지나지 않는 단가라는 이름으로 기록하였을까. 아마도 향가이긴 하되 짧은 두 토막의 노래가 중첩되었기 때문에 부르기 쉽고 편한 명칭인 단가라는 용어를 생각해냈다고 추정한다. 숙고를 거듭한 끝에 사용한 특별한 장르 명칭이 아니라는 말이다. 그렇다 하더라도 향가가 '단가'라는 별칭으로 불려졌다는 사실만은 기억해두어야 할 것이다. 범상하기 짝이 없는 단가라는 명칭에서 당시의 다음과 같은 일반적 기미를 포착할 수 있지 않을까 싶다. 즉 향가임을 알면서도 「향가 二章」이라고 명토를 박아서 칭하지 않은 것은 요컨대 향가가 오랜 세월을 거치는 동안 그만큼 장르의 특성에 둔감할 정도로 일반화된 보편적인 노래로 변질된 것은 아니었을까. 조심스럽게 찔러 본다. 향가의 세의 여부와 무관하게 그렇다는 뜻이다.

옛 문학에서 어느 갈래를 막론하고 작자 층이나 향유계층에 관하여 논의하는 작업은 연구의 한 분야로 꾸준히 진행되어 왔다. 작품세계를 성찰하는 것이 문학 연구의 중심과제이지만 장르담당 층을 탐색하는 일 또한 간과해서는 안 될 논제이기 때문에 연구의 한 갈래로서 영역을 확보한 지 이미 오래 되었다. 누가 지었으며, 누가 활용하였으며, 누가 즐겼으며라는 단순한 물음에서 출발하여 창작을 담당한 주류계층, 작품을 수용한 중심계층이 어느 쪽인지를 밝혀냄으로써 특정 장르의 성향과 역사적인 추이를 밝히는 일에 이르기까지 여러 국면을 알아낼 수 있다는 점에서 이 방면의 연구는 그 나름의 의미가 있다고 하겠다.

향가의 경우도 마찬가지다. 신라를 '향가의 나라'라고 지칭할 정도로 당시 상·하 계층이 이를 짓거나 향유하였고, 고려에 들어와서도 한시와 속요가 유식층 및 여항인들에 의하여 번창하였으나 향가의 전통도 꾸준히 이어졌다는 사실-, 이제는 비근한 상식에 지나지 않는 이런 사실도 알고 보면 문헌자료의 해독과 작자 및 향유계층에 관한 연구가 있었기 때문에 도출이 가능했던 결론이라 하겠다.

본고가 시도한 '향가와 군왕' 또한 이 방면 연구의 한 지류에 해당되는 것임은 두 말할 나위가 없다. 본론에서도 잠시 언급한 바 있지만 과문한 탓일지는 몰라도 이 논제를 놓고 관련이 있는 양조의 군주를 한 자리에서 다룬 연구물이 있는지 필자는 알지 못한다. 현전하는 문헌기록상 향가와 인연이 있는 임금이 워낙 소수이고, 그중에서도 작품이 남아 있는 예가 고려의 예종 이외 다른 주인공을 찾을 수 없기 때문에 연구의 대상으로 삼는 것 자체가 어려웠으리라고 생각한다.

그렇다고 계속하여 무관심할 수는 없다는 생각에서 본고는 작성되었다. 비록 단편적인 기록의 편린이나마 집중하여 읽기에 따라서는 望外의 소득이 있으리라고 기대하면서 4명의 군왕을 대상으로 살펴보았다. 그 결과를 다시 요약하여 정리하는 절차는 밟지 않기로 한다.

다만 임금에 의해서 신라 향가의 名人이 등장할 수 있었다는 것, 국가적인 공식 행사에 향가가 통용되었다는 것, 왕위에 오르게 된 경위가 창작 배경이 되어서 향가 한 편이 생산되었다는 것, 君臣이 한 자리에 모여서 창화한 향가가 실인즉 보기 드문 연장체 향가로 특기할 수 있는 작품이라는 것, 현전하는 유일한 군왕의 단가 2장에서 향가 형식의 변화를 접할 수 있었다는 것, 네 군주의 향가관인즉 적어도 범패나 한시에 못지않은 우리 시가 문학에 대한 애정이 그 저변에 알게 모르게 깔려 있었다는 것, 그 외에도 여러 정보를 얻을 수 있었다는 점에 만족하면서 稿를 마감한다.

4행체 향가의 여러 특질

『삼국유사』 소재 4행체 향가의 작품으로는 「풍요」·「헌화가」·「서동요」·「월명사 도솔가」 등 4편이 있다. 10행체 향가와 비교하면 매우 적은 편수라 하겠다.

많든 적든 작품수를 떠나서 4행체 향가도 당연히 학술적인 조명의 대상이 되고 있음을 우리는 잘 알고 있다. 특히 「헌화가」와 「서동요」는 일반인에게도 널리 알려진 노래이고 또한 전공자들도 관심을 가지고 지속적으로 연구를 계속하고 있는 터이라서 향가 가운데 누구에게나 사랑을 받고 있는 작품이라고 해도 과언이 아니다.

이런 점을 고려한다면 4행체는 결코 소외된 외톨박이 향가群이라고 볼 수 없다. 짧은 형태의 노래이지만 담아낼 사연은 다 수용하고 있어서 문학적인 성취도의 면에서도 흠 잡을 데가 없다. 이 말은 개별 작품에 대한 논의가 적요하지 않다는 뜻이기도 하다. 그러나 작품 하나하나에 대한 연구의 진행과 성과를 떠나 4행체 전체를 하나로 묶어서 그 공통된 특질을 깊이 있게 논의한 예는 그리 많지 않다. 본고는 이런 점에 착목하여 몇 가지 측면에서 4행체 향가 전체의 특성을 찾아내어 그 정체성을 밝히는데 초점을 맞추고자 한다. 作歌 및 歌唱의 동기를 통해서 볼 때 왜 4행체 작품이 산출되었는지 그 필연성과 이들 작품이 불려진 공간에 얽힌 몇 문제, 노랫말의 분석과 평가, 그리고 고려시대의 몇 작품과 연계시켜 본 후대적 전승 등의 과제가 성찰의 대상이 될 것이다.

학계 일각에서는 향가의 4·8·10행의 구분을 신라 당시에 통용된 형식으로 보지 않고 근현대 학자들이 임의로 만들어낸 형식이라고 주장하는 견해가 있다. 이에 따르면 4행 운운하는 것 자체가 무의미해진다. 하지만 이 문제는 향후 심도 있는 논의를 거쳐 결론을 이끌어낼 과제이므로 여기서는 지금까지 묵수되어온 바를 그대로 따르기로 한다.

1. 창작동기로 본 단형 4행체의 필연성

1) 작품과 관련 기록문 읽기

넉 줄로 된 짧은 형태의 노래이지만 4편 모두 여느 향가와 마찬가지로 관련기록을 가지고 있다. 먼저 작품과 함께 기록문의 요약을 통해 노래의 생성동기와 배경을 살피기로 하겠다.

[A] 오다 오다 오다
오다 서럽더라
서럽더라 우리들이여
공덕 닦으로 오다

위 「풍요」는 27대 善德女王때 神異한 승려로 널리 알려진 良志가 영묘사 장육존상(靈妙寺 丈六尊像)을 소조(塑造)하자 그의 독실한 신심에 감화된 온 성안의 남녀들이 그를 도와 다투어 진흙을 나르며 부른 작자미상의 민요체 노래다. 노랫말이 지향하는 바는 인생살이의 고단함과 서러움을 공덕 쌓는 일로 씻자는데 놓여 있다. 인생의 근원적인 문제와 연결되어 있는 셈인데 진흙을 운반하며 佛事에 참여하는 행위가 공덕을 닦는 일의 하나라고 치부하였기 때문에 노동요로 불려졌다고 본다. 구비로 전승되어 오다가 후대에 향찰문자에 의해 정착되었을 것이다.

[B] 선화공주님은
남 몰래 밀어두고(=밀통하고)
서동방을
밤에 몰래 안고 간다

「서동요」는 문헌상 백제 30대 武王이 왕위에 오르기 이전 신라 26대 진평왕의 셋째 공주인 善花를 아내로 삼기 위하여 서라벌에 잠입해서 아이들을 모아 부르게 한 노래로 되어 있다. 문헌 기록은 이와 같지만 「서동요」가 무왕이 지은 노래가 아니라는 점은 이미 오래전부터 학계에 두루 알려져 있는 사실이다. 무왕이 신라의 공주와 혼인한 일이 없기 때문이다. 일연의 착오로 빚어진 이 노래의 작자문제는 근자 미륵사지 석탑의 해체와 함께 햇빛을 본 금제사리봉안기의 해독 결과 무왕과는 무관하다는 사실이 재차 명쾌하게 판명되었다.[1]

사정이 이와 같은 이상, 역사의 실증성만 강조하면 『삼국유사』의 武

1) 그러나 다른 견해, 곧 『삼국유사』 武王條, 기록 그대로를 수용하는 주장도 있어서 눈길을 끈다. 鄭珉의 「서동과 선화, 미륵세상을 꿈꾸다」(『불국토를 꿈꾼 그들』, 문학의 문학, 2012, pp.70~103)는 「서동요」당시 백제 왕실내 복잡하고 미묘한 여러 양상과 신라 진평왕대의 정세, 그리고 두 나라 공히 국가적 차원에서 견지한 미륵신앙 및 기타 문제에 관하여 각종 자료를 분석·비교하면서 논리를 편 논문이다. 여기서 논자는 「서동요」는 신라의 전래 동요가 아니라 서동이 서라벌에 잠입하여 직접 지어서 퍼뜨린 노래라고 하였고 서동과 진평왕의 딸 선화공주가 부부의 인연을 맺은 것도, 그에 앞서 서동의 출생도 설화식으로 표현된 『삼국유사』의 기록이 맞는다고 하였다. 또한 서동이 백제 30대 왕위(무왕)에 등극하기 전과 그 이후의 행적 또한 사실에서 벗어난 것이 아니라고 해석하였다. 문제는 2009년 미륵사지 석탑 기단부에서 나온 사리 봉안기에 무왕의 왕비가 선화공주라야 맞는 것인데(미륵사 창건은 선화공주의 발원에 의한 것이므로) 뜻밖에 사택적덕(砂宅積德)의 따님으로 되었다는 점이다. 이 때문에 그동안 묵수해온 무왕 - 선화공주의 부부관계, 미륵사 창건=선화공주의 발원에 의한 것 등의 문헌기록은 믿을 수 없는 것이 되었다고 인식하기에 이르렀다. 그러나 논자 鄭珉은 그것은 옛 기록이 틀린 것이 아니라, 무왕의 첫째 왕후인 선화공주가 미륵사 창건 이전에 서거하고 사택적덕의 딸이 繼妃가 된 후 사리봉안기가 작성되었기 때문에 일어난 현상이라고 풀이해 놓았다. 요컨대 「서동요」에 얽힌 얘기는 『삼국유사』의 기록에 의존하여야 마땅하다는 견해다.

王條 산문기록은 전면 無化시켜야 마땅하다. 하지만 사실과 전혀 어긋난 기록이긴 하나 문헌에 등재되어 문학으로 인정되어 온 점을 존중하여 작자 미상의 전래민요가 역사전설의 잘못된 형성과정을 거쳐서 무왕 일대기에 정착된 것으로 간주하여 전승되어온 그대로를 살려두기로 하겠다.

이 노래가 의도하는 바는 컨텍스트의 주인공이 거짓 소문을 퍼뜨려서 공주를 취하는데 있었다. '서동방 – 선화공주'와 연결되기 훨씬 이전에 이 노래는 신라의 아동세계에서 불특정의 사내아이와 계집애가 서로 친하게 지내는 모습을 미지의 누군가가 보고 놀리기 위해서 부른 동요였다고 사료된다. 그런 노래가 여기서는 어떤 목적을 달성하기 위한 수단으로 사용되었다. 어느 때부터 유행됐는지 알수 없으나 요즘에도 널리 가창되고 있는 "얼래꼴래리 얼래꼴래리/ 누구누구는 누구누구와/어디어디서 무엇한대요"라는 놀림과 소문내기 노래의 원형격의 동요가 바로 「서동요」라고 필자는 일찍이 언급한 바 있다.

> [C] 자줏빛 바위 끝에
> 잡으온 암소 놓게 하시고
> 나를 아니 부끄러워하시면
> 꽃을 꺾어 바치오리다

「헌화가」는 '不知何許人'으로 기록된 견우노옹이 지은 노래다. 33대 聖德王때 강릉태수로 제수된 純貞公이 아내 水路夫人과 여러 시종들을 거느리고 임지로 향하던 중 동해 바닷가 어느 경관이 좋은 지점에 잠시 머물러 점심을 들고자 할 때 「헌화가」는 산출되었다. 그때의 중심인물은 단연 수로부인이다. 자용절대(姿容絕代)의 미녀인 그녀는 인근의 높은 석벽위에 활짝 피어있는 철쭉꽃을 꺾어서 갖고자 하여 행차를 옹위하던 從者들에게 명하였다. 그러나 가능한 일이 아니라는 이유를 들어 그들이

나서지 않자 마침 그곳을 지나가던 노옹이 듣고 자진하여 이 노래를 지어 부른 뒤 산에 올라가서 절화(折花)하여 바쳤다고 기록은 전한다.

노랫말의 경우, 문면 그대로만을 놓고 보면 시골 영감의 후덕한 인심이 반영된 단순한 사설로 이해하기가 쉽다. 하지만 이 노래가 한동안 구전되어 오다가 어렵사리 향찰문자로 정착된 특이성 등을 고려할 때 그렇듯 범상한 것이 아니라 수로부인을 향한 '짝사랑'의 心緖가 담겨 있는 예사롭지 않은 애정가요로 해석하는 것이 근사한 풀이라고 생각한다. 그 지역 산악지형에 밝은 순박한 村老가 예상치도 않은 京師의 미인과 조우한 순간, 무슨 내용이든 말로서 수작을 걸어 아름다움에 가까이 하고자 시도한 것이 이 노래의 창작배경이요 동기라고 하겠다.

[D] 오늘 이에 산화 불러
뿌리는 꽂아, 너는
(인간의) 곧은 마음의 명령을 (받들어서 이를) 부리옵기에
미륵좌주 모셔오너라

「도솔가」는 35대 景德王때 朗僧인 月明師가 왕명을 받들어 지은 노래다. 관련기록에 의하면 왕 재위 19년에 두 개의 태양이 나란히 나타나('二日竝現') 열흘 동안 없어지지 않자 이런 상스럽지 못한 하늘의 변괴를 퇴치키 위한 목적에서 지어진 노래다. 장소는 '靑陽樓'였다.

'二日竝現'은 과연 무엇을 의미하는 것인가. 다수의 학자들은 경덕왕 당시의 정치적인 상황과 연결시켜서 今王인 경덕왕을 지지하는 왕당파와 이에 대항하는 반왕당파 세력의 격렬한 대립 양상이 그때 더욱 노골화된 것을 은유한 것으로 풀이하였다. 필자도 이들의 학설보다 앞서 충담사가 지은 「安民歌」의 연구를 통해서 경덕왕 당시의 두 정치세력간의 갈등과 쟁투를 논의한 바 있고, 따라서 신라 中代 말기를 조명하는 관점은 저들과 일치한다. 다만 월명사의 「도솔가」를 같은 선상에 놓고 해석

하는 점에서는 견해를 달리한다. 「도솔가」의 '二日竝現'은 두 임금의 출현을 말하는 것이 아니다. 그 이유는 '二日' 혹은 '三日'이 병현하였다는 기록은 후대 문헌에 헤아릴 수 없이 많이 나온다. 정치세력끼리의 싸움이 없는 평온한 시대임에도 그렇다. 둘째, 만약 「도솔가」의 두 해가 두 임금의 등장 또는 양대 세력간의 극한적인 대립을 함의한 것이고 이를 경덕왕이 노래로서 물리칠 요량이었다면 왕의 거둥은 마땅히 政事를 '正'으로 돌려놓기 위한 공간인 「안민가」의 '歸正門'으로 향했어야 한다. 그러나 왕은 '靑陽樓'로 행차하였다. 그곳은 樓名이 지시하는 바와 같이 태양으로 대변되는 천계의 질서와 관련된 누각이었음이 확실하다. 따라서 '二日竝現'은 태양계에 어떤 이변이 발생하여(그 이변이 어떤 것인지는 알 수 없으나) 오랫동안 소멸되지 않은 상태를('열흘간 없어지지 않았다'는 기록도 고지식하게 '10日'로 풀이할 것이 아니라 '오래도록' 쯤으로 이해함이 좋다) 당시 사람들이 마치 '二日竝現'한 것으로 착각하여 그렇게 표현한 것으로 간주키로 한다. 후대의 동일한 예도 이와 같다. 정리하면 「도솔가」는 하늘의 변괴를 다스리기 위해서 지어진 노래다. 그러므로 治理歌 계통의 향가이고 제화초복(除禍招福)하기 위해서 지어진 노래였으니 미륵청불(彌勒請佛)의 呪詞이며 또한 壇을 설치한 의식적인 자리에서 가창된 노래이므로 祭儀歌로 이해할 수 있을 것이다. 자연의 지배를 받고 사는 인간은 수시로 天災와 地變의 어려움과 만난다. 이것은 개개인이 겪는 삶의 고뇌와도 구별되는 자연에 의한 인간 전체의 재해요 재난이다. 「도솔가」는 이를 미륵불의 조력으로 해소하고자 하였다.

2) 4행체가 된 까닭

작품의 인용을 겸하여 컨텍스트의 요약을 위와 같이 마치고 보니 예의 노래들이 왜 4행체의 형식에 의존하였는지 그 까닭을 헤아려 볼 수 있다. 창작 년대를 고려하지 않고 임의에 따라 개별 작품을 다시 검토해

보기로 하자.

「서동요」의 생성 동기는 노래에 등장하는 특정 인물의 거짓 추문을 널리 퍼뜨리기 위한 것이었다. 있지도 않은 일을 마치 현재 일어나고 있는 일인양, 소문을 내어 소기의 목적을 달성하려는 것이 이 노래가 의도한 바였다. 이를테면 '치고 빠지기' 식의 노래를 전래하는 동요에서 찾은 것이 바로 「서동요」라는 뜻이다. 이런 성격의 노래일진대 사설이 길 필요가 있을까. 짧을수록 좋고 또한 그 효과도 배가될 수 있을 것이다. 길면 길수록 거짓말이 탄로날 위험이 있지 않은가. 무왕 – 선화공주와 연결되기 이전, 순전히 놀리기 위한, 악의적이 아닌 동요일 때부터 이 노래는 단형으로 되어야만 했을 것이다. 만약 「서동요」를 8행 혹은 10행으로 늘려서 재창작한다고 가상한다면 거기에 무슨 내용을 더 보태야할지 또 그런 사설이 꼭 필요한 것인지 헤아리기가 심히 어렵다는 점을 지적하지 않을 수 없다. 그렇게 부풀려진 사설이 群童의 입에 쉽게 오를수도 없거니와 짧은 시간에 소문으로 확장되어 널리 전파될 것을 기대하는 일도 불가능하다고 단언하여도 좋을 것이다. 「서동요」가 짧은 형식의 동요로 정착할 수밖에 없었던 이유가 바로 여기에 있다고 판단한다.

「헌화가」는 견우노옹이 잠시 품었던 짝사랑의 심서를 담아낸 노래라고 규정하였다. 이루어질 수 없는 사랑임을 알지만 수로부인의 미색에 그만 넋이 나간 촌로가 요동치는 가슴을 진정시키면서 넌지시 변죽을 울린 戀歌라고 해석하였다. 그가 던진 숨은 메시지를 누구도 눈치조차 채지 못하게 사설을 엮어야만 할 환경에 처해 있었음은 무엇보다도 그녀의 부군인 純貞公을 비롯하여 주변 인물들을 의식하지 않을 수 없었기 때문이다.

일종의 심리적인 自慰행위랄까. 어쨌거나 그런 상태에서 자기 마취에 빠져서 순간적으로 에둘러 발설한 노래가 장황한 사설을 수용할 이유도 없고 그런 형태로 표출될 수도 없었을 것이라는 점은 짐작하기에 어렵지 않다. “잡고 있는 암소 고삐를 놓게 하시고, 자신을 부끄러워하지 않는다면”이라는 실로 가소롭기(?) 짝이 없는 엉뚱한 조건을 내세운 것 자체가 딱히 할 말이 없으나 그런 식으로라도 수작을 걸 수밖에 없는 노옹의 빈약한 논리가 어땠는지를 말해준다. 이것도 사족인 셈이다. 그가 그 시간, 그 장소에서 피력하고 싶었던 말은 “꽃을 꺾어 바치겠습니다.” 이 한 마디 말이었다. 거기에 그의 속내가 모두 담겨있다. 그 말은 곧 그만이 알고 있는 ‘사랑의 코드요 고백’이다. 이 진술 이외 다른 말이 필요치 않았던 것이 그 때, 그 장소의 어색한 환경이었다. 하지만 그런 투의 외마디 말만으로는 의사 표현이 너무 건조하기 때문에 일견 우스꽝스러운 1~3행의 전제를 달아서 수로부인에게 접근하였다고 사료된다.

짝사랑이 아니고 상호 교감하면서 주고받는 사랑의 고백이라면 사설은 얼마든지 길어질 수 있다. 그러나 위에서 언급한 바와 같이 「헌화가」의 짝사랑은 그런 보편적인 사랑과는 성격을 달리한다. 마치 공란을 억지로 채우듯 무슨 말이라도 해야 할 처지에 놓여있는 견우노옹은 버거운 짐을 내려놓듯 겨우 “자줏빛 바위 끝에 ……” 운운하는 것으로 주위 사람들의 시선을 따돌리는 순발력을 발휘하였다. 이 발설도 어려운 것인데 거기에 또 무슨 말을 첨가할 수 있었으랴. 자신의 속내만 은밀하게 내비치면 그뿐인 상황에서 그가 부른 노래가 단형으로 끝난 것은 자연스런 마무리라고 해석코자 한다.

「풍요」는 또 어떠한가. 그것은 슬픈 삶을 살아가는 티끌세상의 인간들이 피안의 평안을 꿈꾸며 공덕을 닦기 위해서 부른 노래라고 하였다. 그 사실만큼 중요한 것은 당대는 물론 고려시대에 이르기까지 노동요로 가창되었다는 점이다. 노래가 지어질 당시, 또는 그 얼마 뒤부터 공덕가 겸 노동요, 혹은 노동요 겸 공덕가의 이중적인 가요로 출발하였다고 해석하는 것이 정체성에 가장 부합된 견해가 되지 않을까 싶다. 공덕닦기라는 내포와 노동이라는 외연, 이렇게 이중적인 요소가 겹쳐 있는 「풍요」에서 후자에 더욱 관심이 가는 까닭은 노래는 가창하는 현장에서 가사보다는 가락에 무게를 두고 있기 때문이다. 「풍요」='공덕가'의 성격을 뛰어넘어 「풍요」='노동요'의 성향이 한층 더 승하다는 뜻이다. 그렇다면 이 노래가 8·10행으로 늘어날 이유가 전혀 없다는 결론을 얻을 수 있다. 호흡이 짧은 사설을 반복해서 부르며 일을 할 때 노동의 효과는 한층 상승할 수 있었을 것이다. 축 늘어진 긴 사설의 노래를 부르면서 일을 하는 것과 비교할 수 없는 감흥이 「풍요」에 내재해 있다고 본다.

「도솔가」를 보기로 하자. 「도솔가」이전에 비록 향가는 아닐지라도 4행체 呪歌가 존재해 있었음을 우리는 잘 알고 있다. 「구지가」와 「海歌」는 그 내용이 유사하고 그런 점에서 후자가 전자의 영향권 안에 있는 노래였음은 주지의 사실이다. 이른 시기에 이미 앞선 노래와 뒷시대의 노래끼리 서로 주고받는 영향과 계승의 관행이 작동하고 있었음을 이 두 노래를 통해서 알 수 있다. 「구지가」는 일찍부터 주가의 모형으로 뿌리를 내렸고 이를 모방한 노래가 그 뒤를 이었다고 우리는 판단한다. 한역가니 향가니 하는 장르의 상이함과 무관하게 그 언술과 형식만은 계승되었다는 뜻이다. 4행체 주가인 「도솔가」는 이렇게 해서 등장하였다고 본다. 그러므로 그것은 가요의 전승 관행에서 필연적으로 나타난 결과물이라고 이해하면 틀림이 없다고 생각한다.

「도솔가」의 관계기록에는 이 노래 이외 작자를 알 수 없는 長型의 「散花歌」가 별도로 있었다고 하였다. 이를 근거로 하여 金鍾雨는 월명사가 지은 「도솔가」는 後唱된 「산화가」를 이끌어내기 위한 노래였다고 풀이하였다.[2] 그의 견해에 따른다면 「도솔가」는 本歌를 견인키 위한 '운 떼기'의 서곡일 터이고 그렇다면 긴 사설이 아닌 짧은 사설로 매듭을 지었

2) 金鍾雨, 『향가문학론』, 研學文化社, pp40~46.

으리라는 저간의 사정을 어렵지 않게 헤아려 볼 수 있다.

이상 성찰한 바와 같이 4행체 향가는 짧게 진술할 필요성이 있기 때문에 필연적으로 생산된 노래였다. 내용이 길거나 번다한 것을 압축해 놓은 결과물이거나 또는 짓다보니 우연히 단형의 노래가 된 것이 아니라 제작동기에 따라서 진술한 결과 처음서부터 넉 줄 이상도 이하도 아닌 定型의 4행체로 뿌리를 내리게 되었다고 사료된다. 한시의 四言絕句나 우리 시가의 후대 장르인 三行 시조가 모두 태생의 원인과 장르의 정체성이 있듯 4행체 향가도 그 출현의 계기와 기반이 분명하다는 점을 지금까지 논의를 통해서 확인할 수 있다.

2. '관계'와 '지향'의 두 기본틀과 용도 위주의 언술

1) 사람 사는 세상의 사랑, 천상을 향한 독백과 호소

미시적인 관점에서 조명할 때 위 4편의 개별 작품들은 그 생성 배경이나 동기가 서로 같지 않다. 이것은 당연한 현상이다. 가창자가 다르고 각기 처한 입장과 무엇보다도 다루고자하는 내용과 주제가 같지 않으니 그 태반이 상이할 수밖에 없음은 긴 설명이 필요치 않다.

원론적인 면에서도 그렇고, 미시적인 시각으로 일별해도 그와 같지만, 그러나 거시적인 관점에서 조망해 보면 4편의 노래가 시종 독자적인 입장만 고집하지 않고 느슨하게나마 두 편씩 서로 짝을 이루면서 유사성을 공유하고 있음을 읽을 수 있다.

「서동요」와 「헌화가」는 남녀간의 이성문제가 촉매가 되어서 생겨난 노래라는 점에서 맥을 같이 한다. 전자는 전래하던 동요요, 또한 놀리면서 소문을 퍼뜨리기 위해 가창된 장난스러운 노래이고 후자는 창작가요이면서 짝사랑의 노래이되 진정성이 담긴 단형의 서정시라는 점에서 서로 차별상을 보여주고 있다. 하지만 이성과 연결되어 있다는 점에서는 서로 통하고 있다고 해석해도 좋다. 「서동요」가 궤계(詭計)에 의한 불순한 동기에서 가창된 점을 십분 고려할지라도 그렇다. 이런 각도에서 핵심을 짚자면 두 노래는 이 세상을 살아가는 사람과 사람사이의 정감을 드러낸 가요라고 하겠다.

「풍요」와 「도솔가」는 또 무엇인가. 전자는 공덕 쌓기를, 후자는 미륵청불을 위한 노래였으니 넓게 보아 불교적인 세계관에 바탕을 둔 가요였다는 결론에 쉽게 도달한다. 이런 점을 감안할 때 이 두 편의 노래는 지상의 인간끼리 서로 교통코자 부른 가요가 아니라 세상의 테두리를 벗어나 저편 천상의 세계를 향해 소망하는 바를 피력한 노래라는 결론에 또한 다다르게 된다.

사람사이의 정감과 교통, 천상을 향한 염원과 호소, 이렇게 두 개의 큰 주제로 묶을 수 있는 4행체 향가는 요컨대 인간의 원초적인 정서와 근원적인 믿음의 단면을 표출하는데 주력하였다고 해석할 수 있다. 「서동요」와 「헌화가」에서 읽을 수 있는 남녀 간의 문제는 위에서 일단 연정의 한 모습으로 이해코자 하였으나, 실인즉 형체가 뚜렷한 연정이라고 언급하기에는, 더군다나 뜨거운 사랑이라고 정의하기에는 계기와 사설 모두에 걸쳐서 미흡하다. 그렇다손 치더라도 노래의 밑바탕에 '이성'이 자리잡고 있다는 본질적인 성향만은 외면하거나 부인할 수 없다. 이 점을 우리는 중시한다. 여기서 발아된 이성에 대한 관심과 애착은 후대 사랑과 염정가요를 생산해내는 잠재적인 동력이 되었다고 결론을 내려도 무방할 것이다.

인생살이와 인간사는 다양하기 이를 데 없다. 그것은 무엇과의 '관계'에 따라 결정된다. 그 가운데 하나가 이성과의 관계다. 「서동요」와 「헌화가」는 그 초보적인 상태를 담아낸 것이다. 이것이 발전하면 고려시대 속요에서 절정을 이루는 열애와 염정의 노래를 낳게 되고 그것은 또한 이별과 기다림의 悲歌로 파생하기에 이른다. 뿐만 아니라 향가시대 당시에는 이성에서 벗어나 동성(동성애가 아님을 특히 강조함)관계로 확장되어서 「慕竹旨郎歌」, 「讚耆婆郎歌」와 같은 찬모가를 낳게 하는 선에까지 도달한다. 이런 식으로 캐들어가면 「서동요」·「헌화가」류의 지극히 기초적인 이성에 대한 관심과 사랑의 심서가 거기서 끝나지 않고 사람과 관계된 여러 종류의 정감어린 노래를 예비하는 씨앗과 같은 기능을 맡고 있음을 알 수 있다.

「풍요」와 「도솔가」의 천상 지향, 이것도 사설만을 놓고 보면 부족하기 짝이 없다. 짧은 독백이나 외마디 소리를 토해내는 정도의 외침에 지나지 않는다. 시적인 매력을 느낄만한 진술이라고는 볼 수 없다. 따라서 이런 점만을 두고 따진다면 이 두 편의 노래는 존재하는 그 자체에 의미를 부여할 수 있을지 모르나 문학성을 운위하기에는 적절치 않다. 하지만 그 배경과 동기에 초점을 맞춰서 접근할 때 우리는 짧은 형태의 노래에서 무시할 수 없는 함의를 캐낼 수 있다. 그것이 곧 위에서 살핀 인생살이의 고뇌와 이를 씻기 위한 인간의 공덕쌓기, 그리고 부처에 의존한 신심이고, 이런 신격을 향한 호소와 기원은 「원왕생가」, 「도천수대비가」 등의 10행체 향가와 맥을 같이하면서 가창무대를 함께 하였다. 살아가면서 인간은 삶의 고단함과 회의를 느끼기도 하고 자연의 재해 앞에서 두려움에 떨기도 한다. 이 또한 사랑과 전혀 다른 인생살이의 피할 수 없는 한 측면이요 경험이다. 고뇌와 위기, 그것을 극복하려는 노력, 이런 것이 뒤엉켜 있기 때문에 인간사는 평탄치 않다. 평탄치 않은 인간사를 「풍요」, 「도솔가」는 노래로서 입증해 주고 있다. 그 밑알이 잠복해 있을 때나 또는 싹이 트고 성장했을 때 연계시킬 수 있는 10행체 향가가 「혜성가」·「안민가」·「우적가」였을 터이다.

정리하면 4행체 향가는 시대를 초월하여 사람과의 관계에서 애정의 싹을, 하늘과의 관계에서 믿음을, 속세와의 관계에서 비애를 깨닫게 해주는 시의 기본 틀을 마련해준 노래로 이해하면 큰 무리가 없을 것이다.

2) 비시적(非詩的) 언술에 담긴 용도 위주의 사설

가사만을 염두에 두고 언명하자면 위 노래들은 볼품이 없다. 「풍요」는 사찰 경내로 모여드는 행렬의 광경을 그린 것이다. 「도솔가」는 흩뿌려지는 꽃을 향해 미륵좌주를 모셔오라고 명령하는 내용이 노랫말의 전부다. 「서동요」는 남녀가 함께 동행하는 장면을 소문내는 형식으로 포착해 놓은 것이고, 「헌화가」는 화자가 여인을 향해 자신의 의사를 개진하는 것으로 되어 있다. 그것뿐이다. 그렇지만 4편 모두 구문상으로나 어법상으론 아무 하자가 없다.

이렇듯 화자의 느낌·감회·정서·매력적인 기법 등에서 시적인 요소가 전무하다는 것, 이것이 이 노래들을 접하면서 금세 느끼게 되는 정황임을 다시 한 번 확인한다. 그나마 「헌화가」에서 화자의 감성적인 온기를 감지할 수 있는 육성을 들을 수 있지만 그것도 문면상으로는 밋밋한 청원문이라서 한계가 있다. 결국 4편 모두 감동이 없는 비시적(非詩的)·비문학적(非文學的) 단문으로 끝나고 말았다. 8·10행체 향가를 그 옆에 놓고 대조해보면 4행체 가사의 초라함이 어느 정도인지 직감할 수 있다. 그러므로 4행체 향가는 컨텍스트가 텍스트를 압도하여 그 존재 자체를 초라하게 한다는 느낌을 받을 정도다.

화자의 생각과 느낌 등이 맛깔스럽게 반영되어 있는지 여부의 관점에서 이들 작품을 따진다면 위와 같이 낮게 평할 수밖에 없지만 생각을 바꿔서 다시 짚어보면 그토록 야박하게 평가할 일도 아니다. 4행체의 작은 용기에 무엇을 담은들 얼마나 담겠느냐는 식의 반론이 작용해서가 아니다. 같은 4행체인 한역가 「공무도하가」와 「황조가」는 짧은 문장임에도 화자의 정서와 감정을 무리 없이 수용하고 있다. 그러니 短文형태라는 이유로 본질에 잘못 접근해서는 안 된다. 문제의 본질은 개별 작품이 의도하고 지향한 바를 토대로 하여 非詩的인 화자의 단조로운 언술이 왜 나왔는지를 밝혀야 한다.

「풍요」의 무미건조한 장면 묘사는 그 자체에 의도성이 있었다고 보아야 한다. 공덕을 쌓기 위해 절집을 향해 가고 있는 무리들의 생각이며 번뇌를 노출시키는 직접적인 방법보다 끊어지지 않는 행렬의 묘사를 통해 사녀(士女)들 모두가 안고 있는 생의 고뇌가 얼마나 심각한지를 사실적으로 표현하는데 이런 기법이 효과적이었다고 판단하였기 때문에 「풍요」식의 언술이 필연적이었다는 뜻이다. 「도솔가」의 경우도 그렇다. 사건의 성격과 제화초복이라는 화급한 명제로 보아 작자의 개인적인 정서가 개입할 틈은 전혀 없다. 미륵좌주를 청빙하는 것이 당면의 과제인 이상 텍스트에서 피력한 내용 이상의 것을 상정할 수는 없다. 주사(呪詞)의 기법에 따라 허공에 흩어지는 꽃을 향해 명령문으로 매듭지은 것은 지극히 당연한 대응이라 하지 않을 수 없다. 「서동요」는 또 어떤가. 소문을 퍼뜨리고 놀리기 위한 의도에서 산출된 희학적인 노래가 이만하면 족하지 또 무엇을 보태고 덜어내야 할까. 흠이라면 "밤에 몰래 안고 간다"는 구체적인 행위가 노출되어 있다는 점이다. 그것마저 은밀한 기법을 동원하여 막연하게 남녀관계를 암시하는 쪽으로 방향을 잡았다면 동요인 점을 감안할 때 좀 더 좋았지 않았을까. 「헌화가」에 관해서는 말을 아끼고자 한다. 구문상으로도 무리가 없을 뿐만 아니라 화자의 생각·잠재된 느낌과 정서가 균형 감각을 유지한 상태에서 암묵적으로 내비치고 있으니 더 보탤 말이 없다. 이 노래가 아름다움을 자랑하는 까닭도 짝사랑의 심사를 알 듯 모를 듯 변죽을 울리는 방식으로 아리송하게, 모호하게, 애매하게 흘리고 있다는 점에서 찾을 수 있다.

가사에 반영된 화자의 언술을 볼품이 없는 것으로 예단한 뒤 다시금 재독한 결과 위와 같은 결론을 얻게 되었다. 애초에 이들 작품을 문학적인 수월성의 실현 여부를 가려내는 관점에서 살피고자 한 것이 무리였다. 4행체 향가는 요컨대 '용도'의 차원에서 평가되어야할 작품들이지 문학적인 성취도의 잣대로 재단되어야할 대상이 아니다. 이 점을 전제로 하고 읽는다면 4편의 4행체 향가는 제작 동기에 맞게 가사에 나타난 언술도 적절하게 반영된 것으로 평가하여도 무방하다.

3. 가창 공간과 집단성의 반영

1) 열린 장소에서의 군창(群唱), 그 역사적 의미

4행체 향가는 어떤 공간에서 가창되었을까. 4편 모두 갇혀있는 실내 공간에서 불려진 노래가 아니고 노동 현장에서, 아이들이 오고가는 길목에서, 산밑 들녘에서, 또는 누각 밑에 설치된 제단 앞에서 가창되었다는 점을 꼽을 수 있다. 개방된 현장에서 즉흥적으로 불려졌다는 사실은 이들 노래가 모두 향가 이전 상대시가의 관습과 연계되어 있음을 일깨워준다. 두루 알고 있는 바와 같이 「공무도하가」·「황조가」·「구지가」 등의 4행 한역가 또한 집안이 아닌 집밖, 곧 강가에서, 나무 밑에서, 산봉우리에서 불려진 노래들이다. 그 가창 관행이 향가시대에도 이어져서 모든 민요체 작품에 그대로 반영되었음을 「풍요」 등의 노래를 통해서 알 수 있다. 상대가요든 향가든 초기의 시가는 집단적 서정뿐만 아니라 개인적인 사유까지도 공개된 장소에서 표출하는 방식을 택하였다. 나와 너의 관계가 엄격하게 구분되지 않고 집단 공동체 생활을 하다보니 노래하고 춤추는 놀이 또한 열려있는 공간에서 진행되었으리라고 생각해 볼 수 있다.

군창과 공개된 장소, 이 밀접한 관계가 가장 현저하게 드러난 초기 향가를 찾는다면 「풍요」와 「서동요」다. 첫째 장에서 요약한 바와 같이 두 노래는 원래부터 집단성을 공유한 민요이고 그렇기 때문에 닫혀 있는 장소에서 가창될 수 있는 노래가 아니다. 창작된 4행 민요형 노래인 「도솔가」도 알고 보면 월명사 개인 차원의 향유가 아닌 집단의 수용임이 쉽게 판명된다. 월명사는 하늘의 변괴, 곧 나라의 위기를 타개하기 위해서 「도솔가」를 지었다. 그에 앞서 군주 또한 그 자신의 안위를 떠나 사직의 평안과 신민의 무사함을 빌고자 청양루라는 열린 장소에 행차하였다. 명을 내린 군왕이나 어명을 받들어 노래를 지은 월명사나 공히 집단을 염두에 두었다. 그렇게 해서 산출된 「도솔가」는 비록 개인이 지은 것이지만 당연히 공동체의 기원과 정서가 용해된 노래로 보아야 할 터이고 또한 월명사 혼자 가창하였으나 성격은 모두가 열려 있는 장소에서 하늘의 변괴를 향해 군창 된 노래로 간주하여야 옳은 해석이 된다.

상대가요의 가창관행을 계승한 4행체 향가의 현장성은 그보다 뒷시대에 생성되었음이 확실한 8·10행체 노래 중 다수 작품에 계승되어 그 생명력을 유지한다. 이제 거론하려는 8·10행체 향가 대부분은 집단성이나 군창과는 관련이 없는 노래들이다. 시기상으로 보아 26대 眞平王때 처음 나타나는 「혜성가」와 그 이후의 고대국가 형성 이후의 노래들이므로 개인의 정서와 사유가 반영된 작품이 주류를 이루었다. 저간의 사정이 그와 같다면 그 가창방식 또한 작자의 개체성이 보장된 닫힌 장소에서 이루어져야 마땅할 터인데 몇 경우는 그 이전 시대, 곧 예의 민요형 4행체 작품이 즐겨 택한 개방된 공간에서 불려지는 관행을 고수하고 있음에 우리는 주목할 필요가 있다. 예컨대 「혜성가」는 화랑단의 대부대가 풍악으로 막 떠나려고 모인 장소에서 지어졌고 불려졌다. 「안민가」는 귀정문 누상에서, 「처용가」는 집안이긴 하되 疫神으로 비유된 외간 남자와 처용의 아내가 정을 통하는 장면이 폭로된 현장에서, 「우적가」는 60여 도적떼와 맞선 산속에서 지어졌고 창가되었다. 한편 향가의 고수로 이름이 높았던 월명사는 평소 사천왕사에 거주하면서 달 밝은 밤이면 문 앞 큰길에 나가 피리를 불며 지나갔다고 하니 그의 노래는 개방된 현장과의 긴밀성을 입증해 주는 중요한 단서가 된다.

이렇듯 집단성이나 민요의 군창과는 전혀 무관한 8·10행체 창작 서정시에서 공개된 가창의 장면을 다시 접하게 됨은 어쩐 까닭일까. 4행체 민요형 향가 작품 네 편을 중심축에 놓고 보면 시가사에 투영된 그 의미를 어렵지 않게 파악할 수 있다. 그 앞선 시대의 상대시가에서 발원된 가창관습을 네 편의 향가가 이어받았고 그것을 또한 뒷시대에 등장한 8·10행체의 일부 창작시가에 넘겨주면서 잔영을 간직케 하였다고 해석할 수 있다. 이런 점에서 가창의 현장성을 중시한 4행체 향가의 시가사적 위상은 가볍게 보아 넘길 것이 아님을 새삼 확인키로 한다.

이 문제를 여기까지 끌고 온데는 다른 이유가 또 있다. 간단히 말하자면 향가시대 이후 우리 시가사에 역사적 장르로 남았던 고려시대의 속요도 역시 열린 공간에서 가창된 장르였다. 여항에서 민요로 있을 때는 물론이고 대궐로 이입되어 궁중의 속가로 정착되어서도 공개된 연향에서 그것은 공연되었다. 시조가 어떤 장소에서 가창되었는지를 굳이 말할 필요가 있을까. 후기 평민가객들의 노래판을 떠올리면서 그 앞 시대의 가곡창의 현장성을 연결시키면 명쾌한 해답이 나온다. 얘기는 여기서 끝나지 않는다. 근·현대이후 오늘의 시에 이르기까지 지속되고 있는 대중 앞에서의 시낭독(회)은 또한 무엇인가. 개방된 장소에서의 읊기가 아닌가. 시인 혼자 음영하는 경우 이외 공개된 장소에서 낭송하는 이런 행위를 단지 음악적인 요소를 지니고 있는 시의 본질적인 성향에서 비롯된 것이라고 강변한다면 그것은 한쪽으로 편향된 발언에 지나지 않는다. 고려시대 이후 현재까지 이어져오고 있는 개방된 공간에서의 가창이나 낭독, 그것의 연원이 서구 문학은 어떤지 몰라도 우리 문학의 경우 상대가요의 가창형식을 계승한 4행체 향가에 있었음을 이번의 논의를 통해서 밝혀두기로 한다.

2) 4행체 = '우리들'의 노래

열려있는 현장에서 불려졌다는 사실과 연관된 특성으로서 따로 떼어내 언급코자하는 것으로 이런 것이 있다. 즉 위 네 편의 노래 중 「헌화가」를 제외하면 그 나머지 모두가 나와 너를 융합한 '우리의 노래'라는 점이다. 그런 성격은 개방성과 맞닿아 있다고 해석하여야 할 것이다.

「풍요」는 성안의 온 사녀들이 함께 부른 군창이었다는 점에서 집단가요임이 분명하게 드러난다. 가창방식을 떠나 가사의 내용을 보더라도 '우리 모두의 노래'였음이 입증된다. 3행의 "서럽더라 우리들이여"는 「풍요」가 어느 개인의 차원에서 생산된 것이 아니라 나와 너의 경계를 초월하여 중생의 서러움을 토해내기 위해서 잉태된 노래였음을 명백하게 말해주고 있다. 노랫말 자체가 그러했으므로 그것은 당초부터 개인 차원의 공덕가나 노동요의 테두리를 벗어나 모두가 함께 부르는 집단가요로 그 정체성을 유지하였다고 판단한다. '우리들의 노래'였으므로 그것은 열려있는 공간에서 가창되는 방식을 택하는 것을 정도로 삼았을 것이다.

「도솔가」는 작자인 월명사가 혼자 부른 노래였으므로 '우리의 노래'로 규정하기는 조금 어렵다. 표피상으로 해석하면 그렇다. 하지만 상술한 바와 같이 그것은 처음부터 집단의 소망을 달성하기 위해서 지어졌으므로 성격상 '우리의 노래'로 확장시켜서 수용하여도 무방하다. 이 점에서 「도솔가」의 개체성은 무너지고 만다. '왕명에 따라' 지어졌다고 해서 왕의 뜻과 의지만 반영되었다고 해석하면 그것은 단견에 지나지 않는다. 만민을 통치하는 군주국가에서 왕의 뜻과 의지는 특별한 경우를 제외하고 곧 臣民의 뜻과 의지에 연계되어 있음은 재언을 필요로 하지 않는다. 이렇기 때문에 「도솔가」는 군신민 모두의 노래로 인식함이 타당하고 다만 모두를 대신하여 월명사가 짓고 또한 그가 대창한 너와 나 전체의 치리가로 풀이하는 것이 맞다고 사료된다. 「월명사 도솔가」의 원류가 되는 「유리왕대 도솔가」가 『삼국사기』와 『삼국유사』의 기록상

전후 문맥의 흐름으로 보아 국인의 가악이었음을 상기하고 다시 월명사가 지은 「도솔가」를 대하면 그 또한 국인 전체의 가악이었음을 쉽게 판단할 수 있을 것이다. 「서동요」는 태생부터 여럿이 부른 동요였으니 달리 첨가할 말이 없다.

이런 식으로 살펴보면 「풍요」·「도솔가」·「서동요」는 개인의 독백이나 서정시가 아니고 다수의 창자가 함께 부른 노래라는 공유성을 지니고 있음이 확연하게 드러난다. 이런 성향 때문에 공개된 장소에서 가창되었다고 볼 수 있고, 逆으로 열린 현장에서 불려진 노래였으니 다중이 부르던 노래라고도 해석할 수 있다. 「헌화가」만이 예외로 남는데 이 때문에 위에서 분석한 4행체 여타 향가의 집단 창자(唱者)적 특성이 영향을 받지는 않는다.

4. 4행체의 후대적 양상

1) 고려 예종의 「도이장가」

4행체 향가의 후대적 양상이 어떤지를 살피는 일은 시가사를 통람한다는 점에서 의미가 있고 또한 당대의 작품, 곧 위에서 읽은 노래를 되짚어 보는 계기가 될 수 있다는 측면에서도 유용하다. 창작된 노래일지라도 4행체의 기반은 민요성에 있으므로 현전하는 작품 이외 다수의 노래가 가창되고 구전되었다고 헤아리는 것이 타당하다. 그러한 흐름은 왕조 교체와는 무관하게 고려시대에 까지 이어졌음을 우리는 예종의 「도이장가(悼二將歌)」와 「유구곡」을 비롯하여 「사모곡(思母曲)」·「상저가(相杵歌)」 등을 통해서 알 수 있다.

「도이장가」는 8행으로 되어있는 향가다. 하지만 문헌에 '단가이장(端歌二章)'이라고 밝힌 바와 같이 작자가 이 노래를 지을 때 두 토막으로 된 짧은 형식의 단가를 지어서 하나로 묶은 것이 확실하다. 그러므로 8행체로 규정하는 시각을 잠시 접어두고 4행체 2편으로 간주하여 살피는데 큰 잘못은 없다.

예종은 재위 15년, 서경에 거둥하여 팔관회에서 국초의 공신인 신숭겸·김락 두 장수가 허수아비로 변장하여 말을 타고 뜰을 돌아다니는 연희를 관람한 뒤 이 노래를 지었다. 노래는 다음과 같다.

> 님을 온전케 하온
> 마음은 하늘 끝에 미치니
> 넋은 가셨지만
> 衷心(을) 삼으시어(충심을 다하여) (遂行) 하신 소임이여
>
> 또 하고자(본받고자) 바라며
> 아름답게 수놓은(장식한) 저기에
> 두 공신이여
> 오랫동안 곧은 자취를 나타내실진저

여러 해독 가운데 신재홍의 풀이를 따랐다.[3] 앞의 장 넉 줄은 '님'(왕건)의 생명을 지킨 두 장수의 충절이 하늘 끝에 미칠 정도였음을 상기하면서 비록 순절하였으나 생전에 충심을 다해서 맡은바 소임을 완수한 공신들의 행적을 기리고 있다. 뒤의 장 넉 줄의 의미는 후생들이 죽은 공신의 정신을 계승하기를 바라면서 비록 허수아비로 다시 태어나 움직이고 있지만 아름답게 장식한 그 모습에 곧은 자취를 다시 나타내줄 것을 축원한다는 뜻으로 되어 있다. 전·후장으로 나누어져 있으나 한 편의 작품으로 수용할 수 있도록 앞뒤가 연결되어 있다. 그런데 앞의 장은 의미의 완결성으로 보아 독립된 장으로 남을 수 있지만 뒤의 장은 마치 본류에서 분리된 지류격의 내용으로 되어 있어서 홀로 설 수 없음을 느

3) 신재홍, 『향가의 해석』, 집문당, 2000, p.440.

낄 수 있다. 노래의 구도가 이렇게 짜여 있는 것에 대한 견해는 잠시 뒤에 피력키로 하겠다.

「도이장가」에서 매우 중요한 점은 군왕이 민요체의 향가를 지었다는 점과 그것도 공개된 장소에서 즉흥으로 읊었다는 점이다.(「平山申氏高麗太師壯節公遺事」에 현장에서 지은 것으로 되어 있음. 그와는 달리 「申崇謙行狀」에는 송도에 돌아온 후 신숭겸의 玄孫을 불러서 내린 것으로 적혀있음. 후자라 할지라도 노래의 내용이 현장성을 살리고 있다는 점에 유의할 필요가 있음) 앞의 장에서 신라의 4행체 향가가 열린 장소에서 가창되었고 그것은 바로 집단 공유성과 연결된다고 언급하였거니와 이 경우도 예외는 아니다. 예종의 개인 창작이되 일단 공개된 장소에서 읊은 이상 성격상 그것은 그곳 팔관회에 참석한 모든 관람자가 함께 누린 공동의 노래로 이해될 수 있다. 뒤의 장 첫 줄에 "또 하고자(본받고자) 바라며"라는 진술에는 두 공신의 정신을 계승하려는 의지가 담겨 있는데 그것은 臣民 모두가 그렇게 하여야한다는 뜻인즉 그러므로 노랫말 속에도 공동의 의식이 흐르고 있음을 알 수 있다.

문헌에 향가의 창작과 관련된 신라의 임금으로는 38대 元聖王이 「身空詞腦歌」를 지었다는 것이 유일한 예다. 그마저 작품이 전해오지 않아서 10행체 형태라는 것 이외 어떤 내용의 노래인지 알 수 없다. 문헌 이외로는 고려 8대 顯宗이 신하들과 더불어 鄕風体歌를 지었다는 기록이 玄化寺碑陰記에 적혀 있는데 역시 어떤 노래들인지 알 수 없음은 전자와 다를 바 없다. 그런 측면에서 예종의 「도이장가」는 현전하는 유일한 군왕의 창작향가라는 점에서 특기할만한 노래다. 더욱 특기할 점은 통념상 낮은 수준의 민요체로 간주되는 4행체 향가 二章을 지어 한 편의 노래를 구성하였다는 것과 거기에 경건하고 엄숙한 추모의 念을 담아냈다는 사실이다. 왕이 굳이 그와 같은 방식을 택한 까닭은 이른 시기부터 일반 백성과 친밀성을 유지해온 4행체 향가형태를 통해 쉽게 추모의 뜻을 피력코자한 것으로 해석되며 그리하여 거듭 말하거니와 당초부터 「도이장가」는 너와 나 모두가 함께 향유하는 노래로 창작되었음을 알 수 있다.

「도이장가」의 당대적 의미는 이와 같다. 이를 윗 시대의 노래들에 적용한다면 비록 4편의 4행체 작품이 이름을 알 수 없는 실명인 또는 낭승이나 무명의 노옹 등이 이러저러한 사유로 가창하고 지은 것이긴 하나 그 형식 자체는 후일 군왕도 기꺼이 활용한 것으로 보아 줄창 낮추어 볼 것이 아니라는 점을 확인할 필요가 있다. 짧은 형식이지만 신분의 높고 낮음을 초월하여 무거운 주제도 능히 수용할 수 있는 詩型으로 보아야 한다는 뜻이다.

「도이장가」에서 간파할 수 있는 다른 하나는 4행체의 독립성과 合歌性이다. 이에 관해서는 위에서 잠깐 내비친 바 있는데 이제 재론키로 한다. '端歌二章'이라는 단서가 붙지 않았다면 이 노래는 의심할 나위 없는 8행체다. 그만큼 의미 연결에 무리한 점이 없을 정도다. 결국 단서 때문에 앞뒤 4행체가 포개진 합가였다는 사실을 알게 되었는데 일별해서도 이를 확인하는데 큰 어려움이 없다. 두 공신을 기리고 추모하는 내용이 제4행에서 일단 끝나고 한 박자 쉰 뒤 제5행 이하에서는 두 장수가 보여준 충절의 정신을 계승하고 그 자취가 재현되기를 기원하는 내용으로 진행되고 있어서 두 단락으로 나눌 수 있는 근거가 마련되어 있음을 알 수 있다. 이렇듯 4행체 합성으로도 읽을 수 있지만 상술한 바와 같이 의미상 전반부는 그 단독으로 완결성을 갖추고 있으나 후반부는 전반부에 연결되지 않는 한 독립성을 유지할 수 없음을 어렵지 않게 읽을 수 있다. 8행체로 이해하려는 근거가 바로 여기에 있다. 이렇게 정리하고 보면 전반부만을 기준으로 할 때 4행체의 독립성을, 후반부를 근거로 할 때 합가성을 이 노래에서 도출해낼 수 있고 따라서 '4행체의 이중적인 최초의 새로운 특성'을 또한 확인할 수 있다.

2) 「유구곡」(예종), 그리고 「사모곡」·「상저가」, 기타 여러 속요의 특정 연(聯)들

화제를 바꾸어 「유구곡」에 관해 생각해보기로 하자. 『고려사』에 의하면 예종은 詩文에 심취했던 군주였다. 사장에 탐닉하여 신하로부터 극간을 받은 일도 있거니와 향가에도 관심이 있어서 위 「도이장가」를 지었고 또한 우리말로 전해오는 이른바 속악가사인 「유구곡」을 지어서 읊었다. 「유구곡」이 과연 예종의 작인지의 여부는 자신있게 단정을 내릴 수 없으나 학계의 통설은 그가 지은 것이 확실한 가사 불명의 「벌곡조」가 곧 「유구곡」일 것으로 규정하고 있으므로 이에 따르기로 한다.

「유구곡」의 창작배경은 왕의 통치행위와 관련이 있다. 예종은 나라를 다스리면서 자기의 잘못이나 時政의 得失을 알고자 言路를 크게 열어놓고 여론을 듣자고 하였다. 그렇게 언로를 터놓아도 혹시 신하들이 임금에게 곧은 말 상주하는 것을 두려워할까 염려하여 손수 「유구곡」을 지어 다시 채근하였다는 것이다. 노래는 아래와 같다.

> 비둘기 새는 / 비둘기 새는
> 울음을 울지만
> 뻐꾸기야말로 / 난 좋으이 / 뻐꾸기야말로 / 난 좋으이

석 줄로 인용하였지만 이는 필자의 임의에 따른 것이고 사람에 따라 두 줄(제2행 '울음을 울지만'을 첫째 줄에 붙임), 혹은 일곱 줄(사선을 친대로)로 끊기도 한다. 반복구가 있는 네 번째 줄을 둘로 분리하면 넉 줄 4행체가 된다.

창작배경에서 밝혀진 바와 같이 「유구곡」은 여론을 조성하고 소문을 퍼뜨리기 위해서 창작된 민요형태의 노래다. 이 점에서 신라 향가 「서동요」와 성향을 같이 한다. 그렇지만 「유구곡」은 가벼운 노래가 아니다. 누구를 희롱하거나 궤계(詭計)에 의해서 노래에 나오는 여인을 차지하

려는 식의 사술(詐術)이 숨어 있는 노래가 아니다. 화자가 자신의 과오를 미리 파악하여 바른 정치를 펴기 위해서 읊은 지극히 건전한 노래다. 비둘기의 맑지 못한 울음처럼 흐리멍텅하게 말하는 신하를 마다하고 뻐꾸기의 또렷하고 경쾌한 울음처럼 분명하게 직언하는 신하의 충간을 기다린다는 뜻이 거기에 담겨 있다. 「유구곡」은 짧은 노래이지만 그 함의는 진지하면서 곡진한 것이다. 이렇듯 가볍지 않은 정치적 주제를 8·10행체가 아닌 단형의 형태를 차용하여 그것도 직설이 아닌 상징의 기법에 의탁해서 변죽을 울리고 있다는 점은 「유구곡」의 미덕으로 지적할 만하다. 「도이장가」에서 말한 것처럼 짧은 형식의 노래라고 낮추어 평가해서는 안된다는 점을, 단형이되 가벼운 삽화(에피소드)만이 아니라 중대하고 복잡한 문제도 흡수하고 있다는 점을 이 노래는 증언하고 있다. 크고 작은 주제를 두루 수용할 수 있다는 점이 짧은 형식의 장처가 된다. 이것이 주로 큰 주제와 연관이 있는 8·10행체와 다른 국면이다.

거슬러 올라가서 신라 향가의 경우를 검색해보면 「도솔가」와 「풍요」를 만나게 된다. 두 편 모두 중대하고 심각한 주제를 감당해내고 있음은 이미 말한 바 있다. 「유구곡」이 바로 그 계열의 노래임은 긴 설명을 필요로 하지 않는다.

「유구곡」은 향가가 아닌 속요다. 장르가 서로 다르기 때문에 형태를 함께 논할 수는 없지만 다만 '단형'이라는 동질성을 함께 공유하고 있으므로 제한된 범위 내에서 서로 견주어 볼 수 있는 여지는 있다. 위에서 작품을 인용한 뒤 잠깐 언급한 바와 같이 「유구곡」은 정해진 行구분이 없다. 읽은 이에 따라 석 줄, 두 줄, 일곱 줄, 넉 줄 등으로 배열된다. 향가의 고정형식인 4·8·10행과는 거리가 먼 노래다. 짧은 行列의 자유스러움, 이것이 「유구곡」의 특징으로 꼽을만한 것이다. 이와 유사한 노래가 또 있다. 「思母曲」이 그것이다.

호미도 날이지만
낫같이 들 리도 없으니이다
아버님도 어버이시지마는
위 덩더둥셩
어머님같이 사랑하실리 없어라
아소 님하 어머님같이 사랑하실 리 없어라

여섯 줄로 된 단형의 속요다. 4행체는 아닐지라도 어쨌든 짧은 형태의 노래임에는 분명하다. 보기에 따라서는 바로 4행체로 간주할 수도 있다. 조흥구인 '위 덩더둥셩'과 반복행인 끝줄을 제거하면 똑떨어진 4행체가 된다. 上代 한역가와 향가에서 비롯된 4행체의 시형은 후대에 내려와서 이렇듯 변형된 모습으로도 재현되었던 것이다. 「사모곡」의 주제는 모성애에 대한 지극한 그리움이다. 이 또한 가벼운 화두는 아니다. 8·10행으로도 얼마든지 다룰 수 있는 간곡한 사연을 그보다 짧은 형태, 곧 실제로는 4행체로 볼 수 있는 詩型으로 담아냈으니 단형체라고 해서 낮추어 취급해서는 곤란하다는 얘기를 다시 하지 않을 수 없다.

「사모곡」과 더불어 효성을 소재로 한 속요가 또 있다. 「相杵歌」가 그것인데 이 노래는 재고의 여지가 없는 4행체다. (덜커덩 방아나 찧어 히얘/ 거친 밥이나 지어 히얘/ 아버님 어머님 받잡고 히야해/ 남으면 내 먹으리 히야해 히야해) 그러므로 긴 설명을 하지 않기로 한다.

향가의 4행 형식은 고려시대에 내려와서 「도이장가」와 같은 동일한 장르를 통해서, 또는 갈래가 다른 속요를 통해서 명맥이 이어졌음을 지금까지의 일별을 통해서 검증하였다. 「도이장가」를 비롯하여 「유구곡」과 「사모곡」은 변형태로 볼 수 있겠고 「상저가」는 정격의 4행체이고, 이 모두는 가볍지 않은 주제를 소화하고 있음도 읽을 수 있었다. 여기에 더하여 연장체 속요 가운데 완벽한 4행으로 된 「動動」의 2연~13연, 「滿殿春別詞」의 3·4연, 「西京別曲」의 1·2연까지를 보탠다면, 좀 더 시야를 넓혀서 변형태로 간주할 수 있는 「鄭石歌」 전편과 「만전춘별사」1·2 연까지도 아우른다면 (『詩經』으로 대표되는 중국의 시가 문학을 논외로 둔다는 전제하에서 정리할 때) 上代 한역가를 거쳐 최초의 우리 시가 문학인 향가에서 발원된 4행시의 형태는 시대와 장르를 뛰어넘어 끈질긴 생명력을 보여주었다는 결론에 도달하게 된다. 이 점이 한 시대의 형식으로 끝난 8·10행체와 준별되는 4행체의 특장이다. 10행체 향가의 변형태로 통하는 「鄭瓜亭」과 「履霜曲」 등의 속요 작품이 없는 것이 아니나 그 勢가 4행체에 크게 미치지 못함은 현전하는 텍스트가 스스로 말해주고 있다. 민요의 형식은 그 자체의 독립된 장르에서는 물론이고 다른 장르에 옮겨 가서도 숨결을 멈추지 않는다.

향가라고 하면 주로 10행체를 떠올려서 거론하는 것이 일반화된 학계의 통념이다. 그것이 향가의 완성된 형태였으니 결코 틀린 생각은 아니다. 하지만 시의 여러 양식은 각기 정체성을 유지하면서 존재할 가치가 있기 때문에 생성된 것이고 뿌리를 내린 것임은 부인할 수 없다. 이 말은 곧 10행체와 함께 8행체도 그리고 본고의 대상인 4행체도 그 나름대로의 존재 이유와 특성이 있었기 때문에 시가문학사에 오를 수 있었다는 뜻이다. 향가의 대표적인 양식이 10행체였음은 분명하나 4·8행체의 기능과 시가적인 의의도 결코 소홀히 다룰 수 없다는 뜻이다. 현전하는 작품만을 놓고 볼 때 10행체의 역사는 신라 당대로 끝났으나 8·4행체의 운명은 위에서 언급한 바와 같이 왕조가 교체된 이후에도 그 생명력을 유지하였다는 사실을 우리는 가볍게 보아서는 안될 것이다. 이런 점을 염두에 두고 본고는 4행체 향가群의 몇 특질을 찾아내어 정리하는데 주력하였다. 지금까지 논의한 바를 요약하면 다음과 같다.

4행체 형식의 향가는 그 창작·생성동기로 보아 그것이 가장 적절한 노래의 容器였기 때문에 나타난 것이다. 8·10행으로 넘어갈 필요성이 없는 자족적인 양식이었다고 규정하였다.

4편의 작품은 각기 서로 다른 동기에서 출발하여 가창(歌唱)되었으나 이를 두 개의 묶음으로 분류하면 인간 사이에 이루어지는 정서적인 교감의 세계, 그리고 천상을 향한 인간의 믿음과 의탁의 세계로 나눌 수 있다고 보았다. 이 두 종류의 작품적인 성향은 당대 향가는 물론 후대 시가의 기본 틀로 작용하여 여러 장르를 통해서 그와 동질적인 다수의 노래를 산출하였다고 언급하였다.

노랫말을 놓고 볼 때, 개별 작품 모두 문장 구조상 하자가 없지만 문학성을 운위하기가 어려울 정도로 여러 측면에서 볼품이 없는 것으로 평가하였다. 그러나 4행체 향가는 언술의 수월성의 측면에서 접근할 작품들이 아니라 '용도'의 각도에서 그 값을 따져야 한다는 견해를 피력하였다. 그 용도는 개별 작품의 생산동기가 담겨 있는 『삼국유사』의 관련 기록을 십분 참고하여야 마땅하다고 하겠다.

作歌 및 歌唱의 공간이 개방된 장소였음에 유의하였다. 8·10행체의 일부 작품도 닫혀있는 공간에서 벗어난 곳에서 지어지고 가창되었으나 4행체의 경우처럼 전반적인 것은 아니었다. 개방된 공간에서의 작가 및 가창되었다는 사실은 이들 노래가 구비전승된 것만이 아니라 창작된 것까지도 원천적으로 민요적인 성향을 내장하고 있었기 때문으로 해석하였다. 이러한 방식은 후대 고려 속요의 연행과 현대시의 낭독의 연원이 되었다고 풀이하였다. 열린 공간에서 지어지고 가창된 노래의 특성상 개별 작품 전부는 비록 개인의 창작일지라도 작자만의 것이 아니라 '우리 모두'의 노래로 확장시켜서 수용될 수 있는 것이라고 논급하였다.

4행체 향가의 생명은 민요성의 요소로 인하여 8·10행체와는 달리 왕조의 교체와 장르를 뛰어넘어 오랜 세월 동안 지속되었다. 고려의 향가인 「도이장가」에는 변형태로서, 또한 속요인 「유구곡」, 「사모곡」, 「상저가」 등에는 변형과 정형태의 양면으로 재현되었다. 이들 노래에서 특히 주목을 끄는 대목은 짧은 형태의 노래이지만 거기에 담긴 사설은 옛 충신을 기리거나 정치와 효성을 드러내는 등 단순한 것이 아니라는 점이다. 단형체일지라도 그 작품세계는 가볍거나 단조롭지 않음을 예의 노래를 통해서 알 수 있다고 살폈다. 그 내력을 따져 올라가면 향가인 「풍요」 및 「도솔가」 등과 맥을 함께 하고 있음도 짐작하기에 어렵지 않다고 할 것이다.

8행체 향가의 정체성 논의

4·8·10행으로 구분되는 향가의 형식 중에서 가장 각광(?)을 받고 있는 양식은 10행체 노래다. 10행체에 이르러 향가 형식이 완결되었고 따라서 그것은 향가를 대표하는 양식으로 인지되어 왔다. 형식의 완성뿐만 아니라 내용면에서도 문학적인 성취도가 가장 뛰어난 작품들이 10행체군에 속해 있다고 보는 것이 통설로 되어 있다. 『삼국유사』와 『균여전』에 전해오는 25수(均如의 「보현십원가」를 1편의 연작으로 간주하면 15수) 가운데 10행체 노래가 19편이나(혹은 9편) 차지하고 있는 것도 이 형식의 대표성을 말할 때면 관습처럼 거론되는 대목이다.

10행체 다음으로 눈길을 끌고 있는 형식은 무엇일까. 4행체라고 응답하는데 어느 누구도 주저하지 않으리라. 우리 옛 시가의 기본형이라는 특수성 때문에 4행체는 언제나 밑반찬격의 대우를 받고 있다. 생성 시기도 어느 형식보다 빨랐을 것으로 헤아려진다. 현전 작품을 기준으로 할 때 향가 초창기에 해당되는 제26대 진평왕대에 10행체인 「혜성가」와 더불어 전래민요의 4행체 향가 정착형인 「서동요」가 공존해 있었음을 보아서 그렇게 단정을 내릴 수 있다. 전해오는 작품수 4편이라는 숫자(신라시대에 국한함)도 『삼국유사』소재의 작품에만 국한시킬 경우 8行体에 비하면 곱절이나 많은 편이다. 무엇보다도 민요격의 작품세계가 결코 가볍게 보아 넘길 수 없는 그 나름대로의 특별한 문학적 함의와 메시지를 아우르고 있다는 신재홍의 연구결과는[1] 4행체군의 텍스트를 다시 반추해볼 기회를 갖게 한다.

그러면 8행체는 어떠한가. 10·4행체에 비한다면 그동안 이목을 끄는데 성공하지 못 하였다. 향가라는 넓은 토양에 깊이 착근되지 않은 채로 잠시 생산되다가 소멸된 형식인양 인식되어 온 것이 사실이다. 2편밖에 전해오지 않은 빈약한 작품 수도 그렇게 간주하는데 근거가 되었고, 또 8행체라는 형식 자체가 4행체의 배수, 혹은 10행체로 가는 과도기적 형태, 아니면 10행체에서 결사 2개 행을 제거하여 축소시킨 양식이었을 것이라는 추론도 또한 8행체 향가를 초라하게 만드는데 기여하고 있다. 태생부터 독립성이 없다는 얘기가 된다.

본고는 이처럼 일견 어중간한 모습을 하고 있는 8행체 향가를, 바꿔 말하자면 4행과 10행 사이에 끼어 잠시 중간자 노릇을 하고 있는 양 인식되고 있는 이 양식을 계속 정체성이 뚜렷하지 못한 것으로 볼 것인지, 아니면 4·10행체와 마찬가지로 나름대로의 독자성을 확보하고 향가문학사에 일정한 영역을 축성하는데 기능한 것으로 해석할 것인지를 조명하는데 목적을 둔다.

필자는 10행체의 작품이 다른 두 양식의 노래보다 문학적으로 우월하다는 식의 고식적인 평가에 동의하지 않는다. 세 개의 양식은 각기 특수성·독자성이 있으며 길이가 짧고 긴 것을 가지고 작품의 질을 운위할 수 없다는 입장을 견지하고 있다. 본고를 작성하게 된 계기가 바로 여기에 있음을 밝혀 둔다.

논제를 풀기 위해 필자는 8행체의 작품들을 세독하여 문학적인 성취도와 완결성을 증명코자 한다.

작품을 어떤 순서로 읽을 것인가. 이것저것 따질 필요 없이 연대별로 살피는 것이 가장 합당한 방법일 것이다. 하지만 그런 식의 읽기는 너무

1) 신재홍, 『향가의 미학』, 집문당, 2006, pp.157~176. 그는 이 책에서 「서동요」, 「풍요」, 「헌화가」, 「도솔가」 등 4행체 향가 작품의 문학세계를 꼼꼼히 살핀 뒤 짧은 형식임에도 모두 시적인 성취도를 일궈냈다고 평가하였다.

관습적으로 밋밋한 느낌이 들어서 선뜻 취하고 싶지 않다. 가끔은 고식적인 틀에서 벗어나는 것도 좋다. 그리하여 필자가 이 글을 준비하기 시작할 때부터 머리에 떠올리며 궁리했던 작품들의 메모 순서에 따라 풀어나가기로 하겠다. 이를테면 무순에 의한 읽기인 셈이다. 관례적인 접근법이 아니라는 결함이 있으나 체계적인 정격 발상에서 벗어나 자유스럽게 논의하는 데는 적지 않게 편리하리라고 기대한다. 먼저 8행체의 마지막 노래인 「도이장가」를 성찰키로 하겠다. 이어서 장을 달리하여 8행체 향가의 대표격인 「모죽지랑가」를 살피고 다시 장을 바꿔서 주제면에서 '체념의 미학'을 공유하고 있는 「원가」(10행체인데 왜 8행체로 간주하는지는 후설하겠음)와 「처용가」를 같이 논의키로 하겠다.

작품 읽기에 앞서 첫째 章에서 8행체 향가의 텍스트적 존재 양상을 재검하여 그것이 양적으로나 수명상으로나 보통 생각하는 것과는 달리 최소한 4·10행체에 뒤지지 않다는 점을 입증키로 하겠다.

1. 8행체 향가의 텍스트 존재 양상

먼저 텍스트의 분포 상황과 그 역사성부터 살피기로 하자. 논증의 정확성을 기하기 위하여 번거롭지만 두루 알려진 사실도 되짚어 보면서 기술키로 하겠다.

8행체의 첫 작품인 「모죽지랑가」가 창작된 시기는 7세기 말 제32대 孝昭王때였다. 「서동요」(4행체)와 「혜성가」(10행체)의 시대인 진평왕대를 기점으로 계산하면 대략 1세기 가량쯤 지난 뒤에 지어진 작품으로 헤아려진다. 그 어간에 또 하나의 10행체인 광덕의 「원왕생가」 한 편이 제30대 文武王때에 창작되었는데 「모죽지랑가」보다 불과 몇 십 년에 등장한 노래다. 이로 보면 「모죽지랑가」로 대표되는 8행체의 성립은 다른 양식과 비교하여 크게 늦지 않은 시기에 실현되었다고 보아야 한다. 현전하는 텍스트의 존재 양상으로 보아 그렇다.

1세기 동안 겨우 4행체 1편, 10행체 2편, 그리고 8행체 1편이 존재했다면 향가의 창작활동이 결코 왕성했다고 치부할 수는 없다. 하지만 극소수의 작품만 등재되어 있는 『삼국유사』의 형편을 고려한다면 무작정 그런 식으로 해석 하는 것도 옳은 것은 아니다.

문제는 그 이후에 있다. 편의상 4·10행체는 논외에 두고 8행체에 대해서만 거론키로 하겠다. 「모죽지랑가」 이후 다시 8행체 노래가 나타난 것은 그로부터 거의 2세기가 지난 뒤인 9세기 말 신라왕조가 막을 내리기 직전인 제49대 헌강왕대 「처용가」에 이르러서이다. 2세기라는 긴 기간 동안 4행체 3편, 10행체가 6편이 생산되어서 두 양식의 노래가 독무대를 이루고 있다시피 하는 동안 8행체는 긴 잠에 빠져 있다가 신라 말엽에 가서야 비로소 「처용가」 한 편을 토해낸 것이다.

이런 점, 곧 통틀어 겨우 2편밖에 없다는 사실과 그 2편도 시간차가 너무 심해서 얼핏 보면 서로 연결될 수 없는 이종의 양식인 듯한 인상마저 주고 있다는 점, 그나마 「처용가」는 文化的으로는 많은 함의를 내포하고 있으나 문학적으로는 작품적인 질이 떨어져서 이런 점 등이 작용되어 8행체라고 하면 그 존재 자체가 희미하고 비중이 낮은 향가로 인식되었다고 사료된다.

작품의 존재양상과 그 윤곽 파악을 여기서 제한시킨다면 8행체는 정말 초라하기 짝이 없는 양식이 된다. 그러나 지금까지 견지해온 기존의 시각에서 탈피하여 영역을 확대시킬 경우 새로운 국면이 전개될 수 있다는 사실에 우리는 유의한다.

그것은 신라시대를 뛰어넘어 고려왕조에까지 시야를 넓힐 때 그 실체가 선명해진다. 12세기 초 고려 제16대 임금인 睿宗은 동왕 15년 10월 서경에 거둥하였다. 그때 팔관회에서 국초공신인 김락·신숭겸의 가상희를 보고 감탄하여 향가를 지으니 이것이 「도이장가」다. 지은이가 이를 '단가이장(端歌二章)'이라고 하였기 때문에 4행체 2首의 연작시로 간주하는 것이 이치상으로 옳지만 또한 학계에서는 이를 8행체 향가에 포함시키고 있다. 결국 8행체의 하한선은 12세기 초가 된다. 두 얼굴을 하고 있는 이 노래의 이러한 문제점에 관해서는 다음 장에서 재론하기로 한다.

그러면 그 상한 연대는 어느 시대로 잡을 것인가. 예의 「모죽지랑가」 시대로 확정할 것인가. 그러나 만약 김대문의 『화랑세기』에 실려 있는 「송랑가」를 인정한다면 6세기 말 혹은 7세기 초가 된다. 「송랑가」는 미실(美室)이 그가 사랑하던 斯多含이 가야국을 정벌하기 위해서 출정할 때 이별의 아쉬움을 달래기 위해 지은 작품이다. 향찰 표기로 되어 있으니 향가이며 또한 여덟 줄로 구성되어 있으므로 8행체다. 창작 년대가 「서동요」, 「혜성가」의 시대인 진평왕대였으니 향가 전체로 보아서 초기 작품에 속한다. 『삼국유사』를 기준으로 해서 8행체의 최초 작품인 「모죽지랑가」보다 1백년쯤 앞선 노래이므로 이 노래의 실체를 인정한다면 8행체의 역사는 그만큼 빨라지게 된다.

문제는 『화랑세기』다. 이 필사본 자료가 세상에 처음으로 공개된 해는 1989년이다. 신라의 화랑사 뿐만 아니라 정치사를 비롯, 풍속사 및 향가사 등을 온통 흔들어 놓을 수 있는 놀랄만한 위력을 가지고 있는 이 자료가 알려지자 학계는 아연 긴장하였다. 여러 전공자들에 의해서 검증이 착수 되었다. 그 과정에서 『화랑세기』의 위작설과 진본설이 대두되었고 그러한 학문적인 논쟁과 대립은 현재도 이어지고 있다.

저간의 사정이 이런 이상, 「송랑가」를 기존의 8행체 작품에 귀속시키는 일은 일단 유보하는 것이 좋다.[2] 성급하게 처리하여 후에 다시 바로

---

2) 「송랑가」가 『화랑세기』를 필사한 박창화의 위작이 아니고 美室의 창작품이라고 주장하는 국문학계의 대표적인 인사는 金學成과 李都欽이다. 전자는 「필사본 화랑세

잡는 일은 피하여야 한다. 현재로서는 8행체의 첫 작품을 지금까지 그래 왔던 것처럼 「모죽지랑가」로 잡아 놓는 것이 안전한 일일 터이고 그렇다면 8행체 향가의 역사는 7세기 말에서 12세기 초까지 약 4세기 반 가량이라는 긴 세월 동안 창작되고 향유되었다는 결론이 나온다. 작품도 『삼국유사』에 실려 있는 2편에 「도이장가」가 보태져서 총 3편으로 늘어난다.

그러나 필자는 여기에 만족하지 않고 새로운 견해를 제시코자 한다. 작품수를 늘리기 위해 무리한 주장을 편다는 반론이 제기될 수 있으리라고 예상되나 나름대로 타당성이 있다고 생각하여 소견을 개진키로 하겠다. 8세기 전반 제34대 孝成王 즉위 초에 信忠이 지은 「怨歌」가 필자가 되짚어 보고자 하는 작품이다. 신충이 왕을 원망하며 지은 「원가」는 두루 알고 있는 바와 같이 10행체 노래다. 그렇지만 현재 전해오는 텍스트만 놓고 보면 8행체 향가다. 이런 사실은 一然이 '後句 亡'이라는 단서를 첨기하였기 때문에 알려지게 되었다. 비록 결사 부분이 일실되었으나 '후구 망'이라고 하였으므로 모든 연구자는 「원가」를 10행체로 간주하는데 이의를 달지 않는다.

맞다. 「원가」는 그 원작이 10행체다. 후구가 언제 망실되었는지, 이

기와 향가의 새로운 이해」(『한국 고시가 탐구』, 집문당, 1997, pp.81~119.)에서, 후자는 「화랑세기의 사료적 가치에 대한 국문학적 고찰」(『화랑세기를 다시 본다』, 주류성, 2003, pp.12~46.)에서 「송랑가」가 『화랑세기』의 기록 그대로 신라의 노래였음을 입증하고 있다. 특히 이도흠은 어학적으로 접근하여 「송랑가」가 근대의 어법에 따른 것이 아님을 강조하고 있다. 위 두 인사의 견해에 공감할 바가 많음을 인정한다. 그러나 뜻밖에 햇빛을 본 『화랑세기』와 거기에 수록된 「송랑가」는 워낙 예민하고 중대한 문제가 걸려 있는 자료이고, 또한 이 필사본을 가짜로 규정하는 학자들도 다수 있으므로 본고에서는 어느 한쪽에 서지 않고 잠시 미결의 상태로 두기로 하겠다. 단 『화랑세기』를 위작으로 단정하는 인사들에게 이런 점을 상기시키고 싶다. 즉 『삼국유사』가 목판본이 아닌 필사본으로 전해 왔다면 일견 『화랑세기』에 못지않은 내용의 황당함과 誤·脫字 등으로 이 또한 一然의 原作이 아닌 후대인의 위작으로 규정할 수밖에 없지 않느냐는 것이다. 어떻게 생각하는지?

를테면 창작된 직후나 혹은 그 이후 수백 년간의 전승과정에서 일실되었는지 그 자세한 경위는 알 수 없지만 어쨌든 그 원형이 10행체였음은 부인할 수 없다.

하지만 사정이야 어떻든 「원가」의 '작품적 수용과 그 실현화'는 8행체였음도 부인할 수 없다. 일연이 아무리 '후구 망'의 단서를 달았어도 작품을 접하는 입장에서 「원가」는 10행체가 아니고 8행체일 따름이라는 얘기다. 만약 '후구 망'의 시간대가 창작된 직후이거나 또는 짧은 세월이 지나간 후라면 「원가」의 8행체 수용과 실현화는 거의 무리가 없었을 것이다. 한편 '후구 망'의 시간대는 아마도 잣나무에서 노래를 떼어낼 때 망실되었을 확률이 높다고 필자는 추정한다. 결국 「원가」는 이렇듯 원작의 상태와 실현화의 상태에서 두 얼굴을 가지고 있었던 노래였다. 이 두 얼굴 중에서 독자가 접할 수 있는 모습은 후자뿐이다.

텍스트의 실제적인 존재양상과 무엇보다도 수용자에 의한 현실적인 감상과 이해의 사정이 그렇다면 「원가」를 10행체 이외 8행체에도 포함시키는데 머뭇거릴 필요가 없으리라. 그리하여 필자는 8행체 향가群에 「원가」를 보태서 모두 4편으로 계산코자 한다. 이렇게 되면 작품의 수로 보아서도 8행체 노래는 결코 극소수에 불과한 것이라고 규정할 수는 없을 것이다.

작품의 총수와 별도로 장구한 세월동안 시가의 양식을 유지한 그 역사성을 다시 말하지 않을 수 없다. 7세기 후반에서 12세기 초까지 장장 4백 여 년 동안 8행체 작품은 생산되었다. 4행체는 「서동요」에서 「월명사 도솔가」에 이르기까지 약 1세기 반(예종의 「도이장가」를 4행체 중첩형으로 간주하면 그 기간은 달라진다), 10행체는 「혜성가」에서 균여의 「보현십원가」까지 약 3세기 동안 성행하였다. 8행체의 경우, 현전의 자료만으로 계산하는 것이 정확성을 담보할 수 없다는 점을 재차 감안하더라도 진평왕대 향가의 첫 작품들의 뒤를 얼마쯤 간격을 두고 따르면서 등장한 후 고려 예종대에 까지 이어졌다는 사실은 아무리 강조해도 지나치지 않으리라.

4편의 창작시기도 관심을 둘만 하다. 7세기 말(「모죽지랑가」) - 8세기 초·중엽 (「원가」) - 9세기 말(「처용가」) - 12세기 초(「도이장가」), 이렇게 정리해 놓고 보면 8행체의 작품이 거의 각 세기마다 지어져서 고르게 수용되었다는 사실을 알 수 있다. 다만 7세기 말에서 12세기 초까지는 시간의 편차가 심한데 이 또한 8행체의 끈질긴 생명력과 잠재력을 말해주는 근거가 될지언정 달리 부정적인 요인으로 보기는 어렵다. 이 부분은 8세기 말 元聖王대 「우적가」가 창작된 뒤 한참 쉬었다가 10세기 중엽 나말여초의 작품인 「보현십원가」가 나오기까지의 시간적인 긴 간격을 10행체의 중단 없는 역사성으로 평가하는 것과 똑같은 관점에서 해석되는 대목이라 하겠다.

정리하면 8행체는 현전 향가의 끝을 장식한 양식이었으며, 작품수도 10행체에는 미치지 못하나 결코 빈약한 편은 아니었고 향가의 하위 형식 중 가장 오랜 기간 동안 유지된 갈래였다. 그러므로 8행체는 향가의 변방 지대에다 놓고 가볍게 다룰 대상이 아니라 중심에다 옮겨 놓고 조명해야 할 양식이라는 사실이 무리 없이 판명이 되었다고 본다.

2. 「도이장가」와 8행체 창작의 의식성

예종의 「도이장가(悼二將歌)」가 어떻게 지어졌는지는 『평산신씨 장절공유사』 등에 자세히 기록되어있다.

향가의 역사를 보면 몇 군왕이 노래를 지었다는 기록이 전해온다. 신라 제38대 원성왕이 「신공사뇌가」를, 그리고 고려 제8대 임금인 현종이 현화사 낙성식에 참석하여 수행한 신하 11명과 함께 '향풍체가'를 지었다는 사례 등이 그것이다. 이런 사례는 향가의 창작 및 향유계층이 군왕에게까지 뻗쳐 있었다는 점에서 주목을 요한다.[3] 하지만 작품이 전해오지 않아서 그 내용을 알 수 없음이 유감인데 다행히도 예종의 「도이장가」가 남아 있어서 그 허전함을 덜어주고 있다. 그런 점에서 「도이장가」의 텍스트적인 가치에 큰 의미를 부여하지 않을 수 없다.

님을 온전하게 하온
마음은 하늘 끝(에) 미치니
넋이 가시되(가시도록)
衷心 삼으시어(충심을 다하시어) (遂行)하신 소임이여

또 하고자(본받고자) 바라며
아름답게 수놓은(장식한) 저기에
두 공신이여
오랫동안(내내) 곧은 자취는 나타내실진저

맞바로 언명키로 하자. 「도이장가」가 전몰장군 추모가로만 남게 되었다면 그 정체성과 더불어 시가사적 의의는 반감되었을 것이다. 그런 성격의 노래는 이미 신라 제26대 진평왕때에 백성이 지어서 부른 장가체의 「해론가」(향가로 간주할 수 있는 단서가 없음)가 선편을 잡고 있기 때문이다. 추모가임이 확실한 「해론가」는 그러나 백제와의 싸움에서 장렬히 전사한 해론을 민간 차원에서 격식을 갖추지 않고 조문한 노래였을 뿐, 팔관회와 같은 공식적인 행사장에서 창작된 '의식가'는 아니다. 「도이장가」가 「해론가」와 변별되는 중요한 국면은 바로 여기에 놓여있다. 현전하는 4행, 10행체 향가 가운데서 이와 같이 왕이 직접 지은 의식가는 8행체인 「도이장가」 이외 달리 찾아볼 수 없다.

예종이 8행체로 노래를 지은 것은 아무 생각 없이 우연히 그렇게 한

---

3) 이에 관해서는 이 책 「향가와 인연이 있는 君主들이 남긴 자취」에서 깊이 성찰했음.

것은 결코 아니다. 짓다보니 결과적으로 8행체의 시가 되었다고 해석해서는 안된다는 것이다. 그 증거로서 문헌 기록에 분명히 나타나 있는 '端歌二章'이라는 구절을 들 수 있다. 『삼국유사』와 『균여전』을 통틀어 향가를 '作歌, 唱歌' 했음을 밝힌 구절은 있으나 그 형태까지 명시해서 기록한 예는 三句六名(균여전)을 제외하면 전무하니 '단가이장'이라고 명토를 박아 놓은 이 부분은 매우 중요하다고 하지 않을 수 없다. '단가'라고 운위한 것은 곧 4행체를 의미한다. 따라서 '단가이장'은 분명히 '4행체 二首'를 말하는 것이면서 또한 작품의 실현화 과정에서 수용자가 느끼는 바로는 8행체로도 인지하겠금 지어진 작품이다. 이 점 아래의 설명을 읽으면 어렵지 않게 이해할 수 있다.

요컨대 왕은 처음서부터 4행체이면서 8행체로 전환되는 추모 의식가를 짓겠다는 의식을 가지고 「도이장가」를 생산해내었다고 풀이해야 바른 해석이 된다. 그런 생각과 의도가 없었다면 '단가 이장'이라는 토를 달지 않았을 것이다. 왕이 굳이 4행체의 반복 형태인 8행체를 택하여 「도이장가」를 지은 사유는 무엇일까. 이 노래는 두 장수의 공을 기리며 추모하는 부분과 현재 시간 이후 앞으로도 그들의 충정이 길이 顯彰되기를 바라는 부분으로 구성되어 있다. 그런지라 두 부분으로 끊은 것이다. 하지만 앞부분은 그것만으로도 독립성을 유지할 수 있으나 뒷부분은 앞의 것이 없으면 의미상으로 홀로서기가 쉽지 않다. 그러므로 상술한 바 작품의 실현화 및 수용 과정에서 앞뒤 문맥이 자연스럽게 접착이 되었다고 판단한다. 한편 이 두 부분을 4행체의 독립된 單首로 수용하기란 요컨대 불가능한 일이었을 것이다. 그렇다고 10행체 한 편으로 소화시키자니 일단 가능은 하나 각기 구별되는 두 대목이 하나로 연결되기 때문에 단락이 끊어지는 맛을 살릴 수 없었을 것이다. 10행체 2편으로 확대시키는 일은 더더욱 지나친 일이므로 고려하지 않았으리라는 점, 촌탁하기에 어렵지 않다. 이런 사정을 감안하여 4행체 2수로 창작하기에 이른 것이 아닌가 헤아려진다.

예종은 고려 역대 임금 중 문학에 밝고, 또한 탐닉한 군주로도 널리 알려져 있다. 그런 고로 향가의 여러 양식과 시세계에도 밝았다고 추정된다. 어쨌거나 예종의 8행체 선택은 우리에게 그것이 4행과 10행체의 중간적인 기능을 잠시 담당하다가 종적을 감춘 흐릿한 양식이 아니라는 것, 바꿔 말하자면 독사성과 정체성을 가지고 향가사의 일익을 긴 세월 동안 감당해낸 형식이라는 사실을 확실하게 깨우쳐준 창작 행위였음을 말해준다.

작품을 읽어보아도 「도이장가」는 덜 것도, 보탤 것도 없는 장중한 추모 의식가임을 알 수 있다. 앞의 넉 줄은 과거의 일을 떠올려서 대상인물을 찬모한 것이고 뒤의 넉 줄은 현재와 미래에 걸쳐 두 공신의 자취가 되살아나기를 기원한 것이다. 과거/현재+미래로 된 이런 구도는 뒤에서 살필 8행체 초기작품인 「모죽지랑가」에서도 나타나는데 인물을 추모 또는 찬모하는 작품이 동일한 양식으로 되어 있다는 점에서 시사하는 바가 크다. 이 노래의 7~8행은 "두 공신이여/오랫동안 곧은 자취는 나타내실진저"라고 되어 있고 「모죽지랑가」는 "낭이여(당신을) 그리워하는 마음이 가는 길/다북쑥 우거진 구렁텅이에 잘 밤 있으리"로 끝맺고 있다. 김낙·신숭겸과 죽지랑의 공훈 및 그 정신이 시간을 초월하여 간직되고 계승되기를 바라는 심정을 피력했다는 점에서 유사성을 보여 주고 있는 대목들이다. 이 끝 부분들이 10행체의 결사에 해당되는 역할을 하고 있으니 그러므로 「도이장가」와 「모죽지랑가」가 10행체로 늘어날 필요가 없었다고 판단된다. 8행체로 되어 있는 현재 상태를 놓고 억지로 꿰맞춰서 그렇게 이해하는 것이 아니라 10행체를 가상해서 내린 결론임을 밝혀둔다.

전반에서 작자는 '님'을 위해 충심을 다하여 소임을 수행한 두 공신의 마음은 하늘 끝에까지 도달해 있다고 찬양하였다. 옛 신하에 대한 今王

의 찬사와 추모의 언사로서는 최고의 수준에까지 이른 것이라 하겠다. 이 뒤를 이어서 어떤 말이 나올지는 예상하기 어렵지 않다. 허수아비로 꾸민 두 장수가 공연 현장에서 계속 움직이고 있음을 감동어린 눈으로 관람하면서 지은이는 오늘과 내일의 경계를 뛰어넘어 오래도록 그 자취를 나타내달라고 발원한다. 이것으로 「도이장가」는 작품의 성취도와 완결성을 모두 획득하였다고 평가해도 좋을 것이다.

3. 8행체의 전형, 「모죽지랑가」의 모습

「모죽지랑가」는 삼국통일 이후의 쇠락한 화랑단의 역사를 그 배경으로 하여 창작된 노래다. 이 점을 간과하면 작품의 올바른 이해가 불가능하다. 화랑을 찬모한 노래이므로 당연히 전성기에 화랑단이 누렸던 찬란한 역사가 반영되었으리라고 생각하기가 쉽다. 그러나 그것은 착각이다. 통일전쟁 시기에 공훈과 명성이 드높았던 한 화랑이 전쟁이 끝난 뒤 겪었던 수모가 계기가 되어서 마침내 그의 부하인 득오가 슬프고도 구성진 노래를 부르기에 이르렀다. 그 노래가 바로 「모죽지랑가」이다.

간 봄 그리매
모든 것이 울 이 시름
아름다움 나타내신
얼굴 주름살을 지니려 합니다
눈 돌이킬 사이에나마
만나 뵙도록 (기회를) 지으리
낭이여 (당신을) 그리워 하는 마음의 길
다북쑥 우거진 구렁텅이에 잘 밤 있으리

一讀만으로도 수작임을 알 수 있다. 절창급에 속하는 향가라고 하면 으레 10행체인 「찬기파랑가」와 「제망매가」를 들기 마련인데 어찌 그 둘

뿐이겠는가. 관점을 잡기에 따라서는 같은 10행체에서도 그 두 편에 버금가는 작품이 더 있을 수 있고, 이제 살펴보려는 8행체의 노래인 「모죽지랑가」도 그 수준에 근접해 있는 향가라고 필자는 판단한다. 『삼국유사』, 「효소왕대 죽지랑」조에 실려 있는 관계기록의 요약과 그에 대한 필자의 해석 등은 旣刊의 拙著와 이 책의 다른 곳에서 정리한 바 있으므로 생략한다.4)

자, 작품의 세계로 들어가 보자. 8행체이므로 앞의 넉 줄, 뒤의 넉 줄 이렇게 두 개의 단락으로 양분된다. 첫째 단락은 과거와 현재의 대비, 과거는 '간봄', '아름다움'으로, 현재는 '울 이 시름', '얼굴의 주름살'로 대칭되어 있다. 예각적인 대립이라 함이 마땅할 것이다.

'간 봄'은 화려했던 죽지랑의 전성기, 그 봄은 "아름다움을 나타내신/얼굴"을 가능케 했던 계절이다. 『삼국유사』의 관련 기록에서 이와 연관되는 부분을 인용하면 "김유신공과 더불어 副帥가 되어 三韓을 통일하고 진덕·태종·문무·신문왕대에 이르기까지 四代에 걸쳐 冢宰를 역임하며 나라를 안정케 한" 크나큰 업적이 이에 해당된다. 폐일언컨대 죽지랑은 화랑 출신의 장수로서 뿐만 아니라 관료나 정치가로서도 신라의 안정과 역사를 발전시키는데 공헌한 큰 인물이었다. 그때의 찬란했던 봄이 이미 지나간 과거의 계절이 되자 화자는 실의와 처연한 심정에 사로 잡혀 "모든 것이 울 이 시름"이라고 탄식의 소리를 발한다. '울음'과 '시름' 이 두 시어 중에서 어느 하나만 있어도 처비(悽悲)할 터인데 작자는 이 둘을 포개 놓고 슬픔에 빠진다.

4행은 1행의 구체적인 모습, 이 또한 과거의 모습인데 그처럼 아름다움을 과시했던 얼굴이 현재에 와서 '주름살'을 지니려고 한다는 진술에서 죽지랑의 노쇠와 낙척, 그리고 화자의 안타깝고 처절

4) 신재홍 앞의 1)의 책, pp.306~334. 여기서 그는 한 걸음 진전된 해석을 내놓아 작품을 좀 더 실감 있게 이해하는데 기여하고 있다.

한 마음을 새삼 접할 수 있다. 뒤에서 논의할 「원가」에서도 '얼굴'이 거론되었는데 여기서도 그 '얼굴'을 접하게 된다. 이를 통해 우리는 향가의 표현이 추상적이지 않고 구체적인 묘사에 치중해 있음을 읽을 수 있다. 상사의 어제와 오늘을 1행-과거, 2행-현재, 3행-과거, 4행-현재 이렇게 交織시키면서 그려내고 있는 작자의 심사는 언필칭 슬픈 회고와, 수용하고 싶지 않는 현재의 실상이었을 것이다. 동어반복이지만 전반부의 핵심어는 '간 봄', '주름살'이고 이 두 시어가 첫째 줄과 넷째 줄에 자리를 잡고 있으면서 시의 분위기를 적절하게 변환시키는 양상을 보여준다.

「모죽지랑가」는 요컨대 '시간'을 노래한 작품이라고 언급할 수 있다. 전반 4행까지 과거와 현재가 엇갈리며 모습을 나타내더니 후반 4~8행에 이르러서는 현재의 소망과 미래를 굳게 다짐하는 각오와 결의가 순차적으로 술회되면서 이 노래의 전체적인 주제인 '志節'의 미학을 지향하는 선에까지 이른다. 「모죽지랑가」의 미덕은 바로 이런 점, 즉 과거를 정리하고 현재를 극복하면서 미래를 예비하는 과정을 천명하고 있다는 점에서 찾아야 한다. 과거-현재-미래의 세 시간대가 차질 없이 연결되면서 화자의 속내를 명료하게 드러내는데 기능하고 있다는 사실에서 이 노래의 탄탄한 구조적인 특성이 있음을 인식할 수 있다.

후반부의 序詞격인 6~7행은 현재의 간절한 소망을 피력해 놓은 것이다. 잠깐만이라도 '만남'의 기회를 갖고 싶다는 고백을 통해서 우리는 작자와 그가 찬모하는 대상 사이에 놓인 수월찮은 '거리감'을 직감할 수 있다. 그 거리감은 그들 두 사람의 임의에 따라 좁혀지거나 소멸될 수 없는 것이라는 점도 짐작할 수 있다. 과거에는 죽지랑과 그를 가까이 보좌했으리라고 믿어지는 낭도인 득오의 만남은 실로 용이하고 일상적이었을 터이다. 무에 그리 어려움이 있었으랴. 그 둘 사이에 무슨 벽이 있었으며 장애가 있었으랴. 그렇듯 쉽기가 이를 데 없는 만남을 득오가 그처럼 애원하고 있다는 점에서 부자유스런 현실 파악은 충분히 가능하다. '연금(軟禁)된 *花郎團*', 이렇게 표현하면 적절하지 않을까.

7~8행은 미래를 다짐하는 작자의 결연한 각오, 여기에 이르러 이 노래는 울울한 환경에서 벗어나 미래의 영원한 세계로 방향을 튼다. 과거를 회고하고 현재를 탄식한 끝에 그가 찾은 삶의 명예스런 길은 志節, 여기에다 작자는 앞날의 모든 것을 건다. 현재 시간대에서 외면과 모멸을 당할지라도 죽지랑으로 대변되는 화랑단의 기상과 정신, 그리고 역사적인 위업만은 길이 간직하고 전승시키겠다는 결의가 이 두 줄을 통해 천명된다. 이 노래의 극점이 여기 놓여 있다. 화자는 "낭이여 (당신을) 그리워하는 마음의 가는 길"이라 했다. '그리움'이되 현실적으로 풀 수 없는 심리적인 사모이므로 그는 '마음의 가는 길'에다 이것을 얹어 놓는다. '마음의 가는 길', 그것은 곧 정신과 영혼의 행로를 말하는 것이리라. 이제 득오가 지향하는 사유의 세계는 이처럼 심화되고 내면화되면서 앞날을 正視한다.

'마음의 가는 길'은 과연 어떤 길이 될까. "다북쑥 우거진 구렁텅이에 잘 밤"도 있을 그런 험난한 길이다. 『삼국유사』소재 여러 향가 작품 중 이 대목만큼, 이 한 줄만큼 '삼엄(森嚴)'함을 느낄 정도로 엄숙하게 표현한 시행이 또 있을까. 이 부분에 이르러 우리는 찬모의 대상인 죽지랑을 젖혀 놓고 작자인 득오의 지절을 기리고 싶은 충동마저 느낀다.

「모죽지랑가」가 담아낸 사설을 다시 정리하면 화랑단의 과거와 현재를 바탕에 깔고 걸출한 화랑이요 재상이었던 대상인물의 明 과 暗의 생애를 압축해 놓으면서 작자는 지극한 감상과 비애의 정서를 숨기지 않았다는 점과 상사와 다시 만나고 싶은 간절한 소망도 피력하였다는 점이다. 겨우 몇 줄밖에 안 되는 짧은 말 속에다 담아내고 싶은 속내는 다 담아냈다. 더 이상 토설하고 싶은 말이 또 있을까 싶을 정도다. 시행이 한 줄이라도 더 많아야 반드시 성공된 시가 아니라는 사실을 「모죽지랑가」는 입증해준다.

득오가 가는 길은 험난한 길이다. 현재 그가 겪고 있는 고난의 상태보다 더 큰 형극의 길을 그는 마치 10행체의 결사처럼 7·8행에서 밝히고 있다. 9·10행의 필요성을 느끼지 않는 「모죽지랑가」의 결사 7·8행, 여기에 문학성의 정점이 놓여 있고 군더더기가 필요 없는 완결의 미학이 자리 잡고 있다. 어찌하여 10행체가 향가의 완성형이고 문학적인 수월성도 겸비하고 있다는 주장이 나왔는지, 그리고 검증 받지 않은 그러한 학설이 지금껏 오랜 기간 동안 묵수되어 올 수 있었는지를 「모죽지랑가」는 묻고 있는 듯싶다.

4. 「원가」와 「처용가」

1) 「원가」의 '후구망(後句亡)' 논의

「원가」에서 필자가 특별히 관심을 두고자하는 바는 10행체와 8행체의 시적인 차이점, 또는 문학적인 성취도와 완결성의 농도를 어떻게 변별할 것 인가하는 점이다. 앞장에서 언급한 바와 같이 「원가」는 10행-8행의 두 얼굴을 함께 지니고 있는 작품이므로 양면을 동시에 관찰하여 견줄 수 있는 최적의 텍스트다. 각기 다른 두 양식의 작품을 놓고 성찰하는 경우보다 훨씬 유리한 케이스라 하겠다.

「원가」의 창작 배경이 되는 기록은 매우 간략하다. 효성왕이 잠저시에 현사(賢士) 김 신충과 함께 대궐 뜨락에 있는 잣나무 아래에서 바둑을 두었다. 그때 말하기를 "후일 만약에 내가 그대를 잊는다면 잣나무와 같을 것이오"라고 하자 신충이 일어나 절했다. 몇 달 후 왕이 즉위하여 공신들에게 상(=벼슬)을 내렸는데 신충을 잊고 벼슬의 대상에서 빠뜨렸다. 신충은 왕을 원망하면서 노래를 지어 잣나무에 붙였다. 노래는 아래와 같다.

> 무릇 잣이
> 가을에도 안 이울어지매
> 너 어찌 잊으리 하시던
> (그래서 감격하여) 우러러 뵙던 (임금님의) 얼굴이 (내 마음 속에) 계시온데
> 달 그림자 옛 못에
> 가는 물결 원망하듯이
> 얼굴을 바라보나
> 누리도 싫구나
> (후구 망)

문헌 기록은 그 당시의 정황을 개괄적으로 요약해 놓은 것에 지나지 않는다. 역사적 배경을 정밀하게 조사해 보면 효성왕은 임금의 자리에 오르기까지 어려운 고비를 넘겨야 하였다. 그 과정에서 정계의 유력인사인 신충의 지지를 이끌어내는 것이 당면의 과제였다. 그때 효성왕을 옹위하려는 세력과 이를 저지하려는 세력이 팽팽히 맞서 있었고 그런 권력 쟁탈전에서 효성왕은 그의 외조부이며 정계의 실세인 김순원의 활약에 힘입어 마침내 군주가 되었다. 즉위 후 불과 수개월 전에 신충과 약속한 바를 그가 어긴 까닭은 정사에 바쁘다보니 잊었다는 기록의 내용과는 달리 신충을 이용한 후 제거하려던 김순원의 막강한 압력에 임금도 어쩔 도리가 없었기 때문이었다. 만약 신충이 「원가」를 지어 잣나무를 고사시키지 않았다면 그에게 中侍라는 고위 관직은 돌아가지 않았을 것이 확실하다. 그런 면에서 신충은 노래의 효험을 톡톡히 본 셈이다.

작자는 1~3행에서 몇 달 전에 그에게 언약한 말을 그대로 옮겨 놓았다. 노래의 서두를 그런 식으로 시작한 것은 가슴 속에 묻어둔 증거를

제시함으로써 왕의 폐부를 찌름과 동시에 어떤 효과를 기대하려는 의도가 있었던 것으로 해석할 수 있다. 인용법으로 처리될 수 있는 임금의 '말'은 그 자체로서도 독자적인 힘을 발휘하지만 '면목-체면'과 연결될 때 더욱 결정적인 기능을 완수한다. 4행에서의 '얼굴'은 그런 면에서 중요하다. 「원가」는 '얼굴의 시'라고 해도 과언이 아니다. 얼굴은 곧 '체면'이다. 그것은 굳게 약속했던 때에 왕의 체면이면서 또한 위약한 지금의 체면도 떠올리게 하는 그런 얼굴이다. "우러러 뵙던 얼굴이 계시온데" - 이 진술에는 서운함을 감추지 못하는 작자의 실망과 허탈함이 배어 있다. 노래의 전반부인 1~4행은 이를테면 과거환기를 통한 심경의 간결한 고백이다.

간결한 진술은 후반부인 5~8행에서도 계속된다. 이 부분의 시제는 현재다. 지난날에 있었던 일을 상기시킨 작자는 이제 지금 자신이 겪고 있는 체험을 호소하고 싶어 한다. 그가 겪은 정치적인 패배와 그 후유증을 어찌 다 설명할 수 있으랴. 어떻게 직설법으로 토출할 수 있으랴. 그렇듯 쉽지 않은 일을 작자는 단 두 줄로 요약하고 압축해 놓는데 성공한다. 5~6행은 전부가 비유법으로 되어 있다. '옛 못'에 잠겨 있는 '달 그림자'는 지금 일그러진 모습을 하고 있다. 왜일까. '물결'은 무엇을 의미하는 것일까. 외계로부터 가해진 파란의 변수임이 확실하므로 그것은 결국 신충에게 불운을 안겨준 거대한 정치세력의 준동이 될 것이다. 그것을 작자는 상상 속에서 원망의 눈으로 물끄러미 바라보고 있다.

일그러진 달 그림자의 모습은 곧바로 거기에 합당한 대상을 찾아 전이된다. 7행에서 다시 '얼굴'이 나오는데 달그림자는 그 얼굴에 머문다. 일그러진 임금의 얼굴, 굳게 언약할 때의 모습이 아닌 변모된 다른 얼굴, 그 얼굴을 멀리서 바라보는 신충의 마음은 울분으로 장식된 것이 아닌 탄식과 체념으로 희석된 그런 마음이다. 임금의 생생한 육성과 체면을 옮겨 놓으면서 노래를 시작할 때의 맺힌 마음과는 달리 모든 것을 잊으려고 애를 쓰면서 세상과 거리를 두며 체념하는 것으로 끝을 맺는다. 7~8행의 "얼굴을 바라보나/누리도 싫구나"에서 우리는 그 허탈한 정서를 읽을 수 있다.

「원가」는 '얼굴'을 중심에 놓고 소회를 피력하는 것으로 시의 특장을 삼고 있다. 8행에 불과하고 진술도 간결하기 이를 데 없는 깔끔한 구조 안에서 '얼굴'은 두 번이나 나온다. 처음과 끝에서 임금의 원래 얼굴과 변모된 얼굴에 작자가 그만큼 큰 비중을 두었다는 뜻이다. 그 얼굴에 언약의 말까지 포개져서 마침내 임금의 신의와 권의의 표상, 그리고 실추로 확장된다.

'얼굴의 시'인 「원가」의 노랫말은 당초 신충이 '怨而作歌' 하였다는 기록과 달리 창작의 과정에서 변질되어 푸념과 탄식을 담아내는 것으로 마무리되었으며 그 대신 그의 통분은 행위로 옮겨져서 잣나무를 고사케 하였다고 필자는 해석한다. 그러므로 "忠怨而作歌 帖於栢樹……"라는 『삼국유사』의 구절은 문장상으로는 맞는 것이지만 해석상으로는 '怨'의 위치를 '作歌'보다는 '帖於栢樹'에 두는 것이 노래의 의미를 보아서 합당하다고 본다. '忠作歌 怨而帖於栢樹' – 이렇다는 뜻이다.

살펴본 바와 같이 「원가」는 현전하는 8행시 그 자체로서도 시적인 완성도, 성취도를 모두 일궈냈다고 평가할 수 있다. 역사적인 여러 양상까지도 함축적으로 내비치고 있으니 더 바랄 것이 없다. 원래 10행체였으므로 결사가 분명히 있었음을 의심하지 않는다. 그 결사에서 작자가 무슨 말을 하였는지를 모를 따름이다. 혹 '원망'의 언사가 이 종결 부분에서 터졌으리라고 예상해 볼 수 있다. 하지만 그 바로 앞에서 "얼굴을 바라보나/누리도 싫구나"라고 하면서 모든 것을 잊으려고 작심한 듯 마무리를 짓고 있으니 원망의 언사를 떠올리기가 매우 어렵다. 뿐만 아니라 상술한바 원망의 행위는 '잣나무에 노래 첨부'로 대신하였으니 언어로 중복 표현 했다고는 보기 어렵다. 원망의 언사만이 아니라 어떠한 내용의 진술도 가상해 보기가 쉽지 않다. 그만큼 7~8행의 어법은 완결성을 강하게 내비치고 있다. 10행시라는 문헌상의 단서 때문에 습관적으로 결사의 존재와, 그 알 수 없는 내용을 캐내고자 하는 것이지 실인즉 그것이 없어도 작품의 이해에 전혀 지장을 받지 않는다. 차라리 '체념의 시'로서는 현재의 상태가 더욱 우월하다는 생각마저 든다. 일연이 '후구 망'이라고 註를 달아놓은 것이 그의 실책이 아니었을까하는 실로 엉뚱한 생각이 들 정도로 「원가」는 현전하는 상태에 아무 문제가 없다.

결사는 10행체 향가가 누릴 수 있는 아름다움의 중요한 부분이다. 구조상으로 그것은 끝맺음의 기능을 훌륭히 해내고 있다. 하지만 결사가 있는 10행체만이 반드시 작품의 완성도와 수월성이 보장되는 것은 아니다. 그런 사실을 우리는 10행체이면서 또한 8행체로 통하는 「원가」에서 확실히 깨달을 수 있다. 되레 결사가 없는 장점, 압축을 통한 여운의 미가 8행체 향가의 독자성과 정체성을 담보하고 있다는 점을 읽을 수 있다.

5. 「처용가」와 언술의 완결성

「처용가」는 또 어떠한가. 그 또한 '체념과 포기'의 노래라는 점에서 「원가」와 상통한다.

> 서라벌 밝은 달에
> 밤들이 노닐다가
> 들어와 자리를 보니
> 다리가 넷이러라
> 둘은 내 것인데
> 둘은 뉘 것인고
> 본디 내 것이다마는
> 빼앗긴 것을 어찌하리오

第49代 憲康王때에 일어났던 일이라고 전해오는 이른바 '處容 事件'의 전말을 여기에 요약해서 옮길 필요가 있을까. 워낙 널리 알려진 일이니 생략해도 작품을 읽는데 지장이 없을 것이다.

위에서 언명한 바와 같이 「처용가」는 문학성에서 많이 뒤쳐져 있는 노래다. 향찰로 표기되어 있고 『삼국유사』에 줄글로 되어 있는 것을 현대 학자들이 8행으로 끊어서 옮겨놓고 읽으니 향가로 인식할 뿐이고 실인즉 문학적인 수준을 따지기조차 뭣할 정도의 非詩的인 작품이라는 점만은 부인할 수 없으리라.

'문학성'을 거론하기조차 힘들다고 해서 진술의 완결성에서마저 실패한 것으로 간주하면 그것은 큰 오산이다. 문학적인 수월성과 언술의 완결성은 별개의 것이다. 진술의 완결성에서만은 8행체의 어떤 작품에 못지 않게 분명하게 끝마무리를 하고 있다는 점에 유의할 필요가 있다.

환락과 타락의 도시적 환경에 외래자인 처용도 함께 동화되어 야심토록 음주가무에 빠져서 놀다가 집에 돌아온 그의 앞에 펼쳐진 방안의 광경은 참으로 가관이 아닐 수 없었다. 그때의 경주는 '國終亡'을 염려하리만큼 부패와 추락의 한 복판에 서 있으면서 방향을 잃고 있었다. 집안이나 집밖이나 모두가 치유하기 힘든 병에 걸려 있었다.[5] 「처용가」는 그런 환부를 아주 자극적인 표현을 써가며 적나라하게 노출시키고 있다. 「처용가」이전까지만 해도 이처럼 비속한 언술로 된 향가는 없었다.

첫 줄에서 넷째 줄까지의 전반부는 현장 묘사다. 「원가」의 전반부는 과거를 환기시키는 것으로 되어 있는데 「처용가」에서는 과거는 없다. 오직 현재가 있을 뿐이다. 이 점에서 「원가」와 변별되는데 그 밑바탕에 깔려 있는 화자의 심경이 암울하거나 처참하다는 점에서는 대체로 일치한다.

---

5) 李佑成, 「삼국유사 소재 처용설화의 一分析」, 『金載元 박사 회갑기념 논총』, 1969, p.116. 그는 당시의 경주를 '병든 도시'로 규정하였다.

後4行은 현장을 목격한 뒤 화자가 취한 태도다. 이 부분 역시 「원가」와 동일하다. 그런데 「원가」는 '달그림자', '옛 못', '물결' 등의 비유법을 활용하여 왕에 대한 불편한 심기를 에둘러 표현하였지만 「처용가」는 이 점에서만은 그렇지 않았다. 사람 몸의 일부인 다리를 '내것 – 뉘것' 이라고 상스럽게 부르면서 '物化'시키고 있다. 후대 외설적인 고려속요와 사설시조에서 접할 수 있는 언사가 이미 「처용가」의 일부를 차지하였다고 보아 무방하다.

경위야 어떻든 「처용가」는 '체념·포기'로 마무리된다. 7~8행에서 이를 확인할 수 있다. 이 노래가 실려있는 「처용랑·망해사」조의 기록에 처용이 "창가작무이퇴(唱歌作舞而退)" 하였다고 적혀 있다. '退'라고 했으니 스스로 물러난 것이며 그러므로 노래에서 "빼앗긴 것을 어찌하리오"라고 한탄한 것과 맥이 통한다. '퇴'와 관련하여 학계 일각에서 주장하는 처용의 역신(=처용의 아내와 동침한 외간 남자) 퇴치를 말해주는 것이라는 주장이 설득력을 확보하려면 관련 기록의 '퇴'가 '퇴지(退之)'로 되어야 한다. '之'는 삼인칭 대명사 '그', 곧 역신이다. 그것이 빠졌으니 처용이 自退하였음이 명백하다. 「원왕생가」에서 엄장이 부끄러워 스스로 물러났다고 하면서 '退'자를 쓴 용례를 떠올리면 알 수 있다.

패배자인 처용이 그 마당에 또 무슨 말을 하랴. "본디 내것이다마는/빼앗긴 것을 어찌하리오"라는 한 마디를 던지고 물러나 종적을 감출 수 밖에 다른 도리가 없었다. 그 체념의 말 이외 또 무슨 결사가 필요한가. 문맥의 흐름으로 보아 더 보탤 종결부가 있을 수 없다. 7~8행 그 자체가 결사요 종결부의 기능을 맡고 있다.

이런 식으로 더듬어 본 결과 「처용가」는 넘치지도, 부족하지도 않은 완결성을 갖춘 8행체 향가라고 평가할 수 있다. 4행으로는 담아내기 어렵고, 10행으로는 담아낼 필요가 없는 8행에 적절한 상황묘사와 작자의 태도가 거기 녹아 있다는 뜻이다.

「처용가」의 체념법을 거듭 상기하면서 「원가」를 떠올리면 8행체만으로도 작품의 완성도는 훌륭하게 성취된다는 사실을 재삼 깨달을 수 있다. 현존의 「원가」와 「처용가」는 그런 점에서 좋은 예가 된다.

본고는 8행체 향가가 질과 양의 모든 면에서 과연 정체성이 흐릿한 양식인가, 또는 잠시 존재하다가 가뭇없이 사라진 불안정한 양식인가의 여부를 검증키 위하여 작성되었다.

살펴본 결과 현전하는 자료를 기준으로 하여 셈할 때, 양적인 측면에서도 그렇듯 빈약한 수준이 아님이 밝혀졌다. 무엇보다도 4·10행체보다 훨씬 오랜 세월동안 수명을 유지한 역사성은 8행체가 일시적으로 통용된 양식이 아님은 물론 오히려 가장 생명력이 강한 갈래였음을 일깨워주고 있다.

8행체의 정체성은 당연히 작품의 문학적인 성취도·완결성·독자성을 통해서도 입증되어야 한다. 그리하여 네 편의 작품을 일별하는 과정에서 필자는 향가의 완결편이라고 평가되는 10행체의 노래들을 염두에 두면서 읽었다. 그 결과 10행체와 비교하여 하등 뒤질 것이 없다는 결론을 내릴 수 있었다. 8행체와 10행체를 구별하는 가장 뚜렷한 표지는 '결사'의 유무에 있다. 형식상으로만 그런 것이 아니라 내용면에서도 결사는 시의 세계를 종합하고 마무리 짓는 독특한 기능과 직결되면서 중시되어온 터이다. 따라서 10행체가 8행이나 4행체보다 우월하다는 인식이 보편화된 까닭은 바로 결사 때문이라고 하여도 과언이 아니다.

과연 그런지를 확인하기 위해서 필자는 4편의 작품들을 찬찬히 살피면서 읽었다. 특히 10행체이되 8행체로 실현화되었던 「원가」에 큰 관심을 기울였다. 그 결과는 결사가 없이도 작품 전체의 흐름에 지장이나 미흡한 점이 전혀 없음을 알 수 있었다. 8행체 상태로도 시적인 성취도나 완결성이 명료하게 드러나 있었으며 결사가 과연 필요할지 의심이 갈 정도임을 밝힐 수 있었다. 끝의 두 줄인 7·8행이 결사의 기능을 충실히 담당하고 있었기 때문이다. 전체 8개 행만으로도 시적 화자의 생각과 정서를 부족함이 없이 드러내고 있었으며 따라서 굳이 열 줄로 늘려서 진술할 필요가 없는 저간의 사정을 밝혀낼 수 있었다. 일연이 '후구망'이라고 단서를 달아 놓았기 때문에 「원가」를 10행체로 간주하고 있으나 현전의 8행체 상태를 그대로 놓고서도 작품의 완성도가 훌륭하게 이뤄지고 있다는 점을 입증하였다.

원래 10행체이되 결사의 망실로 인하여 8행체로 줄어든 「원가」가 이럴진대 처음서부터 8행체로 시작된 여타의 작품들은 더 말할 필요가 없다. 「원가」와 마찬가지로 체념의 노래로 규정한 「처용가」는 남녀의 정사 장면을 먼저 묘사한 뒤 시적 화자가 물러나면서 술회한 부분이 『삼국유사』의 관련 문맥과 부합되어 작품 전체가 순탄하게 연결되어 마무리되고 있음을 알 수 있었다. 8행체의 대표적인 작품으로 꼽히는 「모죽지랑가」는 더더욱 문학적인 아름다움과 탄탄한 구조를 보여주고 있었다. 과거-현재-미래의 시간대를 통해 화랑의 성쇠와 그리고 작자의 결의·각오를 통한 지절을 모두 담아낸 이 노래에서 필자는 시의 수월성을 읽을 수 있었다. 이 한 편으로도 삼국통일 이후 화랑단의 변화된 위상을 족히 짐작할 수 있었다. 여기서도 끝의 두 줄인 7·8행이 결사의 역할을 충실하게 해내고 있었으며 더 이상의 언술은 외려 사족이 될 가능성이 높다는 점도 짐작할 수 있었다. 8행체의 마지막 노래인 「도이장가」 역시 작자의 정서와 심리를 넘치지도, 부족하지도 않은 수준에서 적절하게 처리해 놓았다고 필자는 규정하였다.

결국 8행체의 시세계는 10행체로 수용할 내용을 압축시키기 위해서도, 또는 4행체로 처리해야 할 사연을 의도적으로 확장시키기 위해서 만들어낸 것이 아니라 그 자체가 시에서 표현하고자 하는 사유와 정서의 세계에 적합하기 때문에 생겨난 독립성이 있는 시의 容器로 인식되어야 한다고 보았다.

8행체 작품의 작자들이 노래를 짓다보니 무의식적으로 또는 우연찮게 8행체가 되었다는 식의 가설에 필자는 동의하지 않는다. 노래를 지을 때 이미 8행체로 짓겠다는 의식이 작용되어서 그와 같은 작품을 생산했다고 단정한다. 그만큼 8행체의 독자성은 처음서부터 확고하였다. 그 확실한 증거는 예종의 「도이장가」에 '단가 이장'이라는 부기가 첨가되어 있다는 사실을 들 수 있다. '단가이장'은 즉 4행체이면서 또한 8행체를 지칭하는 것이다. 향가의 어느 작품의 경우에도 찾아볼 수 없는 이러한 첨기는 8행체를 전제로 한 창작 행위가 「도이장가」에 반영되었음을 증명해주고 있다. 짓다보니 우연히 8행체의 작품이 된 것이 아니라는 사실을 말해주고 있다는 뜻이다. 다른 8행체 작품도 그러했으리라고 본다. (그러한 의도된 작품 짓기는 비록 유사한 부기는 없을지라도 4·10행체의 경우도 창작하기 전에 양식의 틀이 정해져 있었으리라고 보는 것이 올바른 견해라고 할 것이다)

8행체로도 가능한 작품을 이를테면 내리닫이로 짓지 않고 '단가이장'으로 양분해서 지은 것을 놓고 볼 때 후기 향가시대에 양식의 변화가 일어났다고 해석할 수 있으리라. 그렇게 된 데에는 聯詩형태로 된 속요의 영향이 컸다고 헤아려진다. 예종은 속요인 「유구곡」의 작자로 확실시되는데 이 노래는 반복 행을 제거하면 4행체의 작품이니 시사하는 바가 크다. 이렇듯 短型詩를 선호(?)한 예종이 일반적인 서정시가 아닌 의식가인 「도이장가」를 지으면서 4행 반복의 색다른 8행체를 구상했지 않았는가 싶다.

향가의 주지(主旨) 드러내기와 화법

향가의 작가들은 자신들이 말하고자 하는 主旨를 어떤 식으로 표출하였을까. 작품의 성격에 따라, 혹은 지은이의 개성에 따라 여러 가지 형태로 드러냈을 것임은 더 말할 나위가 없다. 치리가(治理歌)일 경우에는 거기에 합당한 방식으로, 기원가(祈願歌)나 찬모가(讚慕歌)일 때는 또 거기에 가장 적절한 언술과 기법에 의존하여 진술하였을 것이다. 이 글은 그렇게 하여 완성된 몇 작품을 놓고 그 양상을 일별하는데 목적이 있다.

우리 시가의 여명기를 연 향가 작가들의 말솜씨가 기교와 언술에 능한 오늘의 시인처럼 그렇듯 현란한 수준에까지 미칠 수 없었으리라는 점은 어렵지 않게 상상할 수 있다. 하지만 노상 미숙한 상태에 머물러 있었다고 논단하는 것도 정곡을 뚫은 판단이라고 할 수 없다. 향가로 명성을 떨친 월명(月明)·충담사(忠談師) 등 선가자(善歌者)들은 물론이고, "라인상향가자상의(羅人尙鄕歌者尙矣)"(「月明師兜率歌」條)라고 한 대목에 나오는 평범한 신라인들도 그들대로 각기 개성에 따라 말하고 싶은 바를 토해 내어서 향가의 문학성을 다지는데 기여하였다고 본다. 그렇게 해서 생산된 작품이 수작인지 여부는 따질 문제가 아니다. 오로지 그 드러내기 방식의 양상이 어땠는지를 살피는 것으로 이 글의 소임은 끝난다.

논의에 오를 작품은 6편이다. 선별 기준은 없다. 임의로 6편을 골라서 조명해 보는 것도 한 방법일 수 있다. 14편 전체를 살피는 것이 아니기 때문에 본고에서의 성찰로서 향가 전체의 화술을 파악했다고는 말할 수 없다. 4행체의 단순한 민요형 노래 4편을 제외한 나머지 8·10행체 중에서 무작위로 뽑은 일군의 향가에는 이런 표현 양상이 있다는 점을 알리면서 여기서 빠진 여타의 작품을 연상해 보는 계기가 이루어지기를 기대한다.

1. 「안민가」와 규범의 논리적 제시

「안민가」는 제35대 景德王 말년인 24년(AD.765) 삼월 삼짇날에 낭승(郎僧)인 충담사가 왕명을 받고 지은 노래다. 그러니까 요즘 말로 하자면 주문 생산된 작품인 셈인데 우리 시가문학사상 교술시 혹은 참여시의 갈래를 처음으로 개척한 노래에 해당되기도 한다. 가사부전의 「유리왕대 도솔가(儒理王代 兜率歌)」를 고려에 넣지 않고 규정하면 그렇다.

『삼국유사』, 「경덕왕·충담사·표훈대덕」조에 관련 기록에 의하면 「안민가」는 五岳三山의 神들이 대궐 뜰에 모습을 나타낸 사건이 동인이 되어서 생산된 향가다. 그러나 그 저변에 관류하고 있는 실질적인 동인은 따로 있었다. 이 점에 대해서 필자는 역사적인 관점에서 조명한 끝에 일찍이 신라 중대 정치 세력의 대립과 갈등, 곧 태종무열왕계의 왕통을 고수하려는 왕당파와 내물왕계의 왕위계승을 회복하려는 반왕당파간의 정권다툼, 그리고 여러 해에 걸친 자연 재해로 인하여 생활고에 허덕이는 민생들의 경제적인 고통, 이에 따라 나라에 대한 백성들의 불안·동요·불신 등이 발단이 되어서 그 해결책으로 「안민가」가 생산케 되었다고 논급한 바 있다. 요컨대 「안민가」는 '비안민(非安民)'과 '비태평(非太平)'의 국가적·사회적인 혼란에서 비롯되어 '안민'과 '태평'을 지향한 노래라고 결론을 내렸다.

작품의 내력에 관한 상세한 설명은 『삼국유사』나 본서의 「향가와 인연이 있는 군주들이 남긴 자취」에 미룬다. 이하 다른 작품의 경우도 이와 같다. 이제 텍스트 읽기로 들어가겠거니와 이 노래를 접하는 순간, 우리는 『삼국유사』소재 14수 향가 가운데 「안민가」만큼 교조적인 규범성의 성명서식 제시가 뚜렷하고 언술의 논리적인 전개가 극명하게 드러나는 작품이 또 있을까하는 생각을 하게 된다. 서정성은 전혀 없고 정치적인 덕목의 연속적인 개진 및 주장이 시 전체를 압도하고 있다는 점에서 「안민가」는 아주 특이한 작품이다.

임금은 아비요
신하는 사랑하실 어미라
백성을 어린아이로 여기실진대
백성이 사랑을 알리이다
구물거리며 사는 物生들
이를 먹여 다스리라
이 땅을 버리고 어디 갈 것이여 할지면
나라가 유지될 줄 알리다
아 임금답게 신하답게 백성답게 할지면
나라는 태평하리이다.

마치 '강령' 혹은 '선언서'를 듣는 느낌이라면 과도한 표현일까. 어쨌거나 경직된 교술적 권면과 주장이 넘치고 있음은 부인할 수 없다. 당초 노래에 담아내야할 내용이 백성을 편안케 하고 나라를 태평하게 다스리는 경세제민의 지표와 방도의 제시로 정해져있으니 그런 식의 언술로 일관된 것은 당연한 귀결이라고 보아야 한다.

첫 단락인 전4행부터 차례로 살펴보기로 하자. 작자는 개구일성(開口一聲)으로 임금 및 신하의 직분과 정체성이 무엇인지를 천명한다. 그들이 각기 맡아야 할 책무를 대유법을 통해서 밝힌다. 이 점을 먼저 거론한 까닭은 당시의 임금과 신하가 각기 직분에 충실치 못하였기 때문이었음은 촌탁하기에 어렵지 않다. 임금은 아비요 신하가 어미라는 사실은 상식에 속하는 것이다. 이것을 굳이 『논어(論語)』안연편(顏淵篇)에 나오는 孔子의 언명, 곧 "君君·臣臣·父父·子子"의 대목과 연결시킬 필요는 없다. 공자의 정의가 아닐지라도 그것은 왕정치하의 사람이면 누구든지 말할 수 있는 통념의 언어다. 그렇듯 범상한 수준의 발언이지만 그것이 실인즉 국가 존립의 근거가 되는 법조문과 같은 지표임은 재언할 필요조차 없다.

충담사는 자신이 제시한 국가의 근본 되는 이념을 다시 확장적으로 진전시키는 단계로 국면을 이끈다. 아비인 임금이, 특히 자애가 깊어야 할 어미가 백성을 어린아이처럼 사랑으로 다룬다면 그 결과로 "백성이 사랑을 알리이다"라고 피력하기까지의 그 과정이 바로 단계적인 확장적 발상과 논리적인 전개라고 풀이하는데 우리는 쉽게 동의할 수 있다. 政爭에만 몰두하지 말고 백성을 잘 다스려서 편안케 하라는 매서운 메시지가 그 저변을 관류하고 있음을 눈치 챌 수 있다.

5~6행은 또 어떻게 해독할 것인가. 이 대목 또한 정권 다툼에만 정신을 팔지 말고 경제적으로 큰 고통을 겪으면서 버러지처럼 비참하게 살고 있는 백성들의 호구지책을 마련하라는 주장을 직설적으로 토해낸 것, 그러므로 이 부분은 1~3행에서 확립된 군과 신의 치도(治道)가 마땅히 풀어야 할 당면의 과제를 세부적으로 다시 확장시켜 놓은 구절임은 두말 할 나위가 없다. "백성을 어린아이로 여기실진대"(3행)와 "구물거리며 사는 물생(物生)들/이를 먹여 다스리라"(5~6행) 사이에 인과에 해당되는 연계의 다리가 놓여 있음을 직감할 수 있으리라.

7~8행은 일견 돌연한 언술로 느껴질 수 있다. 임금과 신하에게 충간을 올리고 고언을 하다가 느닷없이 "이 땅을 버리고……" 운운하며 포기와 체념조의 사설을 토해내니 잠시 당황하여 문맥 연결을 어떻게 할지 머뭇거리게 된다. 하지만 이 대목 또한 「안민가」의 대전제가 되는 전4행을 떠올리면 거기에 맞닿아 있음을 이해할 수 있다. 풀어서 설명하자

면 임금·신하·백성, 이 모든 계층이 각기 자기 위치와 직분을 새삼 깨닫고, 마치 나라를 버리거나 잃을 경우 이 땅의 어디에도 갈 곳이 없다는 절체절명의 굳은 각오로 위기에 처한 현실과 대결한다면 국가를 유지할 수 있다는 함의가 내장되어 있다는 뜻이다. 실제로 그 당시 전제주의 통치체제에 반발하여 신라를 버리고 왜(倭)로 건너간 다수의 귀족들이 있었음을 상기할 때[1] 7~8행이 시의 일부를 차지하게 된 저간의 사정을 짐작할 수 있다. 실제로 있었던 현실의 사건을 교훈적인 사고에 의해 다시 다듬어서 나라가 싫다고 타국으로 삶의 터전을 옮기는 그 용기로 국가에 헌신한다면 신라의 국체는 흔들리지 않으리라는 뜻이라 하겠다. 이렇게 풀이해 놓고 보면, 이 대목이 결국 전4행의 끈을 그대로 잡은 상태에서 표현의 방향을 바꿔 극단적인 예를 들어서 주지를 보충한 단락이라는 결론에 도달하게 된다.

9~10행은 총결의 단락. 결사이되 1~3행에서 언급한 바를 반복하고 있으니 그러므로 이 노래는 쌍괄식의 구조로 짜여져 있음을 쉽게 알 수 있다. 그 앞뒤 어간에 각론격인 사안, 즉 백성이 누려야 할 혜택과 국가의 존립에 관한 소견이 자리를 잡고 있다. 만약 「안민가」를 다른 제목으로 바꿔서 명명한다면 「군신민가(君臣民歌)」라 함이 적당할 것이다. 노래의 전체적인 흐름은 임금과 더불어 특히 신하에게 무게를 두고 있음이 확연하니 「군신가(君臣歌)」로 불러도 무방하다.

총결 부분의 끝줄을 작자는 '태평'으로 마무리하고 있다. 관계 기록에 따르면 왕이 충담사에게 요구한 것은 '안민'의 방도이다. 그리하여 '안민'의 기본이 되는 골격과 그 구체적인 실천 방향을 제시한 그는 '안민'의 최종 귀결점인 '나라의 태평'을 기원하였다. '안민'과 '태평'을 동격 혹은 동일의 가치로 이해하여도 틀리지 않으나 '안민'을 실현한 이후에

1) 金文泰, 『三國遺事의 詩歌와 敍事文脈 硏究』, 太學社, 1995, p.157.

그 결과로 '태평'이 가능한 것으로 해석하는 것이 더 순차적·체계적인 발상이라 하겠다. 아래 단계에서 상위 단계로 오르는 셈이니 이 마무리 단락을 포함하여 「안민가」는 작품 전체가 규범의 연계와 논리적 전개로 엮어져 있다고 하겠다.

2. 「원가」의 전략적 화법과 의연한 진술

신충(信忠)의 「원가」는 그가 한때 정치적인 패배와 좌절감에 빠져 있을 때 임금의 위약(違約)을 원망하며 지은 노래다.

『삼국유사』, 「신충 괘관)」조에 의하면 제34대 효성왕이 왕위에 오르기 몇 달 전인 잠저(潛邸)시에 대궐 뜨락에 있는 잣나무 아래에서 현사인 김신충과 함께 바둑을 두었다. 「원가」는 그 몇 달 뒤에 임금이 된 효성왕을 의식하면서 지은 노래다.

무릇 잣이
가을에도 안 이울어지매
너 어찌 잊으리 하시던
(그래서 감격하여) 우러러 뵙던 (임금의) 얼굴이
(내 마음속에) 계시온데
달 그림자, 옛 못에
가는 물결 원망하듯이
얼굴을 바라보나
누리도 싫구나

효성왕이 왕이 되기 직전에 어떤 정치적인 급박한 상황에 처해 있었으며 또한 신충과 바둑을 두며 무슨 정담을 나누었는지, 그리고 그 후 불과 수개월 뒤에 등극하여 왜 신충을 배제하였는지 그 자세한 정파간의 권력 쟁탈에 관한 내막에 대해서 필자는 일찍이 제33대 성덕왕대에

까지 거슬러 올라가 소상하게 밝힌 바 있다. 그러므로 「원가」의 역사적 배경은 그쪽으로 돌리고 여기서는 주어진 논제에만 충실키로 한다.

이 작품을 대할 때마다 필자는 버릇처럼 고려 속요인 「정과정(鄭瓜亭)」을 떠올리며 견주어 보곤 한다. 「정과정」은 작자인 정서가 정치적인 이유로 내침을 당하여 유배지에서 지은 노래다. 「원가」와 창작동기가 비슷한 작품이다. 하지만 「정과정」의 진술은 격정적으로 일관되어 있어서 사설이 자못 어지러울 정도다. 뛰어난 서정시로 꼽히는 노래지만 심경을 드러내는 방식에서는 지나치게 자기중심적이고 또한 요설적이다.

「원가」도 앞뒤 사정을 고려할 때 「정과정」과 유사한 방향으로 기울기 쉬운 노래다. 그러나 「원가」는 차분한 목소리로 격한 감정을 희석시키고 제어하면서 평담한 정서를 유지하고 있다. 그런 점이 「원가」의 미덕이라고 할 수 있으리라. 그렇게 되기까지는 이성의 동요를 거부한 작자의 자제력이 큰 몫을 하였다고 본다. 그가 감정적으로 대응한 것은 「원가」를 적은 쪽지를 잣나무에 붙여서 고사케 한 일이다. 노랫말에서만은 이성을 지키고자 하였다.

1~3행부터 읽기로 하자. 이 부분은 전일 왕이 언약한 말을 그대로 인용해 놓은 것이다. 서정시의 첫머리를 이렇듯 상대자가 한 말을 그대로 옮겨서 장식하는 예가 과연 얼마나 있을까. 「원가」는 이처럼 이례적인 기법으로 운을 떼고 있다. 작자가 이와 같이 인용법을 활용한 까닭은 자명하다. 왕이 토설한 말을 그대로 옮겨 놓음으로써 증거를 제시하고 위약한 바를 상기시키자는 목적이었을 터이다. 그것은 어떠한 심한 원망의 말보다 듣는 이의 폐부를 찌를 수 있는 효능성을 확보하고 있다. 인용법을 통한 직설적이요 전략적인 화법인 셈이다.

논증은 이것으로 끝나지 않는다. 제4행에서 작자는 몇 달 전 그에게 언약하며 필시 정색으로 화자를 대했던 왕의 얼굴을 다시 재현해낸다. '얼굴'은 다름아닌 '체면'이다. 체면을 걸고 진심을 말할 때와 지금의 구겨진 얼굴 모습이 이 한 줄에서 묘한 대조를 이루고 있다. 천금과도 바꿀 수 없는 군왕의 체통, 그것을 강조하자는 의도에서 읊은 제4행은 그러므로 언약의 인용과 함께 등가(等價)의 논증적 힘을 발휘하고 있다.

「원가」에서 필자가 크게 관심을 두고자 하는 부분은 지금 읽은 시의 전반부인 이 1~4행의 단락이다. 그렇다면 후반부인 제5~8행은 어떤가. 사실의 확인과 상기를 목적으로 한 전반부와는 달리 시적인 정서가 담담하게 흐르고 있음을 느낄 수 있다. 건조하지 않은 서정이 거기에 용해되어 있다. 이 말은 전반부의 진술이 상대적으로 덜 시적일 수도 있다는 뜻이다.

그런데 외계로부터 가해진 파란(가는 물결)으로 인하여 임금의 용모가 일그러졌다고 탄식하는 작자는 제7행에서 "얼굴을 바라보다"라고 하면서 계속 '얼굴'을 입에 올리고 있다. 서정의 세계로 들어와서도 작자는 전반부 넷째 줄에서 재현시켜 놓은 전략의 끈을 그대로 부여잡고 독백하고 있는 것이다.

증거제시를 위한 인용법과 서정성의 교직, 이것이 「원가」의 모습이다. 조금 더 과하게 표현하자면 비시적(非詩的) 언술(전4행)과 시적 언술이 교합되어서 이루어진 시라고 하겠다. 「정과정」처럼 격정적인 방향으로 흐르지 않은 까닭도 이 두 가지의 발상과 이성의 유지가 그 원인이 되었다고 본다.

다시 「정과정」과 대조하면서 「원가」를 거듭 조명키로 한다. 동어반복이지만 「정과정」은 감정을 이겨내지 못하고 밖으로 모두 분출시키는 외향적인 어법에 의존하였다. 그러나 효과를 거두는데 실패하였다. 「원가」는 그렇지 않았다. 자신의 소회를 차분하게 토로하는 것으로 속내를 드러내고자 하였다. 증거 제시를 위한 비시적 피력과 심정 고백을 위한 시적 진술을 결합시키면서 조용히 마무리 지었다. 시 안에 들어온 이상 모든 언어와 진술은 다 '시적'이지 '비시적'인 것이 어디 있느냐고 반론을 제기할 수 있으나 사실을 입증키 위한 인용문임을 감안하면 이를 '비시적'으로 이해하는데 큰 무리는 없다고 본다.

어쨌거나 신충의 담담한 「원가」는 「정과정」처럼 "아소 님하 도람 드르샤 괴오쇼셔"라고 애걸하면서 매달리지 않았음에도 노래의 효험을 거두었다. 자, 이를 어떻게 해석하며 이해할 것인가. 노래를 지을 당시에 두 사람의 속사정이 어땠는지는 전혀 알 수 없으나, 그러므로 그들의 의도성 여부와도 무관한 소견이지만 결과만을 놓고 풀이하자면 「원가」에는 「정과정」에서는 읽을 수 없는 차원을 달리하는 전략적인 요소가 은밀하게 내포되어 있었다고 말할 수 있다. 작자인 신충은 노래에서는 체념하는 투의 사설도 섞어가면서 최대한 절제된 정서를 보여주고 있지만 행동에 들어가서는 자신의 노래를 잣나무에 붙여 고사시키는 극단적인 방법을 병용하였다. 이 점을 중시하면서 다시 「원가」를 대하면 그렇듯 점잖고 온유한 시 속에 날카로운 비수가 숨어 있다는 느낌을 지울 수 없고, 그런 이유 때문에 이 노래를 예사롭지 않은 전략적 어법에 의해서 지어진 노래로 보고자 하는 것이다.

3. 「원왕생가」와 부처의 비원 문제 삼기

광덕(廣德)의 「원왕생가」는 題名이 가리키는바 그대로 극락왕생을 기원한 노래다.

『삼국유사』, 「광덕 엄장」조의 기록을 보면 그의 원망(願望)이 얼마나 확고하고 처연하였는지 절감할 수 있다. 신앙과 수도의 동료인 엄장과 함께 안양에 가기로 약속한 그는 오로지 서방정토(西方淨土)에 태어나기만을 기원하며 수도에만 전념하면서 살았다. 「원왕생가」는 그렇게 기원하던 어느 날, 달빛에 올라 그 달을 바라보며 읊은 노래다. 정성이 그와 같았으므로 마침내 광덕은 왕생극락의 비원을 성취하였다. 인생은 고해라지만 인간이면 누구나 하루라도 더 많이 살기를 원하면서 죽음 앞에 공포를 느끼는 것이 상례인데 광덕은 그와 같지 않았으니 생존해 있는 동안에 이미 그는 보살의 경지에 들었다고 보아야 하지 않을까. 이 노래의 옆에다 월명사(月明師)의 「제망매가(祭亡妹歌)」를 놓고 함께 읽어보면 같은 불자이되 두 사람의 사생관이 엄청나게 다르다는 사실을 깨닫게 되면서 광덕이 보기 드문 사문이었음을 새삼 인식하게 된다.(그렇다고 월명사가 하류라는 말은 아니다. 필자는 일찍이 졸저『신라가요의 연구』에서 그의 사생관을 매우 '인간적인' 것으로 판단하여 호의적인 평가를 내린바 있다)

『원왕생가』를 옮겨 놓고 살피기로 하자.

달아 이제
서방까지 가시겠습니까
무량수불전에
일러다가 사뢰소서
다짐(誓) 깊으신 尊을 우러러
願往生 願往生
그릴 사람 있다고 사뢰소서
아으 이 몸 남겨 두고
四十八大願 이룰 수 있을까

편의상 결사인 9~10행부터 짚어보기로 하겠다. 법장보살의 '사십팔대원'은 광덕에게 있어서 믿음의 근거요 바탕과 같은 것이었다. 설사 사십팔대원에 집착하지 않고 막연히 안양만을 꿈꾸며 살았을지라도 왕생극락을 염원하는데 지장이 없었음을 모르지 않으나, 그의 경우처럼 간절하다 못해 비장하기까지 한 기원의 호소는 아무래도 염불왕생원이 들어 있는 사십팔대원에 기반을 두었기 때문에 '더욱' 치열하였다고 보는 것이 필자가 관견하는 바다.

광덕은 이 대목을 놓치지 않고 결청(結請)에서 요긴하게 활용하였다.

아미타불로 성불한 옛 법장보살에게 설의법에 의탁하여 그가 다짐한 바를 실행으로 옮겨달라고 애원한 것이다. 모든 중생을 극락으로 끌어올리겠다고 서원한 바를 환기시키면서 자신의 왕생이 필연적인 귀결이라는 점을 근거로 제시하며 강조한 언술, 그것은 요컨대 경전에 의탁한 호소다. 전자 「원가」의 1~3행에서 신충은 왕이 언약한 바를 그대로 인용하여 목적을 달성코자 하였다. 그 서약인즉 비록 인간끼리의 것이지만 다름 아닌 임금과 신하간의 금석과 같은 약조이므로 결코 어길 수 없거늘 하물며 불경에 근거를 둔 부처와 인간 사이의 믿음의 계약이랴. 이렇게 견주어 본다면 광덕의 그때 절박하되 당당한 심경을 재삼 느낄 수 있다.

부분을 넘어 전체의 구조를 분석해 보면 이 노래가 단계적으로 진행되고 있음을 간파할 수 있다. 이 점에 관해서는 이재선(李在銑)이 프란시스 베리(Francis Berry)가 지적한 기도의 성격과 구조의 네 가지 요소에 의거해서 「원왕생가」를 분석한 논문이 큰 도움을 주고 있다.[2] 10행체 향가는 전4행, 후4행, 결사 이렇게 세 단락으로 끊는 것이 일반적인 구분법이다. 그러나 이재선은 종교적인 기원가임을 들어 다섯 단락으로 끊어서 읽었다. 이하 그의 분석을 요약하기로 한다.

1~2행은 첫째 단락. 청원의 대상이 워낙 외경스런 아미타불이므로 직접 호소하지 않고 달을 통해 간접 청원을 하였다고 논급하고 있다. 아미타불이 외경스런 존재였기 때문에도 그런 어법을 사용했겠지만 원래 달은 김동욱이 언명한 바와 같이 "虛虛한 碧空과 眞如의 法海 속에 구상화된 서방의 사자"로[3] 인식될 수 있으므로 달에게 호소하였다고 해석해도 무방하다. 어쨌거나 1~2행이 하나의 단락을 이루고 있음은

2) 李在銑, 「新羅鄕歌의 語法과 修辭」, 『鄕歌의 語文學的 硏究』, 西江大 人文科學硏究所, 1972.

3) 金東旭, 「新羅淨土思想의 전개와 願往生歌」, 論文集(中央大學校), 1957.

분명하다. 천체의 하나인 '달'과의 대화, 백제의 노래인 「정읍사(井邑詞)」에서와 마찬가지로 신라의 향가에서도 인간은 달을 향해 애끓는 청원을 마다하지 않는다. 아주 이른 시기에 달은 인간의 소원을 들어주는 매개체로 작용하였음을 「원왕생가」는 말해주고 있다. 민간 신앙의 하나로 달을 향해 두 손 모아 빌던 기도의 행위가 문자를 통해서 실현되었다는 이 점을 우리는 중시한다. 지금 생각하면 지극히 예사롭기 짝이 없는 언어 현상이지만 그 시대가 상고 시대였다는 점을 새삼 감안하고 접근한다면 인간이 인간 이외 하늘을 우러러 보며 말을 걸고, 그것을 문자로 옮겼다는 것은 곧 신앙 행위와 인지의 발달의 결과로 보지 않을 수 없다. 「원앙생가」의 이해에서 이 대목은 사십팔대원 못지않게 중요한 몫을 차지하고 있다.

3~4행은 둘째 단락. '무량수불'이라는 명호는 있으나 청원의 내용은 아직 드러내지 않고 무작정 "일러다가 사뢰소서"로 막연하게 청탁하는 일차 청원이 이 두 줄의 主旨다. 사람과 사람끼리도 아쉬워서 무엇을 부탁할 경우, 곧장 본론을 펴지 않고 일단 변죽을 울리는 법임을 상기할 때 하물며 부처님께 청원하는 자리에서야.

5~6행은 대상의 초월성을 부각하면서 합장하는 모습을 그려 놓은 부분. 아직 무엇을 청원할 것인지를 드러낼 계제는 아니고 다짐 깊은 아미타불의 존엄성을 말하면서 합장하는 자세를 취하는 화자의 태도에서 기원하는 자의 경건함을 읽을 수 있다.

7~8행에서 비로소 직접 청원이 나오면서 화자의 속내가 밝혀지고 이어지는 9~10행의 결청에서는 위에서 언급한 바와 같이 아미타불이 진작 서원한 바를 거론하면서 '다짐 깊으신 尊'을 압박(세속의 말로 표현하면 그렇다는 것임)하는 형세를 취하는 것으로 마무리를 짓고 있다.

이상과 같은 분석은, 먼저 이론의 틀을 마련해 놓고 그 틀에다 작품을 대입시키는 기계적인 방법에 의존하였다는 점에서, 그리고 서정시를 지나치게 규격화하였다는 점에서 자연스럽지 못한 느낌을 주고 있으나 기원의 처음과 끝이 순차적으로 진행되어 있음을 명백하게 설명하고 있다는 점만은 온전히 수용할 필요가 있다. 다섯 단락으로 끊어서 각 단락의 주지(主旨)를 밝히고 단락과 단락끼리 연결될 수밖에 없는 필연성을 암시하고 있는 그 점을 필자는 연계적 발상과 전개로 간주한다. 그러한 진행의 끝부분에 거듭해서 말하거니와 불전의 핵심어를 찔러 넣음으로써 결정적인 언술의 효과를 노린 것은 이 노래의 묘처라 하겠다.

정리하면 이렇다. 「원앙생가」의 핵심은 '사십팔대원'에 놓여 있다. 화자는 경전에 명시되어 있는 이 대목을 십분 활용한다. 속된 말로 표현하자면 여기서 그는 대들고 매달리며 물고 늘어진다. 사생결단으로 아미타불을 몰아세우면서 공략한다. 「원가」와 대비한다면 왕의 위약이나 체면을 지적하는 언술 정도가 아니라 노래를 잣나무에 붙인 행위와 유사한 것으로 보아야 한다. 인간이 사람이 아닌 신격에게 "아으 이 몸 남겨 두고/ 四十八大願 이룰 수 있을까"라는 식의 무례·방자한 말을 토해냈다면 그렇게 해석하는 것이 마땅하다.

그 다음으로 지적해야 할 것은 역시 달을 통해 아미타불과 교통하였다는 점이다. '사십팔대원'과 '달'을 노래의 중심에 놓고 화자가 사설을 풀어나가는 방식은 불교의 기원가를 비롯하여 대개의 기도문에서 접할 수 있는 진술법을 따르고 있다는 점이다. 이상 몇 가지가 「원앙생가」의 화법이라고 할 수 있다.

4. 「도천수대비가」와 청원의 축소 지향

「도천수대비가」도 기원가라는 점에서 앞의 「원왕생가」와 동류이고, 그러므로 예의 다섯 단락 끊기의 구조 분석을 통해서 전개 과정의 특성을 입증할 수 있다.

『삼국유사』, 「분황사천수대비 맹아득안(芬皇寺千手大悲 盲兒得眼)」조에 안타까운 사연이 짧게 적혀 있다. 한기리(漢岐里)에 사는 아낙인 희명의 아이가 태어난지 다섯 해가 되자 갑자기 눈이 멀었다. 어느 날 그 어미가 아이를 안고 분황사의 좌전 북쪽 벽에 그린 천수대비 앞에 나아가서 노래를 지어 아이를 시켜서 부르게 했더니 마침내 밝음을 얻게 되었다는 것이다. 간절한 기원이 기적과 같은 효험을 낳게 한 셈이다. 꾸밈이 없이 소박하고 진솔하게 유로된 노래는 아래와 같다.

> 무릎을 곧추며
> 두 손 모아
> 천수관음전에
> 빌며 기구(祈求)합니다
> 천 개 손에 천 개 눈을
> 하나를 놓아 하나를 덜어
> 둘 다 없는 내라
> 하나나마 그으기 고쳐주소서
> 아으 내게 베풀어 주시면
> 두루두루 쓰올 자비여 얼마나 큰고

이번에는 중간에 놓여 있는 제5행부터 조명키로 한다. 천수관음이란 천수천안관자재보살(千手千眼觀自在菩薩), 천안천수천족천설천비관자재보살(天眼千手千足千舌千臂觀自在菩薩) 등 여러 명칭의 약칭인데 한마디로 말하자면 천 개의 손과 눈을 갖춘 관음을 뜻하는 것이다. 그러므로 천수대비전에서 염호하며 빌면 그 정성에 감복한 보살이 구원의 손길을 내민다는 것이 이 신앙의 요체다.

희명은 법화경에 담겨 있는 이러한 천수천안관음신앙에 경도되어 아이의 불운을 타개코자 하였다. 구원의 길은 그것밖에 없었다고 믿었다. 따라서 천수천안의 관음신앙이 그녀의 머리와 가슴에 깊이 각인되어 있지 않았다면 눈 먼 아이와 함께 분황사에 찾아갈 이유도 없었고 노래를 지어 부르게 할 까닭도 없었다. 이런 점을 상기할 때 제5행은 이 노래의 근거가 되는 행, 논문으로 치자면 논증의 바탕격인 논거에 해당되는 행이다. 언술의 성격과 강도는 다르지만 이를테면 「원왕생가」의 사십팔대원이 나오는 부분과 상통한다면 틀림없다.

이렇게 중간 부위에다 기반을 마련한 이 시는 그 앞뒤에서 간절히 애원하는데 특히 6~8행의 하소연은 듣는 이의 가슴을 뭉클케 한다. 천수천안관음보살도 애절하고 갸륵한 이 소리에 감응하여 이윽고 밝음을 주었다고 이해하고 싶다. 이 부분은 이를테면 반을 청원하여 전부 다 채우기를 달성한 기원이니 염호의 축소가 일으킨 기적이라고 하겠다. 제5행에서 진술한 보살의 신력을 8행에서 반 토막만 발휘해 달라고 절절하게 호소하는 화자의 그때 그 순간은 인간이 취할 수 있는 가장 낮은 자세의 부복이라고 보아야 한다. 이러한 겸손한 엎드림이 반드시 효과를 보리라는 계산에서 나온 것일까. 아니다. 그러한 순수하지 못한 동기에서 비롯되었다면 관음보살은 결코 감응하지 않았을 것이다. 그저 절박한 심정에서 진심 그대로를 토로하였기 때문에 기적은 일어났다고 해석함이 옳다. 「도천수대비가」의 묘처는 바로 이렇듯 지극히 순수한 모정이 만들어낸 변용법에 있다고 단언한다.

결사인 9~10행은 관음보살의 시혜에 대한 기대와 소망, 그리고 자비의 위대함을 찬양한 내용으로 되어 있다. 결국 절대자에게 모든 것을 걸고 매달리는 형국인데 앞에서 읽은 「원왕생가」의 총결 부분의 강한 어법과는 편차가 있는 것이 사실이나 원망의 끈을 놓치지 않고 의탁하고자 하는 심경만은 양자가 동일하다.

전반부인 1~4행에 합장, 명호, 1차 간접청원이 모두 놓여 있어서 마치 「원왕생가」의 6행까지와 호흡을 함께 하고 있음을 깨달을 수 있다. 그 뒤를 이어 위에서 살핀 바와 같이 신격의 초월성과 2차 직접청원, 그리고 총결이 순차적으로 진술되어 있고, 그리하여 이 노래 전체는 여러 개의 단락이 유기적으로 연결되는 기원가의 연계적 구조를 내비치고 있다. 그러한 구조 안에서 불전을 변용한 대목은 「도천수대비가」로 하여금 기원가의 새로운 지평을 열게 한 계기를 마련하였다고 이를만하다.

5. 「우적가」의 시적 설법

「우적가」는 제38대 元聖王때 스님인 영재(永才)가 지은 노래다. 『삼국유사』, 「영재우적(永才遇賊)」조에 흥미로운 창작 과정과 노래가 실려 있다.

영재가 나이 아흔쯤 되자 남악(南岳, 현 지리산)에 은거하여 생을 마감하기로 결심하였다. 이에 대현령 고개를 넘으려고 할 무렵, 60여 도적 떼와 마주쳤다. 도적들이 해치려 하였으나 영재는 칼날 앞에서 조금도 두려워하는 기색조차 보이지 않고 시종 태연하였다. 도적들이 오히려 이상해서 그의 이름을 묻자 향가로 명성이 드높은 영재임을 알게 되었다. 이에 도적들은 그에게 향가를 지어보라고 하자 영재는 즉석에서 다음과 같이 읊었다.

제 마음이
모든 형해(形骸)를 모르려 하던 날
멀리 지나치고 (『삼국유사』원문 앞뒤 어절 사이에 두 글자가 탈락되어 있음)
이제는 숨어서 가고 있네

오직 그릇된 파계주를
두려워할 모습으로 (내 어찌) 다시 또 돌아가리
이 칼을 맞는다면
좋은 날이 오리니
(그러나) 아으 요만한 善으로야
새집(극락)에는 아직 턱도 없습니다

영재의 언행과 노래에 크게 감동된 도적들은 칼과 창을 내던진 후 머리를 깎고 그의 무리가 되어서 함께 지리산에 숨어 다시 세상에 나오지 않았다고 기록은 전한다.

도적들을 상대로 해서 지은 노래이니 언필칭 희한한 작품이 아닐 수 없다. 내용이나 표현 모두가 흠 잡을데 없는 수작이라고 여러 학자들은 높이 평가하고 있다.

앞뒤 사정으로 보아 영재가 걸출한 인물임은 재론할 여지가 없지만 도적들도 그냥 지나쳐버릴 예사로운 무리들은 아니라고 사료된다. 이에 필자는 특이한 행적을 보인 그들의 정체를 놓고 성찰한 끝에 중앙 정계에서 권력 다툼을 하다가 패배해서 산속에 숨은 무리들이거나 화랑단의 잔비(殘匪)였으리라고 진작 추정한 바 있다.

이 「우적가」의 전체적인 구도는 앞뒤로 접착된 두 개의 큰 단락으로 형성되어 있다. 도적들의 위협에 짓눌려서 읊은 노래라고는 도저히 믿을 수 없으리만큼 산만하지 않고 틀에 꽉 짜여있다. 마치 승방(僧房)에서 조용한 목소리로 조목조목 이치(教理)에 맞게 지난날의 삶을 회상하며 생사 등에 대해서 논하고 있는 듯하다는 뜻이다.

이 시의 첫 단락(1~6행) 해석은 첫 줄에서부터 순차적으로 분석하기보다는 끝 부분, 곧 5~6행을 먼저 읽고 그 앞의 1~4행과 서로 맥락을 잇게 하는 방식에 의거하는 것이 좋다.

5~6행에서 작자가 천명한 바는 도적(파계주)들을 두려워한 나머지 그

들에게 굴복하고 다시 미망·무명의 속세로 되돌아갈 수는 없다는 것이다. 결연한 의지가 선명하게 드러나 있는 대목이다. 5~6행, 이 두 줄만으로도 작자의 의사 표명은 충분하다. 그가 선은 이렇고 후는 저렇고 하는 식의 변설, 혹은 10행시의 향가 형식에 꿰맞추기를 고려치 않고 이를테면 선언하는 투로 태도를 밝힐 양이면 그렇다는 뜻이다.

그러나 영재는 자신이 길어온 삶과 수도의 궤적을 잠시 더듬었고 그 결과 형해조차 알 수 없던 과거는 청산되고 속세를 떠나 피은(避隱)하는 자신의 현재 모습을 새삼 발견하였노라는 취지의 말을 토해낸다. 1~4행의 이와 같은 세속살이의 술회는 요컨대 5~6행의 단호한 발언을 가능케 한 원천격의 고백이다. 이렇게 해서 5~6행과 노래의 전반부인 1~4행은 귀납적으로 자연스럽게 연결된다. 구조적인 연계성의 입증은 첫 줄서부터 6행까지 순서에 따라 읽어도 물론 가능하나 작품의 핵심이 5~6행에 놓여 있음을 중시하여 위에서와 같은 독법을 취한 것이다. 이 5·6행을 7행 이하 뒷부분에 귀속시켜도 무방하나 본고는 그보다는 전반부를 매듭짓는 부분으로 간주하는 것이 훨씬 좋다고 판단하였다.

두 번째 단락(7~10행)도 결사인 9~10행을 먼저 음미하기로 하자. 이 부분에 작자의 결연한 내세관이 놓여 있기 때문이다. 웬만한 선업(善業)을 쌓는 것으로는 왕생극락은 불가능하다고 그는 믿는다. 세속에서 통하는 용기며 의협심, 죽음에 대한 무외, 이러한 감당하기 어려운 가치조차 영재는 외면한다. "이 칼을 맞는다면 / 좋은 날이 오리니"라고 그 앞줄 7~8행에서 언명한 것을 보면 그가 죽음을 각오하고 있었음을 깨달을 수 있다. 죽음쯤은 두려울 것이 없으므로 저들에게 목숨을 맡길 수 있으나, 또한 그 자리에서 일단 죽는 것으로 '좋은 날'을 맞이할 수도 있겠으나 그렇게 미련 없이 무모하게 생을 마감하는 것이 무에 그리 대단하며, 또한 극락왕생과 무슨 연관이 있느냐는 얘기가 된다. 목숨을 아낌없이 버리는 것 이상으로 종교적인 신앙의 이상과 가치는 무엇인

가. 그가 함구하고 있으므로 알 수 없으나 미루어 짐작컨대 '대중과 더불어 성불'하는 것이 아니었을까. 어리석은 중생들을 깨우쳐 그들과 함께 성불하여 극락에 가는 것이 아니었을까. 그렇다면 그가 두렵다는 이유로 죽음을 피하지 않은 것은 확실하나 그렇다고 무작정 죽음을 수용하지도 않았다는 결론이 나온다.

7~8행과 9~10행도 살펴본 바와 같이 무리 없이 단계적으로 연결되지만 시 전체의 구도를 다시 살필 때 우리는 더욱 의미 있는 현상을 찾아낼 수 있다. 즉 5~6행과 9~10행이 절묘하게 한 지점에 포개진다는 사실이다. 전자는 과거 회귀의 거부, 후자는 의미 없는 죽음의 묵살과 거부. 요컨대 중간과 끝 부분에 '거부의 그물'을 쳐 놓고 영재는 자신과 사바세계의 허상과 수도자가 지향할 바를 천명하였다. 이 모든 부분적인 성향 등을 종합하여 「우적가」의 현저한 언술을 요약적으로 정리한다면 '시로 읊은 설법'이라고 결론을 내릴 수 있다. 설법은 대체로 위와 같은 논리와 말투로 짜여져 있다.

6. 「찬기파랑가」와 상관물을 통한 회화적 기법

「찬기파랑가」는 향가사 뿐만 아니라 우리 시가문학사 전체를 놓고 볼 때에도 쉽게 찾아볼 수 없는 절창 가운데 하나다. 천수백년 전에 이런 수작이 있었다는 사실이 놀랍기까지 하다.

이처럼 문학성이 뛰어난 작품이지만 다른 향가의 경우와는 비교가 안 될 정도로 관련 기록이 극이 짧은 것이 아쉽다. 『경덕왕·충담사·표훈대덕』조에서 왕이 충담사와 대좌하여 그에게 "내가 일찍이 듣기로는 사(師)가 지은 「찬기파랑가」가 그 뜻이 매우 높다고 하던데 과연 그러하오?"라고 묻자 그가 수긍한 것이 그 전부다. 이것만 가지고서는 노래에 얽힌 이러저러한 사연을 알 도리가 없다. 다만 궁궐의 군주도 평소 알고 있으리만큼 널리 퍼져있었다는 점과 그 당시의 잣대로 잴 때 이미 작품의 격이 매우 높았었다는 점만은 분명히 파악할 수 있다.

작자인 충담사가 「제망매가」의 월명사와 더불어 향가의 고수였음은 두루 알려진 사실이다. 그렇지만 그들의 작품 성향은 전혀 다르다. 이와 관련하여 필자는 다음과 같이 논급한 바 있다.

> 피리소리에 실려서 들려오는 풍류와 애잔한 정한의 가락은 월명사의 것이요, 衲衣와 茶具에 묻어 있는 엄격한 시의 威儀는 충담사의 것이다. 두 사람의 차별상은 그 이름이 뜻하는 바와 같이 현저하게 드러난다.[4)]

위 인용문에서 언급한 충담사의 시세계를 부연 설명하자면 감성보다는 이지적, 이성적인 면에 치중하였다는 말이 된다. 교술시 계열의 「안민가」는 물론이고 서정시인 「찬기파랑가」에서도 그런 색채가 일정 부분 감지된다. 충담사가 부조(浮彫)해 놓은 그림에서 우리는 이지적인 인물 기파랑과 대면할 수 있을지언정 감성이 풍부한 사람을 찾을 수는 없다.

> 열치고
> 나타난 달이
> 흰구름 좇아 떠가는 것 아닌가
> 새파란 냇물 속에
> 耆郎의 모습이 있어라
> 逸烏 냇물의 조약돌이
> 낭이 지니신
> 마음의 끝을 좇과저
> 아으 잣가지 높아
> 서리 모르올 花判이여

「찬기파랑가」에는 찬모의 대상인 기파랑과 시적 화자, 이렇게 두 사

4) 박노준, 『향가여요의 정서와 변용』, 태학사, 2001, p.385.

람이 함께 등장한다. 그런데 이 두 사람은 인물의 형태로 형상화되어 있지 않고 여러 가지 사물로 그려져 있다. 5행에서 '기랑의 모습' 운운하고 있지만 그 모습은 사람의 형체로서가 아니라 〈달〉, 〈잣가지〉 그리고 〈화판(花判)〉(고깔 – 높은 지조를 상징하는 말)[5] 등으로, 또 시적 화자는 〈조약돌〉로 되어 있다. 인물의 형상뿐만 아니라 무대 배치 또한 〈흰 구름〉, 〈냇물〉, 〈서리〉 등으로 장식시켜 놓고 있다. 요컨대 시 전체가 암유법을 사용하고 있는 것이다.

기파랑은 처음에는 구름을 헤치며 하늘을 떠가는 달의 존재로 구상화된다. 천상의 달, 그것은 어느 누구도 범접할 수 없는 고귀한 존재다. 그렇듯 존귀한 천체를 넋을 잃고 우러러보는 사이에 그 달이 흰 구름따라 멀리 사라지려 하자 화자는 일순 공허감에 사로잡힌다.

그러나 허전함도 잠시, 문득 일오천(逸烏川) 냇물 속을 내려다보니 그곳에 하늘에서 달이 내려와 잠겨 있지 않은가. 화자는 달로 비유된 기파랑을 천상과 지상에 두루 편재된 절대적인 존재로 인식하면서 차탄해마지 않는다. 그는 왜 사람들이 입버릇처럼 흔히 말하듯 '산마루(嶺)에 걸린 달'이라 하지 않고 '새파란 냇물 속'에 투영된 달이라고 읊었을까. 촌탁컨대 냇물인즉 '청사(靑史)'를 암유하는 것이며 따라서 기파랑의 정신이 역사에 길이 남기를 바라는 염원에서 그와 같이 진술하였으리라.

천계에서 지상의 달로 하강한 기파랑은 다시 서리도 두려워하지 않는 잣가지로 변신한다. 잣나무는 무엇을 상징하는 것인가. 지조를 뜻하는 '고깔(花判)'을 가리키는 것이며 오상고절의 정신을 함축하고 있는 것임은 누구도 부인할 수 없으리라. 잣나무에 내장되어 있는 그러한 정신은 하늘과 냇물 속의 달처럼 불변의 지고한 가치관으로 화자의 가슴 속에 영원히 간직되어 있는 것이다.

---

5) 金完鎭, 『鄕歌解讀法硏究』, 서울대학교 출판부, 1980.
양희철, 『삼국유사 향가연구』, 태학사, 1997, p.598.

첫 줄에서 끝줄에 이르기까지 읽은 결과 기파랑은 자연물에 의탁하여 묘사되어 있고 세 번에 걸쳐서 그 모습을 달리 하고 있음을 알 수 있었다. 이런 표현 기법을 두고 시에서는 이미지와 이미지의 연결이라고 말한다. 맞다. 기파랑은 한 편의 시에서 한 번도 아닌 세 번에 걸쳐서 이미지를 바꿔가면서 형상화되어 있다. 화자는 드물게도 그렇게 여러 번 상관물을 교체시키면서 기파랑을 찬모하였다. 그것은 기파랑의 인격과 정신세계의 폭이 그만큼 넓었기 때문이리라.

「찬기파랑가」의 핵인 이른바 '기파랑론'은 이상의 설명으로 끝내도 무방하다. 이미지와 이미지의 연결에 의한 구원의 초상화, 이렇게 마무리 지을 수 있다는 말이다. 인물을 찬양하되 시종 회화법을 쓰고 있다는 점을 강조하지 않을 수 없다.

하지만 시의 관점에서 벗어나 다른 각도에서 규명할 때, 그와 같은 전개법은 다름 아닌 '3단 중층법'에 딱 들어가 맞는 서술 방식임도 간과할 수 없을 것이다. 그리하여 필자는 「찬기파랑가」의 서정성은 이러한 다지기 방식을 알고 읽어야 그 묘미를 맛볼 수 있는 작품이라고 말하고 싶다.

화자는 찬모의 대상인 기파랑을 그토록 높은 위치에 올려놓고 그 대신 자신은 하찮은 조약돌로 비유하였다. 왜소화니 자기비하(폄훼)니 하는 말로도 표현하기 어려울 정도로 지극히 미미한 존재로 자임하고 있다. 「찬기파랑가」의 구도는 이처럼 큰 것과 미세한 것의 대립을 통해 전자의 우월성을 크게 부각시키고 있는데도 중점을 두고 있다.

이런 식의 비교법은 시를 포함하여 문학 작품 전반에서 쉽게 찾아볼 수 있는 기법의 하나다. 그저 보편적인 현상으로 수용하면 된다. 다만 두 극단의 만남이 존귀함과 비천함의 단순한 견주기 그 자체로 끝나지 않고 일오 냇물의 조약돌로 비유된 화자가 존귀한 인물의 정신을 계승하는 방향으로 마음가짐을 다지는 '지절'을 낳게 하였다는 점에 유의할 필요가 있다. 그 함의를 읽지 못한다면 「찬기파랑가」의 진수를 맛보지 못하고 놓쳐버리는 셈이 된다.

❧

이상 여섯 편의 작품을 읽으면서 그 구조와 언술의 특성이 각기 어떻게 나타나는지를 살펴보았다. 지은이와 작품이 모두 다르기 때문에 표현 기법이 서로 같을 수 없다는 당초의 예상 그대로 여섯 편의 노래는 각자 제 갈 길을 가고 있었다. 두 말할 나위도 없이 향가는 우리 문학사에서 가장 이른 시기의 시가 장르로 꼽힌다. 그런 이유 때문에 시적인 표현 기법이나 수사에서 뒤떨어질 수도 있고, 혹은 복수의 텍스트에서 유사한 어법이 나올 수 있다고 예단할 수도 있다. 예컨대 향가는 아니지만 「해가(海歌)」가 그 이전 시대의 노래인 「구지가」의 어법과 틀을 그대로 이어받은 경우와 같은 예가 향가 안에서도 일부 재현될 수 있다는 식의 생각을 완전히 지울 수는 없었다는 뜻이다.

이러한 막연한 짐작은 완전히 무너지고 말았다. 「구지가」-「해가」류의 닮은꼴은 전혀 있지도 않았다. 가령 「원왕생가」와 「도천수대비가」는 불교의 기원가라는 점에서 일치한다. 그럼에도 기원가이기 때문에 피해 갈 수 없는 구조적인 측면에서의 같은 형태를 제외하면 그 나머지 청원의 방식과 육성의 질감은 상호 같지 않았다. 기원가라는 동일한 격식과 유형의 노래가 이럴진대 그 외의 성향이 다른 노래들끼리는 재언을 더 이상 필요로 하지 않는다. 이른 시기의 작품들이니 어쩔 수 없이 미숙한 솜씨를 드러내렸으려니 하는 얕잡아 넘보기도 완전히 빗나가고 말았다. 위에서 읽은 여섯 편의 노래를 어느 누가 설익은 작품, 또는 표현이 덜 된 작품이라고 깎아 내려서 평가할 수 있겠는가. 단언커니와 우리가 읽은 여섯 편의 향가는 현대시와도 키 재기를 할 수 있는 그런 '시의 힘과 능력'을 지니고 있다고 단언한다. 이와 관련하여 필자는 향가의 현대시적 수용 가능성을 놓고 향가의 문학정신과 기타 여러 기법이 이미 현대시에 수용되어 활발하게 운동 중이라고 언급하면서 그러므로 '수용 가능성'이라는 말은 적절치 않고 '수용 완료'라는 말로 바꿔서 언명하여야 한다고 피력한 바 있다. 현대시에 결코 뒤지지 않는 수준의 향가 – 이것이 지금도 필자가 견지하고 있는 향가관이다. 위에서의 성찰을 통해서 이 점이 재확인 될 수 있었음을 이 마무리 章의 첫 머리에서 언급한다.

각양각색, 이렇게 말 할 수 있는 향가의 화법은 그래서 화려하다. 「안민가」와 「우적가」는 서정성이 거의 전무하다는 점에서 하나로 묶을 수 있다. 전자는 치리적인 규범을 논리적으로 제시하는 화법을 통해서 정치적인 효과를 얻고자 하였다. 후자의 화자는 자신이 걸어왔고 지금 이 순간에도 걷고 있는 험란한 삶의 길에서 터득한 인생관·세계관·생사관을 무외의 자세와 심정으로 조용히 토로한 끝에 그 자신의 목숨을 건졌음은 물론, 놀랍게도 60여 도적들을 참회케 하여 그의 문도가 되게 하였다. 결과적으로 설법의 기능을 발휘한 「우적가」라고 규정하는데 무리가 없다. 이 두 편의 노래는 후대 교술 계열 시가의 기반이 되었다는 점에서 의미가 있는 작품이다. 그러므로 향가의 나머지 노래들도 서정시의 초기 텍스트였다는 사실과 등가의 선상에 놓여 있다. 「안민가」의 논리성과, 의도성이 배제된 「우적가」의 설법적 언술은 순순한 설득과 감동의 육성을 끝까지 유지하고 있었다는 점에서 수용자의 마음을 휘어잡을 수 있었다고 본다. 다만 「우적가」와는 달리 「안민가」는 군왕이나 작자가 기대한 바대로 효과를 얻지 못하였는데 이는 노래의 호소력이 없어서 위력을 발휘하지 못한 것이 아니라 당시 신라의 제반 사정이 워낙 악화일로를 걷고 있어서 군·신·민 모두 이를 수용할 능력을 상실하였다는데서 이유를 찾아야 할 것이다.

「찬기파랑가」는 인물 찬가라는 점에서 중요한 작품임은 물론이지만 찬양의 초점을 추수(追隨)와 숭모의 대상인 기파랑의 행적을 기리는데 두지 않고 정신적인 내면세계를 포착하여 이를 극명하게 형상화 시켰다는 점에서 높이 평가되어야 마땅한 노래다. 같은 계열의 「모죽지랑가」는 대상 인물을 그리워하며 상봉하기를 바라는 간절한 마음을 드러내는데 주력하였기 때문에 인물의 정신세계를 형상화 하는데 집중시킨 「찬기파랑가」와는 그런 점에서 별도로 논의되어야 한다.

상관물을 동원하고 이미지와 이미지를 연결시켜서 인물의 가장 뚜렷한 특성을 묘사한 기법, 작자 자신과 그가 찬모하는 대상 인물과의 차별상을 극대화하기 위해서 사용된 비유법, 자칫 추상적인 방향으로 흐르기 쉬운 시의 세계와 인물 묘사를 막고, 이를 구체화하기 위해서 눈으로 확인할 수 있는 자연물을 적절하게 배치시킨 지혜, 이 모든 것을 「찬기파랑가」는 그 안에 품고 있다. 작자는 여러 부분들을 모아 마치 인물화를 그리듯 회화적인 기법으로 기파랑의 초상화를 완성해 놓았다. 그림 속에 말이 있고, 말 속에 그림이 녹아 있는 경지, 그 경지 한 복판에 기파랑의 모습이 천천히 부각되는 장면, 이것이 「찬기파랑가」가 우리에게 보여주고 있는 진면목이라고 하겠다. 요컨대 회화법에 의한 인물 형상의 기법이 시에서 이른 시기에 시험되어 성공을 거두었다는 점에서 「찬기파랑가」는 기억되어야 할 노래다. 이 작품의 수월성을 말할 때 이런 점을 간과할 수는 없다.

기원가에 속하는 「원왕생가」와 「도천수대비가」에서 우리가 공통으로 느끼는 시적 화법의 현저한 특성은 상상을 초월한 '절절(切切)한 하소'다. 소원을 피력하는 자리에서 더 이상의 말이 필요 없는 극단의 한계점에까지 도달한 '언어의 절정과 극점'을 두 노래는 여실히 보여주고 있다. '사십팔대원'을 붙잡고 아미타불에게 매달리거나 천수관음보살에게 한 쪽 눈만 달라고 애걸하는 그 처절한 청원, 그 결과 「원왕생가」의 광덕은 극락왕생하였고, 희명의 아들은 마침내 밝음을 찾았거니와 여기서 우리는 시적 언어와 진술에 담겨 있는 주적(呪的)인 요소와 기능을 만난다.

그리고 또한 이 두 편의 노래에서 활용된 '극단의 언술', 처절하고 절박한 호소가 후에 고려 속요에 계승되어서 더욱 확장되었고 그 이후에도 우리 시가 장르에 자주 나오는 화법으로 정착되었음을 잘 알고 있다.

말씨가 세차며 강하고 애절한 경우에만 노래의 효과가 나타나는 것은 아니다. 그것을 입증해 주는 작품이 바로 「원가」다. 「원가」는 잣나무를 고사시켰다는 산문기록을 염두에 두지 않고 텍스트만을 놓고 볼 때 온유하고 평담하기 이를 데 없는 작품이다. 임금의 말과 체면을 거론한 것이 너무한듯하나 전체적으로 볼 때 작자의 말투며 심경의 표출은 시종 담담하고 의연한 화법에 바탕을 두고 있다. 이런 식의 조용한 술회가 상대방의 마음을 움직이고 있다는 사실을 「원가」는 「원왕생가」나 「도천수대비가」와 다른 각도에서 말해주고 있다. 「원가」의 효력은 작품 이외 어쩌면 '첩어백수(帖於柏樹)' 한 데서 더 많이 찾아야 한다. 하지만 그것도 재차 깊이 생각해 보면 노래 자체에 주적인 요인이 있었기 때문에 잣나무가 누렇게 말라 죽거나 다시 되살아나는 일이 일어났다고 판단함이 옳다. 의연한 술회 속에 숨어 있는 시의 저력과 위의(威儀) 그리고 주적인 기능, 이것을 우리는 「원가」에서 길어 올린다.

향가의 찬(讚)과 삽입가요설 재론

향가의 찬(讚)을 성찰한 필자의 논문 『일연의 신라가요 수용태도 - 「찬」을 중심으로』가 『論文論集』14·15 합병호(고려대 국어국문학 연구회, 『신라가요의 연구』, 열화당, 1982, 재수록)에 게재된 해는 1973년이었다. 그러니까 지금으로부터 만 40년 전이다. 향가의 찬을 논의한 연구는 과문의 탓인지는 몰라도 국문학계를 통틀어 그때 그것이 처음이라고 지금도 믿고 있다. 논문이 발표되자 동학의 어느 누구는 향가 연구가 작품론 외에 그와 같은 곁가지(?)에 해당되는 문제를 거론하는데까지 이를 줄은 전혀 예상하지 못 하였다는 반응을 보여 주었다. 그만큼 생소한 테마로 치부되었다.

그때의 학계는 위 논문과 더불어 필자에 의해 본격적으로 제기된 향가 작가의 이름과 관련된 문제, 곧 향가 작가 = 설화상의 가공 인물인가 혹은 실존 인물인가를 가려내는 작업도, 그리고 향가와 산문기록(배경설화, 서사기록)과의 관계도 낯선 주제로 간주한 나머지 심도 있게 천착할 만한 분위기가 조성되어 있지 않았다. 오로지 작품의 배경론 연구에 치중하던 때였다. 이제 와서는 예의 논제들이 여러 연구자들에 의해 꾸준히 다루어진 결과로 아주 범상한 담론거리가 되었지만 1970년대까지만 해도 신진 학구들에게는 눈길이 닿지 않은 테마였다. 윗대 선학들은 이를 알고는 있었으나 논제거리로 취급도 하지 않았고, 또는 논제거리가 될 만한 주제인지도 모르고 그냥 간과해버리는 바람에 논의의 대상에서 제외시켰다고 생각한다.

일연이 향가에 부친 찬이 학문 연구의 영역으로 처음 진입할 때의 일을 회고하면 이러하거니와 그 후로 인권환(印權煥)·소재영(蘇在英)·임기중(林基中) 등을 비롯하여 정진형(鄭鎭炯) 등 여러 학자들이 나서서 각자 나름대로의 방법론에 따라 분석한 업적이 이제는 제법 적지 않게 쌓여 있다는 사실을 우리는 잘 알고 있다. 연구의 범위와 관점만 해도 필자의 논문은 향가에 국한하여 찬의 기능을 일연의 향가 수용의 방법과 연계시켜서 조명하는 것으로 한정되어 있는데, 그 후의 논자들의 시야는 더욱 확대되어서 이를테면 향가를 포함하여 『삼국유사』의 다른 편목에 삽입되어 있는 49~50 수의 모든 찬을 독립된 장르인 한시로 규정하고 깊이 천착하는 선에까지 이르렀다. 김주한(金周漢)·최용수(崔龍洙)·백신숙(白信淑)·고운기(高雲基)·홍윤식(洪潤植)·한예원(韓睿源)·이승칠(李承七) 등의 연구가 정진형의 논문에 그 목록이 올라있는데[1)]이들의 연구는 모두 1980년대까지의 것이니 그 이후 지금까지 20년 동안 발표된 글이 또 얼마인지는 알 수 없다.

각설. 오래 전에 이미 발표한 논문을 필자가 다시 잡고 재론하게 된 까닭은 40년 만에 졸고를 읽어보니 큰 논지는 바꿀 필요성을 느끼지 않으나 그 외의 몇 대목은 설명이 부족하여 보완해야 되는 것이 있고 또 남이 보아서 틀린다고 지적된 부분은 다시 점검하여 수용여부를 가릴 필요가 있기 때문이다.

특히 필자의 논문에 대한 정진형의 반론은 향가의 찬에 관심을 가지고 있는 연구자라면 누구나 새겨들을만한 내용을 담고 있는 논문이다. 20년 전에 그의 논문을 읽은 필자는 후학인 그의 글을 겸손한 자세로 정독하며 경청한 바 있다. 언젠가는 필자의 소견을 다시 밝혀야 되겠다고 생각을 굳힌 지 어느덧 20년, 차일피일 하다가 오늘에 이르렀다. 이

1) 鄭鎭炯, 「鄕歌와 讚」, 『鄕歌文學硏究』, 황패강 교수 정년퇴임기념논총간행위원회, 一志社, 1993.

제 그의 글을 다시 찾아 읽으면서 공감하는 바와 그렇지 않은 바를 모두 짚어보며 전고(前稿)에서 못한 내용을 덧붙일 기회를 갖기로 한다.

자신의 글에 대한 남의 반론을 읽고 소견을 피력하면 학계에선 이를 반박 논문으로 취급하기 일쑤다. 그러나 단언커니와 필자의 이 글은 그런 속 좁은 생각에서 쓰는 글이 아니다. 외려 필자의 논문을 세독한 후 반응을 보여준 그가 고맙고, 다만 서로 생각이 다른 부분을 재론하여 학계에 기어코자 하는 의도에서 이 논문을 작성하게 된 것 뿐이다. 20년 전에 읽은 후학의 글에 무슨 감정이 있겠는가. 필자의 나이 망팔순(望八旬)이거늘. 이하 정진형의 글을 대상으로 논의하되 그와 생각을 같이 하는 연구자들의 학문적인 소신을 그의 글이 대표한다고 가정하고 원고를 써나가기로 한다.

본고의 범위는 여기서 끝나지 않는다. 『삼국유사』에 실려 있는 향가가 산문 기록이 지배하고 있는 해당 편목에서 차지하고 있는 성격 또는 위상을 어떻게 규정하느냐 하는 문제도 논의의 대상이 된다. 이 또한 필자가 진작 찬을 살피면서 함께 거론한 것인데, 그 이후 필자 세대의 동학 몇 사람에 의해 '향가 = 편목 전체를 대표하는 것이 아니고 그 일부로서 삽입된 것' 이라는 식의 이견이 제기되었다. 정진형 또한 그런 주장을 펴고 있다. 필자의 지론과 다른 학설이다. 이 기회에 이 반론 또한 비중있게 검토하기로 하겠다. 이 역시 정진형의 글을 표본으로 삼아 탐색키로 하겠다.

전고에서와는 달리 개별 작품과 그에 관련된 기록을 세독하면서 견해를 밝히기로 하겠다.

1. 「월명사 도솔가」조를 표본으로 해서 본 향가의 찬

필자가 앞선 논문에서 제시한 여러 내용 중 논쟁거리가 되는 향가의 찬에 관한 소견을 그 골자만 옮기면 다음과 같다. 즉 일연이 향가에 첨부한 찬은 향가 작품의 세계를 반영해 놓은 시라는 것이다. 필자로서는 당연한 얘기라고 생각하지만 정진형 등은 이에 동의하지 않고 다른 주장을 펴고 있다. 곧 향가가 수록되어 있는 편목들의 대부분은 오로지 향가에만 집중하지 않고 작품과 거리를 두고 있는 다른 화소도 수용하고 있다는 것이다. 그리하여 찬은 향가 작품만을 시화해 놓은 것이 아니라 그 앞뒤에 있는 산문 기록의 줄거리도 가려서 함께 읊은 것, 또는 향가는 아예 제쳐 놓고 서사문만 수용해 놓은 한시라는 것이다.

이를테면 「도솔가」와 「제망매가」가 한 자리에 놓여 있는 「월명사 도솔가(月明師 兜率歌)」조의 찬시를 분석해 보면 향가 두 편에 관한 일연의 소회는 실인즉 작은 한 부분으로서 삽입되어 있을 뿐이고 큰 줄기는 작자인 월명사의 신이한 이적을 부각시켜 놓고 있다는 식의 견해가 바로 그것이다.[2)]

그런데 필자는 그런 시각으로 조명하지 않고 위에서 언급한 바와 같이 '향가의 찬 = 향가의 작품세계를 시화한 것'으로 결론을 내렸다. 돌이켜 보면 필자는 향가를 대상으로 한 찬이니 이것저것 따질 것 없이 직관적으로 판단한 반면 '향가의 찬 = (향가+)서사기록의 중요 문맥' 이라고 주장한 정진형은 직관이 아닌 분석과 천착의 방법으로 접근한 결과 필자와 다른 주장을 펴게 되었다고 본다. 그의 차분하고 치밀한 접근을 필자는 높이 평가한다. 본고에서 재론코자 하는 문제점, 혹은 논쟁거리를 간추리면 위와 같다.

『삼국유사』소재 14수 향가 중에서 일연의 찬이 첨부되어 있는 작품은 「도천수대비가」·「풍요」·「도솔가」와 「제망매가」·「원가」·「우적가」 등 6편이다. 이 중에서 그의 주장을 가장 알기 쉽게 풀이해 놓은 편목을

---

2) 정진형, 앞의 책 p.187

들자면 「월명사 도솔가」조다. 편의상 이 조와 나머지 4편의 향가가 실려 있는 다른 조와 구별해서 설명하기로 한다.

그는 이 조항을 1)이일병현(二日竝現)의 퇴치와 「도솔가」 2)탑 속으로 사라진 동자의 신이(神異) 3)월명의 또 다른 이적과 「제망매가」 4)달도 부린 월명의 피리 5)향가의 숭상과 신통력 6)찬. 이렇게 여섯 토막의 화제를 모아 놓은 것으로 보았다. 이 여섯 개중 찬 이외 다섯 토막의 이야기들이 「월명사 도솔가」조를 구성하고 있다고 하였다.

> 바람 지전을 날려 가는 누이에게 보내고
> 젓대소리 밝은 달을 흔들어 항아를 머물게 하였네
> 도솔천이 멀다고 말하지 말라
> 큰 스님 꽃 한가지 한 곡의 노래로 맞았네
> 風送飛錢資逝妹 / 笛搖明月住姮娥
> 莫言兜率連天遠 / 萬德花迎一曲歌

그는 위 찬의 기구는 「제망매가」와 직접 관련이 있기 보다는 노래의 내용 외적인 사실에 일연이 감탄한 것이고 승구는 이를 뒷받침한 것이며 전·결구는 「도솔가」자체의 내용이기 보다는 일괴를 퇴치시킬 수 있었던 결과를 놓고 월명의 영험을 부릴 수 있는 깨달음의 정도에 대한 감탄과 한편으론 중생교화를 위한 목적이 드러난 것이라고 해석하였다.

그러니까 그가 강조한 바는 「월명사 도솔가」조의 찬인즉 두 편의 향가를 위한 것이 아니라 그 편목의 전체를 간추려서 시화한 것이라는 점이다. 그의 주장은 여기서 끝나지 않고 향가의 독립성을 인정할 수 없고 서사 기록문에 삽입된 노래로 간주하는 선에까지 맞닿아 있다.(이에 관한 필자의 소견은 후설함) 이러한 그의 분석과 설명은 나름대로 일리가 있다고 필자는 평가한다.

그렇듯 돋보이는 점이 있음에도 그의 주장은 거시적인 조명을 병행하지 않고 시종 미시적인 관점에서만 살핀 결론이라서 또한 아쉬움을 금할 수 없다. 결과적으로는 스스로 한계선을 그어 놓고 그 안에 갇힌 셈인데 왜 그런 식으로 향가와 향가의 찬을 규정해서는 안되는지 「월명사 도솔가」조를 다시 필자 나름으로 정밀하게 풀어서 설명키로 하겠다.

「월명사 도솔가」조에서 먼저 눈길을 끄는 것은 조목명에 「도솔가」라는 향가명이 들이가 있다는 점이다. 이런 예는 「융천사혜성가 진평왕대」조에서 다시 만날 수 있는데 현전의 14편 중 이처럼 2편으로 끝났다는 점에서 따지면 미미한 현상에 불과하다고 이를 수 있다. 하지만 각도를 달리하여 곱씹으면 두 번에 걸쳐서 향가명이 제목으로 거명됨에 따라 그 두 편 뿐만 아니라 이 시가장르 전체의 존재감을 드러냈다고 헤아리면 이는 결코 가벼운 것이 아니라고 평가할 수 있다.

또 「월명사 도솔가」조에는 「제망매가」도 함께 실려 있다. 그러니 언필칭 '향가조'라고 일컬어도 무방하리라. 어디 그것뿐이랴. '향가조'라고 명명하는 것이 마땅하다는 근거로 우리는 편목 말미에 "羅人尙鄕歌者尙矣, 盖詩頌之類歟 故往往能感動天地鬼神者非一(신라에서 향가를 숭상하는 이가 많았으니 대개 詩·頌과 같은 것이다. 그러므로 가끔 천지와 귀신을 감동케하는 것이 한둘이 아니다)" 라고 밝혀 놓은 문절을 들지 않을 수 없다. 아주 짧은 설명문이지만 신라 당시에 향가의 내력과 성격, 그리고 그 신비스런 효능이 기록되어 있어서 여간 소중한 대목이 아니다. 『삼국유사』의 어느 조항에서도 이런 성격의 글을 찾을 수 없고 오로지 「월명사 도솔가」조에서만 볼 수 있으니 이를 '향가조' 라고 일컫는다고 해서 이상할 것이 하나도 없으리라.[3] 일연은 이렇듯 향가의 작품만 수록하지 않고 간략하

---

3) 향가가 어떤 성격의 노래인지를 설명한 글은 "대개 詞腦란 세상 사람이 희롱하며 즐기는 도구다……"로 시작되는 均如의 「普賢十願歌」서문과 이를 漢譯한 崔行歸가 중국의 詞賦에 비하여 손색이 없고 그 형식이 三句六名으로 되어 있다고 한 것이 있다. 겨우 이것뿐이다. 일연의 언명을 소중히 읽어야 될 이유다.

나마 향가가 어떤 시가인지 그 몇 특성을 이 조에서 제시하고 있다.

향가의 찬을 성찰하는데 가장 적절한 본보기가 되는 「월명사 도솔가」 조의 성격은 대범 이와 같다. 이 조의 찬이 향가를 위한, 향가의 이해를 위한 것이 아니고 나아가 편목 전체로 보아 향가는 서사의 한 부분으로 삽입되었다는 견해가 일견 그럴듯하게 읽혀지면서도 재고되어야 하는 까닭은 '「월명사 도솔가」조 = 향가 조'임을 부인할 수 없기 때문이다. 조목 전체가 향가와, 그리고 출중한 향가 시인의 예능으로 꽉 차 있으니 첨부된 찬이 향가와 어찌 간격을 둘 수 있으랴. 또 막상 앞에서 인용한 찬을 읽어보면 넉 줄 모두 두 편의 향가 및 이를 창작한 시인의 행적과 직·간접적으로 연결되어 있음을 부인할 수 없다. 「도솔가」와 「제망매가」의 사설을 원문 그대로, 또는 발췌해서 한시로 옮기는 것과 그와는 달리 느낌을 진술하는 일은 서로 구분된다. 전자는 번역이고 후자는 번해(飜解) 곧 찬이다. 일연은 향가를 번역하려고 하지 않고 읽은 소감을 찬의 형식으로 피력코자 하였다. 그 찬에서 향가의 원시를 찾아서는 안 된다. 기승전결로 구성된 「월명사 도솔가」조의 찬인즉 맞바로 두 편의 향가 모두를 번해하여 소화시킨 시라고 단언한다. 원래 찬은 그런 시가 아니겠는가.

2. 찬 속에 내장된 향가들

시의 진술은 하나의 표현법에만 의존하지 않는다. 똑같은 현상이나 사물 혹은 느낌이나 정서를 드러냄에 있어서 시인마다 각기 다른 방식으로 묘사하고 진술한다. 시의 세계가 오묘한 까닭 가운데의 하나가 바로 이런 국면에 있음을 우리는 잘 알고 있다.

한시든 국문 시가든 그러므로 시는 고지식하게 직설·직정의 구상적인 화법만 사용하지 않는다. 보고 들어서 느끼고 감동한 바를 모두 토로

하지도 않는다. 압축과 생략법을 동원하는 것은 시의 특징 중 첫 손가락으로 꼽는 것임을 모르는 사람은 없다. 소재와 대상 전체를 묘사하지만 윤곽을 그리거나 표징이 되는 어느 한 부분만 잡아서 읊는 기법도 허다하게 사용되는 시의 창작법이다. 대표적인 이미지를 내세워 변죽만 울리거나 에둘러서 알 듯 모를 듯 아리송하게 얼버무리는 수법도 시에서는 자주 활용된다.

두루 알고 있는 이러한 시의 다양한 표현법을 이 자리에서 새삼 짚어보는 까닭은 문제가 되고 있는 향가의 찬을 제대로 해석하고 이해하기 위해서는 시의 세계를 다시금 상기하는 절차를 밟는 것이 마땅하기 때문이다.

앞의 장에서 검증한 「도솔가」와 「제망매가」의 찬은 해당 편목을 염두에 두면서 향가의 작품세계를 수렴해 놓았다고 보았다. 그러나 그것도 마치 사진 찍듯이 대상 작품의 전체를 옮겨 놓은 것이 아니라는 점도 지적하였다. 요컨대 「도솔가」와 「제망매가」의 찬도 위에 나열한 시의 진술 기법 중 직설·직정의 표현법을 제외한 그 나머지 여러 예 중 몇 가지 방식에 의존하고 있다고 이해하는 것이 옳을 것이다.

1) 「도천수대비가」의 찬

시의 원리와 기법이 상술한 바와 같다는 점을 전제로 하고 나머지 작품들의 찬을 읽기로 한다.

> 竹馬타고 파 피리 불며 저자거리에서 놀더니
> 하루 아침에 두 눈이 멀었도다
> 大士(부처님)가 자비로운 눈을 돌리지 않았던들
> 헛되이 좋은 봄 몇 해나 보냈을까
> 竹馬葱笙戲陌塵 / 一朝雙碧失瞳人
> 不因大士廻慈眼 / 虛度楊花幾社春

「분황사천수대비 맹아득안」조에 실려 있는 「도천수대비가(禱千手大悲歌)」의 찬이다. 아들이 다섯 살 때 갑자기 눈이 멀자 그 어미 희명이 분황사 천수대비전에 나아가 「도천수대비가」를 지어(아들의 作이 아님) 아이로 하여금 부르게 하였더니 눈을 뜨게 되어 밝음을 얻었다는 기록은 경이롭고 신비스럽다. "하나를 놓아 하나를 덜어/ 둘다 없는 내라/ 하나나마 그으기 고쳐주소서"(6~8행)라는 겸손하고 간절한 기구가 담겨 있는 노래에 관세음보살도 마침내 감동하여 아이의 눈을 밝게 해 주었으리라.

「분황사 천수대비 맹아득안」조의 문장은 매우 짧다. 위에서 기술한 바에다 "경덕왕 때 한기리에 사는 여인"이라는 대목만 첨가하면 더 이상 간추려서 보탤 것이 없다. 그러면 찬은 어떤가. 起·承에서 일연은 아이가 눈이 멀게 된 경위를 밝히고 있다. 이 대목은 작품은 물론 관계기록 어디에도 없다. 알 수 없는 실명의 원인을 일연이 찾아내서 찬에 올렸거나 아니면 그가 짐작하여 시에 담았지 않았는가 싶다. 그야 어떻든 1~2행은 전고(前稿)에서 필자가 정리한 찬의 의미 중 '명(明)과 좌(佐)'에 해당되는 문맥임을 쉽게 알 수 있다.

전·결구인 3~4행은 천수대비 관세음보살의 하해와 같이 넓은 자비를 찬미하면서 그와 같은 은혜와 기적이 없었다면 아이의 불행이 어땠을 것인지를 가상하며 감사의 마음을 대신 옮겨 놓고 있다.

자, 따져 보기로 하자. 이만하면 「도천수대비가」 및 이와 직접 연관된 산문기록의 줄거리를 모두 소화시킨 찬으로 볼 수 있지 않은가. 앞의 장에서 성찰한 「월명사 도솔가」조보다 이 조항의 기록은 향가와 더 밀착되어 있다. 그런 식으로 기술한 일연은 자신의 소회를 읊은 찬에서 불행의 시작과 행운의 결말을 감동어린 언어로 읊고 있다. 거기에 향가 「도천수대비가」에 얽힌 사연이 부족함이 없이 수용되어 있다. 작품을 요약하거나 핵심 문맥을 따서 시화하는 그런 방식이 아니라 관세음보살의 자비와 영험이 "하나만 그으기 고쳐 주소서"라고 간절하게 기원한 아이와 그 어미의 신심과 정성에서 발현되었음을 독자로 하여금 깨닫게 하는 방법으로 표현하고 있다. 사건의 전말을 간추리는 기법이 찬과 향가 모두를 돋보이게 하고 있다.

2) 「우적가」의 찬

「우적가(遇賊歌)」의 경우를 살피기로 하자. 「영재우적」조에 향가와 찬이 실려 있다.

> 지팡이 짚고 산을 찾으니 뜻이 점점 굳은데
> 비단이며 구슬이 어찌 그 마음을 다스리랴
> 녹림군자(산도적)들아 주려고 생각마소
> 지옥은 따로 없는 것, 바로 寸金에 있는 것을
> 策杖歸山意轉深 / 綺紈珠玉豈治心/
> 綠林君子休相贈 / 地獄無根只寸金

이 찬을 두고 향가와 관련이 없다는 것이 정진형의 주장이다. 「우적가」와 산문기록을 읽고 찬을 정독해보면 향가와 무관하다는 생각을 하는 것이 무리가 아니라고 본다. 산문기록을 간추리면 1)원성왕대 중 영재가 나이 아흔살 무렵에 세속을 떠나 은거코자 산으로 향함 2)大峴嶺에 이르러 60여 도적떼를 만남 3)죽음 앞에서도 태연함을 잃지 않은 그는 저들의 요구를 받아들여서 향가 한 편을 지음 4)두루 감동한 도적들이 비단 두 필을 주나 영재는 이를 땅에 던지며 일장 훈시를 하면서 저들의 마음을 흔들어 놓음 5)마침내 크게 감동한 도적들은 칼과 창을 버리고 영재의 제자가 되어 지리산에 숨어 다시는 속세를 밟지 않음 6)찬. 이렇게 되어있다.

한 편 10구체 「우적가」는 "①무명의 세계에서 헤매던 과거를 청산하고 피은의 길에 나선 작자의 초연한 심경 – ②파계주(도적떼)의 위협이 두렵고 무섭다고 해서 다시 옛날로 돌아갈 수 없음을 피력함 – ③칼에 맞아 죽는 것 쯤 어렵지 않으나 그런 善으론 새로운 세상을 맞이할 수 없다는 뜻을 천명(그러므로 살아서 그대들을 새로운 사람으로 태어나게 하겠다는 함의가 내재되어 있음)"으로 요약할 수 있다.

작품의 내용이 이런지라 일연이 지은 찬과 직접 관련이 없다는 사실을 재차 느낄 수 있다. 작품은 외면하고 산문기록에서 읽을 수 있는 영재의 언행만을 반영한 것이라는 해석이 가능할 수도 있다는 뜻이다. 이렇게 인정하면서 그러나 이러한 이해가 과연 완전하게 적절한 것인가를 숙고해볼 필요가 있다.

동어반복이지만 시의 이해와 감상은 표면에 나타난 것만 읽은 것으로 끝날 때도 있지만 이미지와 현상이 연결된 것을 놓치지 않고 넓게, 거시적인 관점에서 에둘러 표현된 바를 독해해야 할 경우도 많다는 사실을 다시 강조한다. 「우적가」가 여기에 해당된다. 직접 검증해 보기로 하자. 위에서 요약한 향가의 ①은 찬의 첫째 줄 "지팡이 짚고 산을 찾으니 뜻이 점점 굳은데"에 녹아 있다고 보아야 한다. 찬의 그 나머지 여러 개 행은 위 산문기록의 요약 중 4)를 반영한 것, 즉 영재의 흔들림 없는 태도와 향가에 감동한 저들이 비단 두 필을 내놓은 행위를 諄諄한 어조로 타이른 바를 옮긴 것, 따라서 향가와 직접 관련이 없는 것이 사실이다.

그렇다고 「우적가」의 찬에 「우적가」가 없다고 단언해서는 곤란하다. 필자가 관견하는 바로는 『삼국유사』의 「영조 우적」조 전체가 '향가의 밭'이라고 생각한다. 다음과 같이 해석할 필요가 있다. 즉 「우적가」는 왜 생겼나. 저들이 '선향가자'인 영재임을 알고 노래 한 수 지으라고 했기 때문에 생산된 것이다.

또 도적들은 영재의 의연한 언행에서 여러 번 감격하였고 그래서 머리를 깎기까지 하였는데 그 가운데 비단 두 필의 재회건(財賄件)이 결정적인 것이었다. 저들의 도적답지 않은 이 돌출행위는 어떻게 이루어졌는가? 물욕에 대한 질타에 앞서 향가 내용에 그만 정신을 빼앗겼기 때문이라는 사실이 기록에 명기되어 있다. 이런 각도에서 따져 들어가면 일연의 찬에 재물의 주고받음을 꾸짖는 영재의 일장 훈시가 향가와 유관된 상태로 자리를 잡게 되었음을 확인할 수 있다.

요컨대 「우적가」의 찬인즉 그 첫 줄은 향가 작품의 반을 마치 여러 식재료를 버무려서, 비빔밥처럼 음식을 만들 듯이 그렇게 뒤섞어서 짧게 읊은 것이고, 그 나머지 석 줄은 향가의 노랫말은 아니나 '향가의 밭'에 해당되는 부분을 시의 언어로 표현해 놓은 것이다. 부분이 아닌 전체, 미시적인 분석이 아닌 거시적인 조명으로 해석할 때 이런 결론이 도출된다.

3) 「원가」의 찬

신충의 「원가」를 읽고 일연이 달아 놓은 찬도 「우적가」처럼 일단 향가의 작품과 별개의 것으로 취급하여도 괜찮을 정도다.

> 공명은 끝이 없는데 귀밑머리 희어지니
> 임금의 사랑 비록 가득하나 평생토록 바쁘네
> 언덕 너머 저 편 산 자주 꿈에 어리니
> 향화 받들어 우리 임금 축복하리
> 功名未已鬢先霜 / 君寵雖多百歲忙 /
> 隔岸有山頻入夢 / 逝將香火祝五皇

일연의 찬은 위와 같거니와 그러면 신충의 「원가」는 어떤 내용인가. 굳이 전문을 인용하지 않아도 두루 알고 있는 것처럼 임금의 위약에 대해서 쓰라린 감정으로 서운해마지 않는 내용을 담아낸 것이다. 위 찬의 사설과는 맥이 통하는 대목이 한 군데도 없다. 뿐만 아니라 찬에 나오는 임금은 35대 景德王인데 반하여 「원가」의 임금은 34대 효성왕이다. 시대부터가 다르다. 「원가」와 찬이 실려 있는 「신충괘관(信忠掛冠)」조의 줄거리는 ①효성왕이 등극한 후, 약속을 어기고 신충에게 벼슬을 내리지 않자 그가 감정을 이기지 못하고 「원가」를 지어 잣나무에 부치매 금세 시들어 버림 – 이를 안 왕이 뒤늦게 신충을 중용함 ②그 다음 임금인 경덕왕 22년, 兩朝에서 높은 벼슬을 살던 신충은 관직을 벗고 두 벗과 함께 남산으로 피은함. 왕이 두 번이나 불러도 나오지 않음. 대신 왕을 위하여 沙門이 되어 斷俗寺를 짓고 죽을 때까지 왕에게 복을 바치겠다고 하니 경덕왕도 허락함 ③그 이하 直長 李俊에 관한 기록이 나오나 신충의 「원가」와는 무관함 ④찬.

이와 같거니와 결국 찬은 향가와 무관한 ②의 사연, 곧 신충의 말년, 괘관(掛冠) 후의 삶과 행적을 읊은 것이다. 서로 연결이 되지 않는다. 하지만 「원가」의 작자인 신충의 관료 생활을 특정시기에 국한시키지 않고 전체를 대상으로 하여 살피면서 다시 향가 작품과 찬을 읽어 보면 둘의 관계가 새로운 모습으로 떠오르고 있음을 짐작할 수 있다.

「신충괘관」조의 산문기록과 향가 및 찬에 모두 해당되는 핵심어를 한 어휘로 지적한다면 '벼슬'이 될 것이다. 오죽해야 제목마저 「–괘관」이겠는가. '벼슬'을 떠나서는 이 조목이 존재할 수도 없고, 존재할 필요도 없음은 일별만으로도 충분히 알 수 있다. 향가와 찬을 뺀 산문기록을 다시 정리하자면 신충이 효성왕 초 고위 관직에 오를 때 겪은 아픈 체험과 그 이후 수 삼십년 동안 두 임금을 섬긴 뒤 경덕왕 말년에, 이번에는 자진하여 관직을 사퇴하기 전후의 일을 적은 것이다. 처음서부터 끝까지 '벼슬'에 관한 내용이다. 그러한 흐름 위에 향가와 찬이 놓여 있다. 전자는 벼슬자리에 발탁되지 못함을 억울하게 생각하며 임금을 원망한 신충의 어지러운 심정을 담아 낸 것이고, 후자는 그렇듯 굴곡을 겪으면서 출사한 관직이지만 세월이 한참 흐른 뒤에는 그 모든 것이 다 덧없음을 깨닫고 승려의 몸이 되어 산으로 들어가서 말년을 보낸 신충의 초세적인 삶을 일연이 읊은 것이다. 벼슬에 나아갈 때와 물러날 때의 경위가 향가와 찬에 각기 나뉘어 수렴되어 있는 셈이다.

이만하면 더 이상의 해설은 필요 없으리라. 결론을 내리자. 일연이 「신충괘관」조에서 중시한 것은 무엇이었을까. '벼슬'을 관통하는 '관계'였나고 본다. 대상 인물의 처음과 끝의 행적과 삶의 모습이 특별나다는 점을 그는 간파하였고, 그리하여 이 노래를 수다한 향가 중에서 뽑아 『삼국유사』에 올렸다고 사료된다. 그런 뒤 「원가」의 최종적인 귀결 혹은 결론이라 할 수 있는 찬을 스스로 지어서 향가의 뒤를 잇게 하였다고 생각한다. '始와 終의 관계'에서 양자는 결코 무관한 것이 아님을 알 수 있다. 찬에는 반드시 향가의 몇 줄 또는 전문의 요지가 반영되어야만 둘의 관계가 성립된다는 고식적인 관점에서 벗어나야 된다는 점을 재차 강조한다. 당시의 이 조목을 기록할 때 일연의 속내를 더듬어 보자면 신충의 말년에 특별히 관심을 두었다고 본다. 그 밑바탕에는 신충이 생애 전반기 때 지은 향가가 자리를 잡고 있으면서 契機작용을 쉬지 않았다고 본다.

4) 「풍요」의 찬

「양지사석」조에 나오는 「풍요」의 찬에 대해서는 별로 할 말이 없다. "찬의 어디에서도 풍요의 내용에 대한 것은 살펴지지 않는다"고 한 정진형의 언급에 토를 달 엄두가 나지 않는다. 「풍요」는 양지가 영묘사 장육존상을 만들 때 장안의 남녀들이 다투어 진흙을 운반하면서 부른 노래다. 힘든 일을 하면서 군창한 노래이므로 노동요에 해당되는 민요라 하겠는데 내용은 가련한 중생들이 행렬을 지으며 공덕 닦으러 오는 모습을 묘사하고 있다. 오래 전부터 사찰에 떠돌던 불가 계열의 민요임이 분명해 보인다. 그런데 아래에 인용하는 일연의 찬은 그 근처에도 접근하지 못하고 있다.

齋 마친 뜰 앞에 석장은 한가롭고
고요하면 화롯불에 전단향을 피운다
經 읽고 끝낸 뒤면 다른 일 없어
佛像을 조성하고 합장하며 우러른다
齋罷堂前錫杖閑 / 靜裝爐鴨自焚檀
殘經讀了無餘事 / 聊塑圓容合掌看

선덕여왕 때의 사문(沙門)인 양지는 신묘한 석장을 가지고 있었다. 그 지팡이 끝에 배주머니를 걸어 놓으면 저절로 날아 시주를 받아 오곤 하였다. 이렇게 시작되는 「양지사석」조는 장육삼존의 소상(塑像)을 주된 화소로 다루고 있다. 일연의 찬은 양지와 관련된 이러한 몇 국면을 중심으로 어느 날의 그의 일과를 그린 것이다. 결구에서 "불상을 조성하고" 운운했으니 그 때 불사에 참여한 장안 사녀들의 행렬을 그 문맥에 연결시켜 삽입하였다면 「풍요」가 찬에 일부 반영되었음을 인정하겠으나 그런 장면이 없으니 정진형의 견해를 수용함이 마땅하다.

그런데 세상만사에는 예외가 있듯이 이 경우는 향가에 첨기된 여러 편의 찬 가운데 예외에 해당되는 것으로 간주한다. 이를테면 향가 14편 중 찬이 없는 8편의 작품을 기준으로 한다면 지금까지 성찰한 6편이 되레 예외가 될 수 있다. 이 말을 끝에 달아 놓는 까닭은 때때로 특정한 현상인즉 관점에 따라 해석하기 나름이라는 점을 강조하기 위해서다.

3. 향가와 산문기록(삽입가요설) 논의

서론에서 예고한 바와 같이 논의의 대상과 범위를 「향가의 찬」에서 벗어나 「향가」전체로 확장시키기로 한다.

오래전부터 일부 고전시가 연구자나 고소설을 전공하는 학자 중에는 정진형이 지적한 것처럼 『삼국유사』에 수록된 향가를 해당 조목 서사에 삽입된 한 부분으로 해석하면서 해당 기록 전체가 향가를 위해 존재하고 있는 것이 아니라는 논리를 펴왔다. 직접 육성을 듣기로 한다.

> …… 이상에서 살펴본 것처럼 『삼국유사』각 조의 기록은 一然의 철저한 기술의식에 의한 것이었고 …… 향가는 서사의 한 부분으로 삽입되어 있을 뿐으로 향가를 위해 기록 전체가 존재하고 있는 것도 아님을 알 수 있다. 오히려 향가는 불교의 영험을 드러내기 위한 구체적인 증거로 제시되고 있다고 보여진다.[4]

이러한 학설에 대해 1970년대 이후 한동안 향가학계는 찬반으로 나뉘어 논쟁을 거듭한 바 있다. 그 여진은 지금까지도 이어지고 있는 것으로 안다.

향가가 서사기록의 일부로 삽입된 것이냐, 아니면 독립된 장르인 詩歌의 자격으로 기재된 것이냐 하는 이 시비는 향가의 전승과정의 특이성 때문에 대두된 문제라 하겠다. 주지하는 바와 같이 『삼국유사』소재 향가는 후대 대부분의 詩歌의 전승방식과는 달리 서사기록을 동반하고 있다. 이 때문에 삽입가요설이 나오게 되었다.[5] 이에 대응하여 우리 시

---

4) 정진형, 앞의 책, p.190.

5) 향가와 산문기록과의 관계를 규정하는 관점과 견해는 (A)향가=서사기록문 속에 내포된 삽입가요. 그러므로 향가가 해당 조목을 모두 아우르고 있는 것이 아님. 그 일부에 지나지 않음. (B)향가=서사기록 전체와 직·간접적으로 연관을 맺으면서 해당 조목의 내용과 직접적으로 일치하거나 포괄적으로 넓게 연계되어 있음. 이 두 가지 학설만 있는 것이 아니다.

고운기는 「향가와 그 배경설화의 수록 양상에 대한 재검토」(『한국 고전시가의 근대』, 보고사, 2007, pp.69~77)에서 향가의 배경설화를 광의와 협의의 것으로 구분한 뒤 이를 토픽이라는 단위로 묶고 세밀하게 들어가 노래가 이야기 가운데 어떻게 들어가는지를 세 부류, 곧 ①이야기에 바로 이어 나오는 것(「혜성가」·「도천수대비

가문학의 여명기를 장식한 특수문학인 향가의 정체성과 독립성을 고수하는 쪽에서는 어불성설이라는 반응을 보이고 있다. '삽입'이라는 용어가 독립성을 인정하지 않고 다른 큰 것에 '종속'되어 있는 현상을 의미하기 때문이다. 아주 기분 나쁜 꼬리표격의 단서이기 때문이다.

필자는 향가를 산문기록 속의 한 부분으로 규정하는 쪽의 견해가 전적으로 무리하다고는 보지 않는다. 외려 어느 면으로 보아서는 논리적이고 설득력을 갖추고 있는 주장이라고 판단하여 일단 존중하는 입장에서 있다. 특히 기억해야 할 점은 그러한 생각을 하고 있는 연구자들도 향가의 문학사적 의의와 가치를 전적으로 인정하고 있다는 사실이다. 이를 전제로 하고 부분 삽입설을 주장하고 있으므로 장르 그 자체의 독립성을 부인하고 있는 것은 아니다. 필자는 그러한 학적인 주장에 호의적인 태도를 견지하면서 이하 몇 작품을 본보기로 택하여 읽은 뒤 그와 같은 관점을 끝까지 지켜야 할지를 결정하기로 하겠다.

가」·「안민가」·「제망매가」·「원가」 등 5편) ②이야기 중간에 들어가는 경우(「처용가」·「서동요」·「도솔가」·「공덕가」·「우적가」 등 5편) ③다른 이야기까지 끝낸 뒤 가장 나중에 들어가는 경우(「모죽지랑가」·「헌화가」·「찬기파랑가」·「원왕생가」 등 4편) 등으로 분류하였다. 이 셋 중에서 ②는(「우적가」를 제외하면) 민요가 주류를 이루면서 노래는 이야기의 전개에 적극적으로 참여함에 따라 독립되어 있지 않고 ①·③은 (「모죽지랑가」만 8구체이고) 모두 10구체로서 광의든 협의든간에 향가는 완벽하게 혹은 미약하게나마 독립성을 유지하고 있다고 분석하였음. 정진형의 것이 (A)라면 고운기의 주장은 ②의 민요계 향가를 독립성이 없는 것으로 해석한 관계로 (B)와 완전하게 일치한다고는 볼 수 없으나 근접해 있다고 판단하는 것이 합당하다고 하겠음.

어쨌거나 향가는 산문기록을 동반하고 있는 관계로 꾸준히 담론의 대상이 되고 있는 터다. 향가가 '향가집'에 수록되지 않고 一然의 『삼국유사』에 실렸기 때문에 감수해야 할 운명이 아닐까 싶다. 필자는 이 점에 유의하면서 본문의 뒷부분에서 밝힐 특별한 史觀에 입각하여 산문기록과 함께 하고 있는 향가를 조명해야 한다는 생각을 가지고 있다.

1) 「혜성가」

「혜성가(彗星歌)」는 「융천사혜성가 진평왕대」조에 실려 있다. 이 조항의 서사기록은 매우 짧다. 세 화랑이 풍악에 유람하고자 낭도들을 이끌고 출발하려던 순간, 하늘에 상스럽지 못한 혜성이 나타난다. 이에 낭승인 융천사가 「혜성가」를 지어 부르니 괴성이 사라졌음은 물론, 때마침 내침한 일본병이 물러났다. 왕이 기뻐하여 화랑단의 풍악유람을 許하였다. 이렇게 기록한 뒤 일연은 그 말미에 「혜성가」를 올려놓았다.

이것을 어떻게 해석함이 타당할까. 서사기록 전부가 「혜성가」와 직결되고 있음을 누구도 부인할 수 없으리라. 산문기록이 향가에 봉사하고 있다고 읽어야 할 것이리라. 향가가 부분이 아닌 전체라고 단정을 내림이 옳지 않을까. 제목에서부터 「혜성가」라 한 것을 논외로 둬도 기록 전체가 향가가 생산되기까지의 경위 설명이 아닌가. 詳說이 구차할 정도라 하지 않을 수 없다.

2) 「원왕생가」

「원왕생가(願往生歌)」의 경우를 보기로 하자. 「광덕 · 엄장」조는 두 사문이 극락왕생하기까지의 경과를 적고 있다. 광덕이 정성을 다하여 기원한 끝에 순조롭게 서방정토에 태어난 반면 엄장은 한 때 홀몸이 된 광덕의 처를 탐하려고 흑심을 품는 굴곡의 과정을 겪은 후에 그도 곧 회개하여 신앙의 벗인 광덕처럼 이윽고 왕생극락하였다는 것이 이 편목의 줄거리다. 여기에 광덕의 피나는 수도생활과 본시 관음보살 십구응신의 하나이지만 세상에는 분황사의 사비로 태어난 그의 처의 헌신, 뉘우친 뒤에 원효대사를 찾아간 엄장의 거듭 태어남의 감격스런 화소가 첨부되어 있는 것도 이 조목의 부수되는 대목이다. 그 끝자리에 「원왕생가」는 자리잡고 있다. 광덕이 밝은 달이 문에 들어오던 어느 날 밤, 그 빛에 올라 정좌하면서 기도할 때 지은 간곡한 기원가다. 여기에 이르러

「광덕 · 엄장 」조의 긴장은 절정을 이룬다.

이렇게 정리해 놓고 보니 「원왕생가」의 성격과 위상이 확연하게 드러난다. 곧 「원왕생가」인 즉 「광덕 · 엄장」조의 중핵이 되는 노래라는 점이다. 지은이는 광덕이지만 그는 물론 엄장의 수도생활과 신앙의 최종 지향점도 거기 명징하게 내포되어 있다. 산문기록 저변에 흐르고 있는 정신도 노래의 경위와 사설과 주제에서 파생된 것이니 「원왕생가」가 「광덕 · 엄장」조의 부분에 지나지 않는다고 이해한다면 그것은 잘못 판단한 것이리라.

3) 「안민가」 · 「찬기파랑가」

향가와 관련하여 『삼국유사』에서 가장 대표성이 강한 조목을 든다면 앞장에서 읽은 「월명사 도솔가」조와 함께 「경덕왕 · 충담사 · 표훈대덕」조라 하겠다. 거기에 「안민가」와 「찬기파랑가」가 자리를 잡고 있다. 이 두 편의 노래가 해당 편목에서 과연 중심적인 존재로 작용하지 못하고, 서사기록의 일부로 파묻혀 있는 것인지 검증해 보기로 하자.

제 35대 경덕왕 말년인 24년, 오악삼산의 신이 이따금 대궐 뜰에 모습을 나타내는 불상의 사건이 일어나는 것으로 편목의 서사는 시작된다. 이에 왕은 귀정문 누상에 거둥하여 충담사를 만난다. 왕은 그가 「찬기파랑가」로 유명한 낭승 겸 향가 작가임을 알고 백성과 나라의 평안을 염원하는 노래를 지으라고 하명한다. 오악삼산의 신이 나타나는 변괴가 상징하듯, 당시 신라는 태종무열왕의 법통을 이어받은 중대 왕권이 그로부터 불과 20여 년 뒤 정권을 쟁탈하여 신라의 하대(내물왕계)를 여는 반 왕권파의 도전을 받으면서 어렵게 나라를 유지하고 있었다. 이러한 정치적 불안에 경제적인 곤경까지 겹쳐서 국가는 위기에 직면해 있었고 백성들의 삶은 안정을 잃고 있었다. 심지어는 불안함을 이기지 못한 일부 백성들이 일본으로 삶의 터전을 옮기는 일도 일어났다. 이에 왕은 귀정문 누상에 행차하였고, 거기서 충담사로부터 「안민가」를 받아들게 된 것이다. 여기까지가 「경덕왕·충담사·표훈대덕」조의 전반부가 된다. 「안민가」는 그 전반부 끝에, 조목 전체로 보아서는 중간에 놓여 있다. 그리고 「찬기파랑가」가 그 바로 뒤를 잇고 있다. 줄거리는 이와 같거니와 소소한 삽화가 있으나 관심권 밖에 두어도 상관이 없다.

이제 묻기로 하자. 「안민가」가 조목에 부수된 일부인가. 아니면 전반부 조목 전체를 아우르고 있는 노래인가. 「안민가」가 생산되기까지의 경위를 밝히기 위해서 그 앞부분에 서사기록이 놓여 있는 것인가, 아니면 서사기록을 부각시키기 위해서 「안민가」를 마치 부록 삼듯 후첨한 것인가. 「안민가」는 지엄한 왕명에 의해서 지어진 것이고 그것 때문에 「경덕왕·충담사·표훈대덕」조가 형성된 것인데 이를 가볍게 여길 수 있을까. 이 몇 가지 물음에 대한 해답은 이 글을 읽는 독자들에게 위임키로 한다.

조목의 후반부는 자못 흥미로운 내용으로 구성되어 있다. 그러나 실인즉 신라 중대가 비극적으로 막을 내리는 일련의 사건과 그 시말을 기록한 것이라서 어두운 분위기를 조성하고 있다. 경덕왕의 뒤를 잇게 될 막중한 임무를 짊어진 혜공왕의 출생 설화 – 여아로 태어나게 되어 있다는 사실을 표훈대덕을 통하여 전해 들었으나 천제의 이 말을 어기고 끝내 남아를 원한 경덕왕의 집착과 고집 – 바라는대로 사내아이를 얻었지만 어릴 때부터 계집아이 행세를 하는 혜공 – 이런 상태로 8세에 즉위(36대) – 정치가 바로 되지 않고, 도적이 봉기하여 나라가 위태로워짐 – 결국 기회를 엿보던 김양상에게 혜공왕은 죽임을 당함. 김양상 그가 곧 하대 선덕왕임.

이것이 곧 서사 후반부를 요약한 것이다. 언뜻 읽으면 「찬기파랑가」는 물론 조목의 핵심이 되는 「안민가」와 문맥 연결이 전혀 안 되는 것으로 이해할 수 있다. 하지만 이는 깊이 숙독하지 않은 결과라고 단언한다. 중대 왕통의 멸망, 이것이 후반 기록의 주제이거니와 이는 막바로 전반부의 「안민가」 및 그와 연관된 서사문과 직결되고 있음을 부인할 수 없다. 경덕왕이 왜 「안민가」를 얻고자 하였던가, 후반기록에서와 같은 왕조의 참변과 비극을 예방코자한 것이 아닌가. 그렇다면 후반부의 사건은 전반부와 별도의 것이 아니고, 「안민가」와 연결되어서 같은 선상에 놓일 수 있는 것임을 쉬이 알 수 있다. 그러므로 재차 강조하거니와 「경덕왕·충담사·표훈대덕」의 모든 기록은 「안민가」와 직·간접적으로 연결되며 따라서 「안민가」는 조목 그 자체라 해도 과언이 아니다. 그 옆에 놓여 있는 「찬기파랑가」는 '안민'을 갈망한 왕과 충담사를 이어주는 결정적인 기능을 발휘하였으니 넓게 보면 이도 「안민가」의 문맥에 연결되어 있다고 해석해도 좋으리라.

4) 「서동요」·「모죽지랑가」

「무왕」조에 올라 있는 「서동요」는 또 어떠한가. 널리 알려진 바와 같이 「서동요」는 백제의 떠꺼머리 총각인 서동과 신라 진평왕의 셋째 공주인 선화가 부부의 인연을 맺게 한 계기 동요다. 그리고 「무왕」조의 기사는 그들 두 남녀가 정을 통하여서 부부가 된 이후 백제에 들어가 황금을 캐내어 인심을 얻어서 왕이 된 대목과 서동, 곧 무왕이 왕후가 된 선화의 청을 받아들여서 용화산 밑 큰 못을 메워 평지를 만든 뒤 그곳에 미륵사를 세운 내용으로 채워져 있다.

필자는 「서동요」와 「무왕」조와의 관계를 서로 다른 두 가지 관점에서 읽는다. 첫째, 동요로 된 향가인 「서동요」가 그 뒤를 잇고 있는 모든 화소의 발생의 단초인 점을 감안할 때 이 노래가 이를테면 「무왕」조 전체의 대표성을 지니고 있다는 견해다. 만약 「서동요」가 없었다면 두 남녀가 부부가 되는 일도, 그리고 서동이 백제의 왕이 되는 일도, 미륵사가 창건되는 일도 없었음은 긴 설명을 필요로 하지 않는다. 그러므로

「무왕」조는 모든 사건의 시발이 되는 「서동요」가 중심에 놓여 있다고 보아야 한다. 그것은 삽입가요의 수준을 뛰어 넘는다.

둘째, 「무왕」조는 「서동요」 및 그것과 직접 관계가 있는 삽화와 서동이 왕위에 등극하기까지의 이야기, 그리고 미륵사 창건에 얽힌 설화, 이렇게 여러 토막으로 구성된 기록의 집합이라는 것이다. 따라서 「무왕」조는 「서동요」를 그 일부로 수용하고 있는 조목으로 보아도 큰 하자가 없다는 것이다. 『삼국유사』에 향가가 들어가 있는 조목을 놓고 향가의 부분적인 삽입설을 주장하는 연구자들의 견해와 같은 것으로 보면 된다. 이 두 가지 가운데서 잠시 불리하지만 전략상 일단 후자를 택하기로 한다. 그리고 이에 관한 최종적인 견해는 후설키로 하겠다.

「모죽지랑가」를 담고 있는 「효소왕대 죽지랑」조를 보자. 이 조항은 사건과 사건이 이어지고 있음에 따라 기록의 내용이 다소 복잡한 양상을 보여주고 있다. 그 골자를 간추리면 죽지랑의 낭도인 득오가 모량부의 당전인 익선에게 차출되어 강제로 노역을 하게 됨 – 이 소식을 듣고 그의 상사이자 통삼의 공로가 지대하며 또한 진덕왕 이후 4代에 걸쳐 재상의 직을 역임한 죽지랑이 부하를 거느리고 면회를 감 – 죽지랑이 익선에게 득오의 휴가를 청하였으나 거절당함 – 그때 사리(使吏)인 간진이 옆에서 그 광경을 보고 선비를 중히 여기는 죽지랑에게 감동하여 익선에게 뇌물을 주고 득오의 휴가를 받아냄 – 조정의 화주가 이 소식을 듣고 도망간 익선을 대신하여 그 아들에게 벌을 내려 추운 겨울 날씨에 못에 들어가 죽게 함 – 사건은 더 커져서 왕이 알고 익선의 원적지인 모량부 출신들이 관료·승려가 되는 길을 막게 하는 등 철퇴를 가함 – 그의 부친 술종공이 죽지랑을 얻을 때의 탄생 설화 그리고 죽지랑이 신라를 위해 문무 양면에서 공헌한 이력 – 「모죽지랑가」. 이렇게 짜여져 있다.

필자는 일찍이 이 조목을 단순하게 해독하지 않고 삼국통일 이후 화랑단 세력의 쇠퇴과정을 득오 – 익선 – 죽지랑 등의 인물을 통해 의미심장하게 그려 놓은 것으로 분석한 바 있다. 「모죽지랑가」 또한 그러한 과정에서 잉태된 울울한 노래로 인식하였다. 이런지라 「효소왕대 죽지랑」조를 오직 향가 작품만이 그 전체를 이끌고 있는 것으로 판단하는데는 무리가 있다. 전체가 아닌 부분으로서의 「모죽지랑가」라는 주장이 설득력이 있다고 일차 결론을 내릴 수 있다. 그러나 조목 말미에 마치 서사기록 전체를 마무리 짓고자 하는 양 놓여 있는 「모죽지랑가」가 결국 「효소왕대 죽지랑」조를 대표하는 것으로 판단할 수 있는 여지 또한 충분히 있다고 사료된다. 이 조목은 요컨대 죽지랑과 득오의 상하관계가 핵심을 이루고 있다. 「모죽지랑가」는 그러한 관계의 한 축인 득오가 다른 한 축인 죽지랑의 실세한 모습을 묘사하면서 그의 찬란했던 과거를 회상하며 향후 어떠한 역경이 있어도 상사의 정신을 이어가겠다는 각오를 피력하고 있다. 복잡하게 얽혀 있는 앞부분의 모든 것을 정리하는 기능이 향가에 수렴되어 있다고 보면 이 또한 「모죽지랑가」의 위상을 삽입가요로 격하시키는 관점에 무리한 점이 있다고 생각할 수 있다. 하지만 이 경우도 앞의 「서동요」-「무왕」에서처럼 전략상 일단 불리한 위치에 놓은 뒤 다시 뒤에서 재론키로 하겠다.

5) 「처용가」

앞의 장에서 찬을 동반하고 있는 6편을 살핀 것, 그리고 이 장에서 더듬어 본 6편을 제외하면 2편이 남아 있다. 그 하나인 「처용가」와 「처용랑 망해사」조도 서사기록이 여러 화소로 짜여져 있어서 단순한 것이 아니고 그리하여 「처용가」를 그 조목의 전체라고 강변할 수 없음을 인정한다. 그러면서 「처용가」를 제외한 여러 갈래의 삽화들 또한 각기 부분에 불과하다는 점을 상기할 때 그렇다면 조목의 모두를 장식하면서 그 뒤의 사건·사연들을 있게 한 「처용가」를 조목의 윗 자리에 놓게 하는 것이 무리한 처사만은 아니라는 생각도 할 수 있다. 그러나 이 또한

「처용가」의 부분적인 삽입설을 일단 받아들이고 다시 후설키로 하겠다. 「헌화가」와 「수로부인」조도 이 부류에 속하도록 한다.

4. 산문기록을 거느린 향가

앞장에서 검증한 바를 정리하기로 한다. 편의상 찬을 동반하고 있지 않은 8편 중 먼저 논한 「혜성가」·「원왕생가」·「안민가」·「찬기파랑가」 등의 4편을 A군으로, 이들 노래와 구별해서 살핀 「서동요」·「모죽지랑가」 및 설명을 생략하고 이 2편과 동일한 성향의 노래로 넓게 간주한 「처용가」·「헌화가」 등 4편의 작품을 B군으로 이르기로 한다. 한편 찬이 수반되어 있는 「도솔가」·「제망매가」 등의 6편을 C군 으로 정하기로 한다.

A군을 검토하자. 이렇게 운을 떼지만 실인즉 A군에 대해서는 상설할 것이 별로 없다. 위에서 풀이한 바로도 향가가 해당 조목의 부분 삽입이 아니라는 점이 충분히 입증되었다고 본다. 다만 수다스러움을 무릅쓰며 거듭 토를 달고자 하는 것은 이 경우 '거시적인 관점'에서 향가와 서사기록의 관계를 조명해야 현상을 제대로 파악할 수 있다는 점이다.

B군에 대해서 결론을 내리기로 하겠다. 위에서 필자는 B군에 속해 있는 향가가 해당 조목의 간판이 될 수 있는 자격을 갖추고 있지 않은 것은 아니나 여타의 삽화 혹은 화소들의 勢가 무시할 수 없을 정도이므로 일단 그쪽에 무게를 싣고 향가는 뒤로 물러나게 하였다. 바꿔 말해서 향가는 서사기록의 일부에 지나지 않는 것으로 잠정 결론을 지은 셈이다.

그렇게 잠시 내린 결론을 논의의 마무리를 짓는 이 단계에 이르러 필자는 재고할 필요성을 강하게 느낀다. 이에 이르기까지는 우리 모두가 꼭 견지하여 할 공동의 '사관(史觀)'이 작동하였음을 밝힌다. 일반적으로 말하는 '사관'은 연구자마다 각기 지니고 있는 독특한 역사적 관점임을 모르지 않는다. 그러나 비록 드물지만 특별한 경우에 연구자 모두가, 이를 확장하면 민족 전체가 공유해야 할 각별한 사관이 존재한다는 점도 우리는 잘 알고 있다. 일견 비합리적인 것으로 보일지라도 민족사의 차원에서 재단할 때 반드시 우리의 역사로 수렴해야 하는 사상(事象)이 있다는 점을 인식하고 인정해야 한다는 뜻이다.

향가를 바라보는 공동의 사관은 무엇인가. 말로는 향가의 문학사적 가치와 장르의 독립성을 운위하면서 서사기록에 둘러싸여 있는 것에 그만 경도된 나머지 생각을 바꾸는 식으로 그렇게 가볍게 보아서는 안되며 매우 특별하게 대해야 마땅하다는 것이다. 향가가 표면상 어떤 기록에 부수된 듯 보일지라도 『삼국유사』의 다른 조목의 기록과는 달리 이를 특별한 것으로 규정하여 그 독립성을 인정해야 한다는 것이다. 향가의 특이한 전승양상을 서사기록 쪽에 유리한 방향으로 이끌어서는 곤란하다는 것이다. 만약 향가집 『삼대목(三代目)』이 작품만을 수록하지 않고 『삼국유사』식으로 산문기록과 함께 향가를 수집해 놓은 것이라면(그렇게 되었을 가능성을 배제할 수 없다) 그때에도 삽입가요 운운할 수 있겠느냐는 것이다.

향가가 어떤 노래인가. 향찰이라는 특수한 문자로 표기된 우리 문학 여명기의 '아주 특별한 시가(詩歌)'가 아닌가. 이 장르에서부터 후대의 여러 형태의 시가문학이 파생된 것이 아닌가.

향가가 자리를 잡고 있는 편목은 그 자체만으로도 다른 편목과 달리 다루어야 할 이유가 바로 여기에 있다. 『삼국유사』에 '단군신화'가 실려 있어서 더욱 민족의 古典이듯이 거기에 '향가'가 수록되어 있어서 또한 극진한 대우를 받고 있음을 누구도 부인할 수 없으리라. 단군신화와 향가, 이 둘은 『삼국유사』의 핵심이요, 이른 시기 우리 역사의 백미가 아닌가. 여기에는 극단으로 말하자면 논리적인 해석도, 과학적인 분석도 통용되지 않는다. 단군신화를 무슨 수로 논리적으로 풀 수 있는가. 그런 비합리적인 것을 우리는 한국사의 첫머리에 올려놓고 있지 않은가. 그것은 논리와 과학을 초월한 그런 역사요 문학이다.

이런 사관을 전제로 하고 단군신화를 읽듯 향가도 읽어야 한다. 그런 관점을 유지하면서 읽을 때, 「서동요」·「모죽지랑가」·「처용가」·「헌화가」 등 서사기록을 우위에 놓고 향가를 종속적으로 잠정 처리한 우리의 접근이 타당하지 않은 것임을 알 수 있다. 동어반복이지만 향가는 그렇듯 가볍게 다룰 대상이 아니다. 다시 과하게 표현하자면 부분은 물론 전체의 경계선조차 뛰어넘어 경계 밖에 돌올(突兀)하게 존재하는 것, 바로 그런 것이라 할 수 있다. B군의 작품까지도 A군의 노래들의 성격 및 위상과 다르지 않는 것으로 최종 정리코자 하는 이유가 바로 여기에 있다.

찬이 수반되어 있는 C군의 텍스트들은 또 어떻게 조명해야 할 것인가. 이에 대해서는 찬을 살필 때 간접적으로나마 미흡함이 없이 증명한 바 있다고 생각한다. '향가조'에 놓여 있는 「도솔가」·「제망매가」 등을 비롯하여 「도천수대비가」·「우적가」·「원가」 등이 각기 독립성을 확보하고 있으므로 우리는 이들 작품을 A군에 내포시키는데 주저할 필요가 없다.

향가의 장르적 정체성, 독립성 등 모든 것을 존중하나 서사문맥과 관련해서는 그것이 해당 조목을 대표할 수 없다고 강하게 주장하는 견해는 그래서 재고할 필요가 있다고 생각한다. 향가를 '삽입'가요로 간주하면 결과적으로 향가의 위격을 떨어뜨리는 셈이 된다.

본고의 논제, 곧 향가의 찬과 산문기록이 지배적으로 많은 조목과 관련된 향가의 성격 및 위상을 어떻게 볼 것인가 하는 문제를 향가 연구의 외곽에 해당되는 것으로 간주하는 견해가 있을 수 있다. 그런지라 중요성에 있어서 무게감이 뒤떨어진다고 주장하는 학자도 있을 수 있다.

그렇다고 관심권 밖에 방치한다면 이런 무책임한 대응과 처리가 달리 없을 것이다. 설혹 향가 연구의 핵심은 아니라 할지라도 이 또한 마땅히 논의해야 할 가치가 있는 과제이기 때문이다. 일연의 찬시(물론 『삼국유사』에 올라있는 49~50편 모두를 말하는 것이지만 여기서는 편의상 향가의 것에 한정함)만 하더라도 향가를 수록하는 것만으로 만족하지 않고 그 자신이 감동한 바를 창작시로서 술회함으로써 향가 작자와 마찬가지로 문학 행위를 하였다는 점에 우리는 높은 점수를 주고자 한다. 그 결과 『삼국유사』는 사서(正史類와 성격이 완전히 다른)의 정체성을 견지하면서 편찬자의 문학적인 취향도 가미된 특별한 문헌으로 남게 된 것이다. 史評이 아닌 讚詩의 첨부, 이것은 균여의 「보현십원가」나 이를 한시로 옮긴 최행귀의 번역시와 비록 성격은 다르되 그것들과 수평선상에 놓일만한 작품이라고 규정할 수 있다. 그런 찬에 원텍스트인 향가가 어떻게 반영되었는지를 검증하는 이 작업이 외곽에 관심을 두었다는 이유만으로 가볍게 평가될 수는 결코 없다고 필자는 자평한다.

향가와 산문기록과의 관계도 마찬가지다. 어느 의미로는 일연의 찬보다 훨씬 더 관심을 둬야 할 무거운 문제라고 생각한다. 우리 문학의 원류요 남상인 향가를 어떻게 대우할 것인가 하는 문제와 관련이 있기 때문이다. 산문기록을 동반한 그 특수한 전승과정 때문에 향가는 현대 연구자들로부터 제 값을 제대로 인정받으면서도 마치 집주인이 곁방살이를 하는 신세로 격하되는 일을 가끔 겪는다. 이 두 가지 과제를 필자는 가까이서 그리고 멀리서 바라보며 풀고자 하였다. 본론에서 언급한 거시적·미시적 관점이니 또는 특별한 사관이니 하는 것이 바로 이에 해당된다.

여러 번 말한 바와 같이 가까이에서 미시적인 분석으로 이끌어낸 결론이 완전히 틀린 것이라고는 강변하지 않겠다. 다만 나무 전체를 보지 않고 숲만 보고 산을 평가하는 것과 같은 학설이라는 점만은 지적하고자 한다.

본고는 그 한계를 탈피코자 노력하였다. 전고에서는 개별 작품을 일일이 읽는 과정을 밟지 않았는데 이번에는 번잡함을 무릅쓰고 세독하였다. 이것이 곧 미시적인 접근임은 재언이 필요치 않다. 여기에 거시적인 독법을 첨가하여 가까이에서 판단한 바의 부족한 섬을 보완코자 노력하였다. 멀리 떨어져서 거시적으로 해석하는 방법은 다시 두 가지 방향에서 실현코자 하였다. 찬시 및 산문기록과 함께 하고 있는 향가, 이 둘의 전문을 넓은 안목으로 읽는 방식과 그러한 텍스트의 독해에서 벗어나 민족문화사의 큰 흐름에서 본 '史觀'(향가관)을 대입시켜서 결론을 이끌어내는 방법론이 바로 그것이었다.

향가 도입부의 발화 양상

글의 첫머리를 어떻게 시작하느냐를 놓고 산문이든 운문이든 글을 쓰는 사람은 무척 고민한다. 운을 뗐다가 마땅치 않아서 지우고 새로 쓰는 일을 반복하는 경우는 허다한 일이고, 심지어 며칠을 고심한 끝에 겨우 도입부의 몇 줄을 채우는 일도 드물지 않다. 장르를 막론하고 문장의 序頭는 그만큼 글 쓰는 이가 신경을 쓰는 아주 예민한 부분이다. 도입부가 제대로 잘 풀려야 글 전체의 서술이 순조로울 수 있다고 믿기 때문이리라.

시인이나 소설가에게 물어보면 서로 자신들의 어려움이 심하다고 토로하겠지만 제삼자가 보기에는 시인의 고충이 더 크지 않을까싶다. 언어의 절제와 압축을 통해 짧은 문장으로 미를 창조해내는 시의 경우, 작품의 전체는 물론이고 특히 첫마디를 무슨 말로 시작하느냐의 여부에 따라 문학적인 수월성이 좌우될 수 있기 때문에 더욱 신중을 기하며 起筆하리라고 보기 때문이다. 첫마디, 첫줄을 보면 시의 수준을 짐작할 수 있다는 말이 이래서 나온 것이리라.

본고는 이런 생각을 바탕에 깔고 이른 시기의 우리 시가문학인 향가는 과연 어떤 방식으로 도입부를 열었는지를 개별 작품의 독해를 통해 살피는데 목적을 둔다. 향가시대인들 어찌 요즘과 다를 수 있었으랴. 그때 시를 짓던 사람들도 작품의 첫머리를 어떻게 장식할 것인지를 놓고 고심하였을 것이다. 기록에 따르면 향가의 대부분은 즉흥시로 되어 있다. 그렇지만 특별한 소수의 예를 제외하면 기록과는 달리, 아주 짧은 순간이지만 생각의 일정한 숙성과정을 거쳐 생산된 노래들로 봄이 옳다. 그런 작품들을 포함하여 설사 순발적으로 읊은 노래들 까지도 첫마디를 발화하는데 예사롭게 운을 떼지는 않았을 것이다. 이런 作詩(歌)의 첫 진통과정을 필자는 중시한다.

고통이 따르는 과정을 거쳐 태어난 서두이니 거기에는 필시 시인의 독특한 사유가 내포되어 있을 것이다. 첫머리 부분의 내용에 따라 작품의 중간과 결말이 연결되어 결정되기도 하고 역으로 이미 시의 결론을 내린 상태에 따라 도입부가 시작되는 예도 있을 것이다. 그것이 작품 전체에서 어떤 의미를 지니고 있는지도 짐작할 수 있을 것이다. 개별 작품의 서두는 몇 개의 유형으로 분류되어서 도입부의 여러 특성이 드러나리라 기대할 수도 있다. 이런 점들을 예상하면서 본고가 작성되었음을 밝힌다. 논문의 질 여부를 떠나서 흥미로운 논제라고 필자는 생각한다.

『삼국유사』에 전해오는 14편 중 4행체 작품 4편을 제외하고 10편을 대상으로 삼되 필자가 정한 분류 기준에 따라 둘, 또는 세 편의 노래를 하나의 그룹으로 묶어서 살펴본 뒤, 굳이 요약·정리가 필요 없는 기원가를 제외한 여타의 묶음은 그때마다 小結을 맺기로 하겠다.

1. 기원가 계열 - 「원왕생가」·「도천수대비가」

「원왕생가(願往生歌)」와 「도천수대비가(禱千手大悲歌)」는 기원가라는 점에서 성향을 같이 하는 작품이다. 기원가의 개념과 그 폭을 넓게 잡아 놓고 보면 이 두 편의 노래 이외에도 여러 편의 향가 작품이 더 보태질 수 있다. 어떤 성격이든 화자의 소원과 원망(願望)이 담겨져 있다면 종교성의 여부와 상관없이 넓은 의미로서의 기원가로 규정할 수 있기 때문이다. 그럼에도 위 두 편만을 떼어서 하나로 묶은 까닭은 기원가가가 불교적인 발원을 공유하고 있는 점이 다른 노래들과 구별되기 때문이다.

「원왕생가」는 30대 문무왕 때 광덕이 지은 노래다. 그는 분황사 서쪽 마을에 은거하면서 생업으로 신 삼는 일을 하며 가난하게 살던 사문(沙門)이었다. 부부생활을 하면서 십여 년 동안 하룻밤도 잠자리를 함께 한 적이 없는 청정한 수도승이었다. 그가 소원한 바는 하루라도 빨리 세속의 생활을 접고 서방 정토에 왕생하는 것이었다. 그러기 위해서 광덕은 매일 밤 몸을 단정히 하고 正坐해서는 아미타불을 칭호하며 밝은 달빛이 창에 비치면 수시로 그 빛에 올라 그 위에서 가부좌하기를 게을리 하지 않았다. 「원왕생가」는 바로 그러던 어느 날 밤에 지은 노래다. 사바세계와의 인연을 끊고 아미타불의 구제력에 인도되어서 왕생극락하는 것, 이것만이 그가 바라던 소망이었고 신앙적인 삶의 지향점이었다. 따라서 그가 부른 「원왕생가」의 궁극적인 귀착도 정토 기원에 있었음은 재언이 필요치 않다. 그 첫머리의 넉줄을 광덕은 다음과 같이 읊고 있다.

> 달아 이제
> 서방까지 가시겠습니까
> 무량수불전에
> 일러다가 사뢰소서

화자는(여기에 인용하지 않은) 작품의 중간 부분에서 평소 합장하며 왕생을 염원하는 기도생활을 하고 있노라고 진술하고 있다.

그에게는 달의 존재가 비원을 성취시켜주는 매개체로 인식되었고 그래서 노래의 모두를 서쪽으로 지는 달을 우러러보며 간접 청원하는 방향으로 이끌었다고 본다. 자신이 늘 왕생을 기원하며 수도생활을 하고 있다는 사실을 아미타불에게 전하여 달라는 애원의 부탁이었다. 이것이

「원왕생가」의 서두가 말하고자 하는 취지다.

인용한 작품의 서두에는 그가 아미타불에게 무엇을 기원할지 그 자세한 내용은 밝혀져 있지 않다. 그것은 이어지는 중간 부분에서 피력할 것으로 남겨 놓고 우선 먼저 달에게 막연히 청원하는 것으로 노래의 첫머리를 시작하였다. 워낙 존엄한 부처라서 그랬을까. 어쨌든 아미타불에게 직접 청원하지 않고 중간 매개체인 달을 통해 자신의 비원이 이뤄지기를 기원하는 방식이 이른 시기에 이 노래에서 비롯되었다는 사실을 재확인해 둔다. 같은 달이되 어두운 밤길을 비춰달라는 뜻을 담아 부른 「井邑詞」의 그 달과 피안으로 이끌어달라는 기원을 담아 부른 「원왕생가」의 신성적인 달이 같지 않음은 재언이 필요치 않다.

「도천수대비가」는 35대 경덕왕때 한기리에 사는 아낙인 희명이 손수 지어서 아들로 하여금 부르게 한 노래다. 일개 부녀자가 향가를 지었다는 사실이 놀랍다. 입으로 짓기는 하였으나 아마도 구전되어 오다가 어느 시기쯤에 누군가에 의해서 향찰로 정착된 것이 아닌가싶다. 창작 동기는 이렇다. 희명의 아이가 태어난 지 다섯 해가 되자 갑자기 눈이 멀었다. 어느 날 그 어미가 아이를 데리고 분황사 서쪽 左殿 북쪽 벽에 그린 천수대비 앞에 나아가서 아이를 시켜 노래를 부르게 했더니('令兒作歌'라 한 삼국유사의 기록을 '令兒唱歌'로 고쳐서 읽음) 마침내 밝음을 찾게 되었다. 모자의 간절한 기원에 관세음보살도 마침내 감응하였던 것이다. 10행체로 된 노래의 전반을 아래에 옮긴다.

> 무릎을 곧추며
> 두 손 모아
> 천수관음전에
> 빌며 祈求합니다

이 노래의 첫머리는 기원의 현장을 自述하는 것으로 시작된다. '분황사 천수대비 畵像앞'으로 특정되어 있어서 거처하는 방안에서 읊은 「원왕생가」와 차별성을 보여주고 있다. 어느 장소에서 노래하였느냐하는 문제가 화자의 심정이나 작품의 곡진성을 재단하는 척도는 될 수 없다. 그럴지라도 엄숙하고 신성스러운 분위기를 조성하는 데는 사찰 경내가 훨씬 우월하다는 점만은 쉽게 이해할 수 있다. 그렇듯 경건하기 이를 데 없는 장소에서 화자는 구구한 사설을 늘어놓지 않고 다만 무릎을 꿇고 합장하며 기구하는 자세를 취한다. 화자의 이런 태도를 우리는 祭儀의 첫 절차로 이해하고자 한다. 이런 점은 동일한 기원가인 「원왕생가」의 화자가 가부좌를 한 상태와 변별된다. 제의의 행위로서 자신의 절박한 속내를 표현하였다는 이 점이 「도천수대비가」 서두의 가장 현저한 특징으로 꼽힌다고 하겠다.

물론 노래의 중간 부분 이하에서 그도 말로서 관음보살에게 밝음을 베풀어달라고 청원한다. 그렇게 하는 것이 당연한 절차이리라. 어떻게 첫머리에서부터 소원하는 바를 토설할 수 있으랴. 「원왕생가」도 본론은 숨겨둔 채 그저 막연하게 달을 향해서 운을 떼는 형식을 취했음을 상기할 필요가 있다. 그런데 「도천수대비가」는 한 걸음 더 나가 무언의 제의적인 자세를 취하면서 합장·기구한다는 사실만 진술하고 있어서 달을 향해 이러저러한 말을 건네는 「원왕생가」의 청원과는 다소 구별된다. 어느 쪽이 효과적인 기원인지를 가려내는 일은 요컨대 어리석은 짓이다. 각기 특색이 있는 방식으로 보아야 한다.

화자가 소망하는 바가 담겨있는 본사를 견인하기 위한 서두로서 두 편의 노래는 말로서의 청원이든 제의 위주로서의 청원이든 지극히 긴장된 가운데 각기 속내를 드러내고자 하였다. 정토에 태어나는 일이나 광명을 되찾는 일이나 모두 인력으로는 이룰 수 없는 일이고 오직 神力에 의해서나 가능한 일이므로 광덕과 희명은 가느다란 희망의 끈을 잡고 초조감에 사로잡혀 달을 향해서, 또는 천수관음 앞에서 노래의 도입부분을 가장 간절하게, 가장 공손하게 진술하고 있다. 부처와 보살에게 바치는 시적인 청원의 도입부는 대범 이와 같았다.

결사와 비교해 보면 도입부의 성격이 재차 확인된다.

> 아으 이 몸 남겨두고
> 四十八大願 이룰 수 있을까
>
> 아으 내게 끼쳐 주시면
> 놓되 쓰올 자비여(얼마나) 큰고

앞의 것은 「원왕생가」, 뒤의 것은 「도천수대비가」의 마무리 부분이다. 「원왕생가」에서 화자는 아미타불이 성불하기 전 법장보살로 있을 때, 세자재왕불에게 맹세한 사십팔대원을 거론한다. 그 중 하나인 염불왕생원에서 법장보살, 곧 아미타불은 모든 중생을 극락왕생케 하겠노라고 맹세한다. 화자는 이 대목을 붙잡고 아미타불에게 매달리며 묶어 놓는다. 「도천수대비가」의 화자는 이와는 다른 목소리로 소원을 빈다. 관세음보살의 시혜가 실현되는 순간을 가상하면서 그 놀라운 위력에 미리 감사하는 마음을 표시한다. 하나는 절박한 집착, 다른 하나는 이루어질 것에 대한 선행적 감탄, 이렇게 표현은 달라도 비원의 성취를 바라는 간절한 마음은 같다.

이렇듯 끝마무리에 가서는 더 이상 참을 수 없다는 듯, 더 이상 기다릴 수 있는 인내력이 없다는 듯 사뭇 몸부림치지만(?) 그 처음 시작은 살펴본 바와 같이 말로서나 제의로서나 경건과 공손함으로 일관한다. 그것은 새벽녘 절집의 타종소리와 같은 것이다. 첫 소리는 여명에서 이른 새벽으로 옮기는 과정이니 은은하고 조용하게 종을 치고 그러다가 새벽에서 이른 아침으로 시간이 옮기는 뜻으로 점차 큰 소리가 나도록 치는 그 타종소리를 연상케 한다는 뜻이다. 두 편의 서두는 이를테면 조심스럽게 치는 종소리요 그 말미는 세상을 깨울 수 있는 풍부한 음량을 지닌 종소리다. 시작은 조복(調伏)의 자세로, 그러다가 마무리에 이르러서는 강음을 발함으로서 전후 대조를 이루는 효과를 거두는데 도입부가 그 한 쪽을 차지하고 있다고 해석할 수 있다.

2. 치리(治理)·교술 계열 – 「혜성가」·「안민가」·「우적가」

1) 「혜성가」

「혜성가(彗星歌)」는 흉조를 알리는 별을 퇴치하기 위해서 지은 노래이고, 「안민가(安民歌)」는 백성을 편안케 하고 나라를 안정시키기 위해서 지은 노래다. 「우적가(遇賊歌)」는 도적떼를 감동시켜서 그들의 인생행로를 바꿔 놓은 작품이다. 이렇게 한 곳에 모아 놓고 보니 세 편의 노래가 각기 내용을 달리하는 작품들이어서 하나로 묶기가 곤란하다는 판단이 앞선다. 그럼에도 한 자리에 앉게 한 까닭은 「안민가」를 중심에다 놓고 따진다면 그것과 「혜성가」는 치리가계열의 향가이고 「우적가」와는 교술성이라는 측면에서 또한 연결되므로 결국 세 편이 상호 교차되는 가운데 직·간접적으로 통한다고 판단하였기 때문이다. 「혜성가」에 주술성이 내포되어 있음을 모르지 않으나 그 주술성의 궁극적인 효용이 하늘의 변괴를 '다스리고자' 하는데 있으므로 치리가로 규정하는데 무리가 없다. 이를 종합해서 말한다면 개인적인 서정의 영역에서 벗어나 世事나 사회성이 이 작품들을 동일하게 관통하고 있는 점에 유의하였다고 보면 된다.

「혜성가」는 26대 진평왕때 낭승인 융천사가 지은 최초의(현전 작품만을 놓고 볼 때) 10행체 향가다. 『삼국유사』관계기록에 따르면 居烈郎 등 세 화랑이 낭도를 거느리고 풍악으로 가서 놀고자 하던 참이었다. 그

때 갑자기 상스럽지 못한 혜성이 나타나 心大星을 범하는 사태가 발생하였다. 심대성을 범하였다는 것은 신라, 또는 신라국왕을 해치려는 징조이다. 실로 중대한 사건이 아닐 수 없었다. 이에 화랑단의 정신적 교련사(敎練師)이며 각종 의식의 주제자인 융천사가 이 노래를 지어 부르니 하늘의 변괴가 즉시 사라지고 내침하려던 일본병도 되돌아갔다고 적혀 있다. 혜성의 나타남이 왜병의 침략과 직접 관계가 되어 있음을 알 수 있고, 따라서 「혜성가」의 창작 동기가 저들 외적을 퇴치코자 하는데 있었음을 또한 쉽게 간파할 수 있다.

기록만을 놓고 볼 때 「혜성가」의 창작동기와 그 결말은 이처럼 간명하다. 하지만 과연 그때 왜병이 정말 쳐들어왔는지의 여부 및 관계기록과 작품의 사설, 그리고 그때 과연 혜성이 하늘에 나타났는지, 이 몇 가지를 모두 연결시켜서 꼼꼼히 고증하면서 들어가면 노래를 어떤 관점에서 읽고 이해하여야할지 참으로 어려운 난관에 봉착하게 된다. 복잡하고 어렵기 짝이 없을 뿐만 아니라 학설도 구구한 이 문제를 이 자리에서 상론하는 일은 감당하기도 쉽지 않고 또한 적절치도 않다. 이 문제는 「혜성가」의 종합적인 고찰에서나 따질 과제이고, 본고에서는 여러 견해를 두루 참고하고 필자의 소견도 일부 가미시킨 뒤 도입부의 특질을 규명키로 하겠다.

먼저 풀어야할 과제는 텍스트와 컨텍스트의 불일치다. 컨텍스트에서는 혜성의 출현도, 왜병의 내침도 모두 실제로 일어났던 일로 기록하고 있다. 텍스트는 그렇지 않다. 혜성의 출현도, 왜군의 침략도 없었다고 진술하고 있다. 즉 착각·오판으로 처리해 버렸다. 이 중 어느 쪽에 무게를 두어야할 것인가. 컨텍스트의 기록을 중시하기로 한다. 진평왕 때 실제로 혜성이 세 번 나타난 예가 있었음을 외면할 수 없고, 신라때 왜군의 침노는 그 규모가 크고 작은 것이 문제였을 뿐 빈번하게 발생했던 일이니 이 또한 무시할 수 없는 그 시대의 현상이었다. 기록 그대로 왜군이 쳐들어 왔다면 화랑단과의 교전이 있어야했을 터인데 컨텍스트에서는 밑도 끝도 없이 일본병이 되돌아갔다고 짧게 언급해 놓고 있다. 이는 저들이 침노는 하였으되 「혜성가」의 마력이 발휘되고 또한 화랑단의 위세에 눌려 싸우지도 않고 물러난 無戰而退의 결과로 해석키로 하겠다.

이렇게 정리해 놓고 보니 컨텍스트와 일치하지 않은 텍스트가 다시 문제로 대두된다. 그렇다고 텍스트를 근거가 없는 것으로 규정하여 폐기시켜야 할 것인가. 결코 그렇지는 않다. 기록문 이상으로 그것은 아주 중요한 노래로 남아야 한다. 그런 불일치가 「혜성가」의 특성임을 결론삼아 우선 밝혀 놓고 작품의 앞부분을 옮기기로 한다.

> 예전 동해 물가 건달파(乾達婆 · 신기루)가
> 놀던 城을 바라보며
> 倭軍이 왔다고
> 봉화를 든 邊方이 있어라

「혜성가」의 도입부에서는 이 노래를 있게 한 '혜성 출현'에 관해서는 일체 언급하지 않고 착각으로서의 왜병의 내침에 대해서만 거론하고 있다. 그것은 당연한 서술이었으리라. 요컨대 일본병의 침략이야말로 퇴치시켜야할 초미의 과제였기 때문이다. 혜성의 출현은 실인즉 불상사의 조짐이고 따라서 실제로 발생한 왜군의 침노와 비교하면 대응의 선후가 자명하기 때문에 시차를 두어 중반부 이하에서 거론하여도 무방하기 때문이었을 것이다.

현실적으로 발생한 사건(컨텍스트에 기록된 바에 따르면)을 노래의 도입부에서 부정, 혹은 無化시키는 기법을 통해 왜군을 격퇴시키려는 의지, 이 뒤집기 발상이 「혜성가」의 서두를 장식하고 있다는 점에 유의한다. 과거 어느 때인가 왜군이 쳐들어 왔다고 봉화를 들긴 하였으나 그것은 신기루를 보고 착각한 것에 지나지 않았던 해프닝, 그리하여 과거의 일을 묵살함으로써 심리적으로 지금의 위기를 타개하기 위해 승기를 잡으려는 융천사의 전략과 지혜가 넉 줄로 된 도입부에 고스란히 담겨져 있는 것이다. 「혜성가」를 난국타개의 노래로 규정할 때, 그 도입부에서부터 이미 어려운 국면은 극복되었다고 해석하여도 무방하다. 이것이 이 노래의 특질로 꼽힌다.

그 다음으로 걱정이 되는 것은 혜성의 출현이다. 이것마저 사라져야만 모든 것이 깨끗이 처리된다. 그리하여 융천사는 도입부 이하에서 누군가 혜성이 아닌 다른 별을 보고 혜성이 떴다고 사뢴 일이 있는데 왜병 내침을 부인한 것처럼 이도 또한 사실무근이라고 말한다. 왜병-혜성이 모두를 없는 일로 처리하여 다시 평온을 찾은 것이다.

노래의 이러한 어법을 呪的이라고 칭해도 좋고, 소망하는 바가 실현되기를 바라는 祈願이라고 규정하여도 좋다. 어느 쪽으로 정의를 내리든 「혜성가」는 외침을 퇴치키 위해서 융천사로 대변되는 신라인의 지혜로운 無化의 대응 방식이 용해되어 있는 노래라고 보면 틀림이 없다.

2) 「안민가」

「안민가(安民歌)」는 35대 경덕왕 재위 말년인 24년(AD.765) 삼월 삼짇날에 낭승인 忠談師가 왕명을 받들어 지어 올린 노래다. 서정성은 전혀 없고 교술성만 표출되어 있다는 점에서 앞의 「혜성가」와 대차가 없다. 현실 문제를 해결하기 위하여 지었다는 점에서 치리가로도 간주할 수 있는데 이런 성향도 하늘을 다스린 「혜성가」와 궤를 같이 한다.

창작 배경은 이렇다. 오악삼산의 신들이 이따금 대궐 뜰에 모습을 나타냄에 왕실에서는 나라에 상스럽지 못한 일이 일어날 조짐이라고 판단하여 이를 잘 모시곤 하였다. 그렇게 하는 것만으로는 미흡하다고 생각한 왕은 귀정문에 거둥하여 마침 남녘에서 오고 있던 충담사를 樓上에 초치하여 백성을 편안케 할 수 있는 노래를 지어달라고 청하였다. 어명이 떨어지자 충담사는 그 자리에서 「안민가」를 지어 바쳤고 왕은 이를 가상히 여겨 왕사로 봉했으나 충담사는 굳이 사양하고 받지 않았다.

기록상으로는 이처럼 오악삼산신의 나타남이 이 노래의 직접적인 제작 동기로 되어 있으나 실인즉 그 이면에는 당시 신라 中代의 왕실이 직면하고 있던 여러 가지 어려운 난제가 원인이 되어 있었음을 간과할 수 없다. 그 숨어있는 동인이 무엇이었는지는 일찍이 필자에 의해서 밝혀진 바 있다. 필자의 학설은 이후 학계의 공인된 정설로 굳어져서 널리 알려진 바 있다. 따라서 이에 새삼스럽게 장광설을 늘어놓을 필요성을 느끼지 않는다.

그 당시 신라는 '非安民·非太平'의 지극히 불안한 상태에 놓여있었다. 이에 경덕왕은 노래의 힘에 의탁하여 당면한 정치적·경제적·사회적인 대립·갈등·곤경·동요·불안 등의 위기를 해소하고자 「안민가」의 제작을 생각하기에 이르렀던 것이다. 이 일을 충담사가 맡기에 이르렀다. 평소 자신이 몸담고 있는 나라의 현실을 간파하고 있던 그는 안민과 태평을 이끌어낼 大方을 제시하면서 그 첫머리를 다음과 같이 시작하였다.

임금은 아비요
신하는 사랑하실 어미라
백성을 어린아이로 여기실진대
백성이 사랑을 알리라

도입부의 운을 떼면서 충담사는 분위기를 잡기 위한 의례적인 말을 제거하였다. 앞의 기원가류와 이 점에서 변별된다. 치레格의 언술을 나열함으로써 초래하게 될 시적인 긴장감의 이완을 막기 위해 그는 서두에서부터 문제 해결의 관건이 되는 元亨利貞격의 원론적인 말을 제시하였다. 비상시국이나 다름이 없는 시대적인 위기상황을 감안할 때 당장 본론을 내놓는 것 이외 다른 길을 택하는 것은 한가로운 말장난이라고 생각하였는지 모를 일이다.

그는 임금과 신하의 직분에 관해서만 언급하였다. 노래의 결사 부분에서는 “임금답게 신하답게 백성답게 할지면/나라는 태평하리이다”라고 직언하면서 백성이 지켜야할 도리도 언급하였으나 도입부에서는 정치·경제적인 수혜자인 백성의 입장을 두둔하였을 뿐, 다른 얘기는 하지 않았다. ‘안민’과 ‘태평’을 정착시키는 첫 걸음은 임금과 신하가 각기 제 노릇을 수행하는데서부터 시작되는 것이고 그런 연후에 백성의 노릇이 뒤따라야 된다는 점을 강조한 것이다. 신하를 어미로, 백성을 어린아이로 비유하여 3행에 걸쳐 어미의 사랑이 백성에게 미친다는 점을 중점적으로 지적한 것을 보면 임금보다 신하의 책임을 더 강조하였음을 알 수 있다.

요컨대 「안민가」의 서두는 경세제민의 책임자인 君과 특히 臣이 마땅히 지켜야할 가장 기초적인 규범과 원칙을 선언적으로 천명하였다는데 그 특징을 찾을 수 있다. 聲明書를 발표하는 식이라고 하겠다. 그것은 서론이면서 또한 본론이요 결론이라고 해석하여도 무방하다. 그만큼 「안민가」의 도입부는 작품 전체의 관점에서 조망할 때 실로 나라를 지탱하게 하는 근원적인 강목임을 과시하고 있다고 판단한다. 위에서 인용한 결사부분은 물론 後四行인 “구물거리며 사는 물생들/이를 먹여 다스리라/이 땅을 버리고 어디 갈 것이여 할지면/나라가 유지될 줄 알리다”의 부분도 모두 총론격인 도입부와 연결되면서 그것의 세부적인 실천각론임이 분명하기 때문이다. 모두에서 문제 해결의 기본이 되는 큰 그림이 제시되어 있다는 점을 재차 강조하기로 한다.

3) 「우적가」

「우적가(遇賊歌)」는 38대 원성왕때의 노승인 永才가 지은 향가다. 이 노래를 지을 때 그의 나이는 거의 아흔 살 될 무렵이었고 평소 향가를 잘 짓는 이로 이름이 나 있었다.

영재가 「우적가」를 지은 동기와 과정은 참으로 이색적이었다. 노구를 이끌고 세속을 떠나 남악으로 은둔해 가던 중 대현령 고개에 이르러 60여 명이나 되는 도적떼들과 마주치게 되었다. 저들은 스님에게 몇 마디 수작을 건넨 끝에 칼날 앞에서도 전혀 두려워하지 않는 영재가 향가로 명성이 자자한 바로 그 당사자임을 알고 노래 한 수를 지어보라고 청하였다. 이렇게 해서 태어난 작품이 곧 「우적가」이다.

제 마음이
모든 形骸를 모르려 하던 날
멀리 지나치고
이제는 숨어서 가고 있네

의외의 진술이 아닐 수 없다. 영재는 자신이 살아온 지난날의 삶과 현재의 처지를 이렇듯 간명하게, 누가 들어도 크게 감동할 정도로 토로하고 있는 것이다. 타인을 향한 계도에 그는 관심이 없었다. 앞에 버티고 있는 도적들도 눈에 들어오지 않았다. 자신의 과거에 대한 반성적인 성찰, 그리고 번뇌와 망념의 세계인 無明으로부터 벗어나 인간의 참된 근본지혜의 경지를 찾아 발심하게 된 현재의 희열, 이 두 가지만이 그의 뇌리 속에 확고하게 자리잡고 있었다. 九旬이 되도록 '마음의 참 모습'이 무엇인지 몰랐노라고 자성하는 노승의 말을 듣고 저들은 무엇을 느꼈을까. 껍데기만의 지난날을 뒤로 하고 비록 늙은 나이이지만 佛性을 온전히 깨닫기 위해서 산 속으로 피은하고 있노라고 술회하는 저 겸손하기 이를 데 없는 노승의 결심을 접하고 저들의 마음은 어느 쪽으로 방향을 틀려고 하였을까. 필자가 진작 밝힌 바와 같이 그들은 형세가 불리하여 어쩔 수 없이 산적의 너울을 쓰고 있을 뿐, 실은 향가를 알고, 향가로 유명한 영재의 이름도 들어서 알고 있는 유식계층의 숨어살던 산인들, 이를테면 중앙 정권에서 밀려난 중대의 반체제의 무리이거나 통삼 이후 세력이 계속 약화되어 잔비의 신세로 전락한 화랑단의 일부다. 영재가 던진 이 넉 줄의 화두에 충분히 감복할 능력이 있는 무리들이다. 이 점에 유념하여 그때 그곳의 상황을 헤아린다면 도적들은 도입부에서 이미 마음의 반쯤은 흔들렸을 터이고 승기는 영재의 손에 잡혔으리라 사료된다. 의도적인 훈계가 아닌 반성적 성찰의 언어가 이윽고 상대방의 눈과 귀와 마음을 열게 하는 효과를 거두고 있음을 우리는 이 서두에서 읽게 된다.

설법을 하고자 의식하지 않았으나 결과적으로는 설법의 효과를 거둔 자기성찰의 고백, 상대방을 공격할 의도가 전혀 없이 단지 자신이 택한 길을 밝혔을 뿐이었는데도 저들로 하여금 문도가 되게 한 그 언어의 위력, 이것이 「우적가」 서두가 보여주는 장처라는 뜻이다. 언어의 오묘함이 이와 같았다.

4행 이하 끝 줄인 10행까지도 독백체의 술회다. 저들이 경청해도 좋고 묵살해버려도 괘념치 않겠다는 식으로 자신의 속내를 드러낸다. 파계주인 저들의 위협에 두려워하지 않는다는 불퇴전의 신념, 설혹 칼에 맞아 죽는다면 좋은 날을 맞이할 수 있을 터이나 더 가치 있는 善業에 도달하기 위해서 그렇게 목숨을 초개처럼 버릴 수는 없노라고 화자는 피력한다. 죽음에 대한 무구 및 삶에 대한 무의미한 포기의 거부, 이 둘을 융섭하면서 그는 세속적인 생과 사의 관습적인 개념을 뛰어넘어 제삼의 길을 열었다고 풀이할 수 있다.

이런 식으로 해석되는 전체적인 구도안에서 도입부와 그 이하의 부분과는 분명히 서로 다른 층위를 이루고 있다. 화두나 내용의 줄기는 서로 다르다는 뜻이다. 결국 도입부는 후반부를 인도하기 위한 서론격의 언술임이 확실한데 그러면서도 상술한 바와 같이 화자의 고백이 상대방을 은연중에 제압하는 독자적인 은밀한 힘을 감추고 있다는 점이 이 노래의 첫머리에서 읽어야할 특성이라고 하겠다.

이상 세 편은 모두 엄정함과 단호함, 근엄함으로 노래의 첫 부분을 시작하였다는 공통점을 지니고 있다. 혜성이 출현하고 외적이 침입하는 국가적인 위기에 처하자 이를 무화시켜서 국란을 극복한 대응이나 나라와 백성의 삶이 극도로 어려움을 겪자 임금과 신하가 지켜야할 도리와 규범을 선언적으로, 혹은 성명서식으로 명시하여 당면의 난제를 해결코자한 일 등은 요컨대 느슨한 언어로 한가롭게 단계를 밟아가며 처리할 계제가 아님을 자각한 결과 나온 언술이었다. 그것은 도입부이면서 또한 노래 전체를 압도하는 결론적인 효능까지 내포하고 있는 문맥으로 보아야한다. 「혜성가」나 「안민가」의 중간이하의 부분이 도입부에서 제시된 명제를 실현시키기 위한 細目이 아니라고 강변할 수 없으나 가령 그것들이 뒤를 잇지 않았다고 할지라도 극단으로 말해서 도입부만으로도 화자가 말하고자 하는 골자와 핵심은 표명된 것으로 이해하여도 좋다. 치리가의 간결성과 냉정함을 우리는 주술성을 동반한 「혜성가」와 그리고 「안민가」에서 읽을 수 있다.

「우적가」를 과연 엄정·단호함으로 규정할 수 있을까. 자기 성찰이 뼈대를 이루고 있는 겸손하고 부드러운 말투만을 놓고 보면 일견 그 반대 방향으로 이해하기가 쉽다. 하지만 도적떼들과 대치하고 있는 그때 그 장소의 살벌한 분위기를 감안하고, 또 한편 무명의 세계에 머물고 있는 저들임을 새삼 떠올리면서 이 모든 것을 무시하면서 영재가 말한 첫마디를 곱씹어 보면 그 또한 엄격하고 근엄한 설법류의 진술임을 알 수 있다. 위에서 필자는 도입부만으로도 영재는 도적들을 제압할 수 있는 승기를 잡았다고 하였다. 물론 그 이하 부분의 내용들도 도입부와 연결되어 저들의 마음을 흔들어 놓는데 기여하고 있는 것이 사실이지만 그러나 결말의 대부분은 이미 첫머리의 의연한 진술로 매듭이 지어졌다고 보는 것이 옳다. 「우적가」의 미덕은 도적들이 크게 깨닫고 인생행로를 바꾼데 있다. 그렇게 되겠금 견인한 언어의 첫 부분이 바로 부드러운 듯하면서 상대방의 심금을 울리고 회심케 하는데 잠재적인 힘을 내포하고 있는 도입부의 엄정함과 냉철한 자기 성찰의 고백이라 하겠다. 교술시는 어떤 방식으로든 이른바 '觀'을 앞세우는 것으로 특장을 삼는다. 그 한 갈래인 治理歌 또한 그와 같다.

3. 찬모가 계열 - 「모죽지랑가」·「찬기파랑가」

1) 「모죽지랑가」

「모죽지랑가(慕竹旨郎歌)」와 「찬기파랑가」를 함께 논의하는 데는 이론의 여지가 없다. 기파랑을 꼭 화랑이라고 단정을 내릴 수 없고 제세적인 능력을 가진 인물이거나 현세를 초탈한 성스러운 존재로 추정하는 학설도 있지만[1] 지금까지의 지배적인 통념은 화랑이다. 다만 그의 생평을 전혀 알 수 없는 것이 아쉬운데 통설에 따라 기파랑을 화랑으로 규정하고 보면 「찬기파랑가」와 「모죽지랑가」가 한 자리에서 만나게 되는 것은 아주 자연스럽고 당연한 일이다. 두 편 모두 화랑을 찬모한 향가 작품이니 이것저것 따질 것도 없다.

창작 연대 순에 따라 먼저 「모죽지랑가」를 읽기로 하자. 32대 孝昭王 때 낭도인 得烏가 자신의 상사인 죽지랑을 사모하여 읊은 「모죽지랑가」는 8행체 작품이다. 관련기록에 의하면 어느 날 득오가 牟梁里 출신으

1) 尹榮玉, 『新羅詩歌의 연구』, 형성출판사, 1980, p.50.

로 幢典(軍의 창고를 관리·통제하는 文官인듯)의 소임을 맡고 있던 益宣(官位는 阿干)에게 富山城의 倉直으로 차출당하여 간다. 사전 통고도 받은 바 없이 갑자기 당한 일이었다. 이런 사실을 뒤늦게 안 죽지랑이 낭도들을 인솔하고 그곳을 찾아가서 익선에게 득오의 휴가를 청하였으나 일언지하에 거절 당한다. 죽지랑으로 말할 것 같으면 삼국통일의 영웅임은 물론 28대 眞德女王대부터 31대 神文王대에 이르기까지 장장 4대에 걸쳐 재상을 역임하면서 나라를 안정시킨 공로가 있는 국가의 원로였다. 그런 그가 일개 아간에 지나지 않은 익선에게 청을 넣어 묵살을 당한 것은 폐일언컨대 수모가 아닐 수 없다.

익선에 의해 득오가 그의 상사도 모르게 끌려가고, 휴가를 청한 대화랑인 죽지랑을 익선이 그렇듯 무시한 그 때의 사건은 통일이후 화랑단 세력의 쇠퇴와 연관지어서 이해하여야 마땅하다. 그렇지 않고서는 문맥 자체가 풀리지 않는다. 「모죽지랑가」, 그것은 실세한 화랑의 어두운 모습, 낙척(落拓)의 말년을 담아낸 노래다. 이것이 전제가 되어야 작품의 온전한 이해가 가능하다. 관련기록 후반부에 의하면 익선에 대한 화주와 임금의 불같은 응징이 뒤따르고 있는데 이는 죽지랑으로 대변되는 화랑단을 옹호하기 위해서가 아니라 오래전부터 중앙정부의 미움을 사오던 모량부세력을 익선의 방자한 행위를 계기로 하여 정략적으로 응징하였다고 보는 것이 사학계의 유력한 학설이다.

도입부를 인용키로 한다.

간 봄 그리매
모든 것이 울 이 시름
아름다움 나타내신
얼굴 주름살을 지니려 합니다

화자는 죽지랑의 현재 모습을 슬픔에 가득 찬 목소리로 묘사하고 있다. 얼굴의 주름살을 대하니 울음이 터져나오리만큼 시름겹다고 하였다. 봄철에 그토록 아름답던 용모는 지난날의 초상이 되어서 먼 기억 속으로 사라져버리고 지금은 단지 늙은 모습만이 남아 있으니 처연한 심정을 가눌 길이 없다고 하였다. 「모죽지랑가」의 전반부는 이처럼 비창(悲愴)한 서정의 가락으로 시작된다. 그 이하 후반부에도 서정성은 이어지는데 "눈 돌이킬 사이에나마/만나뵙도록 (기회를) 지으리"라고 읊은 5~6행에는 願望의 서정이, "낭이여 (당신을) 그리워하는 마음의 가는 길/다북쑥 우거진 구렁텅이에 잘 밤 있으리"라 한 7~8행에는 추수(追隨)의 의지와 결의가 넘친 서정이 흐르고 있어서 도입부의 서정과 편차를 보이고 있다. 하지만 '서정성'이라는 큰 흐름이 전편을 관통하고 있다는 사실만은 재언의 여지가 없다.

도입부에서 그가 말한 '간 봄'은 화랑단의 전성시대를 과거회상으로 떠올린 것이니 결국 이 부분은 죽지랑의 현재를 화랑세력의 변천과정이라는 문맥위에 올려 놓고 지극히 압축된 언어로 아주 명쾌하게 밝혀 놓은 대목이라 하겠다. 이 도입부가 시 전체에서 어떤 성격과 의미를 지니고 있는지를 정확히 간파하기 위해서는 화자인 득오의 최종적인 지향이 무엇인지를 파악하는 것이 전제되어야 한다. 그것은 7~8행에 나타나 있는 바, 어떠한 난관이 있을지라도 죽지랑을 기리며 따르겠노라는 다짐이다. 그것을 필자는 '志節'이라는 말로 표현코자 한다.

이 종결부분과 연계시켜서 도입부의 발화를 정리한다면 '넋두리'라는 말로 요약할 수 있다. 상사의 뜻과 정신을 계승키 위하여 '마음의 험난한 길'을 떠나기에 앞서 화자는 과거회상을 통한 현재의 심경을 푸념조의 넋두리로 시작하였다는 뜻이다. 넋두리, 이것은 매우 중요한 시적인 진술이요 어법이다. 천 오륙백 년에 걸친 우리 시문학사를 통틀어 생각할 때 넋두리體의 사설이 처음으로 작품에 반영된 예를 우리는 이 「모죽지랑가」에서 만난다. 당대는 물론 시문학사적인 의미까지 포함하여 이

넋두리체의 도입부는 기억해 두어야 할 언술이라 하겠다.

2) 「찬기파랑가」

「찬기파랑가」는 다른 향가 작품과 달리 관련기록이 거의 없는 셈이다. 35대 경덕왕이 충담사에게 「안민가」를 짓도록 명하기에 앞서 이름을 묻자 그가 아무개입니다라고 대답하니 왕이 "내가 일찍이 듣기로는 師가 지은 「찬기파랑사뇌가」가 그 뜻이 매우 높다고 하던데 과연 그러하오?"라고 말한 것이 기록의 전부다. 이것만으로는 창작 동기나 배경을 알 수 없고 뿐만 아니라 기파랑이라는 인물이 과연 누구인지조차 헤아릴 수 없다. 그래도 좋다. 작가가 찬모하는 대상 인물의 정체가 누구인지를 꼭 알아내야만 작품이 해석되는 것도 아니고 어떤 계기와 경위를 거쳐 노래를 지었는지가 꼭 전제되어야만 텍스트에 접근할 수 있는 것도 아니다. 모든 것이 미궁인 상태에서도 작품의 의미는 밝혀지기 마련이다.

「찬기파랑가」의 主旨는 기파랑의 형상을 천체에 비유하여 찬양한 뒤 그의 드높은 정신을 본받아서 이어나가겠다고 다짐하는 것으로 되어 있다. 「모죽지랑가」의 경우처럼 구성진 가락으로 읊은 노래가 아니라 담담하고 의연한 목소리로 찬모하고 있다는 점에서 시적인 분위기가 다르다. 여느 작품과는 다른 각도에서 매력을 끌만한 노래라 하겠다.

> 열치고
> 나타난 달이
> 흰구름 좇아 떠가는 것 아닌가

이 도입부만을 놓고 보면 「찬기파랑가」가 과연 기파랑이라는 한 인물을 기리는 노래인지 전혀 알 수 없다. 사람에 관한 얘기는 한 마디도 없고 하늘의 현상만 그려져 있으니 심하게 말하자면 엉뚱한 발화라고 일단 말할 수 있다. 그 이하 부분을 읽기 전까지는 그렇다. 그러므로 이 노래의 서두는 모호성(模糊性)에 뿌리를 내리고 있다는 일차적인 정리가 가능해진다. 현대시에서는 쉽게 찾아볼 수 있는 기법이지만 향가 시대 당시에는 접하기 쉽지 않은 어법이 이 노래에 투영되어 있다는 사실에 관심을 두어야 할 것이다.

도입부는 또한 회화법(繪畫法)을 끌어들였다는 점이 현저한 기법으로 꼽힌다. 자연의 경치를 글로 나타냈으니 敍景이라고 하겠는데 화자의 의도가 단지 그런 서경에 있었다면 얘깃거리가 되지 않는다. 존귀한 인물의 초상을 자연의 구도 안에서 찾아 스케치하였기 때문에 눈길을 끌고 있다는 뜻이다. 그 서경은 결국 비유의 수단으로 작용하고 있음은 긴 설명을 필요로 하지 않는다.

화자는 기파랑을 천상의 달로 치환시켜 놓았다. 그 주변에는 흰 구름으로 배치시켜 놓았다. 여기까지가 도입부에 담겨있는 장면이다. 그 이하는 어떤가. 달은 하늘에만 떠 있지 않는다. 지상의 새파란 냇물 속에도 잠겨서 그 아름답고 고귀한 자태를 수면 위로 내비치고 있다. 땅위의 냇물 속이라서 천상과는 비교가 안 될 정도로 화자와 가까운 거리에 있는 달이지만 떠있는 달과 마찬가지로 그것은 화자의 접근을 용인하지 않는다. 일오(逸烏) 냇물의 조약돌로 비유된 비천한 화자로서는 그 존엄과 고상함에 다만 고개를 숙여 경의를 표시할 뿐이다. 기파랑은 다시 서리조차 두려워 물러나리만큼 오상고절을 자랑하는 잣가지의 花判으로 재탄생되어서 화자의 존경과 찬모의 대상으로 위상을 분명히 한다. 이상이 도입부를 제외한 4행 이하 끝줄인 10행까지의 줄거리다.

이런 식으로 읽은 결과 도입부에서 비롯된 자연현상에 바탕을 둔 치환의 비유가 그 이하에서 다른 모양으로 거듭되는 반복의 형태로 이어지고 있음을 알 수 있다. 정리하면 대상 인물에 대한 찬모를 서경과 엉뚱한 화법으로 연결한 기법, 이것이 곧 「찬기파랑가」의 서두에서 읽을 수 있는 인물 찬양의 방식이라 하겠다. 이와 유사한 발화법을 다른 향가에서는 찾을 수 없다.

살펴본 바와 같이 「모죽지랑가」와 「찬기파랑가」의 도입부는 표면상 유사성을 찾을 수 없다. 전자는 과거 회상을 통한 넋두리가 주류를 이루고 있고, 후자는 서경을 통해 대상 인물을 부각시키되 의연하고 담담한 목소리를 잃지 않고 있다. 하지만 속내를 들여다보면 두 노래는 찬모코자 하는 인물에게 접근하는 기법에서 공통점을 드러내고 있다. 이것을 간과해서는 곤란하다. 무엇이냐 하면 두 편 모두 찬양하고 숭모코자 하는 인물의 모습을 스케치하고 있다는 사실이다. 「모죽지랑가」에서는 주름살이 잡힌 노화랑의 얼굴을 묘사해 놓았고 「찬기파랑가」에서는 달로 치환된 주인공의 인격적인 용모를 그려놓았다. 전자는 사람의 모습 그대로를, 후자는 천체로 대치된 모습을 옮겨 놓은 것이 서로 다른 점이지만 어쨌든 인물의 모양을 그리고 있다는 점에서는 일치하고 있다.

인물을 찬모하는 시에서 가장 쉽게, 그리고 거의 보편적으로 접근하는 방식은 우선 그 사람의 정신세계나 육신의 모습을 형상화시키는 일일 것이다. 그런 연후에 사설을 이어가는 것이 정공법이 아닐까. 위에서 논급한 바와 같이 두 편 모두 최종적으로 지향하는 바는 같다. 대상 인물과의 인연을 소중히 간직하면서 어떤 난관이 있을지라도 그의 정신을 계승하고 추수하겠다는 것이다. 이 점을 천명하기 전에 「모죽지랑가」는 죽지랑의 기진한 모습을, 「찬기파랑가」는 기파랑의 久遠의 像을 앞머리에 내세워 놓고 제각기 결사에 닿도록 하였다.

4. 결핍·상실의 계열 – 「원가」·「제망매가」·「처용가」

「원가(怨歌)」·「제망매가」·「처용가(處容歌)」, 이 세 편의 향가는 '결핍·상실'이라는 하나의 끈으로 꿸 수 있는 공통분모를 공유하고 있다. 이 점에 着目하여 세 편 모두를 수평선상에 올려놓고 성찰키로 하겠다. 결핍이나 상실이 계기가 되어서 창작된 향가에는 실인즉 「도천수대비가」도 있다. 그러나 이 노래는 위 세 편의 작품群에 귀속시키기 보다는 「원왕생가」와 함께 불교의 기원가로 분류하여 살피는 것이 더욱 합당하다고 판단하여 그 쪽에서 읽은 바 있다.

1) 「원가」

「원가(怨歌)」는 34대 孝成王 즉위 초에 정계의 유력인사인 信忠이 지은 노래다. 원작은 10행체였으나 一然이 『삼국유사』를 편찬할 때 말미의 두 줄이 망실되어서 그 이후 8행체의 형태로 전해오고 있다. 필자가 노상 하는 얘기지만 결사 부분이 없는 현 상태만으로도 화자가 말하고자 한 바를 충분히 읽을 수 있기 때문에 '산일(散佚)된 텍스트'에 지나치게 괘념할 필요가 없다고 생각한다.

「원가」의 창작계기는 왕의 위약에 있었다. 효성왕이 잠저(潛邸)시에 賢士인 신충과 함께 대궐 뜨락에 있는 잣나무 아래에서 바둑을 두며 政談을 나누었다. 그때 말하기를 후일 자신이 등극하면 신충을 잊지 않겠노라고 약속을 하였다. 몇 달 뒤 왕은 즉위하자 공신(왕위세습제 하에서 뜻밖에 '공신' 운운한 것이 이상하다. 계승과정에 모종의 권력다툼이 있었음을 암시한다)들에게 상(벼슬을 말함)을 내리면서 신충을 대상에서 제외시켰다. 이에 신충은 약속을 어긴 왕을 원망하면서 「원가」를 지어 예의 잣나무에 붙였다. 나무는 홀연히 누렇게 말라 버렸고, 이 사실을 뒤늦게 안 왕은 그를 불러 벼슬을 내렸다. 그러자 잣나무가 되살아났다는 것이 이 노래와 관련된 기록이다.

> 무릇 잣이
> 가을에도 안 이울어지매
> 너 어찌 잊으리 하시던
> (그래서 감격하여) 우러러 뵙던 (임금님의)
> 얼굴이 (내 마음속에) 계시온데

아주 특이한 발화법임을 금방 알 수 있다. 따옴표를 사용해도 좋으리만큼 임금이 언약한 말을 그대로 옮겨 놓은 이와 같은 인용법이 도입부의 거의 전부를 차지하고 있는 예를 다른 작품에서는 찾아보기가 어렵다. 이색적인 서두이다.

「원가」를 말할 때면 자주 비교의 대상으로 거론되는 것이 고려 속요 「鄭瓜亭」임은 널리 알려진 사실이다. 정치적인 복선이 깔려 있고, 왕의 위약이 빌미가 되어서 창작되었다는 점에서 「원가」와 유사하기 때문이다. 그 「정과정」의 첫머리는 "내 님을 그리워하며 울고 지내니/산 접동새와 나는 비슷합니다"로 시작하고 있다. 前日 임금이 그에게 약속한 바에 관해서는 일체 함구하고 현재의 참담한 상황과 심정만을 토해내고 있다. 작품의 우월성 여부와는 무관한 상태에서 성찰할 때 경위 설명을 생략한 「정과정」식의 발화가 실인즉 보편적이라고 말할 수 있다. 애절하고 구성지게 자신의 속내를 드러내는 것이 이런 유형의 시의 전형적인 도입부가 아닐까싶다.

그런데 「원가」는 전혀 다른 방식으로 운을 떼고 있다. 증거의 제시, 거두절미하고 몇 달 전에 왕이 한 말을 그대로 옮겨 놓는 것으로 노래의 도입부를 장식하리라고는 누구도 예상치 못한 일이 아니었을까. 작품의 중반부쯤에서 前日의 언약을 상기시키는 일은 예상이 가능하나 서두에서 이를 앞세우는 방법은 실로 특이하고 이색적이라 하지 않을 수 없다.

화자가 말하는 '잣'은 두 가지 의미를 내포하고 있다. 잣나무 아래에서의 언약이었으니 현장성을 증빙하기 위한 것이었고, 불변을 상징하는 柏樹의 성향을 강조한 것이니 임금의 위약을 빗대어 지적하기 위한 것이다. 이 두 가지의 뜻이 포개져 있는 도입부는 그러므로 직재적(直裁的)인 의사의 표출이요 또한 공격적(?)인 어법이라고 하겠다. 그럼에도 담담한 정서를 유지하고 있다는 점이 이 부분의 미덕이라고 일컬어도 좋다.

2) 「제망매가」

「제망매가」야 말로 후설할 「처용가」와 더불어 상실의 극한 상태에서 빚어진 노래다. 앞의 「원가」의 결핍, 또는 일시적인 상실과는 비교가 되지 않는다.

35대 경덕왕 대는 정치적으로는 신라의 중·하대 정권이 교체되기 직전의 변혁기였으나 향가만을 놓고 볼 때는 문화의 전성시기 혹은 난숙기라고 일컬어도 좋은 시대였다. 현전 향가 14편 중 이 임금 대에 5편이나 지어졌고 무엇보다도 향가의 고수인 월명사·충담사가 이 시대를 살다간 인물이라는 점이 눈길을 끈다.

월명사의 「제망매가」는 죽은 누이의 사십구재에서 지어진 노래다. 불교의 의식자리에서 '향가'가 가창되었다는 사실이 예사롭지 않다. 충담사의 「찬기파랑가」가 궁궐에까지 들어가 경덕왕도 잘 알고 있었다는 점과 월명사의 「제망매가」가 사십구재를 올릴 때 독경과 함께 읊어졌다는 점으로 보아 향가의 소통 공간이 어느 정도로 넓었는지를 짐작케 한다.

누이가 젊은 나이에 "여기 저기 떨어지는 나뭇잎처럼" 갑자기 이승을 떠나자 화자는 슬픔에 복받쳐서 이렇게 비탄의 첫 소리를 토해낸다.

> 生死의 길은
> 여기 있으니 두려워하고

나는 간다는 말도
못다 이르고 가느냐

저 세상으로 가버린 누이의 죽음을 혈육간인 화자는 비통한 심정으로 읊고 있다. 숨을 거두면서 누이는 무엇인가 입으로 말하려고 애를 썼으나 분명한 목소리로 이승을 떠난다는 하직 인사는 다 토해내지 못하고 운명한 모양이다. 그 안타까운 장면을 떠올리면서 화자는 더욱 애통해마지않고 있다. 이미 과거지사가 된 일을 현재의 일인양 되새김질함에 따라 화자의 상실감은 더욱 증폭된다. 감상적인 환경은 이래서 조성된다.

3·4행도 나름대로의 의미를 지니고 있지만 「제망매가」의 도입부는 역시 그 앞의 두 줄이 핵심적인 기능을 맡고 있다. 삶은 항시 죽음과 동반관계를 맺고 있다는 생사관의 표명은 실로 차갑기 이를 데 없는 진술이다. 살면서 동시에 죽음을 생각하지 못하고 사는 중생은 그래서 어리석다. "生死의 길은 여기 있으니", 이 짧은 발언으로 인하여 「제망매가」는 종교적·철학적인 기반을 마련한다. 도입부를 이렇듯 삼엄(森嚴)한 화두로 운을 뗀 뒤 화자는 그 다음 토막을 이어간다. '두려워하고'라고 했는데 누가 두려워했다는 것인가. 문맥으로 보아 생존해 있을 때 누이였을 터이다. 좁혀서 말하자면 그렇지만 죽음 앞에서 초연하지 못하고 애통한 감정을 제어하는데 실패한 화자도 예외는 아니다. 生死가 포개져 있는 것은 부동의 진리요 인간운명인데 누이는 이를 온전히 체득하지 못하고 살면서 죽음의 공포로부터 벗어나지 못하였다. 그러다가 어느 날 홀연히 동기간인 화자의 곁을 떠나고 말았다. 화자는 지금 이를 슬퍼하고 있는 것이다.

「제망매가」의 도입부 발화는 인간의 삶과 죽음이 하나의 끈으로 연결되어 있는데도 그 둘을 단절된 별개의 것으로 알고 살아가는 너와 나 모두의 범용한 사생관을 전제로 하였다는 점에서 그 특성을 찾아야 할 것이다. 결사에서 "아으, 彌陀刹에 만날 나/道 닦아 기다리리"라고 쓰라린 마음을 진정시키기는 하였다. 하지만 사십구재에서 읊은 노래였음을 감안한다면 도입부에서부터 망자의 천도(薦度)를 기원하는 내용으로 분위기를 잡아가는 것이 아마도 정상적이지 않았을까 사료된다. 월명사는 그 틀을 깨뜨리고 자신의 독창적인 발화법을 택하였다.

3) 「처용가」

「처용가(處容歌)」는 역신으로 비유된 외간 남자에게 아내를 빼앗긴 상실감을 해소하기 위해서 지은 노래다. 「처용가」 및 그 관련기록에 대한 학설은 수도 없이 많다. 헤아릴 수 없이 많은 해석 때문에 본시 난해하기 이를 데 없는 「처용가」의 의미는 더욱 미궁에 빠진 형국이다. 전망컨대 향후 결정적인 새로운 방증자료가 나오지 않는 한 「처용가」의 문학적·문화적인 완벽한 해석은 불가능하다고 사료된다.

부족한대로 필자가 조망하는 「처용랑망해사」조의 큰 줄거리는 이렇다. 49대 헌강왕대의 태평과 풍요로운 시대상은 왕실 및 사회 전반에 걸쳐 사치·퇴폐·타락·호유의 풍조를 낳게 하였고 마침내 왕조멸망의 위기에 까지 몰고 가기에 이르렀다. 山神 등이 장차 도읍이 파멸될 것이라고 경고하였음에도 이를 깨닫지 못한 나라 사람들은 오로지 즐기며 노는 일에 더욱 탐닉하였다. 헌강왕이 동해용의 아들인 처용(李佑成은 처용을 지방토호의 아들로 비정하였다)과 조우하여 장차 그를 경주로 입경하도록 조치하게 될 울산에 행차한 것은 왕으로 대표되는 권력 상층부의 유락 행각을 말하는 것이고 처용의 아내와 역신으로 비유된 遊閑公子와의 간통은 그들로 대표되는 국인의 도덕적·윤리적인 타락상을 드러낸 사건이라 하겠다. 18세기 실학자 성호 이익도 그의 『해동악부』에서 신라의 처용가를 소재로 하여 한시를 읊었다. 그 줄거리도 신라왕조의 쇠잔과 연결 지었다.[2] 지극히 간략하게 요약한 관련기록을 염두에 두고 노래의 앞부분을 읽기로 한다.

> 서라벌 밝은 달에
> 밤들이 노닐다가
> 들어와 자리를 보니
> 다리가 넷이러라

어가(御駕)를 따라 입경한 처용은 왕의 배려로 급간의 관직을 받고 왕정을 보좌하는 한편 미녀를 아내로 삼아 순조롭게 경주인으로 정착되는 듯하였다. 하지만 외래자인 그도 환락의 도시인 경주의 유혹에 이끌려 밤이 지새도록 도심에서 놀이에 빠지는 한량으로 변신하고야 말았다. 그 시간에 아내는 집 안에서 외간 남자와 성적인 쾌락에 빠져 즐기고 있었다. 귀가하여 방문을 연 처용은 그 장면을 목도하고서는 위와 같이 아주 태연하게 노래 가락을 날렸던 것이다. 도저히 납득할 수 없는 처용의 언행과 대응을 어떻게 해석할 것인가. 거기까지 들어가면 논의가 복잡해지므로 일단 노래의 문맥에만 집중하고 그 이상의 것은 생각하지 않기로 하겠다. 다만 이 노래의 끝이 "본디 내 것이다마는/빼앗긴 것을 어찌하리오"라고 마무리되고 있으니 이를 근거로 해석한다면 도입부는 체념과 포기를 전제로 한 언술이었다는 점을 짐작할 수 있다.

불륜 현장의 묘사와 폭로, 이렇게 말하면 「처용가」의 도입부는 제대로 설명된 것으로 본다. 그 현장을 피해 당사자인 처용이 아주 담담하게, 마치 남의 일인 양 공개하고 있다는 이 놀라운 접근, 이런 발화도 향가에 있었음을 강조해 둔다. 「원가」에서 작자는 약조를 어긴 왕의 말을 그대로 옮겨 놓는 방식을 택했다. 그것과 「처용가」의 현장 묘사와 폭로는 사건 자체가 상이하여서 함께 논의하기는 어렵다. 그러나 말을 인용하든 현장을 공개하든 요즘의 말로 치자면 마치 '생방송' 하듯이

---

2) 이민홍 譯, 『해동악부』, 문자향, 2008, pp.130~133.

걸러내지 않고 있는 그대로 '직접 중계' 하는 식으로 앞부분을 시작하였다는 점에서는 둘이 서로 같다.

충격적인 에로티시즘 성향의 발화가 향가에서 가능하였다는 사실은 그 이후 고려 속요의 남녀상열지사가 본격적으로 출현하는 현상과 연계될 수 있는 것은 아닐지 조심스럽게 추정해볼 기회를 제공해 준다.

이제 세 편의 도입부를 정리할 차례가 되었다. 사실과 사건의 현장을 인용하거나 되살려 놓는 것으로 결핍과 상실의 노래들은 첫 부분을 채우고 있다. 화자들은 그들이 겪고 있는 현실 앞에서 억울해하고 비탄에 빠지고 또는 의연한 채 하면서 당혹감에 사로잡힌다. 그들의 속마음은 한시라도 빨리 꼬인 문제가 풀리고, 슬픔을 극복하고 혹은 황당한 현장에서 벗어나는 것이었으리라. 그런 식으로 마음의 평온을 되찾을 양이면 이미 체험했거나 현재 체험하고 있는 현실을 잊어버리고 망각의 장막으로 숨어버리는 것이 가장 현명한 일일 것이다.

하지만 성자가 아닌 범용한 인간이 그 일을 해낸다는 것은 요컨대 불가능한 일이다. 잊으려 해도 자꾸 떠오르는 것이 결핍과 상실의 아픈 기억이다. 인간의 이런 심리상태를 떠올린다면 저들이 노래의 도입부에 왜 사실과 사건의 현장을 재현해 놓았는지를 용이하게 이해할 수 있다. 일단 팩트를 전제로 내세우고 소회를 피력하는 것이 곧 시를 형상하고 완성시키는 구성법이기 때문에 그런 식으로 접근하였다고 해석하는 것은 일차적인 풀이가 된다. 그런 기본적인 인식에다 화자들이 감당하기 어려웠던 큰 사건이었으므로 이를 첫머리에 올려놓고자 하는 심리적인 작동을 포개놓고 읽을 때 위의 작품들의 도입부는 그 의미를 더욱 명백히 할 수 있다고 믿는다. 결핍과 상실을 어떻게 풀고 해결할지를 고민하는 일은 이성의 영역에 해당된다. 화자들은 그와 같은 이성의 목소리를 내기에 앞서 감당하기 어려운 정서적인 토로와 발산을 선행시켰다. 그것이 더 시급한 과제로 그들의 발화를 지배하였다. 사실과 사건의 재현은 이래서 이루어졌다고 판단한다.

작품의 결말과 연결시켜서 살펴보면 「원가」와 「처용가」는 탄식과 체념의 독백으로 마무리된다. 다만 「원가」는 컨텍스트에서 노래로 인하여 관직에 임명되기 때문에 행복한 결말로 끝났다고 볼 수 있다. 하지만 작품상으로는 결핍과 상실의 아픔에서 벗어나지는 못하였다. 이 점을 구분해서 읽어야 한다. 「제망매가」의 결사는 미타찰에서 다시 만나기를 기약하는 것으로 끝을 맺고 있다. 종교적인 믿음의 차원에서 헤아린다면 누이의 죽음으로 인해 얻은 정신적인 상처가 일단 억제되고 또한 해소되었다고 해석할 수 있으나 도입부와 그 이하 後4句의 사설을 고려에 넣고 되짚어본다면 혈육을 잃은 비통함은 미타신앙의 힘으로 어렵게 제어된 감성의 밑바닥에 그대로 깔려 있다고 이해하는 것이 옳지 않을까 싶다.

결핍과 상처로 인하여 지어진 노래의 첫머리가 공개와 폭로의 발화방식을 택할 때, 이미 작품의 끝맺음은 문제의 해결 쪽으로 방향을 잡기보다는 감성적인 생각을 털어내는 쪽으로 치우칠 것으로 예상할 수 있었다. 까발리는 행위는 수습이나 해소와는 거리가 멀기 때문이다.

「원왕생가」와 「도천수대비가」로 대표되는 종교적인 기원가의 도입부는 절박한 상태에서도 경건성과 공손한 화법을 잃지 않는다. 신격을 향한 발원은 달을 중간 매개로 하였든, 관음화상 앞에서 직접 토로하였든 또한 말로 소망하는 바를 표했든 제의적인 방식으로 비원을 토설하였든 인간이 택할 수 있는 가장 신성스러운 자세를 견지하는 것이 당연한 자세였으리라. 화자가 바라는 바가 도입부에 놓이지 않는 것도 공손함의

한 표시일 것이다. 그것은 중간 부분 이하에서나 차츰 고할 내용이다. 개구일성(開口一聲)은 막연하게 무엇인가를 발원한다는 식으로 모호하게 끝내고 있는 것이 기원가의 발화가 보여주는 진술법이라 하겠다.

존귀한 인물을 찬모한 노래인 「모죽지랑가」와 「찬기파랑가」의 主旨는 대상 인물의 삶과 정신을 계승하고 추수하겠다는 것이다. 이렇게 천명한 이상 앞부분에서 그들이 어떤 인물이지를 먼저 밝히는 것은 필연의 절차가 아닌가싶다. 이에 따라 전자는 죽지랑의 찬란한 과거를 회상하면서 낙척한 현재의 용모를 그렸고 후자는 기파랑의 정신적인 높이를 달로 치환시켜 놓고 그 위대성을 찬양하였다. 전자가 어두운 면을 부각시킨 반면 후자는 고상하고 거룩한 모습을 드러내는데 치중하고 있으므로 양자 서로 같지 않다. 그러나 그림의 기법을 차용하고 있다는 점에서는 두 노래가 일치한다. 대상 인물이 어떤 형국으로 그려졌든 상술한 바 그들의 뒤를 따르겠노라고 굳게 다짐하고 있다는 점에서 이 두 편의 찬모가는 이른 시기에 한 모형으로 자리를 잡았다고 본다. 회화적인 기법, 그것은 산수자연의 경치를 옮겨 놓는데에만 적용되지 않는다.

「혜성가」·「안민가 」·「우적가」 등은 교술성과 치리가적인 요인을 교차하며 공유하고 있다는 점을 고려해서 함께 살펴보았다. 화자들이 풀어야할 현실적인 과제는 국가적으로나 개인적으로 아주 무겁고 심각한 것이었다. 지혜는 물론 임기응변의 재치도 필요한 그런 난제였다. 이렇듯 어려운 과제를 화자들은 도입부에서 상당 부분 풀어버리는 화법을 사용하였다. 그 말투는 결정적이고 단호하면서 또한 청자의 마음과 생각을 흔들어 놓기에 충분한 것이었다. 「혜성가」는 실제 상황을 무화시킴으로써 당면한 위기를 해결하였다. 「안민가」는 치자가 수행하여야 할 규범적인 治道와 원론을 성명서식으로 선언하면서 난국타개의 방도를 도입부에서 언급하였다. 두 경우 머뭇거릴 여유가 없으므로 당장 해결할 수 있는 길을 제시하는 것으로 첫머리를 시작하였다. 「우적가」는 목숨이 위태로운 상황에서 '설법 아닌 설법'의 방식으로 자기 성찰을 통해 에둘러서 도적들의 심기를 잡는데 성공하였다. 세 편 모두 도입부에서 문제의 본질에 즉각 접근하였다는 점이 그 특성으로 꼽힌다. 서정시의 일반적인 전개과정과는 사뭇 다른 방식으로 보아야할 것이다.

결핍과 상실의 상태에서 산출된 「원가」·「제망매가」·「처용가」는 사실과 사건 현장을 재현해내는 것으로 도입부를 장식한다. 증거를 대고 슬픔과 참담함의 원인이 되는 장면을 앞머리에 올려놓고 원망하거나 비탄과 체념에 빠진다. 문제 자체가 본질적으로 어렵거나 풀기가 불가능한 것인데다 처음의 시작을 공개적으로 드러내고 있으므로 작품의 결말은 비극적인 것으로 매듭을 짓는다. 기법상으로는 야박하거나(「원가」) 쌍스럽거나(「처용가」) 처연한 장면의 새삼스런 회상(「제망매가」)이라서 작품의 미덕이라고 칭할 수는 없으나 비록 추한 것까지도 미적 범주에 포함시키고 있는 문학의 생리를 감안하면 외면할 이유가 없다. 오히려 향가의 도입부가 그런 식의 현장성도 중시하였다는 점을 이 세 편의 노래가 방증하고 있으니 이 또한 특색이 있는 운떼기로 간주함이 옳다.

10편의 작품을 시적인 성향과 주지에 따라 넷으로 분류하여 논의한 바를 요약하면 위와 같다. 도입부는 노래가 시작되는 부분이므로 거기에 시의 핵심이 놓여 있다고 생각할 수는 없다. 이 글의 서론에서 언급한 바와 같이 작품의 첫머리가 어떤 말로 장식되었는지가 매우 중요한 것은 사실이지만 그것만을 가지고 시의 전체를 평가할 수는 없다. 다만 작품이 어떤 방향으로 전개될지를 내다볼 수 있다는 점에서 도입부의 기능은 평가되어야 한다. 아니, 그보다는 첫 발화라는 그 자체에 특별한 의미를 부여하여야 마땅할 것이다.

노래의 중·후반을 이끌어내는 역할, 이것이 곧 우리가 상식으로 알고 있는 도입부의 기능이다. 살펴본 모든 작품들도 제각기 이 기능을 충실히 수행하고 있음은 물론이다. 개별 작품에 따라 다양한 말투로 운을 떼고 있음도 살펴본바 그대로다. 기로 끝나지 않고 승의 몫까지, 심정적으로는 결의 기능까지 담당하고 있다는 느낌을 주는 작품도 읽었다. 그 다채로운 기필은 근대시의 경계에서 탈피하여 현대시의 시대로 접어든 1930년대 이후의 시적인 기필과 가깝다고 보아도 무방하다. 그만큼 향가의 도입부는 조숙한 편이었다.

향가·속요와 자연의 쓰임새

시(혹은 詩歌)와 자연은 매우 친숙한 관계를 맺고 있다. 시적 화자가 자연에 심취하여 읊은 음풍농월류의 작품을 헤아리자면 부지기수로 많다. 강호가도가 그 좋은 예다. 자연은 사람과 더불어 시 짓기의 가장 적합한 질료의 역할을 한다.

작품 전체가 강호가도는 아닐지라도 그 일부가 자연으로 채워지는 예도 적지 않다. 인생이나 세상살이 등을 읊다가 산수자연의 아름다움을 끼워 넣는 경우도 있고 비유하거나 에둘러서 표현하기 위한 시적인 도구로 쓰이는 경우도 허다하다.

향가와 속요에는 예의 강호지락 그 자체만을 노래한 작품은 없다. 자연경관의 아름다움을 텍스트의 일부로 수용한 예도 없다. 하지만 인생이나 인간사를 빗대기 위한 수단으로 자연을 원용한 예는 많다. 본고는 이런 성향의 작품을 모아 성찰하는데 목적을 둔다.

대상 작품의 기준은 자연이 텍스트 안에서 의미 있는 기능을 하고 있는 노래로 정하였다. 가령 향가의 「헌화가」와 「원왕생가」에 각기 나오는 '꽃'이며 '달'은 그 의미와 쓰임새가 이미 상식화되어 있어서 새삼 조명할 필요성을 느끼지 않는다. 속요의 「정석가」를 보면 '모래 – 구운 밤 – 옥……' 등, 연이 바뀔 때마다 다양한 자연이 나온다. 그 의미는 불가능한 것의 가능화를 통한 화자의 강인한 의지다. 이런 정도의 뜻은 문면에 노출되어 있어서 거론할 흥미를 느끼지 못하므로 논외로 두기로 한다. 「서경별곡」의 '대동강', '꽃'도 마찬가지다.

논의의 방법과 순서는 개별 작품에 나오는 자연의 시적인 의미를 먼저 알아본 뒤 그것이 텍스트 내에서 어떤 역할을 하고 있는지 그 쓰임새를 규명하는데 초점을 맞춘다. 다루려는 텍스트가 많으므로 개별 작품을 잠깐 일별하는 식의 독법이 불가피하다. 컨텍스트에 관한 서술도 요지 파악하는 선에서 끝낼 수밖에 없다. 이어서 향가와 속요의 특징을 각기 小結로서 정리하는 절차를 밟기로 하겠다.

본고는 이 책 머리말에서 밝힌 바와 같이 필자의 旣刊 서서인 『신라가요의 연구』(1982, 열화당), 『고려가요의 연구』(1990, 새문사), 『향가여요의 정서와 변용』(2001, 태학사) 등에서 본 논제와 유관된 부분들을 따로 떼내어 약간의 새로운 생각을 보태서 종합한 글임을 밝힌다. 흩어진 조각들을 한군데에 모아서 전체를 조감하는 작업도 의미가 있다고 보아 이 글을 쓰게 된 것이다.

1. 향가의 경우

1) 「모죽지랑가」와 자연의 시대적 함의

「모죽지랑가」는 작자인 득오, 그의 상사인 죽지랑, 그리고 이 두 인물과 대척적인 관계에 있는 익선, 이렇게 세 사람이 엮어내는 갈등이 동인이 되어서 생산된 노래다. 삼각형으로 표현한다면 꼭지점에 죽지랑이 있고 저변을 득오가 받치고 있으면서 양쪽의 사선을 통해 죽지랑과 오랜 세월 동안 맺어온 깊은 관계를 유지하려고 한다. 그러나 방해자인 익선이 나타나서 양쪽 사선의 길목을 막으려는 형국, 이것이 바로 「모죽지랑가」의 텍스트와 컨텍스트가 보여주는 구도다.

「모죽지랑가」는 언제 지어졌을까. 익선이 만들어 낸 불미한 사건이 일어나기 전에 지어진 것으로도 추정할 수 있으나 작자인 득오가 정식

통고도 받음이 없이 창직(倉直)으로 동원되어서 노역에 임하고 있을 때, 자신의 상관을 떠올리며 지었을 확률이 가장 높다. 작품에 나타나 있는 바와 같이 죽지랑과의 만남을 간절하게 바라고 있는 모습이 그러한 해석을 가능케 한다.

> 간 봄 그리매
> 모든 것이 울 이 시름
> 아름다움을 나타내신
> 얼굴 주름살을 지니려 합니다
> 눈 돌이킬 사이에나마
> 만나 뵙도록 (기회를) 지으리
> 낭이여 (당신을) 그리워 하는 마음의 길
> 다북쑥 우거진 구렁텅이에 잘 밤 있으리

일독만으로도 알 수 있듯 노래의 시작과 끝에 '자연'을 배치하고 그것과 죽지랑의 과거와 현재, 그리고 작자의 향후 행로를 연결시킨 기법이 작품의 완성도를 높이는데 일조하였다고 판단한다.

먼저 전반부 4행까지를 끊어서 일별키로 한다. '울 이 시름'이라고 진술하고 있으니 이 노래가 구슬픈 비가임을 쉽게 확인할 수 있다. 그러한 슬픔은 찬모의 대상인 죽지랑의 얼굴에 '주름살'이 잡힘에 따라 어쩔 수 없이 절감하게 된 감상이다. 화랑단의 세력이 전성기를 구가하던 시절에 작자가 접할 수 있었던 죽지랑의 '아름다운' 얼굴 모습이 시대변화에 따라 그렇듯 변모한 것에 대한 차탄이라는 뜻이다. 죽지랑의 현재는 이처럼 비감을 자아낼 정도이거니와 작자는 그것을 더욱 극대화화기 위해서 '간 봄'과 대치시켜 놓고 있다. '간 봄'은 돌이켜 놓을 수 없는 과거의 찬란한 시간이다.

'간 봄', 이것은 계절의 한 토막에 해당되는 '자연'이다. 자연은 동식

물이나 강·산·바다와 같은 것에만 국한되지 않는다. '우주에 저절로 이루어지는 상태'인 사계절도 또한 자연이다. 작자는 이 노래의 첫 줄의 첫 어절을 자연으로 시작하고 있다. 그것은 작품의 전반부뿐만 아니라 시 전체를 좌우하는 기능을 맡고 있다. '간 봄'이 전제되지 않았다면 「모죽지랑가」는 창작되지 않았거나 창작되었을지라도 호소력은 반감되었을 것이기 때문이다.

작자는 한 인물의 영고성쇠를 자연과 결부시켜서 나타낸다. 과거 회상을 통해서 문면에 나타난 자연은 인물의 현재 위상을 지배한다. '간 봄', 다시 말해서 자연이 인물 그 자체일 수는 없다. 인물의 운명을 규정짓고 있다고 말하는 것이 정답이다. '간 봄'은 지난 시대의 역사적인 배경으로 작용하고 있다. 죽지랑은 이미 과거사가 되어버린 계절로 다시 회귀할 수 없는 서글픈 존재로 묘사되어 있고 그것을 몹시도 안타깝게 여기는 득오는 울고 싶은 시름을 주체하지 못 하면서 시를 읊고 있다. '봄'이 아닌 '간 봄'은 이렇듯 두 사람의 오늘을 있게 한 운명적인 시대의 작용이요 능력이며 힘이다. 이 노래에서 인간은 자연이 쳐 놓은 그물을 빠져나오지 못하는 지극히 무력한 존재다. 시대와 역사를 만들어내고 좌지우지하는 것도 인간이지만 그렇게 창조해낸 역사와 시대적 환경에서 벗어날 수 없는 존재도 또한 인간임을 이 노래는 내비치고 있다.

후반부의 핵심은 7·8행이다. 아니 후반부뿐만 아니라 이 노래 전체의 지향이 이 부분에 놓여 있다고 단언을 해도 지나치지 않는다. 여기에 작자의 의지와 지절이 있고 다짐이 있다. 구성진 가락으로 시작된 이 노래는 마침내 서원의 시로 마무리 되면서 한 차원 높은 품격의 노래로 재생된다. 전반부가 과거회상을 통해 현재를 드러낸 것이라면 후반부는 미래의 지향세계를 천명한 것이다. 그것을 설명하기 위해서 공간으로서의 자연인 '길'과 '다북쑥 우거진 구렁텅이', 그리고 시간으로서의 자연인 '밤'이 보조어로 활용되고 있다.

'길'은 작자의 마음이 가고자하는 행로다. 그 '길'은 '간 봄'으로 연결되는 정신적인 통로다. 이미 과거 속에 묻혀버린 '간 봄'은 실제로는 되돌아가고 싶어도 그렇게 할 수 없는 계절이다. 그러나 의지만 있다면 정신적으로는 다시 만날 수 있는 계절이다. 득오가 열망하는 바는 한 시대를 풍미했던 죽지랑의 공훈과 정신을 마음에 간직하고 미래를 향해 마음의 먼 길을 떠나는 것이다. 그 길의 어느 지점에 '-구렁텅이'가 놓여 있을지라도 작자는 그런 곳에서 '밤'을 지새우거나 자면서 죽지랑을 따르겠노라고 선언한다. '구렁텅이'는 고통이 뒤따르는 역경, '밤'은 암흑 속에 갇혀 있는 미래의 시간이다. 작자가 가고자 하는 마음의 행로는 이처럼 험난한 길이다. 그럼에도 이를 감내하겠노라는 그의 진술에서 사모의 대상인 죽지랑을 향한 지절과 항심이 선명하게 빛을 발휘한다.

어둠이 자욱이 깔려있는 밤길, 그리고 다북쑥 우거져서 발길조차 옮기기 어려운 형극의 구렁텅이, 이 모든 자연은 작자가 헤쳐가야 할 험난한 운명의 길이다. 그리고 그 길은 한 인물의 전성시대를 뜻하면서 또한 그것의 소멸을 함축하고 있는 중의적 의미의 자연인 '간 봄' 때문에 불가피하게 생겨난 길이다. 「모죽지랑가」는 시작과 끝에 자연을 설정해 놓고 대상인물을 과거·현재·미래와 연결시켜서 기리고 찬모하는 진술법을 채택하고 있다. 그것의 자연은 한 인간의 영고성쇠와 더불어 향후 나아갈 미래의 시대적인 상황 및 지향과 결부시키는 것으로 쓰여졌고 또한 노래를 읊은 당사자의 곧은 의지를 천명하는 것으로 원용되었다.

2) 「원가」에 드리운 정치적 낙진(落塵)

신충의 「원가」는 임금인 효성왕의 위약이 원인이 되어서 생겨난 노래다. 왕이 신충과의 약속을 지키지 못한 까닭은 그의 망각에서 비롯된 것이 아니라 신충을 반대하는 거대한 정치세력의 방해 때문이었다고 해석하여야 설득력이 있다.

신충은 감내하기 어려운 배신감을 자연의 생리와 형체를 적절히 활용하여 조용히 토로하고 있다.

> 무릇 잣이
> 가을에도 안 이울어지매
> 너 어찌 잊으리 하시던
> (그래서 감격하여) 우러러 뵙던 (임금의) 얼굴이 (내 마음 속에) 계시온대
> 달 그림자 옛 못에
> 가는 물결 원망하듯이
> 얼굴을 바라보나
> 누리도 싫구나

'잣 – 가을 – 달 그림자 – 못 – 가는 물결' 이렇게 나열해 놓고 보니 만약 이 일군의 '자연' 들이 빠졌다면 작품 자체가 형성될 수 없었으리라는 생각을 하지 않을 수 없다. 이런 견해는 뒤집어서 말하자면 작자인 신충이 자신의 심경과 생각을 토로함에 있어서 그만큼 여러 가지 형태의 자연에 의도적으로 의존하였다는 말이 된다. 인생과 인간사의 제 양상을 어느 무엇에다 견주어서 표현하고자 할 때 자연은 그만큼 인간과 가까운 거리에 있으면서 항시 친숙한 관계를 유지하고 있음을 새삼 깨닫지 않을 수 없다.

먼저 '잣(나무)'에 대해서 살펴보자. '잣'은 前日 잣나무 아래에서 임금이 약속한 바를 되살리고자하는 뜻에서 원용하였을 것임이 분명하다. 또한 그런 일이 없다고 할지라도 '잣' 그 자체의 성향 때문에 쉽게 시어로서 차용하였으리라. 시를 읽어보면 이 둘의 경우가 모두 작용되었다고 판단함이 옳다. 그렇다면 전자는 증언(증거)의 기능, 후자는 불변과 신의의 상징적인 자연물이 된다. 궐내에 다른 나무들도 많았을 터인데 왜 하필 잣나무 아래에서의 만남이 이루어졌을까. 마치 꾸민 얘기처럼

읽혀지는 당시의 상황은 신충을 그곳으로 인도한 효성왕의 굳은 의지를 떠올리게 하는 장면이다.

계절이 바뀌어서 '가을' 바람이 불지라도 변함없는 모습으로 의연하게 서 있을 잣나무, 그 잣나무를 노래의 첫머리에서부터 거론한 것은 왕의 굳은 언약과 초심을 환기시키면서 작품 전체를 이끌려는 의도였을 것이다. 잣은 신뢰와 불변에 바탕을 둔 인간관계를 강조하는 은유다.

금석과 같은 맹약이 불행하게도 파기되자, 바꿔 말하면 가을바람에 잣나무가 뜻밖에 그 고고한 기상을 잃자(왕의 위약=잣나무의 변색) 다시 자연 현상에 연쇄 반응이 일어나는 슬픈 사태가 발생한다. '옛 못'에 '가는 물결'이 번짐에 못에 잠겨 있던 '달 그림자'는 온전한 모습을 유지하지 못하고 일렁대며 찌그러진 상태로 변하는 지경에 이르고야 말았다. '달 그림자'는 왕의 현재 모습을 은유한 것일 터이고 '옛 못'은 평온한 조정으로 이해할 수 있으며 바람이 불어옴에 따라 일어난 '가는 물결'은 외부 세력의 준동으로 해석하면 근사할 터이다. 그러나 이런 풀이와 달리할 수 있는 해석의 길도 열어 두는 것이 좋다.

만사휴의요 적막강산과도 같은 눈앞의 현실을 작자는 위와 같이 그려 놓았다. 「원가」는 '잣나무의 노래'라고 칭해도 좋다. 일부 학자가 「원가」라 하지 않고 「柏樹歌」라 주장하는 데는 그만한 이유가 있다. 창작 배경과 작품의 첫머리부터 잣나무가 등장한다. 이렇게 시작된 잣나무는 그 자연성의 변질을 겪으면서 그 여파를 다른 자연에까지 파급시킨다. 그러므로 「원가」는 자연을 골격으로 해서 정치 사회의 한 단면을 압축해 놓은 시가다. 변질될 수 없는 자연이 뜻밖에 변질되어서 다른 자연 현상까지 파괴시키는 구도 안에 변화무쌍한 정치사회의 배반과 인간세상의 염량세태를 옮겨 놓은 노래, 이것이 「원가」의 주지라 하겠다. 증거물·불변의 표상·속고 속이는 인간 세상의 추악한 단면, 이런 쓰임새로 작용키 위하여 자연은 그 자신의 본래 모습이 무너지는 것을 감내하였다.

3) 「찬기파랑가」의 자연과 인간과의 등가(等價)

「찬기파랑가」는 제목이 가리키는 바와 같이 '기파랑'을 찬모한 노래다. 기파랑이 누구인지는 알 수 없다. 죽지랑과는 달리 그의 이름과 행적은 『삼국사기』의 어느 곳에도 나타나 있지 않다. 또한 창작 배경이나 동기 등이 밝혀져 있지 않고 노래 한 편만 달랑 전해올 뿐이다. 이렇듯 기록이 전해오지 않는 인물이지만 우리는 그가 신라 중대 역사에 실존했던 인걸이었다는 사실만은 부인하지 않는다. 화랑의 신분으로서 활약했던 인물로 보는 것이 통설이지만 그렇게 단정할 수 없고 제세적인 능력을 가진 존재, 또는 불전에 나오는 의왕(醫王) 및 기타의 존재로 추정하는 학설도 있다.[1] 실로 견해가 분분하다.

화랑이었든 또는 제세의 걸출한 인물이었든 「찬기파랑가」는 요컨대 「모죽지랑가」와 더불어 '사람'을 읊은 노래다. 그것도 그냥 무덤덤하게 읊은 것이 아니라 비유법을 능숙하게 활용하면서 인물의 정수를 드러내고 있음을 우리는 익히 알고 있다. 그렇게 묘사하는 과정에 '자연'이 등장하고 그 자연은 인물과 연결되면서 작품의 의미와 품격을 더욱 상승

---

1) 尹榮玉, 『신라시가의 연구』, 1980, 형설출판사, p.50.
한편 金榮洙는 그의 논문 「찬기파랑가, 민중구제의 醫王 찬가」(『삼국유사와 문화코드』, 일지사, 2009, pp.220~232)에서 기파랑을 佛典(「佛說柰女耆婆經」, 「佛說觀無量壽經」)에 나오는 醫王인 耆婆라고 규정하였고, 이어서 「찬기파랑가」는 그러한 존재를 평소 흠모하던 충담사가 그를 찬미하기 위해서 지은 불찬가요라고 하였다. 의왕인지라 당시 혼란과 갈등을 거듭하고 있는 신라의 여러 어려움을 치유할 수 있다고 믿은 끝에 「찬기파랑가」를 짓게 되었으며 경덕왕이 충담사에게 「안민가」의 생산을 명한 까닭도 「찬기파랑가」의 함의에 공감하였기 때문이라고 하였다. 치밀한 고증 끝에 이끌어낸 결론에 깊은 관심을 표한다. 그런데 의왕 기파는 神格, 곧 神的인 존재다. 이 점 그도 확인하고 있다. 그런 신성스런 존재를 찬미한 「찬기파랑가」는 그러나 '사람'을 기린 노래임이 명료하게 드러나 있다. 신적인 존재가 어떻게 '人間'으로 강등 되어서 작품으로 환생할 수 있는지 그것이 이해가 되지 않는다. 또한 치유의 의왕이라면 노랫말에서 그 위력을 발휘하여 당시 신라사회가 당면한 어려움을 고치고자하는 내용이 담겨있어야 마땅하다. 그런데 그런 장면은 없고 홀연히 사라져가는 기파랑의 모습만 있다. 이런 점들을 어떻게 이해하여야 옳은지?

시키고 있다.

> 열치고
> 나타난 달이
> 흰구름 좇아 떠가는 것 아닌가
> 새파란 냇물 속에
> 耆郎의 모습이 있어라
> 逸烏 냇물의 조약돌이
> 낭이 지니신
> 마음의 끝을 좇과저
> 아으 잣가지 높아
> 서리 모르올 花判이여

위에서 말한 바와 같이 이 노래는 기파랑을 기리며 읊은 노래이면서 또한 그의 고결한 정신을 계승하겠노라고 다짐하는 노래이기도 하다. "낭이 지니신/ 마음의 끝을 좇과저"라고 고백한 7·8행이 이를 말해주고 있다. 부드럽게 피력하고 있으나 그 뜻만은 「모죽지랑가」의 결연한 각오와 통하는 문맥이다.

작자는 찬모의 대상인물과 그 자신을 이분법적인 사고에 의해서 둘로 나누고, 양자의 거리를 넓힐 수 있는 데까지 넓혀 놓는다. 기파랑은 천상의 존재로, 그 자신은 지상의 하찮은 존재로 규정해 놓고서 대척적인 상황을 조성한다. '하늘의 달', '(逸烏)냇물의 달'은 기파랑의 것이고 '조약돌'은 작자의 것 그리고 '잣가지', '서리'는 기파랑의 품격을 그리기 위해서 동원된 보조 어휘다. 이 모두는 자연의 형체들이니 실로 「찬기파랑가」도 자연으로 채색된 작품이라 일컬어도 무방하다.

인물을 자연에 빗대는 기법, 바꿔 말하면 자연을 인물과 等價시키는 방식, 이것은 후대 고려가요 이후의 詩歌에서 자주 접할 수 있는 양상이거니와 현전하는 우리 고전시가에 국한시켜 놓고 볼 때 그 근원이 향가에 있음을 「찬기파랑가」 등은 명쾌하게 입증해 주고 있다.

기파랑과 화자인 충담사의 차별상은 어떤 자연을 대입시키느냐 여부에 따라 결정된다. 이 노래에서 자연의 의미와 가치는 그만큼 절대적이며 규정적이다. 시적 화자가 숭모하는 대상인물을 '달'로 비유할 때 우리는 그 인물이 아주 고귀한 존재였음을 금세 간파할 수 있다. 그리고 그 달이 하늘에만 떠있는 천체가 아니라 '청사(靑史)'를 상징하는 지상의 새파란 냇물 속에도 잠겨 있음을 아는 순간 기파랑은 공간과 시간을 뛰어넘어서 작자는 물론 후대인의 가슴에 영원히 살아 있는 구원의 표상으로 확고하게 자리를 잡고 있음을 또한 읽을 수 있다. 자연으로 치환된 기파랑은 이것으로 끝나지 않는다. 오상고절의 상징인 잣가지로 변신하여 서리조차 범접할 수 없는 '화판'[고깔]으로 다시금 태어난다. 기파랑이 이렇듯 몇 번에 걸쳐서 자연과 연결되어 거룩하게 표현되는 동안 작자는 한갓 보잘 것 없는 냇물가의 조약돌로 낮추어 자임하면서 낭의 고결한 정신세계를 추수하겠노라고 맹세한다.

장황한 평설을 모두 제거하고 노래의 줄거리만 잡아보면 대충 위와 같다. 이제 우리가 간추려야 할 요점은 작품 속의 두 인물이 자연과 어떤 관계를 맺고 있느냐하는 점이다. 우선 먼 것부터 지적하자면 이 노래에 그렇듯 여러 형태로 빈번하게 등장하는 자연은 상술한바 후대 작품들에서 산견되는 인물 혹은 사건의 배경이 아니라는 점, 그리고 인물과 자연의 불화, 곧 자연은 늘 변함이 없는데 반하여 인사는 굴곡이 심해서 시적화자가 탄식하는 그런 대립관계가 아니라는 점이다.

그러면 무엇인가. 인물과 자연의 일치요 합일이다. 이런 식으로 말하면 후대 강호가도에서 인간이 자연에 침잠하여 그와 친화의 관계를 유지하는 그런 합일을 연상하기 쉬우나 「찬기파랑가」의 경우는 그렇지 않다. 바꿔 말하면 인간이 자연에 의식적으로 몰입해서 형성되는 인위적인 합일이 아니라 그 이전의 상태, 즉 존재론적 차원에서 인물이 곧 자연, 자연이 곧 인물이라는 식의 一價値적 느낌을 이 노래는 암시하고 있다는 뜻이다. '인물=자연'의 등식을 일궈내기 위해서 작자는 어쩔 수 없이 은유의 수사법에 의탁하고 있음을 우리는 안다. 그러나 숙고해보면 인물과 자연 사이에 놓여 있는 수사법마저 거추장스럽게 느껴질 정도로 이 노래에서 인물과 자연은 완벽하게 등치(等値)되어 있다. 무엇과 무엇을 연결시켜주는 '관계'라는 말이 어색할 정도로 인물과 자연은 하나로 포개져 있다. 이렇게 정의를 내리는 것 이상의 다른 해석이 필요할지 우리는 알지 못한다. 인물과 자연이 원칙적으로 둘이 아니고 하나인양 느끼도록 쓰인 예를 이 노래에서 우리는 읽는다.

4) 「제망매가」의 자연과 인간운명의 일치

월명사가 죽은 누이를 위하여 사십구재를 올리며 읊은 「제망매가」는 「찬기파랑가」와 함께 향가 중에서 가장 뛰어난 작품으로 꼽히고 있다.

> 生死의 길은
> 여기 있으니 두려워하고
> 나는 간다는 말도
> 못다 이르고 가느냐
> 어느 가을 이른 바람에
> 여기저기 떨어지는 나뭇잎처럼
> 한 가지에 나고서도
> 가는 곳 모르는구나
> 아으 彌陀刹에 만날 나
> 道 닦아 기다리리

친 혈육의 죽음을 애통해 하면서 처절하게 진술하고 있는 점이 읽는 이로 하여금 처연한 정서를 느끼게 한다. 이 점을 일단 인정하고 다시 숙독해 보면 그러나 이 노래에 대단히 엄청난 메시지가 담겨져 있거나 눈을 현혹시킬만한 표현기법과 언술이 드러나 있는 것이 아니라는 점도 깨닫게 된다. 작자가 말하고자 하는 主旨는 앞의 넉 줄과 결사인 끝의 두 줄에 놓여 있다. 이것을 다시 옮겨서 읽기로 하자.

> 生死의 길은/ 여기 있으니 두려워하고/ 나는 간다는 말도/ 못다 이르고 가느냐/ ………/ 아으 彌陀刹에 만날 나/ 道 닦아 기다리리

필자는 지금까지 이 노래를 여러 논저에서 매양 추어올리는데 주저하지 않았다. 그만한 대우를 받을만한 작품이기 때문이다. 그러나 완벽하게 공감할 수 있는 작품이란 없는 법이니 이번에는 미흡한 부분에 초점을 맞춰 본 뒤 다른 얘기로 넘어가기로 하겠다.

요컨대 「제망매가」의 주지는 범상하기 이를 데 없는 것이요 누구나 토해낼 수 있는 넋두리에 지나지 않는다. 善鄕歌者로 이름난 월명사의 솜씨라면 그 이상은 되어야 하지 않느냐 하는 아쉬움이 남는다. 내용에서나 언표에서나 이른바 눈과 귀를 놀라게 할만한 '별스러운 그 무엇'이 없다는 뜻이다. 경천동지할만한 것은 아닐지라도 적어도 일상에서 흔히 들을 수 있는 상식적인 언사의 수준만은 뛰어 넘어야 할 터인데 그렇지 못하다는 점에서 다소 실망스런 노래라고 이해할 수도 있다. 生死는 그나마 둘이 아니고 하나이며 인간은 늘 이와 동반하며 산다는 1~2행의 진술이 돋보이나, 이도 알고 보면 佛家의 상식 중의 상식이니 야단스럽게 거론하기에는 뭔가 미흡한느낌이다.

천수백 년 전의 시대나 지금의 시대나 시를 접하는 독자는 모두 그 시대의 감성과 지성의 평균 수준을 조금쯤은 상회하기를 기대하

는 경향이 있다. 그런 관점에서 재단할 때 「제망매가」는 그토록 극찬할만한 명편은 아닐 수도 있다.

작자가 말하고자 하는 바가 담겨 있는 위(4행까지)와 아래(9~10행) 부분이 그와 같다면 그 나머지 대목이나마 좀 돋보여야 할 터인데 사정이 그렇지만도 않다는 것이 또한 필자가 다시 읽어본 이 노래의 수준이다. 5~8행을 재차 인용키로 하자.

> 어느 가을 이른 바람에/ 여기저기 떨어지는 나뭇잎처럼/ 한 가지에 나고서도/ 가는 곳 모르는구나

이 부분을 두고 적절한 수사, 혹은 뛰어난 비유법 운운하면서 호평해 마지않는다. 틀린 말은 아니다. 인간의 죽음을 이 이상 더 어떻게 비유적으로 그려낼 수 있을까. 향가 가운데 명작이라는 선입관을 배제하고 담담한 심정으로 읽어도 그렇다. 하지만 비판적인 시각으로 투시한다면 그렇듯 후한 점수를 매겨도 되는지 의문이다.

어쨌든 여기에 이르러 비로소 '자연'이 나오고 그 자연은 인간의 핏줄과 죽음을 대신 말해주는 시어로 작용한다. '한 가지'는 동기간의 혈육관계, '가을 이른 바람'은 조락을 재촉하는 운명, 그리고 '떨어지는 나뭇잎'은 죽음을 말하는 것이다. 자연은 이렇게 인간의 혈연과 죽음을 비유하는 도구로 유용하게 쓰이고 있다. 「제망매가」에서의 자연의 의미는 참으로 보편적이며 쉽다. 그렇기 때문에 요란스럽게 거론할 거리가 못 된다.

지금 필자는 현대의 수사학을 기준으로 해서 이 자연의 은유를 저울질하는 것이 아니다. 그 당시로 돌아가서 살피고자 노력하고 있거니와 그럼에도 이런 정도의 비유적인 언술은 그때의 수사로도 예사로운 수준에 지나지 않는다고 믿고 싶다. 인간과 자연과의 관계는 인류 역사가 시작되면서 비롯되었고 그것이 문학적으로 활용된 것도 아주 오래 전의

일임을 우리는 잘 알고 있다. 은유의 기법은 요즘과 큰 차이가 없으리만큼 자연을 통한 수사는 높은 경지에 이르렀다. 그 좋은 예로 앞에서 다루었던 몇 편의 향가에서 그 진상을 읽을 수 있다. 「모죽지랑가」에서 '간 봄 – 다북쑥 우거진 구렁텅이', 「원가」에서 '잣 – 달 그림자 – 못 – 물결', 「찬기파랑가」에서 '달 – 냇물 – 조약돌 – 서리 –고깔' 등의 언어들은 이를테면 함의와 속뜻을 내포하고 있다. 함축된 의미를 지니고 있다는 말은 시인의 사유세계가 깊이와 폭에 있어서 평상 수준을 능가하고 있음을 말한다.

「제망매가」의 자연들은 그렇지 않다. 함축된 뜻이 없다고 해서 무조건 평범한 노래로 치부하는 것도 온당한 처리가 아님을 우리는 잘 안다. 그런 점을 고려하고 재독하여도 이 경우 워낙 흔한 비유라서 은유법의 효과에 의문이 드는 느낌만은 지울 수 없다. 이런 정도의 수사적인 기법은 「제망매가」 이전에도 흔히 사용된 표현방식이었으리라.

지금까지 필자는 「제망매가」에 대한 기존관념에서 벗어나 이 노래를 비판적 시각으로 해석해 보았다. 작품의 주지가 담겨 있는 시행들도 그렇거니와 자연을 활용한 비유의 문맥들을 놓고 볼 때에도 「제망매가」는 통념처럼 그렇듯 특출한 작품은 아니라고 진단하였다. 자연의 범용한, 혹은 밋밋한 쓰임새, 이것이 「제망매가」의 한계일 수 있다고 논단하였다.

이제 반전의 기회를 맞이할 차례가 되었다. 위에서 살펴본 바가 되레 「제망매가」의 장처가 된다는 논리는 예컨대 상식적이고도 평범한 진술이라는 이유 때문에 절창으로 통하는 한용운의 시를 떠올리면 쉽게 입증이 된다. 기발한 수사도 없고 시어라고 해야 일상어의 테두리를 벗어나지 않은 한용운의 시는 다른 이유 때문에도 그렇지만 특히 그런 점이 오히려 긍정적으로 작용하여 독자의 심금을 울리고 있다. 어디 만해의 시 뿐이랴. 현대를 살다간 박인환(朴寅煥)의 「세월이 가면」도 사랑='여름 날 호숫가 그 가을의 공원 – 나뭇잎 – 흙'으로 아주 쉽게 채색되었기 때문에 회자되는 것이 아닌가.

「제망매가」의 자연도 그와 같은 선상에 놓인다. 야단스럽지도, 화려하지도, 별스럽지도 않은 자연의 쓰임새, 이것이야말로 이 노래를 명편으로 태어나게 한 요인이었다고 판단한다. 줄기에서 나뭇가지가 뻗어나오고, 가을바람으로 인하여 나뭇잎은 낙엽이 되어 떨어지고, 떨어진 수많은 낙엽들은 이리저리 뒹굴다가 각기 어느 곳으로 사라져 버리고……. 이런 현상은 자연의 섭리요 어길 수 없는 天理임은 우주가 생긴 이래 변함없이 이어져 온 것이다. 마찬가지로 한 어미의 몸에서 형제자매나 오누이가 태어나고, 그들이 어느 시기까지 함께 살다가 그 중 한 명이 이승을 떠나는 인간의 운명, 그것 또한 하늘의 섭리요 천리임을 아무도 부인할 수 없다. 이렇듯 자연과 인간이 함께 공유하고 있는 태초이래 원리를 그냥 간과하지 않고 기발한 진술을 거부하며 쉽게 연결시켜서 한 편의 노래로 흡수하였다는 점은 요컨대 「제망매가」의 미덕이다. 자연의 일생이 인간의 일상과 같다는 깨달음을 새삼 인식시키고 있다는 점에서 그렇다.

자연현상과 인간의 삶과의 충돌 또는 괴리는 후설할 속요에서 자주 나타난다. 「제망매가」의 자연은 그와는 달리 인간의 태어남과 죽음을 자연화시켰다는 점에서, 뒤집어 말하자면 인간은 그의 출생과 죽음을 자연현상과 일치시켰다는 점에서 그 쓰임새에 인위적인 요소가 가미되지 않았음을 말해주고 있다.

향가에서 자연의 쓰임새를 살펴 본 지금까지의 논의 결과를 토대로 먼저 지적하고 싶은 바는 하늘을 향한 작가들의 믿음이 졸연치 않다는 점이다. 「찬기파랑가」의 충담사와 「원가」의 신충은 달을 통해서 말하였고, 달은 그들의 심정에 맞춰서 효과적으로 작용하는데 기여하였다. 불과 14편에 지나지 않는 작품에 번다할 정도로 달이 나타나는 까닭으로 이를 특별한 느낌이 없이 무심하게 지나쳐버리는 내성에 우리는 젖어있다. 그러나 생각을 돌려서 되짚어 보면 그것은 결코 범상한 현상이 아님을 깨달을 수 있다. 지상의 미미한 존재인 인간이 하늘의 천체를 매개로 하여 무엇인가를 진술하고 피력한 행위는 실인즉 세상의 한계를 뛰어넘어 하늘과 교통하는 새로운 우주를 향가의 작가들이 창조해냈다는 얘기가 된다. 그들은 달의 형체를 보고 고귀함·존엄함·불변의 이치를 읽었다. 그리고 그것을 인물을 묘사하는 질료로 활용하였다. 「찬기파랑가」에서 기파랑은 작품이 지어지기 이전에 이미 존귀한 인물이었다. 그런 인물을 작자는 하늘에 떠있는 달로, 새파란 냇물 속에 잠겨 있는 달로, 두 번 씩이나 치환시켜 놓았다. 달은 작자의 뜻에 따라 그렇게 쓰여졌다. 「원가」의 효성왕은 신하와의 약속을 어긴 임금이지만 그래도 작자는 군왕의 威儀와 체통을 고려하여 달(그림자)로 규정하였다. 임금의 말 한마디가 천금보다 무겁다는 불변의 진리를 강조하기 위하여 하늘의 달을 끌어들였다. 달은 그 사정에 동의하면서 작자의 의도에 따라 쓰여졌다. 하늘에 존재하는 자연, 그것을 향가의 작가들은 이른 시기에 그 가치와 의미를 찾아내어서 그들의 노래에서 최상의 것으로 쓰이도록 배치하는 지혜를 발휘하였다.

향가의 자연은 또 어떻게 쓰였을까. 인간사의 원칙과 본령, 순리 등과 같은 것을 드러내는데 여러 종류의 자연이 동원되었다. 사람이나 사람 사는 사회의 가변성과 굴곡과는 달리 자연은 어떤 경우에든 변질되거나 변형되지 않는다. 인간은 그런 자연에서 원칙과 이치를 추출하여 견주고자 하고 또한 배우고자 한다.

「원가」의 '잣'(栢樹)은 증거물이면서 또한 불변의 표상으로 쓰였다고 위에서 언급한 바 있다. 신충은 왕의 위약을 원망하면서 잣나무의 성향을 거론하였다. 잣나무는 신의의 소중함을 가리려는 신충을 위해 봉사하였다. 「모죽지랑가」의 '간 봄'은 또 무엇인가. 사계절의 첫머리를 장식하는 '봄'은 삼라만상이 겨울잠에서 깨어나 기지개를 펴는 재생의 시간을 말한다. 그것이 봄의 원리요 우주자연의 이치다. 그렇듯 생동하는 계절이 과거의 시간 속에 묻혀서 '간 봄'으로 변한 이상 그것은 '봄'의 성향을 상실한 것이요, 계절의 순리를 거역한 것이다. 「모죽지랑가」는 죽지랑의 신세를 봄의 특질을 잃은 '간 봄'으로 대치하였다. '간 봄'은 작자의 뜻에 따라 봉사하였다. 「찬기파랑가」의 '잣가지'와 '서리'는 오상고절을 말할 때마다 자주 쓰이는 선험적인 자연이다. 하늘의 달로 비유된 기파랑은 다시 지상의 잣가지와 서리와 짝을 이루면서 거듭 태어났다. 잣가지와 서리는 개결하고 고상한 인간의 정신을 표징하는 원형의 자연, 그 자연은 작자가 계획한 구도에 따라 배치되었다. 「제망매가」의 '가을바람'과 '낙엽'은 거역할 수 없는 하늘의 이치요 계절의 순환 원리다. 그 철칙이 월명사에게 이어져서 누이의 죽음을 자연현상의 변화로 느끼게 하였다.

향가의 자연은 또 이런 경우에 활용되었다. 역경에 처했을 때, 또는 어려울 때나 슬플 때 자연은 화자의 생각과 진술을 지배하였다. 그 본질이 밝고 즐거운 상태를 보조해 주는 일에 개입하지 않고 그 반대쪽 방향으로 쓰였다. 「모죽지랑가」의 '다북쑥 우거진 구렁텅이'와 '밤'을 다시 떠올리면 쉽게 수긍할 수 있으리라. 그것은 곧 역경의 표상어였다. 「제망매가」의 '이른 바람'과 '낙엽'은 인생에서 가장 슬픈 죽음의 순간을 지시하는 것으로 활용되었다.

크게 보아서 향가의 여러 자연들은 시대적·역사적 상황의 변천에 따라 영고성쇠의 길을 밟은 인간의 운명, 조변석개의 정치무대에서 입신출세의 기회를 놓친 정객의 원한, 고귀한 인물의 대체물, 그리고 인간의 죽음 등 여기저기에 파고 들어가서 작품이 말하고자 하는 바에 쓸모 있게 기여하였다. 어느 노래는 자연이 빠지면 시 자체가 성립되지 않을 정도로 분장의 역할을 단단히 하였다.

2. 속요의 경우

1) 「이상곡」과 절망적 환경, 그리고 다짐을 위해 쓰인 자연

「이상곡(履霜曲)」은 님에 대한 사랑의 불변을 다짐하는 노래다. 여러 종류의 자연물이 등장하는데 일상적으로 접할 수 없는 것들이 주류를 이루고 있으며 또한 이것들은 안온하지 못한 작품의 정서를 조성하는데 하나의 요인으로 작용하고 있다.

비 오다가 개여 아! 눈이 많이 내리신 날에
서리어 있는 수풀 휘돌아 가는 좁은 길에
다롱디우셔 마득사리 마두너우세 너우지
잠 앗아간 내 님을 그리어
그런 무서운 길에 자러오겠습니까
때때로 벼락이 쳐서 무간지옥에 떨어져
바로 죽어 없어질 내 몸이
마침내 벼락이 아! 쳐서 무간지옥에 떨어져
바로 죽어 없어질 내 몸이
내 님 두고 다른 산을 걸으리오
이리할까 저리할까
이리할까 저리할까 기약이겠습니까
아소 님이여 한 곳에 가고자 하는 기약(뿐) 입니다

다른 것도 아닌 변치 않을 영원한 사랑을 다짐하고 고백하는 노래임에도 시의 분위기는 무겁고 어둡고 살벌하기까지 하다. 가볍고 경쾌하게, 혹은 가냘프고 부드럽게 가급적이면 교태가 넘치는 목소리로 호소하여야 제 격인데 그렇지 않다는 점에서 분명 「이상곡」은 이색적이다.

화자가 그렇듯 열애에 빠지고 싶어 하는 대상인 님은 원천적으로 작자와 함께 할 확률이 거의 전무한 것으로 그려져 있다. 5행 "그런 무서운 길에 자러오겠습니까" 이 구절은 님이 자기가 있는 곳에 오지 않을 것이라는 절망적인 판단, 곧 화자와 님의 재회는 가능치 않다는 속내를 드러낸 것이다. 끝 줄 "아소 님이여 한 곳에 가고자 하는 기약(뿐)입니다"에서 화자의 희망적인 기대심리를 읽을 수 있으나 이미 님과의 불통을 전제로 한 상태에서 발설된 말이기 때문에 그것은 아주 막연한 소리, 허언으로 끝날 소망일뿐이다.

"무서운 길에 자러오겠습니까"라는 비관적인 언사가 끝나고 그 뒤를 잇고 있는 6행에서부터 서너 줄까지 이어지는 진술은 또 어떤가. 요지는 '벼락'을 맞아 '무간지옥'에 떨어져서 죽을 목숨이요 유한한 존재에 불과한 몸인데 어찌 '다른 산'(다른 상대)을 사랑할 수 있겠느냐는 뜻이다. 사랑의 고백, 영원한 사랑의 다짐을 이런 어법으로 토로하는 예가 과연 몇이나 있을까. 사랑의 노래에 '벼락'이며 '지옥'이며가 가당키나 한 것인가. 상술한 바와 같이 무섭고, 어둡고 살벌한 진술에 당혹감을 느끼지 않을 수 없다.

화자는 자신이 겪고 있는 심적인 고통을 '비 – 눈 – 수풀 – 좁은 길 – 무서운 길'로 견주어서 나타내고 있다. 변덕스럽고 우중충한 기상 상태와 음산하기 그지없는 공간 조건을 제시하고 그런 곳에 그는 처해 있다고 말한다. 이들 자연은 결국 삶과 세상사의 악조건을 비유함과 동시에 님과의 만남을 방해하는 벽의 역할을 하고 있다. 악천후와 험난한 지형은 평온하지 못한 인생을 드러내는데 아주 적절한 자연이다. 이 경우 자연이 그 스스로 인생에 이입되면서 불안한 존재로 만드는 것도 아니고 불화를 조성하는 것도 아니다. 화자가 그 자신의 처지에 맞도록 여러 자연을 재구성하여 배치시켜 놓은 것이다. 자연은 각기 독립된 자연 그대로이기를 원하여 비·눈·수풀·길 모두가 그냥 그대로 있기를 바라는데 화자는 비와 눈을 합쳐서 궂은 날씨를, 수풀에 서리어를, 길에 좁고 무서움을 冠하여 각색한 뒤 그것들을 자신의 현재 상태를 반영하는 것으로 활용하고 있다. 그러므로 「이상곡」 전반부의 자연은 인간의 외롭고 고통스런 환경을 만드는데 기여하고 있다. 자연=아름다움이라는 등식은 여기서는 찾을 수 없다.

작품의 후반부는 거듭 말하거니와 두려움을 자아내리만큼 살벌하다. '벼락'이 두 번 반복되고 이승의 자연은 아니지만 '무간지옥'이 나옴에 따라 공포감을 느낄 정도다. '다른 산'을 거론하는 것도 화자가 평상심에서 벗어나 있음을 반증하고 있다. 이들 모두가 변심을 거부하는 화자의 의지와 각오를 다짐하는 도구로 활용되고 있는 강조법임을 모르지 않으나 지나친 언술이요 자학적인 표현임을 부인할 수 없다. 사랑을 고백할 때 흔히 쓰는 '목숨보다 소중한 사랑', '목숨과 바꿔도 좋은 사랑'이라는 말에는 거부반응을 일으키지 않으나 '벼락 – 무간지옥'을 들먹이며 토해내는 사랑의 고백에는 쉽게 정감을 표시하기가 힘들다.

전·후반부의 자연을 다시 나열하자. '비 – 눈 – 서리어 있는 수풀 – 좁은 길 – 무서운 길 – 벼락(무간지옥) – 다른 산', 이 모든 것이 화자의 절망적인 현실을 대변해 주는 도구임은 확실하다. 또한 분명한 것은 자연은 문학에서 인생과 만날 때 밝고 아름다운 미감으로만 작용하지 않고 암울하고 절망적인 것을 강조하는 도구로도 기능하고 있다는 점이다.

2) 「정과정」의 자연과 두 가지 의미

> 내 님을 그리워하여 울고 지내니
> 산 접동새와 나는 비슷합니다
> 사실이 아니며 거짓인 줄을, 아으
> 殘月曉星이 알 것입니다
> 넋이라도 님과 함께 가고 싶어라, 아으
> 우기던 사람, 그 누구였습니까
> 과실도 허물도 천만 없습니다

말짱한 말이었음이여
슬프구나, 아으
님이 나를 하마 잊으셨습니까
아소 님하 돌려 들으시어 사랑해 주소서

감탄 조흥구 '아으'가 이례적으로 3·5·9행 끝어절에 세 번씩이나 연거푸 놓여 있는 시적인 구성에서 작자의 참담한 심경을 읽을 수 있다.

이 노래에서 접할 수 있는 자연은 '산 접동새'와 '殘月曉星'이다. 달랑 그것뿐이다. 2행과 4행에 놓여 있는 이 둘은 5행 이하 끝줄까지의 사연과 연결된다. 요컨대 자신에게는 '과실도 허물도 천만' 없고 주위에서 이러쿵저러쿵 참소하는 말은 모두 '말짱한' 거짓말인데 그것을 담보해 주고 있는 것이 곧 '잔월효성'이라는 것이다. "님이 나를 하마 잊으셨습니까/ 아소 님하 돌려 들으시어 사랑해 주소서"라고 읍소하는 화자의 울음은 '산 접동새'의 울음과 다를 바 없다는 뜻이다. 산에서 우는 새와 새벽 하늘에 떠있는 달과 별을 차용하여 자신의 심경을 밝히고 무고함을 증명하려는 화자의 시도는 매우 적절하다. 표면상 그것들은 작자와 일치를 이룰 수 있는 요인을 지니고 있다. 특히 蜀의 望帝와 관련된 슬픈 故事를 지니고 있는 접동새임을 상기하면 화자의 신세가 그와 같다고 술회한 대목은 설득력이 있어 보인다. 따라서 자연에다 자신을 투시한 화자의 감성과 지혜는 일단 평가할만하다. 이것이 「정과정」의 자연에서 읽을 수 있는 첫 번째 국면이다.

그런데 인간이 비극적인 상황에 처하여 막막함과 울울함을 달래기 위해서 자주 자연 현상을 원용하는 것을 보면 그 심사를 이해하면서도 또한 아전인수격의 사고와 직면하게 된다. 이것이 두 번째로 말하고자 하는 주제다.

「정과정」에서 '산 접동새'와 '잔월효성'은 시적 화자와 아무 상관이 없다. 故事를 십분 수용할지라도 망제와 「정과정」은 요컨대 별개의 존재다. 작자가 자신을 마치 망제의 억울한 혼령이 깃들어 있는 접동새인 양 자임하고 있으나 그것은 자신에게 유리하게 해석해서 내린 착각에 지나지 않는다. 상관이 있다고 화자가 혼자 그렇게 생각할 뿐이다. 작자의 생각을 고려하지 않고 수용자의 입장에서 냉정하게 풀이한다면 접동새가 우는 것은 울고 싶어서 우는 것이고, 잔월효성은 새벽의 여명을 밝히기 위해서 하늘에 떠 있는 것뿐이다. 작자의 심경에 공감하기 위해서 우는 것도 아니고 인간사의 옳고 그름을 증언하기 위해서 떠 있는 것도 아니다. 「정과정」에서 화자와 자연현상은 따로따로일 따름이다.

정리하면 작자가 '산 접동새'와 '잔월효성'을 찾아낸 것은 일단 현명한 발견으로 치부할 수 있다. 하지만 자연은 시종 인간과의 무관함을 내세우고 있다는 점에서 판단하면 화자가 '산 접동새'와 '잔월효성'을 임의로 끌어들인 것은 자기위주의 지혜요 발상에 해당된다. 「정과정」의 화자와 자연은 이처럼 두 가지 평가가 가능한 구도다. 이런 성격의 자연은 여느 속요에, 그리고 후대 시가의 여러 작품에서 꾸준히 나타나고 있다. 그 쓰임새가 이 노래에서 先驗의 것으로 정착되었다고 보아야 할 것이다. 작자와 창작연대가 분명한 고로 일단 이렇게 언급해 두기로 한다.

3) 「만전춘별사」의 자연과 염정의 스펙트럼

「滿殿春別詞」는 온통 자연에 의지한 염정시라고 말하여도 과언이 아닐 정도로 다양한 자연이 연달아 나오는 작품이다. 전편 6개 연 중에서 「鄭瓜亭」에도 삽입되어 있는 네 번째 연("넋이라도 님과 함께/ 지내는 모습 그리더니……") 과 한 줄로 끝나는 끝 연("아소 님하 평생토록 여읠줄 모르며 지내사이다") 을 제외한 다른 4개 연에서 시적 화자는 자연을 활용하여 자신의 생각과 심경을 토로하고 있다. 자연을 빼버리면 노래가 안 될 정도로 그 의존도는 매우 높다.

작품 읽기로 들어가기로 하겠는데 1·2연과 4·5연, 이렇게 둘로 나누어서 살피기로 한다.

> 어름위에 댓닢자리 보아
> 님과 내가 얼어 죽을망정(반복)
> 情 둔 오늘밤 더디 새오시라 더디 새오시라
>
> —1연

> 뒤척이며 홀로 자는 잠자리에
> 어찌 잠이 오리오
> 서창을 열어보니
> 복사꽃 피었구나
> 복사꽃 시름 없어 봄바람과 웃도다 봄바람과 웃도다
>
> —2연

속요에서 자주 만나는 극단적인 언술이 이 노래의 첫 연에서 나타나고 있다. 화자가 첫째 연에서 말하고자 하는 바는 끝 줄에 표출되어 있다. 곧 님과의 불같은 사랑이 시간의 경계를 뛰어넘어서 지속되기를 바라는 것이다. 새벽의 도래를 늦추면서 오로지 '情 둔 오늘밤'에 몰입된 사랑, 그것은 몸과 몸끼리 뒤얽힌 색정적인 사랑임이 분명하다. 이 한 줄은 현재 진행형이다. 반면에 그 위의 두 줄(반복) 즉 "어름위에…… 죽을망정"은 현실이 아니고 가정법의 세계다. 문면 그대로 해석한다면 '설사' 얼어 죽어도 좋으니 오늘밤이 더디 새기만을 염원한다는 뜻이다.

긴긴 사랑의 진행을 좀 더 실감 있게 강조하기 위해서 화자는 '얼음'과 '댓닢자리'를 끌어들여서 죽음과 연결시키고 있는 것이다. 그 많은 비유 중에서 왜 하필 '어름위에 댓닢자리' 일까. 凍死도 이겨낼 수 있는 사랑의 위력과, 차가움도 녹일 수 있는 사랑의 熱度를 말하기 위한 것임은 재언이 필요 없다. 화자의 내심은 죽음을 들먹이면서 그 역으로 살아서 오래도록 님과 사랑을 누리고 싶어 하는 것이다. '벼락 – 곧 죽을 목숨 – 무간지옥'이 나오는 「이상곡」과는 성격이 다르다. 자연이되, 고체인 '얼음'과 식물인 '댓닢'은 둘이 합해져서 극한 상황을 형성하면서 또한 화자의 강렬한 소망을 강조하는 수단으로 쓰이고 있는 것이다.

둘째 연은 님과 헤어진 뒤 독수공방의 외로움을 이겨내지 못하고 잠 못 이루는 화자의 정황을 담아낸 것이다. 감내하기 어려운 고독을 극대화시키기 위해서 화자는 자연의 세계와 견주고 있다. 서창을 통해 눈에 잡히는 장면은 '복사꽃'과 '봄바람'의 친화다. 그것은 시름에 잠겨 밤을 꼬박 지새우는 화자 자신의 신세와 전혀 딴판의 광경이다. 자연과 인간 세계의 괴리는 화자로 하여금 더 큰 심리적 고통을 겪게 하였으리라는 점, 촌탁하기 어렵지 않다. 그런 괴로움 속에 인간이 자연의 세계에 편입되기를 願望하는 잠재적 심리도 내포되어 있다고 본다. 이것까지 읽어내야 둘째 연의 독해는 비로소 완벽해진다. 자연의 창을 통해 인간사의 비극을 알아채는 일은 아주 초보적인 감상이다. 자연은 인간에게 선망의 대상으로 쓰였다. 이것이 둘째 연에 잠복되어 있는 뜻이다.

부러움의 대상으로 한 번 맛 들여진 자연은 이제는 선망 여부를 넘어 화자의 생각과 심정을 비유하는 도구로 그 사용의 폭을 확장시킨다. 위기에 처할 때도, 또는 앞날의 쾌락을 꿈꿀 때도 화자는 자연을 찾아 나선다. 자연의 쓰임새는 이윽고 제어할 수 없는 위력과 마력을 발휘하기에 이르렀다. 그 현장을 4·5연에서 만나게 된다.

> 오리야 오리야 어린(='어리석은'으로 의역해도 가함) 빗오리야
> 여울일랑 어디 두고
> 못에 자러 오느냐
> 못이 얼면 여울도 좋으이 여울도 좋으이
>
> –4연

南山에 자리 보아
玉山을 베고 누워
錦繡山 이불 안에
麝香(사향) 각시를 안고 누워(반복)
藥든 가슴을 맞추십시다 맞추십시다

-5연

실로 자연의 일대 행진이라 아니할 수 없다. 사람의 그림자는 보이지 않고 동물이며 물이며 산들만이 작품 전체를 뒤덮고 있을 정도다. 그것들이 상징인지 은유인지 구별하기조차 성가실 만큼 각기 독특한 음색으로 무엇인가를 지시하고 있다.

먼저 4연이다. 오리는 화자를 탐하려는 외간 남자 곧 탕아, 여울은 흐르는 물의 속성으로 보아 탕녀, 그러므로 탕아의 짝이 될 수 있는 여인, 못은 멈춰 있는 물의 특성을 고려할 때 초심과 정절을 지키고자 하는 화자 자신으로 풀이할 수 있다. 이렇게 파악한 것을 연결시켜 종합하면 님과 헤어져 혼자 살고 있는 화자에게 바람둥이 제삼의 남자가 나타나서 같이 동거하기를 원한다. 이에 맞서 화자는 "그대의 동반자가 될 수 있는 여인은 흐르는 물과 같은 탕녀이니 그쪽으로 가라"고 말한다. 결국 화자는 탕자를 물리침으로써 위기를 극복하고 헤어져 있는 님과 정신적인 교감의 끈을 놓치지 않는다. 4연의 해독은 이와 같다.

뜻밖의 상황이 벌어진 것이다. 사람의 얘기는 전무하고 동물과 물의 얘기만이 난무하고 있다. 작자는 寓言의 화법으로 작품을 새롭게 단장해 놓은 것이다. 사람 사는 세상의 음흉한 국면을 에둘러 묘사함으로써 작품의 효과를 배가시켰다고 판단할 수 있다. 오리 – 여울 – 못으로 이어지는 자연 현상은 요컨대 사람의 여러 유형과 그들의 서로 다른 행위를 대행해주는 작용을 담당하고 있는 것이다. 우화의 한 요소인 풍자성을 읽을 수 있다면 4연의 문학성은 제대로 발휘되었다고 보아야 한다.

5연도 자연 일색이다. 남산 – 옥산 – 금수산, 이렇게 자연으로 이어지다가 끝줄에 이르러 "藥든 가슴을 맞추십시다"라고 청유하는 화자의 육성이 나온다.[2] 님에게 보내는 메시지다. 이 5연은 미래를 내다보고 그렇게 되기를 바라며 부른 願望의 소리다. 화자는 4연까지 현실에 부대끼다가 마침내 앞날을 바라보면서 밝은 전망을 하고 있는 것이다. 님과 "평생토록 여읠 줄 모르며"(끝연) 살아갈 수 있는 꿈의 세계를 그리고 있다는 뜻이다. 이런 점에서 「만전춘별사」는 속요 가운데 심정적으로 어려움을 극복한 드문 노래라 하겠다.

사설의 줄기는 이와 같거니와 그렇다면 남산·옥산……. 등의 자연은 무엇인가. '사향'을 제외한 산들은 요컨대 잠자리와 관련된 것이다. 남산은 '南'字가 함축한 따듯한 이미지를 고려할 때 아랫목, 옥산은 옥같이 깨끗한 베개, 금수산의 금수는 글자 그대로 수놓은 비단 이불을 뜻한다. 쾌적하거나 고급스런 잠자리가 펼쳐진 셈이다. 그렇듯 더할 나위 없이 포근한 잠자리를 '山'으로 대신한 것은 무슨 까닭일까. 첫째, 에로틱한 장면을 쌍스러운 언어로 노출시키기보다 글자의 모양을 살려 남녀가 포개진 모습을 연상케 하는 '山'이라는 자연으로 슬쩍 치환시키는 것이 좋으리라고 판단하였기 때문일 것이다. 둘째, 산이라는 자연이 함축하고 있는 포용력과 自在로움 때문이 아닐까 싶다. 결국 가장 쾌적한 것을 자연과 연결시킨 것이고 자연은 그것을 대신한 것으로 해석된다. '사향' 또한 옛 시대 여인들이 쉽게 사용할 수 없는 아주 귀한 향수니 최고의 화장품이다. 5연의 자연은 이처럼 님과 해후하는 날을 위해 상상으로 준비한 최상의 공간(침방 도구)을 설계해 놓은 것이다.

---

2) 李正善은 그의 「香文化로 본 〈만천춘별사〉 연구」(『순천향인문과학논총』, 32권 2호, 2013, pp.59~60)에서 '藥든 가슴'은 사향 주머니를 안고 누워있는 여성화자의 가슴을 맞출 '님의 가슴'이라고 해석하였다. 그리고 님의 가슴은 화자의 아픈 마음을 치료해줄 수 있는 '약발'이 있는 것으로 보았다. 일단 경청할만한 주장이다.

정리하면 「만전춘별사」의 자연은 만화경과 같이 각양각색이라 하겠다. 화자의 열망을 극대화하기 위한 도구로서의 자연, 선망의 대상으로서의 자연, 사람 사는 세상의 음험한 국면을 부각시키고 풍자하기 위해서 활용된 우화적인 자연, 최상의 쾌적한 환경을 조성하기 위해서 동원된 자연이 차례로 그 모습을 나타내고 있다. 연이 거듭됨에 따라 자연 또한 스펙트럼을 넓히고 있는데 이것은 인간의 삶과 세상의 일이 그만큼 다기다양하다는 점을 입증하고 있는 셈이다. 그러므로 「만전춘별사」의 자연은 행복과 불행(운)을 오가며 살아가는 인생살이의 축소판을, 남녀간의 염정을 통해서 드러내는데 쓰였다고 판단한다.

4) 「동동」과 생활주변의 자연이 주는 정서

「동동(動動)」은 슬픈 노래다. 일 년 열두 달, 한 시도 쉬지 않고 헤어져 있는 님과의 상봉을 염원하나 뜻을 이루지 못하고 무너져버린 노래다. 화자의 입에서 흘러나오는 넋두리체의 하소연이 실로 처량하여 듣는 사람으로 하여금 측은한 생각을 품지 않을 수 없게 한다. 한편으론 님을 향한 화자의 한결같은 마음과 정절에 경의를 표하지 않을 수 없게도 한다.

화자는 애달프고 답답한 심경을 토해내면서 수시로 자연 현상에 눈길을 돌린다. 자연에 기대어 부른 여느 속요와 유사한 독백을 하고 있다. 序詞까지 포함하여 모두 13개 연으로 구성된 노래의 많은 연에 나타나는 자연을 전부 더듬어보는 일은 쉽지도 않으려니와 그럴 필요도 없다. 그 가운데 핵심적인 기능을 하고 있는 몇 개 연을 뽑아서 「동동」의 자연이 어떤 것인지를 규명하기로 하겠다.

이월 보름에
아으 높이 켠

등불 다워라
만인 비치실 모습이시로다

–3연

삼월 나면서 핀
아으 늦봄 진달래꽃이여
남이 부러워할 모습을
지니고 나셨도다

–4연

화자가 그토록 연모하면서 기다리는 님은 대범 위와 같다. 자연이 아닌 것으로 비유하자면 '높이 켠 등불'답고 자연에서 찾자면 '늦봄 진달래'와 같은 존재다. 그는 님의 모습을 먼데서, 이를테면 향가 「찬기파랑가」의 작자가 기파랑을 달에 비유하듯이 해와 달 그리고 별무리가 떠있는 하늘에서 찾지 않았다. 아주 가까운 곳에서 님과 일체가 되는 형체를 만났다. 그렇게 지근거리에서 쉽게 찾은 님이지만 그것은 만인을 비치고, 남이 부러워할 귀한 존재로 자리를 잡고 있다. 생활 주변에 놓여 있는 자연을 '존귀함'으로 재생시킨 뒤 거기에다 님의 모습을 이입시킨 화자의 발상은 요컨대 소박한 미학의 실현이라 이를만한 것이다. 존귀함을 말할 때뿐만 아니라 후설할 '비천함', '삶의 어긋남' 등을 표현할 때도 화자는 일관되게 일상적으로 늘 대하는 평범한 자연과 연결시켜서 호흡을 함께 하도록 처리해 놓았다. 「동동」의 자연은 이렇듯 희귀하고 현란함을 거부하고 범상함을 지향하면서 사랑의 여러 국면을 대변해 주고 있다는 점에서 뚜렷한 특징을 드러내고 있다 하겠다.

님의 모습이 '진달래꽃'이라면 화자의 신세는 어떤 형태로 묘사되어 있는가. 유월과 시월 노래에 그 그림자가 투영되어 있다. 화자 자신을 "벼랑에 버린 빗"으로 비유한 유월 노래에는 자연이 등장하지 않으므로 (빗 = 가공된 자연) 인용할 수 없다. 다만 자신을 천한 존재로 자리매김하였다는 점과 이러한 생각이 시월 노래에 연결된다는 점을 기억하기로 한다.

시월에
아으 잘게 저민 보로쇠 다워라
꺾어 버리신 뒤에
지니실 한 분이 없구나

–11연

시월 노래의 '보로쇠'는 그 열매가 식용으로 쓰이는데 작품의 문맥으로 보아 열매를 딴 뒤 그 꺾은 가지는 잘게 저며서 버린 것이 아닌가 싶다. '버리신'이라 했으니 내동댕이친 자신의 현재를 한탄하고 있음을 쉽게 깨달을 수 있다. 님의 모습을 존귀한 것으로 설정한 반면 화자 자신은 방기된 천한 존재로 자임함으로써 대척적인 구도를 만들어 놓았다. 이때에 원용된 자연은 더욱 일상에서 흔히 볼 수 있는 하찮은 것이다. 화자의 視界는 시종 주변을 떠나지 않는다. 생활과 밀착된 그런 감각이 한결 현실감과 현장성을 높이고 있어서 친근감을 느끼게 한다.

존귀한 님도, 버려진 화자 자신도 그 존재의 위격을 손닿을 곳에 놓여 있는 자연에 비의한 「동동」은 기다림의 심사를 드러낼 때에도 그런 테두리를 벗어나지 않았다. 정월노래와 사월노래는 인생사의 어긋남을 자연의 순조로운 운행과 견주어서 탄식한다. 사람의 삶과 자연의 질서는 전혀 일치할 수 없는 별개의 것임에도 인간은 어려움을 당할 때나 궁지에 몰릴 때면 자주 자연의 순항을 부러워하며 자신의 불운을 탄식하는 버릇이 있다. 앞에서 읽은 「만전춘별사」 2연에 이미 그런 사연이 반영되어 있다. 오죽 답답하면 자연의 친화를 인간사의 불화에 대입하여 신세 한탄을 하였겠는가.

정월 냇물은
아으 얼으려 녹으려 하는데
누릿 가운데 나서는
몸하 홀로 살아가는구나

–2연

사월 아니 잊고
아으 오셨구나 꾀꼬리새여
무엇 때문에 錄事 님은
옛날을 잊고 계시는가

–5연

겨울 내내 얼었던 냇물도 때가 돼서 해빙의 가느다란 조짐을 보이고, 마침내 사월 봄철이 되자 꾀꼬리새도 다시 찾아오는 변화의 양상이 목전에 펼쳐지는데 어찌하여 화자에게는 그런 자연의 경우처럼 얼음장과도 같은 차가운 현실이 풀리고 떠난 님이 돌아오지 않느냐고 한탄하고 있다. 변화와 불변, 환희와 슬픔, 이 엄청난 괴리를 예각적으로 부각시키기 위해서 화자는 '냇물'과 '꾀꼬리새'에 눈길을 돌렸다. 그것 또한 생활 속에 늘 존재해 있는 친숙한 자연이다.

화자가 자리를 잡고 있는 공간 역시 집안과 그 주변이다. "칠월 보름에/ 아으 百中 날 제상 차려 놓고"(칠월 노래), "팔월 보름은/ 아으 한가윗날이건만"(팔월 노래), "구월 구일에/ 아으 약이라 먹는/ 국화꽃이 집안에 드니"(구월 노래), "동짓달 봉당자리에/ 아으 홑적삼 덮고 누웠으니"(11월 노래) 등의 구절과 위에서 읽은 동네 어구와 앞내며 뒷동산 등이 모두 먼 곳의 경치가 아니라 일상생활의 현장이거나 그 둘레 안에 놓여 있음을 쉽게 알 수 있다.

그러므로 「동동」의 자연은 이렇게 정의를 내릴 수 있다. 즉 화자가 일 년 열두 달 님을 기다리는 긴 과정에서 특수한 어떤 자연이 어떤 특수한 의미로 연결되어 있는 것을 가려내는 것이 문제가 아니라 지극히 친숙하기 짝이 없는 생활 속의 자연이 심각한 노래의 귀중한 부품으로 쓰이고 있다는 사실이다. 일 년 내내 그리움과 기다림의 노래를 부르는 처지이고 보니 주변의 자연 이외 멀리 떨어져 있는 자연을 일삼아 찾기도 어렵고 수고스러운 일이었으리라. '낯선 것' 만이 노래의 서정성을 높이는 것이 아니라 '낯익은 것' 또한 감동과 공감의 진폭을 크게 넓혀주고 있다는 점을 「동동」의 자연은 말해주고 있다. 이것을 깨닫고 이해하는 것 이상으로 더 중요한 것이 없다.

자연의 쓰임새를 통해서 본 속요를 논의하면서 「靑山別曲」을 제외시킨 까닭을 밝힌다. 「청산별곡」은 그 제목이 말하고 있는 바와 같이 작품 전체가 '자연'으로 가득 채워져 있다. 여느 속요와 비교가 되지 않는다. 짬짬이 등장하는 자연이라면 눈길이 가지만 텍스트 전체가 거의 자연으로 채색된 것인지라 굳이 살펴볼 흥미를 느낄 수 없다. 이것이 이유다. 더 이상 용훼할 것이 없다.

두루 아는 바와 같이 현전하는 속요는 애정시가의 총합이라고 칭하여도 과언이 아니다. 「청산별곡」을 제외하면 모두 남녀상열지사 계열의 노래들이다. 사랑 – 이별 – 기다림으로 이어지는 과정을 통해서 화자는 잠시 연정의 기쁨과 쾌락을 즐기지만 그보다는 이별의 슬픔과 기다림에 지친 사연을 토해내는데 노래의 대부분을 할애하고 있다. 그러므로 속요는 요컨대 애처로운 사랑의 悲歌라고 규정할 수 있다.

노래의 큰 흐름이 이처럼 사랑의 슬픈 곡절로 일관되어있으므로 작품 속에 번다하게 등장하는 자연들의 쓰임새도 바로 사랑의 그늘진 국면을 부각시키는데 주력하고 있다. 「정과정」의 '산 접동새'와 '잔월효성'은 님 그리워하는 화자의 애타는 심정과 자신의 무고함을 드러내기 위해서 쓰인 자연이다. 그런 처연하고 절박한 사정을 '산 접동새'와 '잔월효성' 만큼 잘 대변해줄 것이 없다고 화자는 믿었다. 「만전춘별사」에 나오는 일련의 자연들, '얼음 – 댓닢자리 – 복사꽃 – 봄바람' 등은 열애의 한 순간과 이별 후의 시름을 빗대어 표현하기 위해서 쓰인 자연이다. '빗오리 – 여울 – 소'는 님과 헤어져서 홀로 사는 여인에게 닥친 위기를 자연을 동원하여 우화로 구성해 놓은 것이고 '남산 – 옥산 – 금수산'은 님과 육애를 즐길 잠자리를 미리 마련해 놓기 위해 만들어낸 자연이다. 이 모든 자연들은 사랑의 기복과 연속을 이끌어내기 위해서 작용하고 있다. 자연과 자연끼리는 속성이나 성향이 서로 다를지라도 화자의 심정과 고통과 소망을 표출시키는 일에서만은 하나의 덩어리로 묶여져서 쓰이고 있다. 「동동」 정월노래의 '시냇물'에서 시작하여 시월노래의 '보로쇠'에 이르기까지 이어지는 생활 주변의 숱한 자연들에서 우리는 친숙함에서 우러나는 수수한 정감을 느낀다. 표면에 나타난 의미 그대로 화자의 기다리는 애절한 심사를 반영하는 도구로 사용되고 있다. 일 년 열두 달 그 기나긴 기다림의 세월을 온갖 자연이 개입하여 한층 처량한 분위기로 바꿔놓고 있다.

속요의 자연에서 현저하게 발견되는 또 다른 중요한 현상 하나는 인간사와 자연과의 어긋남이다. 삶이 고달프거나 궁지에 몰릴 때, 혹은 꼬인 매듭이 끝내 풀리지 않을 때 화자는 자연으로 눈길을 돌린다. 자연은 항상 순리에 따라 운행되며, 또 항상 불변의 정신을 지키면서 정해진 행로에 따라 재생과 동면을 반복한다. 돌발적인 현상이 일어나는 법이 없다. 자연의 이러한 속성에 인간은 부러운 감정을 품으면서 자신의 운명과 신세와 비교하며 한탄해마지 않는다. 자연은 굴곡이 심한 인간의 험난한 삶을 뚜렷하게 그려내는데 좋은 소재로 쓰인다. 「동동」의 정월노래에서 화자는 한 겨울 내내 얼어있던 냇물이 마침내 해빙의 가느다란 조짐을 보이는 것을 발견한다. 그리고는 님을 기다리는 자신에겐 그러한 미미한 변화의 기미조차 없음을 깨닫고 탄식한다. 사월노래에서는 계절을 잊지 않고 돌아온 꾀꼬리 소리를 듣고 다시 한숨을 내쉰다. 미물인 꾀꼬리새도 제철이 되니 다시 돌아왔는데 그토록 기다리는 님은 왜 오지 않느냐고 부르짖는다. 속요에 나타난 자연의 한 국면은 이와 같이 인간의 삶과 괴리되면서 화자의 아픈 가슴에 상처를 남기는 기능을 맡고 있다.

「만전춘별사」의 둘째 연도 이와 같은 선상에 놓인다. 님과 헤어진 뒤 홀로 자는 잠자리는 허전하기 이를 데 없다. 전전반측하며 잠 못 이루는 화자와는 달리 창밖의 복사꽃은 봄바람에 흔들리면서 친화의 시간을 즐기고 있다. 화자의 외로움은 더욱 깊어간다. 행복한 타인과의 비교로서도 화자 자신의 불행을 표현해낼 수 있을 터인데 굳이 자연과 견준 까닭은 무엇일까. 인간의 행복은 영원을 담보하지 않는다. 어느 순간에 무너질지 모르는 것이 인간의 행복이요 쾌락이다. 그러므로 자신의 불행을 여느 사람의 믿을 수 없는 불규칙한 행복으로 위로받고 상쇄하기보다는 자연의 순조로운 섭리에 의탁하여 한탄하는 방식에 속요의 화자들은 익숙하였다.

극단적인 정서와 상황을 조성하는데 자연의 쓰임새가 얼마나 지대한지도 반드시 거론되어야 한다. 속요의 화자는 자주 격정에 빠진다. 그럴 때마다 극단적인 언술을 토해낸다. 또 그런 경우마다 자연에 의탁하여 진술한다. 자연은 격정과 극단적인 표현의 도구로 쓰인다. 「이상곡」은 그 대표적인 작품의 하나다. 변함없는 사랑을 다짐하는 화자는 평상심을 잃고 격정에 사로잡혀 있다. 그런 정서가 자연을 통해서 극단적인 방향으로 폭발된다. "비 – 눈 – 서리어 있는 수풀 – 좁은 길"은 화자가 처해 있는 막다른 환경을 대변한 것이다.

'무서운 길 – 벼락 – 무간지옥'은 불변의 사랑을 고백하기 위해서 인용된 자연이다. 공포감을 느낄 정도의 극단적인 구도를 자연이 마치 벽돌을 쌓듯 그렇게 조성하고 있다.

「만전춘별사」의 첫째 연은 또 어떤가. 님과의 열애를 확고하게 다지기 위해서 화자는 '어름 위에 댓닢자리'를 깔아 놓는다. 자연의 극단적인 활용이라는 말 이외 다른 표현을 찾을 수 없다. 본고에서는 논외에 둔 「鄭石歌」를 읽으면 속요에서 자주 접하는 극단적인 언술과 그 안에 있는 자연이 어떻게 기능하고 있는지를 새삼 느낄 수 있다.

사각사각 잔 모래 벼랑에(반복)
구운 밤 닷 되를 심습니다
그 밤이 움이 돋아 싹이 터야만(반복)
有德하신 님 여의고 싶습니다

작품 전체로는 둘째 연이요, 本詞로는 첫째 연이다. 이하 본사 4연(작품 전체로는 5연)까지 소재만 다를 뿐 첫째 연과 같은 내용이 계속된다. 화자가 고백하려는 요지는 어떤 일이 있어도 님과 헤어지지 않겠다는 것이다. 그것을 강조하기 위해서 '모래, 벼랑'과 '구운 밤'을 활용하고 있다. 말도 안 되는 소리를 하면서 이별을 거부하는 뜻을 천명하고 있는데 이 역시 극단적인 언술임은 재언이 필요 없다.

인간의 소망과 그 소망을 관철시키려는 의지는 매우 강하다. 무한대를 지향한다고 해도 과언이 아니다. 그처럼 강한 소망과 의지를 속요의 화자들은 자연의 힘을 차용하여 극단적인 상황 속에 몰아넣기를 즐겼다.

인간은 지상에서 가장 힘 센 존재요 지배자다. 인간의 역사는 자연을 정복한 것으로 점철되어 있다. 이런 점에서 보면 인간의 내면에 거대한 자연이 부복한 자세로 엎드려 있다고 보아야 한다. 자연이 인간의 품안에 안겨 있다는 뜻이다. 그러나 실제로 그렇게 생각하는 경우는 극히 드물다. 그 역으로 자연의 품속에 사람이 안겨 있다고 생각한다. 자연을 정복하고 또는 부리고……. 이런 일을 인간이 한 것을 부인할 수 없으나 사람의 삶은 그 대부분이 자연의 품속에서 유지되고 좌우되었다고 해도 과언이 아니다. 실생활에서 뿐만 아니라 문학을 비롯한 예술의 방면에서 자연은 인간에게 말로 형용할 수 없는 협력자의 노릇을 하고 있다.

한편 인간이 만들어낸 언어와 문자가 모든 현상과 사유를 온전하게 표현하지 못하고 있다는 사실을 누가 부인할 수 있을까. 불완전한 언어와 문자는 어느 시대, 어느 누구를 막론하고 인간의 표현 한계를 느끼게 한다. 그렇기 때문에 인간은 자연을 차용하여 빗대기의 기법으로 부족한 부분을 채우는 일에 일찍이 눈을 떴다. 자연 속에서 삶을 영위하기 때문에, 그리고 언어와 문자의 기능이 미흡하기 때문에 인간은 불가피하게 자연에 의탁하게 된다. 자연은 인간을 위해 존재하는 고마운 시혜자다.

이 글은 향가와 속요도 어쩔 수 없이 자연을 끌어들여서 활용하였음을 구체적으로 입증하기 위하여 작성한 보고서다. 하늘에서 지상에 이르기까지 곳곳에 놓여 있는 자연이 향가와 속요의 주제를 좀 더 선명하게 드러내는데 어떻게 기능하였는지를 살펴본 글이다. 자연이 강호가도로서가 아니라 비유의 측면에서 어떻게 작품을 치장해 주었는지를 검증한 연구물이다.

따라서 이 글은 그렇게 해서 생산된 향가와 속요의 자연 의존도가 어느 정도였는지를 살펴보았다는데 의미가 있다. 이른 시기의 우리 시가문학이 그 시야의 폭을 넓게 잡았음을 자연의 쓰임새를 통해서 알 수 있었다는데 의미가 있다. 향가의 자연과 속요의 자연은 그 쓰임새에 있어서 각기 어떤 특성과 차이점 혹은 동질성이 있었는지를 변별하는 절차가 과연 필요할까. 가령 향가의 달은 존귀한 인물을 꾸미기 위해서 쓰였고(「찬기파랑가」), 속요의 殘月은 진실을 발명해 주는데 쓰였거니와

(「정과정」) 이 결과를 놓고 어느 쓰임새가 우월하며 또는 상호 통하는 맥락 등을 따지는 일이 과연 필요할까. 자연물이 작품의 어느 상황에서 어떻게 기능하여 어떤 효과를 거두었는지가 중요하지 상호 비교하는 일은 중요하지 않다. 향가시대와 속요시대는 각기 어떤 종류의 자연이 많이 활용되었는지 등을 조사하여 통계를 내는 일과 같은 것도 꼭 긴요한 것은 아니다. 작품상의 개별적인 사정에 따라 쓰인 자연, 그것이 남긴 자취의 의미를 아는 것으로 족하다.

제2부

속요·경기체가

- 초기 속요의 형세와 이에 대한 두 시각
- 속요 도입부의 운(韻) 떼기와 그 해석
- 속요에서 '나'와 '님'의 재회 가능성 탐색
- 간쟁(諫爭)을 통해 본 예종의 삶과 「유구곡」의 진정성·실효성을 생각함
- 익재·급암 『소악부』의 지향세계
- 경기체가와 시적 화자의 '집단' 지향
- 경기체가와 풍류·유락의 두 양상 -「한림별곡」·「화전별곡」을 대상으로-

초기 속요의 형세와 이에 대한 두 시각

고려 말에서 선초로 넘어가는 왕조 교체기에 우리의 시가문학은 장르 면에서 볼 때 비교적 다채로웠다. 새로 형성된 시조와 가사가 향후 조선 시대의 중심 장르로 성장할 것을 기약하면서 문학사 전면에 등장하였다. 그런가하면 고려 고종 때 첫 작품을 내보인 경기체가는 새 왕조 초·중엽에 더욱 勢를 확장하여 사대부 문학으로서 한 시대의 소임을 다할 것을 예고하였다. 거기에다 악장문학까지 보태면 여말선초의 시가문학은 갈래 면에서 평가할 때 실로 풍요로웠다고 말하여도 과언이 아니다.

그 때가 그와 같았다면 라말여초의 교체기는 과연 어땠었는가. 일단 적요하리만큼 쓸쓸하였다고 결론을 내려도 좋을 것이다. 두 왕조를 잇는 시가 장르로서 쉽게 눈에 들어오는 것으로 균여와 현종을 비롯한 군신들이 지었다고 전해오는 향가(향풍체가)가 유일하기 때문이다. 『고려사』악지에 기록된 삼국의 속악을 제외한다면 그렇다.

이런 정도로 대범하게 정리하지만 다시 돌이켜 보건대 그 시대가 재론의 여지없이 정말 그랬는지 의문이 가지 않을 수 없다. 향가만이 왕조 교체기를 감당해 낸 유일한 시가문학이었을까. 그렇다면 고려 속요는 무엇인가. 고려 왕조 초기에는 형성되지 않아서 존재하지 않았다는 말인가. 혹자는 속요의 대부분이 남녀 간의 연정과 이별을 소재로 한 작품들이고 그러한 성향의 노래들은 대체로 풍기가 문란한 시대, 탐락에 빠진 사회적 환경에서 형성되고 성장한다는 주장을 펴면서 그러므로 속요는 고려 초기에는 존재하지 않았고 중기 이후 특히 元 지배하에 있을 때 비로소 생성된 장르로 규정한다. 아마도 음탕한 노래를 즐긴 충렬왕대의 「쌍화점」을 의식하고 내린 주장이 아닌가 싶다. 이 학설에 따르면 속요의 여초 형성은 성립되지 않는다.

하지만 이 견해에는 중대한 하자가 있음을 지적하지 않을 수 없다. 남녀 간의 연정과 이별, 곧 조선왕조의 가치관에 의한다면 남녀상열지사는 어지러운 시대에서나 형성되고 가창된다는 주장이 바로 그것이다. 우리는 이에 동의할 수 없다. 남녀 간의 애정은 농도의 차이는 있지만 어느 시대나, 바꿔 말하자면 사회현상이 온전한 시대에도 능히 등장할 수 있는 것이라고 단언한다. 이 점에 관해서 필자는 일찍이 「속요의 형성과정」(『고려가요의 연구』, 새문사, 1990)에서 소견의 일단을 피력한 바 있다. 그러므로 이 자리에서 더 이상의 상론을 펴는 일은 피하기로 한다.

이 글의 독자는 지금까지 설명한 바를 읽고 필자가 본론에 들어가서 무슨 문제를 놓고 논의하려는지를 짐작하였으리라 믿는다. 밝히거니와 필자가 본고에서 성찰코자 하는 논제는 고려왕조 초기에 우리 시가문학의 동향은 향가만이 겨우 명맥을 유지하는 수준에서 외롭게 버틴 것이 아니고 속요도 등장하여 가창되었음을 입증하는 것이다. 그 과정에 찬반의 대립이 어떻게 진행되었는지를 알아보자는 것이다. 이제 착수하려는 이 작업은 여간 어려운 것이 아니다. 4대 임금인 光宗과 11대 군주인 文宗에 대해서 왕조 초기의 어느 文臣과 『고려사』의 史評 그리고 후대인 조선후기의 어느 실학자가 짧게 언급한 기록이 고작 논의의 근거요 단서이니 이걸 가지고 고려 초의 속요를 운위한다는 자체가 무리요 만용으로 치부될 수도 있을 것이다.

하지만 옛 시대의 문학이나 역사는 풍부한 자료의 활용에 의해서만 논증되고 판명이 되는 것은 아니다. 글자 한 자, 단문 하나만으로도 입증되고 비밀이 풀리는 예가 적지 않음을 또한 부인할 수 없다. 필자는 이러한 사례에 기대를 걸고자 한다. 설사 다른 자료가 있다고 할지라도 필자는 복잡한 논리의 착종을 피하기 위하여 이를 외면하겠다.

실인즉 이 과제에 대해서 필자는 이미 말한 바와 같이 「속요의 형성과정」에서 일차 여러 사안을 논의한 바 있다. 따라서 이 글은 앞선 논문의 일부에 대한 보완의 성격을 띤 글이라 하겠다. 그 글에서 다시 광종과 문종 때의 정황만 따로 떼 내어 시각이 서로 다른 견해들을 재조명코자 하는 까닭은 속요의 고려 초기 형성과 향유의 모습 및 당대의 평가와 반응 등에 대하여 좀 더 확실하게 다지기 위해서다.

본고를 작성함에 있어서 『고려사』 및 김상기의 『고려시대사』와 고려시대 음악을 비롯하여 그 전후시기의 우리나라 음악을 정리해 놓은 송방송의 『한국음악통사』, 『고려음악사연구』 등의 저서를 참고하였음을 밝혀 둔다.

1. 속요에 관한 광종·문종대 자료

1)

4대 광종(光宗)은 26년간 재위한 군주다. 왕조 초기의 여러 임금과 비교한다면 비교적 오랜 기간 동안 집권한 셈이다. 『고려사』광종조의 말미에 보면 이제현(李濟賢)의 찬(贊)이 놓여 있는데 임금의 치적을 요약하여 정리한 이 찬에서 그는 왕이 후주(중국 五代시대의 끝 왕조) 출신의 쌍기(雙冀)를 등용하여 잘한 점(唐의 科擧제도를 수용하여 실시함)과 못한 점(참언을 믿고 濫刑한 점)을 기술해 놓았다. 그런데 문장의 흐름으로 보아 실정 쪽에 무게를 더 두었다는 느낌이 강하다. 그 끝을 다음과 같은 사실을 지적하는 것으로 마무리를 지었다.

그는(쌍기) 浮華의 文을 倡하였으므로 後世에 그 폐단을 이기지 못하

게 하였다고 말할 것이다

쌍기의 독단과 실책을 엄하게 지적한 것이지만 실인즉 이 끝 단락도 그것을 묵인한 광종의 실정에 대해 언급한 것임은 구차한 설명이 필요치 않다. 쌍기가 구체적으로 임금에게 도움이 안 되는 어떤 정치적인 일을 하였는지를 알기 위해 더 깊이 파고 들어가는 수고는 여기서는 필요치 않다. 우리가 큰 관심을 가지고 깊이 읽고자 하는 문장은 바로 위에서 인용한 대목이다. 쌍기가 "부화의 문을 창한 나머지 후세에 큰 폐단을 남겼다"라고 지적한 익재의 언명은 매우 소중한 것이다. 광종의 政事에 관해서도 좋든 나쁘든 간에 평가해야할 것이 적지 않았을 터인데, 이에 대해서는 위에서 밝힌 두 마디 말만 한 후 함구하고 '부화의 문'을 부각시켜 특기한 것은 결코 예사롭게 보아 넘길 수 없는 기록이라고 할 수 있다. 익재는 후세의 폐단을 한탄하였거니와 이 부분을 곱씹으면 광종 당대에 이미 그 해로움이 드러나기 시작하였다고 해석함이 당연하다고 본다. 후대에서의 횡행은 앞선 시대의 통용과 그 파급을 전제로 하기 때문이다. 이것은 상식에 속한다.

광종시대의 문예에 관한 기록 중에는 동시대의 文臣인 최승로(崔承老)가 왕에게 올린 상소문도 있다. 익재의 글보다 더 중요한 자료로 꼽힌다. 조선 후기의 실학자인 안정복(安鼎福)의 손을 빌려서 전해오는 기록의 줄거리를 옮기면 아래와 같다. 『增補文獻備考』제106 樂考17(동국문화사 영인본, 1957, 중권282면)이 그 출전이다.

> 안정복이 말하기를 광종이 俗樂을 기뻐하며 관람하는지라 崔承老가 그 부당함을 上書하였다. 「소위 俗樂倡伎의 희락은 분칠로서 온갖 교태를 꾸며서 음탕한 마음을 제멋대로 품게 하고 雅正의 氣를 사라지게 합니다. 鄕俗과 土風은 끊어져서는 안되므로 마땅히 樂工·樂師들로 하여금 이를 전습토록 하여 옛 시대의 진실된 것을 보존해야 할 따름입니다.

어찌 음란하고 더러운 女樂을 취하겠습니까」

안정복의 글에 저장되어 있는 최승로의 위 상소문의 일단만으로 속요가 고려 왕조 초기에 형성되고 가창되었다는 사실은 명백하게 밝혀졌다. 위의 기록은 현대를 살고 있는 우리가 속요의 생성 시기에 관하여 이러쿵저러쿵 추론을 펴거나 용훼할 여지도 허용치 않고 분명하게 단정을 내리고 있다. 그러므로 이 문제에 대해서만은 더 이상 소모적인 논쟁을 끝내야 마땅하다. 이렇게 정리해 놓고 초기 속요의 다른 문제들에 관해서 살피는 작업이 긴요하다.

광종대에 싹이 튼 속악의 기세는 그로부터 백 년 쯤 뒤인 11대 文宗대에 이르러 더욱 드세진 듯하다. 최승로의 상소를 인용하여 광종대의 속악을 거론한 안정복은 같은 글의 뒷부분에서 문종대의 속악을 따로 언급하며 그 심각성을 지적하였다.

안정복이 이르기를…… 문종과 같이 어진 임금도 속요의 병통을 능히 바로 잡지 못하여 뒤에 여러 왕들이 황음에 빠지게 되었다.

그런데 『고려사』문종條 말미에 놓여 있는 익재의 史評에 의하면 문종이야말로 고려 전기를 대표하는 聖君賢主였다. 여느 임금과는 달리 史評의 거의 대부분이 찬양과 칭송으로 가득 채워져 있다. 國政의 모든 분야가 왕의 善政治國이 아닌 것이 없고, 백성의 삶을 염려하여 사랑으로 다스리지 않은 것이 없다. 광종처럼 제2의 쌍기와 같은 신하를 중용하여 부화의 문을 번창케 하였다는 기록류는 아예 자취조차 찾을 수 없다. 겨우 縣마다 佛寺를 지어 사치스럽게 꾸민 것을 탄식한 구절을 말미에 놓은 것이 낮은 평가의 전부다. 최승로와 안정복이 타매한 속요와 관련된 문구는 일언반구도 찾아볼 수 없다. 이 어쩐 일일까. 뒤에서 밝히기로 한다.

이상 고려 초기의 俗歌에 관해서 3인이 남긴 토막글을 염두에 두고 절(節)을 달리하여 이른 시기 여러 군왕들이 어느 정도로 속요를 애호하고 탐닉하였는지 좀 더 구체적인 자료를 모아보기로 하자.

2)

『고려사』 최승로 전에는 광종에 이어 5대 임금 자리에 오른 景宗에 대하여 다음과 같이 기술하고 있다.

> 다시 정사를 게을리 하였으며 드디어 여색에 빠져 鄕樂 연주를 즐겨 관람하다가 뒤에는 장기와 바둑을 종일 두어도 싫증내지 않았습니다

왕의 잡기와 더불어 향악관람을 비판한 대목이다. 바로 윗대 임금인 광종대에 비롯된 속요(향악)의 향유와 탐닉이 그 바로 뒤의 군주에게 금세 파급된 사실을 알 수 있다. 안정복이 "후대 임금들이 황음에 빠지게 되었다"라고 한 언급의 가장 이른 시기의 사례가 바로 이 경종의 향악 관람이었으리라고 헤아려진다.

경종 이후 관심의 하한 시기인 11대 문종까지의 속요의 형세는 어땠을까. 당시에 음악 기관의 존재를 통해서 알아보기로 한다. 먼저 왕의 전용 음악 기관인 大樂署다. 그 관서가 언제 세워졌는지 정확히 알 수 없다. 다만 7대 穆宗 때 그 기관에 令의 職이 있었다는 기록으로 보아 늦어도 목종, 좀 더 거슬러 올라가면 바로 그 앞, 최승로가 사망하던 때의 임금인 6대 성종 8년(989), 혹은 그 이전인 광종대에 세워졌을 확률도 배제할 수 없다. 이 기관보다는 우리의 눈길을 끄는 것은 教坊이다. 기녀들의 가무를 관장하던 교방이 언제 세워졌는지 이도 정확히 알 수 없으나 8대 顯宗 1년(1010)에 이 관서를 파하고 소속 기녀 1백 여 명을 풀어 주었고, 광종이 흠뻑 빠졌던 女樂을 없앴다는 기록이 남아 있는 것으로 보아 그 이전부터, 바꿔 말하자면 광종 때에 이미 설치되었던

것으로 추정한다. 교방이 다시 회생된 시기는 한참 뒤인 元지배하 25대 忠烈王 때였다. 끝으로 管絃房은 문종 10년(1076)에 설립되었다.

우리가 특히 관심을 두어야 할 대목은 다름 아닌 현종의 교방 기녀들을 정리한 사건이다. 해석컨대 광종~문종대의 중간 시기에 놓여 있는 현종 때에 속요의 형세와 번창이 대궐 안팎을 가리지 않고 대단하였음을 눈치챌 수 있다. 이를 염려하여 현종이 속악의 가창 연행자인 기녀들을 등극하자마자 풀어주었다고 본다. 그러한 결단이 필요할 정도로 형세는 만만치 않았다. 그런 점에서 현종은 광종이나 문종과는 달리 속악에 대해서 극히 부정적인 생각을 가졌던 것만은 분명하다. 그는 玄化寺碑陰記에 적혀 있는 바와 같이 신하들과 함께 향가를 직접 지을 정도로 향가 애호가였다.

현종의 단호한 결단에도 불구하고 속요의 기세는 꺾기지 않고 지속되면서 더욱 확장되었다. 안정복이 문종 때의 일을 개탄한 기록을 남긴 것으로 보아 이를 확인할 수 있다. 현군인 문종조차 속요의 폐단을 막지 못하였다는 증언에서 우리는 그가 광종과는 달리 속악을 즐기지는 않았으나 다만 대궐과 민간 사회에 퍼져나가는 것을 막지 못하였다는 사실을 읽을 수 있다. 이와 같이 해석하는 것이 문면에 충실한 풀이다.

일단 이렇게 정리해 놓고 다시 생각해 보건대 문종 자신도 혹시 속요를 마다하지 않고 내밀하게 가까이 하지 않았는가 하는 의구심이 든다. 만약 그가 속요=망국의 악가로 단정하고 이를 퇴치시키려는 강한 의지가 있었다면 바꿔 말해서 위 현종과 같은 부정적인 관점을 강하게 견지하고 있었다면 아무리 '처리하기 어려운 유행의 노래'일지라도 일정하게 단속의 효과를 보았을 것이다. 후대 역사 기술자의 입방아에까지는 오르지 않았으리라는 뜻이다. 그럼에도 일견 명예스럽지 못하게 비판의 대상이 된 까닭은 문종 그도 속요의 유혹을 완전히 떨쳐버리지 못하였기 때문이 아닌가 싶다. 우리의 이러한 풀이가 용인된다면 문종과 같은 임금을 유혹한 속요의 위력은 참으로 대단하였으리라고 믿는다.

광종대에 비롯된 속요의 유행이 기록에 나타난 바와 같이 5대 경종은 물론 10대 靖宗에 이르기까지 역대 왕들의 향유에 힘입어 끊어지지 않고 꾸준히 확장되었다는 사실을 짐작할 수 있다. 그러한 과정이 있었으므로 문종대에 속요의 병통을 걱정하는 환경이 조성되었지 않았겠는가. 그런즉 고려 전기는 찬반양론 속에 속악의 형성과 발전이 거듭되던 시기로 규정할 수 있다.

"뒤에 여러 왕들이 황음에 빠지게 되었다"는 언급에서 우리는 몇 가지 중요한 사실을 건져 올릴 수 있다. 간혹 신하들의 직언과 상소가 있었을지라도 고려 역대 군주들의 대다수는 속요의 유혹에서 벗어날 수 없었다고 생각한다. 그런 점으로 보아 속요의 매력과 인기는 매우 높았다는 점을 눈치 챌 수 있다. 역대 임금들의 마음을 사로잡은 그 속요의 마력인즉, 너그럽게 추정하자면 남녀 간의 순수한 연정을 노래한 것일 터이고, 인간의 본능적인 면에 유념한다면 기록에 나타난 바와 같이 황음이요 음란함이었을 것이다. 가장 근엄한 체신과 권위, 그리고 雅正의 氣를 지켜야 할 군주들도 인간의 본성을 노골적으로 드러냈으리라고 헤아려지는 속요를 듣고서는 그만 정신을 차리지 못한 셈이다. 「雙花店」으로 색욕을 즐긴 忠烈王만이(고려 속요의 음탕함을 논할 때면 충렬왕이 반드시 꼽힌다) '뒤에 여러 왕들'에 속하는 것이 아니라 그 외의 여러 임금들, 그에 앞서 광종~문종년간에 재위한 여러 군주들도 거의 다 해당된다고 이해하는 것이 안정복의 글을 옳게 읽는 것이라 하겠다.

2. 이제현·최승로의 속요관

1)

군왕의 기호와 탐닉을 통해서 본 11대 문종대까지의 초기 속요의 형세는 위에서 정리한 바와 같다. 그렇다면 이를 지켜보던 고려의 지성이라 할 수 있는 최승로와 이제현의 생각은 어땠을까. 이 점에 관하여 우리는 이미 위의 章에서 잠깐 살펴본 바 있다. 초기 여러 임금들이 속요에 빠진 일을 탄식하며 염려한 것뿐만 아니라 '부화의 문(이제현)'을 공박함으로써 속요도 부정했으리라는 가정, 이것이 그들의 속요관이라고 할 수 있을 것이다.

따라서 속요와 관련된 대표적인 두 저명한 文臣의 관점과 평가는 여기서 마감하여도 큰 지장은 없다. 그러나 그들이 왜 각기 그런 시각을 견지하게 되었는지 등에 관한 논의가 뒤따르지 않는다면 우리의 성찰은 미흡함에서 벗어날 수 없다. 이제 지면을 할애하여 그 두 인물의 생평을 간략히 더듬으면서 논제에 접근키로 한다.

먼저 익재 이제현(1287, 충렬왕13~1367, 공민왕16)이다. 그는 고려 5백년 역사에 그 이름을 뚜렷이 남긴 학자 및 문인 가운데 대표적인 한 사람이었다. 또한 왕조 말기에 나라를 위하여 헌신한 정치가요 외교관이기도 하였다. 그의 생애는 여러모로 화려하였고 다방면에 걸쳐서 남긴 업적은 길이 역사에 남아 오늘에까지 전해오고 있다.

그 가운데서 국문학과 연관된 것을 든다면 주지하는 바와 같이 『小樂府』를 꼽지 않을 수 없다. 우리 詩歌學界에서는 '익재=소악부' 식으로 아예 등식화·관용구화 하고 있거니와 거기에 수록된 11수의 漢譯 속요는 『악학궤범(樂學軌範)』·『악장가사(樂章歌詞)』 등에 수록된 작품들과 함께 고려시대의 시가를 연구하는데 귀중한 자료로 쓰이고 있음은 주지의 사실이다.

그의 『소악부』를 통해서 우리는 그가 漢詩文 이외에도 여항에 떠돌던 民歌에도 큰 관심과 애착을 가지고 있었음을 알 수 있다. 갑남을녀들이 즐겨 부르던 俗歌를 유심히 듣고 그 중에서 10여 편을 골라 한시로 옮겨놓았다는 사실, 그리고 같은 시대를 살던 及庵(菴) 閔思平(1295~1359)을 채근하여 그로 하여금 몇 편 더 한역케 해서 모두 6편을 남기게 하였다는 사실을 상기하면 俗歌에 대한 그의 호의적인 관점과 애착을 족히 짐작할 수 있다. 뛰어난 유학자이자 초기에 성리학을 수용하여 발전시키는데 기여한 그가 여타 귀족문인과 학자들은 생념조차 두지 않던 속요의 한역화 작업에 열의를 보여준 사실은 결코 범상하게 보아 넘길 일이 아니다. 거창하게 말하자면 민족 문학 의식도 지니고 있었던 문인이라고 규정하여도 큰 망발은 아니지 않을까 싶다.

그런데 이 대목, 곧 『소악부』와 관련된 익재의 번역 작업에 이르러 필자는 그가 혹평한 쌍기의 '浮華之文'을 상기하면서 어쩐 일인지 문종대에 번창했던 속요의 병통(최승로의 말)을 꼬집지 않고 지나쳐버린 일도 함께 다시 음미할 기회를 갖고 싶다.

그가 후대의 악 영향까지 걱정하며 매도한 '부화의 문'은 과연 어떤 것일까. 촌탁컨대 그것이 어느 형태의 글이든 간에 그 내용과 형식이 문자 그대로 겉만 화려하고 속살이 없거나, 남녀 관계가 도덕적으로 타락하여 건전하지 못한 것(국립 국어연구원 『표준국어대사전』)이라는 사실만은 다시 말할 여지가 없다.

'부화의 문'이 그런 것이라면 우리는 문득 고려의 속요를 떠올리면서 그 둘이 여러 면에서 서로 유사한 것이 아닌가 하는 생각을 하게 된다. 두루 알고 있는 바와 같이 속요는 궁중의 연회자리에서 공연된 악가로서 대우를 받은 노래였지만, 그 대다수가 좋게 말해서 자유분방한 사랑의 노래, 낮추어 평해서는 음란한 노래라는 사실은 긴 설명이 필요치 않다. 그래서 조선왕조에서는 이를 남녀상열지사로 낙인을 찍고 금한 것이 아닌가.

얘기가 이쯤 전개되니 의문점이 자연스럽게 부각되고 있음을 알 수 있다. 속요는 익재가 아주 나쁜 말로 혹평한 '부화의 문'과 크게 다르지 않은 것이라는 가설이 성립된다. 이치가 이와 같다면 쌍기의 부화지문을 배척한 것과 마찬가지로 속요 또한 최승로나 안정복처럼 혹독하게 평가하여 사평에 올려야 마땅한 일이다. 그러나 익재는 앞에서 살핀 바와 같이 광종대는 물론이고 문종대의 찬을 쓰면서 속요의 병통은 전혀 논급하지 않았다. 만약 속요를 곱지 않게 보았다면 분명코 소견을 피력하였을 것이다. 그렇게 혹평하기는커녕 되레 속요를 원가로 삼아서 이를 한시로 옮긴 「소악부」를 짓는 뜻밖의(?) 작업에 손을 대기까지 하였다. 그의 이러한 일련의 접근이 어떻게 가능하였는지 궁금하지 않을 수 없다.

이 의문에 대하여 필자가 管見한 바를 밝히고자 한다. 먼저 익재가 속요에 관심을 가지고 광종 이후 350여 년 동안 축적된 자료를 쓸모있는 것으로 판단하여 이를 긍정적인 노래로 수용한 사실만은 부인할 수 없다. 이 점에 있어서 그는 최승로의 입장과 사뭇 달랐다. 최승로는 속요의 초기 시대의 고위관료였다. 초기인지라 속요의 역사도 짧고 노래의 편수도 소수였을 것이다. 그러므로 거부하고 비판하는 일이 쉬웠을 것이다. 그러나 익재의 경우는 그렇지 않았다. 이미 3~4백 년을 이어온 속요의 역사도 그러하려니와 좋든 싫든 축적된 작품 수도 대단하였을 것이다. 그런지라 이미 쌓여 있는 '유산'을 무턱대고 외면하거나 제거할 수는 없었을 것이다. 외려 긍정적으로 살리는 방법을 모색하였을 것이다. 애착이 없었거나 활용할 가치가 없는 것으로 간주하였다면 구태여 「소악부」찬집에 착수하지 않았을 것이다.

결국 익재의 긍정적인 속요관은 「소악부」 때문에 성립이 되거니와 그렇다면 「소악부」가 어떤 번해집(飜解集)인지 그 성향을 파악하면 의문되는 바가 제대로 풀릴 것이다. 그의 「소악부」에 관한 상론은 이 책의 『益齋·及菴 '小樂府'의 지향세계』에서 시도하였으므로 그쪽으로 미루고 여기서는 본고 작성의 필요한 부분만 짚어보기로 한다.

「소악부」에 실린 11편의 개별 작품의 함의를 하나하나 분석하고, 뒤이어 이를 전체로 묶어서 조망해 보면 우리는 그것들이 여항의 노래이긴 하되 번해자가 아무 의식이 없이 그냥 수집해 놓은 가집이 아닌 것임을 간파할 수 있다. 쉽게 말해서 속뜻이 있고 메시지가 있는, 교훈성이 잠재해 있는 노래들을 골라서 편집해 놓은 시가집이라는 얘기다. 일부 노래는 겉으론 심한 에로티시즘이나 남녀상열지사로 읽히지만 관점을 달리하여 접근하면 예컨대 풍자시로 해독되는 식이라는 뜻이다. 「수정사」·「제위보」 등이 이에 해당된다. 속뜻이니 함의니 운운할 것도 없이 표면에 드러난 진술만으로도 장부의 처신을 두고 경계한 「장암」이나 탐관오리의 횡포와 가렴주구를 풍자한 「사리화」 등도 「소악부」의 한 부분을 차지하고 있다. 민심의 동향과 세상이 어떻게 운행되는지를 알기 위하여 전담 기관을 통해 민가를 채집한 漢나라의 악부시 전통을 그대로 살렸다고 보면 틀림이 없다. 익재는 과거 고려 및 조선 왕조를 통틀어 악부시를 최초로, 또한 가장 잘한 문인으로 꼽힌다. 그가 그처럼 악부시에 능통하게 된 배경에는 무려 6년간의 在元 생활이 크게 작용하였다. 그 긴 세월 동안 그는 당시 그곳의 저명한 문인 학자들과 교유하면서 중국의 문학을 깊이 파고 들어갈 수 있었다. 이에 관해서는 역시 이 책의 「익재·급암의 소악부」를 논할 글에 미룬다.

이런 관점과 취지로 속요를 접하였으니 부화의 문의 예처럼 부정적으로 다룰 이유가 전혀 없었을 것이고 되레 人事와 世事를 반영하고 있는 노래라는 점에서 호의적으로 반응하였다고 사료된다. 요컨대 익재는 속요를 궁중의 연회에서 흥을 돋우기 위한 가악으로 사용한 바와는 다른 관점에서 수용하였다. 그런지라 고려의 최승로나 후대 조선조 말의 실학자인 안정복이 속요를 놓고 난도질을 하며 문제시하였지만 그는 시종일관 함구로 일관할 수 있었다. 교술적 활용에 충당하기 위한 비판적 수용 – 이것이 바로 익재의 속요관이라 하겠다.

2)

최승로(927, 태조10~989, 성종8)는 익재보다 약 350년 앞서서 살다간 왕조 초기의 문신으로서 재상의 자리에까지 오른 인물이었다. 年代를 고려한다면 당연히 익재보다 그를 먼저 다루어야 마땅하나 正史인 『고려사』의 史評을 익재가 직접 쓴 점, 그와는 달리 최승로의 언명은 약 8백 년쯤 뒤 조선왕조 실학자의 글을 통해 간접적으로 전해 온 관계를 고려하여 생몰의 시대 순을 따르지 않기로 하였다.

고려 초의 정치·사회현상이나 민풍에 관한 정보를 얻기 위해서는 최승로를 통하지 않을 수 없다. 그만큼 그는 왕조 초기의 여러 가지 사건과 현상에 정통하였다. 俗歌에 관련하여 첫 번째로 비판의 대상이 되었던 광종대에 學士職의 벼슬을 살기 시작하였으니 더 말할 여지가 없으리라. 익재와 마찬가지로 그도 쌍기를 쓸모없는 인물로 규정하면서 부정적인 생각을 가지고 있었음이 『고려사』열전 그의 전기에 기록으로 전한다. 따라서 속요와 관련된 최승로의 소견을 살피는 일도 쌍기를 혐오한 그의 언급에서부터 실마리를 풀기로 한다. 광종이 쌍기를 총애하기 때문에 능력이 있는 수다한 인재들이 경륜과 재능을 펼 수 없는 결과를 초래하게 되었다고 비판하였다.

참다못한 그는 왕조의 오늘과 내일을 걱정하는 심정에서 왕에게 상소를 올리게 된다. 그 문장에는 여러 방면에 걸친 광종의 실정과 함께, 위에서 따로 인용한 속악과 女樂에 빠진 끝에 雅正의 氣가 사라지게 된 잘못도 내포되어 있다. 우리가 그의 짤막한 몇 마디에 귀를 기울이는 까닭은 시무이십팔조(時務二十八條)가 주류를 이루고 있는 이른바 '최승로상서문'의 역사적인 가치를 존중하지 않을 수 없기 때문이다. 당시의 군왕인 성종에게 올린 이 문건인즉 성종은 물론 그 후대의 군주들이 치국함에 반드시 경청하여야 할 내용으로 넘쳐나 있다. 가로되 치국안민의 대방이 거기에 다 내포되어 있다. 특히 역대 군왕(太祖~5대 景宗) 및 금왕(6대 성종)의 정치, 그리고 제반 국사와 사회현상을 누구의 간섭도 받지 않고 史官 이상으로 엄정하고 냉철하게 정리하며 비판한 점 때문에 이를 귀히 여겨 참고하지 않을 수 없는 것이다.

이제 이 문건을 중심에 놓고 그의 속요관을 추출하기로 한다. 최승로 그가 문제삼은 속악창기며 여악은 바로 우리가 고려속요라고 지칭하는 노래였음이 분명하다. 작품명이 하나도 명기되어 있지 않아서 매우 아쉽지만 '음탕 – 雅正의 氣에 反함' 운운한 것으로 보아 속요, 바로 그 갈래의 詩歌였음이 확실하다고 여긴다.

최승로는 "鄕俗과 土風은 단절되어서는 안되므로 악공·악사들로 하여금 이를 전습토록 하여 진실 된 것을 보존해야할 따름입니다. 어찌 음란하고 더러운 여악을 취하겠습니까"라고 진언하였다. 속악창기며 여악 대신에 '예로부터 전해오는 향속과 토풍이 녹아 있는 음곡' 만을 계승·보존해야 한다고 하였다. 여기서 말하고 있는 향속과 토풍의 가곡이 어떤 것인지 알 수 없다. 통일신라 이래 고려가 개창된 뒤에도 꾸준히 이어져 온 삼국의 가악류이거나(『고려사』악지에 작품명과 가사내용이나 생성배경이 요약되어 있는 노래들) 새 왕조가 들어선 뒤에 생긴 民歌들이 아닌가 싶다.

그는 보존할 가치가 있는 예의 노래들을 伶人(악공·악사)들로 하여금 익히도록 하여 끊어지지 않도록 조치하여야 마땅하다는 뜻을 상언하였다. 이로 보아 그는 병폐가 되는 속악의 철폐를 주장하는 것으로 끝내지 않고 풍속을 해치지 않으면서 향속을 진작시키는데 도움이 되는 노래를 악공·기녀들에게 가르쳐서 대체시키는 방안을 제시하였다.

『고려사』열전 최승로전에 보면 다음과 같은 몇 가지 기록이 적혀 있다. 광종의 빗나간 생활과 행실을 들어서 후대 임금인 성종이 꼭 유념하기를 바라며 쓴 글이다.

> 쌍기를 등용한 뒤로부터 文士들을 존중하여 대접이 지나치게 후하였습니다 …… 어떤 때는 저녁마다 사람을 불러 접견하고 …… 이런 일을 기쁘게 생각하고 정사를 게을리 하여 나라의 중요한 일은 막혀서 통하지 않고 마시고 먹는 잔치는 이어져 끊이지 않았습니다.

> 또한 연희와 놀이에 드나들면서 사치가 끝이 없었습니다 …… 평상시 일 년의 경비를 대략 계산하면 태조가 십 년 동안 쓴 비용이 될 만 했습니다.

'잔치 – 연희 – 놀이 – 사치 – 엄청난 경비', 이것이 바로 윗대 임금인 광종의 유흥생활과 방탕한 희락의 모습이었다. 여기에 필연코 동원되는 것이 악공·악사·女妓의 음악, 그 음악이 건전하지 못한 것임은 최승로의 기록이 증명해 주고 있다. 성종에게 佛事에 신중을 기하고 유교의 이념으로 政事에 임하기를 건의한 최승로의 눈과 귀에 속요는 그야말로 망국의 소리나 다름없었을 터이고, 먹고 마시기 위해 수시로 열리던 호사스러운 잔치 또한 그냥 보아 넘기기 어려웠을 것이다. 위의 인용문은 그런 일상적인 배경에서 나온 것이리라.

정리하면 최승로의 사유세계는 유교적 이념과 윤리·도덕에 뿌리를 내리고 있었다. 그리하여 후대 조선왕조 시대의 사대부들이 속요=남녀상열지사·詞俚不載·矜豪放蕩으로 인식하여 배척한 바와 동일한 관점을 견지하였다고 해석하면 틀림이 없다고 본다. 그렇기 때문에 속요를 사갈시(蛇蝎視)하게 된 것이리라.

고려 초의 군주들이 속요에 탐닉한 바를 크게 걱정한 그의 일련의 기록이 다름 아닌 安鼎福에 의해서 전해 오고 있는 점은 시사하는 바가 크다. 肅宗 때에 태어났으나 주로 英·正시대를 살았던(1712~1791) 順菴은 星湖의 문인으로서 조선시대 후기 저명한 실학자였다. 과거의 역사를 실증적인 관점에서 새롭게 해석하였다는 평가를 받고 있는 『東史綱

目』과 『列朝通紀』의 저자이기도 한 그는 新儒인 실학에 관심을 두는 것 못지않게 조선시대의 전통적 가치인 朱子學을 지키며 앞선 시대와는 다른 방법으로 되살리고자 용심한 학자이기도 하였다. 이렇듯 종래의 성리학적 세계관을 견지한 그였고 보면 前王朝 때 君臣을 비롯하여 여항의 남녀가 즐겨 향유하던 속요를 곱게 봐줄 수 없었음은 다른 설명이 필요치 않다. 그런지라 속요에 관한 그 자신의 생각을 피력하는 과정에 멀리 8백 년 전 쯤의 文臣이요 학자였던 최승로의 예의 기록문도 자신의 글에 포함시켜서 역사의 증언으로 남기고자 한 것으로 해석한다.

3. 속요 애호·탐닉자를 위한 변호

위에서 논의한 바를 정리하기로 한다. 4대 광종~11대 문종대까지, 기록에 전해오는 바에 따르면 8대 현종만 속요를 배척하는데 과단성을 보여주었고, 광종·경종·정종은 의심할 나위 없이 속요에 탐닉했던 임금들이었음이 드러났다. 관심의 대상은 고려 5백 년 역사상 가장 뛰어난 名君으로 호평을 받고 있는 문종인데, 그도 속요의 병폐를 막지 못하였음은 물론이려니와 형세에 밀려 얼마쯤은 즐겼던 것이 아닌가 짐작되었다. 그러한 추정이 아닐지라도 속요의 기세를 꺾지 못하였다는 기록으로 보아 그 앞의 임금인 정종대까지 대부분의 前期 군주들이 속요에 깊이 빠졌거나 최소한 암묵적으로 수용하였다고 사료된다.

임금들의 이러한 속요 취향에 대한 신하들의 시각은 둘로 갈라진다. 마치 후대의 현종을 이끌어낸 인물인양 광종~성종대의 고굉지신(股肱之臣)인 최승로의 강력한 배척이 그 하나다. 고려 말의 대표적인 重臣으로서 오랜 세월 동안 쌓인 속요의 더미를 무조건 외면하지 않고 人世事에 교훈이 될 만한 노래들을 한시로 번해하여 「소악부」를 지은 이제현의 비판적 수용이 또 그 하나다. 본론에서는 언급하지 않았으나 궁중의

樂歌로 정착된 속요는 음악기관에 종사하는 악공이나 기녀들 이외 조정의 높고 낮은 여러 신하들이 여항에 떠돌던 민요를 대궐로 들여와서 노랫말과 곡조를 다듬은 끝에 뿌리를 내린 것, 그렇다면 그들은 이제현과는 관점을 달리한 적극적인 수용파라 하겠다.

이제 고려 당시에 설왕설래하며 시비거리가 되었던 속요관, 그 중에서 주로 최승로(=조선조 후기의 안정복 포함)가 지키고자 한 노선과 그의 진언을 경청하지 않았던 여러 임금들의 대응을 놓고 20세기와 21세기를 살며 고려시가를 전공해 온 한 學人으로 사사로운 소견을 피력코자 한다. 이런 식으로 시대를 명기하고 전공자임을 밝히는 까닭은 18세기 안정복의 속요관을 연상하면서 그 후대의 평가임을 명기코자 하기 위해서다.

임금에게 상서한 忠諫, 그리고 근엄함을 존숭하는 사회적·시대적 환경을 배경으로 하여 내린 평가, 이런 내용의 글은 시대를 초월하여 '바른 말, 옳은 말 – 쓴 소리, 곧은 소리'로 대우를 받는다. 속요가 조선왕조가 채운 족쇄에서 풀려나 현대인들로부터 사랑을 받고 있는 요즘에도 텍스트와는 별도로 저들이 남긴 글은 용기 있는 진언이나 史評으로 그 권위를 인정받고 있다. 그와는 달리 신하의 직언이나 후세에 내려질 역사적인 엄한 평가도 무시하고 속요를 가까이 한 역대 군주들은 비판의 대상이 되기 일쑤다. 이것이 속요의 향유면에서 지금까지 이어져 온 두 개의 상반된 관점이라 하겠다.

이러한 시각과 해석이 시대를 초월하여 과연 옳은 것인가. 세월이 한참 흘러간 뒤인 오늘에도 타당한 것인가. 속요를 떠나 어느 왕조 시대를 막론하고 신하의 모든 진언은 다 옳고 정당한 것인가. 쉽게 말해서 임금들은 나쁜 사람이고, 충간하고 혹평한 신하나 史家는 의로운 사람으로 규정하는 이런 고식적인 논리가 과연 정당한 것인가. 거듭해서 인용하거니와 안정복은 "문종처럼 어진 임금도 속요의 변통을 능히 바로 잡지 못하였다"라고 아쉬움을 표했다. 이에 대하여 우리는 안정복에게 "문종처럼 어진 임금도 어쩌지 못하였다면 거기엔 그만한 까닭, 이를테면 속요의 매력과 형세가 몇 신하들의 충간을 무시할 정도였고 또한 이미 세인들의 인기를 끌고 있어서 손을 쓸 수조차 없었기 때문이 아니었겠느냐"고 반문하고 싶다.

또 최승로는 광종의 속요 탐닉을 문제로 삼아 들고 일어났는데 그럼에도 임금은 귀담아 듣지 않고 계속 향유하였다. 뭔가 끌리는 바가 있었기 때문이며, 또한 그것은 교조주의적 사고에서 벗어나지 못한 신하의 충간을 외면해도 좋으리만큼 귀에 솔깃하고 정서적으로 울림이 컸기 때문이었으리라. 이걸 지금 이 시점에서도 무조건 탓할 수는 없는 것이 아닌가.

안·최 두 사람은 광종·문종대의 탐닉과 무방비·무대응 때문에 후대 임금들이 황음·방탕·음란에 빠지게 되었다고 책임을 물었다. 그것도 그들 및 그들과 이념을 같이 하는 사대부들의 일방적인 사고일 뿐, 정작 후대 임금들은 그런 죄의식(?)없이 즐겼다고 항변하면 어쩌겠는가. 황음·방탕 운운함은 근본주의자인 저들의 일방적인 흠집내기일 뿐, 개창될 때부터 고려는 후대 조선 왕조의 교조주의적 治國과는 달리, 요즘 말로 표현하자면 낭만주의적 풍조를 허용했던 터, 그런 사회를 이끌면서 인간의 본성과 본능을 정직하게 담아낸 백성들의 노래를 다듬어서 즐긴 것이 무에 그리 大罪를 지은 것이라고 저들이 반론을 제기하면 어쩔 것인가.

무엇보다도 속요는 이제현도 어쩌지 못하리만큼 '고려의 노래'가 되어서 이윽고 고려 왕실의 연회를 주도한 악장과 같은 歌樂으로 정착되었다. 이렇게 되기까지는 그 나름대로 원인과 동력이 있었기 때문이 아니겠는가. 이것을 무시할 수는 없지 않은가. 궁중의 俗歌로 굳어진 것을, 그 이후의 군주들인들 어쩔 도리 없이 즐기면서 계승했던 것이 아닌

가. 따라서 역대 임금들을 무조건 몰아세우거나 타박해서는 곤란하다고 말할 수 있다. 충렬왕대의 「쌍화점」류가 아니라면 열린 마음으로 너그럽게 보아야 할 것이다. 광종과 경종의 지나친 유락과 향락적인 잔치는 용인될 수 없는 것이되 그런 자리에서 가창되고 공연된 속요 그 자체의 음악성과 문학성은 별도로 평가됨이 옳지 않을까. 연회자리의 흥취와 노래의 연주는 서로 분리될 수 없는 관계라는 점을 모르지 않으나 놀이와 예술을 각기 독립시켜서 살피는 관점도 존중할 필요가 있을 것이다.

오늘날의 대중음악과 견주어서 생각해볼 수도 있다. 서태지·김건모 등이 파격적인 노래를 부르며 젊은이들의 폭발적인 인기를 얻고 있을 때 그들의 대선배인 패티金은 TV에 나와 저들의 노래는 '소음'에 지나지 않는 것이라고 혹평하면서 단호하게 배척했다. 필자 역시 동감이었다. 속이 시원할 정도로 귀에 쏙 들어오는 평가였다. 그런데 그것도 다 옛말, 21세기에 접어들어서는 K-pop으로 아이돌들이 우리나라는 물론 세계무대에까지 진출하여 韓流의 돌풍을 일으키고 있다. 드디어 싸이의 '말춤'이 세계를 압도하며 지배하는 요즘이다.

우리나라의 20~30대 청춘남녀들이 세계를 제압하고 있으니 자축해 마지 않고 있으나 솔직히 말하자면 필자는 지금까지도 도무지 이해가 가지 않는다. 우리 세대들의 대부분은 그런 생각을 가지고 있다고 본다. 여기서 패티金으로 대표되는 흘러간 세대들의 가수들, 그리고 필자를 비롯한 노년층을 편의상 최승로·안정복으로, 아이돌과 싸이에 광적으로 심취한 국내외 수많은 팬들을 광종~문종대의 속요 향유자와 이제현으로 치환시켜 놓자. 결론은 쉽게 내려진다. 양쪽의 생각이나 견해가 다 근거가 있고 옳은 것이 되고 만다. 따라서 임금들과 당대의 신하나 후대의 사관들 양쪽 모두가 정상 궤도에 있었다고 본다. 군왕들만을 무조건 타락하고 방탕한 인물로 간주해서는 안 된다는 뜻이다.

속요는 고려왕조 개국 초기부터 있었다. 그것은 한동안 정제되지 않은 미완의 노래로 불려지다가 궁중음악의 체제가 갖춰진 11대 문종대에 이르러 완결된 형태로 정착하였다. 현전의 속요 중 「정과정」과 같은 창작시기와 작자를 알 수 있는 것, 또는 「만전춘별사」처럼 기록상으로는 작자 및 연대미상이나 작품의 분석결과 고려 후반기의 것이 확실시 되는 노래를 제외한 현전하는 여타의 텍스트가 전반기 혹은 후반기 중 어느 때의 것인지는 알 수 없다.

광종의 신하였던 최승로는 속요를 극력 반대하며 저지한 인물이다. 그때의 신하 중에서 최승로와 노선을 달리한 사람이 있었는지 여부는 기록상으로는 알 수 없다. 그렇다 할지라도 분명히 존재했다고 단정을 내려도 무리가 없으리라. 그런 신료들이 있었기 때문에 최승로의 상소도 아랑곳하지 않고 광종은 속악에 탐닉한 것이 아니겠는가.

이러한 현상과 판세는 광종 이후 문종대까지 이어져서 군주와 그를 지지하거나 옹호한 俗謠派와 최승로와 견해를 같이 한 反俗謠派로 갈라져서 각기 자기들 소견대로 대립되었다고 사료된다. 이제현은 살펴본 바와 같이 선별적·비판적이긴 하되 어쨌거나 속요를 인정한 인물로 분류된다. 그를 기점으로 그 윗대로 거슬러 올라가 보자. 어떤 결론을 도출할 수 있을까. 이제현처럼 속요를 인정하고 수용한 귀족 관료층이나 여항의 평민들이 적지않게 있었다고 짐작해도 무방하다. 광종·문종 이후 수백 년을 익재와 같은 시각으로 속요를 넓게 포용한 사람들이 각 시대마다 존재하여 누적되었기 때문에 그의 「소악부」가 나왔고 속악을 지지하는 목소리를 낼 수 있었을 것이다. 「소악부」의 찬집과 관련해서는 그 자신의 경험과 문학관이 작용한 탓도 있지만 윗대로부터 전승되어온 역사적 환경과 내력도 무시할 수 없었을 것이다.

이 모두를 종합하여 우리는 다음과 같은 결론을 이끌어낼 수 있다. 즉, 고려 역대 임금 가운데 속요를 애호한 군왕과 관현방 등에 소속된 기녀·악공들. 익재와 같은 관료들, 그리고 여항의 갑남을녀들, 이들이 속요 형성과 성장·발전에 주동체였고 공로자였다는 점이다. 君·臣의 경우 황음·방탕 운운의 악평을 받았으나 결과적으론 우리 옛 시가의 중요한 한 갈래요, 현대에 이르러서는 인간의 본성·본능·정서를 꾸밈이 없이 드러냈다고 정당한 평가를 받고 있는 속요를 지탱해냈다는 측면에서 그들은 재평가를 받을 자격이 있다.

이 속요 애호파는 조선왕조 초기부터 저항을 받아 중기까지 어려움을 겪지만 내막적으론 적지 않은 귀족·사대부계층과 일부 군왕도 속요의 중독에서 벗어나지 못하였다는 사실은 두루 알고 있는 바다. 이런 점에서 필자는 조선시대의 저들을 속요 고수파라고 명명하고 싶다.

최승로를 대표로 하는 반속요파들에 대해서 결론을 내리기로 하자. 그들의 견해와 노선은 결코 틀린 것이 아니다. 옛 시대의 엄격한 가치관에 따른다면 오히려 그들이 바른 길을 택했다고 평가하여야 마땅하다. 하지만 그렇다고 그들이 지향한 바가 역사의 길고 넓은 물결 위에 올려놓고 평가할 때 다 옳다고 말할 수는 없다. 무엇보다도 그들은 규범과 도덕관 때문에 인간의 내면세계, 곧 본성·본능을 가까이 하는 노래를 체험하지 못했다. 그리하여 당대는 물론 그 후대의 긴 세월 동안 속요파와의 싸움에서 패배하였다. 조선왕조에서의 속요를 대상으로 융단 폭격과 같은 공격을 퍼부은 교조주의적 세력과 그들의 정신을 계승한 후기 안정복 등과 같은 사대부들이 모두 한 파를 형성하였거니와 그러나 그들의 노력에도 불구하고 속요가 끈질긴 생명력을 유지하였다는 사실은 요컨대 반 속요파의 저항이 소기의 성과를 거두지 못했음을 웅변한다.

속요 도입부의 운(韻) 떼기와 그 해석

속요의 운(韻) 떼기는 매우 특이하다. 「청산별곡」과 같은 남녀상열지사 계통의 작품이 아닌 것과, 남녀상열지사일지라도 「동동」·「정석가」 등 序詞가 있는 노래를 제외하면 그 나머지 작품들의 發話, 곧 冒頭의 언사는 급박하기 이를 데 없다. 옛 시가의 어느 장르에서도 속요 식의 이런 운 떼기는 찾아보기 쉽지 않다.

음악으로 치자면(속요도 노래이지만) 서곡이 있고 난 뒤 본곡이 뒤를 잇듯이, 또는 글(산문)로 말하자면 서론으로 시작하여 본론을 펴는 것이 바른 순서이듯이 시(시가)도 대체로 그렇게 호흡을 가다듬으며 전개되는 것이 일반적인 현상인데 속요는 그러한 상궤에서 벗어나 있는 것으로 특징을 삼고 있다. 이른바 기승전결 식이나 이를 연상케 하는 구성을 속요에서는 찾기가 쉽지 않다.

이를테면, 분위기를 잡기 위한 사설(辭說)의 배치도 없이 단도직입적으로 본사를 토해내는 소위 '맞바로식의 발화'는 그 자체로서도 별스러워서 눈길을 끌만 하지만 또한 작품 전체의 방향과 추이의 측면에서 조망할 때도 관심거리로 대두된다.

속요는 본시 시끄럽고 요란한 詩歌다. 격정적인 노래다. 속내를 다 털어 놓아야 직성이 풀리는 그런 노래다. 에둘러서 말하기를 피하고 직설적으로 표현하기를 좋아하는 시가다. 어느 단락의 사설이든 대체로 그와 같은 정황에 놓여 있지만 발화 부분만 따로 분리시켜서 여러 노래들의 다양한 모습, 그 안에 담겨 있는 화자들의 다급하고 속타는 심정, 향후의 전망을 어떻게 내다보고 있는지 등, 여러 문제를 살펴보자는데 본고의 목표를 둔다.

거론되는 작품은 애정시가에 속하는 「만전춘별사」·「쌍화점」·「정과정」·「서경별곡」·「이상곡」·「가시리」 등 6편인데 속요 전체를 모두 다루는 선에 까지는 이르지 못한다고 할지라도 이만하면 그 핵심 되는 텍스트는 거의 다 섭렵한 것으로 셈을 하여도 무방할 것이다.

관심을 두는 부위가 첫 발화 단락이므로 인용도 그 부분에 국한할 것이다. 다만 그렇게 시작한 노래의 진행과정과 특히 결말을 알아야 하겠으므로 논의하는 도중에 잠시 그 부분을 언급하는 기회를 갖도록 하겠다. 6편의 텍스트를 논의하는데 어떤 기준에 따라 순서가 정해진 것이 아니고 순전히 필자의 임의에 의한 것임을 밝혀 둔다.

1. 「만전춘별사」와 에로티시즘의 돌연한 등장

「만전춘별사(滿殿春別詞)」는 열애에 빠져 있는 순간이나 또는 님과 헤어진 뒤의 기다림 중 어느 하나를 노래한 것이 아니라 그 모든 것을 여섯 단락으로 흡수하여 한꺼번에 읊은 작품이다. 속요 가운데 이런 성격의 노래는 「만전춘별사」를 빼곤 달리 없다.

남녀 간의 사랑과 관련된 여러 조각들이 합쳐져 있는 노래이기 때문에 合成歌로 규정하고 있음은 두루 알려진 바다.

각 聯이 말하고 있는 요지를 정리해 보면, 현재 누리고 있는 사랑의 단절 없는 지속을 열망함(1연) - 이별 이후 잠 못 이루며 님을 그리워함(2연) - 약속을 어긴 님에 대한 원망(3연) - 외간 남자의 틈입(闖入)과 이를 물리침(4연) - 님과의 재결합을 願望함(5연) - 遠代平生에 이별이 없는 사랑을 꿈꾸어 봄(6연-결사)으로 간추릴 수 있다. 이렇게 연결되는 여섯 단락 중에서 冒頭에 해당되는 부분인 첫째 연을 아래에 인용한다.

얼음 위에 댓잎자리 보아 님과 내가 얼어죽을망정
얼음 위에 댓잎자리 보아 님과 내가 얼어죽을망정
情둔 오늘밤 더디 새오시라 더디 새오시라

앞에서 요지를 밝힌 바와 같이 첫째 연에서 화자가 말하고자 하는 바는 열애의 중단없는 지속이다. 그 열망을 화자는 위에서와 같이 자극적이고도 과격한 언사로 표명하였다. 그것도 '돌연한' 발화, 곧 예상 밖의 '느닷없는' 운 떼기로 시작하였다.

시는 생략과 압축의 문학이다. 서사성에 뿌리를 내리고 있는 설명문식의 산문과는 본질적으로 다르다. 이런 기초적인 상식을 십분 고려할지라도 「만전춘별사」의 시작부분은 이른바 밑도 끝도 없이 불쑥 튀어나온 갑작스런 진술이라는 느낌을 지울 수 없다. 이런 식으로 출발하기에 앞서 사연의 前段階를 설정하여도 시의 본질적인 압축의 미를 살리는데 지장이 없을 터인데 화자는 이를 거부하였다. 이러한 구성이 우연에 의한 것이 아니고 엮은이가 전적으로 의도한 것이었음은 첫째 연에서 둘째 연으로 넘어가는 과정을 주시해보면 어렵지 않게 짐작할 수 있다. 아래에 둘째 연을 옮긴다.

耿耿 孤枕上에 어느 잠이 오리오
西窓을 열어 보니 桃花 發하도다
桃花는 시름없어 笑春風하는구나 笑春風하는구나

첫째 연에서 그렇듯 뜨거운 사랑을 나누었던 님과 헤어진 뒤 오매불망 잠 못 이루면서 떠나간 님을 그리워하는 화자의 애처로운 모습이 이 둘째 연에 담겨 있다. 이로 보면 님은 화자가 첫째 연에서 "情둔 오늘밤 더디 새오시라 더디 새오시라"라고 되뇌이며 그렇게 날이 밝지 않기를 애타게 기원하였음에도 그 소망이 무너지고 결국 시간에 쫓겨 떠났다는 사실을 알 수 있다. 그런데 텍스트에는 이별하는 순간을 담아낸 독립된 연이 없다. 「가시리」나 「서경별곡」에는 모두 나오는 그런 별리의 장면을 첫째 연과 둘째 연 사이에 놓아 둘만도 한데 화자는 그냥 건너뛰고 말았다. 만화경(萬華鏡)류의 애정가요임에도 그렇다. 의식적으로 생략하였다고 판단하는 것이 온당할 것이다.

첫째 연에 앞서 전 단계에 해당되는 애정의 과정이 빠진 사정을 우리는 이처럼 이별의 장면이 설정되지 않은 현상과 동일한 것으로 이해한다. 화자는 님과 性愛에 빠지기까지, 그리고 또한 이별하기까지의 이른바 '과정이나 경위'를 구차스럽게 풀어 놓는 언사 따위에 신경을 쓸 마음의 여유가 없었다고 보면 맞는 해석이 될 것이다. 거두절미 – 단도직입 – 직설적 화법, 이것이 「만전춘별사」의 序頭에서 강하게 느낄 수 있는 인상이라고 하겠다.

이제 자극적인 에로티시즘, 그 노골적인 표현을 거론할 차례가 되었다. "얼음 위에 댓잎자리……" 운운의 사설이 반복되는 동안 당시 이 노래를 듣는 수용자들은 정욕이나 성적인 충동을 강하게 느꼈으리라는 점, 어렵지 않게 헤아릴 수 있다. 님과 함께 하는 '情둔 오늘밤'이 무엇을 뜻하는 구절이며, 남녀가 어떤 행위에 빠져서 어떤 희열과 쾌락을 만끽하였는지를 굳이 설명할 필요가 있을까. 요컨대 끝줄은 현재 시간에 누리는 에로티시즘이거니와 가상(…얼어죽을 망정)으로서의 에로티시즘이 그에 앞서 분위기를 잡고 있으니 「만전춘별사」의 첫째 연은 영락없이 가상과 현실의 양면에 걸쳐 안팎으로 性행위와 직결되어 있음을 간파할 수 있다.

'情둔 오늘밤'이 성행위가 이루어지는 시간임을 확실하게 알 수 있는 것은 "南山에 자리보아…… 錦繡山 이불 안에 麝香각시를 안아누워……

藥든 가슴을 맞추옵시다"라고 소원을 피력하고 있는 제5연을 통해서 충분히 유추할 수 있다.

둘째 연 이하의 진행 과정과 진술을 토대로 하여 첫째 연을 재차 해석하자면, 그때 화자는 밤이 지나고 날이 새면 님과 헤어지리라는 것을 이미 잘 알고 마음의 준비를 하고 있었다고 보아야 한다. 다시 말하자면 「만전춘별사」의 사랑은 이별을 전제로 한 사랑, 시간에 쫓기는 불안한 사랑이었다는 뜻이다. 그렇기 때문에 "情둔 오늘밤 더디 새오시"기를 그렇듯 갈망했던 것이다.

이와 같은 화자의 속사정을 염두에 두고 첫째 연을 다시 읽으면 그렇듯 급박하게, 돌연히, 단도직입적으로, 거두절미하고 性愛의 극점이라 할 수 있는 자극적이요 육감적인 에로티시즘이 노래의 첫머리에 놓이게 된 연유를 알 수 있다. 화자는 헤어지기 전에 마지막으로 불타는 섹스의 향연(?)을 누리고자 하였다.

「만전춘별사」에서 여유있는 사랑과 느림의 미학을 읽을 수 없는 것은 일단 유감스런 일로 치부할 수 있다. 하지만 예나 이제나 대부분의 애정시는 悲戀으로 마무리되고 화자의 운명은 인고의 세월 속에 파묻힌다. 종말이 그럴 양이면 짧은 한 순간, 비록 시간에 쫓기는 촉박한 상황일지라도 노래의 첫머리를 진한 에로티시즘으로 운 떼기를 하는 것도 어쩌면 너그럽게 이해할만한 발상으로 간주하여도 좋지 않을까 싶다.

2. 「쌍화점」의 폭로성 고백과 이야기식 구조

「쌍화점(雙花店)」은 네 개 연 모두 똑같은 구조와 내용으로 된 쌍둥이 형태의 노래다. 다만 각 연마다 공간이 바뀌고 인물이 교체되어 등장할 뿐 詞意는 서로 다르지 않다. 이런지라 첫째 연 하나만으로도 텍스트가 말하고자 하는 바를 이해하는데 전혀 지장이 없다.

> 雙花店에 雙花 사러 간즉슨
> 回回아비 내 손목을 쥐더이다
> 이 말씀이 이 店 밖에 나고들면
> 다로러거디러
> 조그마한 새끼광대 네 말이라 하리라

본고에서 염두에 두고 있는 첫째 연의 도입부다. 여기서도 우리는 여느 작품, 여느 시가 장르에서는 쉽게 접할 수 없는 희한한 운 떼기와 만난다. 노래의 첫머리에서 이와 같은 성추행의 폭로성 고백을 듣는다는 것은 요컨대 적잖이 놀랠만한 일이다. 이런 장면은 소설, 그것도 위기 또는 절정의 단락에서나 볼 수 있는 것이리라. 그런 성격의 서사적 진술이 명색 서정문학에 속하는 시가의 첫 서두를 장식하고 있으니 당황하지 않을 수 없다는 얘기다.

화자가 고백한 바에 따르면 그녀는 요즘 말로 표현하자면 만두가게 주인인 回回아비에게 성폭행을 당하고 말았다. "내 손목을 쥐더이다"가 단순한 신체 일부의 접촉의 선을 넘어 육체적인 강간임이 확실한 것은 같은 聯의 그 아래 8행에 등장하는 제삼의 여인이 한 말, 곧 "그 자리에 나도 자러 가리라"라는 반응이 뒷받침하고 있기 때문이다.

정조를 빼앗겼을지라도 타인에게 발각되지 않았다면 화자의 부끄러운 폭로는 있지도 않았을 것이다. 나아가 「쌍화점」이라는 작품 자체도 생성될 수 없었음은 재언이 필요치 않다. 그런데 불행하게도 그 음란하고 폭력적인 장면을 새끼광대가 보고야 말았으니 낭패가 아닐 수 없었으리라. 이를 염려하여 사전에 화자는 그의 입을 막아 소문이 나지 않도록 급히 서두르지 않을 수 없었을 터이고 그래서 고백을 겸한 입막음의 조치가 필요하였다고 본다. 「쌍화점」이 나오게 된 경위를 텍스트에 근거하여 밝히면 이와 같다.

작품의 전반부에 해당되는 여기까지만 놓고 보아도 「쌍화점」은 시작부터 충분히 '이야기'식 또는 '소설적'이라고 하겠다. 서정시의 언어나 내용, 그리고 구성은 찾아보기 쉽지 않고 꾸며낸 얘기의 한 토막이라는 인상만이 강하게 느껴진다. 거기에다 후반부에 내려가서 기어코 소문이 난 끝에 제삼의 여인이 등장하여 사건의 전개가 이상한 방향으로 확대되고 있는 점과, 똑같은 내용의 사설이 공간과 인물만 바뀌어서 네 번 중첩되고 있다는 점까지 고려한다면 「쌍화점」은 화자가 실제로 체험한 바를 작품화한 것이 아니라 어느 누구에 의해서 지어진 淫詞임을 알 수 있다. 화자 – 回回아비 – 삿기 광대 – 후반부에 등장하는 제삼의 여인, 이들은 서정시의 인물들이 아니다. 소설에 나오는 일군의 등장인물인양 읽혀질 따름이다.

그렇게 시작된 이야기식의 序頭가 여느 시가 작품에선 듣도 보도 못한 예의 폭로와 목격자를 윽박지르는 두 개의 장면으로 구성되어 있다는 점이 참으로 별스럽고 희한한 것이라 하지 않을 수 없다. 옛 시가에서 이런 예를 어디서 구할 수 있는지 묻고 싶은 생각이다.

음사에 속하는 이 노래는 고려 충렬왕 때 궁중 연회 자리에서 君臣이 함께 술을 마시며 즐기던 歌舞임은 두루 알고 있는 사실이다. 그때 당시의 술자리 놀이판을 상상해 보면, 歌舞尺들이 레퍼토리의 전반부인 여기까지만 공연하여도 기녀를 끼고 한껏 취흥에 빠져 있는 군신들은 성폭행을 당한 여인네의 폭로가 주는 야릇한 성적 충동과 쾌감에 잠겼을 터이고 또한 목격자인 새끼광대의 향후 움직임이 어떻게 나타날지 궁금증과 함께 긴장감에 사로잡혔을 것이다. 「쌍화점」에서는 화자나 回回아비의 역할에 못지않게 새끼광대의 동태가 또한 여간 중요한 것이 아님은 작품을 대하는 순간 금세 알 수 있다. 그가 함구하느냐의 여부에 따라 사건이 묻힐 수도, 크게 확장될 수도 있기 때문이다.

이런지라 노래와 춤이 뒤섞여서 공연되는 이 연회를 관람하고 있던 수용자 겸 관객인 군신의 무리들은 "조그마한 새끼광대 네 말이라 하리라"라고 한 대목을 듣고 무엇을 기대했을까. 화자의 위협적인 당부가 무력화 되어 마침내 소문이 나고 그리하여 성폭행사건이 다시 확장되어서 새로운 국면으로 이어지기를 바라는 기대 심리와 긴장감에 사로잡혔을 것이다. 작품 전체로 보아도 이 부분에 상당한 무게가 실려 있음을 간과할 수 없다. 그것은 작품을 수용하는 입장에 있는 관람자를 흥분시키게 하는 중요한 요인으로 작용하였을 것이다.

진정으로 사랑하는 남녀가 누리는 에로티시즘은 건강한 것이다. 「쌍화점」의 섹스는 그런 것과는 전혀 다른 추잡스런 에로티시즘이다. 그런 음탕한 추문의 폭로로부터 노래가 시작되어서 후반부의 파란을 유도하고 있다는 점만으로도 「쌍화점」은 속요 중에서도 아주 특이한 이야기식의 노래로 취급되어야 한다.

3. 「정과정」의 직정적 토로

「정과정(鄭瓜亭)」은 앞에서 논의한 「쌍화점」과 함께 창작 경위와 배경이 기록으로 남아 있어서 이해하는데 정확성을 기할 수 있다. 작자인 鄭敍가 유배지에서 임금인 毅宗을 향해 읍소한 노래이니 원래는 충신연주지사이지만 지은이가 여성화자로 변신하여 잃어버린 님의 총애를 간구하는 노래라는 점에서 보면 戀歌에 해당된다는 점, 두루 알고 있는 바다.

의종의 가까운 인척인 정서가 무슨 까닭으로 귀양을 갔는지와 곧 풀어주겠다는 왕의 약속과는 달리 장장 20년 동안 유배지에 묶여 있다가 정중부의 난으로 의종이 쫓겨난 뒤 새 임금인 明宗이 등극한 뒤에야 비로소 解配된 저간의 사정 및 경위에 관해서는『高麗史』에 기록으로 전해온다. 그러나 그 기록에는 신뢰할 수 없는 내용이 적지 않다. 이에 관한 상세한 정보는 필자의 논문이 참고가 될 터이므로 그 쪽으로 미룬다.[1]

> 내 님을 그리워하여 울며 지내더니
> 山 접동새와 나는 비슷하오이다
> 아니시며 거짓이신줄
> 殘月曉星이 아시리이다

「정과정」은 全11행으로 되어 있다. 그 중에서 발화부분을 지정한다면 위와 같이 제4행까지가 될 것이다.[2]

---

1) 박노준,『고려가요의 연구』, 새문사, 1990, pp.336~352 기록에 의하면 정서가 귀양을 가서 이 노래를 짓게 되기까지에는 그를 질시하던 신하들의 참소 때문이라고 하였다. 이 점 일정하게 인정할 수 있다. 그러나 의종 당시의 군신관계 등 정치판을 자세히 검증해 보면 그런 이유 이외에도 정서의 사려 깊지 못한 행위가 마침내 임금의 미움을 사게 되었고 그래서 몇 신하들의 직소도 있고 하여 임금이 직접 나서서 그를 내쳤다고 해석하는 것이 옳다. 유배지로 그를 보내면서 “오늘 가게 된 것은 朝廷의 의논에 몰려서이다. 머지않아 소환하게 될 것이다”라고 한 말은 그를 안심시키기 위해서 거짓으로 둘러댄 말이었음도 기록의 분석을 통해서 의심할 여지없이 밝혀졌다. 의종의 속내는 정서를 유배지에 그대로 묶어 놓고 거기서 생을 마치도록 하겠다는 것이었다. 당초부터 그런 의도였기 때문에 의종은 정중부의 무신난이 일어나 임금의 자리에서 쫓겨날 때까지 장장 20년 동안(1151~1170) 정서를 풀어주지 않았다. 참형이 아닌 유배형으로 20년을 살았다는 것은 극히 드문 가혹한 형벌에 해당된다. 그렇게 내팽겨 놓을 정도로 의종은 정서에게 미운 감정을(혹은 증오심) 품고 있었다. 이런 사실도 모르고 정서는 유배지를 떠날 때 임금이 한 말만 철석같이 믿고 해배될 날만 손꼽아가며 기다렸다. 그렇게 기다리던 어느 날 참다못해 처연한 심정으로 읊은 노래가 바로 이「정과정」이다.

2) 李正善은 그의 논문「鄭瓜亭의 編詞와 문학적 해석」(『한양어문연구』14집, 한양어문연구회, 1996, pp.99~133)에서 관심을 끌만한 견해를 내놓았다. 요약하면『악학궤범』에 전해오는 11행 형태의「三眞勺」은 본고에서 冒頭부분으로 인용한 4행까지만이 鄭敍가 직접 지은 ‘原 鄭瓜亭’이고 5행 이하 나머지 사설들은 후대 궁중악가로 정착되는 과정에서 제삼자에 의해 첨가·확장되어 편사된 것이라고 주장하였다. 이와 같은 이정선의 학설에 따르면 본고가 발화부분으로 지정한 4행까지는 작품의 일

이 노래의 운 떼기의 특징은 격한 감정의 토로라 할 수 있다. 기다림에 지친 나머지 더 이상 자제가 불가능한 상태에 이르자 작자는 '울음'을 터뜨리고야 만다. 님을 사모하거나 또는 기다리는 노래에서, 더 나아가 이별을 슬퍼하며 거부하는 등의 옛 시대 애정시가에서 그 서두를 울음으로 시작하는 작품이 과연 몇 편이나 있을까. 민요가 아닌 창작시가에서 장르를 초월하여 과연 그런 작품이 있기나 있는 것일까. 이런 물음이 가능할 정도로 「정과정」의 발화는 직정적이요 또한 처비(悽悲)하기 짝이 없다. 요컨대 상례에서 벗어난 파격적인 운 떼기라고 하여도 지나친 말이 아닐 것이다. 중간이나 끝 부분에 놓여도 부담이 될 수 있는 '울음'을 첫 줄에다 올리는 바람에 그 이하 노래의 진행이 감당해내기 어려우리만큼의 정서적 파고를 일으키리라는 전망과 예상을 가능케 하고 있다. 시가가 아닌 일상적인 언어생활에서 울음으로 시작된 하소연과 애원의 뒷끝이 어떤 양상으로 이어지고 귀결되는지를 가상해 보면 족히 알만한 일이 아니겠는가.

부인 운 떼기 부분이 아니라 原歌의 全文이 되는 셈이다. 하지만 4행까지를 포함하여 최종적으로 완성된 「정과정」의 상태에서 보면 노래의 冒頭가 역시 1~4행이라는 점에서는 변함이 없다.

이정선이 4행까지만을 '原 鄭瓜亭'으로 규정하는 근거로는 첫째 李齊賢의 「小樂府」에 이 부분만이 한역되어 있고, 둘째, 5~6행인 "넉시라도 님과 한 곳에 가고지라 / 어긘 사람이 뉘였습니까"라는 문절은 「만전춘별사」에도 있는 바, 당시에 유형가사인 이 대목이 「정과정」곧 「삼진작」에도 삽입된 것은 原작자인 정서의 의도에 따른 것이 아닌 것으로 보아야 하며, 셋째 4행까지는 왕조국가시대의 신하가 임금에게 호소할 수 있는 내용으로 판단할 수 있으나 그 이하, 변명・따지기 … 등의 언술은 그렇지 않은 것으로서 작자와 무관하게 후대인이 첨가한 것이고 넷째 添詞 이전의 것과 그 이후의 것, 곧 4행까지와 5~11행의 진술태도 및 어조는 판이하게 다른 이상 구분해서 읽어야 한다고 주장하였다.

경청할만한 견해이다. 그러나 이 견해가 정설로 굳어지려면 향후 여러 단계의 검증 과정을 거쳐야 한다. 관심을 가지고 두고 볼 일이다. 따라서 본고에서는 여태까지의 통설에 따라 11행 전체가 정서의 作으로 이해하며 그 운 떼기 부분을 4행까지로 정하고 성찰키로 한다.

잃어버린 사랑을 되찾기 위한 작자의 몸부림은 울음으로 끝나지 않는다. 冒頭의 한 부분을 형성하고 있는 3·4행에 이르자 화자는 "아니시며 거짓이신줄" 운운하며 자기변호와 변명에 나선다. 그 앞에서는 '山접동새'를 끌어들이더니 여기에선 '잔월효성'에 의탁하여 그 자신에게 허물이 없음을 발명코자 시도한다. 그런 식의 자기변호의 발언이 듣는 쪽의 심사를 건드리기 쉬운 위험 부담이 있음에도 기다림에 지치고 악에 받친 화자는 다른 생각할 여유도 없이 맞바로 항의성 호소를 토해낸다. 화자가 귀양을 오게 된 시비곡직의 원인을 잔월효성도 알고 있다는 얘기는 바꿔 말하자면 하늘도 훤히 직시하고 있다는 말과 다름이 없다. 그렇듯 자신은 하늘도 인정해 주고 있는 무죄·무구(無垢)의 깨끗한 사람인데 애오라지 님께서만 몰라주느냐는 원망이 이 3·4행의 줄거리라고 하겠다.

이 노래의 전체적인 마무리는 "아소 님하 돌이켜 들으시어 사랑해주소서"로 되어 있다. 공손한 말씨로 상실된 사랑을 되찾는데 궁극적인 목표를 두고 있다. 하지만 그 앞서까지는 살펴본 바대로 약속을 어긴 님에 대한 강한 감정 표시, 무고함의 반복 강조, 억울함에서 우러나오는 슬픔의 표시, 그를 잊고 있는 님에 대한 원망 등 온통 애통 절통한 사설로 꽉 채워져 있다. 3·4행은 그 모든 한스러운 심사를 견인해 내는 기능을 맡고 있다고 풀이할 수 있다.

정리하기로 하자. 사랑을 다짐하고 맹세하기 위한 노래이든, 상처입은 사랑을 치유하기 위한 노래이든, 한참 절정에 올라있는 사랑의 달콤함을 드러내기 위한 노래이든, 이별을 앞두었거나 이별 이후를 기다리며 사랑을 읊은 노래이든 또는 「정과정」처럼 억울함을 당하여 심한 고통 속에서 토해내는 노래이든, 일반적으로 사랑을 소재로 한 시가는 적어도 결이 억세지는 않다. 사랑을 되찾기 위해서 애처로운 목소리로 무작정 애소할지언정 옳고 그름을 따지려들지 않는다. 그런데 「정과정」은 운 떼기를 할 때부터 그 두 가지 상례에서 벗어나 있다. 그냥 남녀 간의 애정시가가 아니라 정치적인 배경을 깔고 읊은 위장된 남녀상열지사이기 때문에 그와 같은 과격한 모습을 하였다고 이해하나 어쨌든 그 첫머리가 이를테면 홍수가 나서 제방이 무너지듯 폭발적이고 또한 예사로운 선에서 벗어나 있음은 부인할 수 없다. 후대 장르는 다르나 같은 성격의 대표적인 시가인 前後「思美人曲」두 편의 서두와 대비해 보면「정과정」의 첫 발화가 얼마나 격하고 직설적인지를 새삼 깨달을 수 있다. 이 점이 독자로 하여금 연민의 정을 느끼게 하여 마음을 사로잡기도 하고 그와는 달리 구차스러운 애걸에 그만 역겨움을 느끼게 하여 심기를 흔들어 놓기도 한다. 수용미학의 측면에서 극과 극의 양상을 보여준다고 하겠다.

4.「서경별곡」의 트릭과 떼쓰기

「서경별곡(西京別曲)」은 이별을 전제로 하고 시작된다. 화자는 이를 막기 위해 세 개의 단락을 설정하여 적극적으로 대응한다.「가시리」와는 전혀 다른 쪽으로 방향을 튼 노래라는 점에서 눈길을 끌고 있다.「가시리」처럼 현대에 와서 폭넓은 공감을 얻지 못하고 있으나 그와 같은 유형의 이별도 옛 시대에 있었다는 사실을 입증하고 있다는 점에서「서경별곡」은 매우 소중한 노래다.

> 西京이 서울이지마는
> 닦은 곳 소성경 사랑하지만
> 이별할 바엔 길쌈베 버리시고
> 사랑하신다면 울면서 좇겠습니다

첫째 연을, 반복어절과 조흥구를 빼버리고 의미행만을 옮겨 놓은 것이다. 화자가 님과의 헤어짐을 진작 예비해오던 차 마침내 이별의 순간을 맞이했다는 사실이 텍스트를 접하자마자 자연스럽게 느낄 수 있기 때문에 돌연한, 갑작스런 발화라고 할 수는 없다. 이 말은 「만전춘별사」식의 급박한 운 떼기와는 다르다는 점을 뜻하는 것이다.

한 줄 한 줄 뜯어서 읽으면 심하게 흔들리는 화자의 심정을 세밀히 파악할 수 있으나 이 첫째 연의 핵심은 역시 끝줄이므로 이 한 줄을 붙잡고 「서경별곡」 전체의 성향을 알아내는 길을 택하기로 하겠다. "사랑하신다면 울면서 좇겠습니다" 이 또한 애정시가류에서 쉽게 접할 수 없는 언사다. 아무리 이별의 슬픔을 견뎌 낼 수 없다고 할지라도 여성 화자의 입에서 님의 뒤를 따라가겠노라는 행동 지향의 과격한 말이 나온다는 것은 옛 시대의 가정 및 사회 통념이나 생활 관습을 조금이라도 참조한다면 쉽게 상상할 수 없는 발화라 할 수 있다. 감내하기 어려운 헤어짐의 고통을 속으로 삭이면서 후일의 조속한 재회를 기약하며 이별을 수용하는 것이 옛 시대의 여인들이 보여준 보편적인 이별의 모습이 아니던가.

그런데 「서경별곡」의 화자는 관습화된 종래까지의 틀에 박힌 이별의 방식을 따르지 않고 자기식의 개방된 생각을 토해냄으로써 이별가의 새로운 경지를 열어 놓았다. 화자의 적극적이고도 행동 지향의 이러한 괄괄한 성격과 발화를 긍정과 부정, 어느 쪽으로 평가할 것인가의 여부는 족히 논할 필요를 느끼지 않는다.

그보다는 차라리 "울면서 좇겠습니다"라고 토해 낸 그 말이 과연 실현성이 있는 말이었던가, 달리 풀어서 설명하자면 화자가 정말로 따라나서겠다고 굳게 작심하고 정직하게 토로한 말이었던가를 분석해 보는 것이 훨씬 낫다.

필자는 이 문제를 놓고 일찍이 실현을 전제로 해서 발설한 말로 풀이하지 않고 떠나려는 님의 행로를 막기 위한 일종의 떼쓰기, 강짜 부리기의 虛言류로 규정하였다. 그러한 생각에는 지금도 변함이 없다. 뒤따라가겠노라고 말을 하며 짐짓 제스처를 취하면 혹시 님이 생각을 바꿀 수도 있지 않겠나하는 실로 막연한, 실현되기 어려운 기대감에서 발설한, 여인네의 강한 듯하면서도 실인즉 미약한 말이 바로 이 대목이라는 뜻이다.

그럴지라도 좋다. 또한 이런 해석, 저런 풀이가 병존할지라도 무관하다. 어쨌거나 「서경별곡」의 첫머리가 표면상 아주 드물게도 행동성을 드러내고 있는 것만은 사실이다. 그런 점에서 동어반복이지만 「서경별곡」은 나름대로 개성이 뚜렷한 속요로 행세할 수 있는 요건을 충분히 갖추고 있는 노래임이 분명하다.

'좇겠습니다'라고 말끝을 맺기 전에 화자는 "사랑하신다면 울면서"라고 전제를 달았다. 여기에도 「정과정」에서처럼 '울음'이 나온다. 그렇지만 그것과 성격이 다르다. 「정과정」의 울음은 세월의 두께가 켜켜이 쌓이고 기다림의 고통이 더 이상 지속되기 어려운 절박한 상태에서 터져나오는 처절한 울음인 반면 「서경별곡」의 울음은 님의 사랑을 획득할 때의 감격이 작용되어 흘러나온 고마움과 기쁨의 순간적인 울음이다.

거듭 확인키로 하자. 감격과 감동은 어디서 유래된 것인가. "사랑해 주신다면"에서 비롯된 것이다. 문제는 이 대목에 놓여 있다. 이 문절대로라면 「서경별곡」의 화자는 마치 님과 분리될 수 없는 한 몸인 양 이별을 그토록 애통해하며 거부하고 있지만 현재 시간까지 님으로부터 완전한 사랑을 확보하지 못하였거나 설혹 한동안 혹은 짧은 기간 동안 사랑을 주고받았을지라도 헤어진 이후론 더 이상 지속된다는 보장이 없는 미덥지 못한 한 때의 설익은 사랑이라는 결론을 얻을 수 있다. 그렇지 않고서는 "사랑해 주신다면" 이라는 전제 조건이 있을 필요가 없을 것이다. 이미 확고한 사랑을 나누어 왔고, 향후로도 당연히 이어질 사랑이라면 그런 전제는 거추장스런 단서에 불과한 것이고 그렇기 때문에 감격이나 감동도 느낄 필요가 없다는 것이 논리적인 해석이라 하겠다. 현재 누리고 있는 뜨거운 사랑을 더욱 다지기 위한 언술로 이해할 수 있으나 이는 아무래도 어색한 해석이다.

이런 이유 때문에 「서경별곡」의 화자는 遊女, 그녀가 그처럼 붙잡고 늘어진 남정네는 외지에서 흘러 들어와서 한동안 서경에 머물며 화자와 정분을 나누다가 이제 막 그곳을 떠나려는 한량이라는 주장이 학계 일각에서 나오게 된 것이다. 이 노래의 끝 연은 화자의 원망이 극에 달하여 막말도 서슴지 않는 것으로 마무리된다. 이런 식의 언사로 보아서도 화자는 규방의 여인이 아닌 기방의 유녀라는 견해가 설득력이 있다.

매듭을 짓기로 하자. 진심에서 우러난 말이건, 또는 떠나려는 님을 붙잡기 위해서 떼쓰기 또는 강짜 부리기 차원에서 트릭으로 토해낸 말이건 간에 「서경별곡」이 님의 뒤를 따라가겠노라는 과도한 행동의 의사(=오버 액션)를 표시하면서 운 떼기를 하였다는 것과 둘째 어떤 유형의 애정시가이든 간에 이미 사랑이 전제된 상태에서 그 사랑을 더욱 다진다거나, 헤어질 경우 슬픔에 잠기고, 그 이후 기다리며 인고의 세월을 견뎌내는 것이 작품의 전형인데, 이처럼 보편적인 틀에서 벗어나 '사랑하신다면'을 앞세우고 불안하게 시작되는 애정시가는 「서경별곡」에서나 찾을 수 있는 발화라는 사실을 확인하는 것으로 논의를 끝내기로 한다.

5. 「이상곡」과 독백·회의·극단적 비유

「이상곡(履霜曲)」 또한 다른 속요와 마찬가지로 그 나름의 개성이 뚜렷한 진술로 작품의 서두를 연다.

> 비 오다가 개여 아 눈이 많이 내리신 날에
> 서린 석석사리 좁은 굽어도신 길에

다롱디우셔 마득사리 마두너즈세 너우지
잠 앗아간 내 님을 생각하여
그딴 열명길에 자러 오겠습니까

작품을 성찰하기에 앞서 어색한 문맥 연결을 먼저 정리할 필요가 있다. 4행의 주어는 의심할 나위가 없는 '나'다. 그렇다면 그 다음 줄은 첫 줄에서부터 내려오는 문맥으로 보아 당연히 "…자러가리잇가"로 되어야 할 터인데 엉뚱하게 "…자러오리잇가"로 되어 있다. 문자로 정착하는 과정에서 오류가 생겼지 않았는가 싶다. 이런 전제하에서 이 부분을 다시 고쳐서 현대어로 해독한다면 "잠 앗아간 내 님을 (내가) 그리워 한들 그같은 열명길에(=2행) (님이) 자러오시겠습니까"로 된다. 주어인 '나'를 그대로 살려두고, 문장 속에 숨어있는 '님'을 노출시키는 한편 "내님을 생각하여"를 '…… 그리워하여'로 풀이하지 않고 '…… 그리워한들(그리워할지라도)' 식으로 폭넓게 해석하여야 온당하고 문맥에도 맞는다는 뜻이다. 융통성 있는 문학적 해석은 생략법·압축법 등이 빈번하게 활용되는 시의 풀이에서 이 정도쯤의 여유는 허용되어야 한다고 생각한다.

자, 본론으로 들어가기로 하자. 「이상곡」의 主旨는 님과 떨어져서 살고 있는 화자가 님과의 상봉을 열망하며 사모의 정을 드러낸 것이다. 요컨대 범상한 주제다. 그런 점, 곧 님의 不在 상태에서 안타까운 심정을 피력하였다는 점에서는 「정과정」과 같고 본고에서는 논외에 둔 「동동」과도 맥이 통한다.

도입부에 해당되는 위의 진술은 말할 나위 없이 님을 의식하면서 토해낸 푸념인 것은 분명하나, 그렇다고 그에게 전달되기를 기대하면서 애원하며 낸 소리는 아니다. 시나 노래에서는 '지금 – 여기'에 없는 님을 마치 있는 것처럼 가상하고 직접화법으로 속마음을 드러내며 경청해 주기를 바라는 식으로 읊는 예가 허다하다. 그러나 「이상곡」의 도입부는 아무래도 그런 식으로 운 떼기를 한 것으로 느껴지지 않는다. 요컨대 '독백'의 성격이 아주 강하다는 뜻이다. 이것이 첫 번째로 지적할 수 있는 「이상곡」의 특징이다. 이런 식의 발화로 시작되는 다른 속요는 「동동」을 제외하곤 달리 없다.

님과의 상봉. 곧 화자 자신과 님과의 재회는 모든 애정시가나 연모의 노래의 궁극적인 목표요 주제임은 재언이 부질없다. 설사 이루어질 수 없는 사랑일지라도, 또는 아무리 기다려도 다시 만날 수 없는 님일지라도 희망과 기대 심리를 포기하지 않고 끈질기게 사랑의 부활을 노래하는 것이 연정시가의 본질이다.

그런데 「이상곡」의 서두는 그런 상례에서 비켜나 있다. 작품 전체의 끝줄에 가서 "아소 님하 한곳에 가고자 期約입니다"라고 말하면서 님과 다시 만나기를 소망하고 있으나 그 소망도 텍스트 전체의 문맥과 연결시켜서 음미해보면 무게감을 실감나게 느낄 수 없는 수준이라고 생각한다. 심하게 말하자면 끝마무리를 하기 위해서 장식 삼아 끼어 놓은 대목이라는 인상을 지울 수 없을 정도다. 그나마 도입부를 시작할 때는 그런 기미마저 읽을 수 없다. 자신감의 상실, 비관적인 전망은 마침내 "그딴 열명길에 자러 오겠습니까"라는 대목에서 읽을 수 있듯이 불가능·체념과 포기의 심리상태를 여실히 드러낸다. 이렇듯 비관적인 결과를 예상하고 이를 전제로 해서 그 뒤를 이어가는 애정시가가 과연 얼마나 있을까. 적어도 속요에는 없다. 두루 알다시피 「동동」은 일 년 열두 달을 한결같이 님을 그리워하며 기다리는 심정을 피력한 노래다. 어느 月令을 보아도 님과의 해후가 이루어질 기미는 보이지 않는다. 그럼에도 화자는 12月 노래에서 他者에 의해 훼절될 때까지 님과의 재회를 포기하지 않는다. 시가의 형식이 달거리体로 되어 있기 때문에 자연스럽게, 또는 불가피하게 일 년 내내 사모와 기다림의 노래를 부르지 않을 수밖에 없다고 반론을 제기할지 모르나 정곡을 뚫은 견해는 아니다. 오히려 사랑의 본질은 세월이 지나고 해가 차도 변질되거나 중단되지 않는 것이기 때문에 달거리体를 차용하였다고 판단하는 것이 더 설득력이 있다.

어쨌거나 님을 사모하며 그와 함께 "한곳에 가고자 期約"하는 모든 이들의 속마음과 소망은 처음서부터 끝까지 초지일관하여 희망과 성취의 끈을 놓지 않는 것이다. 애원·호소·고백 등의 육성을 통해 사랑을 확보코자 하는 것이 애정시가의 정석이다. 그런데 「이상곡」은 의문과 회의의 어법을 빌려 스스로 자신감을 내려놓은 상태에서 무기력하게 운을 떼고 있다. 이런 국면이 특이점이라고 하지 않을 수 없다.

이어서 관심을 두어야 할 부분은 화자가 처해 있는 열악한 환경이다. 그런 고약한 상황에 놓여 있으니 님이 무슨 수로 자신을 찾아오겠느냐고 한탄하고 있다. 님과의 만남이 이루어지기 어려운 까닭을 님의 무관심과 외면에 돌리지 않고 자신이 처한 악조건과 역경의 탓으로 치부하고 있는 것 또한 이색적인 발언으로 간주하여도 좋다. 「정과정」과 비유하면 더욱 그렇다.

화자가 밝히고 있는 험악한 상황은 대체 어떤 것인가. 그것이 1~2행에 비유법으로 묘사되어 있다. 첫째 줄은 기후의 악조건을 말한 것이다. '비→맑음→눈(雨→晴→雪)'의 변화는 곧 변덕스런 날씨를 부각시킨 것이다. 둘째 줄은 지리적인 불리함과 뚫기 어려운 험로를 드러낸 것이다. '험난하고 좁고 외따른 열명길(藪林－峽－曲의 열명길)'을 마치 그림으로 보고 있는 것처럼 선명하게 그려 놓았다. 험하고 무시무시한 길이 아닐 수 없다.

화자는 그가 처해있는 상황을 이처럼 변화불측의 기상 상태와 험악하기 이를 데 없는 지리적인 악조건으로 바꿔서 설정해 놓고, 그러니 이런 難境을 헤치고 님이 설마 찾아오겠느냐고 체념 섞인 의문을 던진다. 이런 함의가 내재해 있는 1~2행에 대하여 필자가 언급코자 하는 바는 화자가 처해 있는 어려운 상태를, 비유법을 활용하여 나타낼지라도 이를테면 "내 님을 그리워 우노니 / 山접동새와 나는 비슷합니다"(「정과정」 1~2행) 식으로, 읽는 순간 즉각적으로 쉽게 이해하는 기법을 쓰지 않고 마치 압축시킨 스무고개 풀기와 같은 어려운 퍼즐게임 방식으로 까탈스럽고 난해하게 조성해 놓았다는 점이다.

화자가 진술하고 있는 예의 환경이 화자의 어떤 곤혹스런 입장이나 궁지를 뜻하는 것인지를 우리는 잘 알지 못한다. 다만 매우 복잡하고 어려운 처지에 놓여 있다는 점만은 분명히 감지할 수 있다. 누구도 쉽게 짐작하거나 정확하게 그 실체를 파악할 수 없는 아주 딱한 사정, 사람에 따라 이렇게도, 저렇게도 해석할 수 있도록 만들어 놓은 절묘한 비유법, 이 첫 대목 운 떼기에서 우리는 다른 속요 작품에선 접할 수 없는 「이상곡」만의 문학적인 모호성을 건져 올릴 수 있다.

정리하면 자신감을 상실한 상태에서 읊는 사랑 노래의 원천적인 비극은 결국 님도 어떻게 해볼 수 없는 화자의 어려운 처지 때문이다. 「이상곡」은 이 불리한 국면을 전면에 내세워 놓고 시작된 어둡고 그늘진 노래다.

이렇듯 암울하게 도입부를 연 「이상곡」은 그 이하의 사연도 계속 그런 식으로 확장되어 그 이상의 험악한 언어로 이어진다. '벽력'이 나와서 '무간지옥에 떨어짐'으로 연결되고 이윽고 '곧 죽을 내 몸'으로 옮겨지는, 사랑을 나타내고 고백하는 노래에서는 쉽게 상상하기 어려운 괴이한 국면으로 빠진다. 참으로 특이한 작품이다. 그러나 사랑에는 이런 별난 유형도 있다는 점을 「이상곡」은 그 첫머리에서부터 보여주고 있다.

6. 「가시리」와 속으로 삭이기의 어법

속요에서 「가시리」만큼 차분한 노래도 달리 찾을 수 없을 것이다. 여타의 남녀상열지사를 읽다가 「가시리」로 눈을 돌리면 격정과 어수선함과 야단스럽고 떠들썩함에서 해방되는 안정감을 느낄 수 있다. 작품의 수월성 여부를 떠나서 단순히 정서적인 느낌의 차원에서 언명한다면 그와 같이 말할 수 있다.

두루 알고 있는 바와 같이 「가시리」는 기승전결이 분명한 노래이다. 이런 점에서도 次序가 분명치 않거나 중간에서 진술의 파란이 일어나는 다른 노래와는 달리 정서적으로 평탄함을 느끼게 하고 있다.

가시리 가시리잇고
버리고 가시리잇고

날러는 어찌 살라하고
버리고 가시리잇고

엄격하게 말하자면 1연까지가 작품 전체의 발화 부분으로 간주하고 거기서 끊어야 마땅할지 모른다. 그러나 외마디 말에 지나지 않는 그것만 가지고서는 화자의 첫 심경을 제대로 짐작하기 어려우므로 2연까지를 텍스트의 운 떼기 부분으로 규정키로 하였다. 起와 함께 承句를 포함한 셈이다.

화자의 입에서 나온 첫 마디는 "나를 버리고 정말 가시렵니까?"이다. 이 물음 속에는 님과의 이별을 확인하려는 의도보다는 그동안 마음의 준비와 각오를 다지고 또 다졌으나 막상 님과 헤어지려는 순간을 맞이하자 참기 어려운 비애와 공허감을 제어하지 못하고 토해낸 허탈한 말의 성격이 더 강하다고 본다. 짧은 이 한두 마디 말 속에는 문자로 표현하기 어려운 화자의 처연하고 참담한 심사가 관류하고 있음은 두 말할 나위도 없다.

두루 알고 있는 바와 같이 「가시리」에서 우리가 놓칠 수 없는 특이점은 방금 읽은 바와 같이 그러한 감내하기 어려운 감정을 차분하게 속으로 삭이고 밖으로 격하게 발산하지 않았다는 점이다. 이점 앞에서 성찰한 여러 편의 다른 속요와 뚜렷하게 준별되는 현상이다. 떠나려는 님의 행로를 가로 막으면서 매달리거나, 새삼 사랑을 고백하며 이별을 수용하지 못하겠노라는 식의 감정적인 언사를 「가시리」의 화자는 극력 피한다. 그 대신 1·2연의 짧은 넉 줄에서 '가시리'를 네 번이나 반복하는 것으로 슬프고 답답한 속내를 절절하게 표출한다. 풀어서 설명하자면 아무리 받아들이기가 고통스럽고 평상심을 유지하기 어려운 이별일지라도 이를 거부하는데도 거쳐야 할 단계가 있는 법, 「가시리」는 그 과정을 밟고 있다는 점에서 무작정 돌진하는 식의 「서경별곡」과 뚜렷하게 준별된다.

「가시리」의 도입부에서 또 하나 이목을 끄는 대목은 "날러는 어찌 살라 하고……" 이다. 이별가의 주인공들은 왜 님과 헤어지기를 그토록 싫어하며 거부하는가. 이 愚問의 정답은 딱 하나, 곧 님이 없으면 살 수가 없기 때문이다. 불변의 사랑만으로 완벽하게 묶여 있는 연인관계라면 그 사랑이 이별하는 순간부터 단절되거나 재상봉할 때까지 한동안 休止되기 때문에, 한편 먹고 살아가야 하는 문제와 직결된 부부간의 관계라면 부부애 이외에도 예상되는 생활고 때문에 한사코 낭군과 떨어지기를 저어한다. 이런지라 이별의 현장에서 "날러는 어찌 살라하고……"라며 따지듯 항변하는 것은 지극히 당연한 대응이다. 그러므로 일단 예사롭게 보아 넘겨도 무방한 언사다. 妙處가 될 만한 구절이 아니라는 뜻이다.

그럼에도 일견 예사롭게 보이는 이 한 줄에 일정한 의미를 부여하며 이를 묘처로 간주하려는 이유는 여느 노래들에서는 무작정, 혹은 무턱대고 몸부림치며 이별을 거부하고 있는데 반하여 「가시리」의 화자는 곧 닥칠 자신의 '운명'을 걱정하며 침착하게 묻는 과정을 거치고 있기 때문이다. 불행한 운명, 비극적인 운명이 될 미래의 현실을 앞당겨 제시하는 화자의 본심인즉 자신과 님은 둘이 아닌 하나의 공동운명체라는 점을 새삼 강조하려는데 있었음은 상론을 필요로 하지 않는다. 요컨대 정신을 차릴 수 없는 그 경황 속에서도 이별을 무턱대고 거부하는 자세에서 벗어나 이별이 가져다 줄 가혹한 운명을 이유로 이별을 에둘러 거부하고 있는 이 점에서 「가시리」의 첫 발화는 범상함과 함께 그 수준을 뛰어넘는 매력이 있다고 본다. 梁柱東은 「가시리」를 별리문학(別離文學)의 압권이라고 규정하였다. 이별을 노래한 동서고금의 노래 중에서 「가시리」를 따를만한 작품은 없다고 언급하였다.

「가시리」의 수월성을 모르는 바 아니나 무애의 이런 평가는 너무 지나친 것이 아닌가 싶다. 그야 어떻든 「가시리 評說」에서 그는 4개 聯 모두를 絕唱으로 해석하였는데 그 중에서도 여기서 인용하지 않은 轉·結句를 더 후하게 평가하였다. 그런 경지는 지금까지 읽은 전반부의 몇 국면이 있었기 때문에 열릴 수 있었다.

필자는 일찍이 속요 전반의 정서적인 특질을 언급하는 글에서 「동동」·「가시리」 등 소수의 작품을 제외하고 모든 노래들이 '격정성'에 휘말려 있다고 말한 바 있다. 또한 외향적인 진술과 토로가 바로 속요의 주된 언사라는 점을 들면서 말이나 심정을 희석·절제하며 속으로 삭이는 길을 찾기보다는 있는 그대로를 밖으로 토해내는 방식을 취하고 있는데서 속요의 개성을 찾을 수 있다고 말하였다.

이번에 본고를 작성하면서 속요의 이러한 특성을 재삼 확인할 수 있었거니와 특히 무엇보다도 노래가 시작되는 첫 관문인 도입부에서부터 격정성이며 까발리기식의 외향적인 발화가 시작되고 있다는 사실을 새삼 짚어볼 수 있었다.

자극적인 에로티시즘의 돌연한 등장(「만전춘별사」), 성폭력의 충격적인 폭로와 이야기식의 구성(「쌍화점」), 울음과 변명으로 잃어버린 사랑을 되찾으려는 애처로운 전략(「정과정」), 옛 시대의 풍습이나 사회적인 통념으로서는 상상조차 할 수 없는 행동 지향의 의사표시를 통한 사랑의 고백(「서경별곡」), 기상과 공간의 열악한 상태의 조성을 님과의 재회와 연결시켜서 회의·비관·자신감의 상실로 운 떼기를 한 연모의 노래(「이상곡」), 떠나는 님을 향해 화자 자신의 의지가지 없는 가련한 미래를 호소하며 조용히 슬픔에 잠기는 이별의 노래(「가시리」)-

본론에서 성찰한 바의 요지 또는 핵심 줄거리를 간추리면 대충 이와 같다. 이로 보면 서로 비슷하거나 같은 유형으로 모을 수 있는 작품은 하나도 없음을 쉬이 간파할 수 있다. 이 말은 속요가 「님 – 사랑」을 질료로 하여 노래를 하였다는 점에서는 상호 일치하나 그것을 드러내는 언술에 있어서는 제각금 선택한 화법이나 언어가 확연하게 다르다는 뜻이며 또한 그만큼 속요의 작품들은 각기 개성이 뚜렷하다는 뜻이기도 하다. 후대 장르가 다른 시가群에서는 비슷한 성향의 작품들이 가끔 나오는 예가 있음을 우리는 알고 있다.

속요의 개별 작품들은 모두 장르를 같이 하면서도 왜 이처럼 표가 나리만큼 따로 움직이고 있는가, '사랑'이라는 화두를 드러내는데 도입부에서부터 왜 이토록 상호 비슷한 점을 찾을 수 없는가, 무엇보다도 운 떼기가 그처럼 정신을 차릴 겨를도 없이 느닷없이, 충격적이고도 낯선 언사로 되었는가. 그것이 궁금하지 않을 수 없다. 이하 그 연유를 생각해 보기로 한다.

속요는 그 모태가 민요라고 한다. 이것이 궁중에 이입되어 편사·편곡과정을 거쳐 정착된 것이 속요다. 요컨대 현전 작품에서 「정과정」을 제외하면 거의 모두가 창작 가요가 아니라는 것이 지금까지의 통설이다. 또 속요에는 여러 개의 토막 노래들이 집합되어서 만들어진 합성가도 몇 편 전해 오고 있다.

「정과정」에도 당시 유형가사의 한 대목인 "넉시라도 님과 한 곳에 가고 싶어라……"라는 구절이 삽입되어 있는 것을 보면(「만전춘별사」에도 변용된 이 대목이 끼어있다) 그 노래도 비록 창작시가이긴 하되 民歌의 영향을 일부 받았음이 분명하다.

'민요가 바탕인 노래 – 합성가 – 일부 창작시가에도 민요의 편린이 스며들음', 이 도식을 논리적 근거로 삼아 필자는 일찍이 속요의 격정성의 원인을 밝힌 바 있다. 시적 화자의 비관적인 인생관과 세계관도 거기에 한 몫 작용하였다고 말하기도 하였다. 이제 다시 이 지론을 기억하면서 「가시리」를 제외한 모든 노래의 첫 발화가 왜 그렇듯 거칠게, 급박하게, 과격하게, 또는 낯선 방식으로 운을 떼고 있는지를 설명하기로 한다.

새로 제시하는 필자의 견해는 '막 노래' 혹은 '막 詩歌' 論이다. '막'의 사전적인 의미는 접두사로서 '거친, 품질이 낮은, 닥치는 대로 하는, 주저없이, 함부로'의 뜻이다. 이런 까닭에 명사나 혹은 동사 앞에 이 '막'이 접두어로 올라 있으면 좋은 인상을 주지 못하는 것이 사실이다. 예컨대 '막 말, 막 과자, 막 소주, 막 국수, 막 담배, 막 일, 막 살다. 막 벌다' 등의 용례를 보면 '막'의 낮은 언어적 위상을 쉽게 간파할 수 있다. 사전을 통해서만이 아니라 실생활에서도 그런 의미로 통용되고 있음은 누구나 다 알고 있는 사실이다.

이런 뜻의 '막'을 필자는 속요의 세계로 끌고 와서 개별 작품의 전문은 물론이고 특히 운 떼기의 부분인 도입부와 연계시키고자 한다. 다만 부정적인 의미인 '품질이 낮은, 함부로' 류의 뜻은 깨끗이 제거하고 그 나머지의 수수하고 무던한 뜻만을 택하기로 한다. 실인즉 실생활에서의 용례를 다른 각도에서 살펴보면 '막'은 시종 부정적인 의미로서만이 아니라 과도하게 깔끔하고 고상한 것, 겉멋에 치중한 것에 대한 반감이나 거부반응을 일으킬 때에도 적용되어서 수수하고 투박하고 서민적이며 친밀감을 유발하는 기능도 함께 지니고 있다. 미리 빈틈없이 틀을 잡아놓고 깔끔하게 또는 질서 있게, 영악하게 대상을 다루는 전문적인 기술과 다른 투박함의 의미로 쓰인다. 이런 점에 유의코자 한다. '막 국수, 막 소주, 막 과자, 막 일……' 등에서 우리는 화려하거나 사치스럽지는 않되 뭔가 훈훈한 인정과 가식이 없는 진정성, 겉치레나 격식을 중시하지 않고 격의 없이 서로 소통할 수 있는 서민 취향 등을 읽을 수 있다. 속요의 첫 발화는 바로 이와 같은 '막'의 발상과 의식에서 비롯되었다는 것이 필자의 견해이자 지론이다. 다시 말하거니와(「정과정」을 제외한) 모든 속요는 창작된 시가가 아니고 민요에서 비롯된 노래들이다. 그런지라 특정 시인의 구상과 설계 등과 같은 것이 있을 수 없고, 앞뒤를 치밀하게 따져서 배치하는 그런 세밀한 구성도 기대할 수 없었다고 보아야 한다. 촌탁컨대 작품의 전체적인 큰 그림과 주제가 일단 정해졌다고 판단한 후, 연과 연끼리 앞줄과 뒷줄끼리 대충 의미 연결만 되면 합치고 이어지는 형국이었으리라고 짐작한다. 그런 과정에서 설익은 과일처럼 연과 연끼리 매끄럽지 못한 배치가 몇 작품에서 발견되는 터이지만 전반적으론 큰 무리없이 연결되는 노래가 곧 속요라고 생각한다. 궁중에 이입된 민요를 다시 다듬고 편사·편곡의 절차를 거쳤다곤 하지만 태생이 민요인지라 보태고 덜어내는 작업에도 한계가 있었음도 감안할 필요가 있다.[3)]

이 말은 개별 작품의 전문을 놓고 언급한 것이거니와, 첫 발화부분인

---

3) 김홍규는 「高麗俗謠의 장르적 多元性」(『한국시가연구』, 창간호, 한국시가학회, 1997, pp.37~51)에서 고려노래는 그 원질과 진술 또는 연희의 측면에서 볼 때 통칭 '속요'라는 단일 장르로 처리할 수 없는 다양성을 띄고 있다고 주장하였다. 한편 필자도 『한국문학개론』, 「속요」(새문사, 1992)장에서 현전하는 고려노래의 형식을 살핀 결과 짧은 형식을 비롯하여 펼침·편사·반복 등 여러 유형의 작품으로 갈려져 있다고 피력하였다. 그렇다고 속요를 단일 장르로 규정할 수 없다는 선에 까지는 나아가지 않았다. 그야 어떻든 고려 노래가 여러 모습을 하고 있다는 점에서는 비록 성찰의 대상과 방향이 다를 뿐 김홍규와 견해를 같이 한다.
각설. 텍스트의 이와 같은 분분한 양상이 혹시 속요가 '막 詩歌'로 나타나게 된 원인 또는 그 결과의 한 부분으로 기능했던 것은 아닌지 매우 조심스럽게 찔러본다.

冒頭도 그와 같았다고 판단하여도 무방하다. 굳이 이것저것 치밀하게 따지지 않고 첫 대목부터 생각나는 대로 치고 나가기식의 발화가 바로 속요 각 편의 운 떼기라는 뜻이고 그러한 '날 것' 성향의 다듬지 않은 서두 부분이 그 이하의 사설을 지배하면서 개별 작품 전체를 결이 곱지 않고 투박한 환경으로 이끌었다고 판단한다. 본고의 대상인 6편을 「가시리」와 그 나머지 5편의 두 그룹으로 나누어서 대비해 보면 '막 노래, 막 詩歌'의 실상과 그 배경 및 소종래, 그리고 상호간의 현격한 차이점을 어렵지 않게 간파할 수 있다. 「정과정」이 비록 지체 높은 작자의 창작시가이긴 하나 그 또한 긴 유배생활에 지친 나머지 일정 부분 '막 노래, 막 詩歌'의 유혹에 빠졌다고 해석코자 한다.

속요에서 '나'와 '님'의 재회 가능성 탐색

속요의 여러 장르적 특성 중의 하나를 꼽는다면 주지하는 바와 같이 대부분의 작품들이 애정을 노래하고 있다는 점이다. 그것도 열애의 순간이 아닌 이별과 기다림의 심경을 토해내고 있다는 점이다. 「정과정」·「만전춘별사」·「동동」·「서경별곡」·「정석가」·「가시리」·「이상곡」 등이 이에 속한다. 장르의 중심성향과 정체성이 이처럼 특정한 어느 한쪽으로 편향되어 있는 갈래는 아마도 속요가 유일하지 않은가 싶다.

위에 열거한 작품들의 시적 화자는 모두 여성이다. 그녀들은 어느 노래를 막론하고 사랑의 대상자요 戀歌의 수신자인 남성을 향해 애원하고 매달리면서 사랑을 고백한다. 헤어질 때는 물론 그 이후 님과의 재회를 하염없이 기다리며 인고의 세월을 보낼 때 화자의 입에서 나오는 하소연의 목소리는 처연하기 그지없다. 본시 시는 결핍과 窮함의 소산이라고 한다. 남녀상열지사(이 문구는 조선왕조시대에 속요를 폄하하기 위해서 사용된 것이지만 본고에서는 그런 의미로서가 아니라 글자 그대로 단순하게 남녀가 연정에 사로잡혀 있는 詞文學이라는 뜻으로 이해하겠음)인 속요는 두 말할 나위가 없다. 사랑이라는 예민하기 짝이 없는 감성의 세계가 흔들리거나 난경에 처하는 순간에 이들 노래는 생산되었다. 그런지라 그 사연이 슬프고 애절하지 않을 수 없다. 속요뿐만 아니라 다른 장르에 속한 戀詩가 예나 이제나 대개 悲歌로 일관하고 있는 까닭은 원래 애정시는 환희와 쾌락의 순간에는 거의 나올 수 없기 때문이다.

어쨌거나 사랑의 노래인 속요는 구슬프며, 화자는 애처롭고 불쌍하여 보기에 안쓰럽다. 그런 그녀들의 넋두리체의 사설을 접할 때마다 과연 그들의 앞날은 어떻게 될까, 바꿔 말하자면 텍스트의 수신자인 님과의 결합과 재회는 마침내 이루어질까. "아소 님하 遠代平生에 여힐 줄 모르옵시다"(「만전춘별사」 끝聯), "아소 님하 돌이켜 들으시어 사랑해 주소서"(「정과정」 끝줄), "아소 님하 한 곳에 가고 싶어하는 期約입니다"(「이상곡」 끝줄) 등에 담겨있는 그녀들의 열망은 실현될 것인지에 대한 궁금증과 의문이다.

이런 궁금증을 풀어줄 확실한 단서나 어떠한 정보도 우리는 갖고 있지 않다. 결합과 상봉의 열쇠를 쥐고 있는 님의 속내를 알아야만 대답을 내놓을 수 있는데 노래의 어느 구석에도 그것을 짐작할 수 있는 꼬투리는 보이지 않는다. 화자와 수신자가 서로 대화를 주고받는 형식의 詩劇(劇詩)이라면 님의 속내를 간파할 수 있고 그리하여 작품의 결말이 어떻게 귀결될지 어렵지 않게 알 수 있다. 그러나 속요는 다른 서정시와 마찬가지로 화자 일방의 1인층 시가요 따라서 님의 생각과 심경은 수용되어 있지 않다. 그러므로 속요 개별 작품에서 화자가 그토록 그리워하며 만나고 싶어 하는 님의 속마음과 귀환 여부를 알아낸다는 것은 전혀 불가능한 일이라고 일단 보아야 한다. 자칫 徒勞로 끝나기 쉽고 위험 부담이 뒤따르는 작업일 수도 있다.

순리로 따지자면 이와 같지만 접근하기에 따라서는 어느 정도 추정해 볼 수는 있지 않을까 하는 기대마저 저버릴 수는 없다. 본고는 일견 점치기와도 같은 이러한 탐색을 시도하여 애정시가의 문학적인 푸념의 귀착이 어떻게 될지를 예상해 보는데 목표를 둔다.

어떤 방식으로 접근하여 풀 것인가. 우리 앞에 열려 있는 길은 딱 하나 밖에 없다. 화자인 '나'가 텍스트에서 '님'을 향해 무엇을 어떻게 말하고 있는지를 곱씹어 읽으면서 그 속에 가려져 있는 '님'과의 관계를 포착하여 추정해보는 방식, 이를테면 간접청취의 방법으로 화자의 소망인 재회의 가능성을 타진해 보는 접근법이다. 문학의 세계가 아닌 일상적인 언어생활에서 우리는 말하는 쪽의 사연만 듣고서도 그가 응대하고 있는 상대방이 어떤 생각을 품고 향후 어떤 태도를 취할지를 짐작하는 경우가 자주 있다. 말하는 사람이 상대방의 속사정을 엔간히 예견하고 발설하기 때문이다. 이 글은 그런 발상에서 작성된 것이다.

1. 재회의 밝은 전망, 그리고 이별의 원천적 거부 –「만전춘별사」·「정석가」

속요의 여러 노래 중에서 현대인들이 가장 친근감을 가지고 대하는 작품에는 과연 어떤 것이 있을까. 아마도 「가시리」·「동동」·「청산별곡」·「정과정」 등이 거기에 해당되는 것이 아닌가 싶다. 이 중에서 「청산별곡」은 본고의 대상인 남녀상열의 노래가 아니므로 이를 제외하면 나머지 3편이 애정을 제재로 한 속요의 대표격의 작품이 된다.

이 3편의 텍스트를 연결시켜서 戀歌로서의 속요가 말하고자 하는 사설의 요지를 간추린다면 이별의 아픔을 겪고(「가시리」), 헤어진 뒤 재회를 위하여 몸부림치며(「정과정」), 긴긴 세월을 기다림의 고통 속에서 살아가는(「동동」) 여인의 슬프고도 애처로운 삶이라고 하겠다. 그렇다. 속요의 중심 되는 화두는 바로 이것이며 이를 두고 일찍부터 우리는 '情恨의 노래'라고 부르고 있다.

골격과 큰 흐름은 분명코 이와 같지만 그렇다고 속요 전체가 막막하고 처량한 목소리의 悲歌만으로 채워져 있는 것은 아니다. 「만전춘별사」와 「정석가」에서 우리는 주류에서 얼마쯤 벗어난 속요를 만날 수 있다. 「만전춘별사」도 큰 줄기는 기다림이요 한숨이지만 처음 시작할 때부터 비참하게 출발한 것은 아니다. 끝마무리도 어두운 상태로 종결되지 않는다.

속요 개별 작품으로서는 드물게도 사랑의 쾌락과 희열의 순간을 포착하고 있다는 점에서 다소 이색적인 작품이라고 할 수 있다.

> 얼음 위에 댓잎자리 보아 님과 내가 얼어죽을망정
> 얼음 위에 댓잎자리 보아 님과 내가 얼어죽을망정
> 情둔 오늘밤 더디 새오시라 더디 새오시라

첫째 聯은 죽음도 불사하겠다는 각오로 사랑하는 님과 열애에 빠져 있는 순간을 포착해 놓은 것이다. 이러한 장면을 두고 '뜨거운 밤'이라고 하던가, 끝줄이 우리의 눈길을 끈다. 하루 중에서 낮이 아닌 밤시간을 님과 함께 지새우고 있다는 사실만으로도 두 사람의 끈끈한 관계를 족히 짐작할 수 있는데 거기에 더하여 화자는 '情둔'이라는 수식어구를 올려놓았다. 왜 그랬을까. 그 속생각은 무엇일까. 님에 대한 그 자신의 애정은 물론 자신에게 전달되는 님의 애정 역시 댓잎자리를 깔아 놓은 얼음마저 녹일 정도로 뜨겁다는 점을 강조하고 부각시키기 위해서였다고 풀이할 수 있다. 어느 한 쪽만이 마치 짝사랑하듯 외짝으로 누리는 연정이라면 그런 식으로 공언할 수는 없다. 양자 공히 정분이 맞아서 한마음이 되어 사랑을 만끽하고 있음을 드러내고자 그렇게 진술하였다는 뜻이다. 끝줄에 담겨 있는 이 한 가지의 사정만으로도 화자와 님과의 열정적인 사랑이 얼마나 열렬한지를 간파할 수 있다. 그러므로 이렇게 정리할 수 있으리라. 비록 이별을 앞둔 잠자리이지만 님의 속내는 화자에 대한 열애로 가득 차있다고 헤아려 볼 수 있다. 알 수 없는 어떤 사정으로 헤어지기는 하나 화자가 싫어지고 애정의 온도가 떨어져서 '버리는' 심정으로 떠나는 님은 아니라는 얘기다. 다시 귀환할지 여부는 아직 짐작할 수 없으되 헤어지기 직전에 님의 속내인즉 최소한 화자에 대한 유감이나 싫증 등과 같은 부정적인 요인은 품고 있지 않았다는 얘기다. 이것만으로도 다른 작품들의 서두와 큰 차이가 있다.

耿耿 孤枕上에 어느 잠이 오리오
西窓을 열어 보니 桃花 發하도다
桃花는 시름없어 笑春風하는구나 笑春風하는구나

둘째 연이다. 예정된 이별의 아픔을 겪은 뒤, 잠 못 이루며 마음 둘 곳을 몰라하는 화자의 괴로운 심정이 여실히 담겨져 있다. 복사꽃과 봄바람의 친화는 화자의 고독을 더욱 자극하고 있다.

여기서 놓쳐서는 안 될 중요한 사실은 위 2연에 앞서 필연코 이별의 순간이 있었음에도 그 장면은 생략해 버렸다는 점이다. 왜 그랬을까. 이별할 당시의 슬픔을 되살리고 싶지 않았기 때문이리라. 의도성이 작용되었다고 추정되는 그러한 편사와 구성은 현실로 체험한 이별마저 기억에서 지워버리고 싶어 한 마음에서 비롯된 것이리라. 이별 이후의 애절한 사설이 그 뒤를 잇고 있지만 굳이 이별할 때의 일만은 재현시키지 않은 까닭은 향후 다시 만날 날을 기약하는 욕망이 워낙 컸기 때문에 그랬을 것이라는 선에까지 맞닿아 있다고 본다. 韓龍雲이 그의 시에서 그토록 님과의 이별을 부인하거나 無化시킨 심정을 떠올리면 금세 이해할 수 있으리라. 이와 관련하여 「만전춘별사」가 여러 대목의 민요들을 꿰맞춰서 만들어진 합성가임을 새삼 상기하는 한편, 그러므로 여느 속요와는 달리, 심지어 같은 합성가인 「서경별곡」과도 큰 차이가 날 정도로 화자가 혼자의 신분이 아니고 다중의 민중으로 구성되어 있다는 점을 밝힐 필요가 있다. 어법상으론 다른 개별 작품들과 마찬가지로 특정 개인으로 되어 있지만 내막적으론 불특정 다수의 고려시대 여인들이 화자의 역할을 하고 있다는 것이 필자가 이번에 새로 제기하는 견해다.

이와 같은 논리에서 언급하자면 「만전춘별사」 전문은 이를테면 사랑과 관련하여 서민들의 욕망과 꿈과 애환을 편집해 놓은 것으로 규정할 수 있다. 따라서 이른바 '이별詞'를 편사에서 제외시킨 것도 많은 여인들이 수용하기를 거부하였기 때문이라고 사료된다. 그것말고도 감당하기 어려운 이별 이후의 마음 고생이 줄줄이 기다리고 있고, 그때마다 하고 싶은 말이 넘쳐날 지경인터, 구태여 이미 지나간 아픈 상처를 드러낼 필요는 없었을 것이다.

각설하고 2연의 내용을 자세히 검토해 보면 님 그리운 생각에 전전반측하는 화자의 모습 이외 다른 장면은 없다. 자연의 순조로운 조화 / 인간사의 불행과 불화의 대립이 화자의 괴로운 심사를 효과적으로 나타내주고 있다. 이것 이외 님의 생각과 반응을 에둘러 짐작할 수 있는 단서는 찾을 수 없다.

3·4연도 이와 다르지 않다. 「정과정」의 일부와 거의 같은 3연은 헤어지기 전에 님이 언약한 바를 들추며 재회의 늦음을 안타까워하는 것이고, 4연은 우화의 기법을 써서 외부로부터 틈입한 탕아를 물리치는 사건을 그려놓은 것이다. 따라서 화자의 님 그리워하는 마음과 곧은 정절을 읽을 수는 있을지언정 님과의 만남이 정녕 이루어질지의 여부를 가늠할 수 있는 근거는 포착되지 않는다. 그리고 문제의 5연이 그 뒤를 잇는다.

> 南山에 자리보아 玉山을 베어 누워
> 錦繡山 이불 안에 麝香 각시를 안아 누워
> 南山에 자리보아 玉山을 베어 누워
> 錦繡山 이불 안에 麝香 각시를 안아 누워
> 藥든 가슴을 맞추옵사이다 맞추옵사이다

남산-옥산-금수산-사향각시, 이렇게 배열되어 있는 것들이 무엇을 빗댄 것인지 그 구체적인 해석은 필자의 기존연구에 미룬다. 결론만 요약하면 "따뜻한 아랫목(南山)에 백옥같은 베개(옥산)를 베고 수놓은 비단 이불(금수산)을 덮고 누워 있을 터이니, 님이여 어서 와서 사향주머니(사향각시)를 품고 있는 나의 가슴을 그대의 가슴과 맞춥시다"의 뜻이다. 떠나 있는 님을 향해 띄운 소원의 메시지다.

화자는 이 노래의 말미 부분에 이르러 그가 꿈꾸고 있는 행복한 앞날의 청사진을 제시한다. 그것은 "얼음 위에 댓잎자리 보아 님과 내가 얼어 죽을망정……" 운운으로 이미 표명한 첫째 연의 시간으로 되돌아가는 것이다. 「만전춘별사」의 사랑은 처음서부터 끝까지 肉愛로 일관하고 있다.

이와 같은 해독은 다음의 풀이와 맞닿아 있기 때문에 큰 의미가 있다. 즉 미래를 위해 화자가 마련한 재결합의 설계는 님을 향한 자신의 열화와 같은 사랑이 변질되지 않고 지속되고 있기 때문에 가능한 것은 당연한 일이고, 뿐만 아니라 거기에 님의 속마음도 자신과 같으리라는 확신이 보태졌기 때문에 용이하게 그릴 수 있었다고 믿는다. 5연의 끝줄을 곱씹어 읽으면 느낄 수 있다. 그녀는 "藥든 가슴을 맞춰주사이다"라고 하지 않고 "- 맞추옵시다"라는 청유형의 어미, 곧 화자가 청자에게 함께 행동할 것을 요청하는 어법으로 되어 있음에 유의할 필요가 있다. 이렇게 말할 수 있었던 것은 님도 선뜻 동의할 것이라는 낌새를 그가 진작 간파하고 있었기 때문이었을 것이리라. 님이 만약 화자에게 등을 돌려서 다시 돌아올 마음이 없음을 화자가 알고 있는 상태라면 이런 식의 적극적인 願望 표현은 불가하였다고 사료된다.

이상 성찰한 바와 같이 「만전춘별사」의 님은 무엇보다도 대다수 속요의 님과는 달리 화자를 버리고 갔거나 잊어버린 그런 무정한 님이 아님이 확실하다. 어느 문맥에서도 그런 꼬투리를 잡아낼 수가 없다. 그렇다면 그 다음의 관심거리는 화자와 님과의 재결합 여부인데 텍스트 전편을 세독한 결과 부정적인 징후라고 여길만한 님의 태도와 속내가 없었고 되레 화자와 님이 언젠가는 다시 만나서 헤어지기 이전의 행복한 삶을 누릴 것이라는 결론을 얻을 수 있다.

이런 논리위에서 끝으로 다음의 부수되는 문제에 대하여 논급코자 한다. 남녀가 사랑을 하다가 마침내 본능의 세계에 빠져서 육체적인 쾌락을 즐기는 것, 그것은 班常·지위·교육의 높고 낮음, 많고 적음과 무관하게 인간이면 누구나 품고 있는 욕망이다. 「만전춘별사」는 처음과 끝을 나와 님의 에로티시즘으로 시작하고 마무리함으로써 인간의 본능을 적나라하게 드러내고자 하였다. 그 처음과 말미부분 사이에 이별 이후에 겪은 마음고생, 홀로 사는 여인네에게 닥친 위기 등을 배치하여 인간사의 기복과 파란, 사랑의 희열과 쾌락에 뒤따르는 비운 등도 겸하여 보여주고자 하였다. 하지만 화자는 이를 모두 극복하고 님과 다시 만나 누리게 될 화려한 침상(寢牀)의 행복을 꿈꾸는 것으로 끝매듭을 지었다.

바로 이것이다. 고려 당시의 선남선녀들이(또는 시대를 초월하여) 내심 품고 있었던 사랑의 이상적인 꿈의 세계는 대범 이런 것이라고 규정한다. 그들은 나와 님이 함께 있다가 혹시 불가피한 사정이 있어서 헤어질지라도 다시 재회하기를 열망하였다. 「만전춘별사」는 그러한 필부필부의 소망을 여러 조각들의 민요들을 모아 합성한 그들 모두의 애정노래라는데 의미가 있다. 그 소원의 간절함은 위에서 말한 바 '이별詞'를 수용하지 않았다는 점에서도 쉬이 알 수 있다.

「만전춘별사」의 뒤를 이어 「정석가」를 논의키로 한다. 작품의 표면적인 성향으로 보아 두 노래는 서로 닮은 점이 없다. 그럼에도 그 뒤를 바짝 뒤따르게 하여 같은 章에서 성찰코자 하는 이유는 「정석가」 역시 여느 속요처럼 가망성을 기대할 수 없는 막막한 내용으로 끝나지 않을 뿐만 아니라 나아가 이별을 無化시키려는 화자의 의도가 최소한 「만전춘별사」의 긍정적·낙관적인 전망과 연이 닿아 있다고 판단되기 때문이다. 「정석가」는 全6개 연으로 구성되어 있는데 내용상 序·本·結詞의 3개 층위로 나뉘어진다. 이 중에서 본·결사가 관심의 대상이다. 본사는 2~5연의 4개 연으로 짜여 있으나 소재만 각기 다를 뿐, 詞意와 語法 및 형식적인 구조는 같다. 그렇기 때문에 그 첫째 단락인 2연만 읽어도 본사 전체의 뜻을 파악하는데 지장이 없다. 6연은 결사다. 헤어질 때 부른 노래인 「서경별곡」의 둘째 연과 동일한 단락이 여기에서는 텍스트의 끝에 놓여 있다.

사각사각 가는 모래 벼랑에
사각사각 가는 모래 벼랑에
구운 밤 닷 되를 심습니다
그 밤이 움이 돋아 싹 나시어야
그 밤이 움이 돋아 싹 나시어야
有德하신 님 여의겠습니다

-2연

구슬이 바위에 떨어지신들
구슬이 바위에 떨어지신들
즈믄 해를 외따로 지낸들
즈믄 해를 외따로 지낸들
信이야 끊어지겠습니까

-6연

화자가 이 노래를 통해서 강조하고 있는 주제는 아주 간단명료하다. "사랑의 영원한 지속(본사) → 혹, 헤어져 살지라도 신의를 지키기(결사)" 바로 이것이다. 이 중에서도 전자인 본사에 더 큰 무게가 실려 있다. 그런데 우리가 먼저 알아야 하고 풀어야 할 문제는 이 노래가 '나'와 '有德하신 님'이 어떤 상황에 있을 때 지어진 것이냐 하는 점이다. 정확한 해답을 얻기에 여간 어렵지 않다. 텍스트의 어느 어절, 어느 문맥을 읽어도 익애(溺愛)에 빠져 있을 때 읊은 것인지, 혹은 헤어지기 직전에 토해낸 것인지 그 실마리를 찾을 수가 없다. 6연을 의식하고 읽으면 후자일 가능성도 있으나 꼭 그렇지만도 않은 까닭은 이별할 때뿐만 아니라 사랑에 도취되어 있는 순간에도 그 사랑의 영원한 지속과 신의의 불변을 다짐할 수 있다고 해석할 수 있기 때문이다. 그러므로 이 부분을 반드시 별리사(別離詞)의 끝 단락으로 속단하는 것은 곤란하다. 이별의 노래인 「서경별곡」과 사정이 다르다. 이 노래가 당초에는 세간에서 떠돌던 民歌였는데 후일 고려 궁궐에 이입되어 임금의 만수무강을 기원하는 송도가(頌禱歌)로, 또는 군신간의 밀착된 관계가 영원하기를 비는 노래로 활용되었다는 사실이 또한 이별사로 판단하는데 저해요인이 된다.

한편 그 역으로 간주할 수도 있다. 본사 4개 연에 걸쳐 어쨌거나 "여의겠습니다"라고 하여 '이별'이 거론되었고, 결사인 6연 또한 상술한 바와 같이 '이별'을 전제로 한 언사이니 「정석가」는 요컨대 그 전편이 別離詞라고 할 수도 있다. 결국 「정석가」는 이처럼 두 가지 상반되는 가설의 상황 중 어느 한 경우에 생산된 노래가 되는 셈이다. 과연 어땠을까.

이제 입장을 밝히기로 한다. 「정석가」를 위에서와 같은 두 개의 정황을 설정해 놓고 어느 한 쪽으로 귀속시키고자 하는 시도, 그 자체가 현명한 접근이 아니라는 점을 강조하고 싶다. 이 노래는 님과 함께 있으면서 사랑에 빠져있는 상태, 또는 이별을 앞둔 상태의 어느 쪽도 아닌, 좀 더 자세히 말하자면 상반되는 두 개의 상황을 떠나서 그 당시 선남선녀들이 평소 품고 있던 '反이별의 정서'를 일반화 시켜놓은 노래로 이해하는 것이 가장 합당한 해독법이라고 생각한다. 가정(假定)의 상황과는 무관하게 이별에 대하여 모든 사람들이 품고 있는 原論格의 생각을 담아낸 노래로 이해하는 것이 옳다는 뜻이다. 그러니까 흔하게 접할 수 있는 이별형(혹은 이별의식형)의 노래와는 성격과 차원이 다른 작품이라는 뜻이다.

텍스트의 주제는 지극히 단순명료하다. 가는 모래벌판에 심어 놓은 군밤 닷되가 움이 돋고 싹이 트면 그때 가서 님과 헤어지겠다는 얘기다. 2연에서는 바위에 접주한 玉蓮花가 피면, 3연에서는 무쇠로 만든 철릭(무관이 입던 公服)의 철사(鐵絲)주름이 다 헌다면, 4연에서는 鐵樹山에 놓아둔 무쇠소가 鐵草를 먹는다면 그렇게 하겠노라고 반복해서 진술하고 있다. 화자의 결의가 그만큼 강고하다는 것이다. 묻거니와 세상에 이런 일이 일어날 수 있을까. 상전벽해, 천지개벽과도 같은 불가능의 세계임은 재언을 필요로 하지 않는다. 그러므로 요컨대 이별을 원천적으로 강하게 부정하는 어법임을 알 수 있다. 이별을 인정하지 않고 전면 無化시키고자 하는 의도요 발상인 것이다. 영원한 사랑만이 존재할 뿐이라는 뜻이다.

'구슬詞'로 통칭 되는 6연은 이를테면 불행한 일에 직면했을 때를 예비한 연이다. 상전벽해, 천지개벽이 될지라도 결코 일어날 수 없는 불가능의 경우지만, 인간의 일이란 실로 기기묘묘하여 장담할 수 없는 것, 설혹 장구한 세월을 헤어져 사는 불운이 닥칠지라도 마치 바위에 떨어진 구슬의 끈이 끊어지지 않듯 서로의 신의는 끊어지지 않을 것이라는 확신을 표명하고 있다. 역시 불가능의 예를 들어서 신의를 강조하고 있다.

「정석가」의 해석은 이것으로 충분하다. 더 이상 용훼할 것이 없다. 이별의 원천적인 부정을 통한 無化가 이 노래의 핵심이다. 6연은 일종의 사족격인 첨언(添言)에 해당되는 것, 지나치게 관심을 둘 필요가 없다.

자, 결론을 내리기로 하자. 「정석가」는 사랑과 관련하여 위 「만전춘별사」와 다른 관점에서 누구나 품고 있는 공통된 희망적인 생각을 극단적인 표현을 통하여 강조한 노래다. 사랑의 기쁨만이 있을지언정 이별의 아픔과 슬픔은 애초부터 있을 수 없고, 있어서도 안 된다는 철저한 애정관을 피력해 놓은 작품이다. 그러므로 이 노래는 이별을 시종 부인한 만해의 시 정신에 맞닿아 있다고 해석하여도 무방하다. 만해의 사유 세계와 상이한 것은 만해는 이별 이후의 이별을 부인하는데 주력한 반면 「정석가」의 화자는 이별이 실현되는 것과 무관하게 이별을 인정하지 않았다는 점이다. 그런 점에서 일견 고려의 노래가 좀 더 우월하다고 평가할 수도 있으나 전자는 한 번의 의지 표명만으로 끝내지 않고 88편의 작품이 수록된 시집 곳곳에서 되풀이 하여 강조하고 있으니 신념의 강도 면에선 「정석가」보다 월등하다고 보아도 좋다.

이상에서 살펴본 바와 같이 작품이 처해 있는 자리가 이별 여부를 떠나 그 上位의 외각에 놓여 있는 것이므로 '나'와 '님'의 해후 또한 원천적으로 문젯거리가 되지 않는 노래, 바꿔 말하자면 이별이니 해후니 하는 것을 따질 요인이 전혀 없는 진공상태에 놓여 있는 노래라는 것이 「정석가」의 본모습이라 하겠다.

2. 화자의 자신감 상실, 그리고 아집의 끝 –「이상곡」·「정과정」

속요의 다수 작품에 해당되는 얘기지만 「이상곡」을 접할 때면 만해의 『님의 침묵』을 떠올리면서 화자의 마음가짐과 태도가 어쩌면 그토록 정반대로 나타났는가 하는 생각을 하게 된다. 萬海의 시는 확고한 신념과 낙관적인 자신감에 가득 차 있다. "님은 내 곁을 떠나 갔지만 마음 속에는 평소처럼 그대로 정좌해 있으니 나는 님을 보내지도 않았고, 님은 가지도 않았다. 설혹 나와 님이 헤어져 있다고 할지라도 언젠가 나의 님은 반드시 돌아올 것을 나는 확신한다" 이것이 그의 시집 전편을 관류하고 있는 뚜렷한 정신이다. 워낙 굳은 소신과 종교적인 신앙과도 같은 믿음에서 생산된 시이므로 그의 노래를 읽으면 비록 구성지고 처량한 가락일지라도 시인의 의연한 목소리에 이끌려서 덩달아 미래를 밝게 전망할 수 있게 된다.

「이상곡」의 경우는 그렇지 않다. 『님의 침묵』과는 달리 읽으면 읽을수록 속이 답답하고 앞이 내다보이지 않으며 줄곧 어둡고 막막한 느낌만 갖게 된다. 화자의 입에서 나온 사설들이 도무지 밝지 않고 암울하기 때문이다. 심지어는 애원하는 말도 끝에 달랑 한 줄이 놓여 있을 뿐이니 거의 없는 셈이라고 할 수 있다. 이런 까닭에 미리 밝히거니와 「이상곡」에서 화자와 수신자인 님과의 만남은 심히 어렵다고 전망한다.

비 오다가 개어 아 눈 많이 내리신 날에
서리(霜)는 서걱서걱 좁은 굽어도신 길에
다롱디우셔 마득사리 마두너즈세 너우지
잠 앗아간 내 님을 생각하여
그딴 열명길에 자러 오리잇가
죵죵 霹靂 生 陷墮無間
곧바로 죽을 내 몸이
죵 霹靂 아 生 陷墮無間
곧바로 죽을 내 몸이
내 님 두옵고 다른 뫼를 걷겠습니까
이렇게 저렇게 이렇게 저렇게 하려는 期約이잇가
아소 님하 한 곳에 가고 싶어하는 期約입니다

5행까지를 하나의 단락으로 보아 거기서 일차 끊기로 한다. 「이상곡」의 주제는 사랑의 갈망과 정절의 다짐이다. 현재 시간에 님은 화자 곁에 없다. 이 5행까지는 화자가 처해 있는 공간과 기상 조건을 그려 놓은 것이다. 아주 열악하고 험악하여서 공포감마저 감돌고 있는 그런 상태로 설정되어 있다. 문면 그대로 지형과 날씨가 정작 그처럼 최악의 상황에 처해 있다고 이해하기 보다는 이를 상징이나 비유의 진술로 수용하여서 화자를 둘러싸고 있는 제반 환경이 매우 복잡하고 어렵기 짝이 없는 상태인 것으로 수용하는 것이 좋겠다.

그렇듯 엄청나게 외진 환경에 처하여 고립되어 있는 자신에게 과연 님이 나타나겠느냐고 그녀는 묻는다. 이 물음은 그 말투로 보아 부정적인 답변을 이끌어내기 위한 물음이다. 지금 화자는 님의 속내를 훤히 꿰뚫어 보고 있는 것이다. 님과 자신과의 재회가 불가능한 것임을 진작 간파한 뒤, 설사 님이 오고 싶어도 올 수 없는 최악의 분위기를 설정해 놓고 부정적인 방향으로 노래의 흐름을 이끌고 있다. 아무리 험난하고 우여곡절을 겪을 곳일지라도 님은 나에게 반드시 돌아오고 또한 돌아와야만 된다는 식으로 전개되는 것이 애정시가의 전형인데 「이상곡」은 이러한 상례에서 벗어나 있다. 예외적인 작품이라고 규정하여도 무방하리라.

텍스트의 앞부분인 이 5행까지만 읽어도 우리는 화자와 님의 해후가 지극히 어렵다는 점을 감지할 수 있다. 이별의 상태가 상봉의 기쁨으로 전환되기 위해서는 무엇보다도 님의 마음과 결단이 필수적이다. 귀환하려는 마음의 움직임이 없다면 나와 님과의 만남은 실현될 수 없다. 이는 너무나 자명한 사실이다. 그렇다고 오직 그것뿐이라고 한정할 수 있겠는가. 님의 결심에 앞서 나의 간절한 소망이 전제가 되어야 한다는 점을 어찌 빼놓을 수 있는가. 실인즉 이 마음이 더욱 소중하고 값진 것임은 만해의 노래가 입증해 주고 있는 바다.

어떠한 난경 속에서도 자신감을 잃지 않고 낙관적으로 앞날을 내다볼 때 만날 수 있는 확률이 높아지고 실현되기를 기대할 수 있을 것이다. 「이상곡」은 화자가 꼭 갖추어야 할 기본 되는 이 희망과 확신의 마음조차 결여되어 있다. 따라서 이 노래의 가능성에 대한 우리의 탐색은 여기서 끝내도 괜찮다.

하지만 그 이하의 나머지 진술이 또한 심상치 않으니 전반부의 함의를 기억하면서 읽기로 한다. 제6행에서 시작되는 후반부의 골자는 "내 님 두고 다른 뫼를 거르리"(제10행)로 대변된다. 이를 앞서 살핀 전반부와 연결하면 화자가 처해있는 환경이 실로 험악하여 님이 찾아올 수 없다 할지라도 그 자신은 님 이외 다른 사람을 사랑할 생각이 추호도 없다는 뜻이 된다. 사랑의 불변을 다짐하는 내용이다.

그 곧은 정절은 충분히 이해가 되나, 어찌하여 그 앞에 늘어놓은 말씨가 그토록 사납고 살벌한지 쉽게 납득되지 않는다. 변치 않는 굳은 사랑을 맹세하는 고백에 왜 '벼락'이며 '무간지옥'이 필요한지 알 수 없다. 또한 굳이 '다른 뫼(다른 님)'를 거론하면서 분위기를 어색하게 만들 필요가 있었는지도 궁금하다. 이와 같이 상상하기 매우 어려운 부분에 관하여 필자는 일찍이 화자에게 불미스런 과거, 곧 님을 배신한 전력이 있었다고 추정한 뒤 그렇기 때문에 님과 새로운 출발을 시도하려는 마당에 그는 계속 죄의식에서 벗어나지 못하고 있다고 해석한 바 있다. 그 옳고 그름을 이 자리에서 재론할 필요는 없다. 여기서는 다른 것은 다 그만두고 경위와 원인이야 여하간에 화자의 운명이 경각에 도달해 있다는 사실을 새로 제시한다. 그는 스스로 "곧바로 죽을 내 몸이"(제9행)라고 자술하고 있다. 이 대목을 "인생은 유한하여 언젠가 죽음을 맞이한다"는 예사스런 말의 강조를 위한 과장된 표현으로 수용하는 것을 필자는 거부한다. 그와는 달리 현재 죽음을 앞둔 급박한 실제 상태에서 흘러나온 괴롭고 고통스런 말로 받아들인다.

정리하기로 하자. 「이상곡」 전편은 자신감과 신념의 상실, 그리고 생존의 끝자락에 놓여 있는 화자 자신의 명맥, 이 때문에 님과 다시 만날 수 있는 행운의 기회가 찾아올 확률은 전무하다고 결론을 내릴 수 있다.

두루 알고 있는 바와 같이 「정과정」은 그것이 창작되기까지의 동기나 경위가 문헌기록으로 전해오고 있다. 그 자료를 일별하면 화자가 그토록 눈물로 하소하며 애원해마지 않던 상대인 님(毅宗)의 의도와 생각이 잠복해 있다. 즉 작자인 鄭敍를 동래로 귀양 보내면서 왕이 다짐한 말이 그를 속이기 위한 허언이었고, 그의 解配가 왜 이루어지지 않다가 20년이라는 긴 세월이 경과한 뒤 정부부 난 직후 明宗초에 비로소 해결되었는지 속사정이 숨어있다. 따라서 작품의 이 구석, 저 구석을 찔러 볼 필요도 없이 해당 문헌자료를 인용하면 문제는 절로 풀린다.

하지만 여타의 속요 작품들은 「정과정」과는 달리 창작과 관련된 기록이 없이 달랑 노래만 전해오고 있다. 백지와도 같은 그런 상태에서 이들 노래들은 논의되고 있다. 이런 점을 감안하여 이들과 균형을 맞추기 위해서 「정과정」도 예비지식이나 선입견을 배제하고 작품 그 자체의 사설만 놓고 화자와 님의 관계를 탐색키로 하겠다.

> 내 님을 그리워하여 울더니
> 山 접동새와 나는 비슷합니다
> 아니시며 거짓인 줄을
> 殘月曉星이 아실 것입니다
> 넋이라도 님과 한 곳에 가고지라
> 우기시던 이가 누구였습니까
> 過도 허물도 千萬 없습니다
> 말짱한 말이었구나
> 슬프도다 아으
> 님이 나를 벌써 잊으셨습니까
> 아소 님하 돌이켜 들으시어 사랑해주소서

이 노래를 읽으면서 우리가 쉽게 파악할 수 있는 사실은 화자와 님 사이에 놓여있는 불신과 의혹의 골이 너무 깊게 파여 있다는 점이다. 그 불신의 원인을 화자는 자신에 대한 님의 오해에서 비롯된 것으로 단정하고 있다. 이것은 화자 일방의 주장일 뿐, 정작 진실의 한 쪽을 쥐고 있는 님의 생각이 어떤지는 알 수가 없다. 베일 속에 가려져 있는 그것을 화자가 쉴 사이 없이 쏟아내는 푸념과 항변의 행간을 읽으면서 단서를 잡은 끝에 양자의 화해와 재회의 가능성을 짚어보기로 하자.

이 노래에서 눈여겨 보아야 할 대목은 3·4행인 "아니시며 거짓인 줄을 / 殘月曉星이 알 것입니다"이다. 자신의 결백을 주장하는 내용이다. 누군가가 헐뜯고 있는데 그것은 근거가 없는 모함에 지나지 않는다는 뜻이다. 그런 모함을 사실인양 믿고 있는 님의 오해에 대하여 화자는 발명하면서 울음을 터뜨린다. 그의 변명과 항변은 그 아래에서 다시 이어진다. 7행인 "過도 허물도 千萬없습니다"가 바로 그것이다. 참소의 희생양이 되고 있는 자신의 억울한 처지를 재차 거론하고 있는데 이 부분이 앞의 3~4행과 연결되면서 더 큰 파장을 일으키고 있다.

불과 열 줄 남짓 되는 10행체 향가양식의 노래에는[1] 이런 식의 자기변호와 항변만 있는 것이 아니다. 화자는 5~6행에서 "넉시라도 님

---

1) 全文 11행이지만 어느 한 행을 줄이면 10행체 향가 형식이 된다. 앞서 살핀 「이상곡」의 경우도 반복행에서 한 줄씩 줄이면 역시 10행체 향가의 모습으로 태어난다. 이래서 이 두 노래를 10행체 향가의 변형 양식으로 규정하고 있는 것이 통설이다.

그런데 김명준은 「정과정과 향가의 거리」(『한국 고전 시가의 모색』, 보고사, 2008, pp.45~69)에서 '내용이나 미의식·정서면에서는 고려속요이지만 장르현상으로는 10구체 향가의 양식적 변용(김학성)'이라는 견해를 인정할 수 없다고 하였다. 10구체 향가로 규정한 학설(김준영, 김선풍) 및 前別曲的 형태(정병욱)라는 견해도 짧게 언급하면서 외면하고 있다. 그런가 하면 '향유층·향유방법·문학의 이원성의 측면에서 「정과정」이 고려 전기의 향가와 연결되는 지속성을 지니고 있다는 주장(양태순)'도 옳지 않다고 비판하고 있다. 그가 강하게 내세우는 바는 형식상으로나 내용 및 정서상으로 「정과정」은 10구체 향가와 연계시켜서는 안되고 고려 속요의 독립된 작품으로 인식하여야 한다는 점이다.

필자도 「정과정」을 10구체 향가의 형식에 근접해 있다는 이유만으로 이를 향가의 갈래에 귀속시키는 처리에 반대한다. 그러나 노래의 내면세계를 존중하여 장르상 속요로 인정하되 형식을 완전히 무시할 수 없으니 단서를 달아서 10구체의 잔존형태쯤으로 이해하는 관점마저 무시할 수는 없다고 생각한다. 마치 상품의 소유권을 독점하는 식으로 텍스트에 어떤 무엇도 부연해서는 안된다는 순결주의적 해석은 곤란하지 않을까 싶다.

과 한 곳에 가고지라 / 우기시던 이가 누구였습니까"라고 하였고 8~9행에서는 "말짱한 말이었구나 / 슬프도다 아으"라고 했다. 두 대목 모두 상대방을 향해 따지기를 하며 난처한 국면으로 몰아 세우고 있는 언사다.

발췌한 위의 내용을 놓고 실마리를 풀어 보기로 하자. 「정과정」에서 화자와 님의 관계가 악화된 것은 정치적인 알력과 갈등 때문이었다. 정치적인 문제 때문에 그것도 전제주의 왕조시대 정권의 향배와 연관이 있는(의종의 생각은 그랬었다) 「정과정」에서의 君臣사이처럼 심하게 뒤틀린 인간관계는 좀처럼 해소되기가 쉽지 않다는 점을 지적치 않을 수 없다.

「정과정」의 배경은 이와 같은데 설상가상으로 화자의 일방적인 주장과, 시비하듯 들이대는 말투는 비관적인 전망을 낳기에 충분하다. 수신자인 님이 이 노래를 직접 듣고 있는 상황은 아니지만 만약 그가 마치 폭포처럼 쏟아지는 불만의 소리를 들었다고 가정할 때 어떤 반응이 나올지는 어렵지 않게 헤아릴 수 있다.

그 이전에 추정해 볼 더 중요한 것이 있다. 뭐냐하면 화자의 수다스러운 말을 통해서 님이 품고 있는 생각을 짚어 보는 것이다. 화자가 잔월효성을 들먹이지만 그 잔월효성은 님도 차용하여 그 자신 역시 화자에게 떳떳하다는 심정을 드러내는 수단이 될 수 있을 것이고 過도 허물도 천만에 없다고 변명하지만 님 역시 잘못이 없다는 자세를 견지하고 있었다는 점을 우리는 화자의 항변을 통해 역으로 추출할 수 있다. 화자의 말이 격할수록 상대방 또한 강경하게 대응하는 것이 인간관계에서 보편적인 상식으로 통하는 것이 아니겠는가.

말 한마디로 상황은 좌우될 수 있다. 본고에서 화자의 진술과 언사만을 근거로 하여 상대방과의 관계가 호전될지 여부를 가리고자 하는 것도 화자의 발언 하나하나가 그만큼 중요하고 그것으로 판세를 가늠해

볼 수 있기 때문이다. 수신자인 님의 반응은 텍스트에 나타나 있지 않을지라도 재회를 갈망하는 화자의 생각과 말이 일차적으로 문제 해결의 실마리가 될 수 있음을 부인하기 어렵다. '나'의 말 속에 '님'의 동태가 드리워져 있음을 재삼 강조한다. 그런 점에서 「정과정」은 문헌기록과 별도로 텍스트만 가지고서도 화자와 님의 불화가 해소될 수 없다는 결론을 이끌어 낼 수 있다.

3. 과격한 대응과 순종적인 대응 – 「서경별곡」·「가시리」

「서경별곡」을 살피기로 하자. 全 3개 연 중 문제풀이에 별로 도움이 되지 않는 제2연('구슬詞')은 제외하고 그 앞뒤 첫째와 셋째 연만 읽기로 하자.

西京이 서울이지마는
닦은 곳 소성경 사랑하지마는
이별한다면 질쌈 베 버리시고
사랑하신다면 울면서 따르겠습니다

–1연

大同江 넓은 줄 몰라서
배 내어 놓았느냐 사공아
네 각시 과욕한 줄 몰라서
가는 배에 얹었느냐 사공아

–3연

大同江 건너편 꽃을
배 타 들면 꺾을 것입니다

–4연

이별을 거부하는 화자의 태도가 매우 강경하다. 목소리도 격앙되어 있다. 위의 장면은 떠나기로 작정한 님이 행장을 차리고 나서려는 순간을 잡아 놓은 것이다. 1연에서 화자는 더 이상 말로 애원하기를 포기하고 그 자신도 님과 함께 동행하겠노라는 뜻을 표명한다. 님과 그동안 나눈 사랑의 밀어가 얼마나 아깝고 아쉽기에 이런 적극적인 자세를 취하는지 놀라움을 금치 못하겠으나 그러나 이 직정적인 문맥에 님의 의중을 짐작할 수 있는 단서가 숨어 있다는 점에 우리는 유의한다. 화자는 그냥 "따르겠습니다"라고 말하지 않았다. "사랑하신다면 울면서"라는 조건을 달았다. '사랑하신다면'은 자신에 대한 님의 소견을 물은 것이다.

화자에 대한 님의 사랑이 확고하고 또한 이를 그가 평소 확신하면서 살아왔다면 이런 조건과 단서가 과연 필요했을까. 그런 다짐을 받을 필요가 없이 그냥 쫓아가면 될 일이 아니겠는가. 결국 "사랑하신다면"이라는 전제 조건을 굳이 단 것은 님의 애정심을 화자가 확실히 신뢰하지 못하고 있음을 반증하고 있는 셈이 된다. 이것이 일차적인 해석이다.

좀 더 파고 들어가면 '나'에 대한 님의 관심과 사랑이 모호하거나 또는 소멸되었으리라는 심증을 굳힐 수 있다. 왜냐하면 그 동안 님에게서 사랑을 듬뿍 받았다고 할지라도 사랑은 가변성이 있는 이상 마침내 식었거나 변질될 수 있는 경우를 우리는 얼마든지 상정할 수 있다. 그 낌새를 눈치 채고 화자는 사랑의 확인을 위해서 이런 말을 하였다고 헤아려진다. "사랑하신다면"은 화자와 님 사이가 적어도 평상적인 상태에 놓여 있지 않다는 사실을 시사해준다. 나아가 이 대목은 둘 사이가 부부관계가 아니라 기녀와 서경에 한동안 머물며 정분을 나누었던 외지의 남정(한량)간의 일시적인 관계라는 강한 추정을 가능케 한다. 이런 관계라면 그동안 양자가 통정하며 나눈 사랑은 때가 되면 신기루와 같이 사라지기 마련일 터, 화자는 지금 그런 시간을 맞이하여서 사랑의 지속적인 약속과 다짐을 청원하면서 몸부림을 치고 있는 것이다. 이와 같은 풀이는 정상적인 부부관계의 경우 여염집 아낙이 서방님과 이별할 때 새삼스럽게 "사랑하신다면" 운운하며 감히 "따르겠습니다"라는 말을 입 밖에 낼 수 없는 옛 시대의 통념에 근거를 둔다.

정리하면 이쯤의 분석만으로도 나와 님이 다시 만날 기회는 처음부터 없다고 판단하여야 한다. 그런데 계속 우리의 눈길을 끄는 어절은 '울면서'라는 묘한 말이다. 이 말은 요컨대 감격·감동의 상태에 화자가 빠진다는 뜻이다. 나아가 그것은 님이 화자가 제시한 조건을 수락하는 '시혜'에 반응하는 감정의 징표이기도 하다. 남녀 간의 진정한 사랑에는 시혜란 있을 수 없다. 있다면 상호 시혜이지 일방의 시혜는 아니다. 만약 「서경별곡」처럼 님의 시혜를 구걸할 정도라면 그 사랑은 이미 위기에 처해 있다고 풀이할 수 있다. 사랑이 처음 시작될 때의 구애단계가 아니고 한동안 진행된 뒤에 이별을 앞둔 자리에서 이런 말이 나온 것 자체가 님의 애정을 신뢰할 수 없다는 의미가 된다. 다시 여염집 아낙네의 말이라고 상상할 수 없는 "따르겠습니다"라는 발언을 곱씹어 보건대 이 어절에서 우리는 또한 님에 대한 화자의 불신을 읽을 수 있고, 그 불신은 님이 그녀에게 심어준 것이리라는 내막도 짐작할 수 있다. 「서경별곡」의 님은 돌아올 확률이 거의 전무하다고 판단된다.

셋째 연은 마치 불난 집에 기름을 붓는 격, 상술한 바와 같이 화자도 님과의 재회는커녕 영원한 이별로 귀결될 것임을 이미 알고, 이 셋째 연에 이르러 모든 것을 포기하고 체념한 상태에서 막말을 서슴지 않는다. 그는 평상심을 완전히 잃고 흥분의 도가니에 빠진다. 제 정신이 아닌 상태에서 전혀 정제되지 않은 막말을 마구 쏟아낸다. 뱃사공을 향해 분풀이를 하는가 하면 4연에서는 대동강을 건너는 님을 향해 질투와 시샘의 말을 퍼붓는다.[2] 이별의 시가에서 항용 읽을 수 있는 슬픔의 극복과 다시 만날 날을 기약하는 그런 기다림과 삭임의 언어는 하나도 없고 분함을 그대로 드러내는 어지러운 감정만 문자의 안팎을 지배하고 있다. 화자의 심정과 언사가 이와 같다면 그 상대방인 님의 향배와 추이는 탐색하지 않아도 족히 헤아릴 수 있을 것이다.

「가시리」의 화자는 「서경별곡」의 여인과는 크게 다르다. 온유하며 차분하다. 극성스럽지 않고 또한 결이 고운 편이다. 님의 행로를 적극적으로 나서서 만류하는 자세를 취하지 않아서 어느 면으로는 답답하고 아쉬운 느낌을 갖게 하나 그러한 태도가 옛 시대의 婦德을 대변하는 것이라고 하여 지금까지도 칭송의 대상이 되고 있음은 주지의 사실이다. 하지만 그녀가 이별의 현장에서 슬픔을 속으로 삭이고 있으므로 표면상 조용하게 보이는 것뿐이지 절망에 가까운 참담한 심경마저 숨기고 있는 것은 아니라는 점만은 분명히 해 둘 필요가 있다.

---

2) 이 4연은 "님이 대동강을 건너기만 하면 그곳에 펴있는 꽃, 곧 다른 여인과 깊은 사랑에 빠질 것"이라는 뜻으로 풀이하는 것이 일반적인 해석이다.
그런데 양태순은 「서경별곡과 이별민요의 이별양상과 정서」(『한국 고전시가의 종합적 고찰』, 민속원, 2003, pp.207~208)에서 기존의 통설과는 전혀 다른 新說을 내 놓았다. 그는 이 4연을 첫째연의 끝줄과 문장형태상 호응관계를 이룬다고 전제한 뒤 ①聯의 주체는 '님'이 아닌 '나'이고 꽃은 다른 여인이 아닌 '나'이며 ②님이 꽃을 꺾는 것이 아니라 화자인 '나'가 꽃을 꺾는 것이며 ③'나'의 이런 행위는 격한 감정을 제어하지 못한 나머지 자살(?)의 의미를 떠올리게 하는 것이고 ④진정된 상태에서 나온 행위로 이해한다면 '시들어버린 꽃과 같은 화자 자신의 신세를 형상화 한 것으로 해석할 수 있다고 하였다.
아주 특이한 견해인데 꽃은 대동강 건너편에 있고, 그곳으로 배를 타고 가는 사람은 '나'가 아닌 '님'이거늘 어떻게 '나'가 절화(折花)할 수 있는지 쉽게 납득이 가지 않는다. 다른 연과의 진술과 문장형태의 유사 또는 동질성에 지나치게 얽매인 결과가 아닌지 모를 일이다. 그건 그렇고 이런 식으로 해석한다면 님과의 상봉은 더더욱 물건너 갔다고 단정을 내려야할 것 이다. '나'가 자살하였는데 만남이 어떻게 이루어지겠는가.

가시리 가시리잇고
버리고 가시리잇고
날러는 어찌 살라 하고
버리고 가시리잇고

텍스트의 전반부인 1·2연이다. 2개의 연을 모두 합쳐도 불과 넉 줄밖에 안 되는 이 부분에 '가시리'라는 말이 네 번이나 나온다는 점에 주목하지 않을 수 없다. 「가시리」 전문이 다 그렇지만 1·2행도 우리시대에 많은 사람들의 입과 귀에 매우 익숙해진지 오래되어서 아무 느낌 없이 범상하게 대하고 있지만 깊이 생각해보면 결코 예사롭게 보아 넘길 어법은 아니다. 다시 언급하거니와 겨우 짧은 넉 줄 밖에 안 되는 문장에 어떻게 '가시리'라는 똑같은 말이 네 번이나 배치되었을까. 그냥 간과해서는 안 된다고 본다. 이 반복되는 화자의 서러운 물음 속에는 님과의 이별을 도저히 감당해낼 수 없다는 처연한 심정이 내장되어 있음은 물론이고 또한 무엇보다도 그렇듯 애절하게 되뇌이는 여인의 쉰 목소리를 냉정하게 등지고 떠나는 님의 무정함도 함께 포개져 있다. 이렇게 양면의 뜻을 다 읽어야 이 문맥의 참 뜻을 제대로 파악할 수 있다.

새겨서 읽어야 할 어절은 '가시리' 이외에 다른 것이 또 있다. 두 번이나 나오는 '버리고' 역시 곱씹으면서 음미해야 할 말이다. '버리고'는 두 가지 각도에서 해석할 수 있다. 이별할 때 떠나는 남정네가 그의 여인과 동행하지 않고 현지에 잠시 '놔두고' 노정에 오르는 상태, 깊은 뜻이 없으므로 신경을 곤두세우며 읽지 않고 무심이 읽어도 된다.

그와는 달리 '放棄하고'의 뜻으로 읽어야 되는 경우가 있는데 일이 이 지경에 이르면 사태는 심각해진다. 문자 그대로 남정네가 여인을 버린 셈이 되며, 여인네는 버림 받은 불쌍하고 딱한 신세가 된다. 위 두 가지 해석 중 「가시리」에서 말하는 '버리고'는 어느 쪽으로 기울었느냐에 따라 님의 속내를 헤아릴 수 있다. 후자의 뜻이 단연 강하다고 판단한다. 화자가 님에게 버림받지 않았다면, 바꿔 말해서 '버리고'가 보통의 의미인 '놔두고' 쯤의 평범한 뜻이라면 화자는 '가시리'라는 똑같은 말을 네 번이나 되뇌이면서, 정신적인 공황상태(!)에까지 함몰되지는 않았다고 사료된다. '놔두고'의 의미라면 잠시 현재의 있는 곳을 떠나 소관 사무를 마치고 즉시 귀환한다는 뜻이므로 그렇게 애절하게 '가시리'를 반복할 필요는 없다고 생각한다. '버리고'와 연결되어 있는 "날러는 어찌 살라하고" 이 구절도 문제 풀이에 적지 않게 도움이 된다. 이별을 소재로 한 속요에서 '삶'이 화두로 표면화된 예는 이 노래가 유일하다. "날러는 엇디 살라하고"는 절망에서 비롯된 비탄의 소리다. 님이 없으면 화자의 삶이 근본부터 흔들리거나 위기에 몰린다는 점을 고백한 호소다. 옛 시대의 여인들의 삶은 남정네에 의해서 좌우된 종속적인 생이거늘, 이를 알면서도 이별을 단행한 님의 행위는 화자와의 결별을 작정하고 단행된 행동이라고 해석할 수밖에 없다. 1·2연을 뜯어 읽은 결과는 이처럼 비관적이다.

붙잡아 두고 싶지만
선하면 아니올세라

서러운 님 보내옵나니
가시는 듯 돌아서 오소서

후반부인 위 3·4연에서 관심의 대상이 되는 것은 3연이다. 4연은 화자가 바라는 바를 진술해 놓은 것 이상의 의미는 없다. 3연의 첫째 줄인 "붙잡아두고 싶지만"을 위에서 풀이한 바와 연결시켜서 그 속뜻을 밝혀본다면 화자가 한 번 해본 소리에 지나지 않는다. 효과를 기대할 수 없는 흰소리에 지나지 않는다는 뜻이다. 매정하게 떠나기를 작심하고 길을 나서는 님을 무슨 수로 만류할 수 있으랴. 괜한 말이다. 잡아 둘 수도 없으려니와 설사 그런 식으로 만류하여도 될 일이 아니다.

이 문맥보다 훨씬 중요한 대목이 바로 그 다음 줄의 "선하면 아니 올세라"이다. 여성의 가냘픈 심성에서 비롯된 기우로 간주할 수도 있다. 하지만 님이 어떤 성격의 인물인지를 감지할 수 있는 함축적인 구절이 되기도 한다. 화자의 얘기인즉 자신을 버리고 떠나는 님을 잡아 놓을 자신이 있지만 그런 방식으로 거칠게 나가면 님이 혹시 삐치거나 마음이 상한 끝에 돌아오지 않을까 저어하여 참겠다는 것이다. 동어반복이지만 연약한 여인네의 사려 깊고 조심스런 대응이 뚝뚝 묻어나는 말이기는 하나 생각하기에 따라서는 얘기가 달라질 수도 있다.

화자의 이 흰소리에서 놓쳐서는 안 될 속뜻은 여인네가 성심을 다하여 행로를 막는다고 해서 이른바 팩하니 성깔을 부리는 그런 성격의 남정네라면 그 님은 이미 화자의 마음에서 멀리 떠나 있다고 보아야 한다. 화자가 자신의 님이 그런 성격의 인물임을 알고 있는지라 지레 겁을 먹고 피력한 우려의 말로 해석되는 이 문절에는 이처럼 숨은 비밀이 잠복해 있다.

지금까지 여러 측면에서 살핀 결과로는 화자의 간곡하고 애절한 소망과 청원과는 달리 "서러운 님이 가시는 듯 돌아올" 확률은 거의 없다고 내다볼 수 있다.

❧

呪歌는 더 말할 필요도 없고, 모든 서정시(詩歌)는 呪術性을 동반하고 있다는 학설이 있다. 시의 내용이야 어떻든 간에 시를 짓고 혹은 읊거나 노래하는 행위 그 자체가 심리적으론 주술을 거는 것이라고 말하기도 한다. 이러한 주장이 과연 전적으로 옳은 것인지는 별도로 심도 있게 논의해야 마땅하겠지만 일단은 일말의 타당성이 있는 견해라고 생각한다.

그러한 견해에 특히 동조할 때가 있는데 그것은 TV화면에 등장하는 가수들의 노래 가락과 율동을 시청할 때다. 두루 알고 있는 바와 같이 대중가요의 대다수는 남녀의 사랑을 소재로 다룬 것이고 그것도 이루어질 수 없는 사랑, 헤어질 때의 슬프고 애절한 사랑, 한 없이 기다리며 님과 함께 옛날로 돌아가기를 염원하는 사랑…… 이런 내용이 주류를 이루고 있다.

그런 노래들을 부를 때의 가수들의 목소리와 표정과 제스처는 어떤 모습이라고 할까. 보는 이에 따라서 각기 다르겠지만 필자의 눈에 비친 그들은 유사무녀(類似巫女)요 무부(巫夫)의 변신, 바로 그것이다. 그들이 부르는 노래는 마치 주술사들이 주술을 행하는 의식가로 느껴지곤 한다. 생각해보면 알 일이다. 가수들이 혼신을 다하여 쥐어짜듯 가창하는 그 행위나 무당 또는 주술사가 굿판 등의 장소에서 한판 해제끼는 푸닥거리나 무엇이 다른가. 몸놀림의 유사성은 물론이고, 입에서 흘러나오는 곡진한 사설까지도 양자 사이에 본질적인 차이가 없다고 생각한다.

이 논리를 현대의 대중가요가 아닌 고려시대의 詩와 歌인 속요에도 그대로 적용시킬 수 있다는 것이 필자의 지론이다. 고려 속요에는 그 하위갈래로 「나례가」·「성황반」·「처용가·잡처용」 등의 무가가 따로 있다. 그런 전문적인 무가 이외 본고에서 다룬 여러 편의 남녀상열지사의 저변에도 주술적·무적인 요인이 다분히 흐르고 있음을 우리는 의식·무의식적으로 감지하고 있다.

좀 더 핵심부위에 접근키로 하자. 속요의 화자들은 몇 예외를 제외하고 위에서 검증한 바와 같이 님과의 재결합 혹은 상봉이 어려울 것이라는 점을 예감하고 있다. 그럼에도 왜 마음을 접지 못하고 그토록 간절한 노래를 불렀을까. 「이상곡」의 경우는 마치 '포기의 선언'과 같은 노래에 지나지 않은 사설인데 그렇다면 그냥 함구하고 있으면 될 터, 그럼에도 어찌하여 굳이 노래를 읊었을까. 「서경별곡」은 요컨대 '막 가는 노래', 그런 노래라면 안 부르는 것이 차라리 나을 터인데 왜 불렀을까. 해답은 간명하다. 님의 반응이나 결정과는 무관하게 참을 수 없는 그리움과 미련 때문에 노래하였을 것이리라.[3] 그런 식으로 사설을 토해내는 행위를 우리는 주술을 거는 것, 마치 무당이 푸닥거리를 행하는 의식으로 간주한다. 어느 유행가가락의 한 구절처럼 "안 되는 줄 알면서도…" 속요의 화자들은 입을 열지 않을 수 없었으리라. 「정석가」는 이별이라는 말의 滅絕을 위해서, 「만전춘별사」는 가능성이 높은 재결합의 기회를 더욱 굳히기 위해서 그랬을 것이다. 그 나머지 노래들도 각기 사정에 따라 원상으로의 회귀가 가망이 없음을 익히 알면서도 입 다물고 있을 수 없으므로 가창되었을 것이다. 그런 행위가 바로 무당이나 주술사의 중얼거림에 맞닿아 있다는 뜻이다.

詩歌에는 또한 결핍의 보전과 풀어버림의 기능이 있음을 우리는 잘 알고 있다. 시나 노래 등과 같은 예술 작품이 아닐지라도 인간은 누구나 부족한 것을 채우고 싶고 쌓이고 응어리진 심사는 어떤 방식으로든 풀어버리고 싶은 욕망을 가지고 있다. 이는 일상생활에서 누구나 느끼고 경험하는 감정과 심리의 추이다. 고백이며 진술이나 또는 혼자 중얼거리는 독백이 바로 그런 언어행위에 해당된다. 그럴 때에 이런저런 사연을 토해내는 당사자는 그가 고민하고 있는 문제, 혹은 상처로 인한 가슴

---

3) 본고를 완성한 뒤에 서철원의 「떠난 사랑이 돌아오면 행복할까 -속요의 '그리움'과 '미련'을 통해 본 고전시가의 행복론」,(『고전과 해석』10집, 2011, 4. 고전문학 한문학 연구학회) 이라는 논문을 보았다. 그는 「정과정」·「서경별곡」·「정읍사」 등을 '그리움'의 노래로, 「가시리」·「이상곡」·「동동」·「만전춘별사」 등을 '미련'의 노래로 따로 분류하였다. 꼬치꼬치 따지자면 그렇게 양분할 수도 있으나, 본고에서는 그리움과 미련을 동일한 정서에 바탕을 둔 것으로 넓게 간주하여 하나로 합쳐서 보았다. 그의 논문은 속요 화자의 행복을 규명하는데 초점을 맞추고 있는데 본고에서는 그 문제까지는 거론하지 않았다. 뒤늦게 읽은 글이지만 본고와 무관하지 않기 때문에 각주로 밝혀둔다.

앓이를 풀어줄 해답을 기대하지 않는다. 신세한탄을 하든, 억울함을 호소하든, 슬프고 막막한 심정을 표출하든, 어느 경우나 그저 드러내는 것으로 자족한다. 그렇게 하는 것만으로도 후련함, 시원함을 느낀다. 해결과 해답을 바라지 않는 풀어버림, 그로부터 얻는 결핍의 보전은 괴롭거나 심란한 마음을 안정시키는데 일정하게 유효한 치료제가 된다.

님을 그리워하며 해후를 열망하는 모든 속요를 우리는 그와 같은 심리에서 창작되었으리라고 믿는다. 앞날을 낙관하든 혹은 비관하든, 혹은 이별 그 자체를 원천적으로 무화시키든, 그 동기나 배경이야 여하간에 일상의 언어를 문학의 언어로 치환시켜서 결핍을 보전하고 풀어버림의 시원함을 얻고자 한데서 애정시가인 속요의 속사정을 엿볼 수 있다. 「동동」의 12월 노래는 아래와 같다.

> 十二月 분지(山椒 · 산초) 나무로 깎은
> 아으 차려 올릴(進上할) 소반의 젓가락 같구나
> 님의 앞에 들어 가지런히 놓으니
> 손(客)이 가져다 무옵니다
> 아으 動動다리

일 년 열두 달 님의 귀환을 기다리며 하염없이 염원했건만 그 결과는 안타깝게도 客에 의해서 비극적으로 마무리되고 만다. 자의가 아닌 타의에 의한 훼절이므로 일단 수치스런 일은 아니라고 치부할 수 있겠으나 그렇다고 드러내 놓고 자백할 일도 아니다. 그럼에도 스스로 밝힌 까닭은 무엇인가. 그렇게 찌꺼기조차 남기지 않고 솔직하게 털어내고 풀어버림으로서 그나마 마음의 안정을 찾자고 한 것이 아니겠는가. 화자가 그 자신에게 주술을 걸고 싶은 충동이 강렬하게 작동되었기 때문에 노래한 것이 아닌가.

간쟁(諫爭)을 통해 본 예종의 삶과 「유구곡」의 진정성·실효성을 생각함

필자는 오래 전에 「유구곡과 예종의 사상적 번민」(『한국학 논집』, 한양대 한국학 연구소, 1985. 『고려가요의 연구』, 새문사, 1990, pp.119~154에 재수록)이라는 제목의 논문을 발표한 바 있다.

그 연구에서 필자는 유불에 경도하면서 끝내는 도교에 심취한 결과 고려를 불교의 나라로부터 도교를 믿는 국가로 바꾸려고 시도한 예종의 종교적인 집념과 사상적인 고뇌를 중심에 놓고 「유구곡」을 풀고자 하였다. 종교적인 문제를 정치적인 차원에서 변혁코자 한 왕이 자신의 평소 언동과 집념을 스스로 비판의 대상으로 삼고 신하들로부터 솔직한 답변을 듣고자 「유구곡」을 지었으리라고 보았다. 사상적인 방황과 번민에서 벗어나 어느 한 지점에 정착하려는 왕의 고민을 이 노래에서 엿볼 수 있다고 하였다.

비둘기새는
비둘기새는
울음을 울되
뻐꾸기가 난 좋아
뻐꾸기가 난 좋아

벌곡은 새 가운데서 잘 우는 것이다. 예종이 자신의 잘못과 시정의 득실을 듣고 싶어서 널리 언로를 열어 놓고 그래도 뭇 신하들이 상언하지 않을까 두려워하여 이 노래를 지어서 풍유한 것이다.

> 伐谷鳥之善鳴者也 睿宗 欲聞己過及時政得失 廣開言路 猶恐群下不言 作此歌 以諷諭之也

앞의 것은 「유구곡」이고 뒤의 것은 『고려사』악지에 실려 있는 예종이 지은 「伐谷鳥」에 관한 기사다. 이 「벌곡조」가 곧 작자 미상의 「유구곡」과 같다고 보는 것이 지금까지의 학계 통설이다.[1] 위 기록의 핵심은 왕이 뭇 신하들로부터 자신의 과오와 政事의 옳고 그름을 듣고자 하였다는 점이다. 그 부분을 필자는 예의 전고(前稿)에서 儒·佛·道 편력과 최종적으로는 도교로의 귀결과 연결시켜서 성찰하였다.

이런 관점에서 일단 소견을 피력하였음에도 필자가 다시 이 작품을

---

1) 윤성현은 최근 발표한 그의 논문 「유구곡을 다시 생각함」(『속요의 아름다움』, 태학사, 2007, pp.176~217)에서 ① 「벌곡조」와 「유구곡」은 같은 작자의 노래가 아니고 ②후자 「유구곡」은 작자미상의 애정가요라는 새로운 학설을 제시하였다. 그의 견해에 경청할만한 내용이 많음을 인정한다. 그러나 여태까지 통설로 굳어져있다시피 한 '벌곡조=유구곡=예종의 作'을 완전히 뒤집을만한 수준에까지는 미치지 못하였다고 평가한다. 이 문제는 매우 민감하고 중요한 과제이므로 향후 그의 학설과 여태까지 묵수되어 온 통설을 함께 수평선상에 놓고 철저하게 분석·검증하여 최종적인 결론을 이끌어낼 필요가 있다. 그때까지는 통설을 따르기로 한다. 필자가 이와 같이 결론을 내리는 까닭은 통설의 타당성을 새로운 각도에서 입증한 연구가 근년에 나왔는바 그 내용을 무시할 수 없기 때문이다.

임주탁은 그의 「유구곡의 해석」(『옛노래 연구와 교육의 방법』, 부산대 출판부, 2009)에서 이 노래에 나오는 '비두로기', '버곡댱', '우로듸' 등의 언어 텍스트를 해석하면서, 또한 작품 전체를 세밀하게 풀이하는 과정을 통하여 「유구곡」은 『고려사』악지에 기록되어 있는 「벌곡조」의 창작 배경과 作意에 바탕을 두고 해석하여야 마땅하다고 주장하였다. 이는 곧 「유구곡」=「별곡조」→예종의 作이라는 통설을 지지하는 견해임은 두 말할 나위가 없다.

만약 윤성현을 비롯하여 「유구곡」과 「벌곡조」의 동일성을 부인한 몇 학자들의 학설이 맞는 것으로 귀결된다면, 곧 「벌곡조」= 예종의 作은 맞으나 「벌곡조」와 「유구곡」은 별개의 노래라는 점이 향후 의심의 여지없이 판명된다면 본고는 「유구곡」이 놓인 자리에 「벌곡조」가 새로 들어가 앉게 하여야 한다. 이 말은 어느 경우든 「벌곡조」의 입지는 흔들리지 않는다는 뜻이다.

재론코자 하는 까닭은 전고에서 시도한 시각과 다른 방법론으로 새롭게 해석할 필요성을 느꼈기 때문이다. 작품은 하나이지만 굳어진 정설이 없는 이상, 생각을 달리하여 다시 접근하는 작업도 의미가 있는 일이라고 할 수 있을 것이다.

본고에서 집중적으로 관심을 두고자 하는 과제는 三敎 편력에 못지않게 예종이 탐닉한 詞章의 세계와 酒宴으로 비유되는 풍류놀이다. 『고려사』에는 예종과 관련하여 사장과 잔치에 관한 기사가 헤아릴 수 없이 많을 정도로 곳곳에 '도배하듯' 적혀 있다. 연회와 글싯기를 빼고서는 예종을 거론할 수 없으리만큼 그는 재위 기간 동안 이를 즐기고 또 즐겼다.

이러한 왕의 평소 생활이 「유구곡」의 창작과 어떤 면에서든 관계가 있었으리라는 전제하에 본고는 출발한다. 앞선 기존의 연구에서도 이 부분에 대해서 자주 논급하면서 강조한 바 있다. 그럼에도 다시 이 명제를 분리시켜 논의코자 하는 까닭은 그렇게 언급하였음에도 전고의 마무리는 유·불·도에 귀결되었고, 사장과 잔치놀이는 그 과정의 부수 혹은 참고자료로만 활용하였기 때문이다. 그런 이유 이외에도 앞선 논문에서 생각하지 못한 몇 견해를 제시할 기회를 갖고자 하는 것도 새로 쓰는 이유가 된다.

논리를 전개하고 논지를 분명히 하기 위해서는 예종의 詞章과 잔치놀이에 관한 문헌기록의 인용이 당연히 필요하다. 그러나 이와 관련하여 필자는 『고려사』를 일일이 검색한 끝에 앞선 논문에서 모두 모아 정리해 놓았다. 또 이것 이외 신하들의 상소문 중 중요한 것 또한 함께 수집해 놓았다. 본고에서는 論題에 맞춰 후자만 재인용하고 전자의 자료 확인은 전고에 미루기로 하겠다.

1. 예종시대의 여러 간쟁

다시 상기하거니와 예종이 신하들에게 노래를 지어 청구한 것은 자신의 허물(己過)과 時政의 옳고 그름을 지적해 달라는 것이다. 이 두 가지를 별개로 볼 수도 있으나 왕조국가에서 군주의 과오는 비록 개인적인 잘못일지라도 곧 政事와 연결되는 것이 상식이므로 굳이 따로 떼어서 개별화시킬 필요는 없다고 본다. 이와 관련하여 또 하나 생각해 볼 문제는 왕이 그렇게 주문할 때, 자신의 정치적인 행위 가운데 뭔가 개운치 않는 것이 있어서 신하들의 공론을 듣고자 하였을 수도 있고, 반면에 그런 특별한 것이 없을지라도 평상적으로 혹은 무심하게 그냥 발설할 수도 있었을 것이다. 만약 전자라면 예의 도교를 비롯한 三教 편력의 타당성 여부를 염두에 두었을 확률이 높지 않을까 싶다. 그러나 반드시 그렇다고 단언키는 곤란하다. 후자일 수도 있다. 오직 확실한 것은 여하간 신하들의 충간과 자문을 경청코자 했다는 점이다.

이렇게 정리해 놓고 『고려사』를 통람하니 신하들의 간쟁행위가 자주 나오는데 '時政得失'이라는 동일한 용어가 사용된 상소는 두 번 등장하고 있다. 왕 6년 4월 甲寅에 右補闕 韓冲이 시정득실을 상소하였다는 짧은 기록이 있고, 2년 뒤인 8년 11월 丙申에 翰林學士 承旨 金緣과 侍講學士 朴昇中 등이 時政策要 五册을 撰進하였다는 기록이 또 나오고 있다. 후자 '시정책요 5책'이 '시정득실'과 문자상으로 일부 상이하나 내용상으로 보아 일정한 범위 내에서 양자가 같다고 이해하는 것이 온당할 것이다. 다만 전자의 경우는 '상소'의 성격이 분명하지만 후자는 평상적 상태에서 작성된 국정 전반에 대한 '건의와 방향 제시'의 성격이 勝하다는 점인데 그것은 五册이라는 적지 않은 분량의 문건으로 찬집된 것을 보아서도 쉽게 감지할 수 있다.

연대 미상의 「유구곡」을 위 두 件의 시정득실과 연결시키면 어떨까.

물론 단정하기는 곤란하나 동일한 용어 또는 유사한 내용의 표제어가 사용되고 있다는 점을 고려한다면 그렇게 상정해 보는 것이 결코 무리한 추정만은 아니라고 생각한다. 이렇게 틀을 잡아 놓고 좀 더 논리를 전개시킨다면 「유구곡」은 韓冲이 상소한 사건이 있던 왕 6년 이전에 나왔을 것이다. 이때의 상소는 국정 전반에 걸친 직언이기 보다는 그 중에서 중요한 몇 가지만 추려서 올렸을 가능성이 높았지 않았는가 싶다. 그와는 달리 2년의 세월이 경과한 뒤 김연·박승중 등이 합작하여 시정책요 5책을 찬집해서 왕의 국정 수행에 도움을 주고자 한 것은 6년 이전 「유구곡」이후 시간을 두고 軍國之事 전반에 걸쳐 세밀하게 조사·점검을 거친 끝에 상술한 바 治國의 방향을 제시하며 건의한 것으로 해석하는 것이 합리적인 풀이가 아닌가 싶다.

어떻든간에 例의 『고려사』에 나오는 6년·8년의 기록과 「유구곡」을 연결시키는 것이 허용된다면 왕의 당부 및 촉구에 신하들이 默言으로 시종하지 않고 상소 및 건의의 방식으로 대응하였다는 점을 알 수 있다. 다만 아쉽고 궁금한 것은 전후 두 번에 걸친 上言과 撰進의 정확한 내용이 무엇인지를 모른다는 점이다. 혹시 政事에 치중하기 보다는 상례를 초월한 지나친 사찰 행차 및 佛事 거행, 그리고 科儀的 도교행사에 몰두해 있던 왕의 일상적인 습벽에 관한 충정어린 진언이 포함되어 있지 않았는가 헤아려 볼 수 있다. 만약 그것이 포함된 시정득실의 상소 및 시정책요라면 왕은 노래를 지어가면서까지 신하들의 상언이 있기를 기다린 본래의 의도와는 달리 저들의 충간을 묵살한 군주였다고 단정을 내려야 한다. 왜냐하면 왕의 지나치고 무분별한 종교 편집벽은 그 이후 세상을 뜰 때까지 고쳐지지 않았기 때문이다. 시정책요를 찬진한 金·朴 두 신하에게 왕은 각각 띠를 주고, 편수관 金富轍 이하에게는 물자를 하사하여 치하하였다고 문헌은 증언하고 있다. 다섯 책에 수렴된 많은 건의 가운데 상당 부분은 국정에 반영할만한 것이요, 또 실제로 그렇게 하였을 것이니 당연한 치하로 보아야 한다. 하지만 그러한 행위가 三教 편력의 반성으로 이어지지 않았다는 것이 필자의 견해다.

신하들의 간쟁 행위는 확인이 되지만, 그 내용을 정확히 알 수 없는 위 두 件의 상소 및 건의에만 계속 붙잡혀서 매달릴 수는 없다. 그것들은 그 나름대로의 존재 의미가 있다고 평가하고 이른바 좀 더 확실성이 있고 증거의 가치가 될 수 있는 진언의 자료를 찾아 「유구곡」과 연결시키는 것이 긴요하다. 이하 몇 사례를 옮기기로 한다.

> 왕궁의 남서쪽에 두 개의 花園을 설치하였다. 이때에 내시들이 저마다 사치한 것으로 왕에게 곱게 보이기 위하여 정각을 세우며 원장을 높이고 민가의 화초를 그 안에 몽땅 옮겨다 심고도 부족하여 송나라 상인들에게서 사들이기에 국고를 적지 않게 낭비하였을 뿐만 아니라 서울과 지방에 허다한 사원을 짓기 위하여 토목공사를 한껏 벌여 놓았었다. 이에 대한 여론이 물 끓듯 했다. 후에 두 화원은 모두 황폐해졌다.

왕 8년 2월의 것이다. 그러니까 「시정책요」의 찬진이 있기 9개월 전의 것임을 알 수 있다. 화원을 꾸며서 온갖 사치스런 장치를 마련하자 '여론'이 들고 일어났다는 기록이다. 행위의 주체가 내시들로 되어 있으나 속사정을 들여다보면 임금의 내락이 없으면 작업 자체가 불가능한 것이니 결국 예종의 지시나 묵인하에 이루어진 것으로 해석함이 마땅하다. 인용문 말미에 "후에 두 화원은 모두 황폐해졌다"고 적혀 있지만 후대 毅宗~高宗代의 인물인 李仁老의 『파한집』에 이 화원에 관한 기록이 남아 있는 것을 보면[2] 여론의 반대에도 불구하고 두 화원은 예정대로 완성되고 또한 유지되었음을 알 수 있다. 신하 한 사람 또는 몇 사람의 상소가 아니고 백성들의 물 끓듯 한 여론이 있었음에도 이를 수용하지 않은 것을 보면 인공으로 조성된 자연 속에서 시를 읊고, 술자리의

---

2) 김성룡, 『한국문학 사상사』1, 이회, 2004, p.309.

즐거움을 누리려고 한 왕의 호사스런 생활상의 단면을 족히 짐작할 수 있다.

> 知制誥 崔瀹이 上書하기를 ……(중략) 제왕은 마땅히 경전의 학문을 좋아하며 날마다 선비들과 경전·역사를 토론하고, 정사하는 도리를 물어서 化民成俗하기에 겨를이 없어야 할 것입니다. 어찌 아이들의 雕蟲을 일삼아서 자주 경박한 시인들과 함께 吟風嘯月하여 천품의 순박하고 바른 것을 상실하는 일이 있게 할 것입니까 하니 왕이 좋게 받아들었다.

왕 11년 4월, 대동강 등 서경의 여러 곳에서 遊宴하는 임금에게 최약이 충간한 글이다. 제왕으로서 마땅히 충실해야 할 경연과 정사는 돌보지 않고 경박한 詞臣들과 토막 글귀나 맞추고 음풍농월을 일삼는 왕의 일상을 탄핵한 내용이다. 기록은 왕이 신하의 上書를 받아들였다고 하였으나 뒤에 이 일로 최약이 무고를 당하여 춘주부사로 좌천된 것을 보면 측근 詞臣들에 둘러싸여 이미 시벽(詩癖)에 빠진 왕의 병은 치유될 수 없는 지경에까지 도달하였다고 헤아려진다. 예종의 作詩와 군신창화 및 주석·유오의 기록은 과장되게 표현하자면 마치 밥 먹는 일처럼 일상화되어 있어서 일일이 인용할 엄두조차 나지 않을 정도다.

아래의 기록을 보면 놀이에 빠져서 이성을 잃고 경직되어 있는 왕의 옹졸하고 편협한 모습이 어땠는지를 확인할 수 있다. 15년 5월의 것이다.

> 李之氐 등 38명에게 급제를 주었다. 이때 왕이 음악을 매우 좋아하여 기생 玲瓏·遏雲 등이 노래를 잘 불러서 자주 물품의 하사를 받으니 國學生 高孝冲이 '感二女詩'를 지어 풍간하였는데 中書舍人 鄭克永이 이를 왕에게 아뢰어 왕이 좋아하지 않았으므로 효충이 이번 과거에 응시하였으나 왕이 명하여 떨어뜨리고 드디어 옥에 가두었다.

기녀의 음율에 넋이 나간 임금에게 실망한 나머지 시를 지어 풍간한 일개 국학생을 科試에서 낙방시키고 그것도 모자라서 투옥시킨 처사를 보면 군주의 바른 도를 지킨 임금이라고 말할 수는 없다. 이런 사실만으로도 왕은 자신이 좋아하고 탐닉한 세계만은 어느 누구의 충간도 듣지 않고 중단 없이 고수한 인물이었음을 눈치챌 수 있다.

끝으로 하나만 더 인용키로 한다. 위의 것들은 모두 『고려사』·『고려사절요』에 올라 있는 기록들인데 반하여 이번 것은 『東文選』에 실려 있는 것으로 鄭克永의 '請延訪朝臣表'의 일부 내용이다. 그가 언제 지어서 올린 것인지는 정확히 알 수 없으나 바로 위에서 읽은 고효충의 '감이녀시' 上申 사건 이후 당나라 육지(陸贄)의 朝臣延訪論에 입각하여 群臣의 연방을 요청하였다고 하였으니 15년 5월 이후 왕 말년의 글인 것만은 분명하다.

> ……밤낮으로 옛을 상고하는 근로가 없으시고, 几筵에는 어진 이를 맞아드리는 일이 없으시고, 안으로는 宗室의 반석처럼 굳건한 세력이 없고, 밖으로는 사직을 호위하는 심복의 충성이 적으며 오직 항상 친압하는 무리와 僕隷의 무리로 더불어 공교한 족속과 말을 되풀이하여 禍의 터전을 만들 따름입니다. 폐하는 고립되어 스스로 계획을 세우지 못하시고 …… 엎드려 바라옵건대 폐하는 반성하시고 虛心하시와 널리 여러 선비를 맞아들이어 기강이 문란해진 까닭을 규명하고 정치의 도가 병든 이유를 분별하여 무엇을 베풀면 國勢가 편안하게 되며 무슨 혜택을 입히면 백성이 살 수 있을 것인가를 생각하여 근본에서 미루어 장래를 소급하여 화평한 기운으로 하여금 능히 海隅에 충만하게 하오시면 태평세대가 천지와 나란히 가게 될 것이옵니다.

다른 이들의 忠諫이 어느 특정한 사안에 대한 上書인데 반하여 위 정극영의 諫爭은 군왕에게 문제가 되고 있는 전반적인 처신과 행위에 대하여 거론하고 있다는 점에서 한층 범위가 넓고 포괄적이라 하겠다. 말하자면 君主學에 입각하여 임금의 여러 잘못된 점을 대담하면서도 신랄하게 비판하고 있다. 요지인즉 종실과 사직을 호위할 수 있는 충신을 가까이 하지 않고 反經學的인 詞章 위주의 무리들, 조정의 화근이 될 무리들과 어울려서 정사를 그르치고 있음을 극간(極諫)하면서 궤연(几筵)에서 옛을 상고하는데 도움이 되는 어진 선비를 발탁하여 나라의 기강을 바로 세우고 백성을 잘 살게 할 수 있는 바르고 건전한 정치의 실현을 촉구하는데 역점을 두고 있다. "정치의 도가 병든 이유를 분별하여 무엇을 베풀면 國勢가 편안하게 되며 무슨 혜택을 입히면 백성이 살 수 있는가"를 생각하라고 진언하면서 그동안의 과오를 반성하라고 내섭세 언급한 대목을 통하여 예종의 정치 무관심 혹은 실정의 단서를 포착할 수 있다. 이러한 극간을 듣고도 정극영을 벌주지 않고 왕 말년까지 관직에 있게 한 것을 보면 이 경우에는 예종 그도 느끼는 바가 적지 않았으리라고 사료된다.

지금까지 諫書 위주로 예종의 허물이 어떤 것이었는지를 살펴보았다. 그런데 어디 글로 전해오는 諫爭 뿐이랴. 『고려사』를 훑어보면 왕은 수시로 신하로부터 간언을 듣는다. 그 중 몇 가지만 발췌하여 여기에 보태는 것으로 이 章을 마무리 짓기로 하겠다.

- 왕 4년 2월 庚寅에 重光殿에서 諸王·宰樞·侍從들을 모아 잔치를 베풀었다. 왕이 술이 취하자 좌우에 명하여 춤을 추게 하니 平章事 金景庸 등이 일어나 춤을 추었다. 이때 承宣 林彥이 거짓 취한체 하고 물러가면서 말하기를 "東邊이 아직 편하지 않은데 춤을 추어 옳으랴" 하였다. 왕의 好遊를 꼬집은 것이다.
- 위 김경용의 춤과 관련하여 右諫議大夫 李載가 軍國之事를 논하여 그 부당함을 간하였다.
- 10년 11월 庚辰에 八關會를 베풀고 왕은 毬庭으로부터 閤門 앞에 이르러 수레를 멈추고 和唱하는 것을 오래도록 구경하다가 倡優들에게 명하여 仗內에서 歌舞케 하고 거의 밤 三鼓에 이르렀는데 御史大夫 崔贊와 雜端 許載가 이를 諫하므로 왕은 그 의견을 가납하였다.

놀이·잔치·가무 때문에 밤을 지새운 일이 어디 한두 번 뿐이랴. 이 기록은 諫爭의 대상이 되었기 때문에 인용한 것이다.

- 10년 6월 郭輿가 자신이 거처하는 별장에서 송나라에 들어가는 정사와 부사를 전송하기를 왕에게 청하니 왕은 특별히 술과 과일을 하사하고 내관을 명하여 준비를 맡게 하여 성대하게 설비토록 하자 여론이 이를 그르게 여겼다는 사건이 일어났다.(『고려사절요』) 왕은 곽여를 '眞人·先生' 등으로 예우하며 극진히 존경하고 자주 만나기를 바랐는데, 이는 왕이 그토록 침잠하고 집착한 도교의 세계를 함께 할 수 있는 인물로 곽여를 꼽았기 때문이다. 곽여가 청하는 일이라면 君臣의 관계를 떠나 무엇이든지 들어주자 위와 같은 여론이 비등하였다.
- 11년 12월 儺禮를 행할 때에 왕은 모든 광대 雜伎와 지방의 기생들까지 모두 불러 올렸는데 사방이 혼잡할 정도였고 깃발이 길에 잇따라서 궁중에 가득하였다. 이에 諫官이 閤門을 두드리면서 간절히 간하는 사태가 발생하였다.(『고려사절요』) 역시 상상을 초월한 광대·기생들의 잡희 때문에 일어난 일이었다.

2. 예종의 여러 벽(癖)과 「유구곡」의 진정성·실효성 의문

장황함을 무릅쓰고 史書에 기록된 신하들의 諫論을 살펴보았다. 이는 「유구곡」에 비교적 근사하게 접근하기 위해서 그렇게 한 것이다. 신하들이 문제로 삼아서 거론한 것은 왕의 지나친 詞章 취향과 주연, 놀이, 풍류, 사치에 집중되어 있다. 한두 번의 간언만으로도 능히 고칠 수 있음에도 왕은 귀담아 듣지 않고 자신이 좋아한 바를 계속 즐겼다. 자칫 군왕의 자리에서 쫓겨날 위험마저 있음에도 그는 개인적인 취미생활을 포기하지 않았다.

예종시대는 고려 前期의 태평시대가 마지막 절정을 이룬 때였다. 이 때를 기점으로 하여 고려 왕실은 점차 기울기 시작하면서 그로부터 2대 뒤인 18대 毅宗대에 이르러 마침내 武臣의 亂이 일어났음은 두루 알고 있는 바다. 이로 볼 때 예종은 후일의 비극을 예상하지 못하고 불안하기 짝이 없는 태평한 시대를 오직 자기 위주로 살다간 군주라고 규정하여도 지나침이 없을 것이다.

그런데 「유구곡」은 위에서 인용한 간쟁의 행렬(?)과 무슨 관계가 있는지 그것을 묻지 않을 수 없다. 이 점을 성찰하자는 것이 본고의 목적이다.

이 지점에서 우리는 예종의 고질적인 습벽과 취향에 관하여 살펴볼 기회를 가져야 한다. 실인즉 그것은 이미 위에서 인용한 상소나 간쟁 행위에서 그 대강의 실상이 드러났으므로 다시 재론한다는 것이 새삼스런 일이 될 수도 있다. 하지만 전례를 찾아볼 수 없으리만큼 아주 특이했던 예종의 취미생활을 다시 되짚어 보고 좀 더 폭넓게 파악하기 위해서 별도로 잠시 정리키로 하겠다.

정치적인 공과는 일단 논외로 두고 순전히 인간적인 성품과 취향·기호, 그리고 평소의 행적만을 놓고 살펴볼 때 예종은 벽(癖)이나 고황지질(膏肓之疾)로 규정해도 무방하리만큼의 별스럽고 특이한 습벽을 가지고 있었다. 그 첫째가 詞章의 탐닉이다. 『고려사』는 왕 元年에서부터 재위 17년 동안을 作詩와 君臣 간의 唱和한 사실로 사뭇 넘칠 정도로 기록해 놓고 있다. 元年 5월 丙申에 端午詩를 짓고 좌우로 하여금 和進케 하였다는 기록에서 시작하여 말년인 17년 3월 丁丑에 紗樓에 나와 文臣 56명을 불러 燭으로 時刻을 정하고 牧丹詩 六韻을 짓도록 명했다는 일까지 이루 헤아릴 수 없는 시 짓기가 연달아 이어져서 경악을 금치 못할 지경이다. 번거로움을 피하기 위해서 일일이 사례를 인용하지 못함이 유감스럽다. 명절이나 기념일을 맞아서 짓는 일 이외 시도 때도 없이 詞章을 즐겼다고 보아도 과언이 아니다. 전해오지 않아서 안타까운 일이나 군왕에겐 드물게도 『예종창화집』이 있었다고 하니 문예에 대한 그의 혹애(酷愛)를 가히 짐작할 수 있다. 예종의 好詩에서 특기할 사항은 혼자 단독으로 시를 읊기도 하였으나 신하들과 어울려 唱和하는 일이 허다하였다는 점이다.[3] 밤을 꼬박 지새우면서 창화하는 일도 적지 않았으니 실로 '기록'에 남을만한 일이었다. 그만큼 자신만이 즐긴 것이 아니라 측근의 뭇 詞臣들까지도 끌어들여서 글짓기의 즐거움을 공유코자 하였다. 요컨대 예종은 천생 시인이었다. 그렇기 때문에 이성적인 면보다 감성적인 면이 훨씬 勝한 정감의 군주였음이 틀림없다.

詞章에 푹 빠져서 영일이 없다시피 한 왕은 또한 잔치와 놀이, 잡희 관람 유람을 엄청나게 즐긴 군주이기도 하였다. 환락과 유오(遊娛)를 빼고서는 그를 말할 수 없으리만큼 왕은 주연(酒宴)의 자리에 앉기를 좋아하였고 신하들과 함께 풍류를 즐기기를 마치 일상의 일과처럼 하였다. 西京 등에 장기간 머물면서 뱃놀이를 즐기고, 잡희를 관람하며 흥겨움에 빠지기를 좋아하였다. 이에 관한 기록 또한 『고려사』곳곳에 실려 있거니와 그렇게 유락에 경도되다 보면 예컨대 후대 淫詞인 「雙花店」을 즐긴 忠烈王처럼 퇴폐와 타락으로 떨어질 만도 한데 그런 흔적을 남기지 않은 것은 그나마 그를 위하여 다행한 일이라 하겠다.

유례를 찾기 어려울 정도로 잔치와 유오를 마치 생활의 한 부분으로 생각하며 詩酒의 삶을 살았던 예종은 그러므로 신명과 흥취의 풍류객으로 규정하는데 주저할 필요가 없다.

문예적인 취향을 중심에 놓고 풍류·주연의 놀이와 흥취를 그 옆자리에 배치해 놓은 상태에서 예종을 평가한다면 그는 감성적인 문약한 군주, 분위기와 기분에 쉽게 좌우된 군주였다고 말할 수 있을 것이다. 그런데 누가 보아도 사장과 잔치 등에 지나칠 정도로 빠져 있음에도 왕은 자신이 즐겨 누리고 있는 취미와 기호에서 벗어나고자 하지 않았다. 나라를 다스리는 통치에는 크게 신경을 쓰지 않고 예의 개인적인 취미생활에 빠져 재위기간의 대부분을 소비하였다는 느낌을 받으리만큼 그는

3) 김성룡은 앞의 책 pp.303~307에서 예종 때에 군신창화의 시대가 비로소 본격적으로 열렸다고 하였다.

시인과 풍류객으로 일관한 임금이었다.

여기서 우리는 임금과 신하가 서로 엇갈리는 생각에 매여 있었음을 알 수 있다. 정곡을 뚫자면 임금은 자신이 푹 빠져서 즐긴 詞章과 酒席 등에서의 사치스런 놀이가 결코 흠결이 되거나 治國에 장애가 되는 것으로 인식하지 않았다는 것이다. 만약 그렇게 인식하였다면 그처럼 무모할 정도로 탐닉할 수는 없는 노릇이 아니겠는가.

그런가 하면 신하들은 임금의 병적이다시피 한 기호와 취미생활이야 말로 임금의 개인적인 허물임은 물론 나라를 다스리는데 있어서 극히 해로운 것이며 따라서 기필코 고쳐야 할 점으로 단정하고 위에서 살펴본 바와 같이 이 문제를 집중적으로 거론하며 상소를 올렸던 것이다. 그럼에도 개선되지 않았고 오히려 임금과 신하의 생각이 각기 평행선을 긋고 있었다는 사실을 입증해 준다. 임금이 말한 '己過 및 時政得失'이 무엇인지는 결국 안개 속에 가려져 있을 따름이다.

요즘 말로 표현하자면 결국 예종과 뭇 신하들은 '코드'가 맞지 않았던 셈인데 객관적으로 평가하자면 예종은 현실 감각이 우둔한 군주라고 할 수 있다. 자신의 취미와 기호생활 이외는 무감각이었다고 혹평을 해도 과언이 아니다. '말귀'를 못 알아도 어느 정도지 예종의 경우는 참으로 이해가 되지 않는다.

다시금 되짚어 보자. 위에서 인용한 상소들이 어디 범상한 내용의 것들인가. 그 중에는 평민들의 불편한 심기와 여론을 대변한 것도 있다. 15년 5월 이후 정극영이 올린 '청 연방조신표'는 군주로서 예종의 통치 전반을 신랄하게 비판하면서 직언한 내용이다. 여타의 다른 상서나 충간과는 큰 차이가 있다. 거기에도 왕의 병적인 취향과 습벽에 대한 신하의 소견이 담겨있다. 이런 진심어린 충간을 듣고도 왕은 끝내 고질적인 습관을 버리지 않았다. 그리하여 우리는 마침내 그가 광개언로(廣開言路)하고 己過·時政得失을 듣고자 했던 행위의 '진정성'에 대하여 의문을 품지 않을 수 없다. 사장과 유오 풍류는 결코 허물이나 정치와 무관한 것으로 치부하고 그밖의 다른 목소리를 듣고자 했던 모양이다.

생각의 방향을 돌려서 당시 간쟁에 참여한 여러 신하들의 심경은 과연 어땠었는지를 읽어볼 필요가 있다. 요컨대 '不通'에 실망한 나머지 체념을 하였거나 임금에게 관계된 일이라서 드러내놓고 표출할 수는 없으되 속으로는 한탄하는 신하가 적지 않았다고 사료된다. 과오를 지적하라면서 언로를 터놓았기에 반드시 고쳐야 할 점을 충심으로 진언하였으나 전혀 받아들이지 않고 반복하며 탐닉을 하고 있으니 그 실망과 내면에서 들끓는 분심이 어느 정도였는지 짐작하기에 어렵지 않다. 도대체 왕이 고개를 끄덕이며 수용할만한 허물이 예의 습벽과 취향 이외 또 무엇이 따로 있는지 묻고 싶은 심정이었을 것이다.

그리하여 우리는 이 대목에 이르러 이윽고 신하들이 느껴야만 했던 「유구곡」의 무의미한 '실효성'과 그 실망스런 심정을 충분히 감지할 수 있다.

왕의 진정성이 의심스럽고 신하들의 상소와 건의가 실효를 거두지 못한 이상 「유구곡」은 마치 헛바퀴 돌 듯 겉돌다가 끝난 공허한 작품으로 남게 되었다고 결론을 내릴 수 있다.

3. 예종의 '한 번 해 본 얘기' – 신하들의 '느낌이 없는 얘기'

「유구곡」은 어느 장소에서 지어졌을까. 기록으로 남아 있지 않으니 정확하게 지정할 수는 없다. 하지만 여러 정황으로 보아 詞臣들과 함께 수시로 시를 지어서 주고받았던 자리에서나 또는 풍류를 즐기던 주연의 장소였을 것으로 헤아려 보는 것이 가장 근사한 추정이라고 생각한다. 신하들에게 통치 및 국정과 관련된 충간을 권고하는 막중한 과제를 내리면서 설마 그런 詩會나 유흥의 공간을 택하였겠느냐고 의혹을 품을 수도 있다. 朝會 등의 공식적인 장소였으리라고 추정하는 것이 더욱 합리적인 판단일 가능성이 높을 수도 있다. 그러나 필자의 짐작은 그와는 다르다. 아무리 「유구곡」이 정치적인 무거운 내용으로 되어 있다고는 하지만 분명한 것은 '詩歌'의 형태를 취하고 있다는 사실이다. 그런 성격의 것이 통용될 수 있는 공간을 찾는다면 作詩의 장소나 君臣이 자리를 함께 한 연회석상이 제격이었을 것임은 족히 가상해볼 수 있으리라고 믿는다.

뿐만이 아니다. 더욱 중요한 원인은 앞에서 섭렵한 바와 같이 고황(膏肓)과도 같은 예종의 詩癖 및 유흥 취향에서 찾아야 한다. 下命으로 가능함에도 굳이 노래를 택한 것부터가 고칠 수 없는 성벽으로 굳어져 있던 詩酒의 습성을 그 자신도 떨쳐낼 수 없기 때문이었을 것이다. 이런 까닭에 「유구곡」은 근엄한 공식석상이 아닌 곳에서 지어졌으리라고 보는 것이다.

저간의 사정이 그와 같았다면 예종의 「유구곡」은 당초부터 진정성·실효성을 기대하기는 어려웠다고 생각한다. 그렇게 해석할 수 있는 중요한 근거로서 필자는 君臣 모두에게 적용되는 '예능적인 놀이성'과 '일상화되다시피 한 상례성'을 들고자 한다. 己過며 時政得失은 동어반복이지만 결코 가볍게 다룰 수 없는 현안의 중대한 국정 과제에 해당된다. 그렇듯 무거운 화두가 군주의 엄중한 지시와 권고의 언어가 아닌 詩歌라는 용기에 담겨지는 순간 본질에 해당되는 정치적인 요소는 희석 내지는 반감이 되고 감성과 정서의 예술성이 전체를 지배하고 말았으리라는 점, 짐작하기 어렵지 않다.

예술작품인 시가에서 구속력과 강제성, 혹은 거역할 수 없는 위력을 찾는다면 그것은 徒勞로 끝나고 만다. 신라시대에 景德王이 「도솔가」·「안민가」로 당면한 위기를 극복하고 해결하려던 경우와 예종의 경우는 본질적으로 다르다. 경덕왕은 평소 詩歌에 경도된 임금이 아니었다. 그련 임금이 노래에 의존한 것은 예술의 차원을 넘어 정치적인 행위로 보아야 한다.

각설하고 다른 누구보다도 당부의 대상인 뭇 신하들이 이를 심각하게 수용하지 않았을 것이다. 임금 또한 노래로 읊을 때, 이미 정치적인 발언을 그 자신이 軟性化시키고 있다는 사실을 깨달았을 것이고, 그렇다면 노래의 효용성이 갖는 한계를 어느 정도 느꼈으리라 사료된다. 역설적인 얘기지만 "널리 언로를 열어 놓고 그래도 뭇 신하들이 上言하지 않을까 두려워한" 나머지 노래로 타일러 주었다(「벌곡조」 관련기록에 나오는 '풍유'는 '풍자'의 뜻이 아니라 '타일러 주었다'는 의미로 해석하여야 함)는 기록인즉 下命으로도 목적을 달성할 수 없다면 궁여지책으로 택한 노래로서는 더욱 어렵다는 사실을 방증해 주는 것이 아닌가 해석할 수 있다. 더욱 실효성의 의문이 가는 근거로는 "일상화되다시피 한 상례성"을 들 수 있다. 이 말은 곧 군신창화 등의 글짓기와 잔치 풍류에 젖어 살던 예종의 생활을 두고 한 말임은 물론이다. 생각해 보면 알 일이다. 어쩌다가 이 노래를 지어서 독려하였다면 그 특별한 방식 때문에 흡사 마른 땅에 물이 스며들 듯 왕의 간곡한 뜻은 이윽고 수용자인 신하들의 마음에 쉽게 스며들었을 것이다.

그러나 불행하게도 예종의 詞章과 歌唱은 재삼 말하거니와 허구한 날 되풀이 된 일상생활의 한 부분이었고 상례화 된 습벽이었다. 임금의 그러한 반복되는 취향에 신하들은 익숙한지 이미 오래되었고 식상할 지경에 까지 도달해 있었다. 그렇듯 흔하게 쏟아내는 임금의 노래에 권위와 무게가 실려 있다고 보기는 어렵다. 받아들이는 쪽에서는 '늘 들어온 푸념인지라 '느낌이 없는 얘기'로 치부하기 여반장이었을 것이고 따라서 심각성을 느껴 경청하는 선에까지는 미치지 않았으리라고 헤아려진다.

「유구곡」이 효과를 거두지 못하고 겉돌다 끝난 노래로 보는 까닭이 바로 여기에 있다. 예종은 '주제 파악'을 하지 못하고 자기도취에 계속 빠진 셈이다. 그에 앞서 己過 - 時政得失에 관하여 바른 말을 해달라고 노래로서 유도한 그 일도 곧이곧대로 믿어야할지 의문이다. 극단적으로 추정하자면 신하들과 詩酒로 즐기던 어느 날, '막연히 한 번 해본 소리'였으리라고 헤아려 볼 수도 있다. 저 위에서 "무심하게 그냥 발설할 수도 있었을 것이다" 운운한 바를 상기할 필요가 있다. 만약 그렇다면 「유구곡」과 관련된 임금의 진정성은 처음서부터 믿을만한 것이 아니었다는 풀이가 가능하다. 그렇게 무게를 싣지 않고 가볍게 발설한 임금의 말과 노래가 문헌기록 과정에서 표현상 사뭇 심각하고 간절한 분위기를 조성하며 등재되는 바람에 그 당시의 속사정을 전혀 알 수 없는 오늘의 우리들은 "널리 언로를 열어 놓고, 그래도 상언하지 않을까 두려워하여 ……" 운운한 엄중한 문자 표현에 저마다 붙잡혀서 정답을 찾아내려고 여기저기를 찔러보며 부산을 떨고 있는 것이 아닌가 싶다.

지금까지 필자는 「유구곡」에 대한 신하들의 대응을 왕의 고질적인 습벽과 취향에서 찾고자 하였다. 근거가 되는 상소문이나 諫言이 충분히 확보되어 있을 뿐만 아니라, 누가 보아도 재위기간 동안 내내 보여준 왕의 행실은 그가 언급한 '己過·時政得失'과 직접 연관된다고 판단하였기 때문이다.

하지만 이것이 바로 정답이요 문제의 정곡을 뚫었다고 단정할 수는 없다. 三教 편력이 반드시 「유구곡」과 관련이 있다고 결론을 내릴 수 없는 것과 마찬가지 이유다.

가령 본고의 앞부분에서 거론한 '시정책요'는 5책으로 된 방대한 분량으로 보아 마땅히 고쳐야 할 왕의 생활습관 이외 그보다 훨씬 많은 분량의 政事·治理에 관한 건의와 진언이 담겨져 있음이 확실하다고 보아야 할 것이다. 거기서 지적되고 제시된 내용들이 「유구곡」이 요구한 바에 대한 반응이라고 추정할 수도 있다. 이렇게 해석할 경우 「유구곡」은 '시정책요'의 찬진이 있기 전인 왕 8년 11월 이전에 지어진 노래가 될 것이고, 왕이 이를 기꺼이 수납하였다고 하니 「유구곡」은 당초 목표한 바대로 효과를 거두었다고 평가하여야 할 것이다. '시정책요'를 '유구곡'과 관련시킨다면 노래의 실효성이 없다는 얘기는 여기에 해당되지 않는다.

이와 같이 긍정적인 길을 열어놓은 상태에서 우리가 쉽게 물러서지 않고 끝까지 문제점으로 삼을 수밖에 없는 것이 바로 왕의 잘못되고 지나친 취미생활이다. 이것을 신하들은 「유구곡」이 요구한 바에 대한 진언의 대상으로 지목하고 여러 사람이 여러 번에 걸쳐 간곡하게 상소한 것은 위에서 기술한 바와 같다. 거듭 언급하거니와 신하들의 충간은 옳았다고 본다. 그러나 상술한 바와 같이 왕은 이를 자신의 허물이나 政事를 방해하는 중대한 요인으로 인식하지 않았고, 그래서 「유구곡」은 가장 빛을 발휘하여야 할 지점에서 신하들의 직언을 외면·묵살한 왕의 이중적인 언행 때문에 실효성을 거두지 못하였다고 결론을 내릴 수 있다. 무엇보다도 「유구곡」을 지을 때에 예종은 기록문에서 풍기는 심각성과는 달리 신하들에게 '그저 한 번 던져 본 소리'로 치부하고 던졌다는 사실을 기억해야 할 것이다.

익재·급암 『소악부』의 지향세계

주지하는 바와 같이 익재(益齋) 이제현(李齊賢)과 급암(及庵) 민사평(閔思平)의 「소악부」는 속요를 악부체 한시로 옮겨 놓은 것, 여항의 민요를 시의 형태로 바꿔 놓은 것이다. 익재의 것 11수, 급암의 역가가 6수, 도합 17수가 되니 「악장가사」 등 3대 가집, 문헌에 게재된 국문 속요의 전수보다 (巫歌계열의 노래 제외) 외려 많다.

그 「소악부」에도 연정이나 에로티시즘에 해당되는 노래가 실려 있으나 한편으론 '속요=남녀상열'로 일반화된 등식을 깨뜨리기에 충분한 주제, 이를테면 世態풍자나 경계의 시각에서 올바른 삶을 권면하기 위해 불려지던 이른바 교술 및 사회시 계열의 노래가 다수 자리를 잡고 있다는 점에 우리는 유의할 필요가 있다. 그런 노래들의 원적이 속요임은 재언이 부질없다. 저간의 사정이 이런지라 국문으로 전해오는 텍스트에만 의존하여 '속요의 장르적 주제와 소재=남녀의 사랑과 이별, 그리고 기다림에서 분비된 사연'이라고 내린 통념은 설득력이 약하다. 예의 남녀상열이라는 큰 테마와 대등하게 『소악부』의 교술·사회시 성향의 노래를 그 옆에다 놓고 이를 고려시대 속요의 두 축으로 정립해 놓는 것이 타당한 처리라고 단언한다.

세태현상과 풍항을 소재로 하여 경계와 풍자를 통해 교화를 이루고자 한 일련의 노래들은 향가에서도 찾아볼 수 없는 우리 옛 시가 사상 최초로 나타나는 작품들이다. 이런 점에서도 「소악부」는 이것이 후대 同類·同種의 노래의 원류라는 관점에서도 가볍게 다룰 수 없다. 그러므로 익재와 급암이 俗謠史의 성격과 범위를 넓힌 업적은 실로 가벼운 것이 아니라고 이를 만하다. 국문으로 전해오는 속요群에 없는 17여 편의 노래가 두 사람에 의해서 수습되었다는 점만으로도 그렇게 평가하지 않을 수 없을 것이다.

본고는 훈민정음이 창제되기 전에 입으로 가창되던 민요를 악부체로 정착시켜 놓은 익재·급암의 「소악부」를 읽으면서 그들이 考選한 노래를 통해 에둘러 무슨 메시지를 전하고자 하였는지, 그 지향한 바가 무엇인지를 알아내는데 목적이 있다. 창작시는 그 안에 시인의 사유와 정서가 잠겨 있어서 우리는 이를 직접 접한다. 창작 시집이 아닌 '飜解'의 경우는 어떤가.[1] 물론 전자와 같을 수는 없으나 편찬자가 어떤 성향의 노래들을 뽑아서 모아 놓았는지를 훑어보면 그의 속내와 의도하는 바를 쉬이 간파할 수 있다. 이를 규명하겠다는 것이 이 글의 주제다.

「소악부」를 성찰한 선행 연구는 적지 않다. 그러나 필자는 나름의 독자적인 견해를 지키기 위해서 꼭 필요한 것을 제외하고 다른 연구물은 참고하지 않았다. 박혜숙의 논저와 뒤에서 참고한 李佑成의 논문은 초고를 완성한 뒤에 찾아서 읽고 보완의 차원에서 보탠 것임을 밝혀둔다.

1. 익재「소악부」후 2편의 주제와 급암의 방향 설정

익재와 급암의 「소악부」제작은 기록으로 전해오는 바와 같이 (1)익재가 먼저 「長巖」 등 9편의 노래를 악부시로 옮김, 이를 급암에게 보내어 화답하기를 권함. (2)급암은 "스스로 서툴고 막힌 까닭으로 반드시 능히 반화(攀和)치 못한 줄로 알고, 또한 익재가 이미 번해한 동일한 소재를

1) 박혜숙은 『형성기의 한국 樂府詩 연구』(한길사, 1991, p.264)에서 「소악부」의 작품들은 '처용가'를 제외하고 그 모두는 原歌의 번역이나 역해가 아니라 옮긴이의 창조성이 개입된 '飜解'로 규정하였다. 용어 사용면에서 그의 견해가 옳다고 본다.

중복해서 쓰라는 것으로 잘못 알고 미루면서 응하지 않음. (3)급암의 속사정을 제삼자(곽충룡)로부터 전해들은 익재는 중국의 예를 들면서 별곡 중 뜻에 느끼는 다른 노래를 취해서 번안하여 新詞를 지으면 될 것이라고 말하면서 다시 탐라의 민요인 「水精寺」와 「北風船子」를 번역하여 급암에게 보내어 채근함. (4)이에 익재의 본 뜻을 알고 감동한 급암이 약간 수, 곧 6편을 지어 화답함", (5)"몸을 깨끗이 한 뒤 정서하여 (익재공의) 좌우에 절하며 드린다"라는 말을 그의 「소악부」서두 말미에 밝힌 것을 보아 익재에 대한 급암의 존경심 및 송구스런 심정과 자신이 번해한 노래에 대한 정성스런 마음을 함께 읽을 수 있음.

이런 경위를 거친 끝에 완결된 두 사람의 「소악부」에 실려 있는 작품명을 순서에 따라 적으면 아래와 같다.

(A) 익재의 先9편
「長巖」·「居士戀」·「濟危寶」·「沙里花」·「少年行」·「處容」·「五冠山」·「西京」·「鄭瓜亭」
(B) 익재의 後2편
「水精寺」·「北風船子」
(C) 급암의 6편
「情人」·「人世事」·「黑雲橋」·「三藏」·「安東紫靑」·「月精花」

경위에 따른다면 익재의 先9편(A)부터 차례대로 살피는 것이 정상적인 순서라 할 것이다. 그러나 필자는 편의상 그의 後2편(B)을 먼저 거론한 뒤 이어서 급암의 것(C), 그리고 「소악부」의 첫 결실인 익재의 先9편(A)을 논의하기로 하겠다. 이렇게 역순으로 읽고자 하는 까닭은 두 사람의 「소악부」전체를 놓고 조명할 때 익재의 後2편인즉 후설하겠지만 그 자체의 작품적 성격으로도 의미가 있고 특히 그런 작품성이 급암에게 연동되어서 마침내 존재하지 않을 뻔한 6편의 소중한 세태시 위주의 노래가 생산된 점을 중시하기 때문이다.

익재가 급암을 유인키 위하여 2차로 번안한 「수정사」·「북풍선자」를 옮기면 아래와 같다.

都近川의 제방 무너져	都近川頹制水坊
水精寺 안까지 물이 넘실대누나	水精寺裏亦滄浪
절 방에는 이날 밤 예쁜 처자 감춰두고	上房此夜藏仙子
절 주인은 황모 쓴 뱃사공이 되었다네	社主還爲黃帽郎

–「水精寺」

밭 두덕의 보리 쓰러진 채 두고	從敎壟麥倒離披
언덕의 삼대 또한 갈래진 채 내버려 두었네	亦任丘麻生兩岐
청자와 백미 한가득 싣고	滿載靑瓷兼白米
본토에서 뱃사공 오기만 기다리누나	北風船子望來時

–「北風船子」[2]

다시 말하거니와 인용한 두 편은 제주(탐라) 민요다. 그 당시 제주와 본토는 쉽게 왕래 할 수 있는 그런 지역이 아니다. 그럼에도 바다 건너 먼 제주 지방의 민요가 開京에 까지 전해져서 점잖은 文臣인 익재가 알고 있었다는 사실은 예사로운 일이 아니라고 할 수 있다. 하지만 예나 이제나 사람 사는 세상은 교통수단이 설사 열악할지라도 꼭 필요하다면 인간은 무슨 수를 쓰든 두 곳을 연결하는 내왕의 길을 터서 교류하기 마련이다. 또한 노래의 전파력은 교통의 어려움도 장애가 되지 않는다는 사실을 첨가해서 기억할 필요가 있다.

정작 특기해야 할 사실은 일견 비속한 여항의 노래를 나라의 선비인 익재가 알고 있었다는 점이다. 고려 당시 속요의 기세가 어땠었는지를 이로써 알 수 있다. 더욱 놀라운 사실은 이를 공들여서 악부체로 옮겨[3]

2) 윤성현(『가려 뽑은 고려 노래』, 현암사, 2011)의 번역에 따름, 이하 같음.

급암을 충동질하였다는 점이다.

「수정사」를 보자. 역자의 해설이 있지만 구태여 거기에 매일 필요가 있을까, 일별만으로도 작품의 모든 것을 알 수 있다. 요컨대 '僧房의 에로티시즘'임이 확실이다. 따라서 이 노래는 남녀상열이 주류를 이루고 있는 국문 속요의 목록에 편입시켜도 전혀 시비거리가 될 수 없다. 익재는 이처럼 음사계열의 속요에 호의적이었고 관대하였다.

그러나 「수정사」를 단지 그런 관점에서만 조명한다면 번해자의 숨은 의도와 속내를 간과하는 어리석음을 범하게 된다. 뒤십어서 해석하사면 승방의 에로티시즘은 곧 佛家의 타락상을 여실히 드러내는 것이며, 나아가 여인네(기생과 여염집 아낙)들의 성적인 문란으로 대표되는 어지러운 세태를 풍자한 것으로 귀결된다. 진짜 의도는 여기에 있었다고 본다. 이렇게 풀이하면 그가 택한 노래는 세태시·사회 고발시 계열에 귀속된다. 국문 속요 중의 하나인 「만전춘별사」를 떠올리면 쉽게 알 수 있다. 그 노래는 함의나 메시지가 없는 완전한 음사다. 「수정사」와는 일정한 부분에서 차이가 난다. 남녀상열지사의 중의성, 이러한 성격은 이하 「소악부」의 거의 모든 작품에 적용된다는 점을 미리 말해둔다.

이를 뒷받침해 주고 있는 작품이 그 뒤를 잇고 있는 「북풍선자」다. 이 노래는 「수정사」와 같은 淫詞는 아니다. 그 당시 제주도민이 겪고 있던 삶의 어려움을 드러낸 작품이다. 그러므로 음사와 다른 측면에서 백성들의 피폐한 생활상을 고발한 세태시·사회 고발시로 규정할 수 있고, 따라서 두 노래는 동일한 범주에 속하는 것으로 보아야 한다.

좀 더 상세한 설명을 보태기로 하자. 「북풍선자」는 「수정사」와는 달리 텍스트만으로는 쉽게 이해할 수 없고, 익재의 해설을 읽어야 그 내용

---

3) 李佑成은 「고려말기의 소악부」(『한국한문학연구』, 1집, 1976, p.9)에서 고려의 속요가 「소악부」를 매개로 한문학과 접목된 점을 지적하면서 이것이 고려말 사대부문학의 한 특색이라고 말하고 있다.

을 정확히 알 수 있다. "예전에는 전라도에서 질그릇과 쌀을 파는 장사가 때때로 왔었으나 요즘은 뜸하다. 관청과 개인의 말과 소로 인해 농사지을 땅이 없고, 오가는 관리 영접에 벅차 백성들의 불행이 커지고 변란도 여러 번 일어났다"라고 증언하고 있다. 이를 근거로 해서 작품의 내용을 살피면 일본 정벌을 위해 고려와 원의 군대가 제주도에 주둔함에 따라 논밭이 말 목장으로 둔갑하고, 그 때문에 농사를 짓지 못해 여러 번 변란이 일어날 만큼 백성들의 생활상이 참담하였다는 사실을 알 수 있다. "오가는 관리 영접에 벅찼다"는 구절로 보아 그 와중에 벼슬아치들의 횡포가 자심하였음을 또한 알 수 있다. 그런 비참한 상태에서 그나마 풀려나려면 뭍에서 물자를 실은 배가 당도해야만 살길이 겨우 열릴 터인데 기다려도 뱃사공은 보이지 않으니 시적 화자는 그만 지쳐서 허탈한 심정으로 이 노래를 불렀음을 어렵지 않게 알 수 있다.

자, 이쯤 되면 「북풍선자」의 주제가 암담한 사회 현실과 참혹한 세태를 고발하는데 놓여 있음을 쉽게 확인할 수 있으리라. 국문 속요에는 이런 성향의 노래는 한 편도 없다. 익재는 급암에게 이 두 편을 본보기로 삼아 "별곡 중 <u>뜻에 느끼는 것을 취하여</u> 번안해서 新詞로 지으면 될 것"이라고 권한다. '별곡'은 여항의 노래를 통칭한 것일 터이고 그 중에서 자신이 한 것처럼 뜻에 와 닿는 것을 (따로) 골라 新詞, 곧 제2의 창작을 하라는 얘기다. 유인함과 동시에 어떤 성향의 노래를 택할 것인지 그 방향을 잡아 주었다고 보아 무리가 없을 것이다. 模本으로 「수정사」와 「북풍선자」를 받아 본 급암은 과연 어떤 생각을 하였을까. 어떻게 결심하였을까. 익재의 先9편 보다 더 선명하고 농도가 짙은 번해시를 대하면서 그제야 익재와 동일한 텍스트를 피하는 일 이외 익재의 속마음을 완전히 파악하고 그도 또한 단순한 노래가 아닌 가시가 돋친 뾰족한 민요을 찾는 길로 나갔다고 보아야 한다. 당대 일류 문사인 그가 그만한 눈치쯤이야 못 챌 까닭이 없다.

여기서 잠시 민사평이 어떤 인물이기에 익재가 그토록 집요하게 동참하기를 독촉하였는지를 옛 시대 저명한 인사들이 논한 촌평을 통해 알아보기로 한다. 성호경의 저서에 인용되어 있다.

> 민사평은 뒷 날 덕행과 문장으로 이름을 떨치게 되었는데 詞學을 잘했으며 唐律에 매우 뛰어났다고 한다(鄭道傳). 그의 시는 造語는 평담하나 用意는 정심했다고 하는데(李穡), 이제현은 그의 詩法이 自得天趣했다고 늘 찬탄하곤 했다고 하며(李穡), 李穀은 "급암은 고시를 좋아했는데 맞설 자가 없었다"라고 칭찬하였고, 이색은 그의 시를 "超然妙悟之流"라고 평하였다.4)

요컨대 한시에 두루 밝은 그가 익재가 보낸 두 편의 번안 작품을 받아보고 어떤 쪽으로 방향을 잡아야 할지 금세 눈치를 챘을 터이다. 그에 앞서 익재가 그토록 급암을 놓치지 않고 붙잡은 까닭과 그 배경을 위의 인용문은 해명해 주고 있다.

이처럼 뛰어난 詩才를 지니고 있던 급암이 마침내 익재의 後2편을 읽고 난 뒤 붓을 들어 번해한 「소악부」의 세계는 어떤 것인지를 章을 달리하여 논의키로 한다.

2. 급암 『소악부』의 선3편 - 인세사(人世事)에 대한 탄식

작품 읽기에 앞서 여태껏 譯者로 통해온 급암의 신분을 바꾸기로 하겠다. 그가 선별한 6편의 민요는 그 자신의 창작가요가 아니다. 말 그대로 누가 지었는지 임자를 알 수 없는 여항에 떠돌던 노래다.

그런 노래이지만 익재가 제시한 방법론, 곧 "뜻에 느끼는 것을 취하여

---

4) 성호경, 『고려시대 시가연구』, 태학사, 2006, p.113.

번안"한 것인 이상, 6편의 악부체에는 급암 그 자신의 기준과 사유세계가 반영되었음은 다시 말할 여지가 없다. 아무 생각도 없이 이것저것을 모으지는 않았다는 얘기다. 그렇다면 다소 무리한 면이 없지 않아 있으나 그를 통념대로 단순한 번해자로 대우할 것이 아니라 민요 단계에서부터 작품을 직접 지은 창작자로 그 신분을 변신시켜서 작품을 대하는 것이 그의 「소악부」에 담겨 있는 함의를 정확히 이해하는데 도움이 된다고 생각한다. 이러한 잠정적인 처리는 뒤에서 논의할 익재에게도 해당된다.

참고로 익재의 작품은 그가 영면하기 3년 전인 1367년 아들 彰路와 손자 宝林이 편집하여 간행되었고, 급암의 것은 死後 11년이 된 1370년 外孫 金九容이 편집하고 문인 李頤가 간행하였음을 밝혀둔다.

첫 번째 작품인 「情人」은 읽은 이의 관점에 따라선 그리움의 조용한 戀歌로 수용할 수도 있고, 반면 사찰의 문란한 풍기를 살짝 건드린 풍가(諷歌)로도 읽을 수 있는 노래다.

> 정든 님 보고픈 뜻이 나거든 / 모름지기 黃龍佛寺의 문에 당도하시라 / 희고 고운 얼굴(龍顔) 비록 못 본다 해도 / 그 목소리는 능히 들을 수 있으리라[5]

---

5) 이 노래는 '龍顔'이라는 어휘 때문에 해석에 어려움이 있다. 李佑成은 앞의 논문 p.15에서 "龍顔은 임금의 얼굴을 말하는 것이며 다른 누구에게도 쓸 수 없기 때문에 忠惠王이 지었다는 「後殿眞勺」으로 추정된다"고 하였다. 새겨들을 만하나 그렇다고 무조건 수용하기에는 어려움이 뒤따른다. "희고 고운 龍顔 비록 못 본다 해도……"라는 대목은 비록 음란한 노래를 좋아한 충혜왕이었다고 하나 과연 그와 같은 음사를 직접 지었을까하는 의문을 지울 수 없으니 왕의 언사로 볼 수 없으며 따라서, 제삼자의 말로 이해하여야 하기 때문이고, 이 노래의 장소는 절집인데 '龍顔'에 집착하면 그곳에 왕이 주인으로 거처하고 있는 셈, 아무리 현실이 아닌 작품의 세계라 할지라도 이점이 납득하기 어렵기 때문이다. 왕이 잠시 머물렀다고 해석하면 문맥이 통하긴 하나 역시 근거를 댈 수 없어서 군색하다. 따라서 본고에서는 '龍顔=住持의 참칭'으로 간주키로 하겠다.

이런 사설인데 위의 두 시각 중 어느 쪽으로 감상하든 남녀상열지사임은 분명하다. 그러나 노래의 공간이 「황룡사」이고 화자가 만나 보고자 하는 '희고 고운 얼굴'의 情人이 그 절의 寺主나 스님으로 짐작되는 터, 그렇다면 이 노래는 최종적으로 위의 두 경우 중 후자에 속한다는 결론이 나온다.

급암은 첫 작품에서부터 과격한 언사로 폭로하지는 않았지만 누가 읽어도 불가의 타락상을 연상케 하는 노래를 마치 순수한 연가로도 착각할 수 있는 복합전술을 사용하여 그의 「소악부」 서두에 올려놓았다. 마치 비수를 품고 있으면서 칼 끝만 보일 듯 말 듯 조금만 내비친 형국이라 할까.[6] 이렇게 시작한 그의 세상보기의 날카로움은 그 이하를 잇고 있는 5편의 노래를 예사롭지 않은 방향으로 이끈다. 그가 수집한 노래를 보고 누가 고려시대의 시가는 거개가 남녀상열의 세계에 뿌리를 내린 장르라고 말할 것인지를 묻고 싶다.

「情人」으로 의미심장하게 운을 뗀 그의 「소악부」는 그 다음 작품으로 아래의 두 편을 배치시켜 놓았다.

물 가운데 떠도는 거품을 모아	浮漚收拾水中央
거칠고 성긴 베주머니에 부어 담고는	瀉入麤疎經布囊
어깨에 둘러메고 오는 그 모습	擔荷肩來其樣範
마치 인간 세상일 같아 황당하구나	恰如人世事荒唐
	-「人世事」

검은 구름 다리 끊어져 위태롭고	黑雲橋亦斷還危
은하수 흘러들어 물결 고요한 때	銀漢潮生浪靜時

6) 박혜숙은 앞의 책 p.254에서 "(소악부)는 상징적이고 비유적인 서술에다가 그 어조도 완곡하다. 이는 소악부가 7언4행의 단형 소시 형식을 취한데서 초래된 특성으로 이해된다. 그 형식적 제약 때문에 비유적 서술을 통해 포괄적이고 함축적으로 사태를 드러낼 수밖에 없었다고 보이는 것이다"라고 언급하였다.

이처럼 어둡고 깊은 밤 중　　　　　　　　如此昏昏深夜裏
거리마다 진흙탕길 어디로 가려는가　　　　街頭泥滑欲何之

—「黑雲橋」

「인세사」·「흑운교」이 두 편을 동시에 읽고자 하는 까닭은 주제면에서 서로 맥이 통하기 때문이다. 비유법을 활용하면서도 그러나 그 음성은 구슬프다. '인간 세상의 황당함'(「人世事」)과 "어둡고 깊은 밤 중/ 거리마다 진흙탕길인데 방향도 없이 헤매는"(「黑雲橋」)인간 군상의 딱한 모습에 급암은 비감한 심정을 가누지 못한다.

'물거품→성긴 베주머니에 담음→이걸 어깨에 메고 왕래하는 모습' 이것이 바로 사람 사는 세상의 허망한 실정이라고 화자는 진술한다. 어이가 없다고 탄식한다. 人世의 비리나 부조리, 혹은 타락상, 다투며 살아가는 인간들의 험악한 몰골, 이런 常例的인 것을 「인세사」는 거론하지 않았다. 그보다 더 근본적이고도 원천적인 人事와 世事의 허망함, 부질없음, 무의미함을 부각시켜 놓았다. 이쯤되면 철학적인 관점에서 재단컨대 극도의 허무주의적 발언이라 할 것이고 당시의 주류 종교인 불교의 시각에서 조명하자면 '空' 사상을 피상적 내지는 부정적인 시각으로 오해함에 따라 세상만사를 자학적으로 정의를 내린 셈이 된다.

이어지는 「흑운교」는 그처럼 황당하기 짝이 없는 세상을 살아가는 인간들의 방황을 묘사해 놓고 있다.

앞의 「인세사」에서는 헛일·헛수고를 하고 있는 인간군을 그렸는데 「흑운교」는 세상을 산다는 것이 그처럼 무모한 헛수고·헛일임을 자각하지 못하는 인간들이 방향감각도 상실한 상태에서 무작정 헤매는 장면을 그려 놓았다. 그들이 몸담고 있는 세상은 온통 절망적인 언어로 장식되어 있다. '검은 구름 – 끊어진 다리 – 어둡고 깊은 밤중 – 진흙탕길' 이런 환경 속에서 살아가는 인간들의 삶이 무슨 의미와 가치가 있는지 화자는 무언으로 묻고 있다.

「인세사」는 관념적 혹은 추상적으로 사람 사는 세상의 터무니 없음을 표출해 놓았다면 「흑운교」는 구체적인 비유의 언어들을 활용하여 현재 시간을 살아가는 인간의 무모한 삶을 형상화하였다. 이 노래 역시 인간의 비리·부조리·타락상 등 부정적인 측면에서 접근하는 방식을 택하지 않고 「인세사」와 마찬가지로 인간의 현실적인 삶과 실존의 근본바탕 및 원천적인 실제상을 묘사하였다는 점에서 양자 맥을 같이 한다.

곤곤한 인생살이를 애달파하면서 이를 자신의 사유세계에 뿌리를 내리게 하는 오랜 과정을 거쳐 이슥고 자기화하였다고 풀이할 수 있는 급암의 주제인 인세관은 사람과 사람사는 세상의 본질적인 문제이기 때문에 무겁기 이를 데 없다. 국문 속요에서 느낄 수 있는 남녀간의 悲戀은 여기에 비할 바가 아니다.

이제 논의의 방향을 옆쪽으로 조금 틀어서 익재의 「수정사」·「북풍선자」와 이것이 촉매작용을 한 끝에 생산된 급암의 「정인」/「인세사」·「흑운교」를 견주어 보기로 하자. 결론부터 말하자면 급암은 그의 노래를 익재의 후2편이 전하고자 하는 주제와 맥락이 통하는 것으로 골랐다.

후설하겠지만 익재의 선9편은 일견 여러 성격의 노래들이 집합되어 있는 것, 그러므로 겉으로는 작품집을 표징하는 주제가군이 형성되어 있지 않은 것인 양 엮어져 있다. 이런 산만한 번해시를 급암이 처음 접하였을 때 익재가 강조하고자 하는 주 화두가 무엇인지를 똑 부러지게 간파하지 못하여 선뜻 작업에 착수할 수 없었을 것으로 헤아려진다.

그러던차 독촉용 2차 작품, 곧 「수정사」·「북풍선자」를 보고 급암은 세태를 풍자·비판하며 꼬집는 노래, 인사와 세사의 허망하고 어려움을 드러낸 노래가 바로 익재가 넌지시 원하는 주제이면서 또한 자신도 공감하는 화두라고 결론을 내리고 그런 성향의 민요를 찾았다고 추정한다. 여기서 번다함을 무릅쓰고 익재의 후2편과 급암의 앞 3편을 견주어 보

자. 그 결과 둘 사이에 연결고리가 만들어졌음을 확인하자. 익재의 「수정사」는 타락한 승려의 세계를 폭로하고 풍자한 노래다. 그러면 급암의 「정인」은 무엇인가. 되풀이하거니와 순수한 연가인 듯 하지만 그러나 이 또한 남녀의 문제에 있어서 불가 또한 자유스럽지 못하다는 메시지를 담고 있다고 해석하였다. 전달하고자 하는 주제면에서 일치한다.

「북풍선자」는 먹고 살아가는 일, 생활 – 생존의 일이 얼마나 어려운지, 그럼에도 도움이 되지 않고 민폐만 끼치고 있는 벼슬아치들의 뻔뻔함을 고발한 세태시라고 하였다. 여기에 대응하여 급암은 「인세사」·「흑운교」로 화답하였다. 인사와 세사의 근원적인 황당함·허무감·진흙탕길을 방불케 하는 세상, 그리고 방황 등이 교차하는 인간 실존의 지난함과 한계를 힘겨운 어조로 토해내고 있다. 이런지라 일견 익재의 「북풍선자」와 급암의 「인세사」·「흑운교」는 주제와 성향을 달리하는 노래로 착각하기 쉬우나 높은 데서 조망하면 결국 세상살이 인생살이의 어두운 국면을 드러낸 동류의 작품들이라는 결론을 얻을 수 있다. 이해하기 쉽게 정리하자면 「인세사」·「흑운교」가 총론격의 노래이고, 익재의 「북풍선자」가 본론격의 한 부분에 해당되는 노래로 규정할 수 있다. 작자와 제작 순서를 따지지 않고 선을 그면 그렇다.

3. 급암 『소악부』의 후3편 – 성 모랄의 강조

「흑운교」의 뒤를 이은 노래가 「삼장」이고 그 다음다음의 것, 곧 끝 작품이 「월정화」다. 두 편 모두 남녀문제를 다루고 있으므로 앞에서 「인세사」와 「흑운교」를 하나로 묶은 것처럼 이 둘도 함께 수평선상에 놓기로 한다.

「삼장」은 두루 알고 있는 바와 같이 국문 속요 「쌍화점」의 둘째 연이다.[7] 「쌍화점」은 전편 4개 연, 둘째 연의 주인공은 삼장사의 社主다.

음사로 꼽히는 이 「쌍화점」은 고려 사회의 성적인 문란상을 드러낸 노래인데 호연·호색의 군주인 충렬왕대에 군신이 모인 연회에서 자주 공연된 歌舞다. 에로티시즘이 드러난 노래이지만 지체 높은 고위층의 관료들이 즐겨 듣고 보기를 좋아해 조선왕조 명·선년대의 이황 생존시에도 끊임없이 이어져서 논란이 되었던 노래임은 주지하는 바다.

급암의 「삼장」은 「쌍화점」의 둘째 연의 전반만 한역한 것이다. "삼장사에 등불을 켜러 갔더니 / 그 절 주지가 내 고운 손목을 잡았네 / 이 말이 혹 절문 밖으로 나면 / 상좌의 허황된 말이라 하리라" 「쌍화점」은 남녀가 교섭하는 장면을 그리고 있다. 그런 행위를 질타하거나 비판하는 말은 하지 않는다. 「삼장」역시 그렇다.

바로 이 점이 문제인데, 「쌍화점」의 음란한 놀이성에 급암이 그만 마

---

7) 김수경은 『고려 처용가의 미학적 전승』(보고사, 2004, p.95)에서 주목할만한 견해를 피력하고 있다. 고려 처용가의 전승과정을 다각도로 논의하는 과정에서 문득 "『소악부』의 〈삼장〉노래는 알려진 바와 같이 〈쌍화점〉의 일부를 의역했다기 보다는 독립된 민요로서 별도로 존재했던 것을 한역한 것으로 볼 수 있다"라고 말한 것이 그것이다. (김수경처럼 '삼장'을 이해하는 학자가 여러 명 있다.) 이는 익재의 「서경」이 '구슬詞'를 옮긴 것인데 그것 역시 「서경별곡」의 일부가 아니라 당시 유형가사로 통하는 것을 악부시로 옮긴 것과 동일한 것이라고 각주에서 보충설명하고 있다.
다른 논제를 다루던 과정에서 곁가지격으로 나온 아주 짧은 언급이지만 관심을 끌기에 충분한 주장이라고 평가한다. 일단 가능성이 있다고 보지만, 완벽하게 동의하기에는 어려운 점이 남아 있다. 「쌍화점」이 존재해 있음을 전제로 할 때, 김수경의 견해가 온전하게 설득력을 얻기 위해서는 「삼장」이 새끼를 치듯 똑같은 형태의 나머지 3개 연을 파생시킨 결과 국문시가로 전해오는 「쌍화점」을 완성시켰다는 점이 입증되어야 한다. 그것이 증명되지 않는 한 「삼장」은 「쌍화점」의 첫째 연과 같은 틀과 사설이 네 번 중복되는 과정에서 한 개의 연으로 만들어진 것으로 보아야 한다. 「서경」인 '구슬詞'는 당시 독립된 유형가사임이 분명하다. 그런데 그것은 「서경별곡」과 「정석가」가 만들어질 때 두 노래에 모두 편입되어 작품 생성에 일조를 가하기도 하였다. 따라서 익재의 악부시 「서경」은 그 제목으로 보아 일단 「서경별곡」(「정석가」)에 자리를 잡고 있는 '구슬詞'를 한역한 것으로 이해하면서, 한편으론 여항에 독자적으로 떠돌던 「구슬詞」를 번해한 것일 수도 있다는 점을 단서로 달아둬도 무리가 없다. 「삼장」은 위에서 언급한 바가 입증되지 않는 현재로서는 「서경」과 달리 해석해야 하지 않을까 싶다.

음이 동하여 그의 「소악부」에 이를 실었다고 추정할 수 있을까. 그렇지 않다고 판단한다. 이 지점에서 우리는 앞에서 읽은 「정인」을 다시 곱씹으면서 「삼장」과 연결시키고자 한다. 「정인」이 무언의 풍자요 질타이듯 「삼장」 또한 의도성이 없는 현장 묘사인 듯 무표정의 트릭을 쓰면서 실인즉 어지럽기 짝이 없는 세태를 고발한 것이라고 우리는 풀이한다. 「정인」의 대상이 사찰이듯 「삼장」이 목표로 한 상대 역시 절집의 주지스님 - 「쌍화점」의 4개 연 중, 굳이 파계한 승려의 추한 모습이 나오는 연을 그가 택한 것을 보면 그 당시 사회문제화 되다시피 한 불가의 난잡한 풍토에 실망감과 공분감을 함께 지니고 있었다고 해석한다.

공분감, 그렇다. 가정과 사회가 마땅히 지켜야 할 윤리적 책무와 질서, 이런 가치관이 무너짐에 그는 분개하였다. 지금까지 보아서 익숙한 것처럼, 직정적으로 격분하지는 않고 차분하되 언중유골의 함의가 내포된 언어로 그는 자신의 편치 못한 심정을 표하였다. 「월정화」가 다시 이를 뒷받침하고 있다.

거듭거듭 진중히 거미에게 부탁하노니	再三珍重請蜘蛛
모름지기 앞길에 거미줄 그물 쳐 놓고는	須越前街結網圍
멋대로 등지고 날아가는 저 꽃 위 나비	得意背飛花上蝶
붙잡아 매어 제 허물 뉘우치게 하려무나	願令粘住省愆違

-「月精花」

이 노래에는 제작 배경이 있다. 그러나 이면의 사정을 모르는 상태에서 읽어도 작품이 말하고자 하는 뜻을 쉽게 파악할 수 있다. 못된 짓을 하고도 뉘우침이 없이 제멋대로 악행을 계속하고 있는 인간을 저주하고 타매하며 고발하고 있음을 용이하게 알 수 있다. 거미 - 나비의 은유도 여간 쉬운 것이 아니다.

배경의 이해 없이도 이렇듯 어렵지 않게 주제를 간파할 수 있는데 배경이 되는 사건을 읽고 다시 이 노래를 접하면 화자의 분심(憤心)을 더욱 실감나게 읽을 수 있다. 이 노래의 고향은 진주, 사건의 개요인즉 사록 벼슬직에 있던 위재만이 기생 월정화에 미쳐서 바람이 나자 그 부인이 속을 썩이다 그만 병사, - 이 사실을 안 진주읍민들이 남정네에게 망신을 주어 매장하고 사자의 혼을 달래기 위하여 이 노래를 지었다는 것이다. 폭로·질타·교훈 등이 모두 들어있는 노래인데 그 밑바탕에는 공분감이 놓여있음을 간과할 수 없다. 어느 한 사람이 지은 것이 아니라 뭇사람들이 합작하였다는 점에 또한 큰 의미가 있다.

급암의 나머지 작품인 「安東紫靑」은 「삼장」과 「월정화」 사이에 끼어 있다. 『고려사』, 「악지」 해설에 따르면 여성 화자가 여성의 정조를 강조한 노래라고 하였다. "빨간 실 초록실, 그리고 파란실 / 어찌 이 모든 잡색 실을 쓰리오 / 마음먹었을 때 뜻대로 물들일 수 있으니 / 희디 흰 실이 내게는 가장 좋아라" - 남녀에 관한 말이나 정조를 떠올릴 만한 단서가 사설에는 전혀 없는 은유의 시가다. 『고려사』의 해설은 없느니만 못하다. 엉뚱하게도 부녀자의 몸가짐을 강조한 『고려사』, 「악지」와는 달리 화자를 남성으로 보고, "정조를 잃은 여성보다 숫처녀가 좋다(잡색실과 흰실의 대조)"라는 메시지를 전하기 위해 부른 노래로 풀이하는 것이 옳다.[8] 민요에서 숫처녀를 강조한 것을 보면 뒤집어서 생각할 때 그 당시 性모랄의 실상이 어땠었는지를 대강 짐작할 수 있다.

요컨대 「안동자청」은 여인네의 어지러운 性을 그 저변에 깔고 있는 노래 - 이 重義的인 의미심장한 노래를 「삼장」과 「월정화」 사이에 놓이게 하여 문란한 性의 세태를 에둘러 암시하면서 또한 '착한 사랑, 착한 남녀'를 암묵적으로 강조한 급암의 도덕성을 우리는 이 연결되는 세 편

---

8) 윤성현, 앞의 책, p.152.
李佑成은 『고려사』악지의 해설을 李朝 초기의 유학자들이 부녀의 정조를 강조하기 위해 작품내용을 무시하고 억지로 비틀어 놓은 것으로 규정하였다(p.17)

의 행렬에서 재빠르게 눈치채야 할 것이다.

여섯 편의 작품을 읽으면서 여기까지 왔다. 살펴서 해석한 바를 간요하게 정리하자. 급암의 「소악부」는 작품의 성향상 「정인」·「삼장」·「안동자청」·「월정화」 등의 4편과 「인세사」·「흑운교」 등의 두 그룹으로 분류된다. 전자 네 편은 그 시대의 주류를 이루고 있던 남녀상열 또는 본능의 자극을 통해 쾌감을 느끼게 하기 위한 에로티시즘계열의 노래이기는 하나 「소악부」안에서의 기능은 문란한 성문화를 꼬집으면서 교훈적인 메시지를 전하는 것을 표방한 작품군으로 읽었다. 후자 두 편은 국문 속요에서는 찾아볼 수 없는 전혀 새로운 주제, 곧 사람 사는 세상의 황망함, 인간 실존의 허약함, 방향도 끝도 모르고 살아야 하는 인간의 운명, – 거창하게 말하자면 허무와 염세주의의 철학적인 주제를 풍자·비유의 기법으로 드러낸 작품군이다.

급암 그는 에로티시즘을 다루면서도 '사랑 – 이별 – 기다림'으로 이어지는 속요·민요의 보편적 주제를 읊은 노래들에는 눈길을 주지 않았다. 위에서 정리한 두 가지 화두에만 집중하였다.

4. 익재 『소악부』 앞·뒤 6편 – 강상(綱常)·경계·세태풍자

익재의 선9편을 읽다 보면, 우리는 우선 여항의 노래를 선택하는 그의 시야가 매우 넓다는 생각을 하게 된다. 이 점은 곧 그가 선택한 작품의 다양성을 의미하는 것이고 또한 산만함을 뜻하는 것이기도 하다.

다양함이든 산만함이든 여하간에 익재의 「소악부 선9편」은 소재·주제가 교훈·경계·풍자·정절·연정·과거회상·충효·향가재현 등 여러 갈래로 나뉘어져 있어서 後2편이나 급암의 全6편과는 달리 사설이 풍부한 것만은 부인할 수 없다. 그 대신 작품집의 핵심부가 어디에 놓여있는

지가 쉽게 잡히지 않는다.

그런데 그처럼 번다한 사연들을 꼼꼼히 살피다보면 한 가지 흥미로운 현상이 눈에 들어오는 것을 느낄 수 있다.

익재는 先9편의 끝자리에 「정과정」의 앞부분을 악부체로 옮겼다. "내 님을 그리워하며 울고 지내더니 ~ 잔월효성이 아실 것입니다"가 이에 해당된다. 충신연주지사로 널리 알려진 노래이니 주제는 '충'이다. 그런가하면 그 바로 위에는 「서경별곡」의 제2연이면서 또한 「정석가」의 끝연(제6연)인 이른바 '구슬사', 곧 "구슬이 바위에 떨어신들~ 信이야 끊어지겠습니까"를 택해서 번해하였다. 이별의 노래인 「서경별곡」과 연가에서 송도가로 변이된 「정석가」의 여러 연 중에서 하필 '구슬사'만을 옮긴 것은 다른 무엇보다도 '신의'를 중시하였기 때문이다.

『고려사』, 「악지」에는 효자인 문충의 얘기가 나온다. 어머니의 늙음을 탄식하여 노래를 지었는데 그것이 바로 「오관산」이다. 신라 때부터 전해오던 민요가 이때에 한시로 정착되었다는 학설이 있다. "나무토막으로 조그마한 당닭을 새겨 목두조작소당계 / (2연 略) / 이 새가 꼬끼오하고 때를 알리면 차조교교보시절 / 어머님 얼굴 비로소 서산에 지는 해 같으리 자안시사일평서" – 이런 내용이니 물을 것도 없이 '孝'를 주제로 삼고 있다. 이 작품은 「소악부」에서 「서경」앞에 자리를 잡고 있다. 익재 그는 끝의 세 작품을 한 곳에 모아 놓고 '충 – 신 – 효'를 연달아 강조하였음을 쉽게 간파할 수 있다. 그렇게 배치한 뒤, 경계 및 세태를 한탄한 예의 후 2편(곧, 급암의 번해를 독촉하기 위해 본보기로 옮긴 것)을 그 뒤에다 연결시켰다.

여기에 빼놓을 수 없는 노래가 또 있다. 「소악부」의 위에서 두 번째 텍스트인 「거사연」이다. 이를 (그 밑의 여러 작품들과 간격을 두게 하여서) 마치 連歌인 양 작품집 끝부분에 모여 있는 예의 세 편과 연결시키면 '忠 – 신 – 효'에 부부지정을 기반으로 한 여인의 '정절'이 보태진다.

까치는 울타리 가 꽃가지에서 깍깍 울고	鵲兒籬際噪花枝
거미는 상머리에 긴 줄 늘이네	蟢子床頭引網絲
고운 님 머지 않아 돌아오시려나	余美歸來應未遠
마음이 먼저 내게 알려주누나	精神早已報人知

–「居士戀」

「先9편」중 1차로 4편을 선정하여 일별하였다. 그 결과 익재가 강조하고자 한 바는 사람으로서 지켜야할 도리인 綱常의 법도임을 용이하게 짐작할 수 있다. 4편중에는 남녀상열의 노래로 이해할 수 있는 것이 없지 않아 있으나 이에 관해서는 후설 할 기회를 갖기로 하고, 그런 작품까지도 일단은 인륜 도덕과 연관된 것으로 간주키로 한다. 이런 관점에서 「소악부」를 조명하여야만 익재의 진심을 두루 섭렵할 수 있다고 생각한다.

이렇게 전제를 세워놓고 「소악부」의 첫 번째 작품, 그러니까 「居士戀」의 바로 앞 노래를 음미하기로 하자.

구구 우는 참새야 너 무엇하다가	拘拘有雀爾奚爲
그물에 걸린 어린 새끼 되었구나	觸着網羅黃口兒
눈 알은 원래 어디에다 쓰려는지	眼孔元來在何許
가련토다 그물에 걸린 어리석은 새끼참새	可憐觸網雀兒痴

–「長巖」

제목인 「長巖」은 지명이다. 『고려사』, 「악지」에 노래의 유래가 적혀 있다. 평장사 두영철이라는 이가 장암으로 유배를 갔을 때, 한 노인과 친하게 지냈다. 그 노인은 두영철에게 향후 영달을 더 구하지 말라고 충고하였다. 그 후 얼마 지나 귀양에서 풀려난 두영철은 다시 벼슬살이를 하다가 그만 또 죄를 지어 예전에 귀양살이를 했던 바로 그곳을 지나게 되었다. 이에 노인은 이 노래를 지어 그를 꾸짖었다. 全文이 비유로 되어 있지만 이해하는데 어려움이 전혀 없다. 참새=권세의 욕심을 제어하지 못한 두영철, 그물=법망, 혹은 도처에 깔려 있는 장애물, 이렇게 연결시키는 것으로 이 노래의 이해는 모두 끝난다. 한두 가지를 더 보충하자면 노인=賢者일 것이고 또한 노래의 함의나 시사하는 바를 좀 더 확장시키자면 비단 권력과 명예욕에 눈이 먼 사람만을 나무라기 위한 작품만이 아니라 세상의 모든 종류의 탐욕에 매여사는 어리석은 인간들을 전부 대상으로 삼은 교훈시라고 할 수 있다.

맞다. 「장암」은 재론의 여지가 없는 경계·교술의 노래다. 연정이나 또는 풍류와는 거리가 먼 매우 엄중한 가르침의 시가다. 여기에 이르기까지 필자는 작품이 놓여 있는 위치에 관심을 기울여 왔다. 「장암」은 「소악부」의 첫 번째 작품이다. 그리고 그것은 권세나 명예욕 등을 질책하고 경계하는 것을 소임으로 삼고 있다. 익재는 이런 성향의 노래를 그의 「소악부」의 서두를 장식하게 함으로써 자신의 속내와 편찬방향을 암묵적으로 내비쳤다.

필자는 이 장을 초하면서 「소악부」의 끝자리의 세 작품을 역순으로 먼저 살폈다. 거기서 익재가 추구한 주제가 무엇이었는지를 파악하였다. 이 대목을 모두작(冒頭作)인 「장암」과 연계시키면서 말미부분의 작품들이 그냥 나온 것이 아니라 첫 번째 노래에서 명쾌하게 밝힌 감계의 메시지가 내용상 몇 갈래로 분파하여 생산해낸 결과물로 이해한다. 그러니까 '시작=조신(操身)·處世를 위한 경계와 교훈, 끝마무리=강상의 강조' 이런 구도로 그의 「소악부」는 엮어졌다고 판단한다.

계속해서 읽기로 하자. 「장암」의 바로 뒤에는 앞에서 소개한 바와 같이 부부애정에 기반한 아낙의 정절을 노래한 「거사련」이 있다. 이를 '충·효·신의'를 주제로 한 말미의 묶음 노래 쪽에다 옮겨서 해석한 바 있다. 그래도 좋다. 그런데 이번에는 순서를 존중하여 「장암」과 결부시켜서 다시 읽으면 '경계·교훈+아낙이 토해내는 기다림의 정감'이 된다.

이 두 상반된 사설은 그러나 사람이 지켜야 할 삶의 지혜와 자세로 묶여진다. 그리하여 하나의 가르침으로 연결되어 은근한 권면의 사설로 전달된다.

「장암」·「거사련」, 그리고 「濟危寶」·「沙里花」이런 순서로 이어지고 있는데 「제위보」는 잠시 뒤로 미루어서 성찰키로 하고 그 뒤에 있는 「사리화」를 만나기로 하자.

참새는 어디서 오가며 나는가	黃雀何方來去飛
한 해 농사는 아랑곳 않고	一年農事不曾知
늙은 홀아비 홀로 갈고 맸는데	鰥翁獨自耕耘了
밭 가운데 벼와 기장 다 먹어 치우네	耗盡田中禾黍爲

–「沙里花」

해설이 필요 없는 노래다. 힘없는 백성을 등쳐먹는 탐관오리의 가렴주구를 매도하고 도탄에 빠진 농민들의 비참한 삶을 풍자의 기법으로 고발한 것이다. 목민관들의 학정과 그들의 수탈에 생존 자체를 위협받는 양민들의 참상이 오롯이 묘사되어 있다. 새삼 묻기로 한다. 「사리화」의 주제는 무엇인가. 기아(饑餓)선상에서 헤매는 농민의 피폐한 삶을 고발한 학정의 실태, 이렇게 정리할 수 있을 것이다.

5. 익재 『소악부』의 남은 3편 – 과거 회상의 미학

아직 거론하지 않은 작품이 셋 남아 있다. 마지막으로 이들 노래를 읽을 터인데 그에 앞서 지금까지 논의한 작품들 모두를 모아서 「소악부」의 차례에 따라 다시 나열해 보기로 하자.

「장암」(벼슬과 출세를 경계함) – 「거사련」(기다림과 정절) – ( ) –

「사리화」(학정의 고발) – (　　) – (　　) – 「오관산」(효심) – 「서경」(신의) – 「정과정」(충성)

(　　)로 표시하여 공란으로 비워 놓은 것이 아직 다루지 않은 작품이 들어갈 자리다. 이에 해당되는 것이 셋이니 先9편 중 이제까지 그 3분의 2인 6편을 읽은 셈이다.

3분의 2면 작품집 전체의 큰 줄기를 좌우할 수 있는 편수다. 「소악부」의 중심축을 이루고 있는 주제는 다시 정리하면 '남녀상열의 수용과 비판'(혹은 비판적 수용), '세태풍자·경계·교훈·강상의 강조' 등이다. 그 나머지 셋은 어떤 사연을 담고 있는가.

비단 빨던 시냇가 수양버들 옆	浣紗溪上傍垂楊
손잡고 마음 속삭이던 백마 탄 님	執手論心白馬郎
처마에 이어지는 석 달 장맛비라도	縱有連簷三月雨
손 끝에 남은 향기 차마 어찌 씻어내리	指頭何忍洗餘香

–「濟危寶」

사연이며 말씨며 어느 것 하나 흠잡을 데 없는 戀歌다. 여타의 국문 속요와 마찬가지로 애정시가에 해당되는 노래다. 현전하는 남녀상열계의 국문 속가는 장·단점을 떠나 대체로 사설이 번다하고 무엇보다도 정서면에 있어서 격정적인 방향으로 흐르고 있는 것이 특성이다. 「제위보」는 그런 전형에서 벗어나 있어서 속요에는 이런 유형의 연가도 있다는 사실을 깨닫게 해주고 있다. 연정시가에 접근하는 익재의 관점이 어땠었는지를 알 수 있는 자료적 가치로서도 기억할만한 노래다.

이 작품을 놓고 『고려사』, 「악지」는 엉뚱한 해설을 부쳐놓고 있다. 내용인즉 "어떤 부녀자가 죄를 범하여 그 벌로 제위보에서 일을 하게 되었다. 그러던 중 어떤 남자에게 손을 잡혔는데 그 수치스러움을 씻을 길이 없어서 이 노래를 지어 스스로 원망하였다"는 것이다. 도무지 이해할 수가 없는 잘못된 설명이라고 단언한다. 해설과 노랫말과는 전연 문맥이 통하지 않고 부합되지 않는다. '수치 – 원망' 등이 가사의 어느 구석에도 없고, 욕정을 이기지 못한 어떤 남정네가 화자의 손목을 강제로 잡았으리라는 꼬물만한 단서도 찾을 수 없다.

폐일언컨대 「제위보」는 낭군과 이별한 어느 여인이 손가락 끝에 남은 님의 향기에 도취되어 읊은 순정의 연모시가다.[9] 이 이상 더 용훼해서는 안된다.

순정의 노래는 연모시가에만 있는 것은 아니다. 옛날 어린 시절을 회상하는 그 청순한 마음 밭에도 뿌리를 내리고 있다.

봄옷 벗어 한쪽 어깨에 걸치고	脫却春衣掛一肩
벗을 불러 채마밭에 들어가	呼朋去入菜花田
이리저리 내달리며 나비 쫓던 일	東馳西走追蝴蝶
어제 즐겨 놀았던 듯 오히려 완연하네	昨日嬉遊尙宛然

–「少年行」

이 시 또한 티 하나 없이 맑은 노래다. 유년 시절 동무들과 함께 나비를 잡으려고 채마밭에 들어갔던 일을 어른이 되어 회상하는 그 마음이 또한 천진스럽다. 속요에는 이런 말쑥한 회상의 노래가 있었다는 사실을 이 「소년행」이 입증하고 있다는 점에 우리는 유의한다.

「소년행」의 뒤를 잇고 있는 노래가 바로 「처용」이다. 그의 시야가 마침내 신라에까지 미쳤다. 옛 시대의 가무를 재현한 연희를 보고 이 노래를 지은 것이다. 바꿔 말하자면 신라의 향가인 「처용가」나 그 이후 민간에 떠돌던 노래를 취하여 한역한 것이 아니라 처용희의 공연을 보고 직접 창작하였다는 뜻이다. 「악지」의 해설에도 그렇게 적혀있다. 처용의

9) 윤성현, 앞의 책, p.127에서 그도 남녀상열지사로 규정하였다.
이우성도 앞의 책 pp.16~17에서 「안동자청」과 마찬가지로 조선 초기 유학자들이 작품의 성격을 도덕적인 것으로 왜곡시켜 놓은 것이라고 단정하였다.

유래, 용모, 춤사위 등을 소재로 한 편의 시를 엮었는데 고려시대에까지 계승된 처용가무의 자취를 알 수 있다는 점에서 문학성을 떠나 자료적 가치에 관심이 가는 작품이다.

그는 첫 줄에서 "신라 옛적 처용 늙은이 신라석일처용옹(新羅昔日處容翁)" 운운하였는데 『삼국유사』의 기록에 의하면 처용은 동해용의 일곱 아들 중의 하나다. 따라서 '늙은이(翁)'의 모습일 수가 없었다. 젊은이의 몸으로 헌강왕을 따라 울산에서 경주에 입경하여 왕의 주선으로 미녀를 아내로 삼았다. 신라 처용의 정체는 이런 것인데 어찌하여 익재는 '처용 늙은이'라고 하였는지 궁금하다. 생각 없이 그냥 '늙은이' 운운하지는 않았을 것이다. 처용 가면이 늙은이 모습을 하고 있기 때문이었을까. 이런 대목까지도 포함하여 익재가 직접 창작한 「처용」은 원가의 번역이나 번해가 아니라는 점에서 여타의 작품들과 준별된다. 연구 자료로서의 가치에 무게를 두어야 할 것이다.

미뤄두었던 세 편을 모두 살폈다. 청순한 사랑의 기억 – 어린 시절 회상 – 옛 신라 시대의 가무 자취, 이렇게 정리될 수 있는 「제위보」·「소년행」·「처용」의 공통점, 즉 세 편 모두가 공유하고 있는 정서적인 바탕은 무엇인가. 사라진 과거, 흘러간 옛날과 옛 시대를 애틋한 심정으로 회상하며 그리워하고 있다는 점에서 이들 노래는 우연찮게 일치하고 있다.

6. 연가류(戀歌類), 그리고 『소악부』에 반영된 고려·조선 두 왕조의 가치관·기타

조선 왕조 개창초부터 정립된 "고려속요=남녀상열지사=淫詞·비리지사(鄙俚之詞)·에로티시즘"이라는 척도에서 조명한다면 익재나 급암의 노래는 지금까지 검증한 바와 같이 여기서 많이 비켜나 있다. 「수정사」와 「삼장」과 같은 노래가 그나마 음사에 해당되나 이도 또한 기능면에서 승려사회의 타락상을 폭로하여 경종을 울리자는데 역자의 의도가 있다고 풀이하면 얘기는 달라진다. 「거사련」·「제위보」 등의 노래가 남녀상열지사로 분류될 수 있지만 「소악부」 전체로 볼 때, 소수에 지나지 않고 또한 온순한지라 크게 문제시되지 않는다.

이러므로 일단 「소악부」의 17편 노래를 큰 흐름 위에 놓고 판단하자면 그것은 비유컨대 뼈대 있는 양반 사대부가의 가르침과 훈계를 연상케 하는 것이라 하겠다. 그 많은 속요들 가운데서 왜 교훈적이면서 또한 빗나간 세태를 꼬집는 작품을 위주로 「소악부」를 엮었을까. 익재와 급암의 이러한 속요관이 형성된 배경은 무엇인가.

정곡을 뚫자면 이와 같다. 고려말에 주자학이 전래되었음은 주지의 사실이다. 그 최초의 인물이 안향(安珦, 고종30, 1243~충렬왕32, 1306)이었음도 두루 알고 있는 바다. 이렇게 출발한 성리학의 학통은 백이정(白頤正, 고종34, 1247~충숙왕10, 1323)·이진(李瑱, 고종31, 1244~충숙왕8, 1321)·권부(權溥, 원종3, 1262~충목왕2, 1346) 등에게 이어졌고, 이들 3인의 학맥은 다시 익재에게 계승되어 발전되었다. 그 선상에 급암도 있었다. 특히 권보는 익재가 科試에 합격할 때 지공거(知貢擧)였는데 그의 재질이 뛰어난 것을 알고 사위로 삼았다. 이진은 그의 부친이다. 백이정은 익재와 사돈지간으로서 그의 딸이 익재의 둘째 며느리였다. 혈연을 비롯하여 상호 인간관계가 이와 같거니와 따라서 초기의 성리학은 이런 인맥을 바탕으로 첫발을 내디뎠던 것이다. 원래가 儒者인데다 또 다시 新儒學으로 지칭된 주자학이 그의 학문 및 사상면에 새롭게 가미되다 보니 처사접물(處事接物)의 기본되는 관점이 더욱 엄정하고 근엄하였으리라는 점, 촌탁하기에 어렵지 않다. 급암 또한 이와 같았다고 보면 틀림없을 것이다.

그들의 「소악부」가 남녀상열의 노래를 수용하였으되 열애의 뜨거운 정서나 심한 음란성을 가급적 피한 근본 되는 까닭을 우리는 여기서 찾는다. 그리고 그것이 조선조의 속요관을 정립시키는데 일정하게 작용하였으리라고 믿는다.

이 문제는 여기서 끝나지 않는다. 남은 과제가 하나 더 있다. 농도가 짙은 음사나 에로티시즘이 아닌 남녀 간의 청순한 사랑마저도 조선왕조에서는 비속하고 천박한 노래로 규정하여 배척하였다. 남자와 여자를 다룬 노래라는 점만으로 비루하다고 폄훼한 셈이다. 「가시리」, 「이상곡」, 「정석가」…… 등 우리가 익히 알고 있는 순정의 노래들 모두가 남녀상열지사로 몰려서 곤욕을 치렀던 것이 조선시대였음을 모르지 않는다.

이런 기준에 따른다면 익재·급암의 「소악부」는 비리지사 또는 입에 올려서는 안 될 천박한 작품을 모아놓은 제2의 또 다른 성격의 악부시집이라고 규정하여야 한다. 위에서 읽은 익재의 「거사련」·「제위보」·「서경」·「정과정」(충신연주지사이지만 연가로도 간주할 수 있음) 등은 난잡하거나 음탕한 노래들은 아니다. 남녀의 문제를 다루고 있지만 그러나 단순하고 천진하기 이를 데 없는 순정의 애정가요다. 이런 성향의 별곡을 건사한 것을 보면 익재가 교조주의적인 근엄함과 완고함만을 고수한 꽉 막힌 문사는 아니라는 결론을 또한 이끌어낼 수 있다.

위에서 필자는 익재가 충·효·신의·정절 등의 상강을 강조하기 위하여 예의 「정과정」·「서경」·「거사련」 등을 골랐다고 언급하였다. 동기와 목적이 교술과 인륜 도덕에 있었다는 뜻이다. 그렇다손 치더라도 남녀의 사랑과 기다림이 노래의 뿌리요 줄기를 이루고 있고, 따라서 이를 받아들이는 수용자의 입장에선 먼저 남녀상열의 과정을 통과하면서 상강과 인륜의 덕목에 도달하겠금 짜여있음을 부인할 수 없다.

우리로 하여금 더욱 난처한 국면으로 몰아넣고 있는 노래가 곧 익재의 「수정사」와 급암의 「정인」·「삼장」이다. 「수정사」는 현전하는 국문

시가 가운데서 가장 음란한 노래로 꼽히는 「만전춘별사」의 에로티시즘에 별로 뒤지지 않는 작품이다. 「삼장」도 '손목 잡히는' 장면을 그리고 있으니 비리지사의 전형이라 할 수 있다. 「정인」의 언사는 온순하지만 그 사연인즉 바람난 여인의 속사정을 간접적으로 드러낸 것임은 어렵지 않게 간파할 수 있다.

이런 텍스트들이 「소악부」에 오르게 된 까닭을 필자는 위에서 佛家와 승려의 타락상을 풍자하고 폭로하여 경계를 삼자는데 있었다고 보았다. 이 점 계속 유효하다. 하지만 이도 따지고 보면 「서경」·「정과정」·「거사련」 등과 마찬가지로 그 본바탕은 에로티시즘이다. 그 통로를 거치면서 수용자는 불가와 세태의 타락상을 간접적으로 꼬집었다.

성격이 모호한 대상 작품을 점검하는 일은 여기서 끝난다. 이제 이들을 어떤 기준으로 정리해야 할지를 결정하는 일만 남았다. 고선자(考選者)의 잣대와 태도가 '이중적'이라고 말하면 부정적인 이미지가 떠오르기 때문에 쓰지 않고, 그 대신에 양면성·중의적·비판적 긍정이라는 표현으로 익재·급암의 문제되는 작품들을 아우르고자 한다. 그들은 자신들이 택한 텍스트의 명분과 외피를 도덕적·교술적으로 치장하면서 소재면에서는 순정과 음사가 뒤섞여 있는 남녀상열의 노래를 선택하는 양면성을 보여 주었다고 확언한다. 그렇기 때문에 이들 노래는 비판적인 수용과 중의적인 색채를 띠고 있다고 언급함이 타당하다.

지금까지 묻어둔 몇 마디를 여기에서 한다. 첫째, 실인즉 앞에서 일단 내비친바 있거나와 남녀상열의 작품일지라도 「소악부」안으로 들어와서 기능할 때와 그 밖에서 홀로 있을 때의 역할이 서로 다르다는 점을 강조해둔다. 조선왕조의 엄정한 속요관과 맥이 통하여 그 원류로 가정할 수 있는 노래들과 바로 위에서 살핀 反朝鮮왕조적 색채가 두드러진 高麗的인 노래들이 한 자리에 공존하고 있다는 점에서 「소악부」는 어찌보면 두 시대의 정서와 가치관을 서로 충돌함이 없이 절묘하게 담아낸 시집이라 하겠다. 중의적·비판적 수용과 함께 이점을 特記한다.

둘째, 익재 「소악부」가 생산되기까지에는 경기체가의 영향도 작용하지 않았는가 하는 점이다. 익재와 급암이 살던 시대는 현재까지 알려진 최초의 경기체가인 「翰林別曲」(고종3, 1216)의 시대로부터 1세기 반이 지난 뒤이고 安軸(1282~1348)의 「關東, 竹溪別曲」과는 동시대였다. 폐일언컨대 경기체가의 분위기 속에서 그는 생활하였다고 보아야 한다. 특히 익재는 나이가 비슷한 안축과 친교가 두터워서 그가 지은 한문 기행시집인 「관동와주(關東瓦注)」의 서문을 써주기도 하였다. 그런 사이인지라 「관동별곡」을 누구보다도 잘 알고 있었을 것이고 또한 작품세계도 꿰뚫고 있었으리라 믿는다.

그러면 경기체가와 「소악부」는 별개의 갈래인데 어떻게 연결될 수 있는 것인지가 문제로 떠오른다. 핵심을 찌르자면 경기체가는 우리의 시가임이 분명하나 표기면에서는 漢字文學이라고 말할 수 있다. 따라서 경기체가=넓게 보아 우리말 노래의 유사 한역이라고 규정하여도 큰 무리는 없을 것이다. 이 점에서 「소악부」와 동류라고 할 수 있거니와 경기체가가 먼저 조성해 놓은 예의 문화적 환경이 속요 장르에까지 미쳐서 온전한 번해작품인 「소악부」를 짓게 하였으리라고 사료된다.

셋째, 그보다는 중국의 악부시가 가장 큰 역할을 하였음은 재론의 여지가 없다. 실인즉 이점에 관해서는 저 위의 자리, 곧 익재의 작품을 논하기에 앞서 약술함이 마땅하다. 그럼에도 이렇게 한참 뒤에 후설하는 까닭은 텍스트를 분석할 때 다른 것은 생각지 않고 오로지 그 자체만에 집중하는 것이 좋다고 믿기 때문이었다. 이제 기회를 잡기로 한다.

요컨대 익재는 '당대의 中國通'이었고 또한 樂府詩에 뛰어난 문인이었다. 그가 元에 처음 들어간 것은 나이 28세 때인 1314년(忠肅王 1년)이었다. 그 전해인 1313년, 忠宣王은 왕위를 충숙왕에게 물려주고 上王이 되어 元으로 삶의 터전을 옮긴 후 1325년(충숙왕 12년) 훙거할 때까지

장장 10여년을 元에서 지낸다. 익재의 在元 생활은 퇴위한 충선왕이 元의 大都(燕京)에 '만권당(萬卷堂)'이라는 서재를 짓고 그곳에서 姚燧(요수) 등 당시 중국의 일류 문인·학자 등과 인연을 맺으며 문장과 학문을 논할 때 그를 급히 불러 오게 함에 따라 시작되었다. 본바닥의 준재들과 학문 및 글재주를 겨룸에 있어서 익재만한 인재가 없다고 판단하여 그를 발탁한 것이다.

이렇게 시작된 익재의 장기간에 걸친 在元 생활은 그로 하여금 피토(彼土)의 학술과 문장은 물론 역사·풍물·문물제도 등 여러 방면에 걸쳐 두루 섭렵케 하여 마침내 中國通이 되게 하였다. 漢代 이후 꾸준히 이어져 온 악부시에도 元의 문사들까지 칭송하리만큼 능통하였다. 그 실력이 고스란히 반영되어 지어진 것이 바로 「소악부」다. 그런 「소악부」가 일궈낸 성과에 대해서 우리 시대의 두 학자가 논급한 바를 아래에 옮기는 것으로 이 章을 마치기로 한다. 먼저 車溶柱의 글이다.

> 이 악부는 그 형식이 시대에 따라 변형이 많았을 뿐 아니라 絕句와 같이 字數가 일정하지 않고 長短句의 交錯이 많기 때문에 그 형식이 매우 복잡하며 특히 聲調를 중시하므로 漢字의 音韻에 정통하여야 한다. 우리나라에서 이 시형으로 익재 이후 申紫霞에 이르기까지 많은 시인들이 작품을 시도해 보았으나, 성공한 작품이 드문 것은 한자의 음운이 부정확한 탓이 아니었던가 생각한다.
>
> 악부의 형식과 排律이 어려움에도 불구하고, 익재의 소악부는 찬사를 많이 받은 것으로 보아 성공했던 것임에 틀림없다.[10]

이렇게 언급한 뒤, 이어서 徐居正의 호평, 곧 악부는 시에 능한 자라도 짓기 어려워서 蘇東坡의 작품도 음율에 맞지 않고 우리나라의 李奎報 같은 대가도 짓지 못하였는데 오직 익재만이 衆体를 갖추었고 음율

10) 車溶柱, 「李齊賢論」, 『한국문학 작가론』, 형설출판사, 1977, p.123.

에 맞아 法度가 정확하였다는 내용의 글을 남겼다고 기술하였다.

이와 맥락을 같이하는 詩評을 정종대의 논문에 인용된 洪萬宗의 글에서 다시 읽으면 아래와 같다.

> 우리나라 사람은 음율을 이해하지 못하여 예로부터 악부가사를 못 하였다. 세상에 전하기를 익재 이제현이 왕을 따라 연경에 가서 학사 姚燧(요수) 등 여러 사람과 함께 놀았다. 그의 「菩薩寺」 등 여러 작품은 중국 사람들이 칭찬하였다고 하니 어찌 북으로 중국을 배워 깊이 터득한 바 있어 그런 것이 아니겠는가.[11]

내용상 동일한 옛 평가를 거듭해서 인용한 까닭은 악부시의 창작은 彼土의 이름난 문인도 그 형식과 음율의 까다로움 때문에 짓기에 매우 어려운 갈래였다는 점을 강조하면서 그럼에도 고려의 익재가 중국 문사들도 칭찬하리만큼 악부시 창작에 능했던 사실을 새삼 부각하기 위해서다.

신라 천년의 향가를 한 자리에 모아 놓은 『三代目』은 그 이름만 전해 올 뿐 실체는 망실되어 알 수 없다. 그렇지만 한문학이 아닌 우리 옛 고유한 시가를 문학사상 최초로 문헌에 기록해서 정리하여 놓았다는 점에서 『삼대목』의 의의와 가치는 가벼운 것이 아니라는 사실을 우리는 잘 알고 있다.

그러면 고려시대는 어땠었나. 여항의 민요와 궁궐의 속악이 그토록 널리 가창되고 공연되었으나 이를 『삼대목』처럼 수습해 놓지는 못하였

11) 정종대, 「이제현의 시와 사대부의식」, 『한국한시 속의 삶과 의식』, 새문사, 2005, p.77.

다. 기록할 문자가 없었던 것이 가장 큰 이유가 아니었던가 싶다. 생각 같아서는 향찰을 사용해서라도 歌集을 편찬해 놓았으면 좋았을 터인데 어느 누구도 거기까지는 미처 想到하지 못한 모양이다. 혹시 그런 방식으로 누군가에 의해 몇 편이나마 건사되었으나 이 또한 일실(逸失)되어 전해오지 않는 것인지는 모를 일이다. 이렇게 가정해 볼 수 있지만 『삼대목』처럼 편찬했다는 역사적인 사실이 史書나 기타 문헌에 기록되어 있지 않은 한 더 이상의 가상은 금물이다. 고려 당대에는 문헌에 정착할 기회를 얻지 못하였으나 조선왕조에 접어들어서 훈민정음이 창제됨에 따라 『樂學軌範』 『樂章歌詞』 등에 일부 작품이 자리를 잡게 된 것은 그나마 다행한 일이라 하겠다.

두루 알고 있는 사실을 이처럼 새삼스럽게 거론하면서 분위기를 잡는 까닭은 '고려속요의 불운'(?)을 떠올리고 싶기 때문이다. 만약 향찰로나마 당대에 건사하여 거두어 놓았다면 후대 『악장가사』 등에 수록될 때보다 편수도 훨씬 많고 그 내실도 어느모로 보나 原歌에 충실하였을 것이다.

이렇게 아쉬움을 표하면서 문헌기록의 공백이 가져다주는 속요의 불운을 익재·급암이 비록 타국의 문자와 시 형식으로나마 갈무리해 놓았다는 이 사실, 여기에 우리는 다소 과장된 표현일지 모르나 『삼대목』및 『악장가사』적인 성격이 드리워져 있다고 평가한다. 아쉬운 대로 고려의 속요는 그 일부가 고려 당시 『소악부』에 의해서 문자화되었다는 점을 다시금 부각시키고 싶은 심정이다. 거기에 한 가지 사실을 더 가미하자면 장·단점을 떠나 어명(『삼대목』)이나, 군왕의 뜻이 작용된 官撰(『樂學軌範』)이나 또는 편찬자가 누구인지 알 수 없는 경우(『악장가사』·『時用鄕樂譜』)와는 달리 엮은이가 분명한 개인 차원의 자료가 바로 『소악부』라는 점이다. 이 점, 특성으로서 꼽아도 무리가 없다고 본다.

아무리 곱씹어보아도 부족함이 없는 것은 속요에 대한 익재의 관심이다. 그냥 관심으로 끝나지 않고 이를 악부체로 번해 해낸 사실이다. 민간 사회에 떠도는 노랫말에는 민심이 녹아 있고, 소망하는 바가 관류하고 있으며, 비꼬기 수법으로 세상을 희롱하고 풍자하려는 날선 정서가 잠겨 있다.

익재·급암이 그 많은 여항의 노래에서 길어 올린 민요의 주류는 시대상이나 민심, 그리고 뒤틀린 심정이 저변에 깔려 있는 노래들이다. 중국에서 비롯된 악부시에 해당되는 것들이다. 두 사람의 진심은 바로 그런 노래들을 선택하여 문사로 남김으로써 민심을 내변하려는데 있었다고 본다. 양민을 대신한 대리진술의 결과물이 그들의 「소악부」였다는 뜻이다. 어디 그뿐인가. 대리진술을 통하여 지체 높은 계층인 자신들이 간과하기 쉬운 세상의 밑바닥 정서와 세계를 간접 체험하였다는 점이다. 대리진술과 간접체험, 이 두 가지 국면을 함께 읽어야만 「소악부」의 지향점을 제대로 파악할 수 있다.

경기체가와 시적 화자의 '집단' 지향

옛 시대의 문학작품을 읽다보면 오늘 우리가 살고 있는 이 시대의 현상을 떠올리며 상호 유사성을 접하는 일이 가끔 있다. 혹은 이 시대의 체험을 곱씹다보면 옛 시대의 작품에서 그 원류가 되는 단서를 발견하는 경우도 있다.

필자가 겪은 바에 의하면 1970년대 이후 오늘에 이르기까지 우리 사회는 전례 없이 지연·학연·혈연, 또는 무슨 '緣' 등으로 인하여 심한 몸살을 앓으면서 시달려 오고 있다. 광복이후 1960년대까지만 해도 이렇게 우려할 정도는 아니었다.

우리 시대의 이러한 사회현상을 체험하면서 필자는 문득 여말선초의 경기체가 중의 몇 작품들에서 이른바 '연'을 통한 집단연고주의를 연상케 하는 고전적 요인을 떠올리기에 이르렀다. 그리하여 오늘을 살고 있는 우리의 모습을 거기에 투영해보고자 하는 생각을 갖게 되었다. 이런 식으로 언급하면 자칫 경기체가와 현대의 집단주의를 동격으로 가상하고 이 둘을 대등한 입장에서 대비하는 것으로 이해하기 쉬우나 사실은 그렇지 않다. 경기체가의 해당 작품을 중점적으로 읽고 난 뒤 거기서 추출된 집단지향의 제 현상이 우리 시대에 이르러 어떻게 굴절되었는지 짤막한 소견을 피력하는 것으로 끝낼 작정이다. 하지만 본고를 작성하게 된 계기가 현대의 집단주의에 있었던 것만은 확실히 밝혀두기로 한다.

경기체가의 현저한 특질은 무엇인가. 일상생활에서 우리는 말과 글로서 타인을 칭찬할지언정 자신의 입으로 자신을 직접 자랑하지 않는다. 다만 자신과 깊은 관계를 맺고 있는 '집단', 이를테면 향촌(지연), 가문(혈연), 동문수학한 동창(학연), 관료사회 등에 대한 자랑과 과시는 민망스런 느낌이 없이 늘어놓는 일은 간혹 있다. 그런 언행은 미풍인양 간주되어서 예나 이제나 너그럽게 수용하고 권장하는 것이 사회 통념이다. 세계에서도 유례를 찾기 힘든 족보 문화가 오랜 세월 동안 유지되어 오는 것을 비롯하여 군지(郡誌), 동창명부나 각종 친목회의 회보가 꾸준히 발간되는 것을 보면 우리 민족이 자신과 관련된 집단과의 인연을 얼마나 중히 여기는지를 알 수 있다.

본고에서 논의하고자 하는 경기체가는 시적 화자가 자기 스스로를 찬양하고 거양하는 언술을 마다하지 않되 연고가 있는 집단과 연결시켜 진술하고 있다는 점에서 그 현저한 특질을 찾을 수 있다. 이 갈래의 첫 작품인 「한림별곡」을 놓고[1] 이명구(李明九)가 "작자층의 득의에 차고 호탕한 기풍"을 과시한 것이라고 언명한[2] 이래 여러 학자들은 이 견해에 동의하면서 그런 성향이 경기체가의 주된 특질의 하나로 인식하고 있다.

본고는 경기체가의 이런 특질에 착목하여 '득의양양하고 호탕한 분위기'에서 내뿜어지는 작자의 자기찬양, 자화자찬이 궁극적으로는 緣을 강조하고 집단을 부각시키는데 주안을 두고 있다는 전제하에 작성되었음을 밝힌다. 우리는 평소 누구를 향해 "아무개를 (혹은 가문을, 고향을)

---

1) 朴京珠, 『景幾體歌研究』, 이회, 1996, pp.146~149. 그는 고려 중기인 예종·인종·의종대의 문화적 환경을 예로 들면서 그때 이미 찬양과 과시의 성격을 띤 경기체가가 형성되었으리라고 말하고 있다. 다만 그때의 작품이 전해오지 않는 것뿐이라는 것이다. 경청할만한 견해이다. 그러나 그 시대의 귀족계층의 질펀한 풍류생활만을 위주로 장르의 형성을 단언하기는 쉽지 않고 무엇보다도 물증이 되는 작품이 없으므로 아직은 전면 수용하기는 어렵다. 시간을 두고 좀 더 고찰하여야할 과제로 남겨두고, 본고에서는 학계의 통설에 따라 「한림별곡」을 경기체가의 첫 작품으로 인정하기로 한다.

2) 李明九, 『高麗歌謠의 研究』, 新雅社, 1973, pp.103~112.

등에 업고 뽐낸다"는 말을 자주 한다. '자기 顯示'를 '집단과의 관계' 속에서 해석하는 이러한 시각은 그 역사가 오래되었음을 우리는 익히 알고 있다. 그것은 우리민족의 장점이면서 또한 숨기고 싶은 단처이기도 하다. 경기체가의 자화자찬과 자기과시가 바로 이런 유형에 가깝다고 보고 여러 작품을 읽어나가기로 하겠다.

다루고자하는 텍스트는 고려시대의 것으로 「한림별곡」, 「竹溪別曲」, 조선시대의 작품으로는 14세기말~15세기초의 「霜臺別曲」, 「九月山別曲」, 15세기 중엽이후의 「錦城別曲」 등이다. 이들 노래를 선정한 기준은 본고가 목표로 하는 논제에 가장 부합된다고 판단하였기 때문이다.

위 5편을 논의하자면 麗末鮮初에 사대부사회에서 볼 수 있었던 師弟座主門生관계, 학맥에 의한 계(契)형태의 조직, 관료층의 상하교류와 인간관계, 同姓집단의 결집이나 향약(鄕約) 등과 관련된 자료 또는 연구논문의 지원이 필요하다. 그러나 본고에서는 이를 참고하지 않고 텍스트 그 자체만을 놓고 해석하기로 한다. 그 까닭은 예의 자료 등을 수집하여 독해하는 작업을 필자로서는 감당하기 어렵기 때문이며, 한편으로는 5편의 작품들이 앞에서 열거한 제 집단의 성격을 파악하는데 그 자체가 외려 1차 참고자료이므로 굳이 밖에서 보조자료를 구할 필요가 없기 때문이다. 비근한 예로 譜學을 연구하자면 「구월산별곡」을 보지 않을 수 없으리라.

시적 화자의 진술 가운데서 찬양, 과시 부분에만 초점을 맞춰서 성찰하는 것이 본고가 정한 논제이므로 작품 각편의 여타 현상에 대한 조명은 제외시켰다. 그 모든 것을 살피는 작업은 개별 작품의 총체적인 종합논의에서나 필요한 것이다.

1. 고려의 작품들

1) 「한림별곡」과 문생의 집단의식

고려 고종 3년에 금의의 공거문인인 한림제유가 돌림노래 형식으로 지은 「한림별곡(翰林別曲)」은 이제 막 과거에 입격한 작자 층이 향후 찾아올 자신들의 밝은 관료생활을 낙관적으로 전망하면서 사치스럽고 호탕한 삶을 앞당겨 체험한 바를 노래한 작품이다. 당시는 최충헌 정권의 말기이자 그의 아들인 최우[瑀]가 새로운 집권자로서 등장하기 바로 직전의 시대였다. 최우는 비록 무신정권의 강권정치를 계승하는 입장에 있었으나 무와 더불어 문치에도 크게 관심을 두고 있어서 그의 시대가 장차 여러 방면에서 대전환을 할 것임을 예고하고 있었다.

지공거를 여러 차례 역임한 금의는 최충헌이 가장 신임하던 文臣으로서 新進士類의 좌장격의 인물이었다. 「한림별곡」의 작자 층은 그와 같은 시대의 변화를 잘 읽고 있었다. 그들에게는 두 가지의 유리한 점이 있었다. 하나는 방금 언명한 바 문을 존중하는 최우정권이 들어서면 관료사회에 진출할 기회가 그전과는 비교가 안 될 정도로 자신들에게 찾아오리라는 것, 그 둘은 문형을 잡고 막강한 세를 과시하는 금의의 후원이 가미되고 지속될 때 그들의 미래는 더욱 보장받을 수 있다는 기대, 이 둘이었다. 「한림별곡」의 저변에는 이러한 사정이 깔려 있었다. 작자 층은[3] 특히 좌주인 學士 금의를 되뇌이면서 자신들의 집단적인 긍지를

---

3) 「한림별곡」의 작자층을 주로 향리출신의 신진사대부로 규정하는 것이 일반적인 견해다. 그러나 朴京珠는 위의 책 pp.129~140에서 「한림별곡」 제1장에 등장하는 9인의 文士들의 출신성분을 분석하고 이를 원용하면서 당시는 성리학을 신봉하는 신진사대부가 등장한 시기가 아니라고 결론을 내렸다. 권문세족의 후예, 무신가문 출신, 향리출신 등 다양한 계층의 諸儒들이 창작에 참여하였으리라는 뜻으로 파악하였다. 이런 주장에 일단 호의적인 관심을 표하나 본고는 통설에 따라 그냥 신진사대부의 작품으로 인식하기로 한다. 그가 지적한 바와 같이 9인의 출신성분이 구시대적인 계층에 속해 있었던 것은 사실이다. 하지만 그들은 「한림별곡」의 작자는 아니다.

표출하고 있다.

전 8장으로 된 「한림별곡」은 그 중에서 첫째 장이 볼만하다. 여기에 자신감 넘친 작자 층의 모습과 밝고 역동적인 환경이 투영되어 있다.

> 兪元淳의 문장 李仁老의 시 李公老의 사륙변려문(四六騈儷文)
> 李奎報·陳澕의 쌍운주필(雙韻走筆)
> 劉沖基의 대책(對策), 閔光鈞의 경서풀이, 金良鏡의 시부(詩賦)
> 위 試場 景 긔 엇더하니잇고
> 琴儀의 죽순처럼 많은 문생(門生) 금의의 죽순처럼 많은 문생
> 아. 나까지 몇 분(명) 입니까[4]

첫째 장의 핵심은 5,6행이다. 먼저 5행, 이 5행을 읽으면서 우리는 금의라는 당대 고위 관료이자 일류 文士의 후광과 배경을 업고 있는 다수의 공거문인(貢擧門人)들이 품고 있는 자긍심과 득의양양함을 접하게 된다. 그들, 곧 금의의 문생은 특정의 한두 사람이 아니고 빽빽이 林立한 대나무의 순처럼 많다. 따라서 그들은 집단화되어서 작품에 등장하고 있다.

그렇게 표면화된 집단으로서의 저들의 기세와 저력은 1~4행과 연결될 때 한층 뚜렷해진다. 4행까지의 전반부는 명성이 자자하던 당대의 저명한 8명의 문사들이 한 곳에 모여 글짓기 경쟁을 하는 장면을 보여주면서 그 광경이 과연 '일대장관' 임을 감탄의 설의법으로 표현하고 있다. 하지만 이 부분이 허구화된 가상의 세계라는 점을 필자는 진작

노래를 지은이들은 그들이 아니고 '금의의 문생' 들이다. 이들이 성리학과 관련이 있었는지는 단언하기 어려우나 전자 9인들과 세대적인 성향을 달리한 인물들로 간주하는데는 어려움이 없다.

4) 작품의 인용은 이해를 돕기 위하여 임기중(등)의 『경기체가 연구』(태학사, 1997)에 게재된 번역문에 의존하였다. 이하 이 논문의 모든 작품과 이 책의 실린 별도의 논문인 「경기체가와 풍류·유락의 두 양상」의 인용도 이와 같다. 일부 문구는 필자가 고쳐서 풀이한 것도 있다.

밝힌 바 있다. 있지도 않은 가상의 현실을 왜 작자가 설정하였을까. 앞날의 전망이 밝은 그들 엘리트군의 집단적인 심리의 추이를 고려하면 이점, 쉽게 알 수 있다. 그 시대에 내로라하는 인물들이 설사 한 자리에 모여 각기 뛰어난 글재주를 겨룬다고 하자. 그렇게 경쟁하는 모습이 "그 어떻습니까"라고 물을 정도로 볼만한 것이라고 하자. 그럴지라도 금의가 科試에서 뽑은 공거문생들이 文才와 신진기예의 저력만 발휘한다면 얼마든지 키 재기를 할 수 있다는 자신감, 그것을 공언하기 위해서 작자는 4행까지 가상의 전반부를 배치시켜 놓은 것이나. 이런 구도인지라 8人의 문사들은 금의의 후원 하에 앞날을 낙관적으로 전망하고 있는 문생 집단의 기를 살리기 위해 편의상 동원된 일군의 가상적인 경쟁 대상에 해당된다. 이런 시적 환경 속에서 자긍심을 만끽하는 문생 집단의 자기 도취, 이것이 1~4행의 전반부도 참작하여 5행을 읽은 뒤에 내린 결론이다.

이제 끝 줄 "아, 나까지 몇 분(명) 입니까"를 살필 차례가 되었다. 여기에 이르러 시적 자아인 '나'가 비로소 얼굴을 내비친다. 그리고 이제 막 신진사대부에 의해서 형성된 집단속에 귀속되면서 일체화된다. '나까지' 곧 '나를 포함하여'라는 말이 이를 뒷받침해 주고 있다.

굳이 '나'를 드러낸 것은 화자가 그만큼 자신을 의식한 까닭이리라. '나' 스스로가 주저함이 없이 자신을 과시하고 있는 형국인데 전공자의 입장에선 오래전부터 텍스트를 읽어오는 동안 익숙한 구절이라서 아무 느낌이 없을 수 있으나 실은 예상 밖에 진술이라서 놀랍기까지 하다. 집단을 선양하는 듯 하다가 일순 '나' 자신을 자찬(自讚)하는 쪽으로 방향을 선회하는 느낌을 주기 때문이다. 이 重義를 어떻게 풀어야할 것인가.

5,6행을 분리시키지 않고 합쳐서 읽을 때 문맥의 흐름으로 보아 "금의의 죽순처럼 많은 문생" 속에 그 한 사람인 '나'가 자리를 잡고 있다는 사실을 느낀다. '나'의 위상은 그러므로 多衆 속에 종속된 한 사람으로

좁혀진다. 이렇게 풀이하는 것이 보편성이 담보된 해석이리라.

그러나 끝 줄 "아, 나까지 몇 분(명) 입니까"를 곱씹어 보면 指定된 '나'의 존재가 예사로움을 넘어 금의의 문생을 대표하는 인물로 격상되는 인상을 받는다. 이렇게 되면 시적 화자는 다중 속의 한 사람이 되어 그 다중을 이끄는 대표 격의 주인공이 된다. 聯을 바꿔가며 여럿이 돌려가면서 부른 노래이므로 작자 층은 차례대로 한 번씩 대표가 되기도 한다. 여하간 집단을 끌어들여서 자기 자신을 드러내는 셈이니 그 위상이 전자의 해석과는 전혀 다르다는 점을 쉽게 간파할 수 있다.

'집단' 속의 '나'이든, '집단'을 이끄는 좌장격의 '나'이든 어쨌거나 '나'는 '집단'을 떠나서 홀로 존재할 수 없다는 결론이 나온다. 5행에서 금의의 문생 집단을 과시한 것은 물론이고 끝줄에서 시적 자아가 스스로 자찬한 것 역시 '집단'을 차용한 자기 찬양이라는 뜻이다.

「한림별곡」 1장에서 우리가 눈여겨보아야 할 점은 바로 이와 같은 개인의 집단화와 이를 통해 개인과 집단을 자찬하는 방식이다. 작자 층은 그 시대의 문형과 권세를 잡고 있는 저명한 누구의 門徒들이라는 것, 그 중의 한 사람이 개인 차원에서 돋보이고자 할 때에도, 돌출(?)하고 싶을 경우에도 집단의 기세를 자기화 시켜서 자찬하는 방법이 이른 시기에 정착되었다는 것, 이런 사실을 중시할 필요가 있다.

'집단'과 '나'의 밀착된 연결이 고려 때는 물론 왕조가 바뀐 조선시대에도 오랜 세월동안 관료사회에 이어졌다는 사실은 「한림별곡」이 계속 애창곡으로 가창되었다는 점으로 알 수 있다.

저간의 사정이 그렇다고 해서 「한림별곡」의 집단성을, 이를테면 조선 중기의 성리학을 중심으로 형성된 학연이나 學派와 동일시하여서는 안 된다. 文才를 자랑하는 대목이 나오지만 그걸 곧장 학문적인 유파의 결성으로 연결시킬 수는 없고 단지 관료사회의 주도권이나 또는 입지를 확보하기 위한 계보의 형성쯤으로 간주함이 마땅하다.

지금 우리가 살고 있는 이 시대에도 考試를 통한 관료사회의 진출이 해마다 반복되고 있다. 현행 제도는 옛 시대와는 달리 지공거 – 공거문인의 밀접한 관계는 없고, 그 빈자리에 출신 대학이 대신 자리 잡고 있다. 공직에 진출하고 난 뒤 특정대학 출신자들끼리의 동류의식과 집단화, 세력화의 양상이 지금 어떤지는 여기서 새삼 운위할 필요가 없으리라. 만약 같은 대학 동창의 고시합격자들이 득의양양하여 노래를 짓는다면 「新한림별곡」류가 될 가능성이 높다. 폭을 확대시켜서 정치판으로 눈길을 돌린다면 정계의 유력인사를 중심으로 다수의 중견이나 신진 정객이 세력권을 형성하고 있는 지금의 현상도 이와 맥을 함께 한다고 해석할 수 있으리라. 그렇기 때문에 오늘의 현상을 목도하면서 「한림별곡」 첫째 장을 자꾸 떠올리게 된다. 「한림별곡」이 그 원류격이 되는 노래이기 때문이다.

2) 「죽계별곡」과 애향심, 혹은 지연

안축의 「죽계별곡(竹溪別曲)」은 「한림별곡」으로부터 약 120년쯤 뒤인 14세기 전반, 충목왕(忠穆王)때 창작된 작품이다. 이 노래에도 자기 과시와 상관물을 통한 자찬이 나온다. 그러나 자랑하는 방식은 「한림별곡」과 다르다. 새로운 유형이 나온 셈이다.

작품을 읽기 전에 잠시 안축이 어떤 인물이었는지를 일별키로 한다. 『고려사』와 그의 문집인 『근제집』을 통해서 볼 때 그는 구귀족이 역사의 무대에서 퇴장한 뒤 그 대체 세력으로서 새로 중앙정계에 진출한 향촌 출신 신흥사대부의 전형적인 엘리트 관료였다. 그의 아버지 석(碩)은 현리(縣吏)로서 등제하였으나 토착세력으로 남았다. 과거에 합격한 안축은 부친과는 달리 곧 전주사록의 관직에 나간다. 등제와 관계되는 것으로 빼놓을 수 없는 사실은 1324년(충숙왕 11년)에 元의 制科에 급제하였다는 점이다. 하지만 元의 벼슬은 하지 않았다.

전주사록 이후 사헌규정·성균관정·우사간대부를 거쳐 왕명으로 강원도존무사(江原道存撫使)로 파견된다. 「관동별곡」과 기행 한시집인 「관동와주」가 이때 지어진 것이다. 돌아와 판전교지전법사 감찰대부 등의 관직을 역임하고 충목왕 이후로는 감춘추관사가 되어 이제현 등과 더불어 민지(閔漬)가 소선(所選)한 『편년강목』을 증수하였고 충렬·충선·충숙 삼조실록(三朝實錄) 편수에 참여하였다. 1348년(충목왕 4년) 62세로 졸하자 순흥(풍기의 옛 지명)의 소수서원에 제향되었다.

이상, 관인으로서 그가 걸었던 행적을 알고 작품을 대하면 이해에 큰 도움이 된다. 「죽계별곡」은 작자가 그의 관향이며 고향인 順興 죽계(현 豊基에 있는 시내)의 절경과 곳곳에서 목도되는 흥겨운 놀이 및 취흥을 담아낸 것인데 모두 5개의 장으로 구성되어 있다. 언제 지어졌는지 정확히 알 수 없으나 작자의 말년작(1340년대)인 것만은 분명하다. 고종시대의 「한림별곡」과 마찬가지로 이 작품도 첫째 장이 우리의 눈길을 끈다.

竹嶺 남쪽, 永嘉(安東의 옛 지명) 북쪽, 小白山 앞
천년의 흥망에도 풍류가 한결같은 順政(順興의 옛 지명)城 안에
다른 곳 아닌 翠華峯에 왕자의 태 묻혀있네
아, 애써(釀) 이 고을 중흥시킨 모습 그 어떻습니까
청렴한 정사 베풀며 두 나라의 관직을 맡았네
아, 산수 맑고 빼어난 경치 그 어떻습니까

구조상으로는 4행에서 일단 끊어야하지만 작품의 실제적인 흐름을 감안하여 편의상 3행까지를 하나의 단락으로 간주하여 경계 짓기로 한다. 이 부분에서 작자는 무엇을 읊었는가. 고을이 생긴지 천년의 세월이 경과하였지만 쇠락하지 않고 여전히 건재함을 뽐내고 있는 고향 순흥, 지형적으로 보아 그 위치도 빼어날 뿐 아니라 무엇보다도 자랑스러운 것은 취화봉에 前代의 임금인 忠烈, 忠肅王과 今王인 忠穆王의 태

(胎)가 묻혀 있다는 사실을 거론한다. 고향에 내장되어 있는 이러한 역사성과 그 특수함에 작자는 한껏 고조되어 있다. 시대를 초월하여 애향심을 미덕으로 간주하는 사회적인 통념을 상기할 때, 우리는 작자가 첫째 장에서 연고지를 내세우고 있는 그 심정을 수용하는데 어려움을 느끼지 않는다.

1,2행이야 요즘 校歌에서도 읽을 수 있는 관습적인 어법이라고 예사롭게 보아 넘길지라도 3代에 걸쳐 군왕의 태가 자신의 고향에 묻혀 있다는 사실을 그게 외치고 있는 이 3행에는 화자가 그 자신을 거기에 투사하여 반사적인 효과를 얻으려는 의도가 숨어 있다고 해석하여도 무리가 없다.

이렇게 풀이되는 3행까지의 진술은 4행으로 연결되면서 그 의미망을 확장시킨다. "아 애써 중흥을 이룬 모습 그 어떻습니까"라고 영탄한 이 행의 주체가 누구인지 문면상으로는 확실치 않다. 그러나 이어지는 5행을 연결시키면 그 주인공이 시적 화자 자신과 그 일족임이 확실해진다. "청렴한 정사를 베풀며 두 나라의 관직을 맡았네" 이 대목에 이르러 시적 자아의 제 자랑은 자못 충천할 정도다. 4행의 주체가 필시 작자와 관련이 있으리라는 암시를 강하게 받는다. 4행에서 고을을 중흥시켰다고 했는데 그것의 구체적인 모습은 잡히지 않는다.

반면, 5행의 진술은 다르다. 한 줄 밖에 안 되는 이 대목에는 그와 그의 아우가 당시 높은 벼슬을 역임하여 自國인 고려와 元나라에 어떻게 輔國했는지가 함축되어 있다. 간단히 소개하자면 작자인 안축 못지않게 아우인 輔는 고려 말기에 이르기까지 달관현직에 있으면서 크게 활약하였다. 특히 그는 형의 뒤를 이어 1344년(충목왕 즉위년)에 원의 제과에 합격, 형과는 달리 그곳에서 잠시 관직(요양행중서성조마 겸 승발가각고. 遼陽行中書省照磨 兼 承發架閣庫)을 역임하였다. 이런 사실들을 보면 신흥 관료층으로서 융성 번창했던 그의 집안의 내력을 족히 알 수 있다.

위에서 말한 바와 같이 안축도 元의 벼슬인 요양로(遼陽路) 개주판관(蓋州判官)에 임명되었으나 부임하지 않았다. 따라서 5행의 "두 나라의 관직을 맡았네"라는 진술을 그의 동생과 연결시키는 이유가 여기에 있다.

이런 점을 염두에 두고 5행을 다시 읽으면 그가 의기양양하게 말하는 득의의 찬 언사를 어렵지 않게 이해할 수 있다. 자신뿐만 아니라 가문을 들어 찬양하는 그의 육성은 자족의 절정에 도달해 있다.

「죽계별곡」을 통해서 본 안축의 자찬하는 방식은 요컨대 향촌에 깃들어 있는 사적의 숨결에 의탁한 落地의 강조, 융창 일로를 걷고 있던 당대 자신의 가문을 암묵적으로 선전하여 그로부터 효과를 배가시키는 접근법이라고 말할 수 있다. 피상적으로 읽으면 개인 차원에서 가문을 내세우면서 자기 형제의 공적을 부각시키는데 주력하고 있는 듯하나 세독하면 고향과 연관시키거나 의탁하여 진술하고 있음을 눈치 챌 수 있다.

필자가 촌탁컨대 여러 상관물 중 특히 '고향의 精氣'가 관인으로 입신한 이후의 그를 자긍심에 가득 찬 인물로 거듭 태어나게 하는데 중심축이 되어 잠재적인 역할을 하였으리라고 본다. 본고에서는 1장만 인용하여 논거로 삼았으나 落地를 예찬한 「죽계별곡」을 지은 것 자체가 경기체가류의 작품에서는 드문 예로서 이를 입증하는 자료가 되며 그로 보면 그의 체내에 자리잡고 있던 고향 의식, 곧 지연에 의탁한 심리적인 큰 흐름은 그의 전 생애를 통하여 여러 경험과 마주칠 때마다 엄청난 자기 칭송의 밑바탕이 되는 요인이 되었으리라고 헤아려진다. 과학적으로는 증명할 수 없으나 심정적으로는 그렇게 연결시키고 싶다.

요즘도 우리 체내에 관류하고 있는 순수한 애향심과 일부 정치인 혹은 관료들의 부추김으로 인하여 생겨난 부정적인 지역주의를 두루 반추해 보면 좋은 의미에서든 혹은 나쁜 의미에서든 안축이 그토록 의존한 지연을 떠올리게 된다. 「죽계별곡」에서 읽을 수 있는 고향에 대한 긍지와 자긍심, 통틀어 애향심은 순수하고 건전하다. 근거도 없이 무조건적으로 지역정서를 내세우는 것도 아니라서 탓할 이유가 없다. 오히려 권장해도 좋으리라. 그러면 오늘날의 지역이기주의는 어떤가. 타기할 지역연고주의로 발전하여 마침내 지연의 병폐를 낳기에 이르렀고, 이로 인하여 나라가 몇 갈래로 찢어지는 망국적인 지경에까지 도달하였음은 우리 모두가 익히 알고 있는 바다. 이 시대의 지역주의가 「죽계별곡」의 애향심 수준에 머문다면 그것을 마다할 이유는 없으리라. 그러기를 「죽계별곡」은 계도하고 있는 듯하다.

읽은 바와 같이 「죽계별곡」에는 애향심 이외 집안자랑도 도드라지게 표출되어 있으나 후설 할 「구월산별곡」이 동류에 해당됨으로 그것으로 대신하기로 하고 여기서는 생략한다.

2. 조선 초기의 작품들

1) 「상대별곡」과 관료사회의 우월적 공동체의식

조선 왕조가 개창된 후 현전하는 작품 가운데 가장 이른 시기에 창작된 것이 권근의 「상대별곡(霜臺別曲)」이다. 모두 5개의 장으로 되어 있는 이 노래는 새로운 왕조의 생동하는 기상을 사헌부라는 막강한 국가기관의 묘사를 통해 드러내고 있다는 점에서 특이한 경기체가다. 인물이나 자연, 혹은 어떤 사건이 아닌 관청을 시의 소재로 삼았다는 점에서 그렇다.

권근이 이 노래를 언제 지었는지는 정확히 알 수 없다. 그가 사헌부의 수장인 大司憲에 오른 때가 1399년(定宗 1년)이므로 그때로부터 퇴임하기 전 사이에 창작했으리라고 추정한다. 작품의 내용으로 볼 때 사헌부와 무관한 시기에 지은 것이 아님이 확실하기 때문이다.

지은이를 권근으로 규정하는 것이 통념이고 필자 또한 이런 견해에 따르고 있지만 텍스트에 관료들이 등청하는 장면을 그린 2장 2행에서 "大司憲과 노경(老境)의 執義, 臺長, 御史" 운운하며 '大司憲'까지도 들먹이고 있는 것을 보면 과연 작자가 '대사헌직에 있던 권근'이 맞는 것인지 의심이 간다. 작자 스스로가 어떻게 자신의 출근하는 모습을 묘사할 수 있을까하는 생각이 들기 때문이다. 하지만 지은이가 자신마저 객관화시켜 놓고 제3의 관찰자의 입장에서 창작하는 기법을 원용하였다고 판단하면 의문은 쉽게 풀린다. 무엇보다도 '自讚'이 그때 경기체가의 특징이 아닌가. 안축의 「관동별곡」이 이와 동류임을 상기할 필요가 있다.

> 華山(=삼각산) 남쪽 한강 북쪽 오랜 세월 이어갈 빼어난 곳 廣通橋 雲鍾街 건너들어가
> 낙락장송, 연륜 깃든 잣나무 우뚝 높이 솟은 곳,
> 그곳에 추상같은 司憲府가 있네
> 아, 만고에 맑은 바람 이는 모습 그 어떻습니까
> 영웅호걸 이 시대의 인물 영웅호걸 이 시대의 인물
> 아, 나까지 몇 분(명)입니까
>
> 닭은 이미 울어 날도 밝으려 하는데 도성의 큰 길과 긴 둑에
> 大司憲과 노경(老境)의 執義(從三品 관직), 臺長(正四品의 掌令과 正五品의 持平관직), 御史(正六品 관직)
> 학 타고 난새 몰며 앞에서 호령하고 뒤에서 옹위하여 벽제소리로 좌우를 물리치며
> 아, 霜臺에 등청하는 모습 그 어떻습니까
> 씩씩한저 風憲 맡은 관리 씩씩한저 風憲 맡은 관리
> 아, 느슨한 기강 떨쳐서 되살리는 모습 그 어떻습니까

「상대별곡」은 사헌부 관리들의 하루 일과를 시간에 흐름에 따라 순차적으로 서술하고 있는 구조상의 특질을 보여주고 있다. 위에 인용한 1,2장은 각기 사헌부의 위치와 위상, 그리고 관리들의 등청하는 모습을 읊

겨 놓은 것이다. 인용에서 빠진 3장은 집무하는 장면, 4장은 퇴청 후 술자리의 흥겨운 모습, 5장은 출사(出仕)의 보람을 강조하는 내용으로 되어 있다. 이런 대목들을 제외시키고 1,2장만으로도 시적 자아의 자찬을 읽어내는데 지장이 없다.

먼저 첫째 장이다. 3행까지는 사헌부의 공간적인 배경을 그려 놓은 것, 안축의 「죽계별곡」 첫째 장 3행까지와 유사하다. 그것을 모방한 듯하다. 3행의 끝 부분인 "그곳에 추상같은 사헌부가 있네"는 「죽계별곡」의 "취화봉에 임금의 태를 묻었네"와 등가(等価)의 관계를 이룬다. 이러한 선험적(先驗的)인 기술 때문에 텍스트의 긴장도가 다소 떨어지는 것이 사실이다. 하지만 당시의 수용자의 입장으로 돌아가서 들을 때 "추상같은 사헌부" 운운하는 소리를 듣는 순간 정신이 번쩍 들었을 것이라고 헤아려 볼 수 있다.

사헌부가 어떤 기관인가. 時政의 득실을 가려내고, 官風을 다잡으며 民怨(願)을 풀어주는 사정기관이 아닌가. 그러므로 작자가 그냥 "사헌부가 있네"라고 하지 않고 '추상같은'이라는 수식어를 冠한 까닭도 그 엄정성을 강조하기 위해서였을 것이다. 여기서부터 비로소 긴장감이 감돈다고 하겠다.

4행은 이를 받아 사헌부로부터 불기 시작한 새 왕조의 新風을 강조한 것이다. 예의 '추상같은 사헌부'의 기능을 포괄적으로 천명해 놓은 것이며 또한 사헌부를 찬양하고 거양한 것이다. 그만큼 이 노래는 국가기관의 위세와 공권력에 무게를 두고자 하였다. 그러나 어찌 인물이 없는 관청이 존재할 수 있겠는가. 지은이의 의도는 먼저 사헌부요, 그 다음이 그곳에 몸담고 있는 인물의 묘사였음이 후반부인 5,6행에서 명료하게 드러난다. 이 부분은 「한림별곡」 1장 후반과 닮아 있다. "琴儀의 죽순처럼 많은 문생"을 "영웅호걸 이 시대의 인물"로 바꿔 놓은 것이라고 이해하면 서로 다른 것이 없다. 역시 선험적인 진술이다.

그렇다손 치더라도 "이 시대를 선도하고 움직이는 영웅호걸"이라고 크게 외치고 있으니 「한림별곡」의 私的이요 한정된 테두리 안에서의 좌주문생 관계, 이렇다할 특별한 사안이나 일을 거론하지 않고 단순히 끈끈한 인간관계의 강조만으로 끝난 "琴儀의 죽순처럼……" 운운한 것과는 차원이 다르다. 거대한 국가기관의 공적인 업무와 연결된 화자의 자긍심의 표출이요 과시임을 간과해서는 안된다는 뜻이다.

"추상같은 사헌부"와 직결되는 이 5행이 마침내 '나'에게 이어져서 끝줄 "아, 나까지 몇 분(명)입니까"라는 집단과 연결된 자기 자랑의 구절을 낳게 한 것이다. 이와 같이 사헌부에서 일하는 영웅호걸 속에 '나'가 그 일원으로 참여한 것으로 풀이할 수도 있고 관점을 달리하여 '나'를 선두에 나서게 하고 이 시대의 인재들인 영웅호걸을 뒤따르게 하는 것도 가능하다. 어느 경우를 취하든 시적 화자가 권력기관의 요원들과 상관하에서 자신의 존재를 과시하고 자랑하고 있음은 재언이 필요치 않다.

이어지는 2장은 사헌부의 기상과 역동적인 장면을 그린 것이다. 대사헌 이하 각급 관리들의 등청하는 모습에서 자신감에 넘친 긍지와 활력을 느낄 수 있다. 대사헌을 필두로 여러 직급의 관리들을 일일이 거명하고 나열해 놓음에 따라 시위하는 듯한 인상을 주면서 한편으로는 그들을 지휘 관장하는 최고위직인 대사헌 곧 작자의 막강한 권력과 위엄이 부차적으로 드러나게 하는 효과를 거두고 있다고 이해해도 좋다. 출근하는 사헌부 관료들의 모습을 그려 놓은 것일 뿐이니 그게 무에 대단하냐고 반문할 수도 있으나 그렇듯 아무것도 아닌 것을 부각시킨 내면의 의도를 투시하면 거기에 '과시'가 도사리고 있음을 포착할 수 있다. 이것을 놓쳐서는 안 된다. 1장에서 사헌부의 위치를 冒頭에 오게 하였다고 해서 그 이하의 핵심적인 화두를 간과할 수 없는 이치와 마찬가지이다.

"아, 느슨한 기강 떨쳐서 되살리는 모습 그 어떻습니까"라고 진술하고 있는데서 거듭 '나'를 비롯한 당대 사헌부 인재들의 기개와 자존, 자긍심을 접하게 된다. 이런 식으로 언명하는 것 이상으로 2장에 대해서 더 첨가할 말이 없다.

1,2장을 합쳐서 「상대별곡」 작자의 자찬하는 방식을 요약한다면 자신이 속해 있는 관청의 위상을 극대화시킨 뒤 거기에 편승하여 그 자신의 존재를 부각시키고 있다고 말할 수 있다. 노래를 지었다는 행위 그 자체로서 사대부의 모든 것을 충족시킨 노래, 그 이상 더 무엇을 노래할 것이 없는 관인의 자찬가가 바로 「상대별곡」이다. 지금도 그렇지만 특히 官에 대한 집착과 부러움이 강했던 예전에는 만약 누군가가 벼슬아치라면 그가 몸담고 있는 관청이 얼마나 힘있는 기관이며 그곳에서 어떤 자리를 차지하고 있는지를 알고자 한다. 그렇게 해서 그 사람을 평가하고 부러워한다. 「상대별곡」은 그와 같은 이 민족의 체질적(?)인 습성을 아주 이른 시기에 시가문학으로 나타낸 노래다. 관청의 배경을 중시하는 권력지향의 가치관을 이 노래를 읽으면서 익히 알게 된다는 뜻이다.

이러한 생각은 마침내 다양화된 직업사회로 일컬어지고 있는 현대에 와서도 官은 곧 권력기관이라는 인식을 그대로 유지시키는데 일조를 하고 있다. 그러한 관념이 엄존해 있는 이상 관료의 직함은 어느 직종의 직위보다 우월하며 그들끼리의 유대와 공동체적인 조합은 막강한 위력을 발휘한다. 그런 면에서 「상대별곡」은 우리에게 고마운 작품은 아니다.

2) 「구월산별곡」과 가문자랑, 혹은 혈연의식

「구월산별곡(九月山別曲)」은 세종 5년(1423)에 유영(柳潁)이 지은 경기체가다. 「상대별곡」보다 약 30년쯤 뒤에 나온 작품이므로 동시대의 노래이기도 하다. 모두 4개의 장으로 짜여 있는데 가문자랑으로 시종하고 있다는 점이 이 작품의 특질이다.

우리나라의 족보는 유영이 편찬하여 완성한 『文化柳氏譜』가 그 첫 결실로 꼽힌다. 그러므로 유영은 譜學의 원조가 된다. 이런 사실을 새삼 상기할 때 「구월산별곡」의 창작 동기는 스스로 자명해진다. 누대(累代)에 걸쳐 축적된 가문의 명예와 전통, 조상들의 여러 행적을 족보 찬집을 통해 정리하면서 그가 느낀 소회를 자기 칭송의 장르로 정착된 경기체가에 의탁하여 노래하고 싶은 충동이 마침내 「구월산별곡」을 생산해냈으리라고 판단된다. 「구월산별곡」은 그 제목만 보아서는 안축의 「관동별곡」처럼 어느 경승지를 여행하며 지은 기행문학 작품인양 오해하기 쉽지만 그렇지 않다. '구월산'은 三支江과 함께 문화 유씨의 관향인 황해도 儒州(=文化縣)에 자리잡고 있는 승경지다. 그리고 「구월산별곡」은 문화 유씨의 발원지를 기린 노래다.

> 九月山 三支江 儒州의 경치 좋은 곳
> 後梁말, 고려초에 柳氏 가문 일어났네
> 文簡·文正·貞愼·章敬 조상님들 대대로 公의 시호 받았나니
> 아, 착한 일로 꽃다운 가풍 물려주심 그 어떻습니까
> 조상의 뜻과 가르침 잘 계승하여 욕되지 않게 하는 후손(재창)
> 아, 몇 분(명) 입니까

제1장을 옮겨 놓은 것이다. 첫째 줄은 문화 유씨 관향의 지형을 그려 놓은 것, 「죽계별곡」, 「상대별곡」의 예를 따르고 있어서 낯설지 않다. 2·3·4행은 유씨 가문의 연원과 고려 5백 년 동안 높은 벼슬을 역임한 네 명의 조상들의 빛나는 행적, 그리고 그들이 후대에 물려준 값진 유풍을 찬양한 것이다. 여기까지가 과거를 선양한 것이라면 5행은 그렇듯 자랑스러운 조상의 숭고한 정신을 계승한 후손들의 오늘에 관해 언급함으로써 유씨 집안의 단절 없는 가풍을 기리고 있는 구절이다. 조상을 자랑하는 것이 곧 후손의 자랑이며 나아가 가문 전체의 명예를 드날리는 것이라는 뿌리 깊은 가문의식, 족(문)벌 의식을 우리 국문학으로서는

최초로 나타낸 노래라고 평가할 수 있으리라.

그런데 5·6행을 주목할 필요가 있다. 5행에서 '후손'을 거론할 때 우리는 그 다음 줄이 "아, 나까지 몇 분(명) 입니까"로 마무리 되리라고 예상하였다. 「한림별곡」·「상대별곡」의 경우, 2장 이하 끝 장까지 시적 화자인 '나'가 빠져 있으나 작품의 序章은 "아, 나까지 몇 분(명) 입니까"라고 읊으면서 '나'의 존재를 확실히 하고 있다. 이런 선례 때문에 「구월산별곡」 첫째 장의 끝 줄도 그런 식으로 종결되리라고 믿었다. 하지만 예상은 빗나갔다. 안축의 「관동별곡」·「죽계별곡」의 경우, 작품의 첫째 장에서부터 끝 장까지 문면상 '나'는 전혀 나오지 않는다. 그렇지만 각기 몇 개의 장에서는 그 주체가 바로 시적 화자인 '나'를 지칭하고 있다는 사실을 누가 읽어도 금세 알 수 있다.

이와 달리 「구월산별곡」에서는 '나'가 일단 철저하게 제거되어 있다. 이것이 우연한 생략일까. 그렇지는 않다고 사료된다. 여기에 「구월산별곡」의 찬양법이 있다고 본다. 비록 하나의 어절이 탈락된 것에 불과한 것이지만 이것이 없어짐에 따라 일어나는 작품 전체의 변화는 자못 크다고 하지 않을 수 없다. 화자 자신은 가려져 있고 불특정 다수의 후손들이 등장하여서 찬양의 세례를 받고 있는 셈이다.

문면상 '나'가 나타나 있지 않다고 해서 '후손'에 그 '나'가 포함되지 않았다는 것은 물론 아니다. 당연히 '나'도 "조상의 뜻과 가르침을 잘 계승하여 욕되지 않게 하는 후손"(5행)의 한 사람임을 재언할 필요조차 없다. 후손을 거양하는 어법 속에 자신도 내포시켰다는 뜻이다. 그러나 "아, 나까지 몇 분(명) 입니까"라고 확실히 자신을 노출시키면서 '후손'을 운위하는 것과 그렇지 않은 방식으로 집단인 '후손' 만을 강조하면서 슬쩍 '나'를 내포시키는 것 사이에는 일정한 간격이 있다. 개인을 배제한 가문 일족의 거양, 그것은 상술한바 집단화를 지향한 가(명)문의식의 발현이다. 후대에 문벌이 성립된 근원을 따져 올라가면 일가(一家) 간의 개체성을 넘어 하나로 결속된 족친(族親)의식이 그 저변에 깔려 있었으리라고 헤아릴 수 있다. 「구월산별곡」에서 '나'가 빠지고 '후손'이 들어앉게 된 첫 번째 이유가 바로 여기에 있었다고 본다. 지금도 자주 듣는 "뼈대 있는 집안의 후손" 운운하는 칭찬도 바로 이런 오래된 의식에서 비롯된 것이며 그런 칭찬 속에 칭찬을 듣는 개인뿐만 아니라 모든 족친이 포함됨은 물론이다.

'나'가 빠지게 된 다른 이유는 '가문'이라는 특수성 때문에 그럴 수밖에 없었으리라고 짐작된다. 한 씨족의 가문에는 누대 선조가 있고 당대에는 직계 존속은 물론, 족친 중 작자보다 항렬이 높거나 나이가 많은 일가들이 수다함은 두 말할 나위도 없다. 그런 상황에서 '나'를 표면화시키는 것은 범절에서 어긋나는 일일 것이고 그리하여 '후손' 안에다 일괄하여 그 자신을 내포시키는 기법을 사용하였다고 해석된다. 화자의 존재가 잠복된 이유다.

앞의 장에서 논의한 「죽계별곡」 1장은 작자 및 그의 아우가 고향을 중흥시키고 고려와 元, 양조에서 벼슬을 지낸 사실을 내세워서 자랑하는 내용으로 되어있다. 순흥 안씨 가문의 역사나 선조의 유풍을 예찬한 대목은 없다. 요컨대 '가문' 전체는 빠지고 그 시대를 살던 직계 가족만 남아 있다. 이런 구도를 변형시켜 놓은 것이 바로 「구월산별곡」이라고 정리하면 틀림이 없다.

「구월산별곡」 2장 이하 끝 장인 4장까지는 조상들이 다져놓은 가풍에 따라 효제충신의 유교적 덕목과 반듯한 처신을 강조하는 것으로 되어있다. 여기서도 개인은 가려지고 유씨 일문과 九族이 작품 전면에 나서고 있으니 과장되게 말하자면 마치 家門小說의 기본 틀을 대하는 느낌이다.

유영의 작업은 실로 역사적인 의의와 가치를 지니고 있다. 자기 일족의 뿌리를 캐고 이를 체계화시킨 그의 업적은 일개 가문의 차원을 뛰어넘어서 우리나라 보학의 단초를 열었다. 이런 형식의 가문 자랑은 얼마든지 환영하는 바이며 또한 높이 평가한다.

문제는 빗나간 후대적인 양상에 놓여있다. 가문에 대한 긍지와 자랑이 지나쳐서 가당치도 않은 우월의식, 선민의식에 빠지고 마침내 문벌의식으로 확장되고 이것이 정치세력화 된 끝에 국사를 농단하는 지경에까지 이르렀던 옛 시대의 역사를 우리는 익히 알고 있다. A문벌과 B문벌이 혼사 등으로 緣을 맺어서 더욱 거대한 문벌집단으로 화하여 나라에 더 큰 폐를 끼친 예도 잘 알고 있다.

그런 경우는 지난 시대의 병통이고 班常과 신분 차별이 없는 현대와는 무관하다고 강변한다면 이 시대의 현상에 무지하거나 아니면 순진한 탓일 것이다. 정치권의 실력 있는 가문끼리, 제계의 유력 가문끼리, 또는 정치권과 재벌과의 인연 맺기로 대형 집단이 형성되어서 이 사회의 전면과 이면에 잠복하여 일정하게 작용하고 있음을 부인할 수 없으리라. 그러한 세력이 왕조시대의 노골적인 정치지향의 문벌 수준에 까지는 도달하지 않고 또한 여러 방면에서 국가 사회에 공헌하고 있는 순기능도 있음을 부인하지 않는다. 그와는 달리 폐악을 끼치고 많은 사람들의 지탄을 받는 경우도 자주 있다는 사실도 온전히 인정하여야 할 것이다. 그런 경우를 우리는 「구월산별곡」의 순수성이 현대에 와서 타락한 예로 치부하는데 주저할 필요가 없다고 생각한다.

3) 「금성별곡」과 스승의 제자 자랑하기

「금성별곡(錦城別曲)」은 박성건(朴成乾)이 성종 11년(1480년)에 지은 작품이다. 전 6개의 장으로 구성되어 있다. 錦城은 전라도 羅州의 옛 지명이며 지은이 박성건은 늦은 나이(55세)에 문과에 급제한 뒤 錦城教授로 일한 바 있다. 그 외에도 春秋館記事官·昭格署令·長水縣監 등의 관직을 역임하였는데 높은 벼슬자리에는 오르지 못한 셈이다.

「금성별곡」은 금성교수로 있을 때 지은 작품이다. 이것만을 두고 보면 그가 거친 몇 관직 가운데 금성교수시절이 그의 생애 중 가장 보람된 시기가 아닌가 짐작된다.

문헌(「文苑」·「五恨先生遺稿」)에 의하면 이 노래를 짓게 된 동기가 나온다. 금성교수로 재직 중인 63세 때 그에게 배운 문도 10인이 동시에 小科에 입격하는 드믄 경사가 있었다. 그런 일이 있기 전 예년까지만 해도 금성 고을에서 科試에 응시하는 수는 겨우 한둘, 많아야 서너 명을 넘지 않았다. 그러던 차 庚子年 시험에는 드물게도 열 명이 함께 연방(蓮榜)에 오르는 놀라운 '사건'이 일어났다. 여러 도의 각 관원들도 들어보지 못한(諸道各官 未聞也) 큰 경사가 금성 고을을 들뜨게 하였다고 기록은 전한다. 이러한 쾌사는 정성껏 가르친 그의 훈도와 명석한 제자들의 노고가 함께 어우러져서 일궈낸 감격스런 사건이 아닐 수 없다. 그 기쁨을 담아낸 것이 「금성별곡」이다.

제1장은 나주의 지형과 빼어난 경치, 그리고 천년의 역사를 간직한 곳에 준재들이 모여 살고 있음을, 2장은 향교 안의 건물 배치와 학문 연마에 힘쓰고 있는 유생들의 일상을 담아내고 있다. 3장은 고을을 다스리는 몇 인물의 덕치와 인재 양육에 헌신하고 있음에 대한 찬사를 기록해 놓은 것이다. 폐일언컨대 작품의 전반부에 해당되는 이 3개 장의 줄거리가 고을을 자랑하는 내용으로 되어있음은 확실하나 단순히 지리적인 장처만을 드러내지 않고 교육과 유관된 제반 환경에 대해 진술하고 있어서 이어지는 4장 이하의 작품세계의 저변 역할을 담당하고 있다고 풀이할 수 있다. 하지만 시적 자아의 태도를 성찰하는데 목적을 둔 본고에서는 1~3장은 반드시 거론해야 할 부분이 아니므로 논외에 두어도 무방하다. 이 작품의 핵심은 4장이며 또한 5장이다.

朴敎授 큰 선생, 때로 臯比[5)]에 좌정하여
五敎를 베풀고 兩端을 궁구하며 조근조근 잘 가르쳐 주시네

아, 文風을 일으키는 모습 그 어떻습니까
은근한 스승의 모습 조용하구나(재창)
아, 스승과 제자의 명철한 모습 그 어떻습니까

金叔勳 崔貴源은 부모 모두 생존해 있고
羅渙興 羅慶源은 형제들이 아무 탈 없네
羅振文 羅處光은 비로소 가풍을 일으켰네
金崇祖 洪貴枝는 나이 어려도 재능이 남다르네
羅顥 羅贇 사촌형제, 사이좋게 蓮榜에 오르는 모습 그 어떻습니까
어찌 이리도 즐거운가 향촌의 인재들이어(재창)
아, 열 사람 과거에 동반 급제한 모습 그 어떻습니까

작품의 구조상, 4장에서의 노고가 5장의 경사로 결실을 맺었다는 식으로 전개되고 있으므로 이 두 장은 어느 한 쪽이라도 없어서는 안 될 단락들이다. 일별해서도 알 수 있듯이 이 노래는 「한림별곡」 1장의 세계와 많이 닮아 있다. 스승과 문도들의 학연, 집단화된 그들의 수월성을 과시하고 있다는 점, 그렇게 자화자찬하는 주체가 「한림별곡」에서처럼 문생이 아니고 스승인 朴敎授로 되어 있고 이런데서 상이한 면이 드러나지만 어쨌든 집단의 일원이 선두에 나서서 분위기를 조성하고 있다는 점 등은 서로 같다. 자기 칭송과 과시를 통해 스승과 문하생들의 결속은 더욱 굳어지고 이렇게 굳어진 학연이 그들의 후손들에게까지 이어졌으리라고 상상해 볼 때 우리는 이런 옛 시대의 풍속도에서 오늘의 좋은 의미와 미풍으로서의 徒弟교육과 동창·동문의식, 그리고 부정적 의미로서의 학교·학계·문단의 파벌의식을 함께 떠올리게 된다.

시적 자아인 '朴敎授'는 어떤 모습으로 작품에 등장하는가. 그는 이름난 누구의 제자, 직위가 높은 관인의 신분('敎授'라는 직위는 從六品에 해당되니 고위직이 아니다), 명문거족의 후손, 이른바 권력자를 배경에 둔 인

5) 고비, 호랑이 가죽으로 된 좌석, 스승의 직위를 말함.

물이 아닌 몸으로 표면에 나타난다. 그저 향촌에서나 알아주는 유력한 士類의 신분으로 등장한다.

그의 위상은 그와 같지만 자신감에 찬 육성은 꺼리김이 없다. 우선 그는 자신을 제삼자의 관찰자로 바꿔 놓는다. '나'라는 인칭 대신에 '朴敎授'라는 객관화된 인물이 말을 한다. 그렇게 늘어놓는 사설이 역시 자기과시의 장르인 경기체가의 작품답다. 4장 1행에서부터 그는 자칭 '큰 선생'으로 자임한다. 자만심을 넘어 倨傲라고 할까. 이하 4행까지는 '큰 선생인 박교수'가 성력을 다해 문도들을 훈도하는 장면을 옮겨 놓은 것이다. "은근하고 조용한 스승의 모습"이지만 "가르치는 온정은 넘칠" 지경이며 그리하여 마침내 "文風을 일으키는" 일이 벌어졌다고 하였다. 그는 그와 같은 스승으로서의 훌륭한 자화상을 4장의 거의 전부에 걸쳐서 그려 놓았는데 그것은 곧 5장을 예비하기 위한 전략임은 더 말할 나위가 없다.

4장의 독해는 아직 끝나지 않았다. 5장으로 넘어가기 전에 4장의 끝줄의 묘미를 맛보아야할 것이다. 작자는 그 마지막 줄에서 자신의 명철함은 물론, 제자의 명철함도 함께 포개어서 자랑한다. 그 앞줄까지 이어진 자기 혼자만의 자찬이 여기에 이르러 師弟가 함께 누리는 집단 공동의 찬양으로 전환된 셈이다. 학맥의 탄생을 알려주는 신호이면서 이것이 또한 제자들에 대한 칭찬이 뒷장에서 전개되리라는 예고임을 짐작하게 한다.

4장 읽기를 마무리하기 전에 짚어 볼 것이 하나 더 있다. 「한림별곡」에서처럼 문생이 좌주의 명성을 업고 자신을 비롯한 동료를 자찬하는 모습은 선뜻 수용하기는 어려우나 그렇다고 줄곧 어색하지는 않다. 그와 반대로 이 「금성별곡」에서와 같이 스승이 나서서 공치사격의 자기 칭송을 늘어놓고 끝줄에 가서 제자들을 끼어 넣는 현상은 보기에 따라서는 민망스럽기까지 하다. 같은 자랑이되 스승과 제자의 입장은 서로 다르다. 그럼에도 작자는 자기를 찬양하는 일에 주저하지 않았다. 그 중요한 배경은 무엇일까. 요컨대 일대 사건이라 할 수 있는 문도 10인의 '공상연방(共上蓮榜)'이 그로 하여금 환희·감격·보람을 느끼게 하였을 터이고 그리하여 고조된 감정을 자제할 수 있는 능력을 상실하게 하여 직설로 치닿게 되었다고 사료된다.

저간의 사정이 그대로 노출된 것이 바로 5장이다. "어찌 이리도 즐거운가 향촌의 인재들이여(재창)/ 아, 열 사람 과거에 동반 급제한 모습 그 어떻습니까"라고 토해내는 감탄과 영발이 이를 대변해준다.

이 5장에서 접하게 되는 가장 두드러진 양상은 입격한 제자들의 이름을 나열하고 있다는 점이다. 마치 「상대별곡」에서 각급 관료들이 등청하는 모습을 그려놓은 장면을 연상하게 한다. 이렇듯 새삼스레 일일이 거명하는 까닭은 무엇인가. 그들의 화평하고 복된 가정생활과 뛰어난 재능을 독립된 개체로서 칭찬하고 축하하기 위하여 기록에 남기자는 뜻일 터이고, 또한 각 개체를 뛰어넘어 전체로서 한 자리에 모이도록 하는 효과를 얻기 위해서였을 것이다.

4장과 달리 이 5장에서는 제자들만 찬양하는 쪽으로 방향을 바꾼다. 그러니까 4장 끝줄을 경계로 하여 그 앞에는 작자의 자기 현시, 그 뒤를 제자들을 추어올리기 – 이렇게 되면서 박성건과 그 문도들은 작품상에서 자연스럽게 하나의 끈(緣)으로 연결되어 學的인 집단을 형성하기에 이르렀다고 풀이해도 좋지 않을까 싶다.

정리하면 「금성별곡」의 집단 지향은 매우 건전하고 순수하다. 무슨 저의가 있는 것도 아니고 목적의식을 가지고 기쁨에 넘쳐 자찬하고 있는 것도 아니다. 위에서 잠시 「한림별곡」과 견준바 있으나 그것과도 성향을 달리한다. 「한림별곡」에는 권력과 출세가 그 밑바탕에 깔려 있으나 「금성별곡」에는 그런 요인을 찾을 수 없다. 자칫 오만과 독선으로 인하여 배타주의에 빠진 끝에 자신들만의 세계를 구축할 기미가 전혀 엿보이지 않는 것은 아니나 작품상의 현재시간에서는 우려할만한 것은 아니라고 사료된다. 이런 류의 단순하고 깨끗한 사제관계라면 그 규모가 어떻든 언제나 환영해 마지않아도 좋으리라.

이러한 전통이 후대에 이르러 退溪·南冥학파 등을 형성하는데 기여하였으리라고 추정되거니와 훈도를 통한 사제 간의 인연과 결속에서 생성된 학맥의 등장은 학문 발전에 동력이 되었음은 재언이 필요 없다.

이 작품을 읽으면서 끊임없이 떠오르는 장면인즉 오늘 우리들이 직접 겪고 있는 사제관계 및 학문세계의 풍토다. 학파-학맥-학연의 사전적인 의미가 무엇인지를 굳이 가리고 싶지 않다. 찾아보면 금세 알 수 있을 터이나 사전의 풀이와는 무관하게 우리들의 뇌리 속에는 통념상의 의미가 자리잡고 있음을 부인할 수 없다. 세 어휘 모두가 전혀 부정적인 뜻을 가지고 있지 않음에도 '학파'는 학문의 편향된 계파, '학연'은 출신대학이 같은 동창끼리의 이해관계로 얽힌 연고, '학맥'은 그 둘 사이의 어중간한 어휘 등으로 통하는 것이 오늘의 현실이다. 학계에서 散見되는 섹트주의 또한 부정적인 집단 지향의 하나로서 학연 이외 또 다른 요소가 가미되어 학문세계를 오염시키고 있음도 우리는 잘 알고 있다.

이런 현상은 요컨대 「금성별곡」의 순정성(純正性)이 현대에 와서 변질되고 굴절된 결과라는데 이견을 달 여지가 없다고 본다.

지금까지 살펴 본 5편의 경기체가 작품의 창작 계기를 되짚어 보면 모두 자축할만한 기쁜 일을 맞아 이를 겉으로 토출해내고 싶은 충동에 따라 지은 것임을 재확인하였다.

그렇듯 기쁜 순간을 맞을 때, 작자들은 어김없이 자기 존재를 확인하면서 혹애(酷愛)와 탐닉에 빠진다. 스스로를 칭송하면서 자기 편애에 몰입한다. 자기 확인을 통한 자찬과 탐닉, 그리고 집단지향 이런 점은 실인즉 경기체가의 새삼스런 특질이 아니다. 경기체가에 관심을 둔 연구자들이면 누구나 진작부터 지적한 부분에 지나지 않는다. 다만 필자가 본고를 통해서 더욱 부각시키고자 한 것은 소략한 설명의 수준을 넘어 그와 같은 시적 화자의 자기 현시가 공동체, 혹은 집단과의 관계에서 어떻게 드러나고 있는가 하는 점이다. 자기가 속한 집단을 선양하는 과정에서나, 혹은 자신이 중심이 되어 집단을 끌어들이는 기법을 통하여서나 어쨌든 '무리'와의 관계 속에서 자기 찬양이 이루어지고 있다는 점, 그것은 결국 집단과 함께 하려는 同伴意識으로 귀결되고 있다는 점을 강조하고자 하였다. 최후로 남는 것은 緣의 결과물인 '집단'이었음을 작품읽기를 통해서 확인하고자 하였다.

상관물, 집단, 무리, 공동체 등 어떤 용어를 불러도 무관하다. 문제는 개인 자격을 뛰어넘어 여러 개체가 집합되어 있는 동아리에 귀속되어서 일원으로 움직이고 전체와 결속하려는 욕구와 지향, 이것을 옛 선인들은 선호하였다는 사실을 밝히는 작업에 필자는 의미를 두고자 하였다. 옛 시대에도, 그리고 오늘 우리가 살고 있는 이 시대에도 우리의 사회적인 삶 속에 녹아 있는 가문, 화수회, 애향심 혹은 지역주의, 학교동창·학연, 동인(同人), 관료사회의 연대의식 등 여러 종류의 집단주의가 수시로 작용하고 있음을 잘 알고 있다. 그러한 동반주의의 초기 형태를 문학에서 찾는다면 위에서 살펴본 경기체가의 여러 작품들이 이에 해당된다. 이 사실만은 부인할 수 없다. 하지만 위 작품들에 나타난 집단주의에서 현대판 이기적·적대적인 배타성, 독존적 섹트주의를 가려내는 일은 쉽지 않다. 일단은 순수한 공동체의식, 선의의 동반주의, 정체성과 결속을 다지는 건전한 공동체의식이 작품의 겉과 속 모두에 관류하고 있다고 이해하고자 한다. 지나친 자기독존, 오만함, 끼리끼리의 동류의식 등이 눈에 거슬리지 않는바 아니나 그렇다고 불순한 집단이기주의라고 매도하기에는 그 순진성이 용납하지 않는다. 그러므로 위 노래들의 건강성에 상대적으로 더 큰 무게를 두고자 한다. 퇴계와 황준량을 비롯한 몇몇 도학자들이 「한림별곡」이나 주세붕의 「儼然曲」을 못마땅하게 여겨서 악평한 까닭은 그들 노래가 외설스럽고 희학적인 일면이 있기 때문이었다. 집단성을 걸고 넘어가지는 않았다.

그러나 후대 우리 사회의 병통으로 자리 잡은 제 당파성을 떠올리고, 그런 폐습의 단서가 되는 문학유산을 꼽고자 할 때 우리는 어차피 현전하는 위 경기체가를 들지 않을 수 없다. 경기체가의 입장에서는 불쾌하기 짝이 없지만 그러나 책임 소재의 여부를 떠나 이런 자료성과 관계성의 가능성마저 부인할 수는 없다.

본고를 기필하면서 필자는 옛 시대 작품에서 오늘의 현상을 연상할 수 있다고 언명한 바 있다. 또한 개별 작품을 성찰한 뒤 그 끝 부분에서 오늘의 사회현상과 연관시켜서 간략하게 소견을 덧붙인바 있다. 이 모두가 집단 지향의 경기체가가 여말선초(麗末鮮初)라는 제한된 시대적인 상황과 역사적인 공간에서만 통할 수 있는 것이 아니라는 점을 말하기 위한 의도에서 비롯된 것이었다. 고전문학의 현대적 해석은 이런 이유 때문에 지속적으로 시도되어야 한다.

경기체가와 풍류·유락의 두 양상

–「한림별곡」·「화전별곡」을 대상으로–

현전하는 경기체가의 작품 수는 26여 편에 달한다. 장르의 짧은 존속 기간을(조선 후기 민규의 「충효가」를 제외하면 모두 여말선초에 집중되어있음) 고려한다면, 또한 특수계층인 소수의 사대부나 승려들이 주로 창작에 참여한 저간의 사정을 감안한다면 그 전해오는 편수가 적다고 볼 수는 없다. 전승과정에 여러 가지 이유로 많은 작품이 일실된 향가나 속요에 비한다면 경기체가의 현전 텍스트의 상태는 비교적 양호한 편에 속한다.

작품수가 넉넉한 것에 비례하여 경기체가의 작품세계가 다양한 것도 이 장르의 특성으로 꼽을 수 있다. 남녀상열이라는 같은 주제에 거의 대부분의 텍스트가 연계되어 있는 속요의 경우와는 비교가 되지 않는다고 하겠다. 신진 사대부나 이미 오래전에 정관계에 출사한 관료들의 자긍심을 드러낸 노래를 비롯하여 조선 왕조의 개창과 군왕의 성덕·성수를 찬양하고 기린 노래, 오륜의 덕목을 권면하는 노래, 불교의 오묘한 세계를 드러내고자 한 여러 편의 노래, 초야에 묻혀서 사는 처사의 삶과 정신세계를 담아낸 노래, 성리학과 유관된 노래 등 실로 그 주제가 다채로움을 알 수 있다.

그 가운데 취락·유흥과 관련된 작품이 있어서 우리의 눈길을 끈다. 문학이 근엄하고 철학적이며 혹은 교술성에만 무게를 둔다면 과연 어떤 결과를 초래할까. 그 무거움 때문에 자주 정신적인 피곤을 느끼곤 할 것이리라. 반복되는 일상의 무료함과 긴장을 풀어주는 작품도 있어야

할 필요가 바로 여기에 있다. 그런 의미에서 놀이, 유흥을 소재로 한 고려 후기의 「한림별곡」과 조선 중기의 작품인 「화전별곡」은 성찰의 대상이 되기에 충분하다.

이 두 작품은 풍류 주색을 다룬 노래다. 풍류 주색을 위주로 한 놀이도 판에 따라 다양한 양태로 나타남은 물론이다. 본고의 대상인 두 편의 텍스트는 그와 같은 여러 유형적인 사례의 일부에 해당된다. 그러므로 이 두 편의 노래를 각기 그 시대의 전형적인 풍류나 취락으로 일반화할 수는 없다. 오히려 특수한 환경에 처해 있던 작자의 이례적인 유흥의 세계를 읊은 것으로 보는 것이 마땅하다. 그런 특별한 점 때문에 「한림별곡」과 「화전별곡」은 논의의 대상이 된다.

글쓰기의 순서는 먼저 두 작품에 내포된 놀이性을 각각 짚어본 뒤 상호 특성과 차이점을 찾아내는 식으로 진행시키도록 하겠다. 「한림별곡」의 경우 창작시기·작자층과 그들이 노래를 지은 당시의 생활형편, 그리고 작품의 성격 등 몇 가지 관련 사항은 졸저 『고려가요의 연구』(새문사, 1990)에서 논급한 바에 의존하여 간추렸음을 명기하면서 몇 국면에 관해서는 본고에서 새롭게 조명하였다. 「화전별곡」은 이번에 처음 살펴보는 작품이다. 그런지라 「한림별곡」보다 설명할 내용이 많을 것이다.

1. 「한림별곡」의 경우

1)

「한림별곡」에 대한 고전적인 평가로서 가장 널리 알려진 것으로는 퇴계가 혹평한 "矜豪放蕩 兼以褻慢戱狎 尤非君子所宜尙"이라한 구절을 들 수 있다. 그의 이와 같은 신랄한 비판의 기저에는 「한림별곡」을 순전히 '놀이 – 유락 – 방탕한 풍류'의 노래로 규정한 인식이 깔려 있다.

맞다. 「한림별곡」은 놀이와 질탕한 풍류를 담아낸 노래다. 사대부의 문학이되 그것은 고매함이나 근엄함과는 전혀 무관한 유흥과 향락 취향의 문학이다.

全 8장으로 짜여 있는 이 노래에서 그나마 놀이性과 일정하게 거리를 두고 있는 장은 1~3장, 이렇게 세 개의 장으로 한정되어 있다.

제1장은 당대 저명한 문인들이 가상의 세계에서 한자리에 모여 글짓기 경쟁을 하는 장면이고 제2장은 그들, 혹은 작자층이 각종 서적을 열람하는 광경을, 제3장은 붓을 들고 여러 서체를 번갈아 가면서 글씨를 써내려가는 모습을 담아낸 것이다. 일견 유흥과는 거리가 먼 내용인 듯하다.

그러나 작품의 전반부에 해당되는 이 부분도 표면상 문인·선비들이 그들의 본업에 몰입해 있는 것은 부인할 수 없는 사실이나 실인즉 작품상의 분위기로 보아 단아한 자세로 시문 등 여러 가지를 연마하는 틀에 잡힌 전형적인 엄숙한 모습은 아니다. 들떠 있는 상태에서 흥에 겨워 신명나는 포즈를 취하고 있는 느낌을 강하게 내비치고 있으니 이 부분까지를 포함하여 「한림별곡」 전체를 흥취의 노래로 확장시켜서 규정하여도 큰 무리는 없다. 그렇다손 치더라도 이 작품의 놀이性은 4장 이하에 집중되어 있으므로 그쪽에 무게를 두는 것이 안전하다. 그 놀이는 화려하고 사치스럽기 그지없다.

작자층인 금의(琴儀)의 공거문인(貢擧門人)이 이 노래를 지은 高宗 3년 당시에 그들은 科試에 入格은 하였지만 미관말직이나 유식객(遊食客)에 지나지 않았다. 가난한 상태에서 지은 노래였음에도 「한림별곡」이 그처럼 호사(豪奢)의 극치를 이루고 있는 까닭은 작자층인 금의의 문생들이 장차 자신들이 환로에 몸담았을 때 필연코 누릴 밝고 명랑한 미래를 '앞당겨 체험'한 바를 그린 것이기 때문이다. 今時의 향락이 아닌 미래의 쾌락을 先行체험하였다는 것, 이 점을 전제로 하고 작품을 읽어야만 온전한 이해가 가능하다는 것이 필자가 오래도록 견지해 온 지론이다.

> 黃金酒 柏子酒 松酒 醴酒/ 竹葉酒 梨花酒 五加皮酒/ 鸚鵡盞 琥珀盃에 가득 부어/ 아 올리는 모습 그 어떻습니까/ 劉伶 陶潛 두 仙翁의, 유령 도잠 두 선옹의/ 아, 취한 모습 그 어떻습니까
>
> –4장

위 4장은 온통 술판으로 시종하고 있다. 각종 名酒가 배열되어 있고 아름다운 술잔이 모양을 뽐내고 있다. 그런 술잔에 特酒를 넘치도록 부어서 권하는 자신들의 모습을 마치 두 酒仙이 취흥에 겨운 것에 비유하여 그려 놓았다. 후대 취락을 노래한 시조 등에서 유령과 도잠은 그냥 관습적으로 등장하는 인물로 통한다. 오랜 세월동안 그렇게 이해하는데 익숙해 있었기 때문에 수용자들도 별다른 느낌이 없이 읽어내려간다. 그러면 이 경우에도 과연 그와 같을까. 아니라고 생각한다. 우리 시가 초창기에 나오는 두 주선은 先驗的인 인물이 아니라 작자층이 의식적으로 자신들과 일체화시킨 '酒朋'이었다고 해석한다. 어쩌면 '酒客' 수준에 머물러 있었을 그들 자신을 '酒仙'으로 승격시켜서 객관화시켰다고 본다. 그들의 눈높이와 지향은 이렇듯 겁도 없이 최상의 경지에 도달해 있었다.

酒仙 운운한 것 말고도 4장의 취락은 예사로운 수준을 뛰어넘는다. 조선시대 시조나 가사에 자주 등장하는 '박주(薄酒)' 류의 술이나 표주박 술잔과 같은 것은 보이지 않는다. 이 정도면 귀족 취향의 주석이요 풍류세계라고 이해하여야 옳다. 작자층은 언필칭 '최고'와 '일류'를 지향하였음이 확실하다. 그들이 자신들과 일체화시킨 유령과 도잠도 최고요 일류다. 「한림별곡」의 풍류성이 그처럼 최상의 세계로 치닫고자 한 것은 제1장에서 이미 표면화 되었음을 상기할 필요가 있다. 거기에 등장하는 8인의 문사들(유원순·이인로·이공로·이규보·진화·유충기·민광균·

김양경)은 당대 최고·일류의 인물들이다. 「한림별곡」의 작자들은 신진 사류임에도 불구하고 문단의 前輩요 거물급인 저들과 글짓기 겨루기를 가상의, 그리고 先行의 세계에서 꿈꾼다. 하늘을 찌를 듯한 기상이라고 할까. 작품의 시작에서부터 이 노래가 바라본 세계는 특등의 것이고 이런 지향이 그 이하의 여러 장에서도 재현되었다고 판단한다.

취흥에 이어 작자층은 꽃놀이(玩花)의 시간을 갖는다. 온갖 화훼(花卉)가 아름다움을 뽐내는 5장은 찬란함의 극치를 이룬다. 이 또한 화려함의 절정이 아닐 수 없다.

> 홍모란 백모란 진홍색(丁紅)모란/ 홍 작약 백 작약 진홍색 작약/ 御柳玉梅 黃紫장미 芷芝버섯 동백나무/ 아, 사이사이 핀 모습 그 어떻습니까/ 合竹 桃花 고운 두 분, 합죽 도화 고운 두 분/ 아 서로 마주보고 있는 모습 그 어떻습니까
>
> –5장

酒仙으로 자임한 취객에게 꽃들의 행진은 과연 어떤 기능을 하였을까. 단지 꽃으로만 작용하였을까. 일단 그렇게 이해하는데 이론의 여지가 없다. 취하여 뜰을 거닐면서 꽃을 완상하는 장면은 고상하기 그지없다. 하지만 '解語花'라 했거늘 화사한 꽃들의 아름다운 자태를 음미하면서 또한 기녀들의 교태를 공상의 세계에서 떠올린 것은 아니었을까. 5장의 해석을 이런 방향으로 끌고 가는 까닭은 酒色兼全이라고 한 풍류세계의 풍속을 연상하면서 이어지는 6장의 놀이판을 의식하지 않을 수 없기 때문이다. 좀 더 확장하자면 에로티시즘으로 채색되어 있는 8장까지도 고려하였음을 밝혀둔다.

이런 식으로 5장의 성격을 규정하면 결국 이 장은 실제로 美姬들이 모습을 드러낸 6·8장에 앞서 이른바 女色과 관련된 분위기를 잡아 놓은 부분이라 하겠다.

5장의 화훼를 일별하면 금세 잡히는 현상이 하나 있다. 배열해 놓은 꽃과 나무들이 같은 계절의 것이 아니고 절기와 무관하게 두루 섞여 있다는 점을 간파할 수 있다. 이런 사실은 무엇을 말하는 것인가. 작자층이 현재 시간의 현실 장면을 노래한 것이 아니라 위에서 언급한바 상상의 세계를 체험하고 있다는 사실을 말해주고 있는 것이리라. 그리고 '화훼=기녀'의 논리에 입각한다면 절후와 관계없이 여러 여인들과 교섭하고 싶어하는 작자층의 욕망이 표출되고 있다는 결론에 우리는 도달할 수 있다. 학설이 구구한 5·6행의 '합죽–도화/ 마주보고 있는 모습'은 남녀가 자리를 함께하면서 사랑을 주고받는 장면으로도 해석할 수 있으리라. 대나무는 남성, 도화는 여성의 이미지를 내포하고 있다고 풀이하면 이러한 해석은 큰 무리가 없다. 5장은 이렇듯 1~4행까지는 화훼로 상징된 뭇 기녀의 배열, 그 이하는 특정한 남녀의 交歡의 부분이 되어서 전체를 연정의 장으로 치장되어 있다고 사료된다.

꽃을 꽃으로도, 여색으로도 해석할 수 있는 이른바 重義性의 길을 열어 놓은 5장은 그 뒤를 잇고 있는 6장에 이르러 마침내 후자의 쪽으로 경도되면서 작품 전체를 더욱 확실하게 고조된 여색 중심의 향락적인 경지로 몰고 간다. 악기 소리가 울려 퍼지고 이름난 기생이 분주하게 움직이는 장면은 풍류객이 바라던 바 신명나는 풍류판이었으리라. 4~5장이 분위기를 잡기 위한 운 떼기 장이라면 6장 이하 3개장인즉 바로 풍류·유락의 중심부에 해당되는 장들이라 하겠다.

2)

阿陽의 거문고, 文卓의 피리, 宗武의 中琴/ 帶御香·玉肌香의 雙가얏고/ 金善의 비파, 宗智의 혜금, 薛原의 장고/ 아, 철야하며 노는 모습 그 어떻습니까/ 一枝紅의 빗긴 피리소리, 일지홍의 빗긴 피리소리/ 아, 듣고서야 잠들리라.

—6장

一讀만으로도 4~5장과는 다른 각도에서 분위기가 무르익고 있음을 간파할 수 있다. 당대를 전후로 해서 명성을 떨치던 각종 악기의 명수들과 名妓들이 아홉 명이나 모여 있는데 문헌상 所傳이 있는 인물은 대어향, 옥기향 등 기생과 피리로 이름이 나있는 일지홍뿐 그 나머지는 행적을 알 수 없는 사람들이다. 그렇다고 이들을 가상의 인물로 치부해서는 곤란하다. 악공의 신분이기 때문에 生平이 전해오지 않았다고 보아야 할 것이다. 경기체가에 속하는 다수의 작품들을 보면 사물과 인명이 나열식으로 거명되고 있는 것이 특징이다. 「한림별곡」은 그 정도가 다른 작품보다 비교적 심한 편에 속한다. 인명만 놓고 볼 때 1장에서 일류 문사들이 9명이나 등장하였고 이 6장에서 또한 9명의 얼굴이 보이고 있다. 후설할 「화전별곡」도 그와 유사하거니와 어쨌거나 작자층이 수다한 인물들 속에 파묻혀있다시피 한 것은 놀이판의 흥청거림을 짐작하는데 좋은 단서가 된다.

아홉 명 중에서 관심을 끄는 인물은 단연 옥기향이다. 그녀는 당시의 실력자인 崔瑀(뒤에 怡로 改名함)의 愛妓였다. 이런 사실을 토대로 해서 결론을 내리면 6장의 놀이판 또한 당연히 가상의 공간에서 선행적인 체험을 하고 있는 장면을 묘사한 것으로 규정할 수 있다. 명성도 지위도 없는 그때에 그들이 옥기향을 필두로 아홉 명이나 되는 명기·명수들을 한 자리에 불러 놓고 밤을 지새우며 환락에 빠진다는 것은 전혀 불가능한 일이기 때문이다. 장차 고위 관료로 입신출세한 후에 누릴 수 있는 향락의 즐거움을 미리 앞당겨 체험한 것으로 필자는 해석한다.

선행의 공간에서 그들은 악기소리를 들으며 황홀한 경지에 빠지고 기녀의 아름다운 용모에 정신을 빼앗긴다. 4장에서의 취흥은 마침내 소리와 여색이 보태짐에 따라 한층 고조된다. 주흥은 美酒만으로는 제대로 오르지 않는다는 사실을 6장은 말해주고 있다. 작자층이 그려놓은 놀이판은 최고의 희열, 최상의 환락, 일류급의 인물로 채워져 있다. 그 당시 최고의 통치자와 극소수의 실권자들이나 향유할 수 있는 풍류세계에 작자층은 편입코자 하였다. 무한대의 욕망은 불가능한 것까지도 누리고자 하였다. 이것이 「한림별곡」의 현저한 작품적 성향이다.

명기가 얼굴을 내비치고 있다고 해서 예상할 수 있는 모종의 사건이 가시적으로 일어나지는 않았다. 6장은 그런 일이 실현되기 직전까지의 놀이를 담아내는 것으로 매듭을 짓는다. 암묵적으로만 지시된 사건은 7장에서 윤곽을 드러내는 과정을 밟은 뒤 8장에서 완전하게 표출된다.

> 봉래산 방장산 영주 三神山/ 이 삼신산 홍루각의 아름다운 미녀(婥妁仙子)/ 녹발액자(綠髮額子), 수 놓은 휘장, 주렴을 반쯤 걷고/ 아, (산에 올라) 五湖를 조망하는 모습 그 어떻습니까/ 푸른 새들과 대나무를 심어놓은 정자 밭 도랑, 푸른 버들과 대나무를 심어놓은 정자 밭 도랑/ 아, 지저귀는 꾀꼬리 반갑기도 하여라
>
> –7장

작자는 仙界에 좌정해 있다. 비현실의 세계를 현실의 세계인양 치환해 놓고 그 안에서 작자는 신선의 삶을 누리고자 한다. 이 7장을 중심축에 놓고 그 위 아래의 6·8장을 연결시켜 읽으면 3개의 장이 호흡을 같이 하고 있음을 깨달을 수 있다. 삼신산이며 五湖며 녹류녹죽(綠柳綠竹)이며 꾀꼬리 소리며……. 이런 배경은 논외에 두기로 한다. 탈속의 세계를 강조하고 있다는 정도로 알고 있으면 족하다. 7장의 핵심은 단연 2~3행이다. 수놓은 휘장이 걸려 있는 홍루각에서 주렴을 반쯤 걷고 아름다운 미녀와 艶情에 빠져있는 상태, 그것은 변죽을 울리면서 분위기만 잡아 놓은 6장에서 한 걸음 진전된 상황임을 알 수 있다. 화훼의 완상

을 여성미의 탐닉, 또는 접근(촉)으로 해석한 5장의 내포적 의미까지 포함시켜 감상한다면 7장의 의미는 더욱 선명해진다. 그러나 남녀의 에로틱한 교합은 이 작품의 결말 단락인 8장에서 분명하게 연출된다.

> 唐唐 唐추자 조협나무/ 붉은 실로 붉은 그네를 매옵니다/ 당겨라 밀거라 鄭소년아/ 아, 내 가는 곳에 남이 갈세라/ 깎은 玉인 듯 부드러운 두 손길에, 깎은 옥인 듯 부드러운 두 손길에/ 아, 손잡고 함께 노는 모습 그 어떻습니까
>
> −8장

마치 酒仙의 향연인양 그렇게 신령스럽게 시작된 놀이판은 몇 단계를 거친 끝에 이윽고 염정의 세계에 이르러서 마침표를 찍는다. 에로티시즘, 그것이 바로 작자층이 지향한 최종적인 향락의 세계였다.

8장은 은유와 상징의 장이다. '당추자 – 조협나무 – 붉은 실과 붉은 그네' 이런 것들이 무엇을 지칭하고 있는지 정확히 알 수 없다. 미심한 대로 색정적인 관점에서 풀이한 여러 학설이 있다는 정도로 이해하여도 이 장의 전체적인 분위기를 짐작하는데 큰 지장은 없다. 끝의 두 줄로 넘어가면 여인의 손을 맞잡고 함께 노는 장면을 접하게 된다. 이로써 8장 전체를 에로티시즘으로 규정하는데 어려움이 없다. "깎은 옥인 듯 부드러운 손길에/ 아, 손잡고 함께 노는 모습"이라고 했는데 이 정도의 표현을 두고 단정적으로 에로티시즘 운운할 수 있겠느냐는 반론이 제기될 수 있다. 가령 속요인 「滿殿春別詞」의 "藥든 가슴을 맞춥시다 맞춥시다"(5연 끝줄) 라고 노골적으로 진술한 것과 비등한 것이라면 또 몰라도 '휴수동유(携手同遊)' 하는 것쯤으로 곧장 에로티시즘과 연결시키는 것은 지나친 해석이라고 말할 수 있으리라.

하지만 그렇듯 조심스럽게 반응해서는 이 노래의 진상을 파악하기가 어렵다. 「한림별곡」은 民歌에 뿌리를 둔 속요가 아니라 신흥 사대부들

의 창작 시가인 경기체가다. 민중들의 노래는 淫詞 수준의 직설적인 표현도 가능하지만 士類들의 시가에서는 남녀의 육체적인 결합을 있는 그대로 노출시켜서 드러내기는 어려웠으리라고 이해하는 것이 정상이다. 점잖은 처지인지라 기껏 "두 손 맞잡고 노는 모습" 운운하는 식의 변죽만 울려도 수용자 쪽에서 그것이 어떤 상태를 지시하는 것인지 짐작하는데 어려움이 없었을 것이다. 손목을 잡는 행위는 결국 '동침(同寢)'으로 이어지고 있음은 속요인 「雙花店」에서 "回回아비 내 손목을 쥐었답니다→그 자리에 나도 자러가리라→그 자리처럼 지저분한 곳이 없다"라고 연결시킨 진술을 통해서도 입증되므로 "두 손 맞잡고 노는 모습"을 순진하게 풀이해서는 곤란하다. 그러므로 「한림별곡」 8장은 性的인 욕망의 실현을 담아낸 장으로 그 윤곽을 뚜렷이 드러내고 있다고 하겠다.

두루 알고 있는 바와 같이 「한림별곡」의 원문은 한자 어휘(체언)의 나열로 구성되어 있다. 그런데 끝 장인 8장만은 우리말로 표기된 대목이 상대적으로 많은 부분을 차지하고 있다. 쌍스러운 내용을 노골적으로 표현하기 위해서는 이어(俚語)표기가 불가피하였으리라. 또한 이것은 서술부가 많다는 뜻이다. 그리고 서술부가 많다는 것은 작자나 기타 다른 인물의 움직임이 활발하다는 말과 통한다. 이런 양상은 다른 장과 견주와 보아도 확연하게 변별된다.

「한림별곡」은 이 끝장에서 최대로 고양된 흥과 신명을 발산한다. 일련의 동작들은 대체로 남녀가 육체적으로 교접하는 행위를 비유법에 의탁하여 묘사한 것으로 이해되고 있는 터다. 학설만 분분할 뿐 확정된 정설이 없다는 이유로 위에서 생략한 바를 여기서 굳이 밝히자면 '唐추자'는 고환, 붉은 실로 붉은 그네를 매는 것은 남녀가 한몸이 되는 것, 당겨라 밀거라는 성행위시 상하 운동하는 것, 손잡고 함께 노는 모습은 상술한 바와 같이 에로티시즘을 암시하는 것이다. 이러한 풀이가 설득력이 있다는 전제하에서 결론을 내린다면 8장은 온통 색정적인 상황을 그린 것이라 하겠다.

이제 위에서 읽은 바를 토대로 「한림별곡」의 유락에 대하여 정리할 차례가 되었다. 「한림별곡」은 구조상 크게 1~3장(도입부)과 4~8장(중심부) 이렇게 두 개의 단락으로 끊을 수 있다. 만약 「한림별곡」의 4~8장도 1~3장처럼 다소 거들먹거리는 측면은 있으되 그러나, 한림제유들의 일상적인 생활의 단면을 담아냈다면 퇴계가 그토록 이 노래를 매도하지는 않았을 것이다. 방탕하고 음외한 것이 이 작품의 주류라고 판단하였기 때문에 퇴계가 그토록 경계한 것이라는 뜻이다.

중심부의 主旨는 향락적 놀이의 선행적인 체험이다. 1~3장의 글짓기 경쟁, 書冊 열람, 글씨 쓰기의 흥겨움도 실인즉 그 뒤를 잇고 있는 중심부에 연결되어 하부구조를 견인하면서 또한 거기에 흡수된다. 따라서 「한림별곡」은 한림들의 유흥과 쾌락을 드러낸 노래로서 그 정체성을 분명히 하고 있다.

향락적 놀이는 어떤 모습으로 나타나는가. 요컨대 음주가무, 특히 주색의 향유로 표면화된다. 4장에서 취락의 흥취로 놀이판을 연 「한림별곡」은 그 이하의 장에서는 女色을 중심으로 전개된다. 완화(玩花) – 명기·명인들과의 철야 유흥 – 신선의 공간에서 미녀와의 교류를 거쳐 마침내 에로티시즘으로 마무리된다. 공간이 바뀌고 놀이의 양상이 현란하고 다양하나 큰 줄기는 여색의 탐닉과 향유로 모아진다.

「한림별곡」과 남녀상열지사로 불리는 '속요'를 장르가 다르다는 이유만으로 따로 구분할 필요가 있을까. 종래까지 「한림별곡」의 마무리장인 8장만을 淫詞로 규정하였으나 위에서 성찰한 바에 의하면 작품 전체의 주류와 결구도 남녀상열과 유관한 것으로 판명되었다. 저간의 사정이 그렇다면 「한림별곡」과 속요의 세계는 별개의 것이 아닌 것으로 간주하여도 틀리지 않는다. 「한림별곡」은 속요 중에서도 「만전춘별사」나 「쌍화점」과 같이 에로티시즘을 드러낸 작품과 함께 수평선상에 놓일 수 있는 노래로 간주하는 것이 마땅할 것이다. 언술과 표현기법상 경기체가와 속요는 확연하게 다르고, 그런 이유 때문에 내용은 도외시하고 「한림별곡」과 속요를 상호 연관 짓는 것이 무리한 일인양 치부해 온 지금까지의 고정 관념에서 벗어나기를 이 노래는 주문하고 있는 듯 하다.

2. 「화전별곡」의 경우

1)

김구(金絿)의 「화전별곡」은 조선 왕조 중종 14년(1519) 작자가 기묘사화로 남해에 유배되어 있을 때 지은 경기체가이다.

관료로서 공무에 몰두하다가 뜻밖에 기약없는 귀양살이에 처하고 보면 그 역경과 고통을 겪어야하는 당사자의 참담한 심정과 온갖 어려움은 헤아리기에 어렵지 않다. 울분을 삭이면서 풀려나기만을 고대한다든가, 억울함을 참으면서 임금에게 다시 충성할 기회가 오기를 기대하는 등 각기 나름대로의 해배의 활로를 찾고자 노력하였다. 그런 심경을 글로 담아낸 것이 바로 유배시가인데 멀리 고려의 「정과정」을 기점으로 국문으로 된 작품만도 시조와 가사에 다수가 전해오고 있는 사실은 두루 알고 있는 바다. 「화전별곡」은 경기체가로 된 유일한 유배시가라는 점에서 특이한 작품이라 하겠다.

그런 점보다 유배시가이되 유배시가답지 않다는 점, 이것이 「화전별곡」의 가장 두드러진 특성으로 꼽힌다. 모두 여섯 개 장으로 짜여있는 것 중에서 끝 장을 읽어보면 이 노래의 독특한 성향과 작자의 지향점을 금세 파악할 수 있다.

"서울의 번화함이야 너는 부러우냐/ 고관 대작의 저택, 그리고 술과 고기 안주 너는 좋으냐/ 돌밭에 엮어 놓은 띠집 여기에 깃든 時和歲豊/ 향촌의 모임이야 나는 좋아하노라"

적소(謫所) 생활이라고 하면 당연히 거친 음식과 불편한 잠자리에 고생이 자심하였을터, 그리하여 解配와 복직에 대한 열망에 늘 애를 태우며 지내는 것이 상례였을 것이다. 부자유스런 상태에서 하루라도 빨리 풀려나 한양에 되돌아가기만을 갈망했던 것이 유배자의 일반적인 심정이었으리라. 문학 작품이나 기록물에 나타난 바에 의하면 그렇다.

그런데 위 「화전별곡」의 끝 상은 그러한 상식을 여지없이 깨뜨리고 있다는 점에서 눈길을 끈다. 京華와 朱門酒肉 따위는 아랑곳 하지 않고 配所의 띠집에서의 삶과 향촌의 모임에서 즐거움을 찾는 것이야말로 시적 자아가 좋아하는 바라고 피력하고 있으니 요컨대 상식을 뒤엎으면서 유배생활을 찬양한 것으로 보아야 할 것이다. 「화전별곡」을 두고 위에서 유배시가이되 유배시가답지 않은 노래라고 규정한 이유가 바로 여기에 있다.

작자가 비웃기라도 하듯 서울의 번화함에 등을 돌린 이유는 여럿 있겠지만 놀이판인 '향촌의 모임'에 마음을 빼앗긴 것도 그 중의 하나이다. 깊은 속내는 알 수 없으나 작품에 나타난 바에 의하면 그렇다. 그는 벼슬이며 명예를 통해 향유할 수 있는 도시의 사치스런 향연을 거부하면서 향촌의 질박한 놀이판을 그 대척점에 올려놓았다. 향촌 모임에서의 교류와 놀이, 이것이 작자로 하여금 유배지에 정을 붙이면서 살도록 이끈 한 요인이었으며 유배시가답지 않은 「화전별곡」을 있게 한 동인이었다.

여기서 한 가지 짚고 넘어갈 것이 있다. 유배지에서 지은 그의 여러 한시들을 보면 「화전별곡」과는 전혀 다른 진술이 적지 않다. 적소에서의 외로움, 가족과 서울 생각, 임금을 그리워하는 마음 등 여느 유배시가의 성향과 유사한 작품이 많다. 남해와 인근 지역 인사들과 교유하면서 지은 시나 그 일대를 여행하면서 읊은 노래에서 그런 울적하고 고독한 심정을 그는 드러내고 있다. 이런 국면을 성찰한 논문도 학계에 보고된 바 있다. 저간의 사정이 이러고 보면 「화전별곡」의 신명과 낙천성이 작가의 유배생활 전체를 대변하고 응축해 놓은 것이 아님을 알 수 있다. 마땅히 그럴 것이다. 그 고통스럽고 감내하기 어려운 귀양살이를 어찌 신바람나는 취락으로만 일관할 수 있었으랴. 오히려 한시에서 접할 수 있는 울울하고 서울의 모든 것을 그리워하는 그 마음이 그의 진정이었을지 모른다.

그러면 「화전별곡」은 무엇인가. 본마음을 뒤집어서 작희(作戱)하듯 토로한 것인가. 아니면 그리움의 反語的인 진술이요 고백인가. 그렇지는 않은 것 같다. 작품의 솔직성과 가식 없는 언술이 그런 해석을 불가능하게 이끈다. 그렇다면 무엇인가. 사람의 마음은 늘 일정할 수는 없다. 특히 궁지에 놓여 있을 때는 극과 극을 왕래하는 경우가 적지 않다. 좌절하다가도 금세 기력을 되찾고, 우수와 비탄에 잠겼다가도 일순 낙관적인 기대와 희망에 들뜨는 예가 자주 있다. 이것이 인간 심리의 이중적 동향임을 우리는 알고 있다. 「화전별곡」을 그와 같은 작자의 심리적 변화 과정에서 생산된 노래로 보면 한시와의 상이성을 어렵지 않게 이해할 수 있을 것이다. 외롭고 그립고 고통스런 순간에서 잠시 벗어난 어느 시간, 어느 술자리에서 그의 기분과 심경은 반전되었을 터이고 그래서 지어진 것이 「화전별곡」이라고 규정하고 싶다. 그러므로 여타의 한시 작품과 이 「화전별곡」을 굳이 연결시켜서 서로 다른 국면을 따지며 왜 그런지 천착할 필요는 없다고 본다. 此一時요 彼一時라는 생각을 떠올리면 헷갈리는 대목은 풀리면서 저것도 진심이었고 이것도 진심이라는 결론에 쉽게 도달할 수 있다. 따라서 본고에서는 「화전별곡」에만 관심을 두고 그의 다른 작품에 대해서는 생각지 않기로 하겠다.

「화전별곡」은 언필칭 유흥과 풍류문학이라고 이를만한 작품이다. 제

1장에서부터 그런 색채를 강하게 풍기면서 시작된다. 남해의 빼어난 자연경관을 1~4행 넉 줄에 걸쳐서 묘사한 뒤 시적 화자는 5~6행에서 이렇게 찬탄한다.

> 풍류 주색 이 시절의 인걸, 풍류 주색 이 시절의 인걸/ 아, 나까지 몇 분입니까.
>
> –1장, 5·6행

풍류와 주색을 드러내놓고 외치고 있다. 이를 즐기면서 흥을 돋우고 있는 패들을 '인걸'이라고 호칭하였다. "유령 도잠 두 선옹……"으로 자임한 「한림별곡」의 초세속적인 표현과 큰 편차를 보여주고 있다. 전망컨대 「화전별곡」은 현실세계의 일상적인 질박성에 맞닿아 있다. 공간의 배치와 진술 등에 있어서 그렇다. '호걸 俊士'(1장 3행) 라고도 지칭된 그때 그곳의 인걸들이 어떤 모양으로 희락의 세계에 빠졌는지는 2장 이하에서 실명을 들며 말하고 있거니와 관심을 끄는 것은 작자 그 자신도 인걸의 한 사람으로 자임하고 있다는 점이다. 「화전별곡」은 작자가 관찰자의 입장에서 타인의 놀이를 스케치한 것이 아니라는 뜻이다. 그가 치켜세운 남해 촌락의 인걸들은 그곳에 귀향살이로 내려가기 전부터 있었던 그 지방 인물들일터, 그러므로 그가 저들 모임의 일원이라고 밝힌 사실은 곧 향촌의 호걸들과 거리감이 없이 동화되었다는 사실을 말해주는 것이다. 홍문관부제학(弘文館副提學, 中宗14년, 1519)까지 역임한 고위 관료 출신의 그가 유배지에서 만난 시골의 무명 인사들을 인걸이라고 말하면서 그들과 허물없이 어울렸다는데서 작가의 툭 트인 성격과 호방한 기질을 짐작케 한다. 향촌의 인사들과 풍류 주색 운운하며 격의 없이 지낸 사이였다는 것이 중요하다. 이것은 쉽지 않은 일이다. 서사인 1장에서 "나까지 몇 분입니까"라고 했으니 2장 이하 모든 장면에 그가 자리를 잡고 참여하고 있다고 해석하여야 함은 물론이다. 유배자와 흥겨운 놀이, 풍류와 주색에 빠지기, 이는 실로 어울리지 않은 그림인 듯하지만 그러나 실제로 그에 의해서 실현된 생활의 한 단면이었다.

> 河別侍衛의 芷芝品帶, 나이 관작이 함께 높고/ 朴敎授 손 젓는 醉中 버릇, 姜綸의 잡담, 方勳의 코골며 자는 버릇, 鄭機의 먹고 마시는 모습/ 아, 品官 모임의 화목한 모습, 그 어떻습니까/ 河世涓氏 재주껏 읊는 풍월, 하세연씨 재주껏 읊는 풍월/ 아, 唱和하는 광경, 그 어떻습니까
>
> -2장

序詞에서 "풍류 주색 즐기는 이 시절의 인걸" 운운하며 운을 떼었으므로 이어지는 本詞의 첫째 장인 2장에서부터 주석의 취흥과 질탕한 유흥의 장면이 전개되리라고 예상하였으나 다소 빗나갔다. 위 2장은 작자가 6장 끝 줄에서 말한 '향촌 모임'의 구성원과 개개인의 버릇 등을 밝히는 데 주력하고 있다. 경기체가의 시적 화자는 '집단'을 지향하는 예가 자주 있는데[1] 김구도 그 관례를 따르고 있다. 작자의 독자적인 행위가 아닌 여러 인물들의 개인적인 현재시간의 움직임을 집단화시켜서 모아 놓았다는 점에서 이 노래는 독특한 맛을 자아낸다.

작자도 함께 어울린 유배지에서의 향촌 모임은 4행에 따르면 品階를 지니고 있는 관료들이 평등한 자격으로 참여하여 만든 모임이다. 품계가 있는 벼슬아치들이긴 하나 別侍衛·敎授라고 한 것을 보면 문무를 떠나 높은 관직에 올라 있는 사람들은 아니었다. 그저 서로 말이 통하는 비슷한 수준의 시골 유지들이 아니었던가 싶다. 그런 점에서 「화전별곡」의 작품적인 환경은 「한림별곡」과 큰 차이를 보여준다. 「한림별곡」의 첫째 장은 당대 일류 문사들의 이름과 문장의 특기를 나열해 놓은 것으로 되어 있다. 「화전별곡」도 형식만은 「한림별곡」1장을 본받고 있으나 내용은

---

1) 이 책에 실려 있는 「경기체가와 시적화자의 '集團' 지향」 참조.

선험의 세계에 빠지지 않았다. 달관현직(達官顯職)도, 유명인사도 아닌 기껏 그 지역에서나 통하는 인사들이 거명되고 있다는 점에서 이 노래의 친근성은 드러난다. 지체와 관직이 아주 높으면 일반적으로 거리감을 느끼는 것이 상정이 아니겠는가.

그들의 모습과 버릇을 집중 조명한 것도 가위 일품이다. 취중의 술버릇, 잡담을 늘어놓는 습관, 술자리 한켠에서 코골며 자는 사람의 잠버릇, 필경 유별난 구석이 있기 때문에 소개된 특정인의 먹고 마시는 모습, 그리고 다소 부족한 능력이되 애를 써가면서 시를 지어 읊는 광경 등의 나열은 코믹하면서도 권위적이지 않아서 한결 정겨움을 느끼게 한다. 풍속화 또는 民畵를 보는 느낌이라고 하면 가장 적절한 표현일 것이다. 향촌 친목계원들의 다양한 모습, 점잖지도 근엄하지도 않은 일상적인 그대로의 가식이 없는 몸짓을 이처럼 생동감 넘치게 옮겨 놓았다는 점에서 「화전별곡」의 미덕은 평가할만한 것이다.

2)

「화전별곡」은 비현실적인 국면의 장황한 전개와 귀족 취향의 서술을 거부하고 일상생활에서 흔히 볼 수 있는 낯익은 공간과 인물의 배치 그리고 작자의 일시적인 낙천성을 드러내는데 주력하고 있다. 뒤를 잇고 있는 3장에서도 꾸밈없는 그의 솔직한 진술과 묘사는 계속된다.

> 徐玉非 高玉非 검은 피부, 흰 피부 아주 다르고/ 큰 銀德 작은 은덕 늙고 젊음이 같지 않으며/ 姜今의 가무 綠今의 장고 몸맵시 좋은 學非, 볼품 없는 玉只/ 아, 꽃나무 숲의 아름다운 勝景 그 어떻습니까/ 花田이라는 별칭, 화전이라는 별칭, 이름과 실상이 다르지 않네/ 아, 철석과도 같은 뜻과 심지, 아니 끊어질 리 없더라.
>
> -3장

이 장을 이해하기 위해서는 어휘 풀이가 선행되어야 한다. 玉非는 기녀, 따라서 徐玉非라 한 것은 徐氏 姓을 가진 기녀를 말한다. 銀德은 여종, 그 위에 大·小를 冠하였으니 큰 여종·작은 여종이란 뜻이 된다. 學非·玉只도 玉非와 마찬가지로 기녀를 말한다.

앞서 2장에서는 品官齊會의 구성원을 열거해 놓더니 이 3장에선 술자리의 취흥을 돋우는 기녀들과 시중을 드는 여종들을 배열시켜 놓았다. 「한림별곡」 6장도 기생이 악기를 타는 장면을 그린 것이라서 「화전별곡」이 이를 모방했으리라 추정한다. 다만 전자는 나라안에 널리 알려진 名妓·名人들인데 반하여 후자는 이름없는 鄕妓들과 하찮은 천비(賤婢)들의 현신이라서 사뭇 다른 환경을 느끼게 한다. 화려하지도, 고급스럽지도 않은 酒宴, 그런 자리에서 작자와 일군의 시골 풍류객들은 격식에 얽매이지 않고 한 때의 흥취를 만끽하고 있는 것이다.

이 3장에서 특히 흥미로운 부분은 여러 기녀를 놓고 피부색의 검고 흰 것을, 몸맵시 잘나고 못난 것을 드러내 놓고 밝히는 한편 여종도 늙고 젊음을 구별해 놓고 있다는 점이다. 기녀의 외모를 거론할 경우, 대체로 일괄하여 미모를 운위하기 마련인데 「화전별곡」은 그 상례에서 벗어나 있다. 검은 피부색·늙은 모습·못난 몸맵씨 등도 주저하지 않고 지적하고 있으니 작자의 솔직한 묘사가 여기서도 확연하게 드러난다. 이 부분 또한 위 2장의 해학적인 스케치와 함께 잔잔한 미소를 머금으면서 읽게 하는 대목이라 하겠다.

기녀와 여종을 그런 식으로 묘사한 뒤 작자는 "아 꽃나무 숲의 아름다운 勝景 그 어떻습니까"라고 환호한다. 기녀들의 가무와 악기소리를 보고 들으면서 술잔을 주고받는 그 놀이장소가 바로 승경을 자랑하는 花林處였으리라고 해석하는 것은 文字 그대로를 따른 풀이다. 5행에서 남해의 지명을 '花田'이라고 별칭하였으니 꽃나무 수풀이 무성했음을 뒷받침 해준다. 그런데 표면에 적힌 그대로 이해하지 않고 달리 읽을 수 있는 단서가 있으니 한번쯤 시도해 볼만 하다. 곧 끝줄에서 작자는 "아, 철석과 같은 뜻과 심지, 아니 끊어질 리 없더라"라고 고백하고 있다. 요컨대 무엇엔가 이끌려서 마음이 흔들리고 있음을 토로한 언술이다. 이 구절을 근거로 '꽃나무 수풀 – 花田'이 나오는 바로 위의 두 줄을 다시 읽으면 그것이 놀이장소와 지명을 말하는 것이 아니라 기녀와 여종의 은유임을 직감할 수 있다. 그렇기 때문에 꽃밭과도 같은 여인네들에게 마침내 이끌려서 '미추를 가리지 않고' 주색을 함께 즐기는 쾌락을 맛보았다는 암시적인 고백이 된다. 重義와 은유법을 통해 내비친 염정의 놀이판, 그 한 때의 향락 앞에서 귀양살이를 하던 작자는 결국 굳은 뜻과 심지를 꺾고 말았다.

2·3장과 마찬가지로 4장에서도 여러 사람의 이름이 나온다. 경기체가에서 이렇듯 많은 사람의 실명이 章마다 계속 나오는 것도 「화전별곡」이 거의 유일한 작품이다. 수다한 등장인물의 실명이 거명된다는 것은 바꿔 말하면 사실성을 담보하고 있다는 것이 된다. 작자가 직접 교유하며 풍류를 즐기던 사람들과 진작부터 거리감이 없이 동화되었음을 입증하는 서술이기도 하다.

> 漢元今의 글읽기식 노래, 鄭韶의 풀피리소리/ 혹은 바릿대 치기 혹은 소반 두드리기 간혹 盞臺치기/ 머리 흔들고 몸을 뒤치며 온갖 취한 모습들/ 아, 흥을 돋우는 모습 그 어떻습니까/ 姜允元氏 스르렝딩 거문고 타는 소리, 강윤원씨 스르렝딩 거문고 타는 소리/ 아, 듣고서야 잠들리라
>
> –4장

노래하고 춤추며 장고 치는 광경이 앞에서도 연출되었으나 단편적인 것으로 끝냈다. 그것을 확장시켜 놓은 것이 4장이다. 공간은 계속해서 술자리, 그것도 이제야 비로소 취흥이 절정에 달한 술자리, 머리를 흔들고 몸을 뒤치는 등 갖은 취태(醉態)가 노출되는 것으로 보아 품격과 체면

을 따지는 주석이 아니다. 서로 허물없이 마시며 취중의 잡담과 정담이 남발하는 술판임이 분명하다. 「한림별곡」 6장에서는 고려 고종 당시 취적(吹笛)의 명인인 一枝紅의 빗긴 피리소리를 듣고서야 잠들겠노라고 하였는데 「花田別曲」의 시적 화자는 先行의 체험세계가 아닌 현실세계에서 자신과 교유하고 있는 사람의 거문고 타는 소리를 듣고 잠을 자겠노라고 한다. 소박한 풍류다. 제대로 된 악기는 거문고 하나뿐, 그 나머지는 바릿대·소반·잔대 등이 악기의 대행노릇을 하며 發興의 분위기를 잡아간다. 멋대로의 소리판이요 놀이판이다. 풍속화에서 볼 수 있는 서민풍의 음주가무, 그런 놀이에 몰두함으로써 향촌의 인사들과 유배객은 서로 벽을 뛰어넘어 일체가 되는 동질화의 희열을 맛보았을 것이다. 특히 유배객은 과거의 영화와 현재의 고통을 잊기 위해서도 더욱 탐닉하였으리라 헤아려진다.

> 綠波酒 小鞠酒(소국주) 보리술 막걸리/ 황금빛닭 문어 안주, 유자잔(柚子盞) 첩시대(貼匙臺, 숟가락 받침대)/ 아, 가득 부어 잔 권하는 모습 그 어떻습니까/ 鄭希哲氏 밀밭만 지나가도 취한다네/ 아, 어느 때 슬플 적이 있으리오.
>
> –5장

「한림별곡」4장과 동일한 성격의 장인 것만은 확실하나 그것과 여러 측면에서 이질적인 양상을 드러내고 있다는 점에 우리는 유의한다. 우선 술의 종류가 다르다. 「화전별곡」의 술상에는 「한림별곡」과 달리 고급주가 놓여 있지 않다. 소국주 등 막걸리와 보리술이 주류를 이루고 있다. 술잔도 화려한 것과는 거리가 멀다. 향촌의 범박한 주석임을 쉽게 느낄 수 있다. 닭고기와 문어 안주가 차려져 있는데 「한림별곡」에는 술만 있고 안주는 그림자조차 보이지 않는다. 숟가락 받침대가 갖춰져 있는 것도 예사롭게 보아 넘겨서는 안 된다. 술 – 안주 – 술잔 – 숟가락 받침대, 이래야만 제대로 된 술상이라 할 수 있다. 일견 아무것도 아닌 것처럼 보이는 이 부분을 부각시키는 까닭은 「한림별곡」의 허점인 사실성의 결여를 지적하는 한편 「화전별곡」의 치밀한 구체성을 강조하기 위해서다. 이렇듯 사실성을 구비하고 있다는 것은 「화전별곡」의 미덕이요 장처다. 그것은 위에서 접한 바 향촌 인사들과 기녀·여종들의 특징을 일일이 지적한 작자의 관찰력이 작용해서 만들어낸 결과임은 재언할 필요가 없다.

끝 줄 "아, 어느 때 슬플 적이 있으리오"라고 한 탄사도 "劉伶 陶潛 두 仙翁……"운운한 선험적인 표현의 「한림별곡」과 구별되는 언술이다. 고통스런 환경 속에서도 슬픔을 거부하고 기쁨을 유지하려는 낙관적 세계관이 짧은 이 한 줄 속에 담겨져 있다. 「한림별곡」과 비교하여 살아 있는 진술로 평가될 수 있는 이 끝줄은 위에서 인용한 6장의 향촌 찬양과 연결시켜서 읽을 때 그 속뜻이 한결 새로워진다.

작품 읽기를 마감하면서 거듭 언명코자 하는 바는 「화전별곡」의 흥과 신명, 밝음과 낙천적 성향이다. 그것이 보기 드물게도 유배객의 귀양살이에서 숙성되었다는 사실이다. 놀이판의 희락과 흥취가 손에 잡힐 듯이 그렇게 살아 있다는 점이다. 분수에서 벗어나지 않고 실생활에서 누릴 수 있는 범위 내에서 즐기고 있는 그 자아실현의 지혜다.

「화전별곡」은 낯익은 사람들이 모여 격의 없이 술잔을 나누면서 취흥을 돋운다. 가무를 즐기고, 기녀들과 어울린다. 그들은 많은 것, 거창한 것, 최고의 것을 바라지 않는다. 언제나 판을 벌리고 싶으면 쉽게 벌리는 유흥의 자리가 그들이 지니고 있는 욕망의 전부다. 왁자지껄한 소리가 들리는 듯한 그들의 놀이판은 격식이 따로 없다. 각자 하고 싶은 행위와 몸짓을 부담 없이 하는 것이 그 주석의 불문율임이 확실시된다. 기녀와의 색정적인 교섭, 그것은 확인되지 않는다. 그녀들이 술자리에 동참한 것까지는 읽을 수 있으나 「한림별곡」 끝 장에서와 같은 에로티시즘의 노출은 없다. 기녀들의 면면들을 소개한 뒤 "아, 철석과도 같은 뜻과 심지, 아니 끊어질 리 없더라" 라고 술회한 3장 끝줄의 정황으로 보아 남녀의 결합이 있었으리라고 짐작할 수 있지만 사실 여부는 모호한 채 검증하기 어렵다. 그런 식으로 여운을 남기려고 작자는 용심한 듯하다.

설사 남녀의 염정이 있었다손 치더라도 「화전별곡」의 놀이판은 색정적인 것보다 음주가무가 중심이었다. 이 또한 「한림별곡」과 다른 국면이다.

3. 두 작품의 거리

풍류와 주색을 즐기면서 쾌락에 빠지는 놀이판은 예나 지금이나 별스러운 것도 아니며 특정한 사람들에게만 허용된 것도 아니다. 옛 시대에는 강호가도와 더불어 남정네들이 자주 향유하는 유흥의 하나였다. 상하계층과 財富 여하에 따라 편차가 있을 뿐, 음주가무와 취락, 그 자체는 누구에게나 허용되어 있는 것이다. 이런 관점에서 본다면 「한림별곡」이나 「화전별곡」의 유흥을 야단스럽게 운위하는 것이 오히려 별스러운 일이 되는지도 모를 일이다.

하지만 이 두 편의 노래가 생산되기 이전에, 한시는 논외에 두고 우리 시가문학의 작품에서 놀이판의 장면들을 담아낸 예가 없었다는 것, 바꿔 말하면 국문학사적인 측면에서 재단할 때 「한림별곡」과 「화전별곡」은 가장 이른 시기의 풍류시가에 해당되며 그런 이유 때문에 특별히 의미를 부여할 가치가 있다는 점이 이 두 편의 작품이 지니고 있는 첫 번째 특성이라 하겠다.

이른 시기의 작품일 뿐만 아니라 두 노래는 連章体를 활용하여 술자리의 놀이를 여러 각도에서 묘사하고 있다. 그러므로 연속으로 놀이판의 광경을 묘사한 것, 이것은 「한림별곡」·「화전별곡」두 작품이 공유하고 있는 특질임을 환기키로 한다.[2)]

작자가 그 당시 품고 있던 관직에 대한 소회와 그들이 처한 입장이나 환경은 이 노래들을 살피는데 매우 중요한 관점이 된다. 그렇게 말하기보다는 벼슬에 대한 태도와 처지가 먼저 전제가 되어서 작품의 성찰이 진행되어야한다는 것이 더 맞는 말이다. 필자는 이 두 편의 노래를 성찰함에 있어서 특히 이 점을 염두에 두고 조명코자 하였음을 밝힌다. 금의의 문생인 작자층과 김구는 현직관료가 아니다. 그렇다고 관료사회와 전혀 무관한 인물들도 아니다. 전자는 환로에 진출하기를 기다리는 예비 관료였고 후자는 공직에서 쫓겨난 전직 관료이자 유배객이었다. 이렇듯 서로 다른 특수한 신분으로서 그들이 어떤 놀이를 즐겼는지가 관심의 대상이 되지 않을 수 없다. 쾌락을 만끽하고자 풍류 주색에 탐닉한 점은 양자가 같다. 하지만 향유하는 방식과 양상에서 그들은 현격한 차이를 보여준다. 그 부분에 관해서 필자는 「화전별곡」을 논의하는 과정에서 여러 번 「한림별곡」과 대비하여 상호 다른 점을 지적한 바 있다.

---

2) 가령 동일한 경기체가인 安軸의 「關東別曲」은 그가 강원도 경승지를 순행하면서 공간이 이동될 때마다 시야에 들어오는 음주가무의 정경을 연장체로 수렴한 것이다. 이처럼 형식의 면에서는 「한림별곡」·「화전별곡」과 같으나 그것은 끝장을 제외하고 작자의 직접 체험이라기보다는 관찰자로서 제삼자인 여행객의 풍류를 스케치하는 것으로 일관한다. 이런 점에서 「관동별곡」은 두 노래와 같지 않다. 그의 또 다른 작품인 「竹溪別曲」도 5장으로 되어 있지만 풍류로운 술꾼들이 떼를 지어서 노니는 모습(3장)과 붉은 살구꽃과 향긋한 풀들이 있는 장소를 배경으로 하여 술잔을 기울이는(5장) 흥겨운 장면을 잠시 배치하고 있을 따름이다. 전체가 아닌 부분이고, 또한 관찰자의 입장에서 그린 것이니 예의 작품들과 구별된다. 전체가 5장으로 구성된 조선왕조 초기 權近의 「霜臺別曲 」도 마찬가지다. 司憲府에 몸담고 있는 관료들의 하루 일과를 형상화한 이 노래도 4장에서 퇴청 후의 주석을 다루고 있으되 그 한 개 장으로 끝날 뿐이다. 경기체가의 테두리를 넘어서 초기 사설시조에 鄭澈의 「將進酒辭」가 있음을 우리는 모르지 않는다. 술노래의 대표작으로 꼽는 이 절창도 單章으로 되어 있다는 점에서 「한림별곡」이나 「화전별곡」과 차별이 된다.

이제 기왕에 언급한 바를 되새김질 하면서 또한 새로운 점을 찾아내어 종합해서 정리하기로 하겠다. 이렇게 해서 관료사회와 어떤 경우로든 인연이 있던 사대부층의 놀이의 두 양상을 규명하고자 한다.

먼저 「한림별곡」의 경우다. 관직에 대한 작자층의 관심과 기대는 대단히 적극적이다. 관료생활을 통해서 삶의 가치와 희열을 모두 누릴 수 있으리라는 희망에 그들은 들떠 있었다. 작품의 어느 대목에서도 그들의 이러한 관점과 소망이 직접 표출되어 있지는 않았지만 일별만으로도 그러한 기미와 정황은 어렵지 않게 포착할 수 있다. "최충헌시대에 새로운 관료로 등장한 신흥 사대부들의 신선하고도 명랑하며 화려하고도 득의에 찬 생활, 그리고 앞날의 전망과 의욕에 넘친 호탕한 기풍을 구가한 작품"이라고 언명한 李明九의 견해[3]도 바로 작자층의 세계관, 좁혀서 말하자면 낙관적인 관료觀을 겨냥한 것임은 재언을 필요로 하지 않는다. 벼슬을 바라보는 관점과 기대치가 지극히 높다보니 관료의 위세를 내세워 화려하고 번화한 도심의 유흥장소에서 놀이의 욕망을 충족코자 하는 심리도 늘 품고 있었을 것이다.

「화전별곡」은 그와는 전혀 다르다. 벼슬이며, 京華의 영화로운 삶이며 이런 것들과 그는 결별하였다. 그런 심사를 그는 작품을 통해서 직접 피력하였다. 위에서 인용한 끝장을 다시 옮기기로 한다.

> 서울의 번화함이야 너는 부러우냐/ 고관 대작의 저택, 그리고 술과 고기 안주 너는 좋으냐/ 돌밭에 지은 띠집, 여기에 깃든 時和世豊/ 향촌의 모임이야 나는 좋아하노라
>
> –6장

유배객답지 않은 심경을 토로하고 있거니와 그는 서울을 거부하고 향촌의 삶을 선택하였다. 고관대작을 마다하고 향촌의 처사가 되기를

3) 李明九, 『고려가요의 연구』, 신아사, 1973, pp.103~112.

희망하였다. 서울에서의 관료생활, 그것에 대해서 심한 염증을 느꼈다고 보아야 할 것이다. 이러한 인생관과 세계관은 동어반복이지만 귀양살이의 고통을 맛보고 있는 사람의 일반적인 사유세계와 일단 동떨어져 있는 것이 사실이지만 되레 유배객이기 때문에 가능한 희귀한 경우라고 판단할 수도 있다. 귀양길에 오르기 직전까지의 정치적인 풍파와 파고가 심한 환로생활을 떠올리면 그가 왜 예전의 자리에 되돌아가기를 거부하였는지 그 해답이 나온다.

다시 「한림별곡」으로 돌아가자. 예비관료의 신분으로서 장차 누리고자 한 願望의 놀이, 「한림별곡」은 요컨대 그런 점 때문에 관심의 대상이 된다. 李明九를 비롯한 몇 연구자들은 「한림별곡」을 지을 당시의 작자층을 이미 벼슬길에 들어선 신진 관료로 규정하였다. 설사 이 견해에 따르더라도 官界의 경력이 일천하였다는 점에서 필자의 지론인 예비관료의 위상과 크게 다르지 않다. 어느 관점에서 보아도 그들은 결코 호사를 누릴 형편이 아니었다. 그들의 유흥은 은퇴하였거나 유배당한 전직 관료의 놀이와도 상이하였고 현직에 있는 벼슬아치의 유흥과도 동류일 수 없었다.

욕망의 무제한적 先行체험, 그리고 최고·최상·일류를 지향한 놀이, 이것이 그들이 「한림별곡」에서 펼쳐놓은 유흥의 양상이었다. 술자리는 쾌락이 분출되는 장소였다. 취흥이나 여인과의 交歡 또는 合歡이 이루어지는데 아무 지장이 없는 장소였다. 작자층의 현실 생활과 전혀 부합되지 않은 이러한 황당한 호사와 기쁨은 어떻게 가능하였을까. 그 해답이 곧 '예비 관료'의 무한대적인 발상과 자유스런 꿈과 사유의 실현이다. 그들은 현재에 갇혀 있지 않았다. 현재에 머물러 있었다면 미래의 체험을 앞당겨서 구가한 「한림별곡」자체가 생산될 수 없었다고 단정한다. 따라서 그들에겐 대망의 미래만이 있었다. 앞날을 설계하고 미리 체험하는데 환락의 정도와 범위를 정할 필요가 없었다. 실현 가능성을 꼼꼼히 따지는 계산이 필요했을까. 자신들이 처해 있는 현재 시간에 맞춰서 적절한 놀이판을 설정할 필요가 있었을까. 인간의 욕망은 끝이 없는 것일진대 후일 관직에 진출한 이후의 사정이나 꿈의 성취 여부와는 관계없이 공상 속에서의 체험은 무한대로 뻗어나갔다고 사료된다. 그것이 바로 현실주의자인 현직관료는 체험할 수 없는 예비관료의 권한이요 자유였으리라. 이것이 바로 「한림별곡」이 도에 지나칠 정도로 사치스럽고 화려한 노래로 자리를 잡은 이유다.

「화전별곡」의 김구는 이를테면 산전수전 다 겪은 철저한 현실론자로 인지함이 옳다. 그는 두 번에 걸쳐 서로 다른 '현실'을 경험하였다. 제1차 현실은 유배당하기 이전에 벼슬을 살면서 겪은 현실이었다. 그것은 명예와 자긍심에 가득찬 당당한 현실이었으리라. 또 그것은 權近이 「霜臺別曲」 끝장에서 읊은 아래와 같은 것이었으리라.

> 楚澤에서 離騷를 읊던 屈原이 너는 좋은가/ 鹿門山의 逸士들이 너는 좋은가/ 明君·良臣 함께 만난 태평시대에 驄馬의 모임이야 나는 좋소이다.

초야에 묻혀 사는 처사의 삶을 비웃으며 종묘사직의 동량으로서 국사에 헌신하는 득의에 가득 찬 공직자의 삶, 그것이 그가 체험한 첫 번째 현실이었으리라. 그러나 사화의 희생양이 되어 조정에서 방출된 후 유배지에서 겪은 제2차 현실은 그 이전의 생활과는 전혀 다른 삶을 강요하였을 것이다. 그러므로 그때에 지은 「화전별곡」은 '현실 이후의 현실'을 반영한 작품인 셈이다. 밝고 달콤한 막연한 미래가 스며든 노래가 아니라 불운과 거센 세파를 겪으면서 숙성된 곰삭은 현실에 뿌리를 박은 그런 작품인 것이다.

현실의 난관을 극복하고 새로 접한 제2의 현실에서 생산된 「화전별곡」은 현실 그 이상을 소유하고자 아니 하였다. 현실 가운데서도 작자와 가장 가까운 곳에 있는 현실이 작품의 무대였다. 작자는 의도적으로 지난날의 현실과 단절하고 오늘의 현실에 밀착하여 깊은 인연을 맺었다. 누릴 수 있는 놀이판의 경계선과 한계도 현실에 따라 설정되었다. 그렇게 해서 창작된 「화전별곡」은 허황되거나 분에 넘치는 쾌락과 유흥과는 거리가 먼 것이다. 그것은 그가 몸담고 있는 향촌의 궁벽한 지역적인 사정과도 연관이 되어 있었다. 맞다. 생각과 의식도 중요하겠지만 남해 외진 공간에 갇혀 있었다는 것도 그의 놀이에 적지 않은 영향을 주었으리라는 점 또한 온전히 인정하여야 할 것이다. 그렇다손 치더라도 역시 의식과 생각이 상대적으로 더 크게 작용하였을 것이라는 기왕의 판단에 우리는 되돌아가고자 한다. 관직과 연계된 것은 같으나 예비 관료가 도취한 놀이의 양태와 달리 현직에서 물러난 유배객이 만끽한 유흥의 성격과 진폭은 지극히 현실적이고 제한적이었다. 설사 그가 유배객이 아닌 致仕 관료라 할지라도 예비관료가 읊은 것과 같은 비현실적인 작품의 창작은 불가능했을 것이다. 그만큼 두 경우는 일치할 확률이 높지 않았다.

시선을 돌려서 창작된 장소와 겹쳐지는 작품상의 공간과 장면 묘사를 살피기로 하자. 「한림별곡」은 공간이동이 잦다. '술자리→화훼가 들어찬 屋外의 장소→수다한 악기가 배치된 공간→신선의 세계+정자 둔덕→야외의 그네 뛰는 장소' 이렇게 4장 이하 장이 바뀔 때마다 공간 또한 이동한다. 작자층은 옮긴 장소에서 거기에 걸맞은 놀이를 연출한다. 필자는 위에서 「한림별곡」의 놀이는 그 표현과 언술이 장마다 다르기는 하나 요컨대 술, 특히 에로티시즘에 무게가 놓여 있다고 피력한 바 있다. 主旨는 이렇듯 단순하지만 그것을 실현시키는 방법은 다양한 것도 사실이다. 그런 방법 중의 가장 두드러진 것이 공간의 변화요, 변화된 공간에서 각기 다른 놀이에 심취하는 것이다.

왜 작자층은 이렇듯 놀이의 공간을 매번 바꾸었는가. 새로 옮긴 낯설고 신선한 장소에서 다양하고도 상이한 놀이를 체험하고 싶었기 때문이었으리라. 생소한 장소와 각종 놀이에 대한 선망과 실현, 그것은 가없는 욕망이 낳은 결과다. 또한 그것은 현실에 구애받지 않고 이상주의에 침잠해 있던 예비관료의 세계관을 반영한 것이다. 그들은 밀폐된 공간인 주석에 머무는 것만으로 만족할 수 없었고 그리하여 닫혀있는 공간을 뛰어넘어 열린 공간의 이곳저곳을 섭렵하고 싶었기 때문에 매번 장소의 이동이 실현되었으리라는 것이다. 이런 현상은 결국 외향적인 의식의 결과인데 대망의 미래세계에서 그들은 그런 식으로 경험의 확장이 성취되리라고 믿었다고 해석할 수 있다.

각 장의 묘사와 진술은 또 어떤가. 요컨대 추상적이며 사실성이 거의 결여되어 있음을 직감할 수 있다. 8장은 상징성 때문에, 7장은 초현실성 때문에, 6장은 황당한 배경 때문에, 5장은 중의성 때문에 윤곽을 잡기가 여간 어려운 것이 아니다. 4장도 그렇다. 유령·도잠으로 자임하면서 각종 명주를 마시는 행위가 도무지 실감이 나지 않는다. 경기체가의 특징으로서 처사접물(處事接物)을 꼽는다. 그런 점을 십분 고려할 때 4장을 비롯한 각 장의 나열법은 사실과 동떨어진 형식상의 진열일 따름이다. 권근의 「상대별곡」에도 주연의 흥취를 노래한 대목이 있다. 아래에 옮기기로 한다.

> 司憲 직무 끝낸 뒤 公務를 마친 房主감찰과 有司들/ 의관 벗고 선임자 모시고 섞어앉아/ 삶고 고은 龍鳳湯(잉어와 닭을 함께 넣어 끓인 탕)과 황금단술 鏤臺盞에 가득 부어/ 아, 권하는 모습 그 어떻습니까
>
> –4장

원문을 우리말로 바꿔 놓고 보니 어휘의 번다한 나열이나 집합은 찾아볼 수조차 없다. 서술문으로서 부족함이 없다. 현직 관료들의 술자리가 과장됨이 없이 그려져 있다. 참석자들의 움직임도 현장성을 살려서

적절하게 그려 놓았다. 이러한 사실성은 작자가 현실에 몸담고 있으면서 그 현실을 직접 체험하며 살고 있기 때문에 가능하였을 것이다. 「한림별곡」의 작자층은 아직 세사에 경험을 축적하지 못한 신진세대였으므로 현실에 밀착된 서술에 미숙하였고 무엇보다도 누리고 싶은 바를 이것저것 무한정으로 조합하는데 집착하였다고 추정한다.

「화전별곡」은 사정이 전혀 다르다. 전편이 현실의 재현으로 되어있다. 그런 점에서는 「상대별곡」의 4장과 일치한다. 위에서 읽은 바를 다시 반추할 필요가 없으리만큼 「화전별곡」은 온통 작자가 직접 체험한 현실에서의 놀이를 그려놓은 것이다. 김구의 의식세계와 현실세계에서의 위치는 권근과 친연성을 유지하였다고 해석함이 마땅하다. 그렇다고 김구=권근의 등식이 필연적으로 성립되는 것은 아니다. 현직 관료인 권근과 유배로 인해 강제로 쫓겨나서 퇴직 관료가 된 김구의 현실 인식이 같을 수는 없었을 것이다. 그것은 작품으로 판명된다. 「상대별곡」은 제1장에서 사헌부에 소속된 관료들을 당대의 영웅호걸이라고 치켜세우는 것으로 기필한다. 이를테면 작품의 총론격이다. 이어서 제2장은 대사헌을 비롯한 각급 관료가 호기롭게 등청하는 모습을, 제3장은 시정득실을 엄정하게 다루는 집무 광경을 묘사하고 있다. 그런 연후에 예의 제4장인 퇴청 후 주연의 흥취를 다루고 있다. 결국 3장까지 공직자의 일과를 배치시켜 놓은 것이다. 이것은 곧 현직관료의 일상을 그대로 반영한 것으로 유흥이 일상의 일부일 뿐, 위주가 될 수 없음을 말한 것이다.

이와 달리 「화전별곡」은 첫째 장부터 작품이 끝날 때까지 주색과 풍류를 노래하는 것으로 시종하고 있다. 벼슬과 관련된 일체의 단편적인 기억도 그는 제거하고 오로지 현실의 삶에만 눈길을 고정시켰다. 풍류와 주색을 말하기에 앞서, 가령 유배생활에서 느낀 소회나 심경 등을 서두에서 토로한 뒤, 풍류와 주색 운운하며 본론에 들어갈 수도 있었으련만 그는 그런 절차를 밟지 않았다. 이것이 바로 그가 현실에 뿌리를 내렸으되 권근의 경우와 같지 않은 대목이다. 제2의 현실에서 다시 태어난 사람과 제1의 현실에 몸담고 있는 사람의 삶은 이처럼 달랐다.

「화전별곡」은 또한 놀이의 공간을 옮기지 않고 한 곳에 고착시켜 놓았다. 이 점에 관해서는 「한림별곡」의 경우와 반대로 생각하면 그 해답을 얻을 수 있다. 상상으로서의 다양한 체험이 아니기 때문에, 또한 외향적인 확산을 거부하고 내향적인 집중의 길을 택했기 때문에 그런 결과가 나왔다고 해석한다. 지역적 한계도 원인의 하나로 꼽을 수 있다. 하지만 그것이 이유의 전부일 수는 없다. 위에서도 말한 바와 같이 작자가 비록 외진 지역에 갇혀 있었다고 할지라도 화려한 미래를 꿈꾸며 환상과 욕구에 사로잡혀 있었다면 얼마든지 「한림별곡」류의 노래를 생산했을 것이기 때문이다. 그러므로 더 큰 이유는 의식과 발상 자체가 현실에 토대를 두었기 때문에 그런 작품이 창작되었다고 풀이하는 것이 타당하다.

끝으로 작품에 등장하는 인물들의 움직임을 살펴보기로 하자. 「한림별곡」 제1장을 보면 다수의 인물이 나온다. 아마도 작자층인 금의의 공거문인들의 행동을 묘사한 것으로 판단되는 2~4장까지도 그 연장선상에 놓여 있다고 보인다. 이 텍스트를 돌림노래로 보면서 또한 '집단성'이 강한 작품으로 간주하는 근거가 바로 여기에 있다. 그런데 정작 놀이가 정점에 이르는 5장 이하를 읽으면 첫째, '집단'은 보이지 않고 개인의 움직임만 있으며 둘째, 그 움직임도 단조롭고 정태적이라는 느낌을 강하게 받는다. 끝장의 그네 뛰는 장면이 그나마 생동성이 있지만 주변에는 인적을 찾을 수 없어서(남녀가 성교하는 행위를 그린 것이니 그럴 수밖에 없을 터이다) 단조롭기는 매한가지다. 4장의 권주하는 장면도 마치 신선놀이를 관람하는 느낌이니 살아있는 사람의 살아있는 움직임으로 느껴지지 않는다.

「화전별곡」은 그렇지 않다. 어느 장을 읽어도 왁자지껄하고 동태적이다. 해학적인 움직임이 가미되어 있어서 실감을 극대화시키고 있다. 등장인물들의 스스럼없는 '어울림', 이것이야말로 「화전별곡」의 두드러진 특징이요 또한 미덕이다. 개인의 행동은 향촌모임이라는 공동체의 놀이에 흡수되면서 흥과 신명의 한마당은 더 큰 울림으로 상승된다.

현재 시간에 존재하지 않는 것을 마치 존재하는 것인양 꾸며서 형성한 작품세계와 존재해 있는 현실을 있는 그대로 재현한 작품세계는 이처럼 인물들의 움직임을 통해서 확연하게 변별된다.

김구가 말한 '풍류 주색'은 옛 시대 선인들이 가장 즐겨 찾던 놀이였다. 그들은 음주가무에 취하여 흥과 신명을 만끽하고자 하였다.

놀이는 사람에 따라, 환경에 따라 천차만별의 양태로 나타난다. 그 다양한 모습은 각기 나름대로의 특성과 의미를 내장하기도 하고 표면화하기도 한다. 간혹 인생관·처세관·세계관과 같은 무거운 주제를 담는 사례도 있다. 남정네의 일상생활에서 취흥·희락 등의 놀이는 요컨대 잉여가치에 해당되는 것이요 또한 쉽게 접할 수 있는 유흥이다. 그럼에도 한 인간의 정신적인 본령을 놀이에서 읽을 수 있다면 그것은 단순하거나 흔한 놀이의 차원을 벗어난다.

필자가 「한림별곡」과 「화전별곡」을 함께 묶어서 논의한 까닭도 거시적으로는 이 두 편의 노래가 즐거움을 얻기 위한 놀이의 사전적인 의미와 '호모 루덴스' 중에서도 우리가 평소 관습적으로 알고 있는 가장 대표적인 놀이에 해당되기 때문에, 본질적으로는 관료사회에 진출을 앞둔 사람과 관직에서 방출당한 사람의 서로 다른 풍류·유락이 현저하게 대조를 이루면서 흔치 않은 양상을 보여주기 때문에(그러나 두 노래가 각기 예비관료와 유배객의 평균치적인 풍류·유락을 반영한 것이 아님은 물론이다.

양자 특별한 경우에 해당된다), 작자의 독자적인 특유한 삶과 사유가 여실하게 드러나 있기 때문에, 정서의 고양, 곧 신명과 흥에 실려 있는 정신적인 지향이 관심의 대상이 되기에 충분하기 때문에 각기 개별적으로, 혹은 붙여서 견주어 본 것이다. 써놓고 보니 「한림별곡」은 깎아 내리고, 그 반대로 「화전별곡」은 치켜세운 꼴이 되었다. 이는 의도한 바의 결과가 아니고 다만 두 작품이 말하고 있는 바를 서로 견주면서 조명한 결과라는 점을 밝힌다.

제3부

향가여요와 현대시 엮어 읽기

- 속요와 한용운의 시 엮어 읽기
- 사라진 것에 대한 향가와 조지훈 시의 정서

속요와 한용운의 시 엮어 읽기

속요를 접할 때, 1920년대 시인 중 친연성의 측면에서 가장 많이 떠오르는 시인을 찾는다면 단연 만해 한용운을 꼽지 않을 수 없을 것이다. 속요의 시대와 한용운이 살다간 시대 사이에는 줄잡아도 7·8백 년이라는 긴 세월의 간격이 놓여 있다. 그렇듯 엄청난 시간적인 거리를 두고 있음에도 불구하고, 뿐만 아니라 중세와 근·현대라는 상이한 시대적·사회적 환경이 양자 사이에 가로 놓여 있음에도 불구하고 속요의 세계와 한용운의 시세계는 여러 가지 측면에서 닮은 점이 많다.

속요의 대다수 작품은 '님'을 노래하는 것으로 소임을 삼고 있다. 만해의 시집 『님의 沈默』의 80여 수의 시편 또한 그와 같다. 님과의 사랑·이별, 그리고 기다림을 화두로 설정해 놓고 애절한 사설을 토해내고 있다는 점이 속요와 만해의 시가 공유하고 있는 가장 현저한 특징이다. 여성 취향의 언술, 넋두리체의 푸념이나 신세타령식의 호소와 진술 역시 양자를 하나의 끈으로 연결시켜 주는 요인이 된다. 시적인 분위기만으로도 둘 사이에 끈끈한 친연성이 있음을 쉽게 느낄 수 있다. 속요를 읽으면서 문득 한용운을 생각하는 이유가 바로 여기에 있다.

거시적인 큰 틀 안에서는 이처럼 서로 닮은 모습을 하면서도 후설하겠지만 세부적인 면에서는 자주 낯선 장면을 연출하는 속요와 만해의 시세계는 우리의 관심을 끌기에 족하다. 필자가 본고를 작성하게 된 동기도 바로 이 점을 그냥 간과할 수 없기 때문이었다. 이 작업을 통해서 필자가 살피고자 하는 것은 속요와 만해시의 닮은 점과 그렇지 않은 점을 검증하면서 견주어 보는데 있다. 그러나 본고의 목표가 만약 거기에서 끝난다면 이 논의는 큰 의미를 획득할 수 없다.

古詩歌에서 비롯된 님을 향한 서정이 후대 20세기 시인에게 어떤 모습으로 계승되고 또한 변용되었는지를 성찰하면서 민족 정서의 잠재력을 확인하는데 이 글의 무게가 실려 있음을 밝혀둔다. 만해는 타골의 시는 읽었으나 고려시대의 속요는 아마도 접해보지 못하였으리라고 믿는다. 그럼에도 그의 시는 속요와 수평선상에 놓인다. 이것은 무엇을 말하는 것인가. 고려시대든 20세기 근대든 이 민족이면 시공을 초월하여 함께 공유하고 있는 서정의 因子가 분명히 있었음을 반증하는 것이 아니겠는가. 민족의 공통된 정서를 읽는 일이야말로 필자가 본고에서 추구하는 본령임을 거듭 천명해 두기로 한다.

속요는 당대는 물론 지금도 남녀상열지사 또는 애정시로 통한다. 이에 관해서는 재론의 여지가 없다. 문제는 만해의 시인데 두루 알고 있는 바와 같이 수용자의 관점에 따라 그가 노래한 '님'을 일제에게 빼앗긴 조국으로, 또는 부처나 보살로, 이념이나 종교를 초월한 절대자 등으로 다양하게 해석해온 것이 지금까지의 연구 동향이다. 이러한 諸家의 견해는 모두 일리가 있음을 온전히 인정하면서 다만 본고에서 필자는 그의 '님'을 잠시 사랑하는 연인으로, 따라서 그의 시를 戀詩・애정시로 간주키로 하겠다.[1)] 이렇게 규정하는 것은 새삼스런 일이 아니다. 결코

---

1) 한용운이 노래한 「님」의 정체가 과연 무엇인지를 밝히려는 노력은 한용운 연구가 시작되던 초기부터 대두되었다. 그러한 성찰은 지금도 이어지고 있다. 워낙 오래도록 계속되다 보니 식상하다는 느낌이 들 정도다. 그렇다고 이 문제를 가볍게 다루어서는 안 된다.

근자 인권환이 「萬海詩에 있어 法身의 현현과 보살정신」(『한국문학의 불교적 탐구』, 월인, 2011, pp.262~267)에서 「님」에 관한 역대 중요 연구 결과를 정리해 놓고 새삼 자신의 견해를 피력하는 점, 그런 면에서 의의가 있는 작업이라 하겠다. 그는 이 연구에서 그동안 여러 연구자에 의해서 논의된 바를 4가지로 간추렸는데 ①異性 ② 조국・민족・해방 ③ 불타・眞如・衆生 ④ 이 세 가지의 복합적 대상이 바로 그것이다.

큰 형세를 이루고 있지 않지만 학계 일각에서는 진작 그런 관점에서 그의 시를 여러 각도에서 해석하고 있다. 만해의 시를 그와 같이 규정하면 옛 시대의 시가인 속요의 성격과 자연스럽게 상통하면서 한 묶음의 담론거리가 됨은 재언을 필요로 하지 않는다.

속요는 「鄭瓜亭」·「履霜曲」 등 소수의 非聯詩를 제외하면 다수가 聯詩로 되어 있고 따라서 사설이 길다. 만해시의 대다수도 요설체로서 사설이 장황스럽다. 이런 점에서도 둘 사이의 동질성을 다시 찾을 수 있거니와 개별 작품마다 이처럼 장광설을 연상케 하고 있으므로 노래의 전문을 인용하는 경우도 있지만 각기 부분을 옮겨서 대비하는 예가 상대적으로 더 많다는 점도 미리 말해둔다. 인용하는 부분은 독립된 별도의 부분으로서가 아니라 작품 전체와 연결된 조각들임은 다시 말할 나위가 없다.

이별의 슬픔과 고통을 당했을 때, 그리고 그와의 해후를 기다리며 긴긴 세월을 견뎌낼 때 화자의 심경이 어땠는지를 구분하여 성찰하면서 기타 몇 문제를 곁들여서 살피기로 하겠다. 깊은 천착과 분석에까지는 들어가지 않고 양자 같은 유형으로 분류될 수 있는 작품들을 찾아내어

이중에서 그는 세속적 사랑의 대상인 ①의 이성만은 결코 한용운이 노래한 「님」이 아니라고 단언하였다. 필자도 그의 견해에 左袒한다. 만해가 「님」을 노래할 때 남녀간의 사랑을 염두에 두었다고는 보지 않는다. "님만 님이 아니라 기룬 것은 님이다"라고 넓게 언급하였지만 이는 속내를 숨기기 위한 복합적인 트릭이었다고 해석한다. 속요의 「정과정」이나 鄭澈의 「思美人曲」의 기법과 같은 방식으로 여성 화자를 내세웠을 뿐이라는 뜻이다.

필자의 생각이 이와 같다면 당연히 만해의 모든 시를 戀詩로 규정하여 논의해서는 안 된다. 그런데 필자는 이 글에서 그의 노래를 사랑의 戀歌로 정해 놓고 분석하였다. 이런 모순이 또 어디 있는가. 하지만 필자는 이를 모순이라고 생각하지 않는다. 님의 정체를 ② 또는 ③으로 고정시켜 놓고 다만 문학의 이해에서 수용미학이 있음을 활용하여 잠시 님=연인의 관점에서 읽고자 할 따름이다. 속요와 대비하기 위해서 택한 방법론이라 하겠다. 이는 마치 충신연주의 가사인 「사미인곡」이 조선 후기에 남녀간의 戀歌로 용도가 변경되어 가창된 사실과 같은 것이라 하겠다.

모아놓는 일을 위주로 삼으면서 간단히 촌평을 가하는 것으로 끝내고자 한다. 그러므로 이 논문은 텍스트를 통한 '속요와 한용운 시 엮어 읽기'의 기초 또는 초기 작업으로 그 소임을 한정시켰음을 밝혀둔다. 더 진전된 성찰은 이 과제에 관심이 있는 후학들에 의해서 이뤄지기를 기대한다. 만해 시는 김종인의 『날카로운 첫 키스의 추억』(나남, 2008)에서 현대 철자법으로 바꿔 놓은 것을 인용하였다. 평설 일부도 참고하였다.

본론에 들어가기 전에 꼭 밝혀두어야 할 것이 있다. 이별, 기다림이 노래를 살필양이면 그에 앞서 당연히 사랑할 때의 노래를 읽으면서 감상하여야 마땅하다. 그런데 본고는 이 부분과 관련된 章을 설정하지 않았다. 까닭은 유감스럽게도 속요나 만해의 시에서 사랑의 순간을 읊은 작품을 찾을 수가 없기 때문이었다. 속요의 경우 "……님과 내가 얼어죽을망정/ 情 둔 오늘밤 더디 새오시라 더디 새오시라"라고 피력한 「만전춘별사」의 첫째 연이, 그리고 만해의 경우는 "날카로운 첫 '키스'의 추억은 나의 운명의 지침을 돌려놓고 뒷걸음쳐서 사라졌습니다…… "라고 진술한 「님의 침묵」의 일부가 그나마 열애의 순간을 포착해 놓은 것으로 간주할 수 있다.

그것뿐이다. 이처럼 빈약한, 아니 거의 全無하다시피 한 텍스트의 不在이거늘, 사랑할 때의 章을 따로 세울 형편이 아님은 다시 말할 여지가 없으리라. 속요와 만해시는 남녀상열의 문학인데도 사랑할 때의 희락을 노래한 작품이 왜 그처럼 희소한가. 시궁이후공(詩窮而後工)이라는 말은 곧 시는 결핍의 산물이라는 뜻이다. 詩歌는 슬플 때, 궁지에 몰릴 때 주로 생산되는 것이지 기쁘고 즐겁거나 쾌락을 느낄 때 숙성되기는 매우 어렵다. 속요와 만해 시에 열애를 다룬 작품이 거의 없다시피 드문 까닭은 그 생성 또는 창작 계기가 비극적이었기 때문이다.

1. 이별할 때

1) 속요, 온순한 수용과 격정적인 거부

사랑할 때의 희열과 포만감을 피력한 노래가 거의 없는데 비하여 이별할 때의 안타깝고 서러운 심경을 토해낸 작품은 속요와 만해의 시 양쪽 모두에 걸쳐 많은 편수를 남겨 놓고 있다. 이런 까닭에 속요나 만해의 남녀상열지사를 이별의 노래, 그리고 기다림의 노래로 간주하게 된 것이다.

먼저 속요의 경우다. 이별을 다룬 속요 작품으로는 「가시리」와 「서경별곡」이 단연 꼽힌다.

> 가시리 가시리잇고 나난 / 버리고 가시리잇고 나난 // 날러는 어찌 살라 하고 / 버리고 가시리잇고 나난 // 잡사와 두어리마나난 / 선하면 아니 올세라 // 설운 님 보내옵나니 / 가시난 닷 도셔 오소서 나난
>
> –「가시리」 전문

> 西京이 서울이지마는 / 닦은 곳 소성경(小城京) 사랑합니다마는 / 이별하기 보다는 길쌈베 버리고 / 사랑하신다면 울면서 쫓아가겠습니다 // 구슬이 바위에 떨어진들 / 끈이야 끊어지겠습니까 / 즈믄 해를 외따로 살아간들 / 신의야 끊어지겠습니까 // 대동강 넓은 줄 몰라서 / 배 내어 놓았느냐 사공아 / 네 아내 음탕한줄 몰라서 / (내 님을) 가는 배에 얹었느냐 사공아 // 대동강 건너편 꽃을 / 배 타들면 꺾을 것입니다
>
> –「서경별곡」 전문

「가시리」를 두고 한국의 전형적인 여인상이 투영된 이별가라고 지칭한다. 옛 시대의 한국의 여인은 어떤 유형의 비극적인 상황에 직면해서도 감정을 억제하고 속으로 삭이는 인내를 가장 큰 미덕으로, 삶의 덕목으로 삼았다. 현숙함이니 다소곳함이니 운운하면서 그랬다. 「가시리」의

여인은 그 전형적인 여인상에 해당된다.

그녀는 노래를 시작하면서 開口一聲으로 '가시리'를 연거푸 되뇐다. 2연까지는 겨우 넉 줄인데 그 짧은 진술을 네 번에 걸친 '가시리'로 채우고 있다. 님의 가심이 그만큼 충격적이면서 감당해내기 어려운 '사건'임을 화자는 반복되는 '가시리'를 통해서 표시한다. 그 '가시리'가 '바리고'로 연결됨에 따라 이 노래의 이별은 님의 일방적인 의사에 의한 것이고, 그것은 또한 방기(放棄)에 해당된 것임을 짐작케 한다. 결국 화자는 내동댕이쳐진 신세인 셈이다. 여기에 접목된 "날러는 어찌 살라하고" 운운한 하소연까지 겸해서 생각하면 남성에게 인생 전체를 의탁하고 살았던 옛 시대의 여인의 절망감과 막막함을 이해하는데 어려움이 없다. 화자에게 님과의 이별은 요컨대 삶의 붕괴를 의미하는 것이다.

'가시리잇고'를 몇 번씩이나 되뇌면서 이별의 수용에 괴로워하던 화자는 결국 적극적인 대응과는 거리가 먼 자기식의 논리에 휘말린 끝에 그만 현실에 순종하고 만다. 그것은 운명에 대한 굴복인 셈이다. 이런 자세를 여인이 갖추어야 할 온순한 婦德으로 간주하면서 오랜 세월동안 상찬해 마지않았다.

「서경별곡」의 언어는 결이 곱지 않다. 거침이 없고 자제하는 기색을 찾아볼 수 없다. 情調와 호흡도 급박하여 평온함과는 거리가 멀다. 화자의 적극적인 대응은 「가시리」와 전혀 다르다. 마치 「가시리」의 피동적인 자세를 비웃기라도 하듯 실로 역동적인 기세를 보여주고 있다.

첫째 연에 비친 화자의 태도는 강경하다. 말로만 이별을 거부하는 방식에서 벗어나 행동으로 대응하려는 자세는 일반 민요에서도 흔하지 않다. 화자는 온 몸을 던져 자신의 운명을 지키고자 한다. 순응하는 것이 미덕이라는 기존의 관념을 그는 과감하게 깨뜨리고자 한다. 삶의 터전인 고향과 여인의 생활 그 자체인 길쌈 베 짜는 일마저 버리고 님이 사랑하신다면 쫓아가겠노라는 화자의 진술에서 옛 시대의 다소곳한 여인상이 일거에 무너지는 모습을 볼 수 있다. 그런 식으로 맞서기는 했으나 사회적인 규범이나 통념상 그런 행위가 거의 불가능했던 그 시대의 엄격한 불문율을 감안하면 화자의 언술은 요컨대 님의 행로를 막기 위한 전략적인 흰소리에 지나지 않는 것으로 풀이할 수 있다. 어쨌거나 실행 가능성 여부를 떠나 말로서나마 행동성을 천명하면서 이별과 대결한 화자의 적극적인 반응은 언필칭 이색적이라 할만하다.

끝 연인 셋째 연은 속된 말로 말하자면 발작성에 근접한 항변이라 할 수 있다. 첫째 연만해도 이별이 예고된 상태이지 실현되지는 않았다. 그러던 것이 막상 셋째 연에 이르러 헤어짐의 현장이 목전에 전개되자 화자는 마침내 이성을 잃고 격한 감정의 도가니에 빠진다. 모든 것이 끝장이 났다는 절망감에 사로 잡혀서 애걸하던 목소리는 순간 공격적이며 파괴적인 언어로 바뀐다. 죄도 없는 뱃사공을 향해 엉뚱하게도 그의 아내가 불륜에 빠져 있으니 어서 가서 네 앞가림이나 하라고 면박을 준다. 님이 타고 갈 배를 강가에 내어 놓았다고 이 야단이다. 사리 판단력을 완전히 상실한 형국이다. 이어지는 앙탈은 미래에 대한 불안한 심리에서 싹튼 질투의 막말이다. 대동강을 건너는 님이 도강하는 즉시로 다른 여인과 치정에 빠질 것이라고 예단하면서 투심(妬心)에 몸을 떤다.

「가시리」는 전망이 불투명하지만, 그러나 해후를 예비하였다. 「서경별곡」은 이별을 곧 파국으로 간주한 끝에 미래를 전면 포기하였다. 님과 함께 동행 하겠다는 첫째 연의 적극적인 의지는 고식적인 이별가의 전형적인 틀을 깨뜨리고 새로운 국면을 열었으나 끝에 가서 극심한 감정의 파고를 이겨내지 못하고 그만 심정적으로 자멸하고야 말았다. 이별을 막지도, 그 슬픔을 한 차원 승화시키지도 못하고 마무리된 노래가 바로 「서경별곡」이다.

그렇다손치더라도 이런 이별가가 문학의 관점에서는 수월성을 놓고 시비거리가 될지 모르나 여항의 갑남을녀들이 기약 없이 헤어지는 현장에서는 실제로 있을 수 있는 이별의 유형임을 부인할 수 없다면 감정을 여과시키지 않고 있는 그대로를 옮겨 놓았다는 점에서 그 가치와 의미를 평가하여야 할 것이다. 「가시리」와 전혀 다른 이별의 노래가 존재해 있었다는 점에서 특기할만하다는 뜻이다.

2) 만해, 애원조(哀願調) 만류와 이별의 무화(無化)

만해의 경우는 어떤가. 시 곳곳에 헤어지는 장면이 토막 형태로 삽입되어 그것이 님을 그리워하며 기다리는 장면으로 연결되는 그의 노래는 헤아릴 수없이 많다. 반대로 시의 전문이 「가시리」, 「서경별곡」처럼 이별만을 질료로 한 작품은 그리 많지 않다. 그 중에서 제목만으로도 이에 해당되는 노래임을 즉감할 수 있는 몇 편을 읽기로 한다.

> 그것은 어머니의 가슴에 머리를 숙이고 아기자기한 사랑을 받으려고 삐죽거리는 입술로 표정하는 어여쁜 아기를 싸안으려는 사랑의 날개가 아니라 敵의 깃발입니다 / 그것은 자비의 白毫光明이 아니라 번득거리는 악마의 눈빛입니다 / 그것은 冕旒冠과 황금의 누리와 죽음과를 본체도 아니하고 몸과 마음을 돌돌 뭉쳐서 사랑의 바다에 퐁당 넣으려는 사랑의 여신이 아니라, 칼의 웃음입니다 / 아아, 님이여 慰安에 목마른 나의 님이여, 걸음을 돌리셔요, 거기를 가지 마셔요 나는 싫어요
>
> -「가지 마셔요」 1연

위 시는 전편 4개의 연으로 되어 있으나 사설이 길어서 첫째 연만 인용하였다. 하지만 각 연의 끝부분은 첫째 연의 말미처럼 떠나려는 님을 극력 만류하는 호소다. 이것만을 따로 떼어내 아래에 옮기기로 한다.

> 아아 님이여 새 생명의 꽃에 취하려는 나의 님이여, 걸음을 돌리셔요. 거기를 가지 마셔요. 나는 싫어요. (2연)

아아 님이여 情에 殉死하려는 나의 님이여, 걸음을 돌리셔요. 거기를 가지 마셔요. 나는 싫어요. (3연)

아아 님이여 죽음을 芳香이라고 하는 나의 님이여, 걸음을 돌리셔요. 거기를 가지 마셔요. 나는 싫어요. (4연)

생략한 2~4연의 앞부분까지를 포함하여 시의 전체적인 상황을 관견하건데 이 노래는 일제 치하의 시대상, 또는 불교적인 선악의 세계와 유관된 것으로 해석해야할 시다. 戀詩로 간주하기에는 적절하지 않다고 하겠다. 그렇지만 다시 말하거니와 만해의 시는 중의성을 표방하고 있는 것이 특징이고, 또 그 자신이 님의 정체를 다의적인 것으로 정립해 놓은 이상 어느 하나에 집착할 필요성을 느끼지 않는다. 따라서 서론에서 밝힌 바와 같이 본고에서의 님을 이성으로 간주키로 하였으므로 위의 시도 그런 각도에서 접근할 수 있다. 시대상·불교적인 선악의 세계·적의 깃발 등을 사랑을 방해하거나 교란케하는 상황으로 전환시켜서 인식하면 작품을 이해하는데 도움이 된다. '상황이야 어떤 것이든 시인이 이별을 얼마나 싫어했는지 그 강도를 짐작하기 위한 본보기의 작품으로서 위의 시만한 작품도 달리 없다.'

이 시에서 화자는 떠나려는 님을 향해 '가지 마셔요'라는 말을 되풀이하면서 애원하며 말린다. 그 간절함이 실로 처연할 지경이다.

시든 소설이든 문학에서 접하는 이별은 아무리 막고자 해도 결국 실현되고야 만다. 현실화되지 않으면 문학작품으로 태어날 수 없으니 그것은 정해진 필연의 코스라 하겠다. 이별해서는 안 될 여러 가지 사유를 들면서 그렇듯 만류하였으나 만해의 님은 기어이 떠나고야 만다. 그때에 부른 노래를 아래에 옮긴다.

꽃은 떨어지는 향기가 아름답습니다 / 해는 지는 빛이 곱습니다 / 노래는 목 마친 가락이 묘합니다 / 님은 떠날 때의 얼굴이 더욱 어여쁩니다

// 떠나신 뒤에 나의 幻想의 눈에 비치는 님의 얼굴은 눈물이 없는 눈으로는 바로 볼 수가 없을 만치 어여쁠 것입니다 / 님의 떠날 때의 어여쁜 얼굴을 나의 눈에 새기겠습니다 / 님의 얼굴은 나를 울리기에는 너무도 야속한 듯 하지마는 님을 사랑하기 위하여는 나의 마음을 즐거웁게 할 수가 없습니다 / 만일 그 어여쁜 얼굴이 영원히 나의 눈을 떠난다면 그때의 슬픔은 우는 것보다도 아프겠습니다

–「떠날 때의 님의 얼굴」 전문

이 시의 핵심은 떠날 때의 님의 얼굴을 어여쁜 얼굴로 인식하고 있다는 점이다. 화자의 입장에서는 한량없이 밉살스럽게 보여야 마땅할 터인데 되레 '어여쁜' 운운하며 그 모습 그대로를 '눈에 새기겠습니다'라고 진술하고 있으니 전혀 예상치 못한 그 발상이 놀랍기까지 하다. 독자의 허를 찌른 역설적인 반전이라 이를만 하다.

이 말을 하기에 앞서 화자는 첫째 연을 배치해 놓고 떨어지는 꽃의 향기와 지는 해의 빛깔, 그리고 목 마친 노래 가락을 예찬해 마지않고 있다. 사람과 사람끼리의 이별을 자연현상이 기울어질 때에 발산하는 아름다움 그리고 노랫가락이 주는 묘한 여운과 견줄 수 있는 것으로 보았기 때문이다.

화자의 고백은 여기서 끝나지 않는다. 님의 어여쁜 얼굴을 눈물이 없는 눈으로는 바로 볼 수 없다고 토로한 이 말은 趙芝薰이 그의 시 「僧舞」의 둘째 연에서 "파르라니 깎은 머리 / 薄紗고깔에 감추오고 / 두 볼에 흐르는 빛이 / 정작으로 고와서 서러워라"의 시구를 읽으면 쉽게 이해가 된다. 참으로 곱고 아름다운 것은 서러움과 짝을 이룬다는 이 신비한 미학을 반추하면 왜 만해시의 화자가 그런 말을 했는지를 알 수 있다. 끝 줄에서 밝힌 화자의 속내도 이와 연결된다. 아무리 눈물이 나도록 아름다운 얼굴일지라도 눈에서 떠난다면 우는 아픔보다 더 아프다는 말은 곧 떠나려는 님의 초상을 눈 속에, 가슴 속에 간직하겠노라는 다짐인

것이다.

정리하면 화자는 떠날 때의 님을 미움의 감정으로 보지 않고 눈물겹도록 아름다운 대상으로 치환시킨 뒤 그런 모습을 자신의 심장 속에 내장해 두겠다는 것이다. 그것의 함의는 이별이 주는 절망을 극복하고 미래를 기약하겠노라는 서원과 통하는 것으로 읽어도 좋으리라.

이와 연결되는 시가 「당신 가신 때」다. 이별을 어떻게 처리하였는지를 이 시는 밝히 말해주고 있지만 또한 헤어지던 순간의 심정과 결심도 반영되어 있어서 맥락이해에 큰 도움이 된다. 두 개의 연으로 되어 있는데 앞의 것은 생략하고 뒤의 것만 인용키로 한다.

> 나는 영원의 시간에서 당신 가신 때를 끊어내겠습니다, 그러면 시간은 두 토막이 납니다 / 시간의 한 끝은 당신이 가지고 한 끝은 내가 가졌다가 당신의 손과 나의 손이 마주 잡을 때에 가만히 이어 놓겠습니다 / 그러면 붓대를 잡고 남의 불행한 일만을 쓰려고 기다리는 사람들도 당신의 가신 때는 쓰지 못할 것입니다 / 나는 영원의 시간에서 당신 가신 때를 끊어내겠습니다
>
> —「당신 가신 때」 2연

숙독을 하지 않아도 쉽게 알 수 있는 내용이지만 시의 정신은 결코 예사로운 것이 아니다. '이별의 無化', 이것이 이 시의 주제다. 이별의 시간을 앞에 놓고 이러저러한 생각과 속내를 털어놓더니 마침내 화자는 여기에까지 이르렀다. 그것은 곧 인간의 의지와 사유가 도달할 수 있는 가장 높은 경지에 해당된다. '당신이 가신 때'는 영원의 시간에 비하면 아주 작은 부분에 지나지 않는다는 생각도, 또는 이별을 한 순간의 사소한 일로 치부해버리는 심리적인 정리, 그것마저 때가 오면 없는 것으로 만들겠다는 화자의 말은 님과의 헤어짐은 원천적으로 성립되지 않는다는 뜻이다. 그 점을 아주 단호한 목소리로 천명한 대목이 바로 아래의

시구다.

> 아아, 님은 갔지마는 나는 님을 보내지 아니하였습니다.
> 제 곡조를 못 이기는 사랑의 노래는 님의 침묵을 휩싸고 돕니다.
> ─「님의 침묵」의 끝 부분

속요와 만해시의 이별 현장은 대범 위와 같다. 저변에 비감한 정서가 흐르고 있는 점에서는 당연히 두 경우가 일치하지만 접근 방식과 진술의 내용은 서로 다르다.

속요의 이별은 극과 극이다. 「가시리」에서는 적극적인 만류마저 자제하면서 온유한 육성으로 님의 조속한 귀환을 염원한다. 이 점에 있어서 「가시리」는 생각의 한계를 뛰어넘지 못한다. 그러나 가냘픈 목소리로 읊조리듯 토해내는 「가시리」의 이별은 어쨌든 옛 시대의 정서와 통념을 반영하고 있다는 점에서 '현실성'을 확보하고 있다. 「서경별곡」은 「가시리」의 반란이라 할 수 있는 노래다. 첫째 연의 행동 지향성과 끝 연의 파괴적인 과격한 발상 등이 모두 그렇다. 격한 감정은 둘째 연(구슬詞)에서의 짧은 진정도 묵살해버리고 곧장 원망과 질투로 연결되고야 말았다. 님에 대한 불신, 이것이야말로 「서경별곡」의 「서경별곡」다운 점이며 또한 결함이기도 하다. 다소 비판적인 관점에서 「서경별곡」을 평가하자면 이와 같거니와 그러나 위에서 언명한 바와 같이 그런 이별도 현실 세계에서는 자주 실현되었을 터이고 그렇다면 이 역시 '현실성'을 반영한 노래로 인정하여 무시해서는 안될 것이다.

만해의 이별가는 참말을 말하자면 '비현실적'인 것이다. 이별에 대응하는 일반적인 태도는 직정적이다. 논리적일 수도 없고 단계적으로 차분하게 맞이할 수도 없다. 「서경별곡」식이 아닐지라도 어느 정도는 감정적인 대응이 불가피하다. 이성적으로 따지면서 만류할 심리적인 여유가 없는 것이 바로 이별을 겪는 사람의 보편적인 성향이다. 그런데 만해는 이별이 불가한 사유를 조목조목 밝히는가 하면 떠날 때의 님의 모습을 아름다움으로 채색하고 이별이 현실화되었음에도 이를 인정하지 않고 영원의 시간에서 삭제하여 무화시키거나 더 나아가 아예 님은 가지 않았다고 선언한다. 엉뚱하기 짝이 없는 발언이다.

현상과는 달리, 아니 그 현실을 뒤집어버리는 이와 같은 반현실적인 대응이 그러나 예컨대 아무 대책도 없이 피동적으로 당하고만 있거나 무턱대고 과격하게 접근하는 방식보다 미래의 밝은 전망을 예비코자하는데서 우위를 점하고 있다면 그런 비현실성은 현실성의 노래를 정신면에서, 신념과 의지의 면에서, 불변의 신의의 면에서 단연 압도하고 있다고 평가함이 타당하다. 이별 이후의 기다림의 시를 비롯하여 그의 작품이 우리 문학사의 정점에 놓이게 된 최초의 발단이 바로 이별할 때의 시에서부터 싹이 텄다고 보고자 한다.

3) 이별관 – 만해, 美의 창조·生의 예술. 속요, 비극과 고통, 그리고 드문 한 예외

이별에 대한 속요와 만해의 관점을 좀 더 심도 있게 점검키로 하자. 쉽게 말하자면 '이별관'이 각기 어땠는지를 파악하는 절차를 밟겠다는 뜻이다. 상술한 바를 통해서 웬만큼 알았지만 남아 있는 다른 몇 작품들을 읽으면서 되새김질을 하는 것도 의미가 있을 것이다.

이번에는 만해부터 살피기로 한다. 그는 위에서 읽은 바와 같이 헤어짐 자체를 부인하고 있다. 현실은 여하간에 심정적으로는 수긍할 수 없다는 뜻이다. 결국 이별의 현실적 인정 따로, 심정적인 대응 따로인 셈인데, "나는 님을 보내지 않았다"는 강변 자체가 이별을 인정하고 한 발언이니 그도 무작정·무모하게 이별을 무화시킬 수는 없었다고 단정한다. 그것은 언어의 트릭으로나 가능한 일이다.

부정할 수 없는 이별이다 보니 이 문제를 그냥 간과할 수 없었던 모양이다. 이별을 원천적으로 무화시킨 그의 입에서 나온 제2의 이별관은 다음과 같은 것이다.

> 이별은 美의 창조입니다 / 이별의 미는 아침의 바탕(質) 없는 황금과 밤의 올(絲) 없는 검은 비단과 죽음 없는 영원의 생명과 시들지 않는 하늘의 푸른 꽃에도 없습니다 / 님이여 이별이 아니면 나는 눈물에서 죽었다가 웃음에서 다시 살아날 수가 없습니다, 오오, 이별이여 / 미는 이별의 창조입니다.
>
> –「이별은 美의 창조」 전문

만해의 발언은 자주 뜻밖의 사실, 현실세계에서는 통하지 않는 그만의 진실, 기상천외의 言外言을 거침없이 쏟아내는데 특질이 있다. '이별=미'라는 위의 등식은 일단 억지요 궤변으로 간주해야만 정상적이다. 그런데 그는 온갖 변설을 동원하여 이별을 극찬한다. 2행까지는 믿기지도 않고 동의할 수도 없다. 워낙 통념에서 벗어난 비상식적인 발언이기 때문이다. 마침내 3행에서 반전된다. 이별의 눈물을 흘린 후에라야 만남의 웃음이 있다는 이 메시지는 예컨대 秋史의 歲寒圖에 담겨 있는 함의와 통하는 것이라서 마침내 이해가 가능해진다. 헤아리건데 그도 처음에는 의당 '이별=슬픔과 눈물'의 등식으로 수용하였으리라. 그러나 노상 처비(悽悲)함 속에서만 살 수 없는 노릇이고, 기왕 당한 이별이니 그렇다면 발상을 전환시켜서 눈물 뒤에는 반드시 웃음이 온다는 논리를 마련하기에 이르렀다고 본다. 이런 반전은 아무나 또는 누구나 일궈낼 수 있는 것이 아니다. 낙관적인 이별관일 수도 있고 이별의 낙관적 전망일 수도 있는 이런 이별관은 美學에서 말하는 비극미와도 다르다. 깊은 철학이 있기 때문이다.

> 한숨의 봄바람과 눈물의 水晶은 떠난 님을 기루어하는 情의 秋收입니다 / 저리고 쓰린 슬픔은 힘이 되고 / 熱이 되어서 어린 양과 같은 작은

목숨을 살아 움직이게 합니다 / 님이 주시는 한숨과 눈물은 아름다운 生의 예술입니다.

—「生의 예술」 후반부

떠난 님을 한숨과 눈물로 기루어한다고 하였다. 만해(=화자)는 강직하고 굳기가 이를데 없는 인물이었다. 그렇듯 강인한 화자일지라도 슬픔을 이겨내는 일은 여간 어려운 일이 아니었을 것이다. 그처럼 어려운 일을 그는 생각을 크게 바꿔서 극복하였다. 이 시에서도 화자는 이별이 주는 한숨과 눈물을 아름다운 생의 예술로 치환시켜 놓았다. 앞서 인용한 「이별은 미의 창조」와 동일한 말을 반복함으로써 이별의 무화에 이어 또 다른 이별관을 제시하였다. 님과의 일체를 지향하는 그의 기다림의 미학은 이런 바탕에서 비롯되었다.

속요에서 이별에 관해 만해식으로 언급한 노래는 없다. 개별 작품들을 통해서 이별을 거부하고 슬퍼하는 것으로 화자의 언설은 모두 마무리된다. 이별이 美가 아닌 비극의 창조요 고통의 예술임을 느끼게 하고는 있으나 그렇다고 그것을 명시적으로 언명하면서 개념화시킨 예는 없다. 이 점이 속요의 미흡한 점이라고 단호하게 말할 수는 없으나 만해시에 미치지 못한 점인 것만은 부인하기 어렵다.

반면 아래의 노래를 보면 속요 나름대로 색깔이 뚜렷한 목소리를 간직하고 있음을 알 수 있다.

사각사각 잔 모래 벼랑에 / (반복) / 구운 밤 닷 되를 심습니다 / 그 밤이 움이 돋아 싹이 터야만 / (반복) / 有德하신 님 여의고 싶습니다

—「정석가」 2연(本詞 1연)

「정석가」는 모두 6개 연으로 되어 있는데 첫째 연은 서사이고 이른바 '구슬詞'로 불리는 끝 연은 결사다. 그 가운데 놓여 있는 네 개의 연이 본사로서 이 부분이 「정석가」의 핵심부 혹은 중심부에 해당된다. 위에

인용한 본사 첫째 연의 소재는 모래와 구운 밤이다. 그 이하는 옥으로 만든 연꽃과 바위, 무쇠로 마름질한 융복(戎服)과 철사 주름, 무쇠 소와 쇠나무 산(鐵樹山) 등인데 불가능한 것을 제시하였다는 점에서 첫째 연과 같다. 이렇듯 소재만 다를 뿐 내용은 동일함으로 본사 2~4연의 인용은 생략하였다.

이별의 '원천적인' 거부, 이것이 「정석가」의 주제다. 이별을 반기는 이별가는 없다. 분명한 의사 표현으로써, 또는 변죽을 울리거나 심정적인 표시로써 이별은 거부의 대상이 된다. 여기까지는 모든 이별가가 공유하고 있는 내용이므로 특기할 바가 아니다. 문제는 이별을 거부하는 농도와 방식인데 그 점에 있어서 「정석가」는 예사스런 노래가 아니다. 도저히 이루어질 수 없는 조건을 내세우고 그것이 성취되면 헤어지겠노라는 말은 역설법에 의한 이별의 거부다. 그것도 그냥 거부가 아니라 원천적인 거부다. 「가시리」나 「서경별곡」에서는 접할 수 없는 새로운 국면이라 하지 않을 수 없다. '극단적인 어법'은 속요 일반의 특질이거니와 「정석가」 또한 그 중심에 놓여 있다.

만해는 "이별의 무화→이별=미의 창조, 生의 예술"로 승화시켰다. 이것은 결국 이별의 아픈 상처를 이겨내는 정신적인 치유의 방법이다. 속요에는 그런 방식이 없는 대신 이별, 그 자체를 근본적으로 봉쇄(無化가 아님)함으로써 만해에 못지않은 독자적인 이별관을 제시하였다. 대단한 경지라고 하지 않을 수 없다. 양자 관점은 동일하지 않으나 그 강경한 목소리는 서로 다르지 않다. 다만 속요의 경우는 「정석가」한 편으로 끝나고 있다는 점이 만해에게 크게 미치지 못한다. 현전하는 텍스트만을 놓고 볼 때 속요의 세계는 「정석가」류가 아닌 노래들이 주류를 이루고 있다. 不傳의 노래들도 그럴 가능성이 높다. 그런 점에서 「정석가」는 보석같은 노래다.

2. 기다릴 때

1) 속요, 인고(忍苦)의 기다림, 그 고정의 두 국면

떠난 님을 잊지 않고 기다리며 고통의 세월을 이겨낸다는 것, 그것은 인간정신의 고귀한 일면이다. 이를 두고 사람들은 정절이라고 일컬으며 칭송하고 또한 높이 평가한다. 속요와 만해시의 큰 줄기와 절정은 기다림을 노래한 부분에 놓여 있다.

속요에서 그 대표적인 작품을 들라면 단연 「동동」을 꼽아야 마땅하다. 이 점에 관한 한 이견이 있을 수 없다. 「동동」이야말로 작품의 시작서부터 끝까지가 온전히 기다림의 사연으로 짜여있다. 「동동」은 기다림의 노래의 교본과 같은 텍스트다.

「만전춘별사」의 구조는 그렇지 않다. 작품의 서두에는 잠시 사랑할 때의 쾌락이 놓여 있고 그 바로 뒤에는 이별하고 난 뒤에 맞이한 밤의 고독이 배치되어 있다. 여기까지만 놓고 보아도 「만전춘별사」는 토막 주제가 겹친 노래임을 알 수 있는데 그 이하에 기다림 등 또 다른 사연이 뒤따르고 있으니 만화경과 같은 노래라 하겠다. 이런 유형의 기다림도 속요의 다른 작품에서는 찾을 수 없으니 요컨대 「만전춘별사」는 「동동」과 짝을 이루는 기다림의 노래가 된다. 편의상 「동동」은 후설키로 하고 먼저 「만전춘별사」를 더듬기로 한다.

「만전춘별사」는 5연에서 반전된다. 지루하고 괴로운 기다림 속에서 화자는 생각을 확 바꾸어 밝은 미래를 설계한다. "남산 – 옥산 – 금수산 – 사향각시"로 이어지는 이 5연은 현재를 시점으로 한 구상이 아니다. 님과의 만남을 전제로 해서 생각해낸 원망(願望)의 설계다. 그것은 화자와 님이 육체적으로 한 몸이 되는 진한 에로티시즘의 세계다.

「만전춘별사」는 이별의 고통과 기다림의 긴 과정 속에서 상상으로 이처럼 쾌락이 넘치는 낙관적인 미래를 창조해내어서 모든 것을 이겨내고 극복코자 하였다. “어름 위에 댓닢자리 보아……”로 시작되는 첫째 연의 시점으로 다시 돌아가기를 바라는 말을 함으로써 현재 시간의 고독과 괴로움을 씻고자 하였다. 우리는 이 점을 중시한다. 포기와 절망 대신에 희망과 낙관의 끈을 부여잡고 있는 기다림의 자세가 「만전춘별사」에 투영되어 있다는 사실은 속요가 누릴 수 있는 큰 미덕이다. 이별의 충격에서 끝장이 난, 그리하여 기다림의 세월에 발도 옮기지 못한 채 무너진 「서경별곡」류의 노래가 범접할 수 없는 고차원의 경지다.

「동동」에도 그런 낙관적인 발상이 있을까. 기다림의 절창으로 일컬어지는 「동동」의 세계는 또 어떤가. 「동동」은 님을 그리워하며 기다리는 심사를 十二月相思之曲인 달거리体(林基中의 學說)를 차용하여 읊었다. 일년 열두 달 중 어느 한 달도 건너뜀이 없이 멀리 떠나 있는 님을 사모하며 노래하였다. 이런 구성을 통한 끈질긴 기다림의 집념은 옛 시가에서 달리 찾을 수 없다. 「동동」만의 장처다. 다만 세시풍속의 기념일이 들어 있는 특정한 달을 비롯하여 그렇지 않은 매달마다 마치 정해진 날짜의 제사를 지내듯 行事的인 의례성이 그 저변에 관류하고 있어서 자연스러움이 결여된 듯한 흠이 있으나 그것도 문학의 한 기법으로 돌려서 다시 생각하면 문젯거리가 되지 않는다. 오히려 「동동」의 「동동」다운 점을 이와 같이 예사로운 달이든, 기념일이 있는 달이든, 가리지 않고 쉼이 없는 기다림의 연속에서 찾아야 마땅하지 않을까 싶다.

13개 연으로 된 長歌型의 노래를 전부 살필 수는 없다. 그 중에서 눈길이 가는 몇 군데만 발췌하여 기다림의 육성을 듣기로 한다.

> 정월 냇물은 / 아으 얼으려 녹으려 하는데 / 누리 가운데 나서는 / 몸하 홀로 살아가는구나 // 사월 아니 잊고 / 아으 오셨구나 꾀꼬리새여 / 무엇 때문에 錄事 님은 / 옛날을 잊고 계신가
>
> –「동동」 2 · 5연

자연은 정해진 常軌에 따라 어김이 없이 순환된다. 새해 벽두가 되자 해빙의 가느다란 조짐이 보이고 만화방창한 봄날이 문을 활짝 열자 꾀꼬리는 다시 찾아왔다. 이것은 자연의 이치다. 이처럼 철에 따라 자연현상은 정해진 변화를 거듭하는데 인간사는 도무지 움직일 기미조차 보이지 않자 화자는 깊은 한숨을 내뿜는다. 그는 지금 무모함과 예민함의 양쪽에 함몰되어 있다. 자연의 변화를 인간사에 연동시키는 행위는 무모하기 짝이 없는 일이다. 자연 현상과 인간의 삶과 운명은 전혀 별개의 것이 아니겠는가. 그럼에도 혹여 자연의 운행에 따라 자신의 딱한 처지도 함께 풀릴 것으로 기대한 화자의 심경은 실로 애처로울 정도로 예민하기 이를 데 없는 것이다. 「동동」은 기다림의 애타는 목마름을 이런 식으로 표현하고 있다. 새해가 시작되는 정월부터 기다림에 지친 애절한 목소리가 터져 나오고 있으니 님과 헤어진 시기는 과연 언제였을까. 그 전 해였을까. 아니면 그보다 앞선 어느 해였을까. 모를 일이다.

> 칠월 보름에 / 아으 百中날 제상 차려 놓고 / 님과 한 곳에 지내고자 / 소원을 비옵니다 // 동짓달 봉당 자리에 아으 홑적삼 덮고 누웠으니 / 슬픈 일이로구나 / 고운 님 여의고 살아감이여
>
> –「동동」8 · 12연

칠월 노래는 정화수를 떠 놓고 소원을 빌던 이 땅의 전통적인 유습과 맥을 함께 한다. 칠월 보름인 백중날에는 승려들이 재(齋)를 設하여 부처를 공양하는 행사를 가졌다. 원래는 사찰의 명절이었으나 불교가 융성했던 고려시대에는 일반인도 참석하여 제상을 차려 놓고 제를 올리는 일이 성행하였다. 「동동」의 화자는 제의(祭儀)를 통해서 님과 한 곳에서 지내고자 하는 소원을 빈다. 「동동」은 기념일이 있는 달이면 이렇듯 제의의 형식에 의탁해서 또는 進上의례를 통해서 기다림의 의식을 지킨다. 그렇게 하기를 거의 한 해가 다 저물 무렵까지 거르지 않고 성심껏

다 하였으나 그래도 아무런 소식이 없자 화자는 이윽고 자학적인 자기 희생의 실천을 통해서 소원이 성취되기를 기대한다. 동짓달 그 추위에 홑적삼만 덮고 흙바닥(봉당)에 누워서 "슬픈 일이로구나/고운 님 여의고 살아감이여"라고 절망적인 노래를 부르고 있는 화자의 지친 모습은 측은하고 안쓰러워서 대면하기조차 머뭇거릴 정도다. 오죽하면 동짓달 추위임에도 알몸이나 다름없는 차림으로 한데에 누워서 나뒹굴겠는가. 고운 님 때문에 극단적인 행위인 자기 학대까지 마다하지 않고 행동으로 옮기는 이런 기다림의 양상을 어느 시가에서 다시 찾을 수 있을까.

원망의 말로써, 제의와 진상의례를 빌려서, 혹은 자학의 행위를 통해서 화자는 일 년 내내 님의 귀환을 학수고대하였건만 끝내 님은 돌아오지 않고 마침내 한 해를 마감하는 섣달을 맞이한다.

> 섣달 분지나무로 깎은 / 아으 올릴 소반의 젓가락 다워라 / 님의 앞에 들어 가지런히 놓으니 / 客이 가져다 뭅니다

다시 진상의례가 재현된다. 마치 님이 화자 앞에 현존해 있는 양 정성껏 상을 차려서 올린다. 상위에 놓여 있는 분지나무로 깎은 젓가락은 화자 자신을 비유한 것, 당연히 님이 물어야 하거늘 엉뚱한 客이 나타나서 입으로 가져가는 뜻밖의 일이 벌어진다. 낭패요 파국이다. 자아의 함몰과 붕괴가 이 끝 연에서 기어이 발생하고야 말았다. 만사휴의, 「동동」의 기다림은 화자의 눈물겨운 기원에도 불구하고 비극적인 결말로 종막을 내린다.

정리하면 「동동」은 기다림의 悲歌라 하겠다. 어느 月謠를 읽어도 기다림의 간절한 마음은 한결같고, 그것은 옛 시대 여인들이 목숨처럼 중히 여기던 정절의 곧은 정신을 연상케 하기에 충분하다. 하지만 「만전춘별사」의 말미에 그려져 있는 것처럼 가상의 세계에서나마 환희와 쾌락

이 넘치는 앞날을 꿈꾸지 못하고 끝난 점은 이 노래가 지니고 있는 아쉬운 점이다.[2)]

2) 만해, '끝장 보기'式 기다림의 절절한 사설

만해의 시를 조명할 차례가 되었다. 그의 시를 인용할 단계에 이르면 고민할 때가 한두 번이 아니다. 논제를 여러 개로 정해 놓고 작품을 분류할라치면 모든 작품이 각 논제에 거의 다 해당되므로 어느 것을 택해야할지 자주 혼란을 겪는 일이 많기 때문이다. 이제까지도 그랬거니와 節을 바꿔서 새로 논의하려는 지금도 적지 않은 어려움에 직면해 있다. 작품이 워낙 많으므로 겪는 일이다. 미시적인 시각으로 접근하면 작품들끼리 세세한 부분에서 내용상 차이가 나지만 관점을 조금만 확장시켜서 읽으면 모두가 유사성·친연성으로 이어질 수 있으므로 크게 구분되지 않는 예가 많다. 텍스트의 특성이 이런지라 앞으로의 인용은 이것저것 꼬치꼬치 가리거나 세밀히 따지지 않고 손에 잡히는 대로 읽으면서 성찰키로 하겠다.

> 나는 나룻배 / 당신은 행인 // 만일 당신이 아니 오시면 나는 바람을 쐬고 눈비를 맞으며 밤에서 낮까지 당신을 기다리고 있습니다 / 당신은

---

2) 그러나 이런 아쉬운 점을 「동동」은 月謠의 순환구조에 따라 반복 가창하는 것으로 불식시킨다. 섣달 노래에서의 화자의 훼절과 붕괴는 외부로부터 강제로 침해받은 결과이거늘 육신은 무너졌을망정 님을 향한 화자의 정신만은 변질되거나 훼손되었다고 볼 수 없으므로 해가 바뀌어도 노래는 다시 이어진다고 판단함이 옳다. 정월 노래에서부터 불문곡직하고 맞바로 홀로 지내는 화자 자신의 신세를 한탄하는 내용으로 되어있는 것도 그 전 해의 사연과 연결된 것이기 때문에 그렇게 시작된 것으로 보아야 한다. 그러나 반복, 재반복해서 가창할지라도 앞날을 낙관적으로 전망할 수 없는 점만은 변함이 없다. 이것이 바로 「동동」이 벗어날 수 없는 한계요 숙명이다. 다만 곧은 정절만은 어느 노래와도 비견될 수 없는 바이니 "구슬이 바위에 떨어진들 / 끈이야 끊어지겠습니까 / 즈믄 해를 외로이 살아간들 / 신의야 끊어지겠습니까"(「정석가」끝 연, 「서경별곡」2연) 라는 구절과 맥을 같이 할 수 있을 것이리라.

물만 건너면 나를 돌아보지도 않고 가십니다 그려 / 그러나 당신이 언제든지 오실줄만은 알아요 / 나는 당신을 기다리면서 날마다 날마다 낡아갑니다 // 나는 나룻배 / 당신은 행인

-「나룻배와 행인」1·3·4연

「님의 침묵」·「알 수 없어요」와 함께 널리 알려진 작품이다. 시작과 끝부분에 운문을, 그 중간에 산문을 섞어 놓아서 형태상으로도 돋보이는 시임을 알 수 있다.

이 시가 전하고자 하는 메시지는 두 가지로 요약된다. 첫째, 님과 화자는 둘이 아닌 하나요, 밀착된 공동 운명체라는 점이다. 시의 발화부분에서 그리고 마무리 단락에서 화자는 자신과 님의 관계를 나룻배와 행인으로 비유하면서 반복하여 한 몸임을 천명하였다. 화자의 이와 같은 관계설정은 다른 시에서도 산견된다. 그만큼 거듭하여 님 안에 내가, 내 안에 님이 있다는 사실을 알리고 싶어 한다.

관계가 이렇기 때문에 지금은 서로 떨어져 있으나 언젠가는 반드시 하나가 되어야 하는 숙명이 님과 화자 모두에게 드리워져 있음을 암시한다. 이것이 이 시의 전제다. 사정이 이런 이상 미래를 어둡게 보는 것은 금물이다.

둘째, 지칠 줄 모르는 기다림이다. 그 기다림은 "바람을 쐬고 눈비를 맞으며 밤에서 낮까지 …… 날마다 날마다" 기다리는 기다림이다. 「동동」의 기다림은 일 년 열두 달에 걸쳐 지속되는 장구한 기다림이었다. 만해의 「나룻배와 행인」은 月謠가 아니기 때문에 매 달을 걸고 노래하지는 않았다. 하지만 고백하는 어법으로 보아 그 기다림은 시간을 정해놓고 기다리는 기다림이 아니라 님이 나룻배에 올라 탈 때까지, 그리하여 함께 강을 건널 때까지 이어지는 무한정의 기다림이다. 「동동」과 다를 바 없다.

이 시의 기다림이 독자에게 감동을 주고 있는 까닭은 그처럼 시간을 뛰어넘는 기다림이라는 이유 이외 "나를 돌아보지 않고 가신" 님이지만 "언제든지 오실" 것으로 확신하고 있는 그 믿음 때문이다. 님에 대한 신뢰, 그것은 님과 화자가 밀착된 二身一體라는 점이 전제가 되었기 때문에 가능한 것이다. 이러한 요소를 염두에 두고 그의 시를 읽으면 슬픔도 아름답고 또한 조만간 기쁨으로 전환될 것이라는 느낌을 강하게 받는다.

> 당신은 해당화 피기 전에 오신다고 하였습니다 봄은 벌써 늦었습니다 / 봄이 오기 전에는 어서 오기를 바랐더니 봄이 오고 보니 너무 일찍 왔나 두려워합니다 // 철모르는 아이들은 뒷동산에 해당화가 피었다고 다투어 말하기로 듣고도 못 들은 체하였더니 / 야속한 봄바람은 나는 꽃을 불어서 경대 위에 놓입니다 그려 / 시름없이 꽃을 주워서 입술에 대고 '너는 언제 피었니' 하고 물었습니다 / 꽃은 말도 없이 나의 눈물에 비쳐서 둘도 되고 셋도 됩니다
>
> —「해당화」 전문

속요 「동동」의 정월 노래와 사월 노래를 연상케 하는 시다. 봄이 되면 동면에 들었던 자연이 잠을 깬다. 삼라만상이 생기를 되찾으면서 활기를 띈다. 사람의 생각과 감성도 이에 자극을 받아 일상에서 벗어나 문득 새롭게 변화되는 삶을 갈망한다. 하물며 떠난 님을 기다리는 여인의 경우야 더 말할 나위도 없다. 위의 시는 그런 화자의 심정을 여성 취향의 사유와 진술법으로 담아낸 것이다. 꽃이 필 때를 전후해서 돌아오겠노라고 님은 떠나면서 맹세를 했는데 봄은 이미 왔거늘 왜 아니 오시느냐고 원망한다. 「동동」의 님은 헤어질 때 해동의 조짐이 보이는 정월이나 꾀꼬리가 찾아오는 사월이 오면 꼭 귀환하겠노라는 약속을 하지 않았다. 그럼에도 화자는 자연이 겨울잠에서 깨자마자 님 그리워하는 노래를 읊었다. 만해의 경우는 님이 남겨 놓고 간 맹세가 있으니 「동동」의

경우와 비교가 되지 않을 정도로 그 조바심은 심각하였으리라.

「해당화」에서 눈길을 끄는 대목은 "봄이 오고 보니 너무 일찍 왔나 두려워합니다"라고 한 구절이다. 차라리 봄이 아니기를 바라는 심정, 이 대목은 둘째 연에서 아이들이 말하는 소리를 못 들은 체한 것과 연동되면서 마침내 화자의 눈물샘을 자극하고 만다. 기다림의 세월은 한숨과 슬픔의 연속이다.

> 타고 남은 재가 다시 기름이 됩니다 그칠 줄 모르고 타는 나의 가슴은 누구의 밤을 지키는 약한 등불입니까
>
> -「알 수 없어요」끝 줄

「알 수 없어요」는 非聯詩로서 모두 6行으로 짜여져 있다. 그 중에서 편의에 따라 끝줄만 인용하였다. 생략된 부분에서는 떨어지는 오동잎, 검은 구름 사이로 보이는 푸른 하늘, 옛 탑 위를 스치는 향기, 굽이굽이 흐르는 작은 시내, 지는 해를 곱게 단장하는 저녁놀 등을 거론하면서 그런 자연현상이 누구의 무엇인지를 묻고 있다. 아무렇지도 않게 그냥 스쳐버리는 자연의 작용을 시인은 새삼 부각시켜서 그것들이 우주의 신비스러운 운동의 일환임을 암시하고 있다. 누구의 무엇이냐고 짐짓 물으면서 '알 수 없어요'라고 말하고 있지만 실인즉 이미 깨달음의 경지에 도달한 화자는 그 비밀을 알고서도 묻고 있으니 설의법을 차용한 시라 하겠다. 우주의 哲理에 맞닿아 있는 심오한 시이므로 신비의 정체를 터득치 못한 사람에게는 영원히 풀 수 없는 어려운 시로 남게 된다. 그런데 다행인 것은 만해의 시는 어려우면서도 쉽고, 쉬우면서도 어렵다는 점이다. 이 말은 접근하기에 따라서는 어려운 내용도 쉽게 이해하면 그것이 바로 정답이 된다는 얘기다. 따라서 이 시의 감상도 깊이 천착하는 방법을 피하고 文面 그대로 자연 현상의 여러 아름다움을 문득 신비의 눈으로 보면서 이를 인간의 심장에 연결시킨 것으로 이해하면 된다.

그런 관점에서 음미할 때 이 시가 말하고자 하는 끝 줄의 '나의 가슴'은 박동이 멈추지 않고 계속 뛰는 심장, 바꿔 말하면 살아있음의 표징이다. 타다 남은 재가 다시 기름이 되고, 그 기름이 다시 재가 되고……. 이런 식으로 반복되면서 약한 등불이 밤을 지키듯 화자의 심장도 님을 지키기 위하여, 한걸음 더 나아가 님과 다시 만날 때까지 쉼 없이 뛴다는 뜻이다. 이 메시지를 남기기 위하여 시인은 그 앞 부분에서 자못 신비스런 분위기를 여러 줄에 걸쳐서 조성해 놓았다. 이 끝 대목 또한 예사로움을 뛰어넘는 처절하면서 아름다운 희생임을 강조한 것이라고 풀이한다.

인용할 수 있는 작품은 아직 많이 남아 있지만 그 중에서 두 편만 더 들고 마무리를 짓기로 하자. 기다림의 노래를 반복할수록 화자의 육성은 더욱 절박해진다. 마치 절규하듯 호소한다. 짧은 문장으로는 갈증을 도저히 해소할 수 없어서 말수는 갈수록 늘어난다.

> 오셔요 당신은 오실 때가 되었어요 어서 오셔요 / 당신은 당신의 오실 때가 언제인지 아십니까 당신의 오실 때는 나의 기다리는 때입니다 // 당신은 나의 꽃밭으로 오셔요 나의 꽃밭에는 꽃들이 피어 있습니다 / 만일 당신을 쫓아오는 사람이 있으면 당신은 꽃 속으로 들어가서 숨으십시오 / 나는 나비가 되어서 당신 숨은 꽃 위에 가서 앉겠습니다 / 그러면 쫓아오는 사람이 당신을 찾을 수는 없습니다 / 오셔요 당신은 오실 때가 되었습니다 어서 오셔요
>
> ―「오셔요」1·2연

'당신의 오실 때는 나의 기다리는 때입니다'라는 말은 주관적인 억단(臆斷)이다. '당신의 오실 때는 당신이 오고 싶은 때'라고 해야 맞는 말이다. 화자가 이를 모를 리 없다. 그럼에도 억지소리를 하는 까닭은 "나의 기다림이 나를 찾다가 못 찾고 저의 자신까지 잃어버릴"(『苦待』끝 단락 3연의 끝 줄) 위기에 놓여 있다고 판단하였기 때문이다. 화자는 님을 위

해 꽃을 마련해 놓고 그 꽃이 바로 님이 있을 '곳'(처소)이라고 말한다. 그곳은 쫓아오는 사람이 찾을 수 없는 안전하고 은밀한 곳이다. 이런 정황으로 보아 이 시는 일제치하 독립을 열망하던 심정을 읊은 것으로 풀이하는 것이 더 설득력이 있다. 그렇지만 戀詩로 해석키로 한 당초의 접근법을 그대로 지켜도 무방한 터, 지금 누군가에 의해서 행동이 자유롭지 못한 님을 화자 자신의 시간 기준에 맞춰서 어서 빨리 오라는 그 외침과 그 기다림은 님의 생명과 관계가 있는 심각한 것으로 판단된다.

기다림의 궁극적인 목적은 님과 일체가 되는 것, 그것을 잘 표현한 시의 한 부분을 적으면 이렇다.

> 님이여 끝없는 사막에 한 가지의 깃들일 나무도 없는 작은 새인 나의 생명을 님의 가슴에 으서지도록 껴안아 주셔요 / 그리고 부서진 생명의 조각조각에 입 맞춰 주셔요
>
> –「생명」끝 부분

3) 미래에 대한 예감

왜 그런지는 모르나 속요를 읽을 때면 화자와 님이 다시 만나는 일은 영영 이루어지지 않을 듯한 예감이 강하게 든다. 가락이 구슬퍼서 앞날을 밝게 내다볼 수 없는 것일까. 그런 이유라면 만해의 시도 구성지기가 이를 데 없는데 그의 경우는 재회의 기회가 없으리라는 방정맞은 느낌이 들지 않는다. 혹 이런 이유 때문은 아닐까. 즉 「가시리」에서 님은 도무지 말이 없고 움직임도 없다. 작품 뒤에 숨어 있어서 볼 수조차 없다. 있다면 '바리고 가신' 일밖에 없다. 그러니 님이 어떤 생각을 품고 있으며 어느 방향으로 태도를 정할지 전혀 짐작할 수 없다.

「서경별곡」에서는 님의 動線이 그런대로 잡힌다. 사공이 내놓은 배에 올라타는 움직임, 장차 다른 여인과 희희낙락거리는 장면 등이 그것이다. 그런데 여기서는 그런 움직임 때문에 화자의 미래는 절망적일 수밖

에 없다는 결론에 도달한다. 「가시리」의 앞날과 크게 다를 바 없다. 거기에다 「서경별곡」은 화자의 거칠고 드센 언행 때문에 더더욱 미래는 없는 것으로 판단을 내려야 한다.

이별할 때가 그렇다면 기다리는 과정에서나마 희망이 보여야할 터인데 사정이 그렇지 않으니 답답함은 여전하다. 「동동」이 여기에 불을 지르고 있는 셈이다. 그런데 실로 다행스런 것은 「만전춘별사」가 다른 한 축을 이루고 있다는 점이다. 「만전춘별사」의 화자는 사랑할 때부터 기다릴 때까지 여러 곡절을 겪는다. 그런 와중에도 밝은 앞날을 설계한다.(5연) 그것이 님과 한 이불 속에서 육체적인 결합이라는 에로티시즘으로 표면화된다. 꼭 실현될지는 장담할 수 없으나 생각으로나마 그와 같은 상봉의 기쁨을 마련해 놓고 기다리고 있다는 점에서 「만전춘별사」는 「동동」을 극복하였다고 평가할 수 있다. 기다림의 결실이 있을 것이라는 기대를 「만전춘별사」5연이 대변해주고 있는 셈이다. 悲歌로 일관한 「동동」은 그것대로 의미가 있는 노래다. 풀어서 말하자면 기다림이 종당에는 모두 행복한 결말로 귀결되지 않는다는 현실성을 반영해주고 있다. 그 아쉽고 쓰라린 현실을 「만전춘별사」가 이어받아서 희석시키고 풀어주었다고 해석하면 지금까지 고착화된 속요=막막하고 처연한 노래라는 일괄적인 정의는 일정 부분 흔들리지 않을까 싶다.

만해의 시도 구슬프고 구성지기는 속요와 다를 바 없다. 작품 수가 워낙 많으므로 실제로 느끼는 비감은 속요의 경우를 능가한다고 해도 과언이 아니다. 또 사설인즉 이 章에서 인용한 몇 편의 시만을 놓고 보아도 가련하고 안쓰럽기 그지없다. 그럼에도 속요의 경우와는 달리 님과 화자의 미래가 결코 어둡지 않으리라는 믿음을 갖게 한다. 미적 범주에 의해서 재단한다면 비장미 속에 숭고미와 우아미가 내재해 있다고 말할 수 있다. 그런 이유 때문에 그의 넋두리체 시를 읽으면서 희망을 버릴 수 없다고 본다.

만해는 당초부터 화자와 님과의 관계를 한 몸으로 보았다. 이것 또한 속요와 다르다. 「동동」에서 님과 화자는 그 위격의 현격한 차이가 있는 사이로 설정되어 있다. 님은 '만인 비추실 등불'로, 화자는 '벼랑에 버린 빗' 등으로 비유되어 있으니 양자가 원천적으로 일체가 될 수 없는 관계다. 여타의 속요도 그와 크게 다르지 않다. 만해의 시는 그런 식으로 양자의 관계를 설정하지 않았다. 사랑할 때나 헤어진 후에나 언제든 한 몸이고 다만 기다리는 동안만은 한 몸의 반쪽이 잠시 이탈해 있다고 인식하고 있다. 이런지라 지루하고 허전한 기다림의 슬픔 속에서도 그의 노래는 어둠 속으로 빠지지 않는다. 「오셔요」에서 읽은 처절한 호소, 「해당화」에서 접한 기다림의 갈증, 이런 것들을 거치면서도 그의 시는 마침내 「생명」에서 그려 놓은 경지에 도달하리라는 확신을 갖게 한다. 이런 확신은 어디서 나온 것일까. 시인의 인생관·세계관·종교관 그리고 고집스런 삶을 누렸던 그의 지사적인 생애에서 비롯된 것이라고 단언한다.

❧

여러 편의 속요 중에서 「정석가」를 택하여 다시 생각해 보기로 하자. 불가능한 것을 조건으로 내세우고, 그것이 이루어지면 그때 비로소 님과 헤어지겠다는 것이 이 노래의 줄거리다. 결국 이별을 원천적으로 거부하면서 님과의 사랑이 영원하기를 바라는 노래가 바로 「정석가」다. 뿐만 아니라 말미에는 통칭 '구슬詞'라고 일컫는 단락이 배치되어 있는데 요지는 설령 이별할지라도 서로의 신의는 변함이 없다는 점을 다짐하는 것으로 되어 있다. 「정석가」는 결국 두 개의 토픽, 즉 사랑의 영원한 지속과 어떠한 경우에도 신의는 지켜야만 되는 귀중한 가치라는 것이다.

과정과 사연 그리고 무엇보다도 결말은 각기 다르지만 속요 전체의 정신적 지향과 기반만은 바로 이 「정석가」에 있다고 생각한다. 뜨거운 사랑에 몰입해 있는 순간에도, 이러저러한 사정으로 서로 헤어질 때도, 그리고 님과의 재회를 고대하며 하염없이 기다릴 때도 화자의 정신세계는 여기에 기초를 두었다고 해석한다. 물론 「서경별곡」류의 예외적인 노래가 없는 것은 아니나 속요의 전반적인 사유와 지향, 그리고 꿈과 소망하는 바는 역시 「정석가」의 테두리 안에 있다고 본다.

이 글을 시작하면서 필자는 '잠재된 민족 정서' 운운한 바 있다. 민족의 고유한 정서는 설사 어느 한때 작품상으로 표출되지 않으나 결코 소멸되지 않고 저변에 잠재해 있다가 후대에 드러나기 마련이라는 뜻으로 그렇게 말한 것이다. 그것은 특정 종교나 이념, 혹은 역사적인 사건이나 외래문화 등에 의해서 변질되지 않는 견고한 서정의 원형질과 같은 것이다. 후대인이 의도적으로 흡수 또는 전수 받아서 체내에 이입되는 것이 아니라 무의식적으로 동화되는 그런 정서적 지향, 바로 그것이 민족의 잠재된 서정세계라고 이해하면 틀림이 없다.

속요의 정서를 가장 성공적으로 체질화시킨 후대 시인이 바로 만해다. 그의 체내에는 「가시리」를 비롯하여 「정석가」·「만전춘별사」·「이상곡」·「동동」·「서경별곡」의 일부 등이 모두 잠복해 있다. 그의 어느 시를 읽든 위 속요 작품과 연결되지 않는 것이 거의 없을 정도로 그는 속요의 정서와 긴밀한 인연을 맺은 시인이었다. 천착 수준의 치밀한 분석을 거치지 않고 일별하는 정도의 독법을 통해서도 이 점은 충분히 입증된다.

이런 현상을 두고 先驗의 세계에 충실하였다고 말할 수 있고 혹은 전통 문화 계승에 크게 기여하였다고 평가할 수 있다. 틀린 말은 아니지만 위에서 언급한 바와 같이 그는 속요에 관해서 필시 문외한이었다는 사실만은 기억할 필요가 있다. 이런 까닭에 그의 시는 민족의 잠재적 정서의 무의식적 작용의 결과라는 해석이 가능한 것이다.

속요에 대한 필자의 애정은 누구 못지않게 자별나다. 유장한 가락과 구슬픈 서정에 매료된지 오래 되었다. 그러면서도 늘 아쉽게 생각한 것은 이미 말한 바와 같이 미래에 대한 불확실성과 비관적인 전망이 속요의 한계로 작용하고 있다고 예단한 점이었다. 지금까지 그런 기본적인 관점에서 벗어나지 않았다. 그러나 이 논문을 쓰면서 다시 숙고해 본 결과 그와 같은 평가는 일정 부분 필자의 편견이었음를 고백한다. 속요 전체를 한 편으로 간주하고 재독할 때 그 속에는 상술한 「만전춘별사」5연의 밝은 설계, 이별의 원천적인 봉쇄를 노래한 「정석가」의 영원성과 신의 등이 있고, 또한 개별 작품에 들어 있는 "아소 님하 한곳에 가고자 하는 기약(뿐)입니다" 식의 미래 지향적 시구까지 감안한다면 속요의 세계를 그렇듯 부정적으로만 조명해서는 곤란하다는 결론에 도달하였다.

그런 속요를 더욱 괄목할 정도로 상승시킨 시인이 바로 만해다. 민요 차원에 머물러 있던 속요와 달리 그는 창작의 과정을 통하여 민족의 서정시를 재생시켜 놓았다. 이를테면 "아으, 얼으려 녹으려 하는"(「동동」2연) 정월 냇물의 어정쩡한 상태를 완벽한 해빙으로 바꿔 놓듯 속요의 비관적인 또는 일견 느슨하고 아리송한 미래觀을 만해는 여러 편의 결정적인 시를 통해서 투명하면서도 밝고 낙관적인 세계觀으로 교체시켜 놓았고, 이 점에서 그는 우리 시문학사에서 누구도 이뤄내지 못한 성과를 이끌어낸 시인으로 그 이름을 역사에 남기고 있다.

만해의 정서와 언술, 그리고 지금 언급한 시문학사적 위상을 정확히 알기위해서도 속요와 엮어 읽기가 필요하고 또한 속요의 고전적 가치와 잠재성의 위력을 추적하기 위해서도 한용운과의 엮어 읽기는 필수적이라고 생각한다. 본고는 이런 이유 때문에 쓰여진 것이다.

사라진 것에 대한 향가와 조지훈 시의 정서

「모죽지랑가」와 「찬기파랑가」는 화랑을 찬모한 향가라는 점에서 서로 공통점이 있다. 화랑을 기리되, 구성진 가락으로 읊고 있다는 점에서도 두 노래는 성향을 같이 한다. 작자인 득오와 충담사가 그들의 시에 올린 죽지랑과 기파랑은 그때 역사의 장막 뒤로 사라져가는 인물이었다. 이런 이유 때문에 「모죽지랑가」와 「찬기파랑가」는 찬모와 함께 아쉬움과 우수의 정서에서 벗어날 수 없었다.

사라져가는 존재에 대하여 안타까움을 금치 못하면서 조상한 노래가 어찌 신라 시대의 향가에만 있었겠는가. 그 이후로도 시대에 따라 여러 장르를 통하여 여러 내용의 수많은 회고·추모·애도의 작품이 산출되었음을 우리는 잘 알고 있다. 특히 20세기, 일제 강점기에 많은 시인들에 의해서 꾸준히 창작된 일련의 '님의 노래' 들이 바로 사라진 나라를 조상하며 그리워 한 작품들이었다는 사실도 우리는 익히 알고 있다.

그러한 시인들 중에는 일제 말기에 등단한 조지훈도 있었다. 지조의 시인으로 불리는 그는 향가를 비롯하여 신라 문화 및 역사에 조예가 깊었다. 그의 시에는 신라의 멸망에 의탁하여 일제 치하 망국의 슬픔을 빗대어서 노래한 작품도 있고, 조선 왕조가 외적의 침탈에 의해서 무너진 비극을 통탄하며 일제 식민지 시대를 떠올리게 한 시도 여러 편 있다.

이 글은 지훈의 그런 내용의 초기 시 몇 편을 읽으면서 유사한 사연을 내장하고 있는 예의 두 편의 향가와 견주어 보는데 목적이 있다. 사라져

가는 것에 대한 향가의 안타까움과 슬픔이 현대 시인인 지훈의 시에 이르러 어떤 모습으로 실현화 되었으며 특히 상호 맥락을 연결하는데 무리가 없는지를 주로 탐색키로 하겠다.

고전 시가와 현대시의 시대적인 거리, 그리고 장르의 상이 등과 같은 것에 필자는 괘념치 않는다. 잠재적인 민족 정서는 시대와 장르를 초월하여 표출된다는 사실에 유의할 따름이다.

후설하겠지만 지훈의 '신라애착심(新羅愛着心)'은 다른 시인들에게서는 쉽게 찾아볼 수 없는 그만의 특별한 일면이었다. 일제 치하 비극의 시대를 애상하며 울분을 토해낸 적지 않은 시인들의 작품이 있으나 그 중에서 지훈의 시를 택한 이유를 굳이 밝힌다면 시와 학문에 두루 인연을 맺은 그의 신라에 대한 관심이 특기할 만하기 때문이다.

「모죽지랑가」와 「찬기파랑가」는 특정 인물을 찬모한 작품인데 반하여 지훈의 같은 계열의 서정시는 인물이 아닌 왕조를 노래한 것이다. 그런들 어떠랴. 우리가 찾아서 읽고자 하는 것은 인물이든 국가든 사라진(또는 사라지는) 것에 대한 시인의 마음인 것이다.

향가와 지훈의 시를 주·종의 관점에서 살피는 것은 온당치 않다. 둘을 수평선상에 가지런히 놓은 상태에서 각각의 목소리를 듣는 것이 마땅하다. 다만 향가는 2편뿐인데 반하여 지훈의 시는 여러 편이기 때문에 자연히 그에 대하여 상대적으로 더 많은 지면을 할애해 가면서 언급할 것이라는 점, 미리 밝혀둔다.

1. 「모죽지랑가」, 「찬기파랑가」의 비애

득오의 「모죽지랑가」는 통삼(通三) 직후인 32대 효소왕 때에 지어진 작품이다. 35대 경덕왕 때 낭승인 충담사의 「찬기파랑가」와 더불어 우리의 시가문학전사를 통틀어서 '사람을 기린 詩' 로서는 가장 일찍 생산된 노래라 하겠다.

> 간 봄 그리매
> 모든 것이 울 이 시름
> 아름다움 나타내신
> 얼굴 주름살을 지니려 합니다

여덟 줄로 된 전문 중에서 앞부분 넉 줄을 옮겨 놓은 것이다. 상사인 죽지랑의 화려했던 옛 시절을 시름에 잠겨 돌이켜보는 화자의 심사가 꾸밈없이 드러나 있다. 노쇠하여 아름다움을 잃어버린 郎의 현재 시간의 처량한 모습이 화자로 하여금 안타까움에 잠기게 한다.

'사라지는 것에 대한 비애' – 이렇게 규정하는 것이 전반부에 대한 가장 적절한 정의가 될 것이다. 시적 화자인 득오가 우수에 잠긴 까닭은 문면에 나타나 있는 바를 그대로 읽는다면 사모의 대상인 죽지랑이 老境에 처하여 한창 시절의 활기찬 모습과 기력을 상실하고 있기 때문이다. 바꿔 말하자면 육신의 쇠락 때문이다.

그러나 이러한 독법은 피상적인 읽기에 불과하다는 점을 필자는 이미 오래 전에 지적한 바 있다. 요컨대 이 부분은 이 노래가 자리를 잡고 있는 『삼국유사』, 「효소왕대 죽지랑」조의 산문기록과 연계시켜서 읽어야만 그 온전한 뜻을 파악할 수 있다. 이에 관한 필자의 기존 연구를 여기서 소상하게 밝힐 여유는 없고, 다만 본고를 작성하는데 필요한 내용만 발췌하여 옮긴다면 「삼국 통일 이후 화랑단의 기세는 급격히 하강 국면으로 접어들었음 – 이는 전쟁이 끝남에 따라 청년 무사 단체가 감수할 수밖에 없는 시대적인 상황에서 기인된 추세였음 – 그런지라 통일 전쟁 시기에 큰 공을 세운 왕년의 노 화랑인 죽지랑의 명성과 세력도 활력을 잃고 실세하여 희미한 옛 추억의 과거 속에 묻히게 되었음」으로 간추릴 수 있다. 「모죽지랑가」의 앞부분은 바로 이와 같은 낙척의 화랑사가 죽지랑의 외면 묘사를 통해 에둘러 표현된 것이다. 따라서 거기에는 비유의 기법이 작용하고 있거니와 그렇게 해서 작자가 드러내고자 한 바는 동어반복컨대 시대의 변천에 따라 화랑 및 화랑단 전체의 전성기가 사라져서 슬픔을 이기지 못하겠다는 점이다.

「찬기파랑가」는 「모죽지랑가」가 지어진 때로부터 약 반세기쯤 경과된 뒤에 나온 향가다. 그러므로 두 작품 사이에 시간적인 간격이 거의 없다고 보아도 무방하다. 이 말은 「모죽지랑가」에서 읽을 수 있는 쇠락한 화랑단의 시대적인 위상이 그대로 유지되고 있다는 뜻이기도 하다. 「찬기파랑가」의 작자는 노래의 전반부에서 다음과 같이 피력하고 있다.

열치고
나타난 달이
흰 구름 좇아 떠가는 것 아닌가
새파란 냇물 속에
耆郎의 모습이 있어라

충담사는 뛰어난 비유의 기법을 활용하여 현재 시간의 기파랑의 모습을 형상화하고 있다. 여기서도 역시 찬모의 대상인 기파랑은 '사라져가는 존재'로 묘사되고 있다. 「모죽지랑가」는 시의 주인공이 누렸던 찬란한 과거를 울먹이면서 회상한 뒤 현재 시간의 초라한 모습을 비애에 젖어 묘사하고 있지만 「찬기파랑가」의 화자는 지난날의 일에 대해서는 함구한 채 오직 지금의 상태만을 진술하고 있다. 이 노래를 갈무리하고 있는 「경덕왕·충담사·표훈대덕」조에는 창작 동기나 배경 등의 기록이 전혀 등재되어 있지 않아서 기파랑이 어떤 삶을 살아 왔는지를 짐작조차 할 수 없다.

그런 점을 제외한다면 두 노래의 밑바탕에 흐르고 있는 정서라든가, 읽으면서 느낄 수 있는 분위기는 서로 대차가 없다.

시적 화자는 기파랑을 천상의 달로 치환시켜 놓음으로써 존귀하고 지고지선한 존재로 떠받들고 있다. 달은 하늘에만 떠 있는 것이 아니라 지상의 새파란 냇물에도 잠겨 있다. 그리하여 천지간에 두루 遍在하는 존재로 거듭 태어난다. 그러나 실로 안타까운 것은 작자의 久遠의 표상인 천상의 달이 흰 구름이 흘러가는 길을 따라 함께 사라져 간다는 사실이다. 시야에서 멀어져 간다는 것이다. 「찬기파랑가」의 앞부분에서 충담사가 아쉬움에 겨워 토설하고자 한 요점은 바로 이것이다.

'기파랑=달' 이라는 등식에서 멈추지 않고 "흰 구름 좇아 떠가는 달"로 점점 옮겨가는 장면을 지켜보는 화자의 심정은 과연 어떤 것이었을까. 「모죽지랑가」의 경우처럼, 그 또한 우수와 울울한 심사에서 벗어날 수 없었을 것이라는 점, 촌탁하기에 어렵지 않다. 속사정은 서로 조금씩 다를지라도 어쨌거나 사라져 가는 인물을 아쉬워하며 슬퍼하는 마음만은 양자가 함께 공유하고 있는 터, 그런 현실 앞에서 득오와 충담사는 동일한 감상에 젖어 있었다는 뜻이다.

2. 「계림애창」의 울음과 향가

화제를 돌려서 옛 향가의 고장인 경주를 노래한 지훈의 「계림애창(鷄林哀唱)」을 살펴보기로 하자. 일제 강점기가 그 종막을 고하기 수년 전인 1942년 壬午年 이른 봄, 지훈은 서라벌이 그리워 경주를 찾았다. 때에 그의 나이 만 22세였고 『문장』지를 통해 등단한지 두 해가 지난 뒤였다. 그곳에서 그가 느낀 감회와 정서는 「조고상금(弔古傷今)의 하염없는 탄식」, 바로 그것이었다. 신라로 대표되는 역사상의 모든 옛 왕조, 옛 시대에 대한 슬픈 그리움이었다. 역사의 무대에서 신라 왕조가 자취를 감춘지 자그마치 천년 세월이 흘러갔음에도 시인이 古都에서 길어 올린 것은 사그라지지 않은 서러움과 아픔이었다. 그만하면 잊을 만도 한데 그렇듯 상심에 사로잡힌 것은 오로지 지나치게 예민한 시인의 감각과 여린 정감이 작용하였기 때문이었을까. 그 때 그가 읊은 노래인 「계림애창」은 다음과 같다.

> [1] 보리이랑 우거진 골 구으는 조각돌에/ 서라벌 즈믄 해의 水晶 하늘이 걸리었다// 무너진 石塔우에 흰 구름이 걸리었다/ 새소리 바람소리도 찬 돌에 감기었다// 잔 띄우던 구비물에 떨어지는 복사꽃잎/ 玉笛 소리 끊인 골에 흐느끼는 저 풀피리// 비가 오나 눈이 오나 瞻星臺 위에 서서/ 하늘을 우러르는 나의 넋이여!
>
> [2] 사람가고 臺는 비어 봄풀만 푸르른데/ 풀밭 속 주추조차 비바람에 스러졌다// 돌도 가는 구나 구름과 같으온가/ 사람도 가는구나 풀잎과 같으온가// 저녁놀 곱게 타는 이 들녘에/ 끊쳤다 이어지는 여울물 소리// 무성한 찔레 숲에 피를 흘리며/ 울어라 울어라 새여 내 설움에 울어라 새여!

옛 왕조에 대한 그리움과 아쉬움이 이렇듯 절절할 수 있을까. '조고'의 정서는 실로 이와 같았다. 곱씹으며 읽지 않고 그냥 죽 일별하는 것만으로도 시인의 애상은 마치 손에 잡힐 듯 선명하게 느껴진다.

그런데 이 시를 읽는 우리는 그때 그곳 서라벌 옛 터에서 그가 부른 哀歌가 단지 신라 왕조의 멸망을 애상하는 심정 때문에 생산되었다고는 해석하지 않는다. 시인인지라 감각과 정감이 보통 사람과 달리 예리하고 여렸기 때문에 그런 구슬픈 노래를 지었다고도 보지 않는다. 짐짓 옛 서라벌을 조상(弔喪)하는 듯 자세를 취하면서 일제 치하의 민족적인 비극과 나라 잃은 백성의 참담한 심정을 거기에 빗대어서 토해냈다고 이해한다. 실인즉 傷今을 위해서 弔古의 트릭을 썼다고까지 생각한다.

맞다. 「계림애창」은 천년을 사이에 두고 자취를 감춘 신라와 조선왕조, 두 시대의 슬픈 역사를 함께 애도한 중의성이 뚜렷한 작품이다. 그렇지만 시인의 아픈 마음은 '今'에 놓여 있었다.

지훈은 그의 초기 작품(1940년 「문장」지 추천 완료이후 광복전후의 시기까지)의 중요한 몇 편이 "사라져가는 것에 대한 아쉬움의 哀愁, 民族情緖에 대한 애착"(『趙芝薰詩選』後記)에 놓여 있었다고 직접 피력한 바 있다. 위에서 인용한 「계림애창」도 그 중의 하나임은 물론이다. 식민지 치하의 암흑기를 살면서 시인은 어쩔 도리 없이 시대가 강요하는 비극을 감내해야만 하였고 막막한 현실 앞에서 한숨을 내뿜으며 상실감에 사로잡힐 수밖에 없었다. 그나마 위로가 되는 것이 바로 詩作이었고, 그 가운데서도 옛 시대를 회고하거나 조상하는 행위를 통하여 현재의 박탈감, 허탈감을 겨우 진정시킬 수 있었다.

시인이 「계림애창」에서 나열해 놓은 옛 흔적들, 곧 "조각돌 – 무너진 石塔 – 잔 띄우던 구비물 – 玉笛소리 끊인 골 – 첨성대 – 풀밭 속 주추" 이런 것들은 모두 다 '신라'의 표상이요 편린들이다. 그러한 역사의 조각들이 한갓 핏기 잃은 유물로 남아서 시인으로 하여금 슬픈 상념에 잠기게 하고 있음을 우리는 목도하고 있다.

복받치는 서러움을 참다못한 시인은 마침내 "무성한 찔레 숲에 피를 흘리며/ 울어라 울어라 새여 내 설움에 울어라 새여"라고 외친다. 고려속요 「청산별곡」의 2연처럼 시인 자신의 울음을 새의 울음에 전이시키고자 하는 데서 서러움의 확장도 읽을 수 있고, 代置 혹은 치환의 미학도 감지할 수 있다.

그때의 울음을 우리는 향가 어느 대목에서 찾을 수 있을까. 「모죽지랑가」에서 득오는 죽지랑이 누렸던 찬란한 시절(간 봄)을 처연한 마음으로 떠올리면서 "모든 것이 울 이 시름"이라고 고백한다. 향가의 이러한 울음과 시름, 지훈의 현대시에서도 듣는 울음소리 그 둘 모두가 사라진 것(또는 사라지는 것)을 조상한 끝에 터진 오열이요 통곡이라는 점을 우리는 용이하게 느낄 수 있다.

지훈은 "돌도 가는구나 구름과 같으온가/ 사람도 가는구나 풀잎과 같으온가"라고 말하면서 한숨을 내쉰다. 옛 왕조의 흔적으로 남아있는 주추가 풀밭 속에 파묻혀 있음을 보고 그는 영고성쇠의 무정한 자취와 마주하게 된 것이다. 구름이 흘러가듯 돌조차 역사 속으로 가버렸고, 뿐이겠는가 풀잎이 시들 듯 당대의 인걸도 또한 역사의 뒤란으로 사라진지 오래되었음을 애통해하면서 울먹이고 있는 것이다.

이와 통할 수 있는 장면을 향가에서 찾는다면 어느 대목을 들 수 있을까. 충담사는 그의 노래에서 "열치고/ 나타난 달이/ 흰구름 좇아 떠가는 것 아닌가"라고 차탄조(嗟歎調)로 읊으면서 안타까운 심경을 토로했다. '달'로 비유된 기파랑이니 이 구절이 무엇을 뜻하는지는 설명이 필요치 않다. 요컨대 딱한 노릇이 아닐 수 없다. "흰구름 좇아 떠가는 달", 그것은 "구름이 가뭇없이 흘러가듯 풀에 파묻힌 옛 돌"과 유사한 것이고, "계절따라 모습을 감춘 풀잎처럼 그렇게 가버린 사람"과 일치하고 있음을 어렵지 않게 이해할 수 있다.

정리하면 「모죽지랑가」·「찬기파랑가」, 이 두 편의 향가와 지훈의 「계림애창」은 깊은 분석이나 천착의 과정을 거치지 않고서도 시의 세계 전반에 걸쳐서 서로 통하고 있음을 알 수 있다. 그런 바탕에서 일부 대목을 발췌하여 이를 연결고리로 삼아서 서로를 견주어 본즉 역시 그 사유(思惟)와 진술이 유사함을 또한 확인할 수 있었다.

그렇다고 두 편의 향가와 지훈의 시가 모든 면에서 여합부절하다고 말할 수는 없다. 그렇게 완전히 일치된다는 것은 있을 수 없다. 무엇보다도 현저하게 드러나는 상이점은 시의 情調에서 찾을 수 있다. 향가는 애이불상(哀而不傷)을 연상하리만큼 슬퍼하되 격하게 반응하지 않고 안으로 삭이는 모습을 보여주고 있다. 지훈의 「계림애창」은 그와는 다소 다르다. 천 년 전에 무너진 신라를 되살려 놓고 거기에다 일제의 식민지를 덧씌운 뒤 시인은 그가 전제한 바 '조고상금'의 심사를 여한 없이 한껏 토로하고 있다. 인물의 사라짐과 나라의 사라짐은 실로 차원이 다른 것이거늘 그 때문에 정조의 격차가 불가피하였을 것이다.

3. 「봉황수」의 상실감과 향가

「계림애창」과 호흡이 통하는 작품이 지훈에게 또 있다. 「봉황수(鳳凰愁)」가 바로 그것이다.

> 벌레 먹은 두리기둥 빛 낡은 丹靑 풍경소리 날러간 추녀 끝에는 산새도 비둘기도 둥주리를 마구쳤다. 큰 나라 섬기다 거미줄 친 玉座위엔 如意珠 희롱하는 雙龍 대신에 두 마리 봉황새를 틀어 올렸다. 어느 땐들 봉황이 울었으랴만 푸르른 하늘 밑 甃石(추석)을 밟고 가는 나의 그림자 패옥(佩玉) 소리도 없었다. 品石 옆에서 正一品 從九品 어느 줄에도 나의 몸 둘 곳은 바이 없었다. 눈물이 속된 줄을 모를 양이면 봉황새야 九天에 呼哭하리라

일별만으로도 비가임을 알 수 있다. 색깔로 비유하자면 작품 전체가 흑색이거나 회색빛이요 가락으로 치자면 계면조를 연상케 한다고 말할 수 있으리라. 신라의 고도 계림에서 비통함을 토해내더니 이번에는 장소를 바꿔서 조선 왕조의 심장인 궁궐을 찾아가 망국의 슬픔을 피력하고 있다. 겉으로는 멸망한 조선 왕조를 조상하고 있으나 내막적으론 일제의 침탈을 슬퍼하며 애도하고 있음을 쉽게 간파할 수 있다. 사실인즉 그게 그것이 아니겠는가. 앞서의 「계림애창」과 마찬가지로 중의성을 띄고 있는 노래라는 점, 번거로운 설명을 필요로 하지 않는다.

망해버린 나라의 옛 대궐에다 시의 공간을 설정한 것부터가 시인의 의도가 심상치 않음을 느낄 수 있으리라. 그곳에서 싫도록 슬퍼하고 지치도록 울고 싶은 것이 시인의 마음이었을 것이다. 그런 마음에서 시는

지어졌거니와 開口一聲인즉 '벌레먹은 두리기둥'이다. 그 뒤를 "빛 낡은 丹靑 …… 산새도 비둘기도 둥주리를 마구 쳤다"와 "거미줄 친 玉座"가 문맥을 잇고 있다. 「계림애창」에서 읽은 폐허보다 더 심하고 자극적이다. 궁궐이 어떤 곳이며 용상이 어떤 자리인가. 하늘같은 나랏님이 신료들과 함께 정사를 베푸는 장소가 아닌가. 수많은 궁녀와 내관들이 법도에 따라 분주하게 오고 가는 금궐(禁闕)이 아니던가. 어느 한 순간도 쉼이 없이 움직이는 나라의 심장, 그곳이 폐허를 연상하리만큼 퇴락해 있는 장면을 시인은 그의 노래의 모두(冒頭)에 얹어 놓았다.

망국의 실상을 찾기로 말하자면 조선 땅 어디를 가도 쉽게 접할 수 있지만 그러나 시인은 작심한 양 맞바로 대궐로 찾아가 망국의 민낯이 과연 어떤 것인지를 직접 체험하면서 허탈감에 빠진다. 폐가처럼 되어버린 5백년 왕조의 궁궐, 그것은 바로 나라 잃은 시인의 처량한 신세를 규정짓는 요인이었다.

임금이며 비빈 궁녀와 내관들이며, 벼슬이 높고 낮은 신하들이며 모두가 떠난 텅 빈 대궐에 패옥소리가 들릴 리 없다. 품석이 남아있다한들 어느 누구도 몸 둘 곳이 바이 없거늘 그리하여 시인은 "봉황새야 九天에 呼哭하리라"라는 말로 그 자신의 참담한 심경을 드러내고 있다. 「계림애창」에서 "울어라 울어라 새여 내설움에 울어라 새여"라고 하면서 감정을 터뜨린 바를 여기서 다시 본다. 사라진 것에 대한 아쉬움, 그것은 단순한 아쉬움이 아니라 피를 토하며 통곡을 해도 시원치 않은 비분강개 바로 그것이라 하겠다.

이제 지훈의 「봉황수」를 「모죽지랑가」와 「찬기파랑가」의 옆자리에 놓고 견주어보기로 하자. 세 편 모두가 계면조 가락을 연상케 하고 있음을 쉽게 느낄 수 있다. 처량하고, 구성지고, 우울하고, 비창하고, 아쉽고, 서운하고, 허탈하고 …… 이렇듯 어두운 어휘를 이들 작품에서 떠올리는 까닭은 사라져가는(사라진) 것에 대한 시적 화자들의 슬픈 정서가 예의 어휘들을 통해 자연스럽게 유로되었기 때문이다.

「모죽지랑가」는 저명한 한 화랑의 찬란했던 과거를 회상하며 기력이 쇠잔한 오늘의 초라한 모습에 탄식을 금치 못한다.

「봉황수」는 '큰 나라 섬기면서'도 왕조의 독립(品石)이 유지되던 옛 대궐을 거닐며 이제는 그 화려했던 시대가 가뭇없이 사라진 현실 앞에서 통곡하고 싶은 심정을 가누지 못한다. 슬픔에 잠기되 전자는 비교적 차분하다. 후자도 맨 끝에 놓여 있는 한 줄의 문장이 있기까지는 담담하게 진술하고 있다. 그러다가 도저히 참아내기 어려워 말미에 이르러서 마침내 가슴 깊은 데서 치밀어 오르는 격정을 터뜨리고 만다. 「계림애창」과 향가에서 이미 확인한 바 있듯 그런 농도의 차이는 분명히 있다. 그러나 사라진 것에 대한 본질적인 상실감이나 박탈감에는 양자 성향을 같이 한다. 실인즉 「모죽지랑가」에서도 울고 싶은 심정을 감추지 않았으니 「봉황수」의 감정과 통하는 점이라고 하겠다. 사람의 감정이나 정서는 시대가 다르다고 해서 그 근본마저 변질되는 것이 아니거늘 신라시대의 득오나 현대의 지훈이 자신들의 노래를 통해서 세월을 뛰어넘어 서로 만나는 장면을 우리는 「모죽지랑가」와 「봉황수」에서 볼 수 있다.

「찬기파랑가」의 경우는 또 어떤가. 이 노래는 '사라진 것'이 아니라 '사라져 가는 것을' 넋 놓고 바라보면서 우수에 잠겨 있는 순간을 포착해 놓은 것이다. 「모죽지랑가」보다 더 담담하며, 무엇보다도 '詩的'으로 진술하고 있다. 모든 시는 시적인 표현에 의존하는 것이 정상이거늘 굳이 이 노래를 놓고 새삼스럽게 '시적'이라고 언명하는 까닭은 서정시가 도달할 수 있는 최고의 경지에까지 이르렀다는 사실을 극대화하기 위해서다.

「봉황수」는 이미 '사라진 것'을 애도한 노래라는 점에서 「찬기파랑가」와 변별된다. 하지만 이러한 차이점은 지엽적인 것에 불과하다. 어떤 순간을 어떤 기법과 언술로 표현하였는가를 따지는 것도 중요하지만 그보다는 시인의 마음 바탕에 관심을 두는 것이 더욱 긴요하다. 전후 사정을 감안하여 헤아려 볼 때 충담사가 천여 년 뒤에 태어나서 식민지 치하의 퇴락한 궁궐을 거닐었다면 그의 어법으로 보아 「봉황수」의 시정에 잠겼을 터이고 지훈이 그 반대로 세월을 거슬러 올라가서 역사의 무대로부터 퇴장하는 기파랑의 모습을 지켜보았다면 지조를 중히 여기는 그의 정신으로 보아 「찬기파랑가」의 시심에 잠겼을 것이다.

4. 향가의 지절(志節)

화려했던 옛 시절의 죽지랑을 기억하면서 애달프게 그리워하던 득오는 그의 노래 후반부에서 이렇게 읊고 있다.

> 눈 돌이킬 사이에나마
> 만나 뵙도록 (기회를) 지으리
> 낭이여 (당신을) 그리워하는 마음의 가는 길
> 다북쑥 우거진 구렁텅이에 잘 밤 있으리

앞의 두 줄의 진술로 보아 지금 작자는 그의 상사와 떨어져 있음을 알 수 있고, 그리하여 잠깐만이라도 면대하기를 갈망하고 있다. 어찌하여 두 사람이 만나기조차 어려운 지경에 이르렀는지 그 내막을 밝히는 일은 생략하기로 한다. 다만 사라진 과거는 모든 것을 앗아가 버리고 마침내 해후의 기회조차 쉽게 허용치 않는다는 世事의 무정함만을 기억키로 한다.

「모죽지랑가」후반부의 핵심은 끝의 두 줄, 곧 7·8행에 놓여 있다. 죽지랑의 처지가 아무리 딱한 상태에 놓여 있을지라도, 그리하여 화자의 심정이 감내하기 어려운 괴로움과 비감에 젖어 있을지라도 상사를 기리며 따르는 그의 마음은 변할 수 없다는 고백, 이 확고한 다짐이야말로 「모죽지랑가」를 평범한 찬모가의 수준에서 더 높은 志節歌로 승화시키는 결정적인 계기를 마련해 주었다. 향후, 작자가 郎을 그리워하며 걸어가는 마음의 도정에는 '다북쑥 우거진 구렁텅이' 와도 같은 험난한 형극의 길도 있을 것이지만 이를 피하지 않고 헤쳐나가겠다는 그의 비장한 결의, 그것이야말로 가장 고귀한 인간 정신의 극점이라고 할 수 있다. 뜻을 굽히지 않고, 바꿔 말해서 어떠한 어려운 상태에서도 초심을 잃지 않고 지조를 지키는 일, 그것이 어느 시대를 막론하고 얼마나 어려운 일인지를 모르는 사람이 없다. 「모죽지랑가」를 높이 평가하는 까닭은 사라진 것에 대한 아쉬움과 우수의 상태에 머물지 않고 이읃고 지절의 노래에까지 도달하였기 때문이다.

「찬기파랑가」의 후반부는 또 어떠한가. 흰구름이 흘러가는 길을 따라 가뭇없이 사라져가는 달(기파랑)을 넋 놓고 바라보던 화자는 다시 정신을 차리고 이렇게 속내를 드러내고 있다.

> 逸烏 냇물의 조약돌이
> 낭이 지니신
> 마음의 끝을 좇과저
> 아으 잣가지 높아
> 서리 모르올 花判이여

찬모의 대상인 기파랑을 천상의 달로 비유한 작자는 그 자신을 한갓 보잘 것 없는 냇물가의 조약돌로 낮추어 설정한다. 이러한 구도로 보아 작가에게 있어서 기파랑은 절대자·초월자와 같은 존재임을 알 수 있다. 그렇듯 존귀한 존재에 대하여 작자는 다시 "아으 잣가지 높아/ 서리 모르올 花判이여"라고 찬탄한다. 기파랑의 정신 세계가 얼마나 올곧고 드높았으면 이러한 영탄이 나올 수 있었을까. 그러한 고귀한 인물이 그 자취를 감추고 있으니 얼마나 애석했을까.

이런 생각을 하는 것도 이 노래를 읽는 과정에서 당연히 거쳐야 할 절차이지만 그러나 후반부의 중심이 7·8행, 곧 "낭이 지니신/ 마음의 끝을 좇과져"에 자리를 잡고 있다는 점을 간파하는 것이 더욱 중요하다. 그렇다. 「찬기파랑가」는 찬모의 대상을 미화시키고, 사라져가는 그를 처연한 목소리로 그리워하는 것에 무게를 두고 있지만 더 큰 무게는 바로 7·8행 두 줄에 두고 있음을 아무도 부인할 수 없다. "낭이 지니신/ 마음의 끝"을 좇겠다는 다짐은 곧 서릿발조차 뒷걸음치며 물러나는 柏樹의 정신을 계승하겠다는 고백이다. 그 고백은 "다북쑥 우거진 구렁텅이"에 자는 밤이 있을지라도 사모하는 님을 잊시 않고 따르겠노라고 다짐한 志節의 노래인 「모죽지랑가」와 맥이 통하고 있음을 우리는 익히 알고 있다.

정리하면 「모죽지랑가」와 「찬기파랑가」의 주제는 현실의 세계에서 역사의 무대로 사라져가는 위대한 인물의 드높은 정신과 숭고한 뜻을 계승하겠노라는 굳은 맹세라고 하겠다.

5. 지훈시의 지절(志節)

그러면 향가와 마찬가지로 사라진 것을 조상한 지훈의 「계림애창」·「봉황수」에도 그와 같은 서맹(誓盟)이 있는가, 없다. 처음서부터 끝마무리에 이르기까지 오로지 '조고상금'으로 일관하고 있을 따름이다. 뒤에서 다룰 시에서는 그 나름대로의 마음가짐과 지향이 드러나겠지만 위에서 읽은 두 편의 노래는 단지 옛날을 조상하고 오늘을 슬퍼하는 것으로 시종하고 있다. 그러한 그리움과 상심이 응어리진 끝에 타개할 방도를 찾지 못하고 좌절과 무력감에 빠져서 토해낸 시가 바로 아래의 것이다.

마음 후줄근히 시름에 젖는 날은
動物園으로 간다

사람으로 더불어 말할 수 없는 슬픔을
짐승에게라도 하소해야지

난 너를 구경오진 않았다
빰을 부비며 울고 싶은 마음
혼자서 숨어앉아 詩를 써도
읽어 줄 사람이 있어야지

쇠창살 앞을 걸어가며
정성스리 써서 모은 詩集을 읽는다

鐵柵 안에 갇힌 것은 나였다
문득 돌아다 보면
四方에서 창살틈으로
異邦의 짐승들이 들여다본다

"여기 나라 없는 詩人이 있다"고
속삭이는 소리……

無人한 動物園의 午後 顚倒된 位置에
痛哭과도 같은 落照가 물들고 있었다

「動物園의 午後」全文이다. 경주에서, 그리고 대궐에서 일차 '조고상금'의 쓰리고 아픈 체험을 맛 본 시인은 동물원으로 개장(改裝)되어 격하된 창경궁을 찾아가서 그동안 쌓이고 쌓인 참담한 심경을 토해낸다. 앞서의 작품과는 달리 여기서는 드러내놓고 자신을 나라 없는 시인이라고 밝힌다. 이런 기가 막힌 悲歌가 또 있을까. 이런 절망과 암담함이 또 있을까. "사람으로 더불어 말할 수 없는 슬픔을/ 짐승에게라도 하소" 하고자 동물원을 찾은 망국의 시인. 그는 철책 안에 갇힌 것은 동물이 아니고 그 자신이라고 진술한다. 이렇듯 어처구니 없이 전도된 고백이 또 있을까. 시인은 그때 마침 서쪽으로 기울던 햇빛을 '통곡과도 같은 落照'라고 하였다. 어디 서쪽으로 지는 해 뿐만인가. 시 전문이 피를 토하며 우는 통곡이라고 해야 마땅할 것이다.

실인즉, 「계림애창」 등의 두 편은 '傷今'의 슬픔을 에둘러 진술한 노래들이라고 언급하였다. 그러한 간접적인 표현이 「동물원의 오후」에 와서 직접적인 화법으로 바뀌면서 이윽고 통곡과 고통스런 아픔의 절정을 이루게 된 것이다.

이런 점에서 「동물원의 오후」는 작품의 질적인 면과 별도로 시인의 감정, 혹은 정서와 속내를 매우 강한 어조로 드러내고 있다는 점에서 예의 두 편의 시를 압도한다. 하지만 여기서도 시인은 「계림애창」·「봉황수」 등과 마찬가지로 향가의 말미부분에 놓여있는 '정신의 계승 – 추수(追隨)'의 높은 차원에는 진입하지 못한다. 시종 슬퍼하고 탄식하고, 그리고 통곡할 뿐이다. 이 점에서 우리는 지훈의 시에 잠시 낙담하고 실망한다. 더군다나 이 지점에서 萬海의 낙관적인 전망을 담아낸 희망찬 시편들을 상기한다면 더욱 아쉬움과 안타까운 심경을 피력치 않을 수 없다.

하지만 "낭이여(당신을) 그리워하는 마음의 가는 길/ 다북쑥 우거진 구렁텅이에 잘 밤 있으리"라든가 "낭이 지니신 마음의 끝을 좇과저/ 아으 잣가지 높아/ 서리 모르올 花判이여"라든가 또는 "아아 님은 갔지만 나는 님을 보내지 아니하였습니다"(만해)라고 천명하는 것이 의지와 결의에 가득 찬 지사적인 삶의 태도요, 그렇기 때문에 많은 사람들에게서 외경과 상찬의 대상이 되고 있는 점, 모르지 않으나 그렇다손치더라도 시인이 그 자신의 소견을 천명함에 있어서 이런 방법 이외 상황에 따라 다른 방향으로 갈 수 있다는 점도 우리는 온전히 인정하여야 할 것이다. 더군다나 위에서 읽은 지훈의 시는 그 진술의 흐름으로 보아 서원(誓願)을 담아낼 유형이 아니라는 점을 인식할 필요가 있다.

사라진 것에 대하여 비탄의 소리만 낼 뿐 향후 어떻게 하겠다는 다짐이 없다는 이유로 지훈의 시에 잠시 실망하여 유감의 뜻을 표했지만 다른 관점과 시각에 의한 방식이 허용되는 이상 우리는 아래의 작품을 조명하면서 그가 '傷今'에 머물지 않고 이를 어떤 방식으로든 전환시키고자 노력한 모습을 대면할 수 있다. 「동물원의 오후」는 창작년대를 고려하지 않고 작품의 성향만을 놓고 볼 때 그렇게 모색하는 과정에서 생산된 과도기적인 작품에 해당된다고 하겠다.

> 성터 거닐다 줏어온 깨진 질그릇 하나
> 닦고 고이 닦아 열오른 두 볼에 대어 보다
>
> 아무렇지도 않은 곳에 무르녹는 옛 향기라
> 질항아리 곱게 그린 구름무늬가
> 금시라도 하늘로 피어날 듯 아른하다
>
> 눈 감고 나래 펴는 향그로운 마음에
> 머언 그 옛날 할아버지 흰 수염이
> 아주까리 등불에 비최어 자애롭다
>
> 꽃밭에 놓고 이슬 받아 책상에 올리면
> 그 밤 내 벼개 머리에 옛날을 보리니
> 옛날을 봐도 내사 울지 않으련다

「香紋」의 전문이다. 「봉황수」와 함께 「문장」지에 최종 추천작으로 考選된 작품이다. 「봉황수」는 전편이 우수에 잠겨 있으나 이 노래 「향문」에는 그런 어두운 그림자가 드리워져 있지 않다. 외려 옛 유물에 대한 향수와 애정을 비교적 담담하고 차분한 언어로 나타내고 있다.

'옛 유물' 이라고 거창하게 지칭하였으나 사실인즉 성터에 나뒹굴던 '깨진 질그릇' 조각에 불과한 것이다. 그렇듯 아무것도 아닌 것을 '옛 향기'가 무르녹아 있는 것으로 알고 고이 다룬 시인의 마음을 존중하여 '옛 유물'이라고 부르기로 한 것이다. 그 깨진 질그릇 하나를 놓고 시인은 옛날로 돌아가는 회고의 기쁨에 젖는다. 그리고는 「계림애창」이나

「봉황수」에서 한 것과는 전혀 달리 "옛날을 봐도 내사 울지 않으련다"라고 천명한다. 암울·비탄·좌절·절망·낭패·통곡으로 점철되어 있는 앞선 작품세계로부터 지훈은 이윽고 벗어나 강인함과 평상심을 유지할 수 있는 상황을 마련한다. 그것이 곧 더욱 확장되고 심화된 복고 취향의 시 짓기이다. 전통의 계승과 尙古主義, 이것이 바로 일제 식민지 치하에서 그가 견지한 정신세계다.

하잘 것 없지만 옛 향기가 무르녹아 있는 깨진 질그릇 조각을 두 볼에 대어 보기도 하고 책상위에 올려놓고 완상하기도 하는 그 마음은 무엇인가. 그 파편에서 옛날을 보겠노라고 고백하는 그 진술의 뜻은 무엇인가. 나라는 망하고, 그리하여 옛날의 모든 자취는 멀리 멀리 사라졌지만 그나마 남아있는 질그릇 조각을 통해서 민족의 정기와 아름다움을 읽어내고 이를 고이 간직하여 내면화 하겠다는 얘기가 아닌가. 「모죽지랑가」와 「찬기파랑가」의 끝부분과 뜻이 통하는 언술이 아닌가. 사라진 것으로 인하여 마음에 깊은 상처를 입고 괴로워하며 방황하던 지훈의 헝크러진 정신을 바로잡아 준 것은 새삼 천명하거니와 「향문」, 그리고 워낙 널리 알려진 시라서 본고에서는 인용하지 않은 「승무」, 「고풍의상」 등 우리의 現代詩史에 뚜렷한 족적을 남긴 일련의 절창들이다. 이러한 복고취향의 작품에서 우리는 옛 것에 대한 시인의 애정과 집착을 읽게 된다. 득오와 충담사가 어떠한 역경에서도 죽지랑과 기파랑의 정신을 이어가겠다고 다짐한 그 마음은 지훈에게 이르러 특정 인물에서 비켜나 성터에 나뒹굴던 깨진 옛 질그릇 하나, 어느 때던가 오랜 옛날부터 전해오는 춤사위(僧舞), 어느 나라의 古典을 말하는 한 마리 호접(蝴蝶)인양 문득 '민족'의 모습을 떠올리게 하는 옛 의상(古風衣裳), 이런 것을 통해 재현되고 있다고 해석하는데 우리는 아무 어려움을 느끼지 않는다. 동물원에서 토해낸 구슬픈 사설은 이제 옛 것을 어루만지며 내일을 내다보는 지조의 언어로 서서히 바뀐다.

고운 임 먼 곳에 계시니
내 마음 애련하오나

먼 곳에서나마 그리운 이 있어
내 마음 밝아라

설은 세상에 눈물 많음을
어이 자랑 삼으리

먼 훗날 그때까지 임 오실 때까지
말 없이 웃으며 사오리다

부질없는 목숨 진흙에 던져
임 오시는 길녘에 피고저라

높거신 임의 모습 뵈오량이면
이내 시든다 설을리야……

어두운 밤 하늘에
고운 별아

「기다림」의 전문이다. 이 또한 곱씹으며 읽지 않고 일별하는 것만으로도 내용을 금세 알 수 있다. 고운 님이 먼 곳에 있어서 애련(哀憐)하나 그럴지언정 님이 존재하고 있다는 그 자체에 시인은 안도하면서 마음이 밝다고 말한다. 울음 섞인 목소리로 '님의 不在' 만을 되뇌이며 절망에 빠져있는 상황과는 본질적으로 다른 장면이 전개되고 있다. 이런즉 임이 오실 때까지 입 다물고 웃으며 기다림의 세월에 기꺼이 몸을 맡기는 것은 당연한 각오라 할 것이다.

암흑과도 같은 시대, 사라진 것 때문에 조고상금의 슬픔을 품고 살던 시대에 지훈의 시는 방황(?)을 거듭한 끝에 이윽고 「기다림」이라는 이름의 항구에 입항한다. 이 글의 결론은 여기서 끝내도 좋다. 다만 사족삼아 한마디를 보태자면 이와 같다. 즉 오랜 여정 끝에 정박한 「기다림」의 시세계는 결코 현란하지도, 별스럽지도 않은 범상한 언어로 장식되어 있다. 고려 속요 이후 조선 시대의 시조나 근·현시에서 숱하게 접할 수 있는 평균적인 修辭와 진술의 수준에 머물러 있다.

그런들 어떠랴. 야단스러운 진술이나 화사한 표현이 오히려 시인의 진정성을 훼손시키는 예를 우리는 자주 본다. 그와는 날리 예사스러운 말씨에서 절절한 심사를 읽는 기회를 우리는 또한 만난다. 萬海의 『님의 沈默』전 편이 여기에 해당된다. 지훈의 시 「기다림」에서 겉모습을 보지 않고 그 속살에 접근하려는 이유가 바로 여기에 있다. "부질없는 목숨 진흙에 던져 ……"라고 진술하고 있는 5연의 속뜻을 음미하면 새로운 경지가 열림을 알 수 있다.

6. 지훈시의 향가적 인자

이 글에서 우리가 읽은 지훈의 시는 모두 5편이다. 그 중에서도 특히 관심이 가는 시는 맨 먼저 살핀 「계림애창」과 「봉황수」다. 창작 년대 순에 따른다면 「봉황수」(1939)가 앞에 오고 그 뒤에 「계림애창」(1942)이 놓여야 마땅하지만 위에서 필자는 시대 순에 구애 받지 않고 역순으로 읽었다.

그런데 이제 와서 되짚어 보면 그렇듯 창작연대의 선후를 마냥 무시할 일이 아니라는 생각이 든다. 그래서 글을 마감하는 단계에서나마 연대의 앞뒤를 중시하면서 두 편의 시를 새로 연결시켜 보기로 하겠다.

지훈은 「봉황수」를 지으면서 사라진 조선 왕조를 애도하며 일차 조고상금의 지극한 悲感에 젖는다. 그리고 같은 시기에 옛 것을 그리워하는 심정을 담아낸 「고풍의상」, 「향문」 등의 작품을 짓는다. 그런 뒤 두 해쯤 지나 경주로 내려간다. 그때 그의 경주행이 木月과의 첫 만남을 위한 나들이라는 것은 이미 오래전부터 널리 알려진 문단의 이면사에 해당되는 사건(?)임을 우리는 잘 알고 있다. 거기서 「계림애창」을 지어서 읊는다.

이렇게 연대순에 따라 정리해 놓고 보니 조선 왕조의 붕괴를 조상한 그의 비통한 그 마음이 그대로 유지된 상태에서 경주에 이르렀고 그곳 古都에서 다시 신라의 멸망을 새삼 떠올리며 애도하는 마음으로 연결되었음이 명료하게 드러난다. 그러니까 「계림애창」을 읊을 때 시인은 한 왕조가 아닌 두 왕조가 소멸된 비통한 역사에 더욱 마음을 가누지를 못하였을 터이고 따라서 사라진 왕조에 대한 아쉬움과 미련, 그리고 비애의 감정은 더욱 고조되었으리라고 단언하여도 무방할 것이다. 이 두 편의 悲歌가 마치 2聯1篇의 노래인양 겹쳐진 상태에서 시인의 마음이 과연 어땠었는지를 헤아려 보는 것은 결코 어렵지 않다.

여기서 다시 「계림애창」을 끄집어내어 더듬어 보기로 하겠다. 지훈은 이 시의 제목 밑에 다음과 같은 제발(題跋)을 달았다. 위에서 인용해야할 글을 여태껏 묵혀 두었다가 이제야 아래에 옮긴다.

> 壬午年(1942) 이른 봄 내 불현 듯 徐羅伐이 그리워 飄然히 慶州에 오니 복사꽃 대숲에 철 아닌 봄눈이 뿌리는 四月일네라, 보름 동안을 옛터에 두루 놀제 鷄林에서 이 한 首를 얻으니 대개 麻衣太子의 魂으로 더불어 같은 韻을 밟음이라, 弔古傷今의 하염없는 嘆息일진저!

지훈이 남긴 시는 약 250여 편쯤 된다. 그 가운데 위에서와 같은 題跋을 달고 시작한 노래는 아마도 6·25전란 중에 지은 「青馬寓居有感」과 이 「계림애창」뿐인 것으로 알고 있다. 매우 드문 예라 하겠다. 작품만으로도 능히 그 자신의 생각이나 정서를 드러낼 수 있을 터인데 굳이 '短文의 해설' 격인 제발을 올려 놓은 까닭은 무엇일까. 요컨대 本詩만으로는 심경을 밝히는데 충분치 못하기 때문에, 또는 창작배경을 설명하여 독자의 이해를 도울 필요가 있기 때문에 첨부하였으리라. 이 말은 결국 하고 싶은 말이 많다는 뜻이며 또한 그런 사정을 명기할 수밖에 없는 특별난 시라는 의미로도 해석할 수 있다. 시인 자신이 이 시를 세심하게 다룬 작품으로 규정하였다고 풀이하여도 큰 잘못은 아니라는 뜻이다.

그런 함의가 들어있는 이 제발에서 가장 핵심 되는 구절은 어느 대목인가. 위에서 여러 번 언급한 바로 "弔古傷今의 하염없는 嘆息일진저!" 라고 차탄(嗟歎)한 한 줄의 문장이다. 겉으론 弔古의 노래이나 실인즉 傷今의 비통함을 묵직하게 담아냈으니 읽는 이들은 이 점을 놓치지 말라는 당부가 그 짧은 해설문의 핵심이라는 뜻이다.

끝자락에 놓여 있는 이 한 줄의 문장은 또한 그 바로 앞에서 피력한 "麻衣太子의 魂으로 더불어 같은 韻을 밟음이라"는 설명에 이끌림에 따라 그 主旨를 더욱 분명하게 부각시키고 있다. 자, 이제 「계림애창」의 저변을 관류하고 있는 시인의 마음을 다시금 포착키로 하자. 그는 막연하게 조고상금에 빠지지 않았다. 마의태자의 혼을 불러내어서 자신의 심정과 일치시켜 「계림애창」을 빚어냈다. 그러므로 중요한 것은 '마의태자'의 혼이다. '마의태자의 혼'은 무엇이었던가. 신라 천 년의 역사와 그 안에 담겨있는 찬란한 모든 것이 한 순간에 소멸되는 것에 대한 참을 수 없는 아픈 마음, 비통한 심경, 바로 그것이 아니었던가.

'마의태자의 혼 → 조고상금의 탄식' 이 말하고 있는 속뜻을 이렇게 정리해 놓고 여기에 이 시를 지을 때 작용되었으리라고 짐작되는 시인의 상상력을 보태기로 하자. "한순간에 소멸된 신라의 천년 역사와 그 안의 모든 것"에는 '라(나)인상향가자상의(羅人尙鄕歌者尙矣)' 라고 一然이 증언한 신라의 향가도 포함될 수 있으리라. 신라는 향가의 나라가 아니던가. 그런즉 지훈이 「계림애창」을 읊으면서 '마의태자의 혼' 이라고 밝힌 부분을 다른 말로 확장시킨다면 "득오(「모죽지랑가」)와 충담사(「찬기파랑가」)의 혼으로 더불어 같은 韻을 밟음이라" 라는 말로 치환시켜도 큰 하자가 없을 것이다. 서론에서 잠깐 언급한 바와 같이 지훈은 '신라'에 대해서 일찍부터 관심을 가지고 학술적으로 연구한 바 있다. 그렇게 천착한 결과 신라국호에 관한 논문은 1955년 『고대 오십주년기념논문집(高大五十周年紀念論文集)』에, 신라가요(향가)를 심도 있게 성찰한 연구물은 1964년 『民族文化研究』1집에 게재하여 학계에 보고되었다. 발표 년대는 1955년 이후 1960년대 중반으로 이루어졌지만 연구의 계획과 시작, 자료 수집 및 분석, 목록 작성과 논지의 수립 등의 작업은 이미 그의 나이 20대인 1940년대, 그러니까 「계림애창」이 생산되던 무렵에 시작되었다. 「新羅의 原義와 詞腦歌에 대하여」라는 논문을 1943년 『春秋』誌4-1에 발표한 사실이 이를 입증한다.

이런 사실도 감안하여 참고한다면 상술한바 「모죽지랑가」와 「찬기파랑가」의 시적 환경과 정신이 「계림애창」에 자연스럽게 연동되었으리라는 결론에 우리는 쉽게 도달할 수 있을 것이다.

매듭을 짓는다. 「모죽지랑가」+「찬기파랑가」의 묶음과 「봉황수」+「계림애창」의 묶음, 이 두 묶음은 내용상으로나 정서적으로나 서로 통한다. 그 점은 위에서의 작품 분석을 통해서 입증되었다. 두 묶음은 시대를 초월하여 같은 공간에 어깨를 나란히 하면서 놓인다.

지훈시의 다른 인용 작품 3편에 대한 재론은 이 마무리 章에서는 생략하여도 무방하다고 판단하여 건너뛰기로 한다.

참고문헌

▍저서

姜銓燮, 『韓國古典文學研究』, 大旺社, 1982.

고전연구회, 『향가의 깊이와 아름다움』, 보고사, 2009.

김대문 지음/조기영 편역, 『화랑세기』, 장락, 1997

金大幸, 『韓國詩의 전통 연구』, 개문사, 1980.

金大幸 편, 『高麗歌謠의 情緖』, 개문사, 1985.

金東旭, 『韓國歌謠의 研究』, 을유문화사, 1961.

______, 『續 韓國歌謠의 研究』, 二友出版社, 1980.

김명준, 『고려속요의 전승과 확산』, 보고사, 2013.

______, 『고려속요의 집성』, 다운샘, 2003

金文泰, 『三國遺事의 詩歌와 敍事文脈연구』, 태학사, 1995.

김성룡, 『한국문학사상사』 1권, 이회, 2004.

김수경, 『고려 처용가의 미학적 전승』, 보고사, 2004.

金承璨, 『한국상고문학론』, 새문사, 1987.

______, 『신라향가론』, 부산대출판부, 1997.

金烈圭, 『韓國民俗과 文學研究』, 일조각, 1971.

______, 鄭然粲, 李在銑, 『향가의 語文學的 研究』, 西江大, 1972.

김영수, 『古代歌謠研究』, 단국대출판부, 2007.

金雲學, 『新羅佛敎文學研究』, 현암사, 1976.

金鍾雨, 『향가문학론』 研學社本, 1971, 二友出版社本, 1975.

김종인, 『날카로운 첫키스의 추억』, 나남, 2008.

金哲埈, 『한국古代社會研究』, 지식산업사, 1975.

金澤東, 『韓國現代詩人研究』, 민음사, 1977.

金學成, 『韓國古典詩歌의 研究』, 원광대 출판국, 1980.

______, 『國文學의 探究』, 성균관대 출판부, 1987.

______, 『한국 고시가의 거시적 탐구』, 집문당, 1997.

金興圭, 『文學과 歷史的 人間』, 창작과 비평, 1980.

朴京珠, 『景幾體歌研究』, 이회, 1996.
朴炳采, 『高麗歌謠語釋研究』, 宣明文化社, 1968.
박혜숙, 『형성기의 한국 樂府詩研究』, 한길사, 1991.
서철원, 『향가의 유산과 고려시가의 단서』, 새문사, 2013
______, 『한국고전문학의 방법론적 탐색과 소묘』, 역락, 2009.
______, 『향가의 역사와 문화사』, 지식과 교양, 2011.
성호경, 『고려시대 시가연구』, 태학사, 2006.
辛恩卿, 『古典詩 다시 읽기』, 보고사, 1997.
신재홍, 『향가의 해석』, 집문당, 2000.
______, 『향가의 미학』, 집문당, 2006.
梁柱東, 『朝鮮古歌研究』, 박문서관, 1942.
______, 『麗謠箋注』, 을유문화사, 1959.
______, 『增訂古歌研究』, 일조각, 1973.
양태순, 『고려가요의 음악적 연구』, 이회, 1997.
______, 『한국 고전시가의 종합적 고찰』, 민속원, 2003.
양희철, 『삼국유사 향가연구』, 태학사, 1997.
______, 『향가 꼼꼼히 읽기』, 태학사, 2000.
윤성현, 『속요의 아름다움』, 태학사, 2007.
______, 『가려뽑은 고려노래』, 현암사, 2011.
尹榮玉, 『新羅詩歌의 研究』, 형설출판사, 1980.
李基東, 『新羅花郎徒의 社會史的 고찰』, 『歷史學報』 82집.
李基文, 『改訂國語史概說』, 민중서관, 1974.
李基白, 『新羅政治社會史研究』, 일조각, 1974.
李都欽, 『화쟁기호학 이론과 실제』, 한양대출판부, 1999.
李明九, 『高麗歌謠의 研究』, 新雅社, 1973.
이민홍(역), 『해동악부』, 문자향, 2008.
李丙燾, 金載元, 『韓國史』 古代편, 을유문화사, 1959.
李妍淑, 『신라향가연구』, 박이정, 1999
李鍾恒, 『韓國政治史』, 박영사, 1963.
林基中 편저, 『우리의 옛노래』, 현암사, 1993.
林基中 등, 『경기체가 연구』, 태학사, 1997.
任東權, 『韓國民謠史』, 집문당, 1964.
______, 『韓國民謠集』, 집문당, 1980.

임주탁, 『고려시대 국어시가의 창작, 전승기반 연구』, 부산대출판부, 2004.
임형택, 고미숙 엮음, 『한국고전시가선』, 창작과 비평사, 1997.
鄭東華, 『韓國民謠의 史的展開』, 일조각, 1987.
鄭炳昱, 『韓國古典詩歌論』, 신구문화사, 1980.
鄭炳昱, 李御寧, 『古典의 바다』, 현암사, 1977.
鄭尙均, 『韓國中世詩文學史研究』, 翰信文化社, 1986.
조동일, 『한국문학통사』 1, 2, 3권, 지식산업사, 1994. (3판)
趙潤濟, 『韓國詩歌史綱』, 을유문화사, 1954.
池憲英, 『鄕歌麗謠新釋』, 정음사, 1947.
車柱環, 『中國詞文學論考』, 서울大 출판부, 1982.
______, 『韓國道敎思想研究』, 서울大 출판부, 1984.
崔珍源, 『國文學과 自然』, 성균관대 출판부, 1981.
崔　喆, 『新羅歌謠研究』, 개문사, 1979.
황패강, 『향가문학의 이론과 해석』, 일지사, 2001.

▌논문

고운기, 「향가와 그 배경설화의 수록 양상에 대한 재검토」, 『한국고전시가의 근대』, 보고사, 2007.
權寧徹, 「維鳩曲攷」, 『高麗時代의 가요문학』, 새문사, 1982.
______, 「鄭瓜亭歌研究」, 『鄕歌麗謠研究』, 二友출판사, 1985.
金起東, 「신라가요에 나타난 불교의 誓願思想」, 『佛敎學報』 1집, 1963.
金大幸, 「雙花店과 反轉의 의미」, 『高麗歌謠의 情緖』, 개문사, 1985.
金東旭, 「신라 淨土思想의 전개와 원왕생가」, 中央大 「論文集」, 1957.
______, 「종교와 국문학」, 『韓國思想史大系』 1집, 1973.
______, 「時用鄕樂譜歌詞의 背景的研究」, 『震檀學報』, 17호.
金東華, 「신라불교의 특이성」, 『韓國思想』 1, 2호, 1959.
김명준, 「정과정과 향가의 거리」, 『한국고전시가의 모색』, 보고사, 2008.
金三守, 「韓國社會經濟史」, 『韓國文化史大系』 Ⅱ, 1965.
金尙憶, 「讚耆婆郎歌試考」, 東國大大學院, 1960.
______, 「鄭石歌考」, 『高麗時代의 가요문학』, 새문사, 1982.
______, 「靑山別曲研究」, 국어국문학 30호.
金善祺, 「翰林別曲의 작자와 창작년대에 관한 고찰」, 『語文研究』 12, 1983.

金烈圭, 「怨歌의 樹木(栢) 상징」, 『국어국문학』 18집, 1957.
金榮洙, 「찬기파랑가, 민중구제의 醫王찬가」, 『삼국유사와 문화코드』, 一志社.
金煐泰, 「신라 불교 대중화와 그 사상연구」, 『불교학보』 제 6집, 동국대 불교문화연구소, 1969.
______, 「僧侶郎徒考」, 『佛敎學報』 7집, 1970.
______, 「신라의 觀音思想」, 『佛敎學報』 13집, 1976.
金圓卿, 「처용가 연구」, 『서울敎大논문집』 3집, 1970. (正音社刊 『신라가요연구』 전재)
金在用, 「靑山別曲의 재검토」, 『西江語文』 2집, 1982.
김충실, 「西京別曲에 나타난 離別의 정서」, 『高麗詩歌의 정서』, 개문사, 1985.
金泰永, 「삼국유사에 보이는 一然의 역사인식에 대하여」, 『韓國의 歷史認識』(上), 1976.
金宅圭, 「別曲의 구조」, 『高麗歌謠硏究』, 정음사, 1979.
金興圭, 「장르論의 전망과 景幾體歌」, 『韓國詩歌文學硏究』, 新丘文化社, 1983.
______, 「高麗俗謠의 장르적 多元性」, 『한국시가연구』, 창간호, 한국시가학회, 1997.
羅貞順, 「履霜曲과 정서의 보편성」, 『高麗詩歌의 정서』, 개문사, 1985.
閔丙河, 「武臣政權時代의 사회」, 『한국사』 7, 국사편찬위원회, 1977.
閔泳圭, 「삼국유사의 종합적 검토」, 『震檀學報』 36, 1973.
朴魯埻, 「韓國古典詩歌에 나타난 '志節'의 모습」, 『韓國學論集』 6집, 한양대 한국학연구소.
______, 「俗謠」, 『한국문학개론』, 새문사, 1997.
朴菖熙, 「武臣政權時代의 文人」, 『한국사』 7, 국사편찬위원회, 1977.
史在東, 「'薯童說話' 연구」, 『池憲英선생화갑기념논총』, 1971.
______, 「武康王傳說의 연구」, 『百濟硏究』 5, 1974.
徐首生, 「兜率歌의 성격과 詞腦歌」, 『東洋文化硏究』(경북대) 1집, 1974.
徐在克, 「栢樹歌연구」, 『국어국문학』 55~57, 1972.
______, 「風謠연구」, 『池憲英선생화갑기념논총』, 1971.
______, 「獻花歌연구」, 『李在秀환력기념논문집』, 1972.
______, 「薯童謠의 文理」, 『金思燁박사송수기념논총』, 1971.
______, 「노래 動動에서 본 高麗語」, 『高麗時代의 言語와 文學』, 형설출판사, 1975.
______, 「고려가요 되새김질」, 『韓國詩歌硏究』, 형설출판사, 1981.

서철원, 「떠난 사랑이 돌아오면 행복할까 – 속요의 그리움과 미련을 통해 본 고전시가의 행복」, 『고전과 해석』 10집, 고전문학·한문학연구회, 2011.
성기옥, 「景幾體歌」, 『國文學新講』, 새문사, 1985.
成賢慶, 「青山別曲攷」, 『국어국문학』, 58~60합집, 1972.
______, 「滿殿春別詞의 구조」, 『高麗時代의 言語와 文學』, 형설출판사, 1975.
宋在周, 「서동요의 성립 年代에 대하여」, 『池憲英선생화갑기념논총』, 1971.
申東旭, 「문학작품에 나타난 꽃의 의미」, 『文學의 해석』, 1976.
______, 「青山別曲과 평민적 삶의식」, 『高麗時代의 가요문학』, 새문사, 1982.
梁柱東, 「신라가요의 불교문학적 우수성 (주로 讚耆婆郎歌에 대하여)」, 『佛敎思想』 11집, 1962.
______, 「'德'字辯 – 願往生歌의 작자문제」, 『논문집』 (동국대) 3집, 1962.
양태순, 「서경별곡과 이별민요의 이별양상과 정서」, 『한국 고전시가의 종합적 고찰』, 민속원, 2003.
呂增東, 「滿殿春別詞歌劇論試考」, 『진주교대논문집』 1집, 1967.
______, 「西京別曲考究」, 『金思燁博士 송수기념 논총』, 學文社, 1973.
______, 「고려처용노래연구」, 『高麗歌謠研究』, 정음사, 1979.
______, 「雙花店考究」, 『鄕歌麗謠研究』, 二友출판사, 1985.
柳仁熙, 「東洋人의 영혼觀」, 『韓國思想』 16집, 1978.
尹江遠, 「青山別曲의 새로운 이해」, 『廣場』 116호, 1983.
尹徹重, 「鄭石歌研究」, 『상명여사대 논문집』, 10호, 1982.
李家源, 「鄭瓜亭曲研究」, 『李家源全集』 2, 정음사, 1986.
李基白, 「三國遺事의 史學史的 意義」, 『한국의 역사 인식』 (상), 1976.
李能雨, 「향가의 마력」, 『現代文學』 21권, 1956.
李都欽, 「화랑세기의 사료적 가치에 대한 국문학적 고찰」, 『화랑세기를 다시 본다』, 주류성, 2003.
李丙燾, 「薯童說話에 대한 新考察」, 『歷史學報』 1집, 1952.
李勝明, 「青山別曲研究」, 『高麗時代의 言語와 文學』, 형설출판사, 1975.
李龍範, 「處容說話의 一考察」, 『震檀學報』 32, 1969.
李佑成, 「三國遺事 소재 處容설화의 一分析」, 『金載元박사회갑기념논총』, 1969.
______, 「고려말기의 악부시」, 『한국한문학연구』 1, 1976.
李壬壽, 「履霜曲에 대한 문학적 접근」, 『語文學』 41집, 1981.
李正善, 「鄭瓜亭의 編詞와 문학적 해석」, 『한양어문연구』 14, 1996.

李正善, 「香 문화로 본 〈만천춘별사〉 연구」, 『순천향 인문과학 논총』, 제32권 2호, 순천향대인문과학연구소, 2013.
李惠求, 「시나위와 詞腦에 대한 고찰」, 『국어국문학』 8, 1953.
李弘稙, 「삼국유사 竹旨郎條 雜考」, 『黃義敦선생 古稀기념 史學논총』, 1960.
印權煥, 「一然論」, 『韓國文學作家論』, 형설출판사, 1977.
______, 「萬海詩에 있어 法身의 현현과 보살정신」, 『한국문학의 불교적 탐구』, 월인, 2011.
林基中, 「신라가요에 나타난 呪力觀」, 『東岳論文集』 5, 1967.
______, 「高麗歌謠 動動考」, 『高麗歌謠研究』, 정음사, 1979.
임주탁, 「유구곡의 해석」, 『옛노래의 연구와 교육의 방법』, 부산대출판부, 2009.
張孝鉉, 「履霜曲 語釋의 再考」, 『語文論集』 22집, 高麗大국어국문학연구회, 1981.
______, 「履霜曲의 生成에 관한 고찰」, 『국어국문학』 92, 국어국문학회, 1984.
정 민, 「서동과 선화, 미륵세상을 꿈꾸다」, 『불국토를 꿈꾼 그들』, 문학의 문학, 2012.
정종대, 「이제현의 시와 사대부의식」, 『한국 한시 속의 삶과 의식』, 새문사, 2005.
鄭鎭炯, 「향가와 찬」, 『鄕歌文學研究』, 一志社, 1993.
趙潤美, 「高麗歌謠의 受用양상」, 梨大 석사논문, 1988.
趙芝薰, 「新羅歌謠研究論攷」, 『民族文化研究』 1집, 고려대민족문화연구소, 1964.
______, 「新羅國號研究論攷」, 『高麗大 五十주년 기념논문집』, 고려대, 1955.
池憲英, 「'薯童說話' 研究評議」, 『'新羅時代'의 언어와 문학』, 1975.
______, 「향가연구를 둘러 싼 혼미와 의문 (風謠에 관한 諸問題를 중심으로)」, 『語文論志』(충남대) 1집, 1972.
車溶柱, 「李齊賢論」, 『한국문학작가론』, 형설출판사, 1977.
車柱環, 「高麗史樂志唐樂考」, 『震檀學報』 23호, 1962.
______, 「韓國詞文學研究 I」, 『아세아연구』 제 7권 3호, 고려대 아세아문제연구소, 1964.
車河淳, 「歷史와 文學性」, 『世界의 文學』, 1981 봄號.
崔東元, 「高麗歌謠의 享有계층과 그 성격」, 『高麗時代의 가요문학』, 새문사, 1982.

崔正如, 「高麗의 俗樂歌詞論攷」, 『高麗歌謠研究』, 정음사, 1979.
하희정, 「履霜曲에 나타난 욕망의 구조」, 『연구논집』 14집, 이화여대 대학원, 1986.
許暎順, 「怨歌考」, 『釜山大 國語國文學』 3, 1961.
_____, 「古代社會의 巫覡思想과 그 歌謠의 연구」, 부산대 대학원, 1962.
玄容駿, 「處容說話考」, 『국어국문학』 39-40 합집, 1968.
_____, 「月明師兜率歌의 배경설화고」, 『韓國語文學』 10, 1973.
현혜경, 「滿殿春別詞에 나타난 和合과 斷絶」, 『高麗詩歌의 정서』, 개문사, 1985.
黃在南, 「삼국유사 水路夫人條 散文記錄의 분석」, 『語文學報』 4집, 1979.

저자 약력 및 저서

▌박노준(朴魯埻)

출생 : 1938년 음 3월 7일(戊寅·陽 4월 7일)
서울특별시 종로구 廟洞 105번지에서
諱 台東과 諱 安東 金蓮姫의 외아들로 태어남.
본관 : 順天, 字 : 亨夫, 雅號 : 佳山

본적 : 慶北 星州郡 修倫面 午川里 876(새로 지정된 도로명 주소 : 午川 4길 12)
* 先代 조상의 600년 世居地에 따름

학력

1956년 4월 ~ 1960년 9월 : 고려대학교 문과대학 국어국문학과

1961년 4월 ~ 1968년 2월 : 고려대학교 대학원 석사과정 국문학전공(문학석사)
* 이 기간 중 33개월 餘 군에 복무

1978년 3월 ~ 1982년 2월 : 고려대학교 대학원 박사과정 국문학전공(문학박사)

경력

1961년 4월 ~ 1961년 6월
1964년 8월 ~ 1970년 2월 : 대광고등학교 교사

1961년 11월 ~ 1964년 8월 : 육군 사병으로 복무

1969년 3월 ~ 1972년 8월 : 고려대학교 문과대학 강사

1972년 8월 ~ 1981년 2월 : 강원대학교 사범대학 국어교육과
(전임강사 – 조교수 – 부교수)

1981년 3월 ~ 1982년 2월 : 서울 시립대학교 부교수

1982년 3월 ~ 2003년 8월 : 한양대학교 인문대학 국어국문학과
(부교수 – 교수 – 정년퇴임)

1996년 6월 ~ 1998년 6월 : 韓國詩歌學會 初代 會長

상벌

2000년 4월 : 제18회 陶南國文學賞 수상

2003년 8월 : 홍조근정훈장 수훈

저서

* 1968년 「安民歌에 관련된 몇 가지 문제」를 『語文論集』(고려대 국어국문학 연구회) 11집에 발표한 이래, 2008년 「경기체가와 시적화자의 '集團'지향」(한국시가학회 제47차 정기학술모임)을 구두 발표하기까지 향가·여요·시조 등 古詩歌논문을 학술지에 게재함. 이 모두는 아래의 저서들에 재수록 하였음으로 발표시의 학술지 및 年代別로 나열하는 일을 생략함. 학술 논문 이외 대학신문 등 여러 잡지에 발표한 수필·평설·서평 등의 글은 책으로 묶지 않았음.

『韓龍雲研究』(印權煥 공저), 통문관, 1960.

『신라가요의 연구』, 열화당, 1982.

『고려가요의 연구』, 새문사, 1990.

『향가』, 열화당, 1991.

『조선 후기 시가의 현실인식』, 고려대학교 민족문화연구원, 1998

『향가 여요의 정서와 변용』, 태학사, 2001.

『옛 사람 옛 노래 향가와 속요』, 태학사, 2003.

『흘러간 星座』(林鐘國 공저), 국제문화사, 1966.

편저

* 책임편자로서 책 표지에 이름이 올라 있는 것에 한함

『趙芝薰研究』, 고려대학교 출판부, 1978.

『향가여요 연구』, 이우출판사, 1985.

『현대시의 전통과 창조』, 열화당, 1998.

『고전시가 엮어 읽기』, 태학사, 2003.

향가여요 종횡론

2014년 4월 18일 초판 1쇄
2015년 7월 10일 2쇄

지은이 박노준
펴낸이 김흥국
펴낸곳 도서출판 보고사

책임편집 이유나
표지디자인 이준기

등록 1990년 12월 13일 제6-0429호
주소 서울특별시 성북구 보문동7가 11번지 2층
전화 922-5120~1(편집), 922-2246(영업)
팩스 922-6990
메일 kanapub3@naver.com
http://www.bogosabooks.co.kr

ISBN 979-11-5516-244-6 93810

정가 25,000원

이 도서의 국립중앙도서관 출판시도서목록(CIP)은 서지정보유통지원시스템 홈페이지(http://seoji.nl.go.kr)와 국가자료공동목록시스템(http://www.nl.go.kr/kolisnet)에서 이용하실 수 있습니다. (CIP제어번호 : CIP2014009699)